A. L. KENNEDY

Als lebten wir in einem barmherzigen Land

Roman

Aus dem Englischen von
Ingo Herzke und Susanne Höbel

Hanser

Ingo Herzke hat den Hauptteil des Buches übersetzt, die Übersetzung der folgenden Passagen ist von Susanne Höbel: South Salem, La Grande Grève, Camden, Glasgow, Nanjizal Bay, Gleneagles, Guliot Headland.

Zeitgleich zum Buch erscheint auf der Webseite von TOLEDO (ein Programm des Deutschen Übersetzerfonds, www.toledo-programm.de) ein digitales Übersetzungsjournal von Susanne Höbel und Ingo Herzke.

1. Auflage 2023

ISBN 978-3-446-27624-6
ALIVE IN A MERCIFUL COUNTRY

Umschlag: Peter-Andreas Hassiepen, München
Motiv: © Tim Hayward. All Rights Reserved 2022/Bridgeman Images
Satz: Satz für Satz, Wangen im Allgäu
Druck und Bindung: CPI books GmbH, Leck
Printed in Germany

MIX
Papier | Fördert gute Waldnutzung
FSC® C083411

Für WMF

Wir sind so gewöhnt, uns vor anderen zu verstellen,
dass wir es zuletzt auch vor uns selber tun.

François de la Rochefoucauld

MENSCHEN WERDEN, was sie sein müssen, damit sie sich ihrer Zeit stellen können. Das ist meine Theorie. Natürlich braucht man Glück, damit es dazu kommt. Und manche Menschen haben kein Glück. Darum sollte es Barmherzigkeit geben.

Wann genau Sie dies lesen, lässt sich nur vermuten. Ich denke aber, ich kann davon ausgehen, dass vieles entsetzlich sein und entsetzlich bleiben oder danach gar noch entsetzlicher werden wird. Angenehmere Umstände werden vielleicht nicht wieder eintreten, weil wir als Spezies einfach nicht überzeugen.

Das tut mir leid. Ich weiß nicht, was wir uns dabei gedacht haben.

Aber vielleicht – vielleicht geht es uns auch gut. Oder vielleicht sind wir kurz vorm Aufblühen, alles bereit dafür. Vielleicht lernen wir und leben irgendwie in den Feuern, die wir selbst entzündet haben, und sind zufrieden und verbrennen nicht. Vielleicht treten wir hinterher aus der Gewitterfront in ein behutsames Leben. Wir werden voranschreiten und selten zurückblicken.

Das ist jedenfalls zu hoffen, oder etwas in der Art. Man muss doch hoffen, oder?

Ich habe einmal von einem Experiment gelesen, bei dem Mäuse in schreckliche mit Wasser gefüllte Röhrchen gesteckt wurden. Man überließ sie sich selbst, und sie strampelten und paddelten, um über Wasser zu bleiben, aber schon nach wenigen Minuten waren sie vollkommen erschöpft und kurz vorm Ertrinken. An dieser Stelle mussten die Forscher, die ein ihrer Ansicht nach wohl vernünftiges und notwendiges Experiment beobachteten, die Mäuse aus dem Wasser fischen.

Das Komische war, dass dieselben Tierchen, wenn die fürchterlichen Forscher sie wieder in die Wasserfolterröhren steckten – denn das taten sie natürlich –, schwammen und schwammen und schwammen, doppelt so lange, zehnmal so lange wie vorher und immer weiter. Irgendwo in ihren kleinen Mäusehirnen vertrauten sie darauf, dass sie gerettet würden, wenn sie völlig verzweifelt wären, und das ließ sie länger durchhalten. Ich kann nicht sagen, ob das eine gute Nachricht war.

Dennoch hoffe ich. Und ich meine es gut. Muss man heutzutage. Wenn Sie sich überhaupt irgendwelche Gedanken machen, dann sind Sie verpflichtet, es richtig gut zu meinen und gut zu handeln, mit allem Nachdruck, wirklich jeden Tag, denn am lautesten und profitabelsten ist immer die Gegenseite.

Und die Oakwood School meint es auch gut. Wir rezitieren alle immer noch jeden Morgen zuallererst das Oakwood-Grundschul-Gelöbnis. Wir setzen uns alle stolz und aufrecht vor unsere Bildschirme, hinter uns unsere Zimmer, und so eben außer Sicht unsere jeweiligen streunenden Haustiere und unser jeweiliges Chaos.

Wir sind hilfreich und freundlich, wir geben gut acht,
Wir machen heil, nicht kaputt, und tun unsere Pflicht,
Wir wachsen alltäglich in Schönheit und Licht,
Wir lernen, sind mutig und schlafen gut bei Nacht.

An den meisten Tagen trifft nichts davon auf mich zu. Ich möchte gern glauben, dass es den Kindern besser gelingt. Wir versuchen voranzukommen, darauf kommt es an.

Oakwood ist eine Schule, an der das Schulgeld von wohlhabenden Eltern wohlstandsverwahrloster Kinder die ratlosen Eltern ratloser und belasteter Kinder subventioniert und alle vor allem ihr Bestes geben. Es sind natürlich auch sehr normale Kinder hier, auch wenn das Normalitätsniveau schwankt. Letzten Monat war Tony noch grundstabil und weit weg von irgendwelchen Ertränkungsröhren. Dann starb sein Großvater allein, versteckt in dem Koma, von dem die Ärzte ein wenig gehofft hatten, es würde Opa vor dem Tod verstecken. Niemand war dabei, um seine Hand zu halten oder ein Wort zu sprechen, als er ging. Sein Beatmungsgerät pumpte zweifellos während des ganzen Vorgangs ungerührt weiter, denn Maschinen regen sich nicht auf.

Damit hatte Jahrgang fünf mehr als genug Gesprächsstoff. Wir bekamen Angst. Wir berappeln uns jetzt wieder, wir verarbeiten es, aber ich merke immer noch gelegentlich, wie dunkle Wolken über die Gesichter ziehen. Dinge streifen und drücken nachts an unsere Fenster wie Gesichter von Irren. Allerdings erwähnen wir die womöglich irren Dinge nicht oft, falls sie hören, wie wir ihre Namen sagen, und sich plötzlich für uns interessieren.

Alle werden abergläubisch. Ich töte nicht einmal mehr die großen und schnellen Spinnen. Nur zur Vorsicht.

Am Mittwoch brach Talha plötzlich in Tränen aus – an seinem Küchentisch, die Bilder ordentlich im Hintergrund seiner Arbeitsnische, sein komisches Haarbüschel in die Luft ragend – wie eine Antenne, die ihn mit zu viel Realität verbindet. Talha ist klug, auf besorgniserregende Art intelligent.

Ich wäre inzwischen sehr enttäuscht vom Jahr 2020, wenn ich nicht schon wüsste, wie Jahre sein können. Es fällt schwer, Dinge nicht persönlich zu nehmen, aber vielleicht sind wir einfach mal dran.

Egal.

So habe ich mir den Beginn meiner Ausführungen nicht vorgestellt, aber da müssen wir jetzt gemeinsam durch.

Das hier ist unser Zuhause – meins und Pauls. Wir leben in unserem kleinen Haushalt, einer abgeschotteten Heimatinsel inmitten anderer Inseln mit mehr oder weniger durchlässigen Küsten. In der Isolation entwickeln wir Gefühlslagen und Manien, die sich mit der Zeit womöglich zu Bräuchen entwickeln könnten. Wenn Paul als Nächstes vorschlägt, draußen im Hof einen Weidenmann zu flechten und zu verbrennen, könnte ich einwilligen. Ich fördere gern die Kunst. Und ich mag Grillabende. Warum nicht beides?

Korbflechten und gegrillte Auberginen und vielleicht heidnische Lieder. Womöglich gar Popcorn. Wer könnte was dagegen haben?

Ich habe vor, exzentrisch zu werden.

»Noch exzentrischer?«

»Nur exzentrisch.«

Zu unserer Kultur gehört auch der verbale Schlagabtausch. Der leitet Spannungen ab.

»Mama, du trägst Flipflops, Unterhose und deine Backschürze. Du hast dein Ziel erreicht. Exzentrisch. *Sie sind angekommen.*«

»Es ist heiß. Und komm mir nicht mit dem Navi, junger Mann.«

»Nächster Halt: Im Park Eichhörnchen rasieren.«

»Ich verbitte mir solche Vorschläge. Den Eichhörnchen die Haare färben und sie zum Taschendiebstahl abzurichten – das könnte ein Plan sein, keine Frage.«

Wir sind ganz wir selbst. Gott sei Dank. Wir haben uns und das hier. Und draußen, jenseits unserer Mauern, strömt und wirbelt neuerdings brutale Luft die Wicklow Street entlang. Die Flut, die uns wegspülen will.

Ich sage den Kindern immer, sie sollen einen Plan machen, wie ausgestreute Krümel durch den Wald der Dinge, die ihr sagen wollt. Wenn ihr den Pfad gefunden habt, folgt ihm einfach nach Hause.

Und ich lebe in diesem Wald. Es ist mein Wald. Mein Leben. Ich stelle mir vor, es gibt wilde Brombeerhecken darin, lästige Bäche und Senken, vielleicht bösartige Bäume. Aber es gibt einen Pfad. Ich habe ihn getreten. Ich muss nur die Erinnerung zulassen, auch wenn ich das normalerweise lieber nicht tue.

Ich bin der Plan.

Verzeihen Sie mir, wenn ich unsere Eingangsszene so darstelle wie in einem Film. Ich hoffe – man muss hoffen –, das führt mich sanft zurück zu dem, was geschehen ist, lässt aber alles entfernter wirken. Außerdem ist meine Geschichte tatsächlich so wie viele Filme. Ich wollte in keiner Spionagehandlung mitmachen, auch in keinem Actionfilm oder Politthriller, aber es ist immer wieder passiert. Ich bin keine in Kampfkünsten versierte Agentin, keine Sirene, die für versteckte Erpressungskameras Opfer anlockt. Ich arbeite nicht mit Pseudonymen.

Ich bin bloß Grundschullehrerin.

Nein. Vergessen Sie das *bloß*.

Ich bin Grundschullehrerin. Ich bin einer der Menschen, die ihre Gesellschaft gleich von Anfang an am Laufen halten und dafür zu sorgen versuchen, dass sie nicht aus lauter kaputten Menschen besteht. Da ein *bloß* einzufügen, ist unangemessen.

Ich habe die übliche Anzahl von Namen: Mrs McCormick für die Kinder und die Telefonschwindler, Anna Louisa McCormick für Formulare und wenn ich so tun will, als wäre ich eine Gräfin von 1900, Anna für die meisten Menschen, woraus bei Paul Na-na wurde, allerdings hat sich Na-na inzwischen in Mum verwandelt. Eine absolut nachvollziehbare Änderung. Natürlich bin ich dagegen, aber ich behalte meine Einwände für mich, denn die Zeit schreitet voran, und manchmal lassen sich meine Gefühle ignorieren. Ich kann den armen Jungen ja nicht zwingen, im Laden *Na-na, Na-na* nach mir zu rufen. Da würden die Leute denken, er hat was an den Kopf gekriegt.

Ganz ehrlich wirkt *Mum* im Augenblick schon stark genug. Wenn er es sagt, ist das wie ein sanfter Schlag in die Magengrube – oder wie ein Vogel, der sich in meiner Brust entzündet. Genauso ist es immer. Sogar an Tagen, wenn ich ihn nicht mag – Schwärme verbrannter Feldlerchen, jedes Mal, wenn Paul es sagt. Dann frage ich mich, ob meine Mutter das wohl auch gefühlt hat, auch wenn ich es mir nicht vorstellen kann. Wenn Ma mir gegenüber nur schlichtes Missfallen ausdrückte, war es schon ein toller Tag. War nicht ihre Schuld. Sie war von Anfang an ein bisschen verdreht. Inzwischen komme ich damit klar. Und die Natur hat sich an ihr gerächt und sämtliche Tassen, die sie noch im Schrank hatte, in alle Richtungen verstreut. Außer Reichweite. Oder vielleicht gibt es auch kein Karma, und manchmal passieren willkürlich widerliche Dinge einfach willkürlich widerlichen Menschen.

Inzwischen können Sie sich denken, welche Option ich für wahr halte.

Arme Ma. Alles machte ihr Angst, daher ihre Wut.

Das ist das Problem mit dem Lockdown – er schiebt so viel Gerümpel und Geschäftigkeit beiseite. Dann kommt die Wirklichkeit durch. Plötzlich bin ich traurig, dass mein Hund nicht mehr da ist, dabei ist er schon seit Jahrzehnten weg. Offensichtlich habe ich nie aufgehört, darüber traurig zu sein – ich habe mich bloß erfolgreich davon abgelenkt.

Tage werden zu immer weniger bedeutsamen Zeitklumpen. Sie dauern alle etwa zwanzig Minuten und dehnen sich zugleich zwei bis drei Monate lang. Irgendwie bieten sie zu viele Gelegenheiten zum Nachdenken. Es gibt Augenblicke, da verabscheue ich alle Menschen auf der Welt, möchte aber auch jedem einzelnen vergeben. Auf jeden Fall ist mir klar, dass jeder sie braucht, die Vergebung. Und ziemlich viele von uns verdienen sie sogar.

Sogar ich dummer, ängstlicher Mensch könnte freigesprochen werden.

Was müssen Sie sonst noch wissen?

Ja – vor langer Zeit kannte man mich eine Zeit lang als *The Amazing Annanka Ladystrong*. Ich war gern Annanka. Ich wuchs mit ihr, in ihre Ansprüche hinein. Und in einen anderen Namen.

Außerdem versucht F. L. mich umzutaufen. Er probiert Kosenamen aus, hat aber noch keinen gefunden, der passt. Was womöglich daran liegt, dass ich nicht so sehr zum Kosen tauge.

Aber ich mag F. L. An ihm ist nichts auszusetzen. Ich bin ziemlich sicher, dass er mich liebt, sehr sicher sogar.

Ich reagiere darauf nicht angemessen – das muss mir vergeben werden. Und das Problem ist: Er vergibt mir auch. Er ist noch nicht abgehauen. Was macht das mit einem Menschen wie mir?

Unsere aktuelle Katastrophe hat ihn von unserer Als-ob-Insel abgeschnitten. Er steckt auf einer echten, tatsächlichen, von Wasser umgebenen Landmasse fest, mit Buchten und einem Hafen und so weiter – Colonsay. Ich vermisse ihn. Ich merke, wie ich ihn vermisse. Ich gehe regelmäßig ins Wohnzimmer und erwarte, ihn auf dem Sofa sitzen zu sehen, und immer wieder bin ich verblüfft, dass er nicht dort sitzt. Er ist auf sowohl unscheinbare als auch grundlegende Art abwesend – als hätte jemand über Nacht all meine Lichtschalter abmontiert. Ich strecke die Hand aus und merke erst dann, dass da nichts mehr ist.

Mit so etwas habe ich nicht gerechnet. Ich hatte nicht geglaubt, dass ich mich im Hinblick auf irgendeinen anderen Menschen als Paul so amputiert fühlen könnte. Das ist doch ein Fortschritt, oder?

Vielleicht.

In den ganzen Zusatzminuten, die wir jetzt haben, beschäftigen F. L. und ich – aber vor allem F. L. – uns mit meinem Unwillen, aus dem Unterholz hervorzukommen, in dem ich ein nervös zuckendes Waldwesen bleiben kann, sicher verborgen vor unserer Beziehung. Manchmal erstaunt es uns.

Wie alle wirklich schrecklichen Situationen ist auch diese gelegentlich witzig. Eines Abends – zu der Zeit, als es noch Besuche und Treffen und Reisen gab – tauchte F. L. tatsächlich mit zwei Backhandschuhen an den Händen und einem Netz auf. Er hatte eine Art Kescher geborgt – groß, aber nicht ganz groß genug, um einen Menschen zu fangen.

»Wozu die Handschuhe?«

»Gegen Bisse.«

»Ich beiße nicht.«

»Sagst du.«

»In das Netz kriegst du mich nicht.«

»Das ist ein Symbol, Anna.«

»Es riecht komisch. Symbole sollten nicht komisch riechen.«

»Multisensorisch.«

»Du weißt doch, ich stehe nicht auf Requisitenkomik.«

»Ich weiß. Weiß ich genau.« F. L. und seine immer müderen Augen. Sein Netz sank ein wenig und sah weniger gesellig aus.

Das Ding roch nach Klärgruben und kleinen, nach Luft schnappenden Lebewesen.

Das sagte ich nicht.

Bei F. L. muss ich an das Wort *viereckig* denken. Sehr gerader Rücken, Oberkörper wie ein großer Mann, aber kurze Arme und Beine. Auf Zoom fällt das nicht so auf, aber auch da strahlt er Verlässlichkeit aus.

Aber das tun auch die allerschlimmsten Menschen.

Wie sich zeigt, bringt es unsere Beziehung am meisten voran, wenn er ganz und gar wegbleibt, ohne es zu wollen.

Ihn zu vermissen, war sehr lehrreich – wenn ich ihn vermisse, muss ich ihn in meiner Nähe haben wollen.

Dieser Kescher hat mich ein bisschen wütend gemacht.

Aber dann auch wieder nicht.

Er kann gut mit Tieren umgehen.

Aber manche Tiere sind letztlich zu undankbar und wild. Manchmal ertappe ich mich bei dem Gedanken, wie leid es mir tut, dass er so viel Zeit auf mich verschwendet.

Paul. F. L. Ich.

Das ist im Grunde das gesamte Ensemble. Alle Menschen, die wichtig sind.

Ich erwähne außerdem natürlich Sue Delara, unsere Direktorin. Ich werde versuchen, Mr Simms nicht zu erwähnen, der die Viertklässler unterrichtet und einen komischen Schnauzer trägt, weshalb ich ihn auf einer Lehrer-Weihnachtsfeier nach zu viel Advocaat-Eierlikör *Mr Krankgesicht* nannte.

Eigentlich zu viel Gin, aber Advocaat klingt festlicher – er sieht sogar aus wie Rentierrotz. Und löst so eine schwüle Übelkeit aus, die alle Kinder aus ungeordneten Verhältnissen kennen, wenn sie an die bevorstehende Lametta-Saison denken.

Lehrerin der dritten Klasse – Polly Larsson, kann gut Grafiken und Spinnen mit bloßen Händen fangen. Klasse zwei – Brian Scott, der bei Filmen weint. Klasse eins – Mrs Parker, die mit allen redet, als wären sie vier Jahre alt – und liegt sie so weit daneben?

Sechste Klasse – Mrs Filmore. Ich versuche ihr nicht übel zu nehmen, dass sie mir meine Fünftklässler wegnimmt, wie es sich gehört. Sie ist wirklich eine gute Lehrerin. Weil sie wirklich gut ist, lenkt sie ihre Zuneigung um. Das soll sie auch. Und nach den ersten Tagen des Winterhalbjahrs ist meine neue Fünfte nur noch die Fünfte, und meine Zuneigung wurde ebenfalls umgelenkt und dann übertragen.

Klasse sieben – Mrs Decker. Sie bereitet alle auf die Probleme eines möglichen Wechsels an eine konventionellere Schule vor. Deswegen wirkt sie ein bisschen laut und herrisch. Aber sie weiß, wie man Autos knackt, was gelegentlich nützlich ist. Wir fragen sie nicht, warum sie so gut mit halben Tennisbällen und Draht und dergleichen umgeht. Vielleicht liegt es an der konventionelleren Schulbildung.

Aber Paul und F. L. und ich – auf uns kommt es an.

Und dies ist die Geschichte, die Na-na Paul nicht erzählt hat. Auch F. L. nicht. Sie weiß nicht genau, warum.

Aber jetzt ist es so weit.

Ehrlich gesagt weiß ich genau, warum ich sie noch nicht erzählt habe. Ich verspreche Ihnen, ich erzähle es irgendwann. Wenn ich kann. Wenn ich an eine ruhige Stelle in der Geschichte komme.

Und jetzt – denn jetzt fange ich wirklich an – tun wir so, als wäre das ein Film, den ich mir ansehe, und der läuft ganz weit weg auf einer großen, unpersönlichen Leinwand und berührt mich kaum. Oder ich schaue aus einer hübschen Hecke auf meine Erinnerungen und rolle mich dann zum Schlafen in eine Art weiches Nest, mit Pelz ausgepolstert, eine Höhle, einen Bau, einen Kobel, und nichts bedroht mich, ich bin unauffindbar und sicher.

Wir fangen damit an, dass ich auf Ludgate Hill bin, wo es nicht sonderlich hügelig ist, aber so ist London eben – überall irreführende Werbung. Ludgate Hill ist nur eine Straße, vielleicht durch Stadtentwicklung flach gehalten. Es ist November 2019, die Zeit vor Masken und Wutausbrüchen wegen Masken. Unser letztes halbnormales Jahr. Außerdem ein Jahr, in dem eine kompetente Regierung dafür hätte sorgen können, dass wir vor neuen Krankheiten und anderen vorhersehbaren Erschütterungen und Unglücken geschützt werden. Doch die Prioritäten lagen woanders, legten ihr Gewicht auf seltsame Orte – man konnte fast spüren, wie sie die Pflastersteine kippten.

Ich renne nicht direkt durch die strömenden Massen auf der Straße, aber ich bin schnell.

Die Bürgersteige werden nur noch voller werden, denn es ist fast Mittag. Ich folge einem Mann, und vielleicht denkt er schon an die bevorstehende Hektik, an seinen Fluchtplan. Er war schon immer gut in Fluchtplänen.

Ludgate Hill liegt nicht einfach in London – sondern tief in der City selbst, jener ganz besonderen Quadratmeile, wo das Geld Angstträume und Wunschträume hat und im Schlaf groß wird oder aber aufgrund von Fehlkalkulationen und vielleicht Kokain plötzlich verschwindet. Kommt Geld schmutzig an, wird es hier gewaschen wie ein geliebtes Baby oder ein bettlägeriger Kranker. Die Armen hier sind ungeheuer arm, aber das Geld ist gepflegt, und das ist es, was zählt. Die Menschen, die hier arbeiten, gehen alle irgendwie grimmig entschlossen und tragen meist Hemden, die ich soziopathisch nennen würde. Die allgemeine Haltung ist: Kopf runter, Ellbogen raus, sich durch die niedere Masse schieben und zugleich die Konkurrenz ausstechen. Die Blicke sind auf eine Zukunft gerichtet, die Spitzenwetten auf Futures und anschließende Hubschrauber, aber auch Herzinfarkte und Scham beinhaltet.

Ich falle ein wenig dadurch auf, dass ich weiblich und nicht ganz so makellos gepflegt bin. Außerdem bin ich schneller als die meisten. Meine Entschlossenheit hat tatsächlich ein Ziel.

Der Mann vor mir bewegt sich auf die andere lokaltypische Art voran, eine Art gleitendes und privilegiertes Marschieren. Er hat rotes Haar, das er kurz geschoren über dem Kragen eines dunkelblauen Mantels trägt, der zwar nicht militärisch ist, aber so tut. Vielleicht ein Offizier, vielleicht aber auch ein Anwalt – das will er glauben machen. Hier sind schließlich Englands oberste Gesetze zu Hause, und er will sich einfügen. Er scheint ein reicher Mann zu sein, und das teilt die Menge der Umstehenden irgendwie, wenn er sich nähert. Es hängen genug latente Ehrerbietung und feudaler Geist in der Luft, dass er mühelos vorankommt. Natürlich – dies ist London.

Der Mann, an den ich mich erinnere, war nicht sonderlich wohlhabend und hatte keine roten Haare. Andererseits habe ich ihn gar nicht so gut gekannt.

Ich möchte ihn nicht aus den Augen verlieren. Das ist auch unwahrscheinlich bei dem sehr roten Haar. Er hatte wirklich nie rotes Haar.

Aber vielleicht irre ich mich auch.

Vielleicht habe ich die Gestalt auf der Besuchergalerie direkt neben der Tür falsch zugeordnet. Ich hatte sein Kommen nicht bemerkt, aber aus irgendeinem Grund nach etwa zwanzig Minuten den Blick von der Verhandlung abgewendet – weg von Gerichtssaal 10 mit seinen abgenutzten Büromöbeln und dem grünen Teppich, der mit silbernem Gaffer-Tape geflickt war.

Er entschlüpfte rasch wieder, mit seinem schönen Managerkoffer in der Hand.

Gerichtssaal 10 befindet sich im relativ modernen Teil von Old Bailey. Man gelangt über eine Wendeltreppe dorthin, die an ein Gefängnis oder ein ganz schlimmes Bed & Breakfast erinnert. Die Räume sind überladen mit Zetteln, die einem das Händewaschen erklären und Gewalt sowie unangemessene Kleidung verbieten. Die Besucher müssen leise wie im Gottesdienst sein und in Gegenwart der Justiz oder von Geld, das sich in juristischer Form Raum verschafft, den Hut abnehmen. Inmitten der offensichtlichen Langeweile des Gerichtspersonals gab es Ausbrüche von Rechtsprechung und Ordner voller Akten, markiert mit bunten Klebezetteln. Ein Anwalt bohrte konzentriert in der Nase, und so etwas weckt bei jeder Grundschullehrerin Empörung. Der Staatsanwalt stand wieder auf und sah noch adlernasiger aus, noch mehr mit Autorität gesegnet. Die Angeklagten starrten alle aus dem Plexiglaskasten heraus, der verhinderte, dass ihr Unrecht heraussickerte.

Die Angeklagten. Ich kann sie mir immer noch nicht mit ihren Alltagsnamen vorstellen, den Namen, an denen die Anklagen hängen und die viel zu klein und fade sind, um sie je ganz zu erfassen. Damals, als ich Annanka Ladystrong war, hießen sie Phil the Pill und Utility Bill, Dynamo, Magnificent Arthur, Percussion Karl. Sie waren meine Freunde – mehr als das.

Dynamos Haar ist ausgefallen. Karls Muskeln sind zu Fett geworden. Phil und Bill sitzen nicht nebeneinander, wie sie sollten, weil sie immer nebeneinander waren, ein Paar, frei gewählte Brüder. Sie lehnen sich vor, lehnen sich zurück, versuchen sich mit Abstand zuzulächeln. Das lässt sie unzuverlässig wirken.

Gerichtssaal 10 war voll von Anklagen über Anklagen. Es wurden so viele schrecklich klingende Dinge laut gesagt, dass man kaum noch klarsehen oder atmen konnte. Nach so vielen unschuldigen Jahren wurde nun das Jahr 1999 angeklagt, nachdem sie so viele Jahre – nehme ich an – glauben konnten, einen Fehler gemacht zu haben, aber damit durchgekommen zu sein. Ein Atomstützpunkt und seine Unversehrtheit waren sozusagen verletzt worden, es hatte die Ansätze zu einem Feuer gegeben – weniger Brandstiftung als vielmehr ein Missgeschick mit symbolischen Papierlaternen und trockenem Torf; zwei Wachsoldaten des Verteidigungsministeriums waren verkrüppelt worden – allerdings beschränkte sich die Verkrüppelung bei dem einen auf ein blaues Auge und Prellungen, bei dem anderen auf einen gebrochenen Finger, während Phil irgendwie zwei Rippen gebrochen und das Jochbein zertrümmert bekommen hatte. Rippen und Jochbein waren jedoch offensichtlich nicht als Beweis zugelassen – ebenso wenig wie Prellungen bei den Angeklagten.

Die mildernden Umstände zu jedem Anklagepunkt wurden gedämpft, die Taten hingegen klangen laut und schrecklich und ließen auf verzweifelten Vorsatz schließen. Nichts davon klang nach uns, nach dem OrKestrA. Nichts davon klang wie etwas, das meine so lieben Freunde planen würden. Es stellte sich sogar heraus, dass jemand anderes, jemand, den ich nicht kannte, die Aktion geplant hatte, jemand, der ganz am Ende der Reihe hinter dem Plexiglas saß und auf seine Hände starrte, als könnten sie Hinweise liefern.

Meine Freunde waren also weit weg vom Rest unserer Familie gewesen, mit jemand anderem zusammen, mit Nummer sechs, dem letzten der Beschuldigten. Und warum waren sie ohne uns andere aktiv? Warum fühlten sie sich ganz wohl und sicher ohne den Rest, ohne das UnRule OrKestrA, die Lieferanten von frischem Nonsens, Spaßmacher und Spaziergänger, Spieler und Narren? Warum wollten sie nicht mehr die Narren spielen?

Es ist nicht schlimm, ein Narr zu sein, wenn man es ehrlich meint. Ein Narr hat viele Nester, in denen sich Wahrheit verstecken und wachsen kann, um dann herauszutönen.

Ich wusste nichts von der Anklage, bis Mrs Fire mich anrief. Sie organisierte – das ist ihr Job. Pläne und Listen sind ihre Natur, und sie erstellte eine Tabelle von Leuten, die ins Gericht gehen und »Die OrKestrA Five«, wie sie die Gruppe nannte, unterstützen sollten, wann immer wir konnten. Ich konnte noch Sonderurlaub nehmen. Ganz ohne Zweifel würde ich dabei sein. Hätte sich jeder denken können.

Außerhalb von Gerichtssaal 10 und Mrs Fires kleiner Propagandamaßnahme blieb all das, was wir anstelle von Zeitungen haben, seltsam still. Wir waren kaum einen Absatz wert. Offenbar fiel es Journalisten beim Nachdenken über den Fall schwer, klarzusehen oder zu atmen, weshalb es ihnen plötzlich so ging wie mir, nur aus anderen Gründen.

Die ganze Situation war zumindest schräg, wenn nicht gar verdächtig – wie eine fremde Aufführung, in die wir ohne Probe hineingeschubst wurden. Und ich? – Ich fühlte mich nackt.

Ich hätte leicht hinter dem Plexiglas und eine der Angeklagten sein können.

Wenn einer der fünf mich gebeten hätte, etwas mitzumachen, hätte ich das vielleicht wirklich getan. Ich hätte womöglich geglaubt, dass wir nicht das ganze OrKestrA dabei brauchten oder dass wir sie sicher aus der Sache heraushalten sollten. Ein Vorschlag in diese Richtung hätte mich vielleicht überzeugt. Und wenn ihre Gedanken wirklich hart, dunkel, seltsam geworden wären, hätte ich es vielleicht nicht bemerkt oder geahnt, wohin es führte.

Das letzte Mitglied der Gruppe – Nummer sechs – konnte ich wirklich nicht einordnen, weder von einer Demo noch einem Konzert, noch einem Komitee, nirgends. Und ich traute ihm nicht mal in Gedanken. Er wirkte wie jemand, dem ich schon mal begegnet war – hart, dunkel, seltsam.

Und der Mann an der Tür der Besuchergalerie, der mit dem sehr roten Haar – da war ich sicher, dass ich ihn schon mal gesehen hatte. Nach so vielen Jahren war er da – aber nur einen Augenblick, dann drehte er sich um und eilte hinaus und davon.

Ich könnte mich geirrt haben. Vielleicht hatte ich einfach nur mit ihm gerechnet, denn gewissermaßen war er schon eine Weile ein Teil von uns gewesen.

Fast dreißig Jahre hatten sich die Angeklagten verändert, waren aber auch ziemlich gleich geblieben. Im OrKestrA hatten wir alle versucht, demonstrativ glücklich zu sein, aktiv glücklich, gemeinsam glücklich. Das wollten wir wirklich. Und das jahrelange Leben mit diesen Absichten hatte die Gesichter der Angeklagten weich werden lassen, ihre Sanftheit passte nicht in Gerichtssaal 10. Sie sahen aus wie Menschen, die hier weinen oder schreien würden, wie alle Menschen, wenn sie rechts und links von Polizisten flankiert würden und das Gesetz um ihr Plexiglasgehäuse herum trieb. Was hier geschah, könnte ihnen den Rest ihres Lebens rauben, aber es blieb sorgsam dumpf und murmelnd, wie es so vor sich hin plätscherte. Die Ödnis steigerte den Schrecken. Dass nicht geschrien wurde, erweckte den Anschein, dass hier niemand wirklich ein Mensch war.

Wegen dieser endlosen unerträglichen Ruhe wandte ich den Blick vom Gericht ab. Es war wie Folterkino in Zeitlupe, und mir wurde langsam übel, und ich bin sicher, dass es irgendwo Aushänge gab – klare Vorschriften –, dass man sich im Gericht Ihrer lieben Majestät nicht übergeben darf.

Eins möchte ich deutlich sagen – es war mein Wille, der mich zur Tür blicken ließ, nicht irgendeine Geste oder Trick von ihm. Ich wollte hinsehen. Und da saß er, bereit, angeschaut zu werden – erschien plötzlich wie ein Kobold. So als würde er gerade aus seinem Platz wachsen; er hätte aber auch gerade erst daraufrutschen können.

Doch dieses erste Zucken meines Kopfes jagte ihn geradewegs die Treppe hinunter.

Ich folgte ihm. Ich beschloss, ihm zu folgen. Und seine Füße erzeugten eine seltsame Störung, eine Gefühlsregung in einem Gebäude, in dem kein Gefühl ausgedrückt werden sollte.

Und er ist der, dem ich folge.

Er ist es.

Ich bin mir dessen fast sicher.

Ich habe jahrelang nach ihm gesucht – haben wir alle. Jetzt stellt er sich selbst, und zwar genau dann, wenn es uns am meisten verstört.

Ich weiß nicht, ob er jetzt diese Haarfarbe hat, um mich zu verwirren oder um mich anzulocken.

Ich weiß auch nicht, was ich tun werde, wenn ich ihn erwische.

Fünf oder sechs Meter vor mir sehe ich, wie er von einem etwas entschlosseneren *Master of the Universe* ein Stück zur Seite geschoben und gebremst wird. Dessen Blick sagt: »Wie kannst du es wagen?« Er scheint sich nicht viel um sein Aussehen zu scheren. Das kommt auch hin. Der Mann, für den ich ihn halte, hat es immer genossen, Empörung zu generieren.

Ich behalte ihn im Auge, aber er vergrößert seinen Vorsprung, und die Mittagsmassen helfen ihm und behindern mich.

Ich habe noch keinen Schimmer, wie bald ich mich nach Menschenmengen sehnen werde. Niemand auf dem Bürgersteig ahnt, dass wir uns monatelang darauf freuen werden, uns wieder über Menschen zu ärgern, die uns im Weg stehen.

Noch ist eine Gruppe von Kindern, die ein- und ausatmen, kein Schreckensbild. Ich folge bloß einem Mann. So schnell ich auch gehe, er ist einen Hauch schneller – wie immer.

Die City hat offenbar nur minimalen Respekt vor mir. Niemand denkt auch nur daran, mir aus dem Weg zu gehen, und ich habe keine Zeit, einen Kuchen zu backen oder ein Baby auszutragen, um meinen gerechten Anteil am Bürgersteig einzufordern, weil ich nützlich und schön bin.

Dann verschwindet der Mann plötzlich nach links. Ich habe mich schon gefragt, ob er mich wirklich abzuschütteln versucht, und jetzt bin ich sicher. Und wie er so zur Seite gleitet, sieht er nicht mehr nach Herr und Meister aus. Das ist er selbst.

Und ich denke – *Ich irre mich nicht. Rothaarig oder nicht, ich kenne dich. Ich kenne dich.*

Ich erhöhe das Tempo, laufe und hoffe, dass er nicht irgendwo untergetaucht ist, eine Tür hinter sich geschlossen hat. Dafür sah er nicht selbstgefällig genug aus. Er sah aus wie jemand, der keinen Ausweg hat und in Panik gerät. Sein Körper wurde ein bisschen aufrichtiger und ängstlicher. Das gefällt mir. Ich mag ihn ängstlich.

Ich komme zu einem Torbogen, der unter einem schlanken Gebäude hindurch und zu einer schmalen Gasse führt. Das erklärt, wie er verschwunden ist, und ich stürze mich hinterher. Ich weiß nicht, worauf ich mich einlasse, aber ich laufe weiter durch den plötzlichen Schatten.

Vielleicht war er ein bisschen vorbereitet. Vielleicht hat er das Gelände nach Sackgassen und Ausgängen abgesucht, so wie man es vor einer Aktion oder einer Demo macht, weil man nie in eine Falle geraten will. Man will immer das Gelände beherrschen und nicht von ihm beherrscht werden.

Seine Schritte knallen aufs Pflaster, sehen kann ich allerdings nur einzelne späte Esser, die in Schlangen vor kleinen Läden auf Mittagshappen warten. Egal, wo er hinwill, jetzt flüchtet er. Hier ist es viel ruhiger, die Menschen bewegen sich weniger, also war das eine schlechte Wahl. Es sei denn, er will in einem Gebäude Zuflucht suchen.

Ich laufe im Höchsttempo und dann noch schneller. Ich bin nicht mehr so fit wie früher, aber heute bin ich mir sicher, dass ich so und noch schneller laufen kann, wenn ich muss. Ich spüre meine Füße nicht auf die Steinplatten prallen. Ich bin nur Geschwindigkeit und Richtung. Ich bin Annanka Ladystrong, und die war ich seit Jahrzehnten nicht mehr.

Ich laufe an Ladenfronten in Landhausfarben vorbei und an Schildern zu diesem und jenem aus Handarbeit. All das verschwimmt neben mir, als wäre ich ein Zug.

Dies ist eine Art Bau, aber kein behaglicher – hohe Wände und Fenster und das Echo zweier Menschen, die um die Wette laufen. Ich höre ihn immer noch davonrennen, aber nicht mehr so weit weg. Er ist am Limit.

Jetzt kommt eine kurze, ein bisschen frühe Schlange für Leckereien, die als »maßgeschneidertes Gebäck« beschrieben werden, ich kurve daran vorbei, und eine Frau im Schaufenster dreht sich zu mir um, als wäre ich eine Laune der Natur, und einen Moment lang sehe ich sie direkt an, damit sie weiß, ich bin eine. Heute bin ich eine. Vielleicht zuckt sie zurück, aber ich laufe schon weiter.

Türen und Tore und Höfe, nichts scheint bereit, ihm zu helfen, ihn aufzunehmen, denn seine Flucht knarrt immer noch vor mir mit Schuhleder auf Stein. Ich entdecke sein Haar, als er zwischen unbeteiligten Fußgängern hindurchläuft. Und jetzt sehe ich den ganzen Mann, seine Mantelschöße zeigen ihr blaues Futter, seine Beine arbeiten, heben die bleichen Sohlen seiner Oxfords. So bewegt sich ein Körper, wenn er getrieben ist und sein wahres Wesen zeigt. Das ist er. Das ist der Mann mit zu vielen Namen. Ich lasse ihn laufen, und das will ich.

Ich will ihm Angst einjagen.

Sechsundzwanzig Jahre her, und ich hatte nicht gewusst, dass ich darauf wartete, ihm Angst einzujagen.

Bloß, dass ich es doch wusste.

Aber das Wissen nützte mir nichts, also ignorierte ich es.

Meine Kehle schmerzt vom schweren Atmen, oder vielleicht schreie ich auch, und deshalb drehen sich Köpfe nach mir um. Mein Herz ist so laut, dass ich eine Weile glaube, wir hämmerten zu dritt durch die Straßen.

Ich sehe ihn scharf nach links abbiegen und folge ihm in den Schwung einer anderen Gasse, die etwas breiter und leerer ist, da so viele beim Mittagessen sind, so viele Köpfe über Bio-Essen oder Ethno-Food oder auch traditionelle Speisen zu unerträglichen Preisen gebeugt sind.

Ich weiß nicht, warum er hierhergekommen ist. Er hatte keinen guten Grund, in der Nähe des Gerichts zu sein. Es wäre ihm nie in den Sinn gekommen, dass er sich entschuldigen sollte, auf die Knie fallen, flehen und winseln sollte, und das würde immer noch nicht reichen.

Ich renne mit geballten Fäusten, mit Fäusten, die nach vorn schlagen, wieder zurück und vorwärts durch die Luft sausen.

Sollte ich ihn schlagen, hole ich den Schlag aus dem Bauch, aus den Hüften, aus dem Rückgrat, aus 26 Jahren.

Er biegt noch mal nach links und rutscht ein bisschen weg, und ich will, dass er ganz stürzt und auf dem Rücken landet, verletzt, in die Enge getrieben. Doch dann schwingen seine Arme wild, er hält das Gleichgewicht, nutzt das Gewicht seines Koffers, um sich zu stabilisieren. Er berappelt sich. Er hat also immer noch die alten Fähigkeiten, ist immer noch der Seiltänzer.

Ich habe mich nicht fit gehalten, ich habe stattdessen ein normales Leben geführt. Ich glaube, ich kann mir nicht vorstellen, wie er die Zeit verbracht hat.

Doch meine Schwächen spielen heute keine Rolle, denn ich bin geistig auf Draht und hole auf, ich gewinne. Ich komme ihm näher, und das Drängen der hohen Häuser auf beiden Seiten hilft mir irgendwie, mich zu konzentrieren.

Von heute an werde ich sehr viel stärker sein. Annanka ist wieder da. Das spüre ich.

Als ich ihn fast eingeholt habe, sehe ich, wie die Gasse vor ihm endet und direkt in die höchste Betriebsamkeit von ganz London mündet. Er wird hineintauchen und darin verschwinden.

Und mir wird klar, dass ich ihn riechen kann. Der Wind weht mir jetzt ins Gesicht und bringt ein Aftershave mit, das ich nicht erkennen will. Auch der Hauch seines Körpers liegt darin, darunter verborgen.

Das treibt mir Schweiß auf die Stirn, aber ich halte nicht an.

Er rast über das letzte Kopfsteinpflaster zwischen zwei Restaurants, dann über den Bürgersteig auf die Hauptstraße. Busse gleiten heran, versperren mir die Sicht auf ihn, aber ich laufe trotzdem weiter, stürze mich selbst kopfüber in den Verkehr. Ich kann nicht anhalten.

Ich werde fast von einem Taxi angefahren. In Wirklichkeit wird ein Taxi fast von mir angelaufen. Ich fühle mich auf blöde Art unverwundbar. Ich stemme mich gegen die Motorhaube und erwarte fast, dass sie vor meinen Händen zurückweicht, weil sie nichts ist und ich im Recht.

Dann stehe ich wieder auf Pflaster, aber nicht auf einem Bürgersteig. Alles ist plötzlich sehr offen, fast wie ein Platz, es gibt zu viel zu sehen. Zu meiner Linken die Statue von Queen Anne, die wir den Kindern bei einem Frühlingsausflug gezeigt haben, und da die vielen kleinen Steine, sorgsam zu Mustern unter den Füßen angeordnet, und ein Schwarm Touristen mit einem Führer, der eine italienische Flagge auf der Spitze seines Golfschirms hochhält, und gleich zu meiner Rechten so ein blasses Bergmassiv, die Fassade der Kathedrale St. Paul's. Sie sieht aus wie eine hässliche weiße Uhr auf Gottes Kaminsims.

Und da ist er.

Er steht an einer Säule oben am Absatz der schmuddelig weißen Stufen und atmet sehr schwer, seine Arme zittern, als er seinen Spitzenkoffer an die Brust drückt. Ich habe ihn zu einem gestressten Tier auf der Treppe gemacht, er macht einen verängstigten Jungen nach, wie er seine Schultasche vor sich hält. Meinetwegen ist er in die Menge gerannt, damit die auf ihn aufpasst oder sein Zeuge wird, oder sein Alibi.

Als ich ihn entdecke, senkt er den Kopf, aber ich kann noch erkennen, dass er alt geworden ist, nicht wahr? Im Nacken, im Kiefer, in den eingesunkenen Wangen ist er alt, und ich habe mich besser gehalten.

Gut.

Er schaut auf seine Füße und sucht kein Kirchenasyl – es sei denn, die Stufen zählen schon dazu.

Es kostet zwanzig Pfund, hineinzukommen und Zuflucht zu finden.

Ich bleibe, wo ich bin, und lasse meine Stimme weit tragen, weil ich das kann. Das konnte ich schon immer. Vom Straßentheater zur Lehrerin – die Fähigkeit ließ sich übertragen. Sie können mich in jede gedrängte Masse stellen, und ich schaffe es, dass alle mich hören.

»Buster.«

Ich höre mich an wie jemand anderes, wie jemand Angespanntes, heiß gelaufen, es rast in meinen Gelenken und Fingern und im Magen, in meiner Brust.

Ich gehe auf ihn zu. Meine Beine fühlen sich steif an – als wüsste er Zaubersprüche und versuchte mich zum Stolpern zu bringen, aber ich kämpfe dagegen an.

Mit einem Mal fliegt eine Wolke Tauben auf, weil sie nicht in meiner Nähe sein wollen.

»Buster.«

Als er den Kopf hebt, sieht er traurig aus.

Und das ist eine Lüge, eine Lüge, eine Lüge, bloß noch eine Lüge, und er lügt, denn das ist alles, was lügende Lügner jemals tun.

WENN MAN EINE GESCHICHTE an sich heranlässt, kommt auch der Erzähler mit rein. Das sage ich den Kindern. Ich bin keine Bedrohung, aber nicht alle sind freundlich gesinnt. Nicht alle wollen helfen. Geschichten hinterlassen Spuren in eurem Denken: Schmutz und Kratzer und Fußabdrücke und Stellen, die so glänzen, wie wenn man etwas immer wieder hin und her darüberschleift, immer auf dem gleichen Fleck.

Ich sage meiner Klasse, der einzigen fünften an der Oakwood, wie wichtig es ist, keine bösen Mitbewohner im Kopf zu haben. Ihr wisst nie, was sie euch da oben erzählen. Vielleicht spielen sie schreckliche Musik oder zünden Feuer an.

Fünfte Klasse ist das beste Alter. Zu der Zeit merkt das zwar niemand, aber mit zehn oder elf Jahren sind wir wahrscheinlich auf dem Gipfel unseres Lebens. Danach kommen bloß noch Sex, Angstattacken und körperlicher Verfall.

Das ist übertrieben, aber dennoch bin ich eine verlässliche Erzählerin. Verlässlichkeit ist wichtig. Ich werde beispielsweise auf St. Paul's und die Kirchenstufen zurückkommen, das verspreche ich. Aber nicht jetzt. Das kann ich noch nicht. Und viele andere Sachen und Menschen sind wichtiger als Buster.

Wie Sue Delara, unsere Direktorin und gute Hexe, unser Guru, unsere Anführerin. Nur ihretwegen können wir uns alle noch sehen, auch wenn wir fern voneinander sind. Sie hat alle Budgets umgeschmissen und alle angerufen, die wir normalerweise anrufen – plus noch ein paar mehr –, und so einen kleinen Berg zusätzlicher Laptops und reparierbarer Laptops und Kopierschutzstecker und Router und alter Handys zusammengetragen.

Weshalb niemand unversorgt ist. Niemand sollte unversorgt sein.

Außerhalb unserer Reichweite murmelt und floskelt die Regierung darüber, womöglich vielleicht über Mittel und Wege nachzudenken, wie Kinder in Zukunft auch von zu Hause aus lernen könnten.

Es wird also nichts getan werden.

Und eine sehr vorhersehbare Gruppe von Menschen wird jetzt schon Geld damit verdienen, etwas jetzt sofort dringend Benötigtes nicht zu liefern.

Immerhin haben wir hier an der Oakwood Lösungen und Flexibilität. Wir konnten sogar überschüssige Technik an eine Hilfsorganisation spenden. Und wir haben Sue.

Wir sind eine private, aber nicht unabhängige Schule und liegen bei der Finanzierung im Allgemeinen am unteren Ende. Wir sind im Moment ziemlich ausgeblutet, aber wenigstens können wir noch einige Kinder umsonst aufnehmen und so unterrichten, als würden wir Kinder wirklich mögen. Unsere Zukunftspläne hängen zu sehr davon ab, dass eine nette alte Dame stirbt und uns in ihrem Testament bedenkt, was ein bisschen abscheulich ist, aber es bringt nichts, sich damit aufzuhalten.

Und die Fünftklässler-Eicheln (so nennen wir unsere Schülerinnen und Schüler) treffen sich jeden Tag online, und wir können so tun, als ob wir es behaglich hätten. Wir winken unseren Eichelgruß und unseren Eichengruß, wir tanzen unseren Freudentanz, nur im Sitzen, und wir reißen die Augen ganz weit auf, um unsere Freunde zu sehen, und ich weine dabei auch nicht mehr.

Zoom ist keine große Hilfe, wenn man lernen will, Brüche zu addieren und zu subtrahieren und so – was niemand so wirklich toll findet, außer vielleicht Kwakou und Talha –, aber wir machen trotzdem Fortschritte. Sogar Rosie, die eine Art Allergie gegen Mathe hat, kommt gut voran.

Und wir legen uns gegenseitig bemalte Steine vor die Tür. Ich habe 16 Steine vor meinem Gartentor. Einer für jedes Kind in meinem Jahrgang. Die kleine Klassengröße ist eines unserer Verkaufsargumente, aber auch der Grund, warum wir nur wenig Einnahmen aus Schulgeld haben.

Gehupft.

Gesprungen.

Auch das geht nicht so gut per Zoom – auf dem Schulhof der Oakwood, ja, aber nicht zu Hause.

Das alles ist wichtiger als Buster.

In letzter Zeit habe ich mit den Kindern über Rumpelstilzchen gesprochen. Das ist eine sehr wichtige Geschichte. Jedes Jahr sorge ich dafür, dass meine Eicheln auf Rumpelstilzchen vorbereitet sind, egal, welche Tricks er versuchen wird.

Sie erinnern sich sicher an die Handlung: Eine junge Frau wird von ihrem mehr als nutzlosen Vater verraten und von einem schrecklichen König entführt. Ihr Vater hat den König aus unerklärlichen Gründen glauben lassen, sie könne Stroh zu Gold spinnen. Der König ist sehr daran interessiert. Es überrascht nicht, dass die einzige Person, die zu viel Gold hat, mehr davon will. Also stiehlt er das Mädchen und gibt ihr seine Bestellung auf – Gold, und zwar reichlich.

Nun ist es nicht möglich, Stroh zu etwas anderem als gesponnenem Stroh zu spinnen. Die Frau ist in einem Raum mit einem Spinnrad und wahrscheinlich haufenweise Stroh eingesperrt. Vielleicht hat sie Allergien, auf jeden Fall ist sie sehr traurig und ratlos. Dann taucht plötzlich eine schreckliche Zauberperson auf, als sie spät in der Nacht verzweifelt ist. Und sie schließt einen Handel mit ihm ab – einen schrecklichen Handel.

Das erinnert uns daran, dass Hoffnungslosigkeit spät in der Nacht vermieden werden sollte und dass schreckliche Menschen häufig auftauchen, wenn man verletzlich ist, andere Dinge im Kopf hat und im Lampenlicht sitzt. Die Fünftklässler wissen, dass man durchatmen und nach jemandem Ausschau halten sollte, der einem hilft, anstatt einfach die erstbeste Person zu nehmen, die man sieht. Sie könnte ein Ungeheuer sein.

Das Mädchen – dessen Name nicht erwähnt wird – geht einen Handel mit jemandem ein, der sich als böser, magischer Kobold entpuppt.

Die Fünfte hat einen Namen für das Mädchen ausgesucht, weil es lächerlich ist, dass sie keinen hat.

Ranbir wählte den beliebtesten – Brenda.

Brenda … Das bringt uns zum Lächeln.

Brenda gibt dem Kobold ihre Halskette. (Wir wissen nicht, was Kobolde mit Schmuck machen – vielleicht tauschen sie ihn gegen schnelle Autos ein …) Er stellt dann in angestrengter Nachtarbeit Gold für sie her, denn Zauberei und andere seltsame Dinge geschehen oft nachts.

Die Fünfte ist mutig, aber vorsichtig im Dunkeln.

Am Morgen freut sich der König über Unmengen von neuem Gold, aber natürlich will er noch mehr. Das macht unsere Brenda wieder ganz verzweifelt, denn der König könnte sie hinrichten lassen, wenn sie nicht wieder was ganz Unmögliches tut. So ist das mit den Majestäten – wenn sie nicht gerade Rehe, Füchse und langsame Vögel töten, werfen sie ein Auge auf Kapuzen und scharfe Äxte.

Als Brenda in der Nacht weint, taucht der Kobold wieder auf. Diesmal nimmt er den Ring des Mädchens mit – das Einzige, was sie von ihrer heiligen Mutter noch besitzt. Die Fünftklässler-Eicheln sind alle sehr dagegen – Atticus vermutet, dass Brendas Vater ihre Mutter auf dem Dachboden eingesperrt und aus irgendeinem Grund alle ihre Schuhe verkauft hat, aber das wäre eine andere Geschichte.

Am nächsten Morgen, als Brenda aufwacht, ist noch mehr Gold da. Doch der König lässt sich nicht aufhalten, er will genug Gold, um darin zu schwimmen, genug Gold, um sein Schloss mit Gold auszukleiden, goldenes Toilettenpapier und goldene Socken zu haben und die unendliche Macht, die ihm unendlich viel Gold bringen wird. Brenda ist hoffnungslos und niedergeschlagen – sie hat nichts mehr, was sie dem Kobold geben könnte.

Sie weint und weint, allein in dem Zimmer, das nun bis zur Decke mit erwartungsvollem Stroh gefüllt ist. Als der Kobold diesmal auftaucht, verlangt er Brendas erstgeborenes Kind. Einem Kobold ein Baby zu versprechen, ist eine furchtbare Sache, aber Brenda will leben, also stimmt sie zu. Menschen stimmen oft schrecklichen Dingen in der Zukunft zu, nur um in ihrer schrecklichen, unmöglichen Gegenwart zu überleben. Das ist etwas, worauf sich alle Stilzchen verlassen.

Der Kobold produziert genug Gold, die ganze Stadt zu pflastern und alle im Land reich zu machen – aber nicht, dass etwa wirklich geteilt würde. Der König ist überglücklich und endlich zufrieden – wahrscheinlich fängt er jetzt an, von einem Zeremonienboot aus Delfine mit Spießen zu jagen –, heiratet unsere erschöpfte Jungfer und macht sie zur Königin Brenda. Das ist eine Art Sieg, denn dadurch ist sie viel sicherer, kann schönere Kleider tragen und wird nicht mehr jede Nacht im Strohzimmer eingesperrt. Außerdem darf sie aus den Fenstern der Kutsche winken. Trotzdem scheint der König nicht sehr nett oder unterhaltsam zu sein. Wenigstens fragt er nicht mehr nach Gold.

Zu gegebener Zeit bekommt Brenda ein Baby – wie und warum das passiert, wird in der sechsten Klasse ausführlich behandelt – und dann ist sie sehr mit Windeln und Birnenpüree beschäftigt und bringt ihm bei, wie man redet und läuft. Wir beschließen, dass sie es Ari nennt.

Brenda vergisst den Kobold völlig.

Unwahrscheinlich, aber nicht unmöglich. Manchmal können wir es nicht ertragen, an die schrecklichen, schrecklichen Stilzchen-Dinge zu denken, und so verschließen wir sie in kleinen Kommoden in unseren Köpfen.

Es gibt andere Möglichkeiten, und die Eicheln wissen, wie man sie nutzt – ihre Lehrerin versteht die Theorie, aber nicht die Praxis.

Gerade als Baby Ari zu einem wunderbaren kleinen Jungen mit fröhlichen Augen und einer nützlichen Anzahl von geschickten Fingern und Zehen herangewachsen ist, taucht der Kobold wieder auf.

Wir hätten damit rechnen und koboldsichere Schlösser anbringen können. Aber Brenda hat bestimmt ihr Bestes getan.

Der Kobold lacht und verdreht die Augen. Er sagt Brenda, dass er in drei Tagen wiederkommen wird, um ihren Sohn zu holen. Er sagt nicht, was er mit einem kleinen Jungen anstellen will, und wir wollen nicht raten.

Manche von uns wollen gern schreckliche Dinge erraten, und manche von uns wollen gern in Angst und Schrecken versetzt werden, also wird nicht geraten.

Brenda weint daraufhin, wie noch nie jemand geweint hat, und überschwemmt ihr königliches Schlafzimmer mit salzigem Unglück. Der Kobold lenkt ein wenig ein – er ist recht klein und droht zu ertrinken – und sagt, sie habe drei Tage Zeit, seinen Namen zu erraten. Wenn sie richtig rät, wird er seine Macht verlieren.

Die Fünftklässler sind zu alt für Märchen, dessen sind wir uns bewusst. Aber wir schauen uns manchmal noch einfache Dinge an. Wir nehmen sie auseinander und sehen, wie sie funktionieren. In diesem Schuljahr haben wir aufgrund des beharrlichen Interesses von Millie, Ignacy, Kwakou, Max und Talha – vor allem Talha, er ist enthusiastisch – das Projekt Rumpelstilzchen gestartet. Wir haben Stilzchen-Köpfe – zwei davon sind wirklich verstörend – aus Ton modelliert. Wir haben Stilzchen-Tänze erfunden. Wir haben etwas über Stroh gelernt. Wir haben eine Spinnerei-Vorführung von Madeline Spears ertragen. Es gibt anscheinend kein Handwerk, das Madeline nicht mit ungeschickter Entschlossenheit ausübt. Und sie ist immer bereit, alles zu demonstrieren. Offensichtlich stimmt irgendwas Kompliziertes, aber Harmloses nicht mit ihr.

Wenn irgendwas Harmloses mit einem nicht stimmt, wird Sue einem fast jede Verfehlung verzeihen. Als *Schulleiterin Mrs Delara* ist sie die ultimative Bedrohung der Lehrerschaft und kann mit einem Blick das große Lehrerzimmer oder ein aufsässiges Herz zum Schweigen bringen. Aber wir alle wissen, dass sie uns auch verzeiht. Das sieht man in ihren Augen. Sie ist Mrs D. Sie ist Sue.

Und weil es Mrs Delara auch sehr am Herzen liegt, dass die Stadtkinder das Land kennenlernen, war es seltsam einfach, kleine Pakete mit Rohwolle zu besorgen und an jeden Eichel-Haushalt zu liefern. Das bedeutet, dass wir alle unsere Hände mit Schaffett weich gemacht haben, was ein anderer Name für Lanolin ist. Dann haben wir uns ständig gewaschen, um den furchtbaren Schafgeruch loszuwerden.

In dieser Lektion haben alle auf dem Bildschirm dasselbe gefühlt und gerochen, und so waren wir sehr vereint.

Ich glaube nicht, dass ich das je vergessen werde.

Atticus' Mutter war natürlich nicht glücklich über die Wolle. Sie war der Meinung, dass die Aspekte Allergien, Hygiene und Tierquälerei nicht ausreichend recherchiert wurden. (Wir hatten sie wirklich recherchiert – Oakwood liebt nichts mehr als Ethik-Recherchen.) Und Atticus' Mutter hat ihren Sohn Atticus genannt, hat sie also wirklich nur sein Bestes im Sinn?

Als Klasse haben wir unsere eigenen Mythen geschrieben – alle außer mir. Ich habe Mathefragen über das Gewicht von Gold und Spinnereien und die Aufteilung von Kobolden in Viertel- und Fünftelkobolde und so weiter verfasst. Wir sind nicht im Rückstand.

Trotzdem sind wir nicht so glücklich, wie wir sein könnten. Tony wirkt erschöpft. Millie sieht wegen irgendetwas bedrückt aus, und ich wüsste sehr gerne, weshalb. Es ist schwer, online oder während der Sozialkontrollen ein wirkliches Gespräch zu führen.

Vieles ist schwer. Wir können keinen Ausflug ins Grüne machen und die üblichen Spiele spielen oder zum York House gehen und die Eichhörnchen besuchen und die Statuen der panischen Damen, deren Kleider weggeweht sind, oder das schöne und verrückte Strawberry Hill House, das wie eine gotische Kirche wirkt, und den Park, der keinen Eintritt kostet. Wir können keine von den Sachen machen, bei denen wir uns sonst eng aneinanderdrücken und an den Händen halten.

Aber wir kriegen das schon hin. Wir leben in einem Land, in dem das Hinkriegen als Gipfel an Genuss und Zufriedenheit gilt. Dabei reicht es kaum so hoch wie ein Mitternachtskobold mit üblen Deals. Und das war ein kleiner Kobold.

Ich kriege es auch hin. Ich schaffe es. Ich kann an dieser Stelle erwähnen, dass Kinder zwar anstrengend und schwierig zu hüten, aber wunderbare Geschöpfe sind, wenn es darum geht, ansteckende Neugier und Freude zu vermitteln. Die Einzelheiten davon vermisse ich. Langjährige Grundschullehrer können kindisch und übereifrig werden, aber es gibt Schlimmeres. Gegen ein bisschen Staunen ist nichts einzuwenden.

Oakwood erfüllt die Wissensanforderungen der Schulleistungsmessung, aber niemand muss den ganzen Prüfungsprozess verabscheuen, denn wir wollen Menschen hier nicht lehren, wie man Leiden erträgt. Günstige Ausflüge gibt es reichlich, für teurere wird gespart. *Hart arbeiten. Mit Spaß arbeiten. Besser arbeiten.* Das steht im Lehrerzimmer auf einem gestickten Banner. Wenn du etwas in ein Banner gestickt hast, meinst du es wirklich ernst.

Natürlich steht Oakwood immer knapp vor dem Aus. Wir sammeln Spenden und taumeln weiter wie ein Betrunkener, der am Rande eines Kais von Möwen angegriffen wird. Das ist jedenfalls das Bild, das ich immer vor Augen habe, wenn ich an uns denke. Zumindest halten wir uns auf den Beinen, zumindest bisher. Ich habe ständig befristete Sechs-Monats-Verträge, noch etwas, worüber ich nicht nachdenken sollte, aber im fünften Monat bekomme ich immer Kopfschmerzen.

Letzte Woche haben die Fünftklässler darüber nachgedacht, wie die Rumpelstilzchen-Geschichten wohl entstanden sind. Nichtsnutziger Vater, reizende Brenda, gieriger König, trickreicher, böser Kobold mit geheimem Namen – wir haben versucht, uns vorzustellen, welcher Teil zuerst kam. Und wir sammelten die Namen, unter denen Stilzchen an anderen Stellen auftritt – all die Decknamen, die ihn zu einem Verbrecher oder Spion machen. Wir haben diskutiert. Nichts mag man in Oakwood lieber als eine Diskussion.

Und ich sitze jeden Morgen in der Küche und sehe 16 kleine Gesichter, die lebendig sind und sagen, was sie denken, mit einer Kühnheit, die sich abnutzen wird, wenn die Welt sie in die Finger kriegt. Wer Lehrer ist, gibt vor, mutig zu sein. Er oder sie ist Vorbild – dafür sind wir da. Und im Klassenzimmer kann man die Realität harmlos und vernünftig und anständig organisiert halten. Das liegt daran, dass jedes Klassenzimmer zum Teil eine Geschichte ist, in die wir uns freiwillig begeben. Lehrerinnen und Lehrer glauben mehr als alle anderen an diese Geschichte, weil wir länger als alle anderen darin vorkommen.

Wir sind diejenigen, die anfangen, und alle Anfänge sind beängstigend, also gehen wir voran.

Deshalb werfen sich Lehrer regelmäßig in Kugeln, wenn jemand mit einer Schusswaffe in ein Klassenzimmer kommt. Wir neigen dazu, uns als Mythen und Legenden zu betrachten, nicht als Menschen, die sterben können. Wir sind *an Eltern statt*, darum tun wir, was Eltern tun – wir sterben für unsere Kinder. Das passiert nicht nur in Amerika. Es geschah auch in Dunblane. In Dundee. Es würde in Oakwood geschehen. Ich bin sicher, ich würde einfach erstarren. Ich würde tapfer sein wollen, aber ich bin mir nicht sicher. Ich weiß, dass Sue am schnellsten eingreifen würde.

Sue Delara – schreckliche Schuhe, seltsame Kleidung, wunderbare Anführerin.

Heute Morgen habe ich den Fünftklässlern erzählt, dass hinter der Geschichte von Rumpelstilzchen wahrscheinlich Menschen stehen, die es gut meinen. Sie ist alt, vielleicht so alt wie die erste richtige Schrift, vielleicht sogar noch älter. Seit etwa 4000 Jahren machen sich Menschen die Mühe, Versionen einer Geschichte zu erfinden, sie zu verändern und weiterzugeben und so ihre guten Absichten zu verbreiten. Man stelle sich das vor – eine Geschichte ohne Sintflut, ohne Götter, ohne mächtige Helden, nur ein gewöhnlicher Mensch mit einem Problem, das durch Lügen und missbrauchte Macht verursacht wurde.

Und jahrhundertelang – mindestens Jahrhunderte – haben die Menschen so etwas wie die heutige Version benutzt, um zu sagen, dass manche Eltern unklug sind und dass Mädchen, die auf sich allein gestellt sind, vorsichtig sein sollten – und um klarzustellen, dass wirklich jeder so klug wie möglich sein sollte, um sein Leben zu meistern.

Natürlich endet die Geschichte von Rumpelstilzchen in den modernen Versionen damit, dass Königin Brenda sich den Kopf zerbricht und Kundschafter, Reiter und Weise ausschickt, um Rumpelstilzchen aufzuspüren, herumzufragen und zu versuchen, den Namen des bösen Kobolds zu erfahren. Allein in ihrem mit Gold gefüllten Schloss verbringt sie ihre erste Nacht damit, alle Namen durchzugehen, die sie je gehört hat. Als der Kobold auftaucht, ist kein einziger von ihnen der richtige. Pech.

In der zweiten Nacht steht Brenda dem seltsamen kleinen Mann mit dem spöttischen Lächeln gegenüber und denkt sich Namen wie Möhrenfuß, Wespenwut, Ackback und Stinkemund aus. Zumindest haben sich die Eicheln diese Namen ausgedacht – neben anderen, die weniger geeignet waren. Als Brenda den Kobold beleidigt, fühlt sie sich zwar besser, aber sie ist immer noch in großen Schwierigkeiten und hat nur noch eine Nacht Zeit.

Dann geht die Sonne unter und läutet die letzte Nacht ein, und gerade noch rechtzeitig erscheint – keuchend und staubig – ihr letzter Kundschafter. Er ist am weitesten gegangen, hat sein Bestes getan und ist möglicherweise heimlich in Brenda verliebt. Er erzählt ihr, dass er zu einem seltsamen Haus in einem seltsamen Wald kam, durch ein seltsames Fenster hineinschaute und einen seltsamen, schrecklichen kleinen Mann sah, der im Schein eines grünen Feuers tanzte und sang: »Ach, wie gut, dass niemand weiß, dass ich Rumpelstilzchen heiß! Sie wird es nie erraten!« Er könnte auch »Dumme Brenda!« gerufen haben. Wir vermuten es stark.

Diese Nachricht gibt Brenda gerade genug Zeit, ihren Lieblingspullover anzuziehen und sich die Haare zu kämmen, bevor – Puuff – der Kobold mit einem Sack auftaucht, der gerade groß genug ist, um den armen Ari hineinzustecken. Brenda tut so, als wäre sie erschrocken und verwirrt, und dann – gerade als der schreckliche kleine Mann zur Tür von Aris Schlafzimmer getanzt ist – schreit Brenda: »Ich kenne deinen Namen! Du bist Rumpelstilzchen! Rumpelstilzchen! Rumpelstilzchen! Rumpelstilzchen!«

Und das besiegt ihn, und er verschwindet mit einem schrecklichen Schrei, den niemand beachtet, weil er erledigt ist und machtlos. Danach sind alle glücklich statt traurig, und die Bäume blühen, der König wird weiser und gütiger und weniger gierig, und das Königreich wird angenehm und entspannt, und der Kundschafter findet jemanden, den er liebt, sogar mehr als Brenda, und alles, was man sich noch besser vorstellen kann, wird auch verbessert.

Und Ari und Brenda sind manchmal so glücklich, dass sie nicht einmal sprechen können. Sie tanzen einfach. Sie tanzen von einem wunderbaren Zimmer zum anderen und werfen Gold aus dem Fenster.

Seit 4000 Jahren erzählen wir uns gegenseitig, was wir wissen zu müssen glauben – dass man alle Ungeheuer besiegen kann, wenn man weiß, wer sie wirklich sind.

IM UNTERRICHT GEHEN WIR behutsam vor, wenn wir von Ungeheuern sprechen. Es ist nie ratsam, sich zu viele Vorstellungen von ihnen zu machen.

Im Gegensatz zu unseren anderen Skulpturen, die in der Kunstausstellung in meiner Küche stehen, befinden sich Alice' und Tonys Stilzchen-Köpfe in meinem Bücherregal mit Glastüren. Deshalb sieht Anja nicht mehr ständig so aus, als müsse sie darüber nachdenken, wie neue Katastrophen sich verhindern lassen.

Ich habe allen gesagt, dass wir uns jetzt daran erfreuen können, wie großartig fies und kunstvoll die Köpfe sind, ohne Angst vor ihnen zu haben. Die Bücher können von Rumpelstilzchens Macht ablenken und sie besiegen, und das Glas sorgt für unsere Sicherheit.

Ich habe also doch einen neuen Mythos erfunden.

An jedem Tag kann guter Wille uns auch helfen, gut zu sein. Was wäre sonst der Sinn? Und wie bei den Fünftklässler-Eicheln ist es auch mit der Welt – wir wären in einem viel schlimmeren Schlamassel, wenn wir alle aufgeben würden. Außerdem sollte man begreifen: Was wir uns regelmäßig sagen, das werden wir auch.

Manche Menschen bemerken das nie.

Erwachsene vergessen es, oder sie denken, dass Ironie sie davor bewahrt, ihre eigene Bedeutung, ihre Absicht zu hören. Aber was auch immer Sie sagen, es bleibt bei Ihnen, lässt sich in Ihnen nieder, auch wenn Sie versuchen, sich davon zu entfernen. Ich schreie oft Teile des Oakwood-Grundschulversprechens um acht Uhr morgens in Richtung Decke, mit unguter Einstellung und wahrscheinlich verkrampften Fingern. Ich untergrabe also seine Wirksamkeit, aber ich spreche es trotzdem. Ich versuche weiter, meinen Zustand als Erwachsener zu verbessern.

In Oakwood ist mein Name ein kleines Liedchen in den Stimmen der Fünftklässler – immer das gleiche Lied: Miss-is McCor-mick. Ich benutze ihn als Decknamen, der mir dabei hilft, Menschen ein funktionierendes Erwachsensein zu zeigen, die später vielleicht mal eine Welt bauen, die immer noch ideal werden kann, darauf bestehen wir. Die *Oakwooders* – unsere Absolventen – sollten woanders weitermachen, zumindest positiv genug, um ihre Zwanzigerjahre zu überstehen. Simons Vater, Anjas Geschichte, Bobs Mutter und Marthas Mutter, Artenschwund, Klimaextreme, Klimakollaps, verheerende Krankheiten – wir wollten sie mit dem ausstatten, was uns alle retten kann.

Menschen versuchen immer noch, sich gegenseitig zu retten. Fast alle, die an der Macht sind, wollen uns derzeit davon abschrecken, aber ich will weiterhin glauben, dass dies das Beste an uns ist.

FALLS SIE SICH WUNDERN: Ich schreibe diesen Teil, während wir alle einen lachhaften Tag erleben. Tatsächlich hat mich dieser Tag zum Schreiben gebracht. Ich benutze meinen gelben Notizblock für den vorgesehenen Zweck, und das hält mich davon ab, durch die Straßen zu stapfen und laut aufzuheulen.

Es ist der 8. Mai, und auf einmal feiern wir den VE-Day. *Victory in Europe.* Die Titelseiten der Zeitungen, die ich nicht kaufe, lauern im Imbiss an der Ecke, um mir zu sagen, dass wir den VE-Day schon immer gefeiert haben, aber ich bin anderer Meinung. Ich weiß, dass wir damals gefeiert haben – meine Großeltern zündeten ein VE-Feuer an, das so groß war, dass es den nagelneuen, nach dem Blitzkrieg aufgebrachten Asphalt in ihrer Straße ruinierte und ihnen Ärger mit der Stadtverwaltung einbrachte. Sie zündeten ein weiteres Feuer für den VJ-Day an, den wir nicht noch einmal feiern werden.

Das Wichtigste ist offenbar die Behauptung, dass es beim VE-Day darum ging, Europa zu besiegen.

Und in ganz London – und anderswo – freuen sich verschiedene Patrioten darüber, dass wir Europa erobert haben, weil sie auf diese Weise schmerzfrei über die Weltgeschichte nachdenken können. Unser heutiger VE-Day vermeidet jede Erwähnung von alliierten Streitkräften, dunkelhäutigen Soldaten oder irgendwelchen geschmacklosen Details über Nazis.

Ich habe zu keiner Zeit meines Lebens mein Haus mit Wimpeln behängt, als ob ich den tapferen Chalky White und den frechen Dusty Miller erwarte, die nach der Befreiung Belgiens nach Hause marschiert kommen.

Für Chalky und Dusty ist dies jedoch kein Fest – sie und ihre nichtfiktiven Freunde sind damit beschäftigt, vor ihrer Zeit zu sterben, weil sie offenbar entbehrlich sind und alle Menschen, die in den wenigen ihnen noch verbleibenden Jahren Renten beziehen wollen, eine Belastung darstellen.

Ich nehme an, sie würden vielleicht sogar wieder den Faschismus besiegen wollen – peinlich. Also sollen sie lieber weiter in pestverseuchten Pflegeheimen verrecken, was bedeutet schon ein Jahr oder ein Tag oder eine Stunde für unwichtige Leute?

Aber ich gehöre zu den unbedeutenden Leuten. Und ich will alle meine Jahre, Tage und Stunden haben. Einige von ihnen werden gut sein. Mir gefällt nicht, wohin unsere nationalen Präzedenzfälle führen. Ich meine, wenn ich sowieso sterben werde, warum sich dann überhaupt mit mir abgeben?

Inzwischen ist unser künstlicher VE-Day eine Feier für Leute, deren Vorstellung vom Krieg aus Mitsingen und Tanzveranstaltungen besteht – viel vom Sieg und nichts vom Kampf. Es werden keine anderen Länder erwähnt, die beteiligt waren – nur wir. Nicht einmal alle von uns.

Ich stehe also mit Spannungskopfschmerz in meinem Hof, während das Tageslicht in der Hitze pulsiert. Irgendjemand bei der Parade spielt eine Auswahl von *Now That's What I Call Music From The 40's*. Sie sind nicht nah genug, als dass ich mir sicher sein könnte, welche Melodie genau erklingt, aber der Swing und der Ton sind genau richtig, um mit einer Siegesfrisur in einem Keller zu tanzen, während die Sirenen heulen, aber keine Bomben auf dich oder die Deinen fallen.

Oh, und die Wimpel.

So viele Fähnchen.

Union-Jack-Wimpel.

Manche Straßen bestehen nur aus Fetzen und Büscheln und riesigen, hängenden Lianen aus zuckendem und flatterndem Rot, Weiß und Blau. Als würde man durch eine Migräne laufen. Und das alles kribbelt und klatscht im Wind und hört sich in der Summe an wie eine Reihe sehr seltsamer Sexualakte, die sich immer schneller meinem Garten nähern. Es übertönt fast die fröhliche Kriegsmusik.

Aber ich verstecke mich im Laubschatten meines Hofes – wieder einmal ein ungesehener Boykott. Ich bin unter dem Spalier, wo mir das Quadrat von stechendem Blau oben nichts anhaben kann. Die Hitze, Hitze, Hitze des Jahres. Dieser Sommer schmerzt immer noch, obwohl wir alle eingesperrt sind und die Umwelt weniger verschmutzen, besiegt von winzig kleinen Todesmaschinen, die wir nicht mal sehen können. Wir werden von so vielen Dingen besiegt, die wir für unbedeutend halten.

Doch der Gesang der Vögel triumphiert derzeit zwischen den Flaggen, ist viel schöner und wahrer. Sogar hier gibt es inzwischen so etwas wie einen Chor der Morgendämmerung. Paul und ich können uns umschauen und sehen, wie das allgemeine Leben sich an unserer Abwesenheit erfreut.

Ich nehme an, das ist ein weiterer Grund, warum der VE-Day so reizvoll ist – wir dürfen uns ohne Schuldgefühle glorreich fühlen. 1945 waren wir so etwas wie die Verfechter der Demokratie, der Rechtschaffenheit und der Freundschaft mit den Wohlmeinenden – das barmherzige Land, das wir immer sein konnten, war für einen kurzen Moment fast erreicht. Es hat beinahe den ganzen Krieg gebraucht, um uns an diesen Punkt zu bringen, und wir haben ihn seitdem gut abgestreift. Jetzt haben wir nur noch Sehnsucht nach Jagdflugzeugen, Lebensmittelkarten und Gasmasken. Die einzigen Schutzmasken, die wir akzeptieren.

Und wir haben Wimpel.

In der Britannia Street gibt es eine Wohnung im dritten Stock, die den Straßennamen viel zu ernst nimmt, selbst für 2020. Der Balkon sieht aus, als hätte man den Mythos Winston Churchill explodieren lassen, lauter zerberstende Farben in rastloser Empire-Begeisterung. Ich möchte die darauf Sitzenden anschreien: »*Sie wissen doch, wie sich Wimpel anhören, oder? Das Wort* bunting? *Wissen Sie, was das als Verb bedeutet? Es ist ganz konkret – ich schwöre, ich lüge nicht – ein Ausdruck für wilden Sex mit einem Corgi. Ja, einem Royal Corgi. Es ist Sex einer menschlich-britischen Ikone mit einem Corgi, der eine winzige hundegroße Margaret-Thatcher-Perücke trägt. Oder eine Vera-Lynn-Perücke. Wahrscheinlich beides. Das ist es, was Sie feiern, dafür steht das Schlapp-schlappidi-schlapp-*

Geräusch – den Missbrauch einer sprachlosen Kreatur, dazu verdammt, sobald sie nicht mehr von Nutzen ist, durch gekonntes Zucken der stählernen Finger Ihrer Majestät erledigt zu werden.

Werdet endlich erwachsen!«

Nichts von alledem passt zu einer netten, ruhigen, ordentlichen Grundschullehrerin.

Aber das ist das Problem mit dem Lehrerdasein, besonders, wenn man jüngere Kinder unterrichtet. Du stehst für Sonnenschein und Rationalität in der Zukunft. Es geht um die Leichtigkeit, mit der man nach oben und nach außen Verantwortung übernehmen und wachsen kann. Unser Beruf lässt uns stets erwarten, dass die Erwachsenen erwachsen sind. Das ist das vernünftige Ergebnis, auf das wir jeden Tag mit unseren Lektionen über Verben, mit unseren Gedichten und Kaulquappen und Schulspielen und Prozentsätzen und Weltgeschichte und Erdkunde und eigener Geschichte und Fakten hinarbeiten.

Das alles lässt uns erwarten, dass Erwachsene erwachsen sind.

Es kann einen erschöpfen, wie viele Menschen uns enttäuschen.

Nicht, dass es nicht noch viel mehr Leute gäbe, die weitermachen. Paul und F. L. und Sue und die anderen, sie handeln weiter aus Hoffnung. Die Pflegekräfte bei Ma im Heim. Die armen Seelen, die Krankenhausschichten und Putzschichten und Forschungsschichten und Kurierfahrerschichten und Laborschichten und Lagerschichten und Tafelschichten und Suppenküchenschichten durchschwitzen – all die Menschen, von denen wir gar nicht wussten, dass wir sie so sehr brauchen. Das sind die Erwachsenen, auf die das Bildungswesen hofft.

Lebensmitteltafeln und Suppenküchen – Gott steh uns bei, dass es so weit gekommen ist.

Und jetzt stellen Sie sich vor, dass ich kurz weggegangen bin und zwei Ibuprofen genommen habe, denn heute ist ganz sicher ein Kopfschmerztag.

Ich schreibe dies mit der Hand auf einem Block aus Recyclingpapier. Ich bin so ein Mensch, der seinen CO_2-Fußabdruck reduziert, obwohl wir bereits dem Untergang geweiht sind. Ich tue so, als ob ich viel vom *Homo sapiens* halte und glaube, dass wir es schaffen sollten. Ich hoffe, dass kleine Taten uns ermutigen können, uns zu verbessern. Die Spezies braucht mehr positive Bestärkung und überschaubare Herausforderungen und – ich weiß nicht – Bücher, die sie interessant findet, lebensverändernde Podcasts, von denen sie sich wirklich mitnehmen lassen kann.

Was sie natürlich bekommen wird, sind Dauerkatastrophen und Gladiatorenkämpfe um frisches Gemüse und Luft.

Aber es macht keinen Sinn, nihilistisch zu sein, wenn man die Gegenwart auch ganz harmlos aufwerten und sicher von einem Moment zum nächsten schreiten kann, um dann vielleicht auch den nächsten zu erreichen. Ich mache mir viele Gedanken darüber, wie ich Dinge verbessern kann.

Deshalb werde ich Ihnen hier das Geheimnis verraten, wie man ein gutes Scone backt. Das kriegen Sie, weil Sie bis hierher gelesen haben. Aufwertung. Belohnung. Information.

Lassen Sie es in Ruhe.

Ehrlich, lassen Sie die Scones in Ruhe. Die Zutaten sind unwichtig. Ein Scone wird im Grunde immer mit genau den gleichen Butter- und Mehlsachen gemacht – es kommt auf den richtigen Touch an. Drücken Sie die Butter oder das Butterersatzprodukt nur ganz leicht in das Mehl oder das Mehlersatzprodukt ein. Seien Sie bei jeder Berührung behutsam, minimalistisch. Sobald der Teig zu einer Masse vereint ist, nehmen Sie ihn sacht aus der Schüssel, legen Sie ihn ab, rollen Sie ihn einmal freundlich aus, schneiden Sie ihn in Stücke, schieben Sie ihn auf das Backblech, bevor er es merkt, dann direkt in den Ofen, und fertig. Behandeln Sie jedes Gebäck wie eine Prellung, einen Einsiedler, einen posttraumatischen Fall. Seien Sie liebevoll, aber lassen Sie ihn in Ruhe. Dann wird er es Ihnen danken, indem er sich hebt und knusprig wird und außergewöhnlich leicht ist. Und man wird gut über Sie sprechen und sich an Sie erinnern.

Ein gutes Scone, warm und für Sie – das ist eine ganz menschliche

Kleinigkeit, wie ein Kuss auf die Wange oder ein Lächeln in einer Busschlange. Es könnte ausreichen, um diesen Moment zu retten. Dieser endlose und winzige und unendliche Moment ist alles, was wir jemals wirklich haben. Es lohnt sich, ihn zu retten.

Das ist eine gute Information – die Gebäckstücke. Dass ich Rumpelstilzchen, Posttrauma und einen Einsiedler erwähnt habe, wird sich später auch noch als nützlich erweisen. Sie haben bereits einige Dinge gelesen, auf die wir später zurückkommen werden. Ich schreibe hier nichts aus Versehen. Dies wird die Geschichte, die ich erzählen will.

Und jetzt erzähle ich Ihnen mehr darüber, wie ich bin.

Man sagt mir nach, dass ich nur zögerlich etwas preisgebe.

Dies bin also ich.

Ich sitze im Hof, wie erwähnt, wegen der drückenden Hitze. Wir werden wieder einen heißen Sommer haben, ohne Luft und ohne Schlaf. Ich stelle Schüsseln mit Wasser für all die Vögel auf. Wenigstens hat London den Aus-Schalter gefunden, und die Flugzeuge schlafen fast alle. Die Menschen bemerken die wenigen Flugzeuge, die noch fliegen, und ärgern sich über sie – über den ungewohnten Lärm und die Verschmutzung, über das Vergehen solcher Freiheit – zu reisen, zu genießen, anzustecken.

Ich wünsche mir, dass die Flugzeuge für immer verschwinden, dass ihre Unternehmen pleitegehen und ihre Arbeitsplätze ersetzt werden. Dann bin ich eben Maschinenstürmerin. Würde ich im Notfall in einer ansonsten leeren 737 rasen, aus deren beiden Flügeln zusätzliches Kerosin in brennbaren Wasserfällen möglicher Krebserkrankungen, neurologischer und metabolischer Schäden versprüht wird? Wenn Paul krank wäre? Wenn schlimmere Dinge passieren würden, die ich nicht einmal nennen will, und ich schnell reisen müsste? Natürlich würde ich das tun.

Ich lungere also in meinem ludditischen, heuchlerischen Londoner Hinterhof und werde nicht mehr alle paar Sekunden überflogen. Um genauer zu sein, ich bin in Kings Cross.

London verführt dazu, bei den meisten Dingen zu lügen, vor allem bei Immobilien, also fühle ich mich verpflichtet, das zu kompensieren und darauf zu bestehen, dass dies kein großer Innenhof ist. Es gibt keine Zitronenbäume in hüfthohen Terrakottatöpfen. Keinen Cotswold-Stein, keine Lavendelbeete, keinen romanischen Kreuzgang, keinen Brunnen. Es handelt sich um einen leprösen Asphalt- und Kopfsteinpflasterplatz vor einem Gebäude, das einst ein Stall, dann eine Garage und schließlich eine Renovierungs- und Vermietungsmöglichkeit für Mr Charalambous war. Links und rechts dieses kaum vorhandenen Innenhofs stehen die Brandmauern späterer Gebäude, die Rückseite besteht aus einer hohen vorviktorianischen Backsteinmauer. An der Vorderseite befindet sich eine Barriere aus breiten alten Brettern aus der Zeit breiter alter Bäume. Sie steht zwei Stockwerke hoch zwischen uns und der Straße. Man will immer etwas zwischen sich und der Straße haben.

In meinem Fall ist es die Wicklow Street. Bezirk WC1X. Paul und ich sagen uns, dass das X die richtige Stelle markiert.

Als ich nach Hause komme, trete ich über die Schwelle einer menschengroßen Tür, die in die riesigen Torflügel geschnitten ist, die den größten Teil unserer Holzwand ausmachen. Sie wurden so gebaut, dass sie sich öffnen und ein wirklich großes Pferdegespann durchlassen können. Wenn man erst einmal im Hof ist und die Tür hinter sich verriegelt hat, fühlt man sich fast unweigerlich gut verteidigt, selbst im Jahr 2020. Das Verriegeln der ersten Tür ist immer ein Moment, den ich genieße – es sei denn, es regnet. Dann versetzt mich die ganze Prozedur in einen Stummfilm – ich eile im strömenden Regen zu einer Tür, öffne sie, husche hinein und bin dann genauso halb ertrunken wie vorher. Ich muss jedes Mal an Buster Keaton denken – nass und reglos unter seinem sehr dünnen, sehr flachen Hut – und dann noch etwas nasser und noch etwas ungerührter.

Direkt gegenüber der Tür, auf der anderen Seite des Kopfsteinpflasters, befindet sich das Kutschenhaus, das mein Zuhause ist. Zuerst habe ich es gemietet, dann habe ich es gekauft. Mr Charalambous ist in kleinen Angelegenheiten vorsichtig – er war nicht scharf darauf, an mich zu vermieten, da ich so offensichtlich pleite war. Aber in großen Angelegenheiten ist er leicht zu bewegen, und der Kauf war gespenstisch einfach, obwohl er so funktional und erwachsen und praktisch erschien. Irgendwie hatte ich nicht geglaubt, dass man mir das erlauben würde. Ich bin mir nicht sicher, ob er verkaufen wollte, aber er ließ sich schnell überreden, indem ich viel weinte.

Das tue ich.

Habe ich getan.

Ich bin von drohender tränenbedingter Dehydrierung zu moderater Weinerlichkeit übergegangen.

Aber das müssten Sie eher Paul und F. L. fragen.

»Mum, schau weg – jetzt kommt ein Altruismus-Spot.« Das muss Paul immer noch oft sagen.

Die Zusammenstellungen von tanzenden Krankenschwestern in Schutzkleidung, musikalische Freundlichkeiten auf der Straße ... die anderen Bemühungen von Menschen, Fremde aufzumuntern ... dieses Jahr hat mich gelegentlich an den Rand eines Nierenversagens gebracht.

Wie sich herausstellte, braucht es nur Jahre von Stress, Verzweiflung und wiederkehrender posttraumatischer Belastungsstörung, dann kann fast jeder Mensch sehr leicht weinen.

Aber ich bin jetzt gefestigter. Denke ich.

Und Mr Charalambous sieht mich manchmal an, und ich weiß, dass er immer noch überrascht ist von mir und dem, was ich besitze. Weniger überrascht als ich selbst.

Natürlich gehört mir nicht das Grundstück, auf dem mein Haus steht. Das gehört immer noch Mr C. Rechtlich gesehen sind wir beide gezwungen, davon auszugehen, dass er seinen Bruchteil eines Hektars unter meinem Fundament wie ein schmutziges großes Tischtuch herausziehen und einfach wegnehmen könnte. Das bedeutet, dass ich ihm eine jährliche Gebühr zahlen muss, um das Grundstück an Ort und Stelle zu halten. Wenn Sie es in Großbritannien zu etwas bringen wollen, müssen Sie Grundstücksbesitzer sein.

Wir sind schon seit Jahren hier, Paul und ich, und balancieren auf den Regenwürmern eines Mannes mit krausem Ohrhaar. Die Wohnung ist, wie man sagen würde, *für London erstaunlich angenehm*. An der Vorderseite des ersten Stocks gibt es einen schmiedeeisernen Balkonvorbau auf schmiedeeisernen Beinen. Wahrscheinlich ist es sicher, ihn zu betreten, was gut ist, weil wir das müssen, um unsere Haustür zu erreichen. Diese befindet sich im ersten Stock, zusammen mit dem Wohnzimmer und der Küche und einem seltsamen kleinen Un-Raum, der hauptsächlich als Abstellraum dient und hinten nicht ohne Feuchtigkeit ist. Wenn wir wach sind, schauen wir hinter Eisenstangen und Farnköpfen hervor, die wie von Kobolden geklöppelt aussehen. Der erste Stock ist über eine eiserne Wendeltreppe zu erreichen, die mit koboldartigen Blättern und Blumen übersät ist. Wir schlafen im Erdgeschoss, im Schatten des Balkons. Es gab keine Möglichkeit, eine Matratze die Treppe hinaufzubringen. Wir haben es versucht. Aber wir haben drei Einzelmatratzen durch die Fenster im Erdgeschoss geschoben, das ging ganz gut. Eine für den kleinen Paul, sobald er erwachsen ist, und zwei für mich, um daraus ein Doppelbett zu machen. Das lag daran, dass ich gerne Platz habe, nicht daran, dass ich Gesellschaft erwartete.

Ich mag es, dass ich ein bisschen was zu tun habe, bevor ich zu meiner Haustür komme. Das gibt mir Zeit zum Nachdenken, während ich von der Welt weg nach oben steige. Das Klappern der Metallstufen würde uns auch genug Zeit geben, alles zu hören, was zu uns zu kommen versucht.

Gelegentlich frage ich mich, ob die viktorianischen Kutschenbesitzer ihre Wendeltreppen gewählt haben, um überambitionierte Pferde abzuhalten. Vom Wagen befreit, könnten sie plötzlich nach oben wandern und herumschnüffeln wollen. Warum auch nicht, bei einer so großen Nase?

So sind wir selbst vor pferdeartigen oder ansonsten behuften Bedrohungen sicher.

Wenn man in einer Gruppe von Frauen darüber spricht, wo sie gelebt haben, werden immer eine oder zwei von dem Ort erzählen, den sie lieben, weil es der Ort ist, zu dem sie geflohen sind und an dem sie gelernt haben, sich zu entspannen und sicher zu fühlen. Die Wicklow

Street war das für mich und meinen Sohn mit den weit aufgerissenen braunen Augen, der nie wieder etwas Schlechtes sehen sollte.

Der Junge und ich hatten beide Albträume. Aber sie verblassten. Jetzt sind wir unendlich hungrig nach Schlaf. Und die Pandemie bedeutet, dass wir immer noch zusammen sind und er sich nicht in seinem Brückenjahr auf Wanderschaft gemacht hat, was zugleich erfreulich und erschreckend war.

Andererseits verdient er auch kein Geld. Aber wir kriegen es hin. Das ist unser Job.

Er wird also nicht losgehen und irgendeine »systemrelevante Arbeit« machen, also in Wirklichkeit einen »Wegwerfjob«. Als Freiwilliger und in so viel Schutzkleidung, wie wir zusammenkriegen, ist das in Ordnung – solange er vorsichtig ist. Er muss sehr vorsichtig sein. Sehr, sehr vorsichtig bitte. Wir streiten über den Grad der Vorsicht. Ich schummle, indem ich weine.

Ich meine das Weinen wirklich ernst, aber es fühlt sich trotzdem wie Schummeln an, und er bekommt diesen sehr geduldigen Blick, den er vermutlich immer öfter aufsetzen wird, sollte ich alt und verrückt werden und voller Suppenflecken sein, die ich nicht mehr sehen kann.

Ich verspreche dem Universum regelmäßig, dass ich nicht wie Ma sein werde – kein Schimpfen auf die Betreuer, keine Offenbarung von bisher verborgenen Abneigungen. Ich glaube nicht, dass all dieser Abscheu von ihr stammt. Das ist bloß etwas, was man sagen kann, während die Ereignisse auf sie niederprasseln, sie attackieren. Ich werde Paul nicht anschreien, dass fiktive Einwanderer mich enthaupten wollen, während ein tatsächlicher Einwanderer mir irgendein zukünftiges Smartphone vor die Nase hält und ihm mein seltsames kleines Gesicht mit langen weißen Haaren und gelegentlich schlauen Augen zeigt. So werde ich nicht sein.

Die arme Ma. Sie hält sich eine Reihe von Worst-Case-Szenarien mit rassistischen Beleidigungen aus den Dreißigern vom Leib. Das ist alles, was sie hat.

Und alle anderen Betroffenen sind natürlich genauso arm dran.

Man darf gar nicht daran denken. Wenn es so glüht, darf man an gar nichts denken. Ich spüre, wie sich mein Gehirn aus dem Schädel schält und schrumpft – irgendwann wird es nur noch eine fiese Rosine sein, voll mit meiner Vergangenheit.

Wenn die Luft drinnen zu dick zum Atmen ist, entriegele ich das Sicherheitsgitter – London plus Paranoia plus Hyperwachsamkeit gleich freiwillige Gefängnisgitter –, schwinge mein Schlafzimmerfenster auf, klettere über die Fensterbank, und schon bin ich draußen. Drei oder vier Monate lang habe ich dem groß gewordenen Paul erklärt, dass normale Menschen Gebäude nicht über Fenster verlassen, und dann wurde es allmählich zu einer vernünftigen und angenehmen Option für uns beide.

Es ist wichtig, das Gitter geschlossen zu halten, wenn du ein cleverer Junge bist, der herausgefunden hat, wie man es ver- und entriegeln kann. Für den Fall von Ungeheuern.

Sobald ich draußen bin, kann ich in meinem gebrauchten Liegestuhl sitzen, während die Sonne untergeht, und dann in den ausgebrannten khakifarbenen Himmel schauen, der die Londoner Version der Nacht ist. Die Sterne sind jetzt allerdings lauter. Sie rücken nahe heran, während wir durch so viele so stille Tage gehen, dass wir die Stationen voller Beatmungsgeräte hören können, die für Menschen laufen und laufen, während sie in nächtlichen Meeren davontreiben.

Manchmal kommt es mir falsch vor, dass ich mich hier so friedlich fühle – in der Wicklow Street, meinem ersten und einzigen freundlichen Zuhause. Jetzt werde ich es aber offensichtlich verkaufen und umziehen. Sobald es das Chaos zulässt.

Das überrascht mich immer noch. Ich habe bereits mit drei verschiedenen Immobilienmaklern gesprochen – Männer in eng geschnittenen Anzügen, die den Innenhof immer wieder anpreisen, als ob es dort wirklich einen Koi-Teich unter Palmen und marokkanische Fliesen gäbe. Keiner von ihnen war der Richtige, um mein Haus zu verkaufen. Und nachdem ich ihnen das Haus gezeigt hatte und mich dann nie wieder meldete, riefen sie immer wieder auf meinem Handy an. Die Makler hatten alle fettige Stirnen und rochen nach saurem Kaffee und traurigen, schmutzigen Autos. Mein Haus hat etwas Besseres verdient als das.

F. L. schlägt vor, dass niemand ins Haus zu kommen braucht, nicht bis zum Schluss. Wir können virtuelle Besichtigungen machen.

Wenn ich mich entscheiden kann, wegzugehen.

Nur kann ich das nicht.

F. L. drängt mich beharrlich *nicht*. Er kann Tai-Chi und weiß, wie man ohne Druck zum Erfolg kommt. Manchmal empfinde ich das als so ungerecht wie Weinen.

Er hat Pläne für ein Inselleben auf einer echten Insel. Es gibt viele aufeinanderfolgende Tage, an denen ich mit ihm zusammen Pläne habe.

Ich stelle mir Folientunnel und neue Kartoffeln vor und dass ich morgens nicht mehr von Flugzeugen aufwache.

Mir ist klar, dass ich mich, wenn die Stille des Lockdowns vorbei ist, weiterhin nach dieser Ruhe, dieser Luft und diesem Vogelgesang sehnen werde.

Wir haben sogar eine Insel im Sinn. Der Plan ist, auf Colonsay zu mieten und dann zu kaufen. Oder wir kaufen sogar ein Stück Land und bauen ein Haus – mit Geld und Fachwissen und Methoden, die reine Theorie sind.

Und dann träume ich davon, wie wir im Matsch kauern und uns zwischen verdorrten Kartoffelstängeln und Bauplänen vor dem waagerechten Schneeregen schützen.

Aber an manchen Morgen habe ich das Gefühl, dass ich mir nichts sehnlicher wünsche, als den Weg vom Hafen in Scalasaig hinaufzugehen und in einem sauberen neuen Leben zu sein und die Lerchen zu hören, die mir zustimmen. Ich kann mir vorstellen, dass ich eine Frau bin, die in einem buckligen, versinkenden Wohnwagen leben kann, während sie Entscheidungen darüber trifft, wohin die Fenster ausgerichtet sein sollen, und die bei Problemen ruhig bleibt. F. L. und ich müssten uns nicht anschreien, während die Feuchtigkeit an den Wänden und auf dem Esstisch aus Resopal herunterläuft. Und wir könnten einfach mieten. Das Haus teilen und dann mieten. Oder einfach nach Oban ziehen und auf den blauen Punkt auf dem blauen Meer schauen, wo unser Traum noch immer schwebt.

Ich stelle mir in der Regel die schlimmsten Zukunftsszenarien vor. Natürlich tue ich das. Stress ist eine Droge, ein Fix, ein Zauber, eine Prophezeiung, ein Monster – er kann zu allem führen.

Meine Qigong-Übungen beruhigen mich.

Allerdings muss ich erst ganz ruhig sein, bevor ich mich an sie erinnern kann.

F. L. ist auch beruhigend. Sein Spektrum reicht von *leichten Beruhigungsmitteln* über *viel Baldriantee und eine Massage* bis hin zu *einem warmen Bad* und *dem menschlichen Äquivalent zu heißer Milch vor dem Schlafengehen, aber ohne Schleim.* An ihm ist so wenig falsch, dass man Geheimnisse erwartet.

F. L. ist kurz vor dem Lockdown ohne mich nach Colonsay gefahren – *nur um mich umzuschauen: Ich gründe keine Sekte, um dich willkommen zu heißen, und begrabe auch nicht meine anderen Ehefrauen.* Darüber hatte ich mir gar keine Gedanken gemacht. Ich fragte mich, ob es ihm um *neue Pläne und einen neuen Ort für seine neue Beziehung* ging oder eher darum, *Anna vorzeitig zu verlassen, indem er London verließ.*

Das wäre fast lustig, wenn man bedenkt, wie hartnäckig ich versuche, immer selbst jeden zu verlassen.

Nicht absolut jeden – nur jeden, für den Vertrauen und Intimität und so weiter nötig sein könnte.

Also verließ F. L. London, und dann kam die Seuche.

F. L. ist nun schon so lange ungewollt bei seinen Insel-Gastgebern in der Nähe von Uragaig gefangen, dass er sich sehr heimisch fühlt. Er zeigt mir mit seinem Handy Ansichten, sagt oft »wir« und verwendet die Zukunftsform. Wenn er mich Dohlen beobachten lässt, die über der Kiloran Bay kreisen, tut er das, als wären sie Freunde und würden ihm einen Gefallen tun. Und vielleicht sind dieses *wir* er und die Kreaturen, und vielleicht sind es er und die Insel, und vielleicht sind es er und Paul und ich. Oder vielleicht denkt er das alles zusammen und schon als Gruppe.

Es ist anziehend. Es ist nicht sehr erdrückend oder bedrohlich. Jede Einzelheit ist anziehend. Das könnte das Problem sein. Was nach so viel Gutem aussieht, muss einen Haken haben. Oder aber es muss Vergeltung nach sich ziehen.

Ich werde abergläubisch sein, wenn ich älter bin, nicht wahr?

Dann höre ich Paul bereits sagen: »Klopfst du schon wieder auf Holz?« Und ich behaupte, ich teste auf Holzwürmer, obwohl ich das nicht tue. Ich klopfe die vorgeschriebene Anzahl von Malen auf das Holz, was bis jetzt funktioniert hat, weil wir im Moment alle am Leben sind. Bei einem Sturm rüttelt man nicht am (hölzernen) Boot.

Dass ich womöglich immer mehr in magisches Denken abgleite, könnte unangenehm werden. Könnte den Umzug erschweren. Ich hasse Flugzeuge, also könnte ich den kleinen Flughafen von Colonsay nicht benutzen. Was, wenn ich plötzlich der Meinung bin, dass Frauen auf Booten Unglück bringen?

Ich bin mir ziemlich sicher, dass mein Zögern angesichts eines fröhlichen, rechtzeitigen und gesunden Umzugs nur Seuchenstress ist, der mich zur Selbstverletzung treibt. Selbstverletzung ist immer ein Trost, wenn die Realität wie ein willkürlicher, unbarmherziger Foltermechanismus erscheint. Wenn man dann noch seine eigenen Qualen hinzufügt, hat man das Gefühl, wieder das Ruder in der Hand zu haben. Klopf, klopf, klopf auf Holz – und dann her mit den Lösungen, die nichts lösen, und der darunterliegenden Verzweiflung. Das Boot, das du als Kapitänin führst, ist mit Wolfstollwut, lockeren Messern und wilden Bandsägen beladen, aber das ist nebensächlich. Ein Wechsel der Schmerzen ist ebenso gut wie eine Pause.

Nur ist er das nicht.

Eine sanfte Verbesserung ist gut und bedeutet, dass man keine Pause braucht.

Und ich darf die Winde hinter mir lassen, die noch immer ein wenig von Gullys und wütenden Taxifahrern und im Schlaf arbeitendem Geld in sich tragen.

Die Inselluft wird gut sein. Das kann ich glauben. Und F. L. kann überall arbeiten. Im Moment arbeitet er überall – abgesehen von den WLAN-Ohnmachtsanfällen. Paul ist ein erwachsener Mann – ein echter Erwachsener – und wird draußen in der Welt erwachsene Dinge tun und braucht mich nicht, um sein Zimmer ewig für ihn bereitzuhalten. Oder es muss nicht unbedingt dieses Zimmer sein.

Trotzdem werde ich die Wicklow Street vermissen.

Ich will den Immobilienmaklern erzählen, wie die großen Rolltore das letzte Mal geöffnet wurden. Ich fuhr mit einem Leihwagen hindurch und kam an – ein Ford Transit. Ich wurde im selben Jahr geboren, in dem der Transit auf den Markt kam, und deshalb mag ich ihn sehr. Alles, was ich 2002 besaß, füllte den Wagen nur halb aus, einschließlich der Matratzen. Das Jahr 2000 hatte die Zivilisation nicht beendet, aber es war das Ende dessen, was ich ertragen oder tolerieren konnte oder was ich überleben wollte. Ich hatte Pläne geschmiedet, die dann auch umgesetzt wurden. Ich rannte auf meinen blauen Traum am Horizont zu.

Der Teppich im Laderaum des Transits war totengrau und roch nach Spargelurin, was wohl ein Upgrade zu einfachem Urin war. Der ganze Transporter sah aus, als würde er eher nach Serienmord riechen.

Vorne auf dem Autositz war Paul angeschnallt, die ganze Welt in Paul. Er war so viel von allem und so viel er selbst, dass er die Reifen auf der Beifahrerseite plattdrückte.

Das ist natürlich nicht wahr. Aber es ist eine bedeutsame Lüge.

Zu diesem Zeitpunkt rettete ich nicht uns beide, sondern nur ihn. Ich wollte nicht, dass das Geschehene in ihn einsickerte und ihn veränderte. Ich wollte nicht, dass etwas Kaltes sein Herz berührte.

Würde ich getötet, wäre Paul mit seinem Stiefvater allein. Es würde den ersten Moment geben, in dem ich tot war und nicht verhindern konnte, was dann kam. Meine Beseitigung zu verhindern, war nicht die Priorität. Böse Menschen verzerren den Blick – meiner war in Stücke gerissen. Mein Körper wusste jedoch, was er brauchte. Er musste gehen, er musste Paul am Leben und glücklich halten. Mein Verstand folgte ihm, ohne ihn zu überzeugen.

Als unser erster Frühling kam, begannen wir, mit Entspannung zu experimentieren. Oder ich tat es – Paul war ein so sanftes Baby, dass ich aufhörte, ihn immer wieder auf Anzeichen von Schäden zu untersuchen. Ich konnte zusehen, wie seine Träume in ihn strömten und miteinander wetteiferten, nur süß und schön zu sein und nichts anderes.

Und an einem schönen Märztag strichen wir beide Seiten der Holzwand und die Tore hellblau. Zumindest habe ich sie gestrichen, und Paul sah zu, summte, schlief, sah zu und hielt ein blaues Plüschkaninchen im Arm, das ich insgeheim immer noch habe, obwohl mir sein enttäuschtes kleines Maul schon immer missfallen hat. Paul nannte es Hamdy, aus Gründen, die sie beide für sich behielten. Manchmal sprach er mit ihm, während er auf seiner Decke herumtobte. Wenn ihm die Wörter ausgingen, erfand er neue, was ich als ein gutes Zeichen ansah.

Ich erinnere mich, dass ich von der Spitze der schrecklichen Leiter hinunterschaute und Paul immer noch da war und mit den Fingern mir und den Wolken zuwinkte. Und danach konnte ich nicht mehr fallen, es war nicht mehr möglich.

Mr Charalambous hatte eine kleine Auswahl an akzeptablen Farbtönen genehmigt. Paul wählte eine Farbe aus, die eher einem Wintermorgenhimmel als einem säuerlichen Kaninchen entsprach, und tippte mit einem herrschaftlichen Finger auf eine plastikartige Farbtabelle. Seine Wahl war meiner Meinung nach die beste der Möglichkeiten, und ich erinnere mich, dass mich die bizarre Hoffnung erfüllte, wir wären auch dann noch im Einklang, wenn er älter wurde.

Es gibt Zeiten, wo man sich angesichts seines Babys fragt, ob man einen Eindringling im Haus haben wird oder einen Freund, wenn das Kind älter ist. Aber nicht, wenn man an seiner Haut riecht, wenn man seinen Augen begegnet, in denen diese großen, frühen Wahrheiten noch zu sehen sind und die man nicht vergessen hat. Dann weiß man, dass wahrscheinlich alles in Ordnung ist und man sich auf mögliche Unfälle im Haus und Bedrohungen von außen konzentrieren sollte.

Wir waren dem Bösen Haus und unserem kleinen, häuslichen Stilzchen entkommen – allerdings trotzdem ein gewalttätiges Ungeheuer – und alles, was unseren eigenen glücklichen Willen ausdrückte, erschien uns unverhältnismäßig bewegend. Bestimmte Worte, Gedanken oder Bewegungen konnten alles erhellen, als wäre ich nicht in meinem eigenen Leben, sondern in eine viel bessere fiktive Version der Ereignisse geglitten – eine Romanbearbeitung, eine Filmkulisse, die plötzlich zerplatzt und mich in eine braun wirkende Küche wirft, wo ich bedroht werde, weil ich ungenügend bin, und ich versuche mich daran zu erinnern, die Schläge nicht zu blocken, weil man dafür bezahlen muss.

In unserem neuen Zuhause fühlte ich mich wie am Ende eines Märchens – die gerechten Verdienste und die lange und glückliche Langeweile –, aber auch, als hätte ich keine Haut. All der Frieden fühlte sich zu nah und zu greifbar an. Aber nach einer Weile hörte sogar ich auf, darauf zu warten, dass jemand um zwei Uhr morgens den Schlüssel in die Haustür zu fummeln versucht.

Und die blaue Farbe wurde aufgetragen, Schicht um Schicht, und war die große Fahne unseres souveränen Territoriums – Regenwürmer, Felsen und Untergrund ausgenommen – und außerdem die Farbe eines sanften Tages.

Beim Einzug teilte ich mir das mehrstündige schwere Heben und Schieben mit einer Frau namens Sam: blond, leicht übergewichtig, gerade aufdringlich genug, um für gelegentliche Hilfeleistungen nützlich zu sein. Ich mochte sie nicht und habe ihr eigentlich im Gegenzug nie geholfen.

Wenn man weiß, wie man Scones backt, heißt das nicht, dass man ein guter Mensch ist. Ich kannte sie, weil ich in einer Kneipe arbeitete und mein PGCE für den Notfall nutzte. Ich kann sowohl liebenswürdige als auch strenge Leute kontrollieren, wenn es nötig ist.

Sam hat einen Mann namens Greg mitgebracht. Greg, oder so ähnlich wie Greg. Er setzte sich oft hin, die großen, rau aussehenden Hände auf den Knien und den Kopf nach vorne gebeugt. War sein Kopf sehr lang? So habe ich ihn in Erinnerung behalten. Ich erinnere mich, dass er wie ein nachdenkliches Cartoon-Pferd aussah.

Greg, das Pferd, das es die Wendeltreppe hinauf schaffte.

Sam ignorierte ihn entweder oder verdrehte die Augen, wenn er etwas sagte, als wäre er unerträglich. Dann ging sie mit ihm weg, um etwas zu trinken, aber auf die forsche Art, die klarmachte, er würde keinen Drink, sondern Sex bekommen. Ich erinnere mich, wie froh ich war, dass ich so etwas bemerken konnte – die Art und Weise, wie die Menschen miteinander umgehen. Plötzlich hatte ich genug Raum im Kopf für so etwas.

Und es vergingen Stunden um Stunden, ohne dass wir eingeschlossen oder spürbar verfolgt wurden. Es schien, als könnte ich tatsächlich entkommen. Mir war immer noch schlecht, aber nicht so, als ob ich mich wirklich übergeben müsste. Am nächsten Morgen war ich sehr hungrig und stellte fest, dass ich ohne Lebensmittel für Menschen über zwölf Monaten eingezogen war. Der Laden an der Ecke, in dem ich irgendwelchen Frühstücksmüll kaufte, hat für mich immer noch eine gewisse Aura, auch wenn das Obst dort immer noch gequetscht und halb verfallen ist und das Brot immer noch nicht aus Brot besteht. Ich aß abgepackten Milchreis und Schinken aus der Dose zwischen zwei schweren Beleidigungen des Wortes *Croissant*. Ich war so zufrieden mit mir, weil ich einen Dosenöffner eingepackt hatte. Das ganze Essen war einfach großartig.

Ich erzähle Ihnen diese Einzelheiten, weil ich genau sein will. Es wird schwer sein, alles Folgende zu erklären, deshalb übe ich jetzt. Ohne Übung wird man nicht besser.

Paul nannte blau *Wau,* und das war saukomisch.

Einzelheiten.

Im Jahr 2002 hatte ich bereits eine Menge Erfahrung mit Transportern gesammelt.

Ich finde es immer noch schlimm, wie vertraut sich Lieferwagen anfühlen. Sie heißen mich willkommen, als wäre ich in mein einziges wahres Zuhause zurückgekehrt, und das Echo von Stimmen darin kommt mir so bekannt vor. Sie wollen nicht glauben, dass ich mich weiterentwickelt habe. Das ist ein Detail, das ich wohl nicht ändern kann.

Dass ich nicht mehr fluchen kann, steht wahrscheinlich auch fest. Die Eicheln sollten nie Flüche hören, zumindest nicht von mir, und alle diese Wörter sind überflüssig, und man gewöhnt sich daran, also sage ich sie nie, weder in der Schule noch außerhalb. Ich sollte auch nicht Scheiße sagen, aber niemand ist vollkommen.

Ich schätze, wenn ich weitermache, werde ich herausfinden, ob ich das Fluchen aufschreiben kann. Schließlich ist dies eine schwierige Zeit, und Schimpfwörter sollen helfen, den Schmerz zu betäuben.

Ich versuche, das hier so schnell wie möglich zu schreiben. Dann kann ich es einfach so stehenlassen, falls es gebraucht wird. Ich versuche, fertig zu sein, wenn die letzten Geißblattblüten aufgegangen sind und die Dunkelheit versüßen. Sie blühen so lange in unseren veränderten Jahreszeiten.

In jenem ersten, relativ normalen, kühlen Frühling der Freiheit pflanzte ich ein gewöhnliches Geißblatt in eine Badewanne am Tor. Ich wollte den Duft für Zeiten wie diese um mich haben. Jetzt habe ich ihn – habe ich also etwas geschafft. Ich habe eine *Lonicera Fragantissima* als Frühblüher, aber der war schon im März verblüht. Trotzdem ist der Platz voller Geißblätter, die sich umeinanderwinden und in Wellen blühen: *Lonicera periclymenum, Lonicera japonica, Lonicera henryi.* Damals steckte Paul die Hände in die Erde, um unserem ersten Exemplar alles Gute zu wünschen. Dann leckte er als Glücksbringer etwas von seinen Fingern ab.

Seine ersten Monate scheinen sich unauslöschlich in mein Gehirn eingebrannt zu haben, und ich werde selbst im Pflegeheim – falls es noch Pflegeheime geben wird – noch über Babywuchs und Wimpern und leise Atemzüge in der Nacht schwadronieren. Er hat nicht sehr viel geweint. Er hat mich eher geweckt, indem er diese seltsamen kleinen, unmelodischen Melodien vor sich hin gesungen hat. Paul scheint ein angeborenes Glück in sich zu tragen. Ich habe keine Ahnung, woher er das hat. Man möchte das immer bewahren, es retten, obwohl man nach einer Weile merkt, dass es eine unverwüstliche Eigenschaft ist. Er ist nicht über Fantasien glücklich wie so viele Menschen. Paul mag die Realität tatsächlich. Manchmal merke ich, dass er sie so betrachtet wie ein Mann einen vielversprechenden Freund, der sehr betrunken ist, aber vielleicht noch davon abzuhalten ist, etwas Schlimmes zu tun.

Dass Paul ein bisschen Blumenerde gegessen hat, war in Ordnung. (Sehen Sie, wie entspannt ich geworden war? *Ja, iss Erde. Ich passe auf, aber das ist in Ordnung. Ist gut für die Entwicklung.*) Ich fand es besser, wenn er selbst herausfindet, dass Erde schlecht schmeckt, als dass ich ihn deswegen anschnauze. Anschnauzen sollte man nur in Notfällen.

Und Na-na schnauzt offensichtlich, wenn sie sehr müde und verängstigt ist. Sie versucht, das nicht zu sein. Ist sie eigentlich sehr selten.

Wenn man pleite ist und sich in London aufhält, dauert es lange, bis man genug Erde zusammenhat, um eine Badewanne zu füllen. Ein Teil wurde heimlich aus Parks herausgelöffelt. Green Park, Hyde Park, Richmond Park – exklusive Erde mit winzigen Spuren von Kaschmir. Nachdem das erste Geißblatt eingepflanzt war, fügte ich Stiefmütterchen hinzu, denn sie sind billig, und wer braucht nicht ein bisschen Farbe? Alles wuchs, was mich überraschte. Hier ist schon immer alles gewachsen.

Als Paul älter war, riss er die Blütenblätter des Geißblattes ab, diese dünnen rot-lila-cremefarbenen Trompeten, und trank den süßen Tropfen am Grund. Zum Glück schlängelte sich die Pflanze viel höher und schneller in die Höhe als er selbst. Es blieb immer genug Blüte übrig, die er nicht erreichen konnte. Wir ließen sie ihr Ding machen, und ihr Ding war, überallhin zu rasen und sich dann um sich selbst und ihre Verwandten zu winden. Der Innenhof hat heute Abend grüne Wände. Das Schmiedeeisen in unserem oberen Stockwerk wird durch Ranken und gewundene Stängel verkompliziert, mit denen es nie gerechnet hat. Eine weitere Errungenschaft.

Alles hier ist noch provisorisch, aber es sieht aus wie ein Garten:

Pflanzen in Metallkübeln, Metalleimern, drei rissigen Waschbecken, einigen Blumenkästen, Kübeln – Grün, das sich nach oben reckt.

Ich habe im Namen des Lebens improvisiert. Kings Cross ist ein Ort, wo Büromöbel zum Sterben zurückgelassen werden. Die Straßen sind gesäumt von Schreibtischteilen in schiffbrüchigen Winkeln und verstümmelten Stühlen. Es gibt nicht viel, was einen Setzling oder einen Steckling halten könnte, geschweige denn einen Schössling, abgesehen vielleicht von der einen oder anderen Mülltonne. Alles, was vor meinem Haus lebt, hat Mühe gekostet, Organisation, Feilschen, Finden, Bitten, Schleppen, Stehlen. Die Wurzeln haben sich von meinen Eierschalen ernährt. Stängel und Blätter, Blüten und Früchte sind aus meinem Kaffeesatz, meinem Kompost, Pauls und meinem Nagelschnitt entstanden – wir sind miteinander verbunden.

Wenn ich wegginge, würde ich das vermissen.

Ich werde Ableger mitnehmen.

WIE SICH ZEIGT, fühle ich mich besser, wenn ich dies hier nach Sonnenuntergang schreibe, als wenn ich durch Twitter scrolle und so oft »Herzliches Beileid« eintippe, dass es sich schon automatisch vervollständigt. Politisches Denken in der Nacht ist nichts für Zurechnungsfähige, und ich bin sehr, sehr zurechnungsfähig. Ich bin so zurechnungsfähig, dass Sie es kaum glauben würden, und ich auch nicht.

Ich habe St. Paul's nicht vergessen, keine Sorge. Es ist nur so, dass ich Ihnen zuerst vom Hunter Square erzählen muss. Dort ist das Rumpelstilzchen, also Buster, zum OrKestrA gestoßen.

Wenn Sie vom Schloss aus die Royal Mile hinuntergehen, öffnet sich kurz vor der Kreuzung mit der Cockburn Street der Hunter Square zu Ihrer Rechten. Natürlich kann es sein, dass Sie für die Strecke eine Stunde brauchen, vielleicht auch mehr. Das liegt daran, dass es August ist, wenn Edinburgh auf und davon schwebt und das Festival an seiner Stelle landet. Die Stadt wird mittelalterlich und riecht nach schweißgetränkter Kleidung und Feueratem. Jede größere Straße ist ein einziges Gewimmel von Pilgern und Bettlern. Die Menschen zeigen die alten Fertigkeiten und Zaubereien: wie man Gegenstände dreht, wie man sie jongliert und verschwinden lässt, wie man glorreiche Lügen schreit, die eine Menge zum Reden bringen, wie man Körper zum Balancieren und Taumeln und Fallen bringt.

Junge Leute, die berühmt werden wollen, geben Ihnen Flugblätter für schlechte Shows, die niemand sehen wird, und für großartige Shows, die auch niemand sehen wird. Junge Männer laufen in Schnürstiefeln und Wüstenstiefeln und grünlich schwarzen, übergroßen Tweedanzügen herum, die es nur in Secondhandläden zu kaufen gibt. Und T-Shirts werden mit Westen und Zylinderhüten getragen.

Der Hunter Square ist ein perfekter Platz, gerade groß genug, gerade klein genug und nur ein paar Schritte von dem Chaos und dem Publikumsreservoir entfernt, das die Royal Mile darstellt. Es ist ein erstklassiger Spielort. Man sieht ihn und sehnt sich danach, das Bedürfnis juckt in den Fingern.

Damals – das war 1984 – konnte man für ein paar hundert Pfund eine Show nach Edinburgh bringen. Wir waren Studenten, die dafür bezahlt wurden, sich zu bilden – stellen Sie sich das vor. Natürlich nicht für viel Geld. Unser zweites Jahr war gerade vorbei, und wir lebten von getrockneten Kidneybohnen, von denen wir hofften, dass wir sie lange genug gekocht hatten, damit sie uns nicht umbrachten. Dosenbohnen konnten wir uns nicht leisten. Trotzdem war nur einer von uns verschuldet, denn Kredite mit ewigen Zinsen, die die Armen versklaven sollten, gab es noch nicht. Keiner wollte uns Geld leihen. Wir befanden uns wohl am Ende eines goldenen Zeitalters, wussten es aber nicht.

Wir hatten unsere Proben in Edinburgh in besetzten Hörsälen und Studioräumen abgehalten, die wir weder angefordert noch gebucht hatten, die aber schließlich zu seltsamen Stunden verfügbar wurden, wenn wir herumschlichen und eine unverschlossene Tür fanden. Wir suchten als Mitternachts-Hungerkünstler eine Universität heim, die soeben noch nicht zum Geldverdienen und Sponsorenwerben diente.

Goldene Zeiten – verstehen Sie?

Damals zogen sich mir schon beim Übertreten trivialster Vorschriften die Schultern und der Magen zusammen, auch wenn ich immer den Rasen betrat, sobald ein Schild darauf hinwies, dass ich es lassen sollte. Das Betreten von Rasenflächen war ein Anfang, und ich wurde mutiger. Wurden wir alle.

Nichts an uns, nichts von dem, was wir je getan haben – das weiß ich –, hätte uns jemals in Gerichtssaal 10 bringen dürfen.

Es kam mir nie in den Sinn, dass manche der anderen auch nervös gewesen sein könnten. Vielleicht haben sie unsere anfänglichen Anwandlungen von Kühnheit genauso hingenommen wie ich und sich in der Gruppe in Sicherheit gewiegt. Mr Kink – er war wirklich mutig. Und Mrs Fire. Der Rest von uns vielleicht nicht. Wir haben es gewagt, größer, stärker, lauter, nützlicher, lebendiger zu sein. Aber wir taten es mit Liebe. Daran habe ich keinen Zweifel.

Wenn man nicht zu sehr gestresst ist, hat man Platz für die Liebe.

Es ist eines der schönsten und schrecklichsten Dinge, ein Mensch in einer Gruppe voller Zuneigung zu sein. Irgendetwas in unserem Hirn sehnt sich danach, die Savannen zu durchqueren, mit deiner Gruppe, die über dich wacht; Nahrung zu sammeln und Abenteuer zu erleben und immer eine tröstende Berührung zur Hand zu haben … Man ist da, wo sich Liebe und Überleben treffen. Das gibt Kraft. Wenn man jedem um sich vertrauen kann, dann gibt es einem alles.

In unseren besetzten Räumen und bei unseren albernen Experimenten war wirklich jeder vertrauenswürdig. Wir alle zusammen fühlten uns wie in einem zufriedenen Zuhause – ich konnte fast diese Mischung aus Kaffee und gutem Essen und sauberer Wäsche und stressfreier Haut riechen – die Düfte von harmonischen Haushalten, die ich als Kind manchmal besucht hatte. Mein Haus roch nie so. Ich bat niemanden, mich zu besuchen. Kinder wie ich tun das nie.

Und für meine neu gegründete Familie verbrachte ich Stunde um Stunde in meiner Studentenbude und lernte Jonglieren. Man fängt mit drei Bohnensäckchen an, die fallen auf den Boden und wieder auf den Boden und wieder. Abend für Abend für Abend kommt man sich stolperfingrig und sinnlos vor. Aber dann lernt man.

Ich wohnte in anderthalb Zimmern im Dachgeschoss der spätviktorianischen Villa einer seltsam angespannten Familie. Wahrscheinlich trug ich zu der Spannung bei – das endlose weiche Aufprallen von Bohnensäckchen, eine sanfte Störung der Decken darunter. Ich habe aber nichts zum endlosen Bettnässen der Kinder beigetragen, das war schon vor meiner Ankunft da.

Und oft ging nach Einbruch der Dunkelheit der improvisierte Urinalarm der Familie an einem oder beiden Kinderbetten los und stürzte die Kinder tiefer ins Trauma und weckte auch alle anderen, die ihre Blase unter Kontrolle hatten. Ich träumte von Feuerwehrautos und mit Kinderpisse gefüllten Schläuchen. Taten alle, vermute ich.

Vielleicht wurden die Kinder nie trocken, vielleicht sind sie zu Ladendiebstahl und Mord übergegangen, vielleicht sogar in die Politik. Ich hatte keine Ahnung, wohin ich mich entwickeln würde, und blieb für mich.

Und *fallen, fallen, fallen – hoch, hoch, hoch.* Die Bohnensäcke begannen den gehorsamen Kreislauf von Landen und Fliegen und Landen und Fliegen. Sie trafen den richtigen Punkt in meiner Handfläche, hüpften wieder auf und machten mich zu einem Menschen, der anders war – wegen einer seltsamen und herrlich nutzlosen Fähigkeit.

Einige aus unserer Gruppe konnten bereits jonglieren, während ich nur über Milton und Marlowe und Diderot und Racine Bescheid wusste – und über grässliche Stimmungsschwankungen und wie man den Kopf unten hält. Ich konnte auch die meisten Autorinnen nennen, die sich umgebracht haben – als ob Worte für sie langsam giftig wurden, wie die Strahlung für Marie Curie. Als ob wir immer mehr bezahlen müssen für das, was wir herausfinden.

Die Entdeckung der Freude am Jonglieren ließ mich jedoch unversehrt. Und als mein Paul alt genug war, fügte ich seiner Gehirn- und Körpernahrung Handfutter hinzu – *plopp, plopp, plopp.*

Die Säckchen liebten ihn fast auf Anhieb. Am ersten feuchtwarmen Nachmittag forderten sie ihn heraus, neckten ihn, doch er blieb dabei. Ich konnte nicht zusehen, und er wollte es auch nicht. Na gut. Er machte bis zum Abendessen weiter und ging dann sofort wieder nach draußen, nachdem er einen, wie ich mich erinnere, recht guten Eintopf in sich hineingeschaufelt hatte, der es verdient hatte, genossen zu werden. Ich erinnere mich, dass er sich mit einem Gesichtsausdruck davonschlich, den ich vor einer Schießerei in der Main Street oder vor dem Beginn einer Polexpedition erwartet hätte.

Dann hörte ich einen eindeutigen Jubelschrei. Und dann noch einen.

Ich schlich mich auf unser oberstes Deck – nicht, dass er mich nicht bemerkt hätte – und beobachtete, wie er ein Revier mit neuem Zauber eroberte. Der Duft von Geißblatt züngelte hoch und ließ die Säckchen langsam in der wundersamen Luft hängen.

Danach schliefen wir beide glücklich ein. Es war nach Mitternacht. Er war sechs.

Womöglich ein Erziehungsfehler – aber ich würde sagen, nein.

Später, viel später, kam er einmal von einer Party nach Hause und erzählte mir, dass er zwei Typen davon abgehalten hatte, ihn zu schlagen, indem er mit Bierdeckeln und dann mit leeren Gläsern jonglierte. Ich war so stolz, dass ich kurz darauf weinte.

Ich bin zu der Überzeugung gelangt, dass ein Mensch, der viel weint, einen Zugang zum Glück hat, der anderen fehlt. Wenn sich unsere Lebensumstände ändern, weinen wir aus unterschiedlichen Gründen. Wir kennen unser Glück sehr gut.

Und Kinder können einen überraschen, indem sie so viel *Ja* sagen und dem Leben entgegenlaufen und einfach angenehm sind. Sie überraschen uns, indem sie besser sind, als wir selbst sein könnten. Das ist es wert, ein bisschen zu weinen und zu feiern.

Ich will damit sagen:

Paul trägt Sonnenschein in sich.

Am Morgen nach seinem Triumph im Angriff-Vermeiden-durch-Jonglieren habe ich ihn gebeten, so etwas nicht mehr zu versuchen und stattdessen einfach abzuhauen. Aber wenn man in die Enge getrieben wird, kann man nicht mehr weglaufen. Man braucht andere Möglichkeiten. Und schön nutzlose Fähigkeiten sind dann sehr nützlich. Das verstehen wir beide.

Ich war nie besonders gut mit etwas anderem als Bohnensäcken. Ich bin bis zu »Rubensteins Rache« gekommen, mit dem doppelten Unterarmwurf, aber nicht weiter. Aber ich war ein Quell englischer und französischer Literatur für uns nächtliche Marodeure – für die junge und lernende Truppe, die noch nicht OrKestrA hieß.

Ich wusste auch ein wenig über Commedia dell'arte: all die handgefertigten Ledermasken, die traditionellen Witze und Figuren.

Witze sind so wichtig – komprimierte und lebendige kleine Geschichten über schreckliche, wunderbare Dinge. Die guten Witze werden weitergegeben wie Juwelen und Religionen – über Jahrhunderte hinweg –, weil sie wertvoll und nützlich sind. Winzige Geschichten, aber mit dem kurzen Freudenhieb im Kopf.

Ich schlug vor, es mit Masken zu versuchen. Ich war fasziniert von den tellerwerfenden Verrückten, den Commedia-Narren, die so gut im Umfallen waren – was jeden anderen Menschen runterzieht –, was Kinnock eine Wahl gekostet hat. Sie machten Clownereien, Slapstick, taten so, als würden sie Fliegen essen, und waren so weise und wahrhaftig, dass sich ihre Botschaft von Land zu Land verbreitete und die Köpfe von Groß- und Kleinkünstlern kitzelte.

Nicht, dass es wirklich Groß oder Klein gäbe – das ist nur eine Erfindung von Leuten, die uns das Vergnügen, das Feuer für unsere Hoffnungen rauben wollen. Unterhaltung, die Wahrheit in sich trägt, spricht zu allen und entwickelt große Kraft. Der Rest sind nur Akademiker, die mit Begriffen um sich werfen, damit sie sich besser fühlen, weil sie nicht jonglieren können.

Unsere noch namenlose Gruppe konnte sich natürlich kein einziges handgefertigtes italienisches Lederstück leisten und wollte auch nicht unbedingt *Pulcinella, Arlecchino* oder *Der Arzt* sein. Aber wir schlichen in einen Vorlesungsraum der Filmwissenschaften und zeigten uns gegenseitig, was aus einer Woche des Nachdenkens über Masken entstanden war.

Wir haben alle Masken. Wir alle tragen sie. Wenn man sich mit Bedacht eine aussucht – dann sammelt man Kraft.

Wenn man Glück hat, ist man schließlich so stark, dass man keine Maske mehr braucht.

Dann haben wir wirklich angefangen – das OrKestrA. Wir schalteten das Licht im Hörsaal an, setzten uns auf den Boden, und jeder von uns stellte sich so dar, wie er wirklich sein wollte – breitete seine Kleidung und Requisiten auf dem grauen Industrieteppich aus, der nach Gras, alten Turnschuhen und jungen Tagträumen roch.

Die meisten von uns fanden ihre Alter Egos in dieser Nacht: als hätten sie darauf gewartet, dass wir sie einladen. Die beiden *Apocalypse Sisters* erschienen in einer frühen Form, mit Klauen und furchterregendem Lächeln. *Mary Tollpatsch – Clumsy Mary* – erschien mit ihrer glorreichen Unfähigkeit, sich auf fünf Zentimeter hohen Absätzen zu halten oder eine Burlesque-Tänzerin zu sein und nicht bloß immer knapp davonzukommen. *Cedric der schreiende Pantomime* war selbsterklärend. *Phil the Pill* und *Utility Bill* mit ihren Bowlerhüten und Spiegelnummern waren so fröhlich, wie ich sie noch nie gesehen hatte – alles an ihnen brachte einen zum Lachen. *Dynamo* war gut darin, Leute hochzuheben und vorsichtig mit seinen Funken zu experimentieren. *Mrs Fire* wollte Feuer spucken, hatte es aber noch nicht ausprobiert. Sie warf rote und gelbe Papierschnipsel hoch, und wir begriffen. Mr Kink war auf alle möglichen Arten geschmeidig und entfaltete plötzlich eine Freundlichkeit, ein Wohlwollen unter dem Glimmen.

Monkey Monk war relativ neu – er sagte nicht viel. Doch in dieser Nacht war er schweigsam, aber wortgewaltig – mit Ellbogen und Knien und Klettern und Springen und Hebeln und Muskelsträngen und Balancieren und diesen braunen, tierischen Augen. Irgendwie kam er abgestützt in einer Ecke der Decke zum Stillstand und brüllte uns an – der Kaiser der Affen.

Seine Fußabdrücke waren immer noch da oben, als wir alle unseren Abschluss machten.

Einige von uns versuchten es mit Perücken – Monkey ließ allmählich seine Affenkoteletten wachsen. Aber die Kostüme unserer neuen Persönlichkeiten lagen immer noch ausgebreitet wie an Tatorten, wo sie auf Kreideumrisse warteten. Wir wollten über sie nachdenken, bevor wir sie anprobierten. Und wo unsere Köpfe sein sollten, hatten wir einfache weiße Papiermasken mit den Gesichtern bemalt, die wir haben wollten.

Als alles fertig war, schlichen wir uns hinter den Rücken der Mitternacht. Nebelblumen hüllten die Straßenlaternen draußen ein wie im Whitechapel von Jack the Ripper. Dieser Campus liebte schon immer Nebel.

In unserem gestohlenen Zimmer hatten wir die Lichter gelöscht, und die Kerzen in Untertassen waren unsere einzige Erleuchtung. Ich weiß nicht mehr, wer das gemacht hat, vielleicht Sissy Apocalypse. Sie hat immer ein Händchen für Details.

Und wir selbst warteten im Flackerlicht auf uns. Keine Andeutungen und Versuche und Flüstern mehr – wir würden jetzt Hals über Kopf hineinstürzen.

Es ist schon seltsam zu merken, dass die Person, die man im Alltag ist, so wenig aus einem selbst gemacht ist und so sehr das Ergebnis des Drucks von anderen Menschen und ihren Geschichten. In der teppichweichen Dunkelheit wuchs dieses Verständnis – *Gott, ich hasse dieses Ding, in dem ich gefangen bin, ich hasse diese Kette von Lügen und Vorsicht, von Ducken und Zucken.*

Die Kerzen halfen wirklich.

Ich stand da, während Mr Kink etwas über Identität intonierte – er war von Anfang an unser Redner. Etwas, das schon zu mir gehörte, schaute vom Boden zu mir hoch. Ich hatte ihre Facetten als Reihe von Witzen aufgeschnappt, aber jetzt schien sie sehr ernst. Ich hatte sie als einen seltsamen Akt der Großzügigkeit mir selbst gegenüber oder als Chance oder dergleichen angeboten. Sie schien entschlossen, einzugreifen. Und ich könnte sie sein. Ich könnte mich freistrampeln.

Ich weiß, ich weiß, Menschen gehen auf die Universität und ändern sich, junge Menschen ändern sich, Menschen, die zu viel Dope konsumieren, ändern sich, Menschen, die mit ganzen Speisekarten frischer Informationen und leichter Hoffnung gefüttert werden, ändern sich. Aber das hier war anders – das war unser zufälliges Ritual, das wir mit jedem neuen Mitglied wiederholen würden, bis auf das allerletzte, das wie ein *Fait accompli* zu uns kam.

Wir standen und hielten uns an den Händen, ungeplant. Das hier war schließlich ein wenig beängstigend – also mussten wir uns an den Händen halten. Dann traten wir vor. Ich hatte das Gefühl, dass wir gerade von einer Klippe über einem Ozean gestürzt waren, aber dann stellte ich fest, dass wir schweben, wenn nicht gar fliegen konnten.

Unter anderen Umständen hätten wir uns vielleicht in eine Sekte verwandelt, aber stattdessen gaben wir uns der öffentlichen Lächerlichkeit hin. Wir haben niemanden verletzt, niemals.

Über Nacht, in einer Handvoll Minuten, wurden wir in richtige Narren verwandelt.

Wir zogen die Leute an, die uns erwartet hatten – es gab Bänder, Schals, Westen, Lagen von Stoffen, Mr Kinks nackte Taille, Clumsy Marys mit Farbe beschmierte Baskenmütze. Hissy und Sissy Apocalypse tanzten, und das Weiß ihrer Augen und Zähne war wie etwas, das man in einer seltsamen Nacht jenseits des Lagerfeuerscheins sieht.

Ich tanzte mit ihnen, bis mir der Schweiß lief und die dünne Maske an meiner Haut zu kleben begann. Ich stellte mir halb vor, dass ich sie nicht mehr abnehmen, ihre großen Mondkind-Augenlöcher und ihr riesiges Lächeln nie mehr loswerden könnte.

Und es gab kleine Glöckchen. Viele von uns trugen Glöckchen.

Aber keine von ihnen bimmelte auch nur in der Nähe einer Kappe. Wir waren von Anfang an bessere Narren.

Ich weiß noch, dass wir vor allem viel getanzt haben. Wir probierten aus, wer wir waren, und hörten nicht auf, bis die Sonne aufging, und es schien wirklich wie ein Ausbruch aus einer Art von Gefangenschaft. Durch das Tanzen wurde uns klar, dass wir, wer auch immer wir waren, Musik brauchen würden. Das war bedauerlich – nur zwei von uns konnten ein Instrument spielen –, aber ab heute Abend waren wir neu.

Wir waren im Begriff, uns selbst zu überwinden.

Wir würden über alles hinauswachsen.

Doch auch junge Mythen und Legenden werden müde.

Also legten wir uns eine Weile auf den Rücken, Seite an Seite an Seite. Und wir lachten. Wir lachten so wie Menschen vielleicht nach einem Schiffbruch, wenn sie am Ufer liegen.

Dann falteten wir unsere kleine Revolution zusammen, sammelten alle roten und gelben Papierfetzen ein, die Kerzen, die Untertassen, die alten Kleider unserer alten Ichs.

Wir gingen in unseren frischen Häuten hinaus, verschwanden, lange bevor die Vorlesungen begannen, seltsame Geister im graurosa Nebel der Morgendämmerung.

Es war kalt da draußen in der Welt. Aber es machte uns nichts aus. Das heißt, mir nicht, und damit anscheinend niemandem, denn wir hatten nur ein Herz, ungeteilt.

Wir hinterließen keine Spuren außer der dichten Atmosphäre: Kerzenrauch und Schweiß und Aufregung. Von nun an wollten wir mehr sein als nur Flirten und Herumalbern und Planen für Edinburgh und sofortigen Ruhm. Natürlich sind wir nach Edinburgh gefahren und haben dort geflirtet und herumgealbert, aber mit deutlichen Anzeichen edlerer Absichten.

Und ich war Annanka Ladystrong, und der Campus sah durch ihre Augen kleiner aus. Was auch immer ich im Alltag als Studentin vorgab zu sein, in meinem Inneren war ich sie. Sie war wie ein tapferes Grinsen unter allem, was ich sagte. Es mag pathetisch klingen, dass sie für mich einen so großen Unterschied gemacht hat, aber die 80er Jahre waren ein Jahrzehnt, in dem man Frauen immer sagte, dass sie Grapschen, Nachstellen und Hinterherpfeifen als Teil des Lebens hinnehmen sollten. Wir mussten lernen, zu lächeln und auszuweichen, zu zögern und zu verhandeln und wegzulaufen, wenn alles andere versagte. Es galt als selbstverständlich, dass wir total wachsam gegenüber ungewollten Annäherungen und Schlimmerem sein würden – allem, was uns vom Aufstehen und Weglaufen abhalten könnte. Nichts sollte sich jemals ändern, nur wir sollten unendlich anpassungsfähig sein.

Annanka Ladystrong akzeptierte das nicht.

Eben noch schwang und hüpfte ich im Takt mit Monkey über einen schlammigen und verbotenen Rasen, und im nächsten Augenblick sagte ich meinen Namen.

Annanka Ladystrong.

All die Jahre voller Witze und unverschämter Hände, alter grapschender Säcke, Kichern und hinterhältiger Finger – hatte sie gewartet. Voller Wut.

Als sie durch Edinburgh marschierte, war Annanka bereit für die Welt.

Unsere eigenen Namen hatten wir alle ziemlich schnell gefunden – aufgrund existierender Spitznamen, Verwirrungen der Kindheit, aufgrund von Tarotkarten und Träumen, aufgrund von Beleidigungen aus Schulzeiten. Es dauerte viel länger, bis wir einen Namen für unsere Gruppe gefunden hatten. In der Zwischenzeit tauchten wir einfach auf und versuchten, die gewählten Orte mit immer mehr Selbstvertrauen und Spaß zu besetzen.

1984 war ein unselig ironisches Jahr offensichtlicher Unzufriedenheit. Und wir waren nicht nur fantastisch, sondern auch politisch, wie sich herausstellte. Wo Polizisten Horden von unpatriotischen, gierigen Freaks und verkappten Terroristen sahen, sahen wir ein gebanntes Publikum.

Wenn man an einer Streikpostenkette steht, kann man nicht einfach gehen, selbst wenn man Unterhaltung geboten bekommt, die anfangs, großzügig ausgedrückt, etwas grob war.

Vor dem Hunter Square hatten wir uns den wilden Streiks im Kraftwerk Ferrybridge, bei Lucas Aerospace, auf den Rangierbahnhöfen Shirebrook und Wath-on-Deane aufgedrängt. Wir brachten unsere Solidarität zum Ausdruck und experimentierten mit Gymnastikanzügen und A-cappella-Gesang, wofür ich mich nur entschuldigen kann. Wir waren jung genug, um schnell zu lernen und in der Zwischenzeit von Männern und Frauen freundlich behandelt zu werden, die vor dem Ende all ihrer bisherigen Sicherheiten standen. Langsam wuchsen wir zu etwas Größerem als bloß einem Phänomen, das von beiden Seiten angestarrt wurde.

Dann stieß Magnificent Arthur zu uns und begann, in Gewerkschaftsklubs Kindershows für streikende Familien zu veranstalten. Cedric war ein besonderer Hit bei den unter Fünfjährigen. Und ihren Müttern. Wenn man noch richtig klein ist, identifiziert man sich leicht mit einem Erwachsenen, der verwirrt heult und mit übermächtigen Dingen kämpft, die niemand sehen kann. Wenn man wirklich nichts zu essen hat, kann das auch zum Schreien führen.

Und wir alle wurden zu Experten darin, Polizisten anzusingen,

Küsse zuzuwerfen und seitwärts gleitend zu tanzen. Wir stellten pantomimisch dar, wie unsere glorreichen Führer Polizisten feuerten, sobald sie konnten, denn Polizisten sind auch nur Staatsangestellte wie alle anderen und müssen daher durch etwas Schlimmeres ersetzt werden. Wir haben ziemlich schnell herausgefunden, dass fröhlich schlendernde Schauspieler hier und da einen Schlagstockangriff unterdrücken oder verzögern können. Inzwischen konnten wir die Polizeilinie mit Liedern und Informationen destabilisieren, bevor ihre Gewalt entfesselt wurde.

Wenn etwas losging, liefen wir weg. Wir waren für das Tageslicht, statische Situationen und die Moral gemacht. Wir waren nicht für die chaotischen Kavallerieangriffe und das nächtliche Blutvergießen geschaffen. Es gab Diskussionen darüber, mehr zu tun – die ganze Zeit gab es Diskussionen. Dann wurde Monkey Monk entführt und hinten in einem Polizeitransporter in die Nieren geboxt. Er pisste drei Tage lang Blut. Monkey Monk hatte so ein radikales Christusgesicht, das immer die Aufmerksamkeit der Polizei auf sich zieht.

Das machte die Diskussionen viel stiller. Menschen wurden wirklich verletzt.

Die Polizisten verletzten sogar andere Polizisten. Wir lächelten und hatten fast Mitleid, wenn Berittene ihre Polizeipferde nicht davon abhalten konnten, Polizistenfüße zu zertreten. Sie brauchten Jahre, ihre Sicherheitsabstände richtig einzupendeln, stärkere Stiefel zu bekommen, vollständig paramilitärisch zu werden.

Annanka liebte es, Polizisten ins Ohr zu hauchen und zu flüstern. Einigen gefiel das.

Annanka Ladystrong konnte tun, was sie wollte.

Abends in meinen anderthalb Zimmern stemmte ich Taschen voller Lehrbücher, machte Kniebeugen und Armbeugen. Ich formte einen Körper, der Annankas Bedürfnissen entsprach, und versuchte, mit ihr Schritt zu halten.

Muskeln aufzubauen ist schwierig, wenn man pleite ist. Annanka hatte einen Hunger, den ich bis dahin nicht gekannt hatte. Und sie war immer furchtlos.

Das verhinderte nicht, dass ich mich jedes Mal übergeben musste, wenn ich im frühen Vogelgezwitscher und im Geruch von brennenden Fässern und Thermoskannen-Kaffee den Fuß aus dem Transporter setzte. Ich kam trotzdem.

Eines Morgens, als Mr Kink uns vor dem Publikum ansprach und die Legende, zu der wir geworden waren, unsere fantasievollen Namen und Taten aufzählte, hörten wir alle, wie er irgendwo in der Mitte seines Vortrags vom widerspenstigen Orchester sprach, vom *unruly orchestra*.

Cedric verstand das falsch als *The Unrule Orchestra*, das Orchester gegen Herrschaft und Regeln – was sich als Kampfruf wirklich ausgezeichnet anhörte. Es gefiel uns allen. Also nahmen wir es. Wie aus dem Nichts waren wir da, mit besonderer Schreibweise: *The UnRule OrKestrA*.

Wir waren ein Ensemble und eine Truppe und eine Familie und etwas nie Dagewesenes, und wir lebten nach dem Motto, das wir zu Beginn jedes Auftritts riefen:

Handelt schnell. Haltet zusammen.

Seid lächerliche unbezwingbare Narren.

So waren wir im Allgemeinen sicher, wenn auch nicht für immer. Gerichtssaal 10 wartete schon geduldig am Ende unserer Schlange, das schlimmstmögliche Publikum.

Was uns damals am meisten schützte, war die Tatsache, dass wir weggehen konnten. Wir gehörten nicht zu diesen Gemeinschaften. Niemand wusste, wo wir wohnten – glaubten wir jedenfalls.

Wir zogen weiter umher und kauften Sprit mit allem, was wir an Geld auftreiben konnten. Und wir waren zu einem richtigen OrKestrA geworden, denn wir hatten unsere *InstrUmentz*. Clumsy Mary, unsere Posaunistin erster Klasse, begleitete die Märsche von Glanz, Gloria und Ordnungsmacht mit *Umpah* und knarzenden Gleittönen. Percussion Karl ließ unsere Snare von militärisch knackig zu betrunkenem Cabaret und schleppendem R & B mutieren. Wir taten unser Bestes. Wir hämmerten auf verbeulte Kochtöpfe. Wir hatten Kazoos.

Im August 1984 und am Hunter Square waren wir erfahren. Wir dachten, wir wären kampferprobt: Hissy und Sissy, Mary, Mrs Fire, Cedric, Phil, Bill, Arthur, Karl und Monkey: das UnRule OrKestrA. Das waren wir, die zukünftigen Angeklagten, plus mögliche Leumundszeugen von schlechtem Ruf – die zukünftigen Überdosisopfer und die zukünftigen Geschädigten von diesem oder jenem Moment und die zukünftigen Trauernden, die vor dem Krematorium standen und froren.

Da waren wir alle, die verratene Zukunft. Gut, dass wir es nicht wussten.

Annanka Ladystrong hatte schon ihre fertige Gestalt. Sie und ich trugen das Haar geschoren – kurz und natürlich braun an den Seiten mit längeren roten Spitzen oben –, Van-Dyke-Klebebart, Baskenmütze, karierte Militärhosen gegen die Kälte und Doc Martens. Glitzer auf den Schultern.

Ich hatte schon immer überproportional breite Schultern. Ma nannte sie »männlich«. Plötzlich waren sie nützlich.

Die Einnahme des Hunter Square war ein weiterer Beweis dafür, dass wir knallhart und unbezwingbar waren. Magnificent Arthur und Mrs Fire hatten in der Nacht zuvor die Orte ausgekundschaftet und uns unsere Ziele genannt. Wir versammelten uns ordnungsgemäß vor der Tolbooth Kirk mit ihrem grimmigen, spitz in die Höhe ragenden Kirchturm und Dach mit so vielen kleinen Zacken, um den Himmel anzustechen und ihn auf Trab zu halten. Wenn eine Stadt am besten weiß, was der Himmel falsch macht, dann ist es Edinburgh. Während des Festivals vielleicht noch mehr.

Wenn ich mich recht erinnere, hatten wir unser Küchenschlagzeug dabei, zwei Snare Drums, die Posaune, meine quakanfällige Schülerklarinette und fünf Kazoos. Monkey Monk übte immer dann, wenn er nicht gerade eine unverhoffte australische Auserkorene umschwärmte, auf einem Akkordeon aus fünfter Hand, aber beide Bemühungen waren noch nicht aufführungsreif.

Armer, schüchterner Monkey.

Das OrKestrA formierte sich und promenierte dann rasselnd und heulend den Hang des Lawnmarket hinunter. Das war zu der Zeit, als noch nicht jeder zweite Laden Kaschmirmode oder einheimisches Streetfood und Kunstgewerbe anbot. Typisch schottisch war damals fader Klimbim für Tanten oder schreckliche Accessoires zur gesteigerten Ahnenverehrung sanftmütiger Amerikaner, die misstrauisch den Wechselkurs im Blick behielten.

Ma würde sich freuen, was aus Schottland geworden ist. Sie erinnert sich nur gelegentlich an ihre Vergangenheit, an einen Brei aus kolonisierten Volksliedern und ungewollter Scham, an Hunger in einem Mietshaus mit feuchten Wänden. Das Heim schenkt ihr die ganzen karierten Kniedecken. Sie beschimpft sie in Kauderwelsch und behauptet, es sei Gälisch.

Das OrKestrA – jedem Land und keinem gegenüber loyal – formierte sich in Zweierreihen und hämmerte die Royal Mile hinunter, zwischen den mürrischen Pubs und stirnrunzelnden Schaufenstern, den Auslagen mit Schals und Tabak, Dudelsackzubehör und Clan-Abzeichen. Wir kamen immer besser in Fahrt, und als ich einen Blick zurück warf, sah ich, wie uns die Passanten in einer Art zweiter Welle folgten. Bei der St. Giles Cathedral unter ihrer plumpen, schmutzigen Krone waren wir ein festes Gebilde, ein Wesen mit einem Puls.

Wir waren wieder in die Luft gesprungen und schwebten nicht nur, wir flogen wirklich – *hoch, hoch, hoch* –, ein bisschen wundersam. Ich spürte, wie ich zwischen den Anflügen von schlechtem Klarinettenspiel juchzte und jubelte. Annanka war so voller Freude.

Solche kleinen Hochgefühle gibt es auch in der extremen Nischenwelt der flanierenden Karnevalsaktivisten. Wenn man zum ersten Mal den Bürgersteig verlässt und offiziell an einer Demonstration teilnimmt, jagt einem die Überraschung einen Schauer über den Rücken. Es ist, als stünde man bis zum Schienbein im kühlen Wasser. Und wenn Sie dann feststellen, dass Sie nicht sofort verhaftet oder in einem Hagel von ausgeschlagenen Zähnen überwältigt werden, ist vielleicht alles erlaubter, als Sie dachten. Oder vielleicht haben Sie bloß nach mehr Macht gegriffen.

Sie stehen einfach auf der Straße, oder vielleicht sitzen Sie und unterhalten sich. Aber vielleicht verstoßen Sie auch gegen das Gesetz, weil jemand beschlossen hat, dass Sie nicht auf der Straße sein dürfen, aus Gründen, die Sie nicht teilen, und die Polizisten sollen diese Botschaft weitergeben. Und Sie ignorieren es.

Das alles verleiht ein schönes Gefühl – genauso wie das erste Mal, wenn Sie wirklich eine Menschenmenge fangen und bewegen und festhalten, die Straße zum Publikum machen. Wäre ich ein edler Mensch, könnte ich die größte Freude empfinden, wenn ich mich mit Handschellen an Metallgitter fesseln oder mich für Frieden und Gerechtigkeit auf die Straße legen würde. Aber ich bin eine Performerin, wir waren alle Performer. Wir wollten die Welt verändern, aber wir wollten dabei angeschaut werden. Das ist möglich – Lehrer tun das jeden Tag, viele Menschen tun es – mir ist klar, dass wir uns damit beinahe wie Politiker benahmen. Ich glaube aber nicht, dass irgendjemand von uns die Grenze überschritten hat zum: *Vergesst alles, was ihr verändern wollt, schaut euch bloß an, wie wundervoll ich bin.*

Was ich damit sagen will: Ich verstehe, wie erwärmend, berauschend und unwiderstehlich es ist, wenn man zum ersten Mal führt und Menschen folgen, ohne dass man sie darum bittet. Man ist ein Wesen, das Menschen herbeiruft, taucht ein in die schlimmsten und schillerndsten Verlockungen.

Und wie leicht folgen die Menschen, wollen sich in sinnloser Größe verlieren.

Pa-dabba-dabba-dum. Pa-dabba-dabba-dum. Pa-da-dum. Pa-da-dum.

Das OrKestrA blieb aber das OrKestrA. Auf dummes Zeug und Blödsinn und den Tod unserer Würde aus. So waren wir.

Pa-dabba-dabba-dum. Pa-dabba-dabba-dum. Pa-da-dum. Pa-da-dum.

Utility Bill pfiff das Signal zum Beginn von acht Takten, dann wechselten wir den Rhythmus.

Dum-pa-dub. Dum-dub. Jak-a-ta. Dum-pa-dub. Dum-dub. Jak-a-ta.

Unten auf der Royal Mile waren wir eine kritische Masse, hatten okkulte Eigenschaften und Magie. Die Massen vor uns drängten sich aus dem Weg. Weitere folgten in unserem Kielwasser. Die Gänge und überbauten Gasseneingänge waren voller Blicke. Zumindest habe ich es so in Erinnerung.

Dann begannen wir unsere Rechtskurve, während Bill auf der Pfeife verrücktspielte und wir uns einen Schritt zurücklehnten, um unsere Verfolger zum Kichern zu bringen, als sie ineinanderstießen. Unsere Trommeln hallten bis zu den Treppengiebeln hinauf, als wir zwischen den Mietskasernen und der Seite einer weiteren rußverschmierten Kirche hin- und herschwangen.

Edinburgh weiß, dass es im heißen, süßen Aufwind der noch nicht verfolgten Sünde davonwehen könnte. Die Stadt fürchtet, sie könnte sich wie eine böse Papierlaterne erheben, würde sie nicht von den Kirchen festgetackert. Sie kämpft an allen Fronten.

Und nun waren wir auf dem Platz. Wir waren wilder als Dutzende von Laternen, die leichtsinnig umhertreiben.

Wir waren das UnRule OrKestrA.

Wir wollten den Platz.

Es war unser Platz.

Damals war die Straßenunterhaltung weniger zivilisiert und eher darwinistisch – keine Anmeldungen, keine Genehmigungen, keine Zeitpläne.

Natürlich befand sich bereits jemand in unserem rechtmäßigen Zuhause, denn es war zu schön, um unbesetzt zu bleiben. Wir wurden mit einer Ein-Mann-Versager-Demo in schmuddeligem mittelalterlichem Wams und Strumpfhose konfrontiert. Nie ein gutes Zeichen.

Er hatte verschiedene Ausrüstungsgegenstände an seinem Karren befestigt, aber zu diesem Zeitpunkt verdarb er uns einen schönen Vormittag mit Grimassenziehen und einem Diabolo.

Diabolos jonglieren – kann man, aber warum sollte man?

Er wollte süß und schrullig sein. War er nicht. Ein Publikum bemerkt diese Art Schwäche und Anmaßung immer. So anbiedernd darf man nicht sein, und man darf sich nicht nach Entscheidungen richten, die das Publikum zu treffen hat. Bevor man sein Ding machen kann, selbst ein sehr kluges Ding, muss man beweisen, dass man weiß, wer man wirklich ist – was einem Autorität verleiht – und auch dem Publikum die Autorität der Entscheidung. Man tritt mit Respekt nach allen Seiten auf. Und so – auf diesem Feld wie wahrscheinlich auf keinem anderen des Lebens – bekommt man, was man braucht und verdient.

Von dieser Regel gibt es natürlich Ausnahmen. Die Clowns, die nie großherzig genug sein konnten, wirklich zu unterhalten, die sich an ihre komische kleine Würde klammern und ihr Publikum hassen – die gehen in die Politik.

Als wir näher kamen, merkten wir, dass der O-beinige Hofnarr nach Paraffin sowie nach Panik und verbranntem Haar roch. Er war eine Gefahr für sich selbst, und jeder von uns hätte das bemerkt. In Wirklichkeit haben wir ihn gerettet. Oder vielleicht nicht ihn – aber zweifellos sein Publikum.

Von uns hatten Mrs Fire und Dynamo ein wahres Gefühl für Flammen. Sie verstanden, wie sehr er in Gefahr war. Außerdem rümpften sie verächtlich die Nase im Namen aller guten Feuermenschen überall.

Um Feuer zu speien, muss man Paraffin in den Mund nehmen und es dort behalten, bevor man es über eine geeignete Zündquelle spuckt. Theoretisch ist das gar nicht so schwer.

Es sei denn, man inhaliert.

Niemals einatmen.

Lassen Sie sich immer richtig schulen.

Aber abgesehen von den Grundlagen kann wahrscheinlich jeder Narr die Teile seines Reptiliengehirns unterdrücken, die flammende Gefahr von Kopf und Gesicht fernzuhalten hoffen. Das zieht sowohl Genies als auch Trottel an, die nicht wissen, dass sie Trottel sind, aber spucken können.

Feuermenschen schlucken mit jedem Mundvoll eine Spur Paraffin, dessen öliger Geschmack sie durchdringt und über die Haut nach außen wirkt. Feuerspucker trinken große Mengen Milch, um ihren Magen zu beruhigen und ihren Organismus zu reinigen. Mrs Fire sagte immer, das Geheimnis sei, das Feuer nie zu stoppen und deshalb nie anzufangen, wie ein normaler Mensch zu riechen. Sie trank ihre Milch und hielt durch.

Mrs Fire war so viel mehr als eine seltsam riechende Idiotin – ist sie immer noch. Und sie ist keineswegs eine Brandstifterin. Sie konnte Feuer auf die übliche Weise anzünden und anfachen und verbreiten, aber dann legte sie richtig los. Eine nette junge Frau, die Milchreis liebte und deren Eltern Baptisten waren, aber dann wechselte sie in ihre Straßengestalt, rasend schnell und eindeutig verrückt und Hüterin des Höllenfeuers. Sie streifte umher und stieß in großen Schwaden einen Flammendämon nach dem anderen aus. Mrs F. erweckte den deutlichen Eindruck, nicht nur besessen, sondern auch mordlüstern zu sein. Ihre Feuerbälle waren verführerisch. Sie erzählte, wie sie Ihren Mann bis auf die Schuhe verbrannte und dass Sie ihr zubilligen würden, das Richtige getan zu haben. Nur der schlanke, feuerzähmende, funkelnde, blauäugige Dynamo konnte die Welt vor ihr und ihrer seltsamen erotischen Anmutung retten.

Wenn sie nicht gerade das menschliche Feuerwerk gab, war Mrs F. eine der ruhigsten Frauen, die ich je gekannt habe – wirklich ruhig, nicht bloß versteckt. Und sie hat nie jemandem wehgetan. Keinen Gegenstand verbrannt. Keinen Schaden angerichtet. Gerichtssaal 10 hätte ihren Namen nie als Angeklagte hören dürfen, hätte es nie wagen dürfen, sie zu stören.

Auf dem Hunter Square war sie furchterregend, weil sie wusste, wie man furchterregend wirkt, das bestreite ich nicht. Sie lachte den kleinen Narrenmann so aus, dass er zusammenzuckte. Er war ganz allein, und wir waren wir, und wir würden ihm den Platz wegnehmen.

Allerdings hätte er sich fast selbst hinausgeworfen. Nicht einmal die Sommerferiensanften verziehen ihm seinen unverzeihlichen Narrenhut und seine schrecklichen Glocken. Sein Publikum war keines, es waren nur ein paar Fremde, die innehielten und über das menschliche Unglück bestürzt waren, bevor sie weiterzogen. Er hatte uns verdient. Er brauchte uns als Ausstiegsstrategie.

Ich sah uns an – das OrKestrA –, wie wir fit und bereit waren und nichts als uns selbst und deshalb ein animalisches Dröhnen in uns hatten, diese unverwechselbare Sicherheit: unter der Stille strahlendes Können.

Zum Teil lag das natürlich an unserer Jugend. Darum lächelten uns auch die Eisenbahner und Kraftwerksfrauen mit traurigen Augen an – weil wir so lächerlich unversehrt und optimistisch waren. Wir waren für sie wie Schnittblumen in der Vase – hübsch auf eine Art und Weise, die nicht von Dauer sein konnte.

Das OrKestrA wartete, während der Hofnarr mit seinen Keulen herumfuchtelte und irgendetwas sagte, was niemand hören konnte. Dann hoben die Apocalypse Sisters beide Hände in den langen roten Handschuhen hoch. Und wir alle hoben die Hände, denn wir waren bereit. Das war unser Zählappell und unser Standortanzeiger, der über dem Geschrei und dem Durcheinander funktionieren sollte.

Mr Kink begann mit seiner Eröffnungsrede, ließ die Hüften kreisen und prahlte lange, leise und verschlagen mit seinen Wundern in diesem Rockstar-Singsang. Kein einziges Wort war glaubwürdig, und das sollte es auch nicht sein. Er ließ alle wissen, dass sie Spaß haben würden, und das konnte man ihm glauben. Er teilte den Raum sauber in zwei Hälften und stapfte in seinen rosafarbenen, hochhackigen Pantoffeln und der hellbraunen Lederhose mit dem geschnürten Hosenschlitz und dem weiten Hemd aus orangefarbener Seide einher. Er versammelte die Zivilisten um sich, brachte sie dazu, ihn anzuschauen mit seinen Wangenknochen, dem lüsternen Mund und den unschuldigen Augen – und schob sie dann zurück, damit sich ein Kreis bildete, in dem wir auftreten konnten.

Der Hofnarr fing an, seinen Unsinn aufzusammeln. Es fehlte ihm die notwendige Überzeugung, um zu bleiben. Ein Auftritt erfordert Glauben, und es war nur richtig, dass wir ihn rausschmissen. Vielleicht war Gerichtssaal 10 die Rache der traurigen und kleingeistigen Männer, die jede größere Seele niederdrücken wollen.

Als Nächstes schwärmte Monkey Monk mit seinen klebrigen Kletterschuhen die unmöglichste Wand hoch: enge Jeans, weißes T-Shirt und darüber eine Gepäckträgerjacke von British Rail: lange Muskeln, lange Hebel, lange Muskeln, lange Hebel. Sein Kotelettenbart machte ihn zum Affen, seine Aura und sein Jesushaar zum Mönch.

Er war nie eine Schnittblume – er blieb in all seinen Jahren schön.

Als er den höchsten Punkt erreicht hatte, entrollte er die Wirbelsäule, richtete sich zu voller Größe auf, blieb dort wie eine natürliche Erscheinung stehen und starrte in die Ferne. Er hätte den Mastkorb eines landhungrigen Schiffes bemannen können – so unverzichtbar wirkte er.

Ich spürte in der Brust, dass wir im Begriff waren, perfekt zu sein.

Waren wir auch.

Die Apocalypse Sisters kreischten wie die Frauen der Wikinger, wenn sie weg von den leuchtenden Segeln den Schindelweg hinaufrannten, um einen auf grausame Weise zu töten. Sie riefen Bilder von nassen Fingernägeln und Zähnen auf, dabei boten sie meist nur Slapstick und magisches Auftauchen von Gegenständen, Tölpeleien und Flirten. (Das Flirten war ziemlich gruselig.) Dann tat Clumsy Mary schreckliche Dinge mit Messern und tötete offenbar Magnificent Arthur. Er stand jedoch von den Toten wieder auf, bevor er noch aus verschiedenen anderen kleineren Zwangslagen entkam und in einem Wirbel von blutbefleckten Taschentüchern und Pyropapierfackeln verschwand – oder so ähnlich. Cedric, der schreiende Pantomime, regte die Kinder viel zu sehr auf – und dann ihre Eltern. Phil the Pill und Utility Bill brachten die Erwachsenen zum Lachen und kämpften in Zeitlupe mit Kochlöffeln. Dann brachten Dynamo und Mrs Fire den richtigen Schrecken zurück. Monkey Monk hüpfte und sprang. Percussion Karl trommelte, wo nötig.

Wir waren perfekt in Form. Vollkommen. Wir hatten einen perfekten Auftritt.

Und jetzt bin ich an der Reihe. Ich trete durch den Kreis von Menschen, die jetzt in vielen Reihen Ellbogen an Ellbogen stehen, während Mr Kink mich schreiend ankündigt. Ich schlage Rad quer über die Fläche. (Mrs McCormick schlägt nicht mehr Rad.) Sobald ich lande, stütze ich mich ab, und mit einem Mal – *Schritt, Stütz, Griff* – ist Monkey Monk an mir hochgeklettert und auf meine Schultern gestiegen. Dann balanciert er auf dem Punkt, wo sein linker Fuß meine Stirn berührt. (Stellen Sie sich vor, wie erstaunt die Fünftklässler wären.)

In seiner Schuhsohle steckte ein winziges Stück Splitt, das mir in die Haut stach. Es machte mir nichts aus.

Die Leute jubelten. Es ist immer beeindruckender, wenn eine Frau einen Mann hochhebt. Zwei Männer – Monkey Monk und Mr Kink – lehnten sich von mir weg, während ich ihr Anker blieb.

Dadurch, dass ich stark war, ging ich ganz anders durch den Raum. Ich sah dieses oder jenes Grinsen, hörte Vermutungen im Vorbeigehen und dachte: *Kleiner Mann, ich könnte dich hochheben und werfen.*

Als Ende unserer Aufführung hatten wir einstudiert, dass ich den männlichen Zuschauer, den ich mir ausgesucht hatte, in die Arme der Apokalypsen geworfen hatte. Ich würde ihn dann abstauben, falten und in Form bringen, die Schwerkraft durch ihn hindurchfließen lassen, die Trägheit an seinen Knochen rütteln und ihm dann seinen Applaus gönnen, bevor ich meinen eigenen einforderte.

Dann stimmte Mr K. eine schön wilde Erinnerung an jeden einzelnen Akt an, begleitet von unseren verschiedenen *UnInstrUmental InstrUmentZ.* Danach verbeugten wir uns und marschierten spielend in den symbolischen Sonnenuntergang. Und in das Pub, das noch Platz für uns hatte.

Aber es gab eine Planänderung. Am Hunter Square bekam unser OrKestrA sein letztes Mitglied. Er wurde am Ende des Line-up eingefügt, damit wir keine neuen Übergänge ausarbeiten mussten. Ich hatte keine Zeit gehabt, jemanden in dem Gedränge um uns herum zu bemerken, und hatte mich darauf konzentriert, Monkey Monk nicht fallen zu lassen, der in seltsamen Momenten zu großen Gesten neigte. Ich hatte niemanden gesehen, der zu uns passen könnte. Aber ich wusste – wie wir alle –, dass Magnificent Arthur einen Freund hatte, der einen Freund hatte, der eine Nummer hatte, und Arthur hatte ihn beobachtet und diesen Freund sofort rekrutiert.

Baron Sunday.

Mr Kink kündigte den Baron an, und er trat aus der Manege, langsam schreitend, mit einem schwarz lackierten Stock, einem zerfetzten Zylinder und einem Frack, wie man ihn damals noch in jedem Secondhandladen finden konnte – wie gefaltete Krähen –, dazu schmuddelig weiße lange Unterhosen, nackte Füße, schmuddelig weiße Handschuhe und ein scharlachrotes Taschentuch, das aus seiner Brusttasche blutete. Er schritt mit angeknackster Würde und gestörter Statur durch unseren geöffneten Kreis, verbeugte sich und zog vor allem vor Kindern seinen zerstörten Hut. Manche Künstler sind Feuerwerk und Ausdehnung – er war die andere Art: Stille und Konzentration, Resonanz nach außen.

Er schien älter zu sein als wir, aber ich bekam nicht heraus, wie viel. Man hatte das verschwommene Gefühl, dass ein seltsamer kleiner Junge in ihm steckte, weshalb er schwer einzuschätzen war. Er mochte 40 oder 90 oder 10 Jahre alt sein.

Der Baron tat bei diesem ersten Auftritt nichts wirklich Bemerkenswertes, aber er hatte Schärfe. Seine Verwunderung über die eigenen Fähigkeiten war charmant und ansteckend. Ja, der Baron war eine charmante Ansteckung.

Und er war richtig lustig. Jeder Teil von ihm war lustig, egal was.

Komisch sein ist entwaffnend, nicht wahr?

Er fing mit seinem Hut an, Handschuhe und Taschentuch folgten einander mit schöner Leichtigkeit in die Luft, während er dabei zusah: todernst, aber mit funkelnden Augen. Nichts, was er berührte, blieb in seinen Händen – alles sprang auf und davon. Sein Stock teilte sich mitten im Flug und enthüllte einen Schwertstock, den er auf einer Zeigefingerspitze balancierte, bevor er sich anscheinend von selbst wieder in die Scheide schob, ohne den Baron zu fragen.

Manche Leute wollen gar nicht angeschaut werden: Sie sind einfach so, wie sie sind, und das lässt einen hinschauen. Es ist nicht unbedingt Glamour oder Charisma. Das sind nur unsere Worte für die Showbusiness-Arten von Politik. Manche Menschen sind ganz einfach und klar, als ob man ein Licht einschalten würde. So war er beschaffen, wenn er auftrat. Und die Anmut all seiner Bewegungen entschuldigte sich, indem sie ein wenig lächerlich war, all seine Gewandtheit verbarg sich hinter dieser ständigen Verblüffung. Eine drohende Unbeholfenheit vibrierte durch seine Glieder und seinen Körper. Sie kam nie an, aber sie ließ einen Mitleid mit ihm empfinden. Der Baron war ein Mann, der Ihnen zeigen konnte, wie Sie das Leben furchtlos auf sich zukommen lassen. Man hatte Angst um ihn und wollte ihn beschützen.

Auch das ist entwaffnend.

Am Ende seiner kleinen Tricks nahm er einen neuerlichen Applaus so entgegen, als käme er unerwartet.

Bescheidenheit funktioniert auch gut. Sie bezaubert.

Dann winkte er Mr Kink herbei, flüsterte kunstvoll, seine Arme wirbelten herum, bevor er plötzlich ganz still wurde und wartete wie ein ernstes Kind, gerade aus unbegreiflicher Gefangenschaft entlassen.

Er schaffte es, dass sich Details einprägten. Was ich auch tue, ich kann sie nie vergessen.

Mr Kink kündigte an: »Der weltberühmte, international bekannte, einzige, originale und allerbeste Gummihase.«

Das war das Markenzeichen des Barons. Im Laufe der Zeit fügte er dieses oder jenes hinzu, er improvisierte – darin war er immer gut –, aber das Wesentliche blieb gleich.

Zuerst suchte er sich ein Kind aus. Der Baron hatte ein Gespür dafür, den stillen und einsamen kleinen Jungen oder das kleine Mädchen herauszulocken. Er zog sie in den Mittelpunkt der Aufmerksamkeit und forderte Beifall für sie ein. Kleine Gegenstände tauchten in seinen Händen und in ihren Taschen auf – seltsame kleine Gegenstände, die seltsamen kleinen Kindern gefielen – sie freuten sich über die neuen Geschenke, die neue Aufmerksamkeit und entspannten sich allmählich. Der Baron und das Mädchen oder der Junge stellten sich den plötzlichen Applausausbrüchen, dem Lob von Fremden, der Großzügigkeit aus dem Nichts, als könnte dies alles Teil ihres Lebens sein.

Dann machte Baron Sunday einen Kopfstand auf einem unserer

Stühle. Mit seinen Gesten machte er deutlich, dass dies eine Demonstration war. Dann hob er das Kind auf den Stuhl und begann es kopfüberzudrehen, als ob er den Kopfstand erwartete. Aber sobald sie protestierten, änderte er freundlicherweise seine Meinung und stellte sie richtig herum auf, mit den Füßen sicher auf der Sitzfläche des Stuhls, den Kopf über der Menge. Danach kam langsam aus einer der vielen Taschen seines Fracks der Gummihase zum Vorschein. Der Baron reichte ihn dem Kind und sagte dann: »Halt ihn gut fest. Nein, fester noch. Nein, wirklich, viel fester. ALS OB DEIN LEBEN DAVON ABHINGE. HALT IHN GANZ FEST.«

An diesem Punkt setzte Baron Sunday seine kleine Brille mit den blauen Gläsern auf und zeigte allen, dass ein Gummiband unter dem Schwanz des Kaninchens befestigt war und in eine seiner magischen Taschen führte. Manchmal hingen an dem Gummiband sogar kleine braune Kaninchenköttel aufgereiht.

Es waren aufgenähte Schokoladenrosinen, somit nützlich und essbar.

Baron Sunday zupfte am Gummiband. Er zeigte den Zuschauern, wie es sich dehnen und spannen ließ, und zupfte noch einmal, ließ es klingen, damit jeder seine Natur verstand. Dann wickelte Baron Sunday das Gummiband aus seiner Hand, seiner Tasche, seinem Ärmel oder sonst woher ab – aus verschiedenen Stellen. Es war klar, dass er es dehnen und abrollen konnte, aber ebenso klar war, dass es eine Grenze gab, bis zu der er gehen konnte. Alles hat eine Grenze.

Langsam oder schnell, kunstvoll oder einfach sorgte der Baron dafür, dass das Gummiband weit über jede vernünftige Grenze hinaus gedehnt wurde. Er wickelte es fest und immer fester, in die Menge hinein und aus ihr heraus, um Hüften, um Paare, in Gruppen hinein und aus ihnen heraus. Der leere Raum, in dem das Kind stand, wurde zu einem Fadenspiel, in dem Baron Sunday herumklettern musste, oder er musste versuchen, sich unter den Strängen durchzuschlängeln. An bestimmten Stellen tauchten kleine Seidenfähnchen auf und hingen an der Schnur, die sich verlängerte, aber auch immer straffer wurde, scheinbar immer schwerer zu ziehen, immer deutlicher auf eine unhaltbare Spannung zusteuernd.

Und es ist gut, ein bisschen Angst zu haben. Es ist gut zu spüren, dass sich irgendwo eine Feder spannt, und zu wissen, dass sie losgelassen werden muss oder dass sie zerbrechen wird.

Baron Sunday zögerte hier und da, als ob er daran zweifelte, dass er noch einen stärkeren Zug riskieren könnte, aber dann zeigte er einen kurzen Moment ein wahnsinniges Grinsen und machte weiter. Schließlich war unweigerlich das Ende des Gummibandes erreicht. Der Baron hob es auf den letzten paar Metern in die Höhe, damit alle es sehen konnten. Aber er machte trotzdem weiter. Und das Publikum wurde immer stiller und verstrickter und verknoteter. Es kicherte und quietschte vor Angst.

So viel Gummi auf so viel Haut – das musste doch wehtun, oder? Es musste wehtun.

Während sich absolute Stille einstellte und verdichtete, stand das Kind meist über dem Chaos wie ein König, der über einen Besitz wacht. Denn der Baron tat so, als würde er des Kindes Befehle befolgen, warf fragende Blicke und schien um Erlaubnis zu bitten, bevor er den nächsten Akt des Wahnsinns vollzog.

Er wusste, wie nervöse Kinder funktionieren.

Baron Sunday hüpfte und trat und kämpfte mit dem Gummiband und wickelte es über die Stränge, die sein Publikum einschnürten. Er konnte sich nur mit Mühe und Not ein wenig näher und dann noch näher an das Kind herantasten, das offensichtlich unerreichbar für ihn war.

Jeder konnte sehen, dass sich ein schrecklicher Unfall anbahnte. Die Augen des Barons funkelten. Das Grinsen brach aus und verschwand, wie die Taschenlampe eines Einbrechers im eigenen Haus.

Seine letzte Entscheidung war, die letzten paar Zentimeter des Gummibandes in der Hand zu dehnen – ein Experiment – und dann ein knallrotes Taschentuch aus der Tasche zu fummeln und das lose Ende mühsam daran zu binden.

Und dann musste er wirklich den ganzen Weg zum Kind zurücklegen, zurück zu seinem Anfang. Natürlich tat er das.

Aus irgendeinem Grund riefen an diesem Punkt mehr Männer als Frauen, dass er aufhören solle. Sie schienen die Gefahr mehr zu spüren.

Der Baron ignorierte ihre Bitten, seine Augen glühten, und er ging weiter. Unaufhaltsam, aber auch scheinbar schwach und müde und schwitzend, kämpfte er sich vorwärts gegen die Anspannung und dann gegen die Stränge, bis er gerade noch, fast, fast – ja – einen zitternden Arm ausstrecken und dem Kind das sehr offensichtliche Taschentuch reichen konnte.

Rot ist immer eine sehr gute Wahl, wenn man in einer Menschenmenge auffallen will.

Ich war mir nie sicher, ob der Baron das Gummiband losließ, bevor das Kind es nehmen konnte, oder ob sie – während sie einander anlächelten und atmeten und sich Auge in Auge begegneten – eine Vereinbarung trafen, bösartig und frech zu sein und all die Erwachsenen und anderen Kinder in Heulen und Schreien und Lachen zu versetzen, während die wilde rote Taschentuchfahne schnappte und flog und kitzelte und um und zwischen und über und hinter und unter ihnen herumflog wie eine gerechte Flamme oder ein schrecklicher Einfall.

Und als niemand genau hinsah, bereitete Baron Sunday sein Schlusstableau vor. Als das Publikum wieder zu Atem gekommen war und sich zur Auftrittsfläche umdrehte, fanden sie ihn auf dem Stuhl stehend, das Kind auf den Schultern, majestätisch und triumphierend, und die Luft um die beiden herum war mit feinem Metallkonfetti durchsetzt.

In gewisser Weise war nichts passiert, aber zugleich war alles passiert.

Als ich den Gummihasen zum ersten Mal sah, fand ich die Nummer wunderbar, großzügig, wohlwollend. Der Baron wählte ein Mädchen mit stumpfem Haar und runden Schultern aus. Als sie gemeinsam ihren Abschiedsapplaus entgegennahmen, war sie eine Königin. Als der Baron vom Stuhl heruntersprang und sie immer noch festhielt, konnte man in ihrem Gesicht sehen, wie sie diesen kalten Schlag in den Magen wegen des plötzlichen Absackens bekam. Aber sie war nicht unglücklich darüber – sie wusste, dass sie gegen mehr Erschütterungen gefeit war, als sie gedacht hatte. Und keines der Kinder sah je weniger prächtig aus – oder besser gesagt, wie ein Mensch, der sich der eigenen Großartigkeit bewusst wurde.

Baron Sunday schüttelte die Hand des ersten Mädchens mit feierlicher Fürsorge, zwinkerte ihr zu und übergab sie dann ihren Eltern, die Taschen und das Herz neu gefüllt mit kleinen, geheimnisvollen Spielsachen.

Alle hatten überlebt, obwohl es fast so aussah, als ob wir es nicht schaffen würden. Irgendwo hinter dem Baron schwebte der Gedanke, er könne die Macht haben, uns zu verletzen. Aber die hatte er nicht.

Ich sehe das jetzt so, weil ich viele Jahre Zeit hatte, darüber nachzudenken. Damals war ich einfach nur glücklich, als Utility Bill in seine Pfeife blies, die Trommeln und Kazoos unsere Abschiedssequenz einleiteten und Mr Kink uns in der Reihenfolge unseres Erscheinens zu unseren letzten, endgültigen Verbeugungen ankündigte.

Ich erhielt meinen Beifall, der Baron den nächsten, und dann formierten wir uns in Paaren, um wegzuschlendern. Der Baron landete aufgrund unserer Reihenfolge neben mir, obwohl ich jetzt vermute, dass er in jedem Fall dort gelandet wäre, weil er mich genauso ausgewählt hatte wie das kleine Mädchen, das ihm bei seinem Auftritt helfen sollte.

Ich blickte zu ihm hinüber und sah, dass er wieder sein regloses Gesicht aufgesetzt hatte. Das machte ihn perfekt für die Art von Komödie, in der abscheuliche Dinge immer harmlose Menschen bedrohen. Was bedeutet, dass er perfekt für die Realität war. Er hatte sich genau richtig gemacht.

Pa-dabba-dabba-dum. Pa-dabba-dabba-dum. Pa-da-dum. Pa-da-dum.

Beim Weitergehen stieß mich sein Ellbogen an, ganz unschuldig, freundlich, zufällig, zugleich aber auch nicht. Er neigte den Kopf zu mir und murmelte seine Geschichte, raunte sie mir von fast unbewegten Lippen zu. Er bot mir Buster mit dem Englischstudium, Buster, den Verlorenen, der ein bisschen Hilfe brauchte, Buster, der eine Atempause nahm, um seinen Weg im Leben zu finden, Buster, der so froh war, dass ich in dieser neuen Situation bei ihm war, wo er eine ganz besondere Freundin brauchte.

Pa-dabba-dabba-dum. Pa-dabba-dabba-dum. Pa-da-dum. Pa-da-dum.

Er wusste, die Geschichte von einem selbst ist das, was man ist, was man weiter- und weiterwickelt, ganz fest um alle, die einen hören.

Pa-dabba-dabba-dum. Pa-dabba-dabba-dum. Pa-da-dum. Pa-da-dum.

Phil und Bill und Mrs F., Dynamo und Mary, Mr Kink und Monkey Monk und die Apokalypsen, Cedric, Arthur, Buster und ich – wir lächelten und winkten und spielten und schoben uns durch die dünne Luft, die uns nicht davon abhalten konnte, bis wir schließlich Gerichtssaal 10 erreichten. Das OrKestrA mit all seinen Mitgliedern marschierte los, ein Stück näher an das Zeitalter der Seuche und der geschmeichelten Wut und simpler Geschichten und lautstarker Dummheit, das Zeitalter, das Freude an Chaosingenieuren und Gaunern hat.

Die Zeit findet dich.

Alles findet dich.

Ich weiß nicht mehr, wann ich unseren Baron getauft habe, aber es war kurz nach seiner Ankunft. Sein knochentrockenes Gesicht verlangte es. Alles an ihm verlangte, nach dem König der Komödie benannt zu werden. Ich nannte ihn Buster.

Und Buster hat die andere Geschichte hier geschrieben. Ich weiß nicht, ob sie wahrer ist als seine anderen Geschichten. Ich habe sie einmal gelesen und werde sie nie wieder lesen.

Ich füge ihn hier ein, damit er zu etwas nützt – einmal im Leben kann er sich nützlich machen. Er kann Ihnen verraten, was in den Ungeheuern steckt, die nicht nach Ungeheuern aussehen, was unter der Welt liegt, die freundlich und normal wirkt.

Ich habe einmal in einem freundlichen und normalen Land gelebt, habe die Geschichten darüber geglaubt. Ich hätte es besser wissen müssen. Ich hätte mich an Rumpelstilzchen erinnern sollen.

2016, SOUTH SALEM

Als ich aus dem Pritschenwagen aussteige, fällt mir wieder der Unterschied in der Luft auf. Ich bin seit einer knappen Woche in Amerika und habe mich noch nicht daran gewöhnt. Dann hört es auf …

Nein.

Sie können ihn noch nicht lesen.

Ich möchte Sie nicht mit ihm allein lassen. Es ist nicht gut, so einen Mann im Kopf zu haben.

Und er ist überzeugend.

Sie können Buster nicht lesen, ehe ich nicht erklärt habe, warum Sie das überhaupt sollen.

Ich bin Lehrerin – ich versuche zu unterrichten. Ich möchte teilhaben an den 4000 Jahren, die wir eine Geschichte erzählt, sie weitergegeben haben. Und ich weiß, dass die schrecklichen Menschen sich vor uns zu verstecken versuchen, wenn wir zurückzucken, aber wir dürfen nicht zurückschrecken. Wenn wir das Schlimme nicht sehen, können wir es nicht gut machen. Es ist genau das, was wir sehen müssen.

Ich glaube, das stimmt. Aber ich lebe in einer Zeit, in einem Land, das so lange auf das Schlimme starren will, bis alle es mögen.

Ich lebe in Busters Welt, und das will ich nicht.

Ich gehe davon aus, dass Sie es auch nicht wollen.

Also.

Buster ist Buster.

Und Buster ist ein Stilzchen – ein König der Stilzchen, einer der schlimmsten – und Sie müssen ihn kennenlernen. An diesem Ort, in dieser Zeit der Stilzchen müssen Sie den Typus erkennen können.

Sie kommen natürlich immer gut zurecht, die Stilzchen, so leuchtend und stark und faszinierend, und sie wirken immer so *unverzichtbar* und siegreich, ein versprochener und verschwommener und schön selbstverliebter Sieg, der unmittelbar bevorsteht.

Aber jetzt sind sie noch leuchtender, so blühend und glücklich – so trendig und filmisch – so betörend und fernsehgerecht – so voller feiner und unbeständiger Aufregungen und Nervenkitzel – so gut geeignet für hohe Ämter und große Belohnungen. Sie sind Gewinner. Vielleicht haben sie gewonnen.

Ihre wahren Namen und ihr Wesen werden immer seltener erwähnt, so dass wir uns schlicht allein fühlen, wenn wir sie bloß erkennen und verstehen.

Aber sie sind Stilzchen.

Sie sind alle Stilzchen.

Doch wenn Sie Buster lesen, können Sie ihn kennenlernen.

Und er hat mir seine Papiere, seine Memoiren, seine Geständnisse, seine seltsame Fanfiction über sich selbst überlassen. Jahrelang nichts von ihm zu hören, dann Gerichtssaal 10, und dann lässt er einen Umschlag mit seiner Stimme darin vor meinem Haus liegen.

Unverzeihlich.

Von dem Umschlag erzähle ich Ihnen später – ich kann immer nur eine bestimmte Menge von ihm ertragen.

Und ich gebe Ihnen immer nur ab und zu ein Kapitel von ihm – auch Sie müssen immer nur eine bestimmte Menge von ihm ertragen.

Ich entschuldige mich für seinen Schreibstil. Manchmal klingt er wie der Mann, den ich kannte – überzeugend und beredt, drängt Ihre Gedanken mit seiner neusten Geschichte hierhin und dorthin. Manchmal klingt er wie etwas Zerbrochenes. Das macht mich froh. Er sollte zerbrochen sein und sich auch so anhören.

Dass seine Worte hier zu finden sind, bedeutet nicht, dass diese Geschichte nicht auch meine ist. Das hier sind meine Papiere, das ist meine Seite, meine Worte, mein Notizbuch. Es ist wie mein Klassenzimmer. Ich regiere hier, ich herrsche. Hier gibt es nichts, was ich nicht erlaube.

Und ich erlaube Buster – Buster und all die Namen, hinter denen er sich versteckt.

Sie haben immer viele Namen – sagen Sie einfach Stilzchen.

Wenn Sie ihn kennen, seinen Geschmack, seinen Geruch auf Ihrer Haut spüren – den Geist davon kennenlernen –, dann können Sie jedes Stilzchen erkennen.

Sie werden niemals getäuscht werden.

Sie werden sie alle erkennen, und das wird Ihre Macht sein.

Sie werden sie sehen und beim Namen nennen, und das wird Ihre Macht sein.

Sie werden sie finden und verstehen, dass Sie dann immer fliehen sollten, oder kämpfen, und Sie werden das wählen, was Sie rettet.

Bitte verstehen Sie das.

Ich versuche Ihnen alles an die Hand zu geben, was helfen könnte.

Erkennen Sie das Stilzchen und laufen Sie weg. Erkennen Sie das Stilzchen und kämpfen Sie.

Das sind Ihre Optionen.

Bitte.

Es gibt keine anderen Möglichkeiten für Sie zu überleben – nur die eine, wo Sie weglaufen, oder die andere, wo Sie kämpfen.

Okay?

Okay.

Dann lesen wir jetzt ein bisschen Buster.

2016, SOUTH SALEM

Als ich aus dem Pritschenwagen aussteige, fällt mir wieder der Unterschied in der Luft auf. Ich bin seit einer knappen Woche in Amerika und habe mich noch nicht daran gewöhnt. Dann hört es auf, dass ich spezifisch herkomme.

Der Geruch von Neuengland will immer trockener Wind über Granit und frischem Holz und schimmeliger Rinde und süßem Holzfeuer mit Spuren von Nadelbaum sein. Gebäude und Straßen halten ihn auf, aber nicht so sehr da, wo ich bin.

Die östliche Kälte ist das Produkt der Landmasse, das schmecke ich. Sie fühlt sich hartherzig selbstbewusst an und könnte mit ihrer Macht leicht überwältigend sein. Ein großer Winter steht bevor. Ich komme nicht aus einer besonders großen Gegend.

Die Bäume gefallen mir heute nicht, weil sie im Weg stehen und zu groß sind, zu dünn. Mir kommen sie wie Angstdetektoren vor.

Als ich die Wagentür zuschlage, zieht ein Eichelhäher seinen blauen Schwanz in den Himmel und keckert. Ich habe ihn gestört, und er fliegt davon, was ich bedaure. Ich kann Kardinale mit ihrem *Tio-tio-quipquipquip* und anderen diagnostischen Mustern hören. Die Goldkopf-Beutelmeisen kann man als solche erkennen, weil sie *Bleibwegbleibweg* singen. Ein Kardinal hingegen zirpt seinen natürlichen Namen, nämlich *A-gonie*, und wiederholt das immer wieder, bis ich ihm zu nahe komme, und wieder bereue ich es.

An Orten wie diesen habe ich mich viele Male aufgehalten, und ich kenne das Leben hier und die Vogelrufe und Vogelarten. Auch wenn ich zu tun habe, versuche ich gleichzeitig zu lernen und nicht einfach dahinzuleben, während ich beschäftigt bin. Ich hoffe, meine Zeit gut zu nutzen und mich zu bereichern.

Dies hier ist das Grenzgebiet zwischen Connecticut und New York, und es besteht aus Wald, der auf gestohlenem Ackerland wächst, das auf dem früheren Ackerland der Ureinwohner angelegt war, wo die Flüsse ihre Fischgründe waren und sie das Wild gejagt haben, und so kommt Geschichte zustande. Diebe gewinnen, und dass es gestohlen ist, sieht man nicht mehr.

Der Boden ist trockenes Laub, darunter Morast, abgebrochene Äste und hinderliche Wurzeln, dann Seen mit verschilften Ufern. Das Terrain ist irreführend und nachts schwierig, obwohl es um diese Zeit des Monats einen großen Mond gibt. Wenn ich nach Sonnenuntergang Erkundigungen mache, darf von mir kein Licht ausgehen, und ich verlasse mich auf klaren Himmel und gute Sicht.

Jetzt ist es Tag.

Ich kann sehen und gesehen werden.

Zwischen den kleinen Waldstücken gibt es Häuser im Kolonialstil, echte und nachgebaute, sowie Scheunen mit Satteldächern. Hier leben Menschen, die auf ihre Ernährung achten und bei der Auswahl ihrer Lektüre strenge Maßstäbe anlegen. Sie abonnieren hochwertige Zeitungen und Zeitschriften und stornieren ihr Abonnement auch dann nicht, wenn die Qualität der Artikel nachlässt. Dass sie selbst besser geformt und menschlicher sind als die Nachrichten, macht sie glücklich. Der Niedergang des öffentlichen Diskurses wertet sie auf. Jeden Tag sind sie glücklicher. Sie glauben, die online verbrachte Zeit ihrer Familie begrenzen zu können. Sie tragen Ohrenklappen von Urban-Athletic-Sportmoden, führen reinrassige Hunde spazieren und haben Zugang zu wichtigem Klatsch. Die für Halloween gekauften Kürbisse, die auf den Veranden so perfekt aussahen, sind im November immer noch hier, vertrocknet und CO_2 ausstoßend.

Ein Breitflügelbussard fliegt vorüber und verbreitet unter sich Raubvogelstille, die schlimmer ist als sein Schatten.

Nachdem die Landwirtschaft aufgegeben worden war, lebten hier hauptsächlich Haushälter und andere Domestiken. Es war eine für Chauffeure und Exzentriker angemessene Gegend. Ich weiß nicht, wohin diese Bewohner verschwunden sind. Jetzt leben hier Pensionäre aus Manhattan und Pendler, die Grundstücke mit Zugang zum See haben, oder Grundstücke zwischen den Parks von Millionären oder Grundstücke am Rand von Schonungen. Sie wissen nicht, was sie über die Welt verstehen müssten, und sie werden es nie lernen. Sie haben so viel Geld, dass sie sich Fantasiegedanken leisten können.

Ihre glaubhaft auf dem Lande aufgewachsenen Kinder bauen Unterstände aus Holz. Die ungeschickt aus abgefallenen Ästen und Zweigen errichteten Konstruktionen stehen auf Lichtungen, ganz so, als fürchtete sich niemand, dass Landstreicher und Streuner darin schlafen könnten, weil die ganze Gegend streng überwacht ist. Unter den Kinderbauwerken findet man nicht den üblichen Müll wie Bierdosen und Pornohefte und Zigarettenstummel. Es gibt keinen Abfall. Keine gebrauchten Spritzen oder ähnliches Zeug.

Die Bewohner hier leben mit Kunstkalenderkunst und Vorstellungen von Vollkommenheit. Sie sind unvorbereitet und verlassen sich auf einkommensabhängige Hoffnungen. Sie schützen die Bestäubungsschneisen und benutzen umweltfreundliche Pestizide, das weiß ich, weil sie Schilder mit entsprechenden Mitteilungen aufstellen. Die Holzschindeln und Holzverkleidungen und die Holzzäune im Pionierstil vermodern wegen des hohen Wasserspiegels und werden von denselben Insekten gefressen, die auch den Wald fressen. Dies ist eine Gegend, wo Menschen in Holzhäusern leben und wo gleichzeitig Holz zerstört wird.

Auf meinem Weg begegnete ich Teams in Arbeitsstiefeln, Menschen, die ihre Ernährung nicht unbedingt nach gesundheitsfördernden Aspekten gestalten und kein importiertes Wasser in Flaschen trinken und die möglicherweise keine Buchbesprechungen lesen, um Gesprächsstoff zu haben. Die Arbeitsstiefelträger wollen beim Hämmern und Bohren und bei anderen Arbeiten das Radio anhaben, aber das dürfen sie nicht, wegen der angeblichen Klanghässlichkeit. Sie verbrennen Kalorien durch körperliche Arbeit und haben sich den Wünschen kleiner Hausbesitzer mit ihren Herrschaftsallüren zu fügen. Die Arbeitsstiefelträger erneuern Verschalungen und Fensterrahmen und Veranden gemäß den Handwerkskenntnissen des achtzehnten Jahrhunderts. Wartung. Sie pflastern Auffahrten und reinigen Dachrinnen. Wartung.

Laubbläser rufen sich über die Gärten hinweg zu. Sie sind nicht Teil der Natur.

Bei einem Tempo von nicht mehr als zwanzig Meilen pro Stunde nickte ich, auch ich ein Arbeitsstiefelträger, den Arbeitsstiefelträgern zu, und ich bin überzeugt, sie haben mich schon vergessen, bevor mein Wagen außer Sicht ist. Ich habe den Gesichtsausdruck eines Menschen, dem unangemessene Forderungen gestellt werden und der dennoch seine Aufgaben ehrlich erfüllt. Mein GMC Sierra hat Allradantrieb, was für diese Bedingungen angemessen ist. Auf allen vier Türen sind Plaketten eines etablierten und echten Herstellers angebracht, und an mir ist nichts zu neu und nichts zu alt. Ich passe ins Bild. Unsichtbar ist man nicht, wenn man nicht zu sehen ist. Unsichtbar ist man, wenn man ins Bild passt.

Auf Straßen, wo die Häuser keine Zäune haben, bellen die Hunde, kommen aber nicht angelaufen. Pflastersteine entlang der Vorgärten markieren die Linie, an der über die Hundehalsbänder ein elektrischer Schock ausgeteilt wird. Die Hunde haben diese Grenzen gelernt und sind folglich keine richtigen Hunde mehr, sondern sitzen wie Menschen vor den Häusern und werden fett traurig.

An Straßenecken und Kreuzungen stehen gelbe Schilder mit Hinweisen auf Schulbusse und Kinder. Heute Nachmittag kam ich an ein zwei drei ausgestanzten Plastikjungen vorbei, die in Vorgärten aufgestellt waren. Die rennenden Jungen haben Katzenaugen und rote Plastikmützen und rote Fähnchen. Damit beweisen die Erwachsenen, dass sie auf ihre Söhne achtgeben. Auch auf ihre Töchter, obwohl eindeutig weniger auf ihre Töchter. Und sie geben zu verstehen, dass sie als Eltern ihr Glück verdient haben und niemals zufälliges Unglück.

Ich sehe diese Gartenfiguren und finde sie ungenau und nicht überzeugend, und ich möchte, dass sie vor den Häusern von Familien stehen, die solche Cartoonkinder haben, und wünsche mir, dass die roten Fähnchen auf eine gewalttätige Seite der Cartoons hinweisen. Bei den Jungenformen stellt eine geschwungene Linie das erhobene Bein dar und eine gerade das andere. Man kann weder die Knochen noch die Kniegelenke erkennen, und so sieht es aus, als würden sie in merkwürdigen Sprüngen auf die Erwachsenen zulaufen, fließend und furchterregend. Sie hätten ihre Gründe.

Ich habe die Cartoonviertel hinter mir gelassen und oberhalb am Rand des Tals geparkt, wo in großen Abständen Häuser mit siebenstelligen oder achtstelligen Preisen stehen. Hier handeln die gelben Schilder von Privatbesitz, nicht von Kindern.

Ich habe mir meine Route eingeprägt. Ich schreibe Routen nie auf. Ich kultiviere besondere Merkstrukturen, den Umständen entsprechend. Diese Route habe ich mir gemerkt, um zu meinem Zielort zu gelangen, aber ich werde sie danach nicht wieder benutzen. Deshalb deaktiviere ich jetzt die Merkstrukturen. Ich vergesse also, mich als Autofahrer vorsichtig zu verhalten und auf der 33 und dann auf der East Street am Rande des Staubeckens und zur Brücke hinunter die örtlichen Gepflogenheiten zu beachten.

Ich vergesse die Umstände für das Schild mit dem Hinweis, dass sich die Straße an dem Punkt verengt. Hier gab es manches, das erinnerungswürdig ist. Das Schild ist aus zehn Meter Entfernung mit einer Garbe Schrot beschossen worden. Eins der Projektile hat ein Loch von der Größe eines Daumennagels aus dem Schild geschossen, außerdem aus dem Pfosten. Es gibt acht Stellen, wo jemand mit einer .22er geschossen hat. Am anderen Ende der Brücke ist eine breite Kurve, die sich am Fuß des Abhangs noch einmal weitet und zu einer Haltebucht wird. Der Schütze, so die Hypothese, war den Hügel heruntergekommen und hatte gehalten, das Fenster runtergekurbelt und aus der Schrotflinte geschossen, dann nachgeladen und wieder geschossen, anschließend die Schrotflinte gegen ein Gewehr getauscht, wieder gefeuert, und war anschließend weitergefahren. So hätte es sein können. Er hätte das tun können, ohne auszusteigen. Es besteht die hohe Wahrscheinlichkeit, dass der Schütze dann in die mir entgegengesetzte Richtung gefahren ist, um das Schild und sein Werk zu betrachten, das keineswegs gelungen war, aber trotzdem. Manche Menschen sind leicht zufriedenzustellen und andere sind eher töricht, und das Schild sagt etwas darüber aus, dass in diesen beiden Gruppen jeweils dieselben Menschen sind.

Dass es mehrere Schützen waren, hat ebenfalls eine hohe Wahrscheinlichkeit.

Ich brauche nicht mein Spekulieren auszulöschen, sondern nur den Ort der Tat.

Ich erinnere mich an umzäunte Gemüsebeete, wegen der Rehe, aber nur vage.

Im Tal steht an manchen Stellen das Wasser, und es hat eine dünne Eisschicht, wie Fettaugen auf der Suppe. Das ist nicht sehr spezifisch.

Ich zähle die Punkte auf, die ich nicht mehr brauche, und darauf verschwinden sowohl die Punkte als auch die Aufzählung wie Nebel oder Rauch oder wie die vorüberfliegenden Bussarde hoch über uns. Ich widerrufe die Geschichte. So behält man die Kontrolle.

Ich vergesse die Kitchawan Road, wo es jede Menge tiefen, schutzbietenden Schatten gibt und Felsformationen mit Ausblicksmöglichkeiten. Ich vergesse, dass ich die Ferris Street genommen habe, dann die Eskuyas Mill Road, wo ich in diesem Moment stehe.

Ich atme in der Raubvogelstille der 155 Eskuyas Mill Road. Die unmittelbar bevorstehenden Ereignisse werden sich tief in die Erinnerung eingraben, weshalb ich den gegenwärtigen Moment ganz entspannt gestalte, so als würde man sich ein altes Bild ansehen, das keine Bedeutung hat.

Als Person versuche ich, möglichst wenig bei mir zu haben. Wenn ich Weißwedelrehe sehe, die beim Laufen kaum den Boden zu berühren scheinen, identifiziere ich mich mit ihnen. Ich trete sehr leicht auf, und das ist angenehm.

Mein Herz hat Platz für effizientes Handeln, weil große Leere in meinem Inneren ist, und es wird mich hören, wenn ich es bitte, langsam zu schlagen.

Mein Pulsschlag macht sich bemerkbar, ist aber auch kontrollierbar.

Ich denke daran, dass ich ruhig sein will und was ich tun kann, damit ich ruhig werde.

Innehalten. Innehalten bedeutet Vorbereitung. Unter gewissen Umständen.

In meinen heutigen Umständen ist noch Zeit, bevor ich anfangen muss. Das ist mein heutiger Luxus. Ich bin mein eigener Zeitplan und stehe über den Ereignissen.

Plötzlich frischt der Wind auf. Vor zwei Tagen kam ein Kälteeinbruch, und die letzten zerrupften Herbstblätter haben sich zusammengerollt, getötet vom Frost, und fallen dicht auf den Boden. Mir ist kalt, aber ich nehme es nicht persönlich, denn sonst entstehen Hauterinnerungen, und die kann man nur schwer ablegen.

In einer halben Stunde begeben sich die Laubbläser zur Ruhe, weil der Arbeitsstiefeltag früh beginnt und früh endet.

Ich glaube, sobald ich hier weggehe, wird es schneien. Das wird eine Bereinigung bringen.

Ich habe weitgefächerte Wettererfahrungen und kann mich mit Fremden darüber unterhalten. Manchmal ist das eine Fertigkeit.

Mein Denken ist immer noch auf selbstbewusste Langsamkeit gerichtet.

Und ich stehe hier und bin mit mir im Reinen. Jeder einzelne Atemzug ist mir eine Freude. Ich mag gern bei einer Temperatur lebendig sein, die geringfügige Schmerzen in Ohren und Fingern spürbar macht. Es ist Erfrischung. Mir gefallen die Besonderheiten dieses Ortes, die sich von denen des letzten Ortes, wo immer der war, unterscheiden.

Ich bereite mich auf effizientes Handeln vor.

Ich bin sauber leer sauber vom Rückgrat bis zum Gesicht. Ich bin Träger von Stiefeln mit Metallkappen und aus eingetragenem Leder. Ich trage meine eigene schlammgraue Uniform. Hemd und Hosen mit braunen Steppnähten und eingenähten Falten. Graue Patrouillenkappe mit GSS-Logo und meine nicht neue, aber gepflegte Bomberjacke. Wartung.

Ich bin genau richtig.

Ich bin kein State Trooper. Meine Farbauswahl soll lediglich andeuten, dass ich der New York State Police nahestehe und deshalb verlässlich gewissenhaft bin. Mein Image ist Werbung. Ich bin ein vertrauenswürdiger Mitarbeiter von GSS, was Groundhog Security Systems heißt, also Sicherheit Tag für Tag.

Wartung steht an oberster Stelle.

Ich bin Albert Lockwood. Diese Identität hat mir gut gepasst, ich fühle mich wohl mit ihr. Er hat keinen Pass, weil ich beschlossen habe, dass er nicht ins Ausland reisen wird, aber seine übrigen Papiere sind als Nachweis seiner Identität von exzellenter Qualität. Üblicherweise bin ich müde. Eigentlich habe ich wegen meiner sitzenden Tätigkeit keine gute Kondition, obwohl meine Beine recht kräftig scheinen. Mein Bauch ist mir wegen meiner Herkunft peinlich. Er verleiht mir Weichheit, weshalb ich Menschen trotz meiner Körpergröße und der Anzeichen von Muskelkraft keine Angst mache. Ich erwecke nicht die Vorstellung von Macht.

Ich erwecke die Vorstellung von Hingabe an die öffentliche Sicherheit und überdies an Kundensicherheit.

Ich bin Sicherheit Tag für Tag.

Ich habe die Erlaubnis, eine .38er-Schusswaffe zu tragen, aber heute habe ich nur meinen Schlagstock und meinen Taser dabei. Ich trete nichtkonfrontativ auf. Von mir weiß man, dass ich das Leatherman-Vielzweckwerkzeug an meinem Dienstgürtel bei Haushaltsreparaturen einsetze – wenn ich schon da bin. Keine Ursache.

Das Haupthaus dieses Standorts steht auf einem Grundstück von zwanzigtausend Quadratmetern mit hauptsächlich Rasen und Rhododendron. Das Anwesen hat ein abgeschlossenes Tor, aber der Bediensteteneingang besteht nur theoretisch, und ich bin schon drin. Ich habe meinen Pritschenwagen auf den Platz gestellt, der Harald, dem Gärtner, und seinem Nissan vorbehalten ist. In dem scheunenartigen Außengebäude stellt Harald den Rasenmäher, seine Werkzeuge und den Laubbläser ein. Er arbeitet Montag Donnerstag Freitag. Heute ist Dienstag. Serafina ist die Hausangestellte, und sie parkt ihren Subaru gewöhnlich auch hier, aber an Nachmittagen oder Abenden arbeitet sie nicht, weil sie es besser weiß. Serafina reinigt die Zimmer, stellt frische Blumen hin und macht die Betten, und sobald sie das Lunch serviert hat, kann sie gehen. Jeden Tag achtet sie darauf, das Haus vor Einbruch der Dunkelheit zu verlassen, und sie kommt erst wieder, wenn sie mit dem Frühstück beginnen muss.

Das Postauto ist vor zehn Minuten wieder zur Straße rausgefahren, das ist im Rahmen seiner üblichen Zeiten. Es kommt heute nicht mehr zurück.

Das Haus ist nicht groß und kann bequem und ohne weitere Aufsicht von einem einzelnen Bewohner für mehrere Tage versorgt werden.

Der Habichtschatten muss verschwunden sein, denn die Vögel haben wieder zu singen begonnen. Der erste Ton ist immer besonders riskant.

Ich bin entspannt.

Ich bewege Albert vorwärts, weil er jetzt in Bestform ist.

Ich gehe auf dem roten Kiesweg, der für Leute ist, die nicht zugeben wollen, dass sie zu Fuß gehen können, weil Gehen eine Aktivität unter ihrer Würde ist. Die Golfmobil-Reichen können sich auf eine Weise, die den Armen verwehrt bleibt, als behindert ausgeben. Ich erlaube Albert, über diesen Gedanken zu lächeln. Er bewegt sich mit willfährigen Schritten auf das Haus und den Hausbesitzer zu und wird von jetzt an keine sichtbaren Meinungen haben.

Der Hausbesitzer selbst ist nicht golfmobilreich, aber die meisten seiner Besucher sind es. Er ist etwas anderes.

Ich bin friedlich.

Ich komme zu einem hübschen Teich, allerdings mit stehendem Wasser. Die Zypressen am Ufer sind Teil seines Problems. Neben dem See steht ein Bootshaus mit einem Schieferdach, und Adirondack-Stühle sind da für Personen zum Sitzen und für ihr Bedürfnis, nah an geruchsfreiem Wasser zu sein, was hier allerdings nicht verfügbar ist.

Niemand sitzt auf den Stühlen. Der Hausbesitzer ist im Haus und allein.

In einiger Entfernung, doch von dieser Stelle gut sichtbar, ist das Haus. Zwei hohe Kästen, jeweils mit einem einseitig schrägen Dach. Das Gebäude ist mit senkrecht angebrachten schwarzen Planken verschalt, was den beherrschenden Eindruck hervorhebt. Im Haus gibt es eine Anzahl von Schlafzimmern, alle mit Badezimmer und raffinierter Beleuchtung.

Vor zwanzig Jahren hat der Hausbesitzer ein fünfzehntausend Quadratmeter großes feuchtes Areal im Nirgendwo gekauft und das Holzhaus von 1832, das am Rand stand, abgerissen. Dann hat er etwas Eigenes gebaut, was brutal und unpassend ist. So was passiert überall.

In den letzten Wochen hat der Hausbesitzer einige Rückschläge einstecken müssen. Er ist nachts ohne seinen Fahrer angekommen und hat sich in den sechs Tagen seither nicht blicken lassen.

In Manhattan machen ihm sein Terminplan und seine Abgeschiedenheit zu schaffen. South Salem ist ungestört und das, was wir beide auf unterschiedliche Weise brauchen.

Von hier aus kann ich schlitzförmige Bunkerfenster sehen und die Seitenansicht eines Balkons mit weitem Blick. Er geht nach vorn raus und erwartet große Gesten und Paraden. Die Reichen haben genug Geld, um ihre Psychologie traurig offensichtlich nach außen zu kehren.

Der Hausbesitzer hat im Haus nach immer gleichen Mustern ablaufende Aktivitäten ausgeführt, die hinter dem kugelsicheren Fensterglas Zeichen hinterlassen haben. Er ist ein dunkler Fisch, der phosphoreszierend zuckend in seinem Aquarium schwimmt. In einem drei Stockwerke hohen trommelförmigen Anbau mit schwarzer Verkleidung hinten am Haus ist ein Treppenhaus. Es soll wie ein Burgturm sein, oder wie ein Schornstein. Ich habe den internen Grundriss verinnerlicht. Das Haus ist nach einem offenen Konzept gestaltet, mit großzügigen Sichtlinien, außer der obersten Etage, die voller kleiner Unterteilungen und enger Proportionen ist.

Die rote Haustür wie ein Schrei.

Vielleicht ist es ein Witz des Hausbesitzers, dass er dem schrecklichen Ort ein schreckliches Aussehen gegeben hat.

Obwohl ich nah genug am Haus bin und in seinem Schatten stehe, geht von ihm kein Geruch aus. Es hat den Geschmack von Luft über einer fertig ausgehobenen Grube.

Ich bewege mich wie Albert Lockwood, ein Mann mit Kreuzschmerzen und Wohlwollen. Beim Gehen vertiefe ich noch seine Gewohnheiten und Informationen, was mir eine Rückkopplungsschlaufe gibt, und das ist gut. Albert nimmt bei einer Mahlzeit täglich Percocet gegen die Schmerzen, aber nicht zu viel. Er legt den Kopf schräg wie jemand, der es bedauert, Unannehmlichkeiten zu verursachen. Albert Lockwood ist realistisch und erklärungsbereit, ohne aufdringlich zu sein. Ihm ist bewusst, dass sich der Hausbesitzer wegen seines Reichtums nicht gern mit kleinen Leuten abgibt. Bei dieser Art von Reichtum merkt einer nicht, wann eine Geschichte zu Ende ist oder wann man lachen soll oder was witzig ist, und das führt zu Verwirrung, Irritation und sich daraus ergebender Unhöflichkeit.

Ich streiche mir in einer typischen Geste über den Bart. Die Stoppeln sind angegraut, und das bedeutet, dass ich älter aussehe, als ich bin. Mein Handschuh auf meinem Bart macht ein seltsames Geräusch. Ich weiß nicht, wo ich es schon einmal gehört habe, aber ich weiß, dass ich es kenne. Es hat mit Hunden und Pferden zu tun.

Die rote Tür leuchtet oben nach fünf Granitstufen, und von dort hat man einen Blick über einen leeren, geteerten Kreis.

Ich bleibe stehen und zähle bis drei, dann steige ich die Stufen hoch. Mein Puls und meine Temperatur sind im Rahmen des Normalen.

Ich nehme nicht meine Mütze ab, als ich auf die Klingel drücke und in die Kamera blicke. Ich bin kein Bediensteter, ich bin Fachmann. Ich bin mir über meinen Status im Klaren. Wenn ich meine Augen etwas zusammenkneife, dann deshalb, weil mir verlegen bewusst ist, dass mein Gesicht auf Fotos breit flach unintelligent wirkt.

Nachdem ich geklingelt und drei Atemzüge gewartet habe, öffnet der Hausbesitzer das rote Türblatt. Er scheint sich in chemisch bedingter Zeitlupe zu bewegen. Himmelblauer Kaschmirpullover auf nackter Haut, 500-Dollar-Jeans und nackte Füße. Sichtbarlicher Haarschnitt. Die ewige Bräune des reiseerfahrenen Weißen. Trüge er ein weißes Hemd, dächte man sofort an Strand, dazu kommt Feuchtigkeitscreme und Straffungslotion. Er ist Wartung. Er sieht nicht aus wie achtundfünfzig.

Er ist um Haltung bemüht, aber sein Körper ist anderer Meinung. Eine Art unbeabsichtigter grauer Film hat sich in den Mundwinkeln abgelagert.

Ich agiere in einem guten Tempo und kraftvoll, und mein natürlicher echter Name ist Albert Lookwood von GSS, und ich stelle angemessenen Blickkontakt her. Ich strecke ihm meine echte täuschungssichere Barcode-ID-Karte hin, damit er sie ansehen kann. Meine Stimme hat einen leicht südlichen Einschlag, und meine Sätze und meine Geduld sind etwas, worauf er vertrauensvoll reagieren kann.

Er sieht mich an, als wäre ich ein Bildschirm mit Cartoons in einem Zimmer am Ende des Flurs.

Ich spreche ganz normal und entschuldige mich, weil ich vielleicht meinen echten GSS-Pritschenwagen an einer falschen Stelle geparkt habe, gebe ihm aber keine Lücke für eine Antwort darauf, weil es wichtiger ist, dass wir uns beide an meinen Anruf am Vormittag erinnern. Am Telefon war meine Beruhigung kombiniert mit gemäßigter Sorge, und es ist wichtig, dass er beides akzeptiert und den Prozess in den folgerichtigen Schritten durchläuft. Er ist verschiedentlich langsam, gibt verdrießlichen Widerstand zum Ausdruck und steht die ganze Zeit in der geöffneten Haustür, was aber nicht mehr das ist, was ich brauche.

Der Vormittag ist für ihn in weiter Ferne.

Ich lächele mit hündischer Unterwürfigkeit und erkläre den überaus wichtigen Grund meines Besuchs und die Bedeutung anderer Anrufe, die er in diesem Monat erhalten hat, von Martinez, einem Ermittler bei der NYPD-Verbrechensermittlung. Es ging um gestohlene Kunstwerke im Zusammenhang mit einem Diebstahl im Jahr 1995. Ich bedaure, spreche aber eindringlich. Ich sage lobende Dinge über Martinez und lasse aus, dass er nicht existiert und auch nie existiert hat. Ich mache die weiterhin bestehende Bedrohung durch einen Betrüger deutlich, der bereits Wissen zusammengetragen und ein Interesse an ähnlichen Betrügereien oder Diebstählen hat, oder an finanziellen oder informationstechnischen Angriffen.

Ich klinge sehr menschlich. Ich bin menschlich.

Ich sage dem Hausbesitzer, ich könne seine Sicherheit nicht gewährleisten.

Ich betone meine sanftmütige Art und glaube, ich kann seine Haut riechen. Ich erkläre die Notwendigkeit, Zugang zu seinen Computern und seinem Router zu bekommen, auch zu seinen Verstärkern und VPN-Systemen und seiner Vernetzung und den Videoüberwachungssystemen und zu allem, wo elektronische Schwachstellen auftreten könnten und ich von Nutzen sein kann. Ich lebe, um von Nutzen zu sein. Wartung.

Der Hausbesitzer ist sowohl erleichtert als auch besorgt, beides gleichzeitig und an den falschen Stellen. Ich stelle fest, dass ich ihn mir hinreichend willfährig gemacht habe, womit ich meine, dass er mir den entsprechenden Zugang bewilligen wird.

Ich warte und zähle bis fünf.

Er sieht mich an.

Ich lächle.

Und dann setzt er zögernd zögernd einen Fuß zurück, dann den anderen, und dreht sich um und lässt mich in sein Haus. Er fügt sofort eine Ungeduld hinzu, weil ihm aufgrund seines Einkommens nichts je passieren dürfte, ohne dass er es bewilligt hätte. In nasalem Ton sagt er, *Wennsseinmuss*, womit er sich als Exemplar seiner Art zu erkennen gibt. Weil er ein Drangsalierer ist, erlaube ich ihm, mich zu drangsalieren. Auf diese Weise verliert sein Verstand an Schärfe, aus Freude darüber, dass er sich in einem Wettstreit zwischen Männern durchgesetzt hat.

Ich verhalte mich wie jemand Untergebenes, dem plötzlich die hohe Qualität des Parketts aus Ahornholz auffällt, das im ganzen Haus verlegt ist. Ich zeige verhaltene Überraschung und knie mich hin, um mir die Stiefel auszuziehen. Er sagt *Ohdasistdochnichtnötig* mit einer Stimme, die man Bediensteten vorbehält. Ich spüre, dass es ihm gefällt, wie ich mit gebeugtem Rücken vor seinen Füßen knie und seinen Vorstellungen von Gewalt meinen nackten Nacken hinhalte.

Ich bin mit meinen Fingern beschäftigt und hätte beinah meine Handschuhe ausgezogen. Ich zupfe ein bisschen an den Fingern, dann lasse ich sie einfach an.

Als ich mit meinen kleinen Bemühungen fertig bin und auf Socken vor dem Hausbesitzer stehe, hat er es eilig, mich weiter ins Innere zu führen, damit meine Unterbrechung ans Ende kommt und ich verschwinde. Er geht meinem großen arglosen Ich im Schnellschritt voraus, und ich folge ihm und sage *Wasfüreinschöneshaus Wasfüreinschöneshaus*. Das sagt nichts über mich aus. Es ist, als würde der Leierschwanz das Lied von der Kettensäge singen. Ich bin der Falsche.

Ich atme den Flur ein, was meinen Mund schmierig von italienischer Seife und dem Sex der Nacht zuvor macht.

Ich betrachte den Hausbesitzer von hinten und überlege, wie weich sein Pullover sein muss und wie sanft seine Füße auf dem Fußboden aufsetzen, als wären sie überrascht, und dass seine Nackenhaare schweißnass sind. Sein Körper ist genauso dümmlich wie sein Verstand.

Ich denke, ich könnte ihm sagen, dass mein Pritschenwagen richtig ist, nur mit falschen Nummernschildern. Ich glaube nicht, dass er deswegen weglaufen würde.

Ich bin nicht der Leierschwanz. Ich bin die Kettensäge.

Als der Hausbesitzer zu dem trommelförmigen Treppenhaus kommt, spurte ich auf Sockenfüßen zu ihm. Schnellschnell werfe ich ihm meinen linken Arm um den Oberkörper. Einen Moment gefällt mir der Gedanke, dass ich so seltsam laufen könnte wie das grüne Plastikkind mit schwarzen Haifischaugen.

Ich ramme ihm den Unterarm in den Rücken. Ich reiße meine Faust hoch und nach außen und bestimme so die Richtung, in die er fällt.

Niemals mit den Händen stoßen. Handspuren lassen sich diagnostizieren.

Dieser Tod wird unschuldig sein. Hände waren zu keiner Zeit daran beteiligt und hinterlassen folglich keine Spuren.

Ich beobachte und höre dann, wie er in der Drehung der leeren Ahornholztreppe zu Boden geht. Dabei macht er ein kleines Geräusch, wie ein feuchtes Hüsteln. Ich bin hinter ihm mit uneiligen Schritten. Mit Elle kommen Fehler.

Meine Mütze sitzt fest auf dem Kopf. Ich bin gefasst. Ich bin Albert Lockwood, der bei einem Hausbrand gestorben ist, leider, und davor ein wahres Mitglied von GSS war, ein echter Sicherheitsmann, ausgestattet mit Lizenz und nützlichen Abzeichen. Ich war gern Albert. Er war wie Ferien.

Eine Identität zu haben ist leicht. Sie kann oberflächlich oder tief sein. Ich gehe hinein und hinaus, je nach Bedarf. Ich treffe Vorkehrungen. Ich bin Wartung. Andere Menschen, die einfach nur sie selbst sind und sich nie anstrengen, sind nie so überzeugend.

Fast ein Jahr lang war ich Albert Lockwood. Ich habe ihn gestaltet und wurde als er anerkannt und ausgestattet. Während er noch lebte, habe ich ihn zweimal für andere Zwecke benutzt. Dann der Brand. Ich denke nicht speziell daran, welche Vorkehrungen das erforderte.

Dieser Nachmittag ist Abschied von Albert, sein letzter Auftritt und seine größte Stunde.

Albert und ich sehen den Hausbesitzer zusammengekrümmt am Treppenfuß liegen. In meinen Handschuhen halten wir uns glücklich an den Händen. Der Hausbesitzer atmet noch, aber der Atem geht schwer. Er lebt, jedoch ohne Sinn und Zweck.

Chaos fällt den Menschen schwer. Wirft man sie hinein, kommen sie damit nicht zurecht und finden keine Lösung, die ihnen rechtzeitig hilft.

Er ist auf Knien, das Gesicht am Boden, dann rollt er sich mühsam herum, so dass er halb auf der Seite liegt. Er hat etwas mit dem Arm, und als er ihn berührt, wird er wacher. Mit dem Blut sieht seine Stirn aus wie die rote Mütze eines der Plastikkinderungeheuer für Verkehrssicherheit, was ein sehr komischer Zufall ist. Er blinzelt, macht die Augen auf und sieht mich an. Ich lächle ihm zu, und er denkt, ich bin menschlich und helfe ihm gleich.

Das ist der Moment, wenn die Menschen wieder zu den quengeligen Kindern werden, die sie früher einmal waren, und ich muss vorsichtig sein.

Mehrere Traumata passieren auf einmal.

Ich erkenne, dass der Hausbesitzer sich erinnert, wie ich ihn gestoßen habe, und das macht ihn böse und zugleich wehleidig, und er öffnet den Mund, um etwas zu sagen, und in dem Moment beuge ich mich vor und stoße ihm die Injektionsnadel in die Nase.

Ich drücke fester auf den Stempel, so dass mehr von dem Stoff als nötig zerstäubt wird und schnell eindringt, schnell und spurenlos in sein Blut. Sein Gehirn und sein Blutkreislauf nehmen den Stoff auf, und beide melden es seinem Herzen, das darauf schlägt und zu heftig schlägt und dann aufhört.

Das kommt ihm seltsam vor. Er ist noch nie zuvor gestorben.

Weil das so glatt gelaufen ist, bin ich hier schon fast fertig.

Ich trainiere intensiv und kämpfe locker, und das würde Alexander Wassiljewitsch Suworow jedem empfehlen, der das Überleben lernen möchte.

Ich bin auf Erfolg eingestellt.

Der Hausbesitzer ist jetzt eine glaubhafte Leiche mit natürlichen Merkmalen und Umständen. Er ist ein Mann, der beschwipst die Treppe hinunterging und ins Stolpern geriet, und das löste den Herzinfarkt aus, oder vielleicht war es umgekehrt. Die Ereignisse, in welcher Reihenfolge auch immer, waren einfach Pech.

Bald kann ich hier gehen, in der goldenen leeren Zeit zwischen den Arbeitsstiefelmännern, die ihre Sachen packen und abziehen, und den anderen Hausbesitzern, die zurück in ihren Frieden fahren, aus der Großstadt weg. Bei dämmerigem und verwirrendem Licht. Der grelle Sonnenuntergang wird mir zur Seite stehen.

Ich vergesse die notwendige entsetzliche Aufgabe, weil sie erledigt ist. Ich gehe in den Keller, wo die Informationen der Sicherheitskameras gespeichert sind, und versichere mich, dass die Aufnahmen des letzten Monats zu wertlosen Fragmenten gemacht werden. Ich gehe wieder ins Erdgeschoss hoch, wobei ich achtsam über den Tatbestand am Treppenfuß steige. Ich trete nicht in die Flüssigkeit, die sich dort angesammelt hat. Als der Tatbestand aus meinem Blickfeld verschwunden ist, vergesse ich ihn, weil meine Aufgabe eine gut ausgeführte Aufgabe war.

Ich gehe in das Zimmer, das der Hausbesitzer als Büro benutzt, und führe sorgfältige Handschuhtätigkeiten aus, mache Kopien von seinen Festplatten und öffne sein Telefon mit den darin gespeicherten interessanten Listen und den Bildern, die ich aber jetzt nicht ansehen muss.

Es wird noch andere Listen und Bilder geben. Ich lösche nichts. Das Ausmaß seiner Schuld soll zutage treten, wenn ich nicht da bin. Das wird den ganz natürlichen Verlust eines Menschen überschatten, der, von seinen Gewohnheiten und von seinem Herzen überlistet, die Treppe hinunterfiel. Die sich im Netz verbreitenden Gerüchte über sein Ableben werden alle präzisen Hypothesen unterlaufen.

Ich denke nicht über den Hausbesitzer und seine Informationen nach, weil ich ihn nicht ein zweites Mal töten kann.

Ich habe alles sauber und fertig.

Sobald ich Albert Lockwood aus Norwalk herausgefahren habe, werde ich ihn sich verabschieden lassen.

Ich bin fast wieder bei meinen Stiefeln, als ich ein winziges Geräusch höre, das sich sofort als von oben kommend identifizieren lässt. Jemand hat leise gelauscht und sich ganz vorsichtig verhalten, dann weniger vorsichtig.

Ich atme leise.

Jeder Plan muss auf anderen Plänen fußen, die greifen, soll Sicherheit gewährleistet werden.

Ich nehme den nächsten Plan. Ich nehme meine keineswegs wunderbare, aber doch so kleine, dass sie sich verbergen lässt, Ruger aus der Tasche und gehe leise zum Treppenhaus.

Albert Lockwood hatte heute keinen Revolver dabei. Offenbar bin ich jetzt schon jemand anders.

Leise gehe ich zurück in die Trommel und gucke diesmal nach oben. Die Treppe dreht sich im Uhrzeigersinn und hilft, laut mittelalterlicher Architekturtradition, dem Verteidiger. Rechtshändige Verteidigungslogik ist gegen mich.

Mein Herzschlag ist regelmäßig und nützlich. Ich bin in Gefahr und versuche, diese Gefahr zu kontrollieren, nachdem ich ihre Quelle identifiziert habe.

Ich setze den Spiegel in meiner Handfläche ein, um tote Winkel und Möglichkeiten für den Treppenabsatzausgang zu prüfen.

Die Situation klärt sich rasch, obwohl Täuschung möglich ist.

Zur neuerlichen Einschätzung strecke ich meinen Kopf um die Ecke. Vor meinen Augen sehe ich mein Problem auf dem Flur hocken. Körperhaltung und Gesichtsausdruck machen deutlich, dass ich nicht weiter zu suchen brauche.

Ich bin völlig auf mich gestellt.

Und ich hätte es wissen können.

Ihre Anwesenheit war immer eine voraussehbare Möglichkeit.

Sie war die ganze Zeit hier. Sie ist während meiner Überprüfung nicht sichtbar fortgegangen oder gekommen, weil sie immer hier ist, so wie Strom und Wasser auch immer hier sind und jederzeit benutzt werden können.

Sie kauert an der Schwelle zu einem Zimmer. So weit hat sie sich nach meinem Eindringen zurückziehen können. Sie ist höchste Stufe instinktive Wachsamkeit, und mein Stehenbleiben und Weitergehen auf Strumpfflüsterfüßen auf der Treppe haben sie alarmiert. Da, wo sie ist, steckt sie zwischen zwei Orten, an denen sie nicht sein will, fest. Sie ist voller Angst und entscheidet sich sowohl gegen mich als auch gegen das Zimmer. Sie ist zehn, vielleicht elf, Augen und Mund sind älter.

Ich hätte ihre Anwesenheit voraussehen müssen, habe aber tatsächlich nicht damit gerechnet, sie oder ein anderes Mädchen hier vorzufinden. Das ist ein Versäumnis.

Ich ermesse Auswirkungen und Lösungen.

Sie beobachtet mich, denkt aber, dass ich es nicht merke, die Wachsamkeit ihres Blicks ist der eines gejagten Tiers. Ich bin etwas Unvorhergesehenes, das sie nicht versteht, aber daran ist sie gewöhnt.

Ich bewege mich geschmeidig aus dem Treppenhaus, unauffällig und ruhig, und registriere, dass mein Revolver sie nicht überrascht, als wäre er lediglich ein Mittel, ungewöhnlich und vielleicht unvermeidlich.

Ich gehe leise und halte größtmöglichen Abstand und werfe rasche Blicke in die anderen Zimmer, in denen Betten stehen, obwohl es keine richtigen Schlafzimmer sind. Jede Einheit ist schlicht, enthält aber widerwärtige Elemente, die ich weiter nicht beachte, weil ich ihn trotzdem nur einmal töten kann.

Das Mädchen bleibt in ständiger Beobachtung meiner Suchmuster, und ich weiß, sie wittertwittert – wer bin ich, was werde ich tun? Zu einem früheren Zeitpunkt hat der Hausbesitzer ihr im Ausdruck seines uneingeschränkten

Willens ein Matrosenkostüm im Lolitastil angezogen. Damit ist sie sein dauerhafter Witz.

Trotzdem kann ich ihn nur einmal töten.

Ich habe keine weiteren Tötungspläne.

Bisher hat sie nur Albert gesehen, nicht mich. Vielleicht schätzt sie ihr weiteres Überleben auf dieser Basis ab.

Aber ich sehe keinen Weg der Lösung für sie, ohne den Erfolg meiner eben abgeschlossenen Mission zu gefährden. Ich erlebe schwierige Gedanken.

Ich spüre, wie sie rätselträtselt, was ich mit ihr vorhabe. Meine sichtbaren Zweifel verstärken ihre Angstgefühle. Sie erlebt mittelbare Grausamkeit als Stress. Sie ist hilflos verwirrt.

Es bleibt weniger als eine Stunde, bis ich hier weg sein muss.

Wenn sie immer noch hier ist und lebendig, nachdem ich gegangen bin, wird sie zweifellos den Grausamkeiten eines unnachgiebigen juristischen Systems und dem Jugendamt ausgesetzt sein, das minimales Verständnis für die Opferrolle hat. Realistisch betrachtet wird es schwer möglich sein, dass sie heil herauskommt.

Sie wird natürlich meine Zeugin sein.

Und in Gefahr.

Und ich brauche eine Lösung.

Und ich weiß keine.

Ich weiß keine.

Ich habe hart trainiert, um leicht zu kämpfen. Ich habe mit Prav trainiert. Ich habe mit Prav trainiert, der jetzt ein alter Mann ist und dem es auf durchgehende Klarheit des Auftrags und unumstößliche Hingabe für das Ziel ankam.

Ich kenne seine Lösung für dieses Problem.

Ich bin nicht er.

Ich bin ihm ähnlich.

Ich bin nicht er.

Ich bin ihm ähnlich.

Ich trete in ihren panikauslösenden Bereich, und das Mädchen schlittertrutscht in die entfernte Ecke des Zimmers, in dem sie zweifellos festgehalten wurde. Bett mit lila Bettwäsche und lila Teppich und Sexbilder an der Wand, kein Fenster und ein Deckenspiegel.

Das Mädchen sieht mich an, als wäre das Zimmer ihre Schuld. Sie sieht mir unter einer Panikwelle zu und weiß nicht, wohin angesichts der Verzerrungen und der luftlosen Flüssigkeit.

Ich schüttle sacht den Kopf. *Nein, das ist seine Schuld.*

Das ist sein Zimmer, nicht ihres. Alle diese Zimmer sind seine Zimmer.

Sie ist nicht verantwortlich, und der Racheblick sollte außerstande sein, sie zu sehen.

Sie ist ein Ding mit Knien, die vor dem Körper hochgezogen und von Armen umschlossen sind, und mit blondem Haar über den Augen. Hautenger rosaweißer Matrosenanzug, zu klein für jemanden, der regelmäßige Mahlzeiten bekommt. In ihrem Haar ist rosa Glittergel, zum Teil nicht verrieben. Erst denke ich, ihre Füße sind schmutzig, aber dann sehe ich, dass sie voller blauer Flecken sind.

Ich habe ihn einmal getötet.

Ich merke, dass Albert sie mit vorauszuahnender Bestürzung ansieht, und ich will ihn hier nicht haben, weil er normal ist und das nicht gut aushalten kann.

Sie ist dünn. Ich sehe weitere Prellungen, Zeichen von Fesselungen, blutunterlaufene Flecken – Spuren eines Mannes, dessen Neigung zu Grausamkeit in ausufernder Gewalt gipfelt.

Ich kann jeden nur einmal töten.

Ich weiß nicht sicher, ob sie mich versteht, aber ich frage sie, ob sie noch andere Sachen zum Anziehen hat, worauf sie sich mit einer situationsangemessenen Unterwürfigkeit an den flauschigen Sexwitzteppich presst.

Ich gerate ins Schwitzen. Albert ist eine Belastung wegen seiner Gefühle und wegen der Art und Weise, wie sie unter meiner Haut an mir ziehen.

Ich schüttle den Kopf und sage, Sachen, die bequem und warm sind.

Sie starrt.

Das dauert alles zu lange.

Womöglich schaffen Albert und ich es nicht, der Situation angemessene Ziele und Richtungen vorzugeben. Er ist mir im Weg.

Alberts Gesicht sieht sie an und lächelt freundlich.

Dann rennt sie los, und ich lasse sie rennen. Albert lässt sie rennen.

Sie duckt sich an mir vorbei auf die Art und Weise eines Körpers, der gelernt hat, den ausgestreckten bösen Arm zu vermeiden, und der an die daraus folgenden Strafen gewöhnt ist.

Ich sehe ihr nach.

Albert sieht ihr nach.

Ich registriere, wie sie in der Hocke auf allen vieren anfängt, dann humpelt rennt, woran ich sehe, wie sehr ihr die Füße wehtun.

Albert und ich setzen ihr nach, als sie, sich von den Seitenwänden abstoßend, die Treppe runterrennt. Ich höre sie stolpern und empfinde Glück, als sie sich fängt und weiterflüchtet. Ich bewege mich schnell, verfolge sie aber nicht unbedingt. Sie stolpert über meine Stiefel, hat sich aber wieder aufgerichtet, als ich unten ankomme. Ich sehe, wie sie die Tür aufreißt und einen langen Moment das Strahlen der Überraschung aus ihr leuchtet, weil ihre Welt nicht verschlossen ist.

Albert zieht sich meine Stiefel an, und ich rufe instinktiv meine Liste ab, um mich zu vergewissern, dass ich diesen Standort definitiv verlassen kann. Ich habe eine Frist von mehreren Stunden, bevor sich die Außenüberwachung des Hauses zu unregelmäßiger, aber zunehmender Nützlichkeit einschaltet.

Der Hausbesitzer hatte keine Sicherheitsvorkehrungen für die Gartenanlage. Töricht. Oder prickelnd. Eine Ungewissheit.

Die Sonne sinkt, und die Dunkelheit fällt seitlich in Streifen auf die Landschaft. Ich kann das ästhetisch würdigen, während ich gleichzeitig registriere, wie weit das Mädchen in ihrer Flucht gekommen ist. Ich ziehe die rote Tür hinter mir zu, bis sie deutlich im Schloss einrastet. Der Klang von einer im Schloss einrastenden Tür ist eine bekannte Aufforderung zu vergessen.

Ich halte meinen Arm mit der Ruger gerade nach unten, an meinem Bein entlang.

Das Mädchen versucht, mit ihren verletzten Füßen auf Steinen und Dornen zu rennen. Einer Sache zu entkommen, bedeutet Schmerz woanders. Das ist für keinen von uns eine neue Entdeckung.

Ich spüre, wie die Landschaft kippt, als Albert sich bewusst wird, dass der Hausbesitzer das Mädchen vielleicht von den Stufen aus genussvoll bei der Flucht beobachtet hat, so wie wir das jetzt tun. Womöglich war das Teil seines Unterhaltungsprogramms.

Beim See hole ich sie fast ein. Der Gestank des Wassers ist widerwärtig und eine Todesahnung. Albert schwitzt, ist verwirrt. Ich bin überrascht, als das Mädchen von ihrer Flucht abweicht, in das im Stil einer Neuengland-Fantasie erbaute Bootshaus geht und die Tür angelehnt lässt.

Sie wusste, dass die Tür offen sein würde. Sie verfolgt eine Absicht.

Albert hat es eilig. Ich beachte ihn nicht.

Ich beachte mich selbst auch nicht.

Aus den dünnen Bootshauswänden kommen Töne, als würde dort ein Tier wühlen und das Mädchen wäre außer Sicht eine Tierplage geworden.

Ich gehe langsam näher, halte mich aber in einem schrägen Winkel von dem Dunkel der offen stehenden Tür fern.

Dann bleibe ich stehen, weil ich Stimmen höre. Zwei Stimmen. Ich höre undeutliche Sprache und Lücken, in denen Bewegung stattfindet und *pisztoly* und *örült* erklingt. Es sind eindeutig zwei weibliche Stimmen, die sprechen und *fuss* sagen, zwei weibliche und junge Stimmen *varjú*. Zwei Flüsterspuren, die ich auf meinem Gesicht spüre.

Sie sind also Ungarinnen.

Das Schlafzimmermädchen kommt mit dem Arm zuerst heraus, dann Kopf und Schultern. Ihr Ausdruck wechselt zwischen Schmerz und Angst, aber auch dem Versuch, die Situation zu beherrschen. Sie hatte in dem Bootshaus ein Versteck und trägt jetzt Trainingshosen für jemanden mit mehr Körpermasse und Trainingsschuhe und einen Kapuzenpullover unter einer billigen Fleecejacke. Das Bild ist insgesamt zufällig und verbreitet eine Atmosphäre von Armut und Bedürftigkeit. Die Sachen sind zerknittert, als wären sie lange und eng zusammengedrückt gewesen, aber sie sind sauber.

Hinter dem Mädchen ist ein zweites, auch das blond. Dem Hausbesitzer stand eine große Auswahl von Gespielinnen zur Verfügung, aber er hatte gleichbleibende Sehnsuchtstriebe. Auch das neue Mädchen ist eine verkrumpelte Version von Trainingshosen Kapuzenpullover Fleece. Ihr Gesicht ist hauptsächlich Skelett- und Schädeltopografie. Ich glaube nicht, dass sie viel Überlebenskraft hat. Ihre Gliedmaßen zucken wie bei einem toten und wiederbelebten Geschöpf.

Das Schlafzimmermädchen sieht mich an. Es hält mit beiden Armen eine dünne Sporttasche an den Körper gedrückt. Echten Menschen gehören Dinge. Das Mädchen hat eine kleine Hoffnung, echt werden zu können. Ich bin nie der, auf den jemand hofft.

Ich rufe ihr zu: *Jöjjön!*

Die beiden zucken zusammen. Ich gebe mich hilfsbereit kommunikativ, aber sie deuten mich als Teil der vorausgegangenen Situation mit Menschenhandel und Augenverbinden und Schlägen und Lügen und Entführung.

Ich tue nichts und lasse Albert sanftmütig und verständnisvoll sein. Ich gebe friedliche Nichtdominanz zu verstehen.

Ich wiederhole *Jöjjön* mit einem hilfreichen Akzent des Englischmuttersprachlers. Ich stecke die Ruger in meine Tasche. Ich stecke meine Hände flach in meinen Werkzeuggürtel, als hätte das hier lediglich mit Arbeit oder Handwerk zu tun.

Jöjjön! Albert ist fast den Tränen nahe und schiebt sich in einer Übersprungsgeste die Mütze in den Nacken. Die Betonung liegt auf seiner aufkommenden Panik, nicht auf Aggression. Sein Blick ist verwirrt, und dann sagt er mit vorsichtiger Aussprache: *Gyere velem.*

Das löst bei ihnen beiden Wörter aus, denn wenn ich ihnen sage, sie sollen *mit mir kommen,* ohne dass ich ihnen wehgetan habe, dann bin ich vielleicht eine Hilfe. Dann komme ich vielleicht von einem freundlichen Ort.

Ich komme von nirgendwo.

Womöglich setzt dieses Signal ein anderes außer Kraft, aber auf jeden Fall wende ich ihnen den Rücken zu und gehe auf meinen Wagen zu, während das Tageslicht sich auslöscht.

Ich höre ihr Flüstern, als würden sie sich bereden, dann zwei Paar Füße, die mir folgen, eins klingt beschädigt, das andere zwecklos.

Ich sitze schon im Wagen, als sie beim Parkplatz ankommen und Angst vor den Scheinwerfern andeuten. Aus dem Augenwinkel sehe ich plötzliche Panik aufkommen. Ich wende mich ihnen nicht zu, ich mache keine Gesten. Albert möchte das vielleicht, aber ich drücke sein Denken flachflach und bedeutungslos.

Mein Mangel an Interesse überzeugt sie, und sie kommen zur Beifahrertür. Ich glaube, das Schlafzimmermädchen wartet, um zu erfahren, ob es vorne sitzen wird wie ein Mensch oder nach hinten auf die Pritsche unter eine Plane verfrachtet wird wie Ladung. Das Bootshausmädchen sieht aus, als wäre es in seinem eigenen Todestraum, und schwankt im Stehen.

Ich kann sie hier nicht erledigen, das kann ich nicht.

Ich greife langsamlangsam gelangweilt langsam über den Beifahrersitz und öffne die Beifahrertür.

Das Schlafzimmermädchen schiebt das andere die hohe Stufe hinauf und in die Fahrerkabine. Das ist freundlich, weil es Hilfe ist, und nicht freundlich, weil jemand als Sicherheitsbarriere benutzt wird. Mit dem Bootshausmädchen dazwischen ist es schwieriger für mich, an das Schlafzimmermädchen heranzukommen.

Das Bootshausmädchen riecht wie ein ungepflegter Hund. Der Geruch der anderen ist komplizierter und verstörender, während sie jetzt die Sitzgurte für sie beide anlegt und gleichzeitig die Sporttasche zwanghaft fest an sich presst. Sie zieht sacht die Tür zu, und die Fahrerkabine füllt sich mit lauter falschen Dingen. Ich schlucke süßlichen Angstgeruch und Schimmel und Tierdreck und dazu Metall Plastik Make-up Samenflüssigkeit Schweiß kombiniert.

Ich fahre los.

Meine Fahrtroute ist für eine Person eingerichtet.

In diesem Moment bin ich nicht in der Lage, weiter reichende Entscheidungen zu treffen.

Ich greife zum Handschuhfach hinüber, und die Mädchen zittern, ihr Angstschweiß stinkt. In dem Fach sind zwei Halbliterflaschen Wasser und ein PowerBar. Ich öffne das Fach und nehme die angefangene Flasche heraus. Das Wasser schmeckt in meinem Mund nicht mehr sauber, weil die Luft so verdorben ist.

Der Pritschenwagen fährt ein paar Minuten lang ganz unschuldig die Eskuyas Mill Road entlang, dann verschließe ich die Flasche wieder und halte sie zur Seite hin. Das Bootshausmädchen hat nicht genug Energie, um sich vor meinem Arm zu schützen. Zurückweichen gehört nicht zu den ihr verbleibenden intuitiven Fähigkeiten.

Das Schlafzimmermädchen nimmt die Flasche und trinkt mit wütendem Durst. Ein Rest, nicht viel, bleibt für das andere Mädchen, keine Freundin, sondern das Nebenprodukt von Überleben und geteilter Kampfnähe und Scham.

Ich nehme den PowerBar, der Energiezufuhr, Kalorienschub und Protein liefert, aber ich habe keinen Hunger, weil Albert einen verkrampften Magen bekommt, wenn in angespannter Situation. Ich halte ihnen den PowerBar hin, und das Schlafzimmermädchen beugt sich vor und nimmt ihn.

Ich höre, wie die Verpackung aufgerissen wird, der häusliche, gewöhnliche Klang in unserer Lage unangemessen, und steure den Wagen durch die Haarnadelkurven und fort von allem.

Das Schlafzimmermädchen hört sich wie ein Waschbär an, vielleicht ein Waschbär, der nachts im Abfall wühlt und kaut.

Um diese Zeit sollte ich schon längst weit weg, auf der unbeteiligten Seite des Berges sein und freifreifrei. Stattdessen bin ich immer noch in Komplikationen, während ich weiter Richtung Norden und weiter nach New York State hineinfahre, bevor ich südlich nach Connecticut abbiege. Und mein Wagen ist voll mit Komplikationen.

Im Dämmerlicht rechts von mir ist das Schlafzimmermädchen eine sanfte Form. Es wiederholt Handbewegungen. Ich weiß nicht, ob das ein Stressaberglauberitual ist, und es dauert einen Moment, bis mir klar wird, dass sie das andere Mädchen mit kleinen Bissen füttert, zärtlich, als wäre es ein Vögelchen.

Es sind kaum Autos auf der Straße, und ich komme zur Schnellstraße und fädle mich anonym ein.

Ich treffe keine Entscheidung. Ich lasse die Zeit vergehen.

Ich höre, wie das Bootshausmädchen weitere Krumen verweigert. Das Schlafzimmermädchen steckt sich, was übrig ist, in den Mund, so gierig, dass es husten und würgen muss. Das andere Mädchen stöhnt zur Antwort. Anscheinend ist das ihre Art der Kommunikation, als wären beide mit Würgen und Stöhnen vertraut und machten diese Geräusche jetzt hier aus normalen Gründen, während sie sich gleichzeitig an viele andere albtraumhafte Gelegenheiten erinnern.

Ich nehme die noch geschlossene Wasserflasche aus dem Fach, und das Schlafzimmermädchen greift danach mit speichelfeuchter Hand.

Ich biete Freundlichkeit an, als eine Art der Beruhigung. Die Bemühungen, einen Menschen zu trösten, machen die Vorstellung, ihm später Schaden zufügen zu wollen, absurd.

Man kann sich erst dann sicher fühlen, wenn man versteht, dass Menschen sich regelmäßig absurd verhalten.

Ich bin mir nicht sicher, welches der Mädchen anfängt zu weinen, aber dann schluchzen weinen wimmern beide und klammern sich aneinander. Ich achte darauf, die Geschwindigkeitsbegrenzung einzuhalten. Ich achte darauf, dass ich und Albert nicht aufheulen kreischen lachen oder sonst wie reagieren.

Langsam ermüden die Mädchen von den Angstreaktionen. Übergangsschock und Temperaturveränderungen und der plötzliche Zuckerrausch bewirken, dass sie einschlafen, erst fünf Minuten, dann zehn, dann länger. Sie füllen die Dunkelheit mit kleinen Atemzügen, wie lebendige Menschen es tun. Trotzdem gelingt es mir, so zu fahren, als wären sie nicht da, und an die Zeit zu denken, wenn das tatsächlich der Fall sein wird.

Die Meilen verschwinden unter uns, und die Zeit reibt sich wie Fett an den Fenstern.

Ich treffe eine Entscheidung.

Überleben und effektives Handeln hängen davon ab, dass man Entscheidungen trifft.

Ich muss sowohl Uneindeutigkeit als auch erbärmliche Tatenlosigkeit weit von mir weisen.

Die Nacht zieht mit mir, und ich fahre bis zum Abzweig Darien, den ich nehme.

Gegenüber vom Bahnhof in Darien ist ein Park.

Ich fahre langsamer und komme beim Park mit dem Rasen und den niedrigen Büschen und den einzelnen Bäumen mit ihrem dichten Dunkel zum Stehen.

Die plötzliche Stille bewirkt, dass beide Mädchen aus dem Schlaf schrecken, und ich spüre ihre intensiven Blicke auf mir. Sie warten darauf, dass das Schreckliche passiert, obwohl sie nicht wissen, was das Schreckliche sein wird.

Ich sage zu dem Schlafzimmermädchen *Beszélsz angolul? Englisch? Sprichst du Englisch?*

Darauf nickt sie. Ich vermute, dass gesprochenes Englisch zu den Gräueln gehört hat, denen sie ausgesetzt war, und dass es eingesickert ist, ohne dass jemand diese Art von Bildung beabsichtigt hätte.

Das Mädchen fängt wieder an zu weinen, woraus ich entnehme, dass sie Englisch gelernt hatte, bevor sie hierherkam, und einen Plan hatte, der Gutes vorsah. Albert ist ihretwegen traurig.

Anschließend fahre ich nach South Norwalk, dem nächsten Punkt meiner Selbstumwandlung. Ich parke den Pritschenwagen wie beabsichtigt vor dem Autoschrottplatz. Ich schwitze immer noch. Ich entferne mich in die Nacht mit ihrer stechenden Kälte und lasse den Schlüssel stecken. Weder werden Albert und ich jemals hierher zurückkommen noch den Wagen benutzen.

Ich gehe lässig ziellos auf der im Voraus gewählten Route, die Richtung Osten zum Ufer führt. Ich betrete ein Gebiet mit dunklen Gärten hinter Maschendrahtzäunen und Rattenfallen und Industriebauten aus Beton und unbenutzten Grundstücken und Autowracks und kleinen Häusern, in denen das Blau der Fernseher an die Fenster schwappt.

Ich gehe, bis ich mich saubergegangen habe.

Beim Gehen nutze ich die günstigen Schatten, ich nehme die faltbare Reisetasche aus meiner Innentasche, ziehe meine Pilotenjacke aus und rollefalte sie in die Tasche. Meine Mütze stecke ich ebenfalls rein.

Ich stelle mich hinter einen Baum, knöpfe mir das Hemd auf, das Albert anhatte, und ziehe es aus. Darunter trage ich mein T-Shirt mit eingenähtem künstlichen Bauch. Nachdem ich die Fäden durchgerissen habe, hole ich darunter ein gefaltetes Fleece-Sweatshirt und eine Strickmütze heraus. In der Mütze stecken dünne Laufschuhe. Ich stopfe mein Hemd in die Reisetasche und behalte die anderen Sachen in der Hand.

Ich befreie Albert und mich selbst von der Fettschicht, was komisch zum Lachen ist, als wäre ich das Ergebnis eines operativen Eingriffes. Als wäre ich die Heilung von seiner Krankheit.

Ich gehe mit nackten Armen in der Kälte, bis der Frost auf der Haut wehtut. Dann muss ich mich wieder anziehen, um meine Effektivität zu bewahren.

Ich zwänge mich zwischen einen Müllcontainer und eine Mauer und schlitze die Hosenbeine meiner Arbeitshosen auf, ich ziehe sie aus und lasse nur die engen Jogginghosen an, die ich als Unterhose getragen habe. Ich schneide die Schnürsenkel auf, ziehe meine Stiefel aus und ziehe die Laufschuhe an, die für einen spätabendlichen Jogger genau das Richtige sind.

Die Stiefel und den Werkzeuggürtel – alles, was von Albert bleibt – stecke ich in die Reisetasche. Ich teile seine Anliegen nicht mehr. Ich kann ihn vergessen.

Ich hänge mir die Reisetasche um und trete ans Licht wie jemand, der kurz ausgetreten ist und jetzt weiterjoggt und gut und normal vorankommt.

Weiter zur Mündung hin schwellen die Häuser an und weichen von der Straße zurück. Sie haben einen Blick auf herbstliche Laubfärbung und stehen in der Nähe von Golfgelegenheiten.

Ein Block vom Wasser entfernt steht ein blauer Honda Civic neben einer dichten Hecke, gegenüber einem halbfertigen Umbau.

Ich lehne mich an den Honda, als hätte ich meine Meilen hinter mir, und laufe auf der Stelle, um mich abzukühlen, und stelle meine sportliche Muskelpracht und den ausgeglichenen Proteinlevel zur Schau, aber die Hände sind weich.

Dann schließe ich den Honda auf und setze mich hinein.

Ich fahre an dem Sporthafen und den Ausflugsbooten vorbei, die unter Abdeckungen liegen, damit sie nicht nass werden. Danach parke ich den Wagen auf einem vorab gewählten Parkplatz hinter einem Bürogebäude und gehe von der Straße weg und auf Grasuntergrund weiter. Ich stelze vorsichtig über den schlecht sichtbaren Boden und komme zum Wasser, wo ich die Reisetasche hineinwerfe und sie im schummerigen Licht durch die Luft fliegen sehe. Sie landet im Wasser und sinkt unter die Oberfläche.

Ich fange an, der nächste Mann zu sein, meine Schultern lockern sich, mein Fahrstil wird glatt effizient diskret sein. Ich drehe mich auf dem Absatz um und gehe wieder zum Auto. Es ist gehorsam, als ich den Anlasser drehe.

Beim Fahren vergesse ich den Wald. Beim Fahren vergesse ich die Bussardflugstille. Beim Fahren vergesse ich die feuchte Hand, die meine gestreift hat, und die Hungerlaute.

Ich vergesse, dass ich die Beifahrertür des Pritschenwagens geöffnet habe und die Kälte hineinströmte, ich vergesse, dass das Schlafzimmermädchen meine Geldrolle nahm, weil sie die 1025 Dollar darin gebrauchen kann und es beiden helfen wird weiterzukommen, bis sie wieder abirren, und dann habe ich wieder so eine Rolle und keine Zeit, das Geld auszugeben.

Ich vergesse, wie die Mädchen die Straße zum Bahnhof überquerten, wo sie entscheiden konnten, von welchem Zug sie sich fortbringen lassen würden – was immer es ihnen unter den gegebenen Umständen nützen würde.

Beim Fahren ist es ganz leicht, all das zu vergessen.

Vielleicht ist es gar nicht passiert.

ICH LASSE NICHT ZU, dass meine Normalität schwächer ist als seine Obszönität.

Ich lasse das, was ihm zustößt, nicht in mein Leben, in meinen Kopf.

Ich werde es nicht zulassen.

BUSTERS MANUSKRIPT kam ungefähr eine Woche nach Beginn des Lockdowns.

Gerade als wir noch ein bisschen mehr Spaß brauchten …

Aber es geht uns trotzdem gut. Paul weiß natürlich nicht, dass das Manuskript existiert. F. L. habe ich natürlich nichts davon erzählt.

Unsere Tage stürzen vorbei wie Tiere in Not und werden zugleich irgendwie permanent angehalten. Paul und ich haben immer noch kein richtiges Fernsehgerät – kein leuchtendes Angst-Aquarium, das angestarrt werden will, während es in unserem privaten Raum hockt. Aber wenn ich online durch die Fernsehsendungen scrolle, reden alle Moderatoren mit uns, als wären sie plötzlich Kumpel – fürsorglich und liebevoll.

Dafür hasse ich sie. Ich hasse auch die Werbespots. Denn warum mögen sie uns nicht jeden Tag, warum machen sie sich nur während dieser Katastrophe die Mühe? Irgendjemand, der irgendwo zuschaut, wird heute eine Katastrophe erleben – warum sollten sie nicht immer freundlich sein?

Und warum schaffen es die Nachrichtensprecher nicht, mir verlässliche Informationen zu geben? Das ist doch ihr Job. Warum wird von mir erwartet, dass ich nach einem Mikroorganismus Ausschau halte? Wie genau? Warum ist die Seuche über die Luft übertragbar, aber vielleicht auch nicht, aber ich sollte mir die Hände waschen, aber auch nicht, aber Haustiere können sich anstecken, aber nein, können sie nicht, aber ja, sie haben es, aber tragen Sie eine Maske, obwohl sie vielleicht nicht funktioniert, aber offensichtlich doch, denn sie ist keine neue Technologie – warum das alles? Warum müssen wir zweifeln und auch alles und nichts genau glauben, wenn beides unglaublich gefährlich ist?

Und alle Kinder sind immun gegen die Seuche, weil … das Virus

Menschen liebt, die klein sind? Ist das auch nur annähernd wahrscheinlich? Warum keine Klarheit, keine Logik? Warum kein Mitgefühl?

Lehrer bemerken Inkohärenz und Fälschungen. In einer gesunden Welt sollte das doch sicher eine ständige Verpflichtung sein.

Aber mein Sohn und ich, die wir hier schon so lange gefangen sind – seit dem 5000. Tag des 8000. Monats oder was auch immer –, wir haben uns nicht gegenseitig umgebracht und verschlungen. Es geht uns gut. Wir haben es gemütlich. Wir haben uns sehr angestrengt, es gemütlich zu haben, um über die Vollkatastrophe von brandstiftenden Idioten am Ruder zu triumphieren, die wir offenbar verdient haben und für die wir noch dankbar sein sollen.

Wenn ich meinen Kugelschreiber noch fester in den Schreibblock drücke, mache ich ein Loch hinein … Die Wut verändert meine Handschrift und lässt mich so demenzkrank aussehen wie die alte Ma.

Die arme Ma. Sie hat die letzten fünf Jahre in ihrem Sessel in Chestnut Lodge verbracht – gelegentlich schreiend und gelegentlich weinend und vielleicht manchmal wissend, warum –, und ihr Fernseher hat selten ein freundliches Wort gesagt. Er ist in ihrem Wohnzimmer ständig eingeschaltet.

Warum sind sich die Fernsehsender nicht bewusst, dass sie in jedem Pflegeheim-Wohnzimmer zusammen mit den Bewohnern eingesperrt sind, und schalten einfach auf Entspannung in Würde um, und sei es nur für eine Stunde oder so im ganzen Land. Es könnte Musicalmelodien und lächelnde und freundliche Gesichter geben, die daran erinnern, dass nichts verloren ist, nur verlegt, nur auf dem Weg zurück zu dir in einer neuen Form. Ja, das wäre eine Art von Lüge, aber von der Art, die nicht schadet.

Und Mamas orangefarbene Strickjacke war wirklich für immer weg, aber ich habe eine andere geschickt.

In den letzten fünf Jahre bin ich ständig zur nach Bratensoße riechenden besten Option gefahren, die ich finden konnte, und hatte ein schlechtes Gewissen, weil die beste Option immer noch furchtbar ist, immer noch kein Heim und nur gelegentlich pfleglich.

Die Möbel und die Einrichtung folgen einer lila-rosa Farbgebung, die man als »Palette Warme Hoden« bezeichnen müsste.

Vielleicht wirken diese Farbtöne beruhigend.

Als es noch richtige Besuche gab und ich hineinkonnte ... die Verrücktheiten hören und nicht reagieren – plötzlich für eine Weile geliebt werden, weil sie vergessen hat, wer ich bin, ihre einzige Tochter – wissen, dass sie alle zehn Minuten oder so nach ihren Schmerzmitteln und Pillen fragt, weil Ma jetzt nicht nur dement, sondern auch drogensüchtig ist ... Bei ihrem letzten Krankenhausaufenthalt wurde sie bis zum Haaransatz mit Opiaten zugedröhnt, um sie zum Schweigen zu bringen und das unterbesetzte Wochenendpersonal vor dem totalen Zusammenbruch zu bewahren.

Es ist alles so kaputt.

Meine kleine Ma weiß manchmal irgendwie, dass sie stirbt, aber zumindest ist ihr nicht bewusst, dass sie am Ende vielleicht auf dem Trockenen ertrinken wird.

Ich glaube, sie weiß es nicht, oder sie weiß es nicht oft.

Die kleine, winzige Ma.

Du lässt mich deine Haut nur berühren und deine Hand halten, wenn ich nicht deine Tochter bin. Und selbst die Luft tut dir manchmal weh – das Schaben der Wäscheetiketten, das Gewicht der Bluse auf deinem Schlüsselbein –, aber manchmal willst du Gesellschaft spüren und nicht, wie dein Körper die Welt gerade noch abhält.

Da ist der Kugelschreiber wieder – voll durchs Papier.

Am Ende steche ich mir noch in den Oberschenkel.

Ma mit ihrem weißen, feinen, versilberten Haar, falls sie morgens Zeit hatten, sie zur Vollwäsche und Inspektion zu fahren. Sie sieht aus wie eine alte Königin aus einem Roman von Tolkien.

Manchmal bürste ich ihr Haar, und sie lächelt.

Und wie auch immer ein Besuch abläuft, ich hätte mich immer über etwas sanfte Aufmerksamkeit von meinem Fernseher gefreut. Ich habe kein Bedürfnis nach den aufdringlichen Wutpornos, nach Klatsch und paranoiden Ausbrüchen – die liefert mein Kopf mir automatisch.

Wenn ich jetzt einen sanftmütigen Moderator erwische, einen höflichen und beruhigenden Ansager, dann rufe ich einfach: »Zu spät!« Paul stimmt ein. Das ist jetzt unsere Angewohnheit, eher zum Lachen als Ausdruck der Empörung.

Ich gebe dem Ganzen noch ein oder zwei Wochen, dann verlieren sie wieder das Interesse an uns. Es ist ja nicht so, dass irgendein Sender seine Mitarbeiter nach offensichtlichen Anzeichen von Empathie aussucht.

Und das wird mich dann wieder ärgern.

Aber ich werde es nicht an meinem Kind auslassen. Paul und ich werden gut miteinander auskommen. Ich leiste erstklassige Elternarbeit und er leistet erstklassige Sohnarbeit. Entweder das, oder wir verlieren wenigstens nicht beide gleichzeitig den Verstand. Er kann das viel besser als ich – aushalten, lächeln, verstehen. Selbst an Tagen, an denen er sich in eine Art Angstspirale hineinmanövriert hat, kommt er irgendwie zurecht. Zuerst räumt er die Schränke auf – und jeder Schrank, den wir haben, ist inzwischen weit mehr als nur aufgeräumt – alphabetische Socken, farblich sortierte Hemden, helle Schuhe in Reihen nach Gewicht und Nützlichkeit. Dann poliert er Oberflächen, die ohnehin schon jederzeit für spontane Operationen geeignet sind. Ich spüre, wie ich mich auf Ausbrüche gefasst mache, wenigstens einen Ausbruch. Aber dann wird er still und hält inne.

Wenn ich mich in die oberste Ecke dieses oder jenes Zimmers kralle – ganz spinnenwirr vor Unheil –, dann wird er noch leiser, füllt die Teekanne und setzt die »Ich bin für dich da, du verrückte Ziege«-Miene auf. Ich fasse hier nur zusammen.

Seine Geduld ist fast nie aggressiv, und ich reagiere fast nie schlecht darauf. Paul kann mich sanft herunterlocken, ohne dass ich meine Spinnenglieder verletze. Wären wir hier eingesperrt gewesen, als er 13 oder 14 war, hätte es mehr Vulkanausbrüche gegeben – aber selbst seine Hormonschübe damals waren extrem unextrem.

Ich will nicht hoffen, das liegt daran, dass er gesehen hat, wie sinnlos und selbstzerstörerisch Katastrophisieren sein kann, indem er mich beobachtet hat.

Zumindest habe ich nie geflucht und geschimpft – weder mit ihm noch an ihm vorbei.

Es ist schwer, nicht zu fluchen – besonders jetzt. Inzwischen stelle ich mir vor, sollte ich jemals anfangen, gotteslästerlich und sexuell und körperlich zu schimpfen, würde ich so lange brauchen, wieder aufzuhören, dass es ein weiterer Vollzeitjob wäre.

Ich kann also behaupten, dass ich nicht bloß wegen meines Berufs nicht fluche, sondern auch, um Raum für andere Beschäftigungen zu haben.

Tatsächlich will ich einfach nicht wie Ma klingen. Die großen glühend roten Worte in der hässlichen Küche, das Gekeife, die endlosen kinderfeindlichen Beschimpfungen.

So könnte ich nicht sein. Ich könnte nicht das kleinste bisschen so sein, nicht bei meinem Sohn.

Also bin ich draußen allein und schreibe mich aus meiner ererbten Wut heraus.

Wir haben den soundsovielten April erreicht – es könnte allerdings auch März oder Dezember sein, denn wen interessiert das schon; unsere Tage sind jetzt nur noch Theorie. Und es ist Nacht, denn ich schreibe dies unter der Dunkelheit des Londoner Himmelsäquivalents. Wir bleiben drinnen in der Hitze, die nie aufhört, so wie der März nie wirklich aufgehört hat und vielleicht auch nie aufhören wird.

Seit Wochen hatte ich keine Zeit zum Schreiben. Vielleicht fehlte mir aber auch weniger Zeit, sondern eher Ausdauer, Mut oder die richtige Portion Wut.

Ich brauche nicht mehr Wut – nur gerade das richtige Gewicht, weder zu wenig noch zu viel. Es gibt Tage, da ist die Wut wie Arthritis in den meisten meiner Gelenke. Ich denke an das Sterben, das Sterben, das Sterben, das unaufhaltsame, ungehinderte Sterben, und das hält mich im Stuhl fest.

Und dann ist da noch Buster.

Busters Geständnis, sein Tagebuch, seine Selbstrechtfertigungen waren in einem schlichten braunen Umschlag an die Außenseite meiner Haustür gelehnt. Er kennt also meine Adresse und hat es sich nicht nehmen lassen, mir das zu beweisen, indem er den Bürgersteig vor meinem Haus infiziert hat.

Und wie alle sehr unsauberen und schrecklichen Dinge wurde auch der Umschlag nicht beschädigt, ging nicht verloren und wurde nicht gestohlen. Er hat nichts darauf geschrieben, nicht einmal meinen Namen. So wusste ich, woher er kommen musste, bevor ich ihn öffnete und nachsah.

Ma sagte immer, dass im Himmel und in der Hölle niemand eine Adresse hat. Eine Zeit lang hat sie eine Art *Reiseführer fürs Jenseits* verfasst. Ihre Art, sich auf die falsche Katastrophe vorzubereiten. Und das tun wir doch auch, oder? Wir vergeuden unsere Zeit mit den Problemen, die uns nicht betreffen, während die anderen sich anschleichen und eindringen.

Ich kenne kein Leben nach dem Tod, das mich überzeugt. Ich vermute allerdings, dass die Hölle nie versagt, geliefert zu werden.

Trotzdem werde ich nicht zulassen, dass dies eine Geschichte über schreckliche Männer wird, nicht einmal über einen. Diese Geschichte ist meine und handelt von mir. Und sie handelt von den Menschen, die ich liebe.

Die Ungeheuer müssen identifiziert werden. Es ist klug, ihre Natur zu kennen, aber ich werde nie seine Stimme in meinem Mund schmecken wollen. Seinen Geschmack.

Manchmal landet man bei einem der Stilzchen. Das bezieht sich nicht auf ihn – das ist eine allgemeine Aussage.

Manche Stilzchen sind von Anfang an Unholde. Aber andere sind zunächst so perfekt und so glaubwürdig. Sie bieten dir maßgeschneiderte Liebe, die perfekt passt. Aber es ist keine Liebe, es ist nur eine Methode, ein Fuß in der Tür. Die Tür schließt sich hinter dir, sobald du ganz nach draußen kommst, um bei ihnen zu sein. Irgendwann kommt man vielleicht frei, aber dann ist es verblüffend, wie oft man (und damit meine ich *mich*) von anderen Stilzchen hinters Licht geführt wird.

Es ist möglich, dass man aufhört zu hoffen und auf jede Frage nur noch dunkle Antworten sucht. So findet einen das nächste Stilzchen und das nächste. Sie kennen den Trick, einen zu öffnen und einzutreten.

So wird man (damit meine ich *mich*) zum Einzelgänger. Die anderen Optionen (damit meine ich *meine* anderen Optionen) wirken wie eine Reihe von Selbsttäuschungen.

Wenn ich Bücher über Foltermethoden lese, die darauf abzielen, dass der eigene Körper sich selbst verletzt – denn so etwas lese ich, wenn ich deprimiert bin –, dann erinnere ich mich an die Stilzchen. Sie benutzen unsere eigene Liebe gegen uns. Unsere wahre Geschichte wird von den schlechten Enden, die sie bevorzugen, überdeckt.

Wenn der verrückte König gestürzt wurde und die Dorfbewohner jubeln, sollte man vielleicht in einem nahen Wald auf weichem Moos liegen, wo es Geißblatt und Frieden gibt. Nur findet man keinen Frieden.

Ich bin weg von den Ungeheuern und dem Kerker und dem Schloss. Langweilig, oder? Aber wer ist das da drüben? Sieht aus wie ein mürrischer Holzfäller mit Wolfsohren und langen Zähnen. Vielversprechend, vielversprechend. Ich muss ihm meine Kontodaten geben. Oder was ist mit dem Typen mit dem riesigen Messer und dem blutverschmierten Hemd? Er scheint faszinierend zu sein.

Stilzchen lassen einen vergessen, dass Katastrophen nicht immer notwendig sind. Frieden kann einfach Frieden sein und nicht die Anspannung vor dem nächsten, schlimmeren Schmerz. Zu Hause, bei der Arbeit, in der Regierung – jedes Stilzchen will Ihnen Angst vor dem Frieden machen. Sie sehnen sich nach dem Chaos, das ihnen zu Wohlstand verhilft, und wollen, dass Sie sich mit ihnen danach sehnen.

Das Leben in Großbritannien und in der Welt im Jahr 2020 ist – wie soll ich es ausdrücken? – ein Trigger für Leute wie mich.

Früher konnte ich mich folgendermaßen zusammenfassen:

Ich (und damit meine ich mich) = (abwesender Vater + unerreichbare Mutter + Buster + böser Mann) = Festung der Einsamkeit = ich.

Aber dann passierte + Paul, und die Gleichung wurde komplizierter.

Jetzt habe ich auch noch die Möglichkeit von + F. L.

Ich = Festung der Einsamkeit.

Ich + Paul = Festung der übervorsichtigen Gemütlichkeit und des Unfugs.

Ich + Paul + F. L. = Ich weiß es noch nicht.

F. L. hat eine Meinung zu meiner endlosen finsteren Wachsamkeit und fatalistischen Schmerzerwartung.

Aber wer lacht jetzt, Freund Gutgelaunt? Wir sind in der Seuchenwelt mit begleitendem Artensterben und Klimaapokalypse! Wer wirkt da vernünftig und angemessen?

Aber er hat auch recht – manche Katastrophen kommen, ob wir verzweifeln oder nicht. Wir können sie besser bewältigen, wenn wir Hoffnung haben. Ich verstehe die Theorie. Er bleibt beharrlich in seinem Optimismus.

Er ist im Allgemeinen hartnäckig und um mein Wohlergehen besorgt, ohne – im Großen und Ganzen – irgendwelche Anzeichen von anmaßender Einmischung zu zeigen. Er bestellt Badeöle und Kerzen für mich im Internet, weil es sich um Entspannungsprodukte für Frauen handelt. Ich versuche, das nicht als verschwenderisch zu betrachten, bedanke mich und schaue in die Kamera meines Computers, nicht auf den Bildschirm, damit er wenigstens Augenkontakt hat.

Ich versuche mir vorzustellen, wie er neben dem Steinhaufen auf dem Gipfel des Carnan Eoin sitzt. Die Welt ist groß da oben, obwohl es gar nicht so hoch ist. Ich habe dort neben ihm gesessen, an die Steine gelehnt, und gesehen, wo sich das Wasser an die Luft schmiegt. Das Festland und die Inseln sehen aus wie Gliedmaßen, die sich unter Decken am blauen Rand der Ferne verfangen haben.

Ich versuche mir vorzustellen, dass noch Platz neben ihm ist, nicht zu groß und nicht zu klein für mich.

Der Traum von einer Insel, auf der alles in Ordnung sein könnte, sollte mich die Insel lieben lassen, wenn ich dorthin zurückkehre, kann aber auch Enttäuschung bedeuten.

Und dann werde ich mich nur noch schwer umentscheiden können.

Aber ich lasse mich dort nicht mit einem Stilzchen ein – F. L. ist einfach keines. Er überwindet ständig all meine Barrieren und besteht meine Tests mit Bravour. Ich bin mir seiner so sicher, wie ich nur sein kann.

Ich habe sehr hart daran gearbeitet, keine Stilzchen in mein Leben zu lassen.

Ich will nicht, dass sie durch die Wicklow Street laufen und Anstriche berühren, die mich glücklich machen. Ich will nicht, dass sie atmen und blinzeln und sich so bewegen wie normale Menschen, obwohl sie nichts Menschliches haben, in keiner Weise.

Ich habe schon früher die Zeichen übersehen, die klarer und legendenhafter sein sollten: Angst vor Spiegeln oder Weihwasser, Besitz von verschlossenen und geheimnisvollen Turmzimmern, nach Sonnenuntergang einen entscheidenden Moment lang die Augen eines Dämons.

Aber jetzt bin ich bereit.

Ich war die von Fremden mitleidig beobachtete Frau, die die üblichen Anzeichen übersieht, so wie man (will sagen ich) sich in Gegenwart eines allgegenwärtigen Mannes aus Gesprächen zurückzieht. Ich bin zwischen Wutausbrüchen eines anderen Menschen herumgeschlichen und habe sie für rational zu halten versucht. Ich habe mir selbst einreden können, dass ich nur selten reden sollte, schon gar nicht in Gesellschaft. Ich habe so getan, als würde ich nicht ständig darauf warten, etwas zu tun oder zu sagen, was ein Stilzchen wütend macht. Ich habe nicht zu bemerken versucht, dass es ihn noch wütender macht, wenn ich mich perfekt verhalte. Jede seiner unvernünftigen Forderungen zu erfüllen, führt dazu, dass er sich unzulänglich fühlt und reagiert.

Stilzchen suchen Weichheit und – ich glaube, das darf ich sagen – bestimmte Arten von Schönheit gepaart mit zunehmender Geduld. Die anfängliche Anstrengung, zunächst ideal zu sein, macht ihnen nichts aus, denn sie wissen, dass wir später dafür bezahlen werden.

Aber vergessen wir sie. Jetzt und für immer.

F. L. ist kein Stilzchen und Paul auch nicht.

Paul, mein irgendwie Erwachsener.

Es war an einem Abend vor vielleicht fünf Jahren, als wir uns zur guten Nacht umarmten, und da war dieses über zwei Meter große Wesen in Boxershorts und einem Pyjamaoberteil, das mich in den Arm nahm und mit einer brummigen Version seiner kindlichen Entwurfsstimme sprach. Ich konnte spüren, wie sein Klang nachhallte – mein Sohn mit dem markanten Bariton. Ein guter Teil seines Oberkörpers neigte sich sanft in den leeren Raum über meiner Schulter. Und ich dachte so etwas wie: *Ah, das war's dann wohl. Er ist auf dem Sprung.* Er roch nach Seife, Aftershave und seiner aktuellen Favoritin. Er brauchte Aftershave, mein kleiner Junge. Er hatte eine Favoritin.

Dann schlenderte er auf seinen leicht rotflaumigen, knochigen Beinen davon, wahrscheinlich um etwas über Staudämme zu lesen, die ihn gerade interessierten. *Da geht Paul, von dem bald erwartet wird, dass er Männersachen macht. Ich hoffe, er sucht sich nur die aus, die er mag – das werden die guten sein.*

Der Große Paul ist in Ordnung. In Zeiten, in denen seine extreme Größe ihm lästig erschien, ist er auch als Kleiner Paul bekannt.

Als Teenager, als kaum ein Wutanfall oder Türenknallen von ihm kam, wurde er körperlich immer übermütiger. Er hatte eben immer mehr Körper, mit dem er sich austoben konnte. Seine Arme und Beine wuchsen in einem Tempo, an das er sich nicht gewöhnen konnte, und es kam häufig zu Brüchen und Beulen. Er fing an, sich mit den Händen vom Balkongeländer zu hängen – das war fast die sicherste Option für ihn.

Ich meldete ihn in einer Zirkusschule an – natürlich –, und das schien zu helfen. Er begann, an Kanälen entlangzujoggen, und ich begann zu erwarten, dass er dabei ermordet würde, aber es ging gut.

Um die Pubertät herum gab es ein paar kurze Monate, in denen sich extreme Ruhephasen mit Heulattacken abwechselten. (Eine Zeit lang hatte ich Angst, dass er nach mir kam.) Aber ich glaube, ich wusste, was es wirklich war – der Tod stellte sich ihm vor. Er drohte sicher nicht, war nicht unhöflich – er kam einfach auf ihn zu, lüftete den unvermeidlichen Hut und erwähnte, dass er auf lange Sicht jeden träfe.

Und es gab Wochen, in denen Paul einfach seltsam wirkte.

Ich weiß – muss ich gerade sagen …

Seine Traurigkeit führte dazu, dass ich irgendwann unbeholfene Fragen stellte, ob ihm jemand etwas Schlimmes antat.

Hatte ein Stilzchen ihn gefunden, während ich auf Wache eingenickt war?

F. L. war da noch nicht hier – nicht mal in der Nähe –, also musste ich Brian Scott von Jahrgang drei einladen, um mit ihm über Männerthemen zu sprechen, die weiter gingen als Personalbogen der Oakwood. Ich hätte wissen müssen, dass dies Brian viel mehr traumatisieren würde als Paul, der danach amüsiert aus der Küche hüpfte.

Ich habe Paul auch – anscheinend – mehr als einmal zu oft gefragt, ob er denkt, dass er schwul sein könnte.

Wir machen jetzt Witze darüber.

Unser Haushaltsmotto: *Am besten macht man aus allem einen Witz.*

»Mama, ich buttere den Toast nur so, wie ich es mag. Ich lasse die Ränder aus, weil ich trockene Ränder mag, das ist kein Zufall. Außerdem – nicht schwul.«

»Nicht mal ein bisschen? Bi? Trans? Asexuell? Asexuell-neugierig? Ein Furry? Irgendetwas?«

Wenn ich unter Druck stehe, kann meine Liebe immer noch als aufdringliches Mikromanagement ausgedrückt werden. Denn wenn Liebe nicht als Liebe erkennbar ist, dann kann sie sicher keine Liebesprobleme mit sich bringen, oder?

Das bedeutet natürlich, ich bin weniger reif als F. L. und mein Sohn.

Aber es gibt Menschen, die in einer ungewaschenen Tasse das drohende Chaos sehen, und es nützt nichts, wenn diese Menschen erklären, dass sie in bestimmten Lebensphasen gewohnt waren, das Chaos aus dem Nichts auftauchen zu sehen, und dass man deshalb vielleicht etwas nachsichtiger mit ihnen sein sollte. Diese Menschen sollten sich wirklich vor allem entspannen, weil sie hinter einer himmelblauen Wand mit Geißblatt rundherum in Sicherheit sind, auch wenn sie jetzt zurück in die Hölle geholt werden sollen von den großen braunen Umschlägen trauriger Ungeheuer.

Im Ernst, diese Menschen sollten versuchen, glücklich zu sein.

Und das tun wir auch – wir versuchen es.

Wenn ich mir Zombiefilme ansehe – die wahrsten Filme der Welt, denn die Menschen sind die Ungeheuer –, kann ich immer erkennen, wo sich die Nichtinfizierten verstecken sollten. Improvisierte Barrikaden und Verstecke, das ist mein Terrain. Überall, wo ich mich von Natur aus wohlfühle, wäre es zuverlässig zombiesicher.

Hyperwachsamkeit lässt sich zähmen und in einem reibungslos funktionierenden Klassenzimmer nutzen – in einem normalen Zuhause nicht so sehr. Paul lacht meistens über meine Kontrollmanien, das Getue und Ausprobieren von Überlebensstrategien aus allen möglichen Anlässen. Allmählich bin ich auf seiner Seite. Bei den letzten Vorbereitungen für eine Klassenfahrt, ausgerechnet nach Göttingen, hatten wir einen enormen Streit. Er hat sich wie ein Erwachsener benommen und am nächsten Morgen um 2 Uhr morgens an meine Tür geklopft, um mich zu umarmen.

Ich gehöre zu der Generation, die ihre Kinder zwingt, erwachsen zu sein. Vielleicht retten sie uns noch.

Und inzwischen sind sie erstaunlich, ja beschämend tolerant.

Das Leben mit mir ist, wie man mir sagt, *im Allgemeinen nicht schlecht.*

Inzwischen versuche ich, mich meinen panischen Impulsen völlig hinzugeben und sie auszubrennen, mich zu desensibilisieren.

Das ist Teil unseres Programms – wir sind ein altes Duo … Wir ziehen immer noch Nummern ab, ohne dass ein Publikum in Sicht ist.

»Du hast keine anderen Geheimnisse zu teilen, mein einziger Sohn? Keine beunruhigenden versehentlichen Gruppenmorde, verübt eines Sommers irgendwo in einem Bayou mit einer zusammengewürfelten Gruppe gestörter Bekannter?«

»Nee, nee. Ich bin auch nicht mit einem Breitschwert bei einem improvisierten Eselsturnier Amok gelaufen. Habe nicht in einer überfluteten U-Bahn-Station gekämpft gegen superintelligente Tintenfische und dann aus Versehen ihre nachtragenden Nachkommen in den örtlichen Stausee entlassen.«

»Du musst immer die Fortsetzung einplanen.«

»Immer. Du musst so planen, dass du jahrelang dranbleiben kannst. Dann kommst du als Hologramm zurück und dann als KI-Upload. Ewig.« Ich erinnere mich, dass er das gesagt hat, weil er zu erregt war. Wir beide wollen heutzutage sehr viel leben – es geht uns unter die Haut wie ein Granatsplitter. Von Zeit zu Zeit bahnt sich ein scharfer Splitter dieses Bedürfnisses seinen Weg nach draußen.

Mir gelang keine Erwiderung – es fiel mir schwer, eine ruhige Option ohne offensichtlichen Subtext zu finden – und so ging Paul darüber hinweg und sagte: »Alles gut.«

Ich habe hier eine Reihe von Gesprächen zusammengefasst – den Geschmack dessen, was wir sind – das soll aber nicht irreführen. Wir mögen das Reden, die Feinabstimmung unserer Bühnennummer – und wir tun es gerne auf unsere Art.

Alles gut ist jetzt einer seiner typischen Ausdrücke. Ich weiß nicht mehr, wann es angefangen hat. Irgendwann hat mein schlauer Junge gemerkt, dass er die Beruhigungsformel eines Nachtwächters aussprechen muss – *alles gut*. Wenn ich das höre, glaube ich es – und sogar noch eine ganze Weile danach. Ich glaube, er weiß das. Und ich wünschte, ich hätte es nicht notwendig gemacht. Auch das weiß er.

»Wir haben keinen örtlichen Stausee.«

»Müssen wir aber, oder? Wir haben doch Wasser.«

»Ah, mein unschuldiger kleiner Sohn. Wir sind in London. Wir haben ein Konzept, das wir einvernehmlich als Wasser bezeichnen, oder eine wasserähnliche Substanz, die mit zusätzlichen Leckerbissen wie Blei und den Hormonen anderer Leute angereichert ist, und wir bezahlen angemessen für die tröpfelnde Herrlichkeit.«

Wenn er auszieht – und nur eine Weltkatastrophe hat ihn bisher daran gehindert – was werde ich dann tun? Mit wem werde ich Blödsinn reden? F. L. ist die offensichtliche Antwort und will die offensichtliche Antwort sein. Ich glaube, ich will auch, dass er es ist.

Aber es ist schwer, von einem Duo zum anderen zu wechseln. Wise ohne Morecambe – das hat nie funktioniert.

F. L. hat seinen eigenen Stil. Ich mag ihn durchaus.

Er hat Rhythmen, die ich nicht erwarte, aber sie sind nicht schlecht.

Andererseits – bin ich bloß eine Mutter, die sich von ihrem langbeinigen Nachwuchs verlassen sieht und bereit ist, sich mit jedem zufriedenzugeben.

Ich misstraue mir selbst.

Das ist nur fair. Ich misstraue auch fast allen anderen.

Paul nicht. Wie bereits festgestellt, ruht Paul unheimlich ruhig in seinem Körper. Und er hat so eine Art, beim Reden einfache manuelle Tätigkeiten auszuführen, wodurch er zugleich wie ein fröhlicher Amateur und wie ein Handwerker wirkt. Er könnte der Held in einem Abenteuerfilm alter Schule sein, der friedlich sein Beiboot lackiert oder einen Rosenstrauch beschneidet, bevor er den Rest des Films mit französischen Partisanen zusammenarbeitet oder Kinder rettet, die in feindseligen Bergen oder Wüsten ausgesetzt sind, oder so etwas. Paul hat einfach Spaß daran, Dinge zu tun – nette Dinge und gute Dinge – und den anderen geht er offenbar aus dem Weg. Er ist ganz da, ganz und gar – ganz angekommen – nicht aufgespalten in Teile, die sich um die Zukunft sorgen oder Teile der Vergangenheit auferstehen lassen und vor ihnen fliehen. Er scheint sich nie zu fragen, wer er ist.

Ich bin eine Tüte voller zerbrochener Kaleidoskope, aber ich habe einen Menschen hervorgebracht, der die Gabe zum inneren Zusammenhalt hat.

Oder, so vermute ich, er hat schon im Mutterleib leise vor sich hin gesummt, getöpfert, eine Wirbelsäule gebaut, Augen und Ohren und Finger geformt, geprüft, ob seine Herzklappen funktionieren – und sich darauf vorbereitet, in See zu stechen, Abenteuer zu erleben.

Es ist schön, ihm einfach zuzusehen, so wie es schön ist, einem Vogel beim Fliegen zuzusehen. Ab einem gewissen Punkt ist es egal, was wir sagen.

»Du magst Nagellack …« Wir könnten vielleicht für immer Sprüche klopfen – zumindest bis die Seuche vorbei ist.

Bis sie vorbei ist. Wenn die Verrückten, die Irregeführten und die

Dummen sie nicht ewig am Laufen halten. Was für eine gemeine, seltsame kleine Spezies wir doch sind.

Aber Paul und ich halten es so gemütlich und sicher wie möglich. Und wir wissen immer, wer bei unserem Duo Stichwortgeber ist.

»Als ich in der Schule war, bedeutete Nagellack, dass man vom öffentlichen Dienst ausgeschlossen war. Oder war es von der Royal Air Force?«

»Nagellack ist ein Menschenrecht, Mama.«

»Erst wirst du nicht Arzt oder Anwalt, jetzt wirst du nicht schwul … Wie soll eine Mutter da die geringste Hoffnung für ihren Sohn und seine Zukunft haben …? Ich möchte mich im Beautysalon mit anderen geplagten Frauen austauschen, deren Kinder unkonventionell geworden sind. Ich will tapfer sein.«

»Gesichtsbehandlungen machen dir Beklemmungen.« Es gibt Momente, in denen ich ihn zweifelsohne irritiere, weil solche Witze bei mir kein Ende nehmen. »Und du bist tapfer.«

»Ich möchte demonstrativ tolerant sein.«

»Als Ausgleich dafür, dass du die meisten Nachbarn hasst – und all die Typen, die vor der Kneipe rumhängen …?«

Und so weiter.

Und er mag Pointen.

Einige Jahre lang trug Paul einen Nagellack, der sein Markenzeichen war. Er mischte ihn sehr sorgfältig mit einem Farbkreis, um das gleiche Violettbraun wie seine Augen zu bekommen. Rot, Gelb, Blau und glitzerndes Lila.

Farbkreise sind eine gute und nützliche Sache, die Kinder kennen sollten. Oakwood befürwortet sie.

Ich glaube nicht, dass irgendjemand ihn beschimpft hat oder auch nur bemerkt hat, dass seine Hände in Glitzer endeten. Seine Generation ist nicht besessen von den Grenzen zwischen einer Art Mensch und einer anderen, sie ist nicht völlig entsetzt über verwischte Grenzen oder darüber, dass ihre Soße die Kartoffeln berührt. Das Wort ergreifende Frauen sind keine bizarre Bedrohung. Es macht ihnen nichts aus, wenn die Liebe einfach Liebe ist. Ich meine, einige von ihnen sind kleine Arschlöcher (sehen Sie – ich habe es geschafft, Arschloch zu schreiben – und noch einmal), aber sie machen es gut.

Im Allgemeinen möchte ich glauben, dass sie es gut machen.

An vielen Stellen unserer Frühstücksgespräche kratzt Paul weniger Butter auf ein weiteres Stück Toast, als ich persönlich für ratsam halten würde.

Das heutige Morgengespräch bestand aus den Worten: »Ich bin ein Bahnfetischist. Und ich mag Northern Soul. Unangepasster wird's nicht.« Er schaute mich mit einem typischen, schnellen Grinsen an, das Mädchen – so vermute ich – schon mögen. »Und schwul sein ist nicht unangepasst. Schwul zu sein ist super mainstream.« Paul wechselte zu seiner Mutter-Zitierstimme. *»Nicht in den meisten Ländern.«*

»Nun, in den meisten Ländern ist es das wirklich nicht …«

Lehrer – vor allem Grundschullehrer – wir können nicht anders, als den Leuten wichtige Dinge zu sagen, auch wenn sie die schon wissen, auch wenn sie angeblich schon erwachsen sind. Wir wollen aufklären. Das ist nicht schlecht, nicht unbedingt schlecht. Es gibt Erwachsene, die nicht erkennbar erwachsen sind.

»Serge könnte mir aber gefallen. Er hat Wimpern wie ein Alpaka.«

»Ein Alpaka …«

»Bekannt für ihre Wimpern, liebe Mutter. Ich habe im Netz extrem obsessiv danach gesucht. Vielleicht rutsche ich in eine Paraphilie zu Alpakas.«

»Dafür hätte ich Verständnis. Ich würde mit meinen Friseuren darüber reden.«

»Ich bin dein Friseur …«

Ich knabberte an meinem eigenen reichlich bebutterten Toast, oder wie Paul es ausdrückt: *Herzinfarkt mit optionaler Marmelade.* »Du weißt, dass sie deine Suchanfragen speichern … Was werden sie wohl von dir denken?«

»Wer, sie?«

»Putins Lakaien, der Geheimdienst Ihrer Majestät.«

»Die Internationalen Stilzchen? Sie dürfen ruhig denken, dass ich abartig auf Alpakas stehe. Ich füttere sie mit Fehlinformationen.«

Wir hatten einen guten gemeinsamen Moment, aber dann brachte mich die Hoffnungslosigkeit der Umgebung aus dem Konzept. Wenn ich mit den Schulkindern fröhlich bleibe, kann ich in anderen Momenten wackelig werden – selbst in solchen, in denen ich mein Leben mag. »Ich weiß nicht, warum ich möchte, dass du Anwalt oder Arzt wirst – sie werden immer unbeliebter … Dieses Land, dieses …«

Wir sangen gerade unser kleines Guten-Morgen-Lied – ausgelassene Fröhlichkeit garantiert – und ich hatte es verdorben.

Denn ich mag mein Leben. Und ich möchte es behalten.

Paul sagte nur: »Jawohl, Mrs McCormick.«

Aber dann drehte er sich um, das Messer mit Krümeln und nicht viel Butter dran in der Hand, mit dem etwas albernen Gesichtsausdruck, den ich aus irgendeinem Grund mit meinem Vater verbinde. Ich bin mir natürlich nicht sicher. Ich habe nur ein einziges Foto von meinem Vater – er sieht bei seiner Hochzeit verängstigt aus. Wer würde das nicht?

Paul verließ den Bereich, in dem er Toast ruinierte. »Machst du dir wegen irgendwas Sorgen?« Er setzte sich wieder an den Küchentisch und nahm den letzten Rest der Zwetschgenmarmelade. »Soll es nur um dich gehen? Sollen wir gemeinsam die Tiefen des Chaos ausloten und in den Abgrund starren?« Dann zwinkerte er.

Der Lockdown hat unser gegenseitiges Unterstützungsdreieck geschaffen – Paul, ich, der hartnäckige F. L. – Paul achtet am besten auf Gegenseitigkeit, damit sich nicht alles um mich dreht, mein geprügeltes und hässliches Inneres. Der sanfte Paul, dessen Zwetschgenmarmelade seine Mutter gemacht hat, die deshalb garantiert kernfrei ist. Fischgräten, Obstkerne, Kieselsplitter – nichts Falsches wird jemals in dem Essen sein, das ich für dich koche. Hyperwachsamkeit herrscht in jeder Küche. Sauberkeit, Messersicherheit, Notvorräte – ich habe alles im Griff.

Er bringt mich dazu, ihn sehr zu lieben und mich gleichzeitig sehr zu schämen.

Man könnte sagen, dass Paul ein sehr anständiger, funktionaler Mensch ist, denn Oakwood ist eine gute Schule und fördert das.

Und sie bieten Sonderkonditionen für die Mitarbeiterkinder.

Er hat das Jahr in meiner fünften Klasse mit nur zwei ernsthaften Wutausbrüchen überstanden – einen davon, weil ich ihn nie Fragen beantworten ließ. (*Nie* war vollkommen übertrieben.) Der andere betraf sein Fluchen, das plötzlich von wer weiß woher kam, staksig und unbeholfen und immer im falschen Moment, wie ein betrunkenes Bambi auf Landgang.

Nicht, dass es mich stört, wenn er jetzt flucht – er flucht ja schließlich für zwei. Er tut es mit einer gewissen Lässigkeit, und ich habe das Gefühl, dass kaum jemand daran Anstoß nehmen kann.

Heute Morgen verschränkte er die Finger und schaute mich an, wie ein Arzt: »Sie sehen besorgt aus. Sie sollten sich wirklich Sorgen machen. Es gibt so viel, worüber man sich Sorgen machen kann. Das sollten Sie öfter tun ... Lassen Sie uns über einige unlösbare Probleme und die idiotische Gier der Menschen sprechen ...«

Dann wartete er, um zu sehen, wer von uns beiden zuerst aus der Rolle fallen und lächeln würde.

Er wird doch zurechtkommen, oder? Paul sollte zurechtkommen. Es ist gut, mit ihm in einem Raum zu sein. Das sagen auch andere Leute, nicht nur ich.

Sein braunes Haar tendiert leicht in Richtung rot. An den Spitzen ist es derzeit fast blond, weil er dieses Jahr zu viel Sonne abbekommen hat. Lange Gliedmaßen, die meistens nicht mehr staksig, unverhohlen sexy Tanzschritte, die zugleich albern sind, so dass eine Mutter darüber hinwegsehen kann. Er versucht gerade, Muskeln aufzubauen, und wir machen sogar Mutter-Sohn-Gewichtsübungen. Allein der Gedanke daran ist irgendwie beunruhigend – als würden wir passende Pullover tragen – und außerdem ist er eigentlich geschaffen, sehnig-drahtig zu sein.

Er knabberte an seinem Toast wie ein Wesen, das in einer Höhle aufgewachsen ist, nur um mich zu provozieren. »Beunruhigt dich das nicht? Macht dich wütend? Soll ich extra Kniebeugen und Klimmzüge machen, um das wiedergutzumachen?«

Meine Augen verschwimmen ein wenig, aber ich blinzle und ignoriere sie, bis sie sich beruhigt haben: »Du machst gerne Kniebeugen und Klimmzüge. Du bist ein halber Gibbon.«

»Wie wir wissen.«

Ein sehr alter Witz, der mich nur für einen Atemzug unter den Rippen erwischt.

Mit einer Hand isst er weiter, während die andere meinen Rücken streichelt. Paul ist gut in den richtigen Berührungen. Ich nehme an – und versuche dann zu vergessen –, dass das vielleicht generell stimmt.

Die Mädchen beobachten ihn im Vorbeigehen und er ist schön unauffällig. Er ist höflich, er kann ein Gespräch führen, er kann zuhören, er ist sanft. Das sind gute Eigenschaften, aber sie machen mir auch Sorgen. Eine meiner Sorgen ist die, dass Paul zu weich ist und dass eine schreckliche Frau ihn verletzen wird, und dann muss ich ihr die Stilzchen-Beine brechen und ihr Stilzchen-Eigentum zerstören und ihr Stilzchen-Haus niederbrennen, und dann werde ich verhaftet, weil ich sicher keine gute Verbrecherin bin.

Er scheint nie irgendein bestimmtes Mädchen in seine Nähe zu lassen.

Ich mache mir Sorgen, dass meine Beziehungsangst auf ihn übergegriffen hat.

Mir ist auch klar, dass ich ein wunderbares Beispiel dafür bin, wie ungesund man seine Zeit mit Sorgen vergeuden kann.

Hoffentlich gleiche ich mich damit selbst aus – Grund zur Sorge, aber auch warnendes Beispiel dafür, was sie anrichtet.

Ich ergriff seine freie Hand und legte sie in meine beiden Hände – wie ein schönes Ei oder ein kleines Geschenk. »Ich mache mir um nichts Sorgen.« Dann zeigte ich ihm mein *offensichtliches und leicht schielendes Lügengesicht*.

»Du flunkerst.«

»Stimmt.«

Ich umarmte ihn und küsste ihn auf den Scheitel.

»Du liebe Zeit, Paul. Ich sage es nur sehr ungern …«

»Ich werde keine Glatze bekommen.«

»Rede dir das nur weiter ein.«

»Neunzehnjährige bekommen keine Glatze.«

»Sie könnten …«

»Nur wenn sie einen massiven Schock erleiden.« Ich spürte, wie sein großes, bäriges Knurren durch seine Schultern hindurch liebenswürdig wirkte. »Zum Beispiel zu hören, dass du heiraten wirst …?« Paul warf mir einen nicht ganz so scherzhaften Blick zu. »Du kannst es mir sagen … Du kannst es ihm sagen.«

Ich überlege mir eine knackige Erwiderung der Art, wie langweilig konventionell und patriarchalisch das Konzept der Ehe ist, und dann fühle ich mich einfach nur schlecht.

Schon wieder.

Ann McCormick – eine nasse Papiertüte voller Selbstmitleid und unklarer Botschaften.

Armer F. L. Er wartet und wartet, während ich immer wieder meine Deckung lockere und dann seine Normalität plötzlich als Tarnung für etwas Schreckliches umdeute, was unmittelbar bevorsteht. Es ist nicht mein Verstand, der das tut – es ist mein Körper. Ich lächle während eines fröhlich gebrüllten Zoom-Gesprächs von der Insel, fühle mich völlig eins mit ihm, und dann zucken meine Schultern hoch und höher, und das Schlucken wird eng, und dann geht es wieder los – ich erwürge mich mit namenlosen Ängsten.

Seit er auf Colonsay festsitzt, fällt unsere Intimität leichter – all die steinigen, wellenreichen, bergigen und städtisch haushohen Meilen zwischen uns beruhigen mich.

Aber wir reden wirklich miteinander. Ich taue wirklich auf. Ich mag es wirklich, wenn er mir Daumenkinos malt oder wir die Laptop-Kameras herumschwenken und uns gegenseitig zeigen, wo wir sind – wo wir wären, wenn wir zusammen wären. Das ist süß.

Er beweist immer wieder, dass er geduldig ist, wenn die Verbindung abbricht, wenn es schlechtes Wetter gibt, wenn er von einem tödlichen Sturm aufgehalten wird – der Tod wartet in all den steinigen und wellenreichen und bergigen und städtisch haushohen Meilen.

Es ist nur so, dass ich manchmal morgens um drei aufwache und er wieder theoretisch geworden ist – nicht er selbst, sondern eine Reihe von dunklen Theorien, die mich aus der Bahn werfen.

Der lockige F. L. mit seiner Fußgänger-Bräune und seiner neuen Angewohnheit, am Strand Tai-Chi zu machen, obwohl der Wind einem angeblich das Chi irgendwie wegbläst und man es nicht riskieren sollte, auch wenn es sich zwischen den Fingern gut anfühlt.

Er sagt, Hunde lieben das. Sie sitzen im Sand und schauen zu, als wäre es völlig faszinierend – dieser langsame menschliche Tanz ohne Partner.

Und manchmal weint er.

Mir war nicht ganz klar, was das mit den Menschen macht – das Weinen. Ich wusste nicht, wie sehr sie dich wahrscheinlich in den Arm nehmen und deine Hand küssen und dich in ein Bett kuscheln wollen. Wie eine eigenartige Handgranate, die seltsame, heiße Stücke von dem, was ich – na gut – als Liebe bezeichnen würde, in tiefe Tiefen schleudert.

Wir plaudern, und dann kommen ihm aus heiterem Himmel die Tränen. Ich zermürbe ihn auf dumme Art und Weise.

Paul – du hast eine dumme Mutter.

F. L. – du hast eine blöde Freundin, Partnerin, etwas, das wir noch nicht benannt haben, weil ich es unklar halten will, was ein wenig beleidigend ist.

F. L. – ich liebe dich. Wenn du das hier jemals liest, wirst du es wissen.

Und – wenn wir schon bei Leuten sind, die ich schlecht behandle – ich habe absolut keinen Grund, seinen Namen nicht aufzuschreiben. Wenn ich zugebe, dass er etwas heißt, bedeutet das nicht, dass er in irgendeiner bedeutsamen Weise meine Verteidigung gestürmt hat.

Francis Lewis.

So einfach ist das.

Francis W. Lewis ist er.

Was sich schon so anfühlt, als wäre meine Verteidigung etwas geschwächt.

Verdammt.

War nur ein Scherz – er ist schon über den Burggraben und möglicherweise im äußersten Verteidigungsring. Ich erwarte ihn an einer Pechnase der nächsten Festungsmauer. Wir haben letzten November viel über Belagerung und Burgenarchitektur gelernt. Ich finde die Terminologie beruhigend.

Francis Lewis ist ein Name mit zu vielen *S*, aber das bedeutet nicht, dass er moralisch versagt oder böse Geheimnisse hat – nur, dass seine Eltern etwas unpoetisch waren.

Wenn ich ihn verdächtige, bin ich genauso schlecht wie unsere aktuellen Zeitungen, die wie besessen auf Unschuldige starren, um Anzeichen des Grauens zu finden, während sie das zügellose Grauen ignorieren, das nach Belieben herumstolziert und ungestraft agiert.

Ich schäme mich. Wieder einmal.

Und wenn wir durch den Wald dieser Geschichte gehen – dann verdient Francis eine richtige Einführung.

Der Weg, der zu Francis führte, begann 2017 nach der Weihnachtsfeier der Sanfeng-River-Tai-Chi-Gruppe. Das ist so die Sorte schillerndes gesellschaftliches Ereignis, das ich verpasse, während wir alle drinnen herumhängen und versuchen, dem Tod nicht ins Auge zu sehen.

»Wir meiden sie wie die Pest.«

»Wie die was?«

»Wie die Pest, Anna.«

»Sag das noch mal.«

»Wir meiden die Pest wie die Pest.«

Das war ein Scherz von Francis, den er schon früh gemacht hat. Er teilt meine Vorliebe für Wiederholungen. Nur junge Leute mögen Pointen – das ist nicht wahr, aber wir sagen es trotzdem. Uns geht es um einen gereiften Geschmack und fortlaufende Refrains, denn wir wollen darauf in eine kontinuierliche Zukunft surfen. Auf die eine oder andere Weise haben wir den Tod bereits ins Auge gefasst.

Als die erste Infektionswelle über uns hereinbrach – und England hoffte, sie so lange zu ignorieren, bis sie vorüber war –, machten Paul und ich (und Francis auf Zoom) wiederholt alberne Anspielungen auf den Schwarzen Tod und den Sensenmann, um unsere anfängliche Nervosität zu überspielen. Das war, bevor die Krankenhäuser verkündeten, dass ihnen der Sauerstoff ausgeht, bevor der Albtraum immer näher rückte, Land für vorhersehbares Land, vor den Fotos von weinenden Krankenschwestern, die auf dem Boden zusammengesackt waren – und weinenden Angehörigen und weinenden Patienten. Dann fingen unsere Witze an, sich um alles andere zu drehen.

An manchen Tagen war unser Humor ganz verschwunden. Komik ist kein Heilmittel für alles – eher ein Schmerzmittel.

Vor all dem neuen unnötigen Sterben hatte ich die Abende selten mit mehr als Unterrichtsvorbereitung verbracht. Aber ich wollte meinen Horizont ein wenig erweitern. Ich hatte mich für Tai-Chi entschieden, in der Hoffnung, meine Verspannungen abzubauen und ein Leben außerhalb von Oakwood zu entwickeln.

Ich musste schmunzeln, als ich den allgemeinen Tai-Chi-Konsens entdeckte, der zu lauten scheint: *Die sanfteste und langsamste Kampfkunst? Für sanfte, freundliche Menschen? Dem ist nicht so. Wir üben uns darin, weich und langsam zu sein, weil wir die älteren, verdrehteren, ängstlicheren und wütenderen Menschen sind. Wenn wir in diesem Stadium unseres Lebens Taekwondo oder Judo oder irgendetwas Schnelleres mit Vollkontakt lernen würden, würden wir Leute umbringen.*

Ich gebe das sinngemäß wieder.

Bedenken Sie: Das war zu einer Zeit, als das Töten von Fremden verpönt war und keine interessante Option im Kulturkrieg darstellte.

Jemanden zu töten, ist falsch – dennoch vermute ich stark, würde ich das laut sagen, würde es mir der herrschende Sturm sofort wieder in die Kehle rammen.

Zum Teufel mit dem herrschenden Sturm – zurück zum Teufel – zurück zum Absender.

Ich bin Lehrerin, ich versuche zu verbessern, sogar mich selbst.

Zurück zum Tai-Chi – ich liebte es. Mein wackeliges, unbeholfenes, verkrampftes kleines Ich fühlte dennoch, dass ich am richtigen Ort war, als ich die Form der Bewegungen zu lernen begann. Sogar ich legte den Stress der Entscheidung ab, wo meine Gliedmaßen zu einem bestimmten Zeitpunkt sein werden. Ich spürte die ganze Gruppe gemeinsam atmen, so wie es Liebende tun sollten, so wie es jahrhundertelang Menschen getan haben, die vernünftig waren und mutig und gesund sein wollten. Im Laufe der Wochen konnte sich ein Raum voller unterschiedlich zittriger, angespannter und seltsam geformter Ausübender einheitlich durch die Formen öffnen und schließen, was jedoch nichts Simultanes oder Militärisches hatte. Während ich mich drehte und wendete, konnte ich mich in den hohen Gemeindesaalfenstern mit Dutzenden anderer scheinbar normaler Menschen spiegeln. Ich passte. Ich war Teil von etwas Harmonischem, etwas, das aussah wie eine Brise, die mit den Fingern durch ein Weizenfeld streicht. Es gab mir ein Sicherheitsventil, ein anderes Warnsignal als Paul, das mich vor dem Punkt bewahrte, an dem mir die nervöse Anspannung eine dreitägige Migräne oder Ausschlag bringt. Wenn ich durchschnittlich zufrieden bin, kann ich *mit der rechten Ferse austreten* und falle nicht um. Ansonsten – gelingt es mir nicht. Es ist die Art von sehr offensichtlichen Zeichen, die sogar jemand wie ich bemerken kann.

Man sagt mir, dass ein Leben, in dem man ständig auf Stöße gefasst ist, nicht gerade angenehm ist.

Angeblich wird mein Körper, wenn ich ihn und all seine Alarmzeichen völlig ignoriere, sich trotzdem nicht geschlagen geben und für immer schweigen.

Ich weiß das – ich weiß, dass er losschreit, wenn ich nicht auf sein Flüstern höre.

Tai-Chi stoppt das Schreien. Tai-Chi nimmt die Dunkelheit und das Licht und lässt sie umeinanderfließen, sinnvoll beschäftigt, und bringt das Leben, das Leben, das Leben hervor. Das ist die Theorie. Ich meine, man kann hoffen.

Und es lässt meine Finger kribbeln.

Wahrscheinlich psychosomatisch, aber solange es anhält, ist es mir egal.

Obwohl jeder in unserer Gruppe technisch gesehen Teil der weltweiten Edlen Bruderschaft war, kam Geselligkeit außerhalb des Unterrichts nicht oft vor. Daher war unser Sanfeng-River-Umtrunk in einem mit Schnickschnack vollgestellten Pub vorhersehbar steif. Vielleicht war Weihnachten einfach zu jesusmäßig für Tai-Chi-Chuan. Unsere Versuche, uns anzufreunden, endeten in Pausen und Genestel, in ungeübten und ungeschickten Bewegungen. Ein Hinweis, dass wir gehen sollten.

Ich ging auch, aber nicht allein. Wie bizarr.

Ich verließ die Bar nicht nur mit Francis, sondern ging zu ihm nach Hause. Noch bizarrer.

Ich erinnere mich, dass ich damals dachte: *Wer bist du und was hast du mit mir gemacht?* Das brachte mich zum Lächeln.

Wir gingen langsam, Francis neben mir in der toffeefarbenen Cordjacke, die er für besondere Anlässe für angemessen hält, und dem verblichenen blauen Arbeitshemd und den Jeans, fast schon als Double Denim zu bezeichnen, mit einem Hauch Gefängnisarbeit. Aber es schien ihm zu stehen. Sein Haar war an den Seiten kurz geschnitten, oben ein paar längere Locken. Er hatte seine Lese- und Nahsichtbrille durch die Geh- und Fernsichtbrille ersetzt. Francis hat drei Brillen für drei verschiedene Brennweiten anstatt einer Gleitsichtbrille. Er lehnt es ab, das lästig zu finden. Er sagt, er wolle so viel wie möglich von dem sehen, was gerade relevant ist. Vielleicht hat er das an diesem Abend sogar gesagt – ich erinnere mich jedenfalls daran, dass es wie ein Leitspruch klang. Oder wie ein Spruch von jemandem, der einen verdächtig starken Appetit aufs Leben hat.

Weniges ist bedrohlicher als Menschen, die Appetit auf das Leben haben – sie bemerken dich und sehen deine Fehler und saugen sie begierig auf. In Oakwood kann ich so tun, als würde ich der Realität mit Enthusiasmus begegnen, aber das ist für die Kinder, das ist ein Wunschtraum. Wie sollte ich jemals mitkommen, wenn ich gebeugt und düster neben der Realität der Erwachsenen stehe?

Nicht, dass ich es überhaupt versuchen würde – was auch immer wir getan hatten, wir würden es nicht wieder tun.

Ich lasse dich mit Leichtigkeit rein, wenn ich überzeugt bin, dass ich dich nie wiedersehen werde.

Er trug hellbraune Wildlederschuhe mit einer geräuschlosen Sohle. Ich stellte mir vor, dass er sich damit anschleichen und noch mehr von allem sehen konnte, ohne zu stören.

Dann versuchte ich, mir das nicht mehr vorzustellen, denn sich an Menschen heranzuschleichen ist verstörend, und wer so etwas täte, wäre ein Risiko.

Abgesehen von den leisen Schuhen war kein einziges Detail an ihm verstörend oder attraktiv, sondern alles passte gut zusammen – außerordentlich gut.

Und er hat ruhige Schultern und einen ruhigen Rücken. Ich hatte ihre Ruhe monatelang beobachtet, während wir uns spannten und schritten und schoben und drehten.

Ich weiß noch, wie ich mich fragte, ob sein Haar weich sein würde, denn es schien sehr empfindlich auf die Luft zu reagieren, als wäre es ganz fein. Irgendetwas daran – diese rote und braune Masse mit ein wenig Eigenleben – schien auf heiteres Denken hinzudeuten.

Jemandes Haare anfassen zu wollen – das ist doch ein Ausdruck von Zuneigung, oder? Es sei denn, man ist ein Friseur. Oder seltsam.

Seine Unterarme und Finger schienen unverhältnismäßig lang und zart zu sein. Sie waren immer durch die erforderlichen Gesten der Formen geschwebt. Ich konnte mir vorstellen, wie sie mit einem einzigen Haarpinsel inmitten eines staubfreien russischen Sees Miniaturen malten. Die Meeresbrise würde in seinem Haar spielen und ihn vielleicht zum Grinsen bringen.

Solche und ähnliche Szenarien kamen mir in den Sinn, als wir durch den unweihnachtlichen Nieselregen liefen. In unserem sich ausdehnenden Schweigen fragte ich mich, ob sich unsere Wege mit einem Handschlag an der Haustür trennen würden.

Ich fragte mich nicht, ob mir etwas zustoßen könnte. Das ist für meine Verhältnisse extrem entspannt.

Nicht, dass es nicht doch noch gelegentlich zu einem Aufflackern kam – *Bist du eigentlich verrückt geworden? Oder hat er dir ein Beruhigungsmittel in den Drink getan? Bist du gestolpert und hast dir den Kopf an dem angeblich reizenden viktorianischen Spülkasten gestoßen, als du im Pub auf die Toilette gegangen bist, und erlebst du jetzt leichtsinnige Wellen von Idiotie, weil sich in deinem Gehirn Blutgerinnsel bilden? Könntest du innerhalb weniger Minuten tot sein?*

Aber ich blieb völlig gesund und zufrieden.

Worüber auch immer wir uns unterhielten, es war ein belangloses, aber auch zufriedenes Gespräch.

Zufriedenheit – das ist selten.

Und eigentlich war diese ganze Sache mit dem russischen Miniaturisten gar nicht so falsch: Francis entwirft Websites, fertigt Illustrationen Pixel für Pixel an und töpfert in allen möglichen virtuellen und staubfreien Räumen herum, erschafft dort Dinge, die es vorher nie gegeben hat. Das ist wohl seine Version davon, in der Mitte eines staubfreien Sees zu stehen.

Währenddessen war die Straße um uns herum seltsam still. Ein Fuchs trabte heran, um unseren Weg zu kreuzen, hielt inne, warf uns einen altmodischen Blick zu und trottete weiter. Der Nieselregen ließ nach, hatte aber Glitzerfunken in Francis' Haar hinterlassen. Ab und zu zeigte er das, was ich heute als sein geheimes Eichhörnchenlächeln bezeichne, ganz leise im Straßenlicht.

Es ist ein Lächeln, in dem Sex schimmert, aber nicht Dunkelheit oder Mord. Das kann ich gut verstehen. Manchmal findet man die Person, die man braucht, und sie braucht einen auch. Warum also nicht lächeln?

Dann ging ich hinein, hinter die Haustür seines Wohnblocks – er wohnt in der Elgin Avenue. Der Aufstieg zu seiner Treppe ließ uns den Atem stocken und gab uns einen Vorwand, uns nicht weiter zu unterhalten.

Danach waren wir in seiner Wohnung.

So einfach ist das.

In seinem Hausflur roch nichts nach Bleiche und Mord, nach Heroin und kaputter Besetzerwohnung oder schlechtem Duftspray, nach Kohl oder nach sonst etwas Bedenklichem.

Ich wage mich eigentlich nicht ohne beträchtliche logistische Vorbereitung und unauffällige Nachforschungen in die Wohnungen anderer Leute. Aber ich war trotzdem da.

Das geschah, weil Francis ein hartnäckiger, seltsamer, klarer Mann ist, von dem man sich vorstellen kann, dass er in einer Gasse bedrängt und geschlagen wird und niemals zurückschlägt. Man muss schon ein Tai-Chi-Genie sein, um es tatsächlich als Kampfkunst anzuwenden, aber das ist nicht der Grund, warum er sich nicht wehren würde. Er ist der Typ, der wieder aufsteht und seine Angreifer anblutet, während er sie mit trotzigem Blick fixiert. Sie würden seine Brille zerbrechen, aber er würde ihnen jeden Spaß verderben, den sie dabei zu haben hoffen. Das sieht man – dass er gewaltlos ist: stark im eigenen Interesse, aber auch bereitwillig weich. Und er wäre anders, wenn er andere Menschen verteidigt. Er ist der weiche Haushund, der Sofas liebt und sich nicht an seine wölfische Seite erinnerte, würde man nicht falsch auf etwas zugehen, was er liebt. Bedroht man, was ihm wichtig ist, ist er die Maus, die aufspringt und einen ins Auge beißt.

Mann stirbt bei der Verteidigung einer endlos ausweichenden Frau – Leiche in Gasse mit »unmöglich zu zählenden« Stichwunden gefunden.

Alles an ihm deutet auf diese Art von Schlagzeile hin. Zumindest für mich.

An diesem Abend saß ich überrascht auf seinem Sofa, leicht angeheitert, weil ich zwei Weihnachts-Gin mit ekligem Pub-Tonic getrunken hatte. Lehrer trinken entweder viel oder kaum etwas. Ich werde notorisch schnell betrunken. Außerdem glühte ich innerlich noch immer ein wenig, weil ich bei unserem abendlichen Training *Die Schöne am Webstuhl* ziemlich gut hinbekommen hatte. Und nichts war mit Hirn verschmiert, kein verdächtiger Haken in der Decke, keine Schleifspuren auf dem Boden. Das war beruhigend. All diese Faktoren trugen dazu bei – trotzdem konnte ich nicht sagen, warum ich beschlossen hatte, dass wir auf jeden Fall Sex haben würden.

Und wenn ich ehrlich bin, war Francis der größte Faktor. Und er hatte definitiv beschlossen, keinen Sex zu haben – er hatte beschlossen, Liebe zu machen. Unverzeihlich, wirklich.

Und ich plapperte auf seinem Sofa über die Grundschul-Weihnachtspest, also Glitzer. Und ich spürte das Hin und Her und Vor und Zurück unserer Absichten auf der Haut, bevor wir uns überhaupt berührten.

Möglicherweise hatte ich gehofft, die Begegnung hinter mich zu bringen, indem ich seine Kraft richtig Tai-Chi-mäßig gegen ihn einsetzte, aber er tat genau das mit mir, und zwar mit mehr Erfolg.

Eine Zeit lang tranken wir guten Kaffee in seinen besten Tassen, wie er sagte. Ich ahnte sofort, dass ich meine zerbrechen würde, während ich feststellte, dass meine Schienbeine unrasiert waren, meine Unterhose in keiner Weise vorzeigbar, mein BH nicht dazu passend und mein Körper einfach nur mein Körper – und derweil sagte er, er sei an allem interessiert, wolle alles sehen.

Wir unterhielten uns wie im Wartezimmer eines Tierarztes – beide dort gefangen, bis wir erfuhren, ob unsere Geschlechtstiere gesund waren oder eingeschläfert werden mussten. Ich stellte mir mein Tier kurz als eine Art pelziges Erdferkel mit zahlreichen genetischen Komplikationen und einem schlecht gebauten Schnabel vor.

Das Gespräch dauerte so lange, dass ich kein Zeitfenster mehr für mein Erdferkel in Erwägung zog. Das entspannte mich, aber wir hatten inzwischen so viel Kaffee getrunken, dass das Koffein einfach eine Nervosität durch eine andere ersetzt hatte. Hätte ich zu diesem Zeitpunkt den *Tritt mit dem rechten Fuß* versucht, wäre ich umgefallen wie ein Elch mit Kopfschuss.

Ich war praktisch nüchtern und überrascht – äußerst überrascht –, als ich mich in Francis' eher spärlich möbliertem Schlafzimmer entkleidete. Sein Bett war zerwühlt, aber nicht störend und eine weitaus bessere Option, als still zu stehen und gesehen zu werden.

Sein Kopfkissen roch nach fast nichts, nur entfernt nach sauberer Haut.

Keine Sorge, ich gehe nicht ins Detail. Niemand will häusliche Einzelheiten von anderer Leute Sex hören. Oft wollte ich nicht mal meine eigenen wissen.

In dieser Nacht gab es zunächst keine Details. Oh, ich hätte vielleicht mitgemacht – mich pflichtbewusst der Intimität gebeugt, ein Lebensbeweis –, ich war leicht distanziert, aber fühlte mich nicht wirklich schrecklich. Nur wurde es mir bei Francis fast sofort zu laut im Kopf. Da war Ma, die schrie, ich würde immer allein bleiben und immer eine Hure sein. Da war der Böse Mann. Da waren die Stilzchen-Männer. Da war Buster.

Er war am deutlichsten zu sehen, unter unseren Laken, befleckte meine Haut – und erinnerte mich daran, wie überzeugend Zuneigung vorgetäuscht werden kann.

Wenn ich Francis berührte, hatte ich das Gefühl, ich trüge schreckliche tote Handschuhe.

Aber er hatte extrem weiches Haar – warmes, seidiges, tierisches Haar, wie bei einem kleinen Jungen. Gepflegte Ohren. Ich hatte das Gefühl, dass alles sehr angenehm war, aber auch nicht wirklich da und wie ein Scherz, den sich jemand erlaubt hatte.

Und dann fing ich an zu weinen.

Und dann fing Francis auch an zu weinen – mit mir, oder neben mir, oder so.

Lächerlich.

In neun von zehn Fällen, wenn man wirklich sehr unglücklich ist, bieten Männer Sex an. Sie meinen es gut, sind aber in Panik geraten und greifen einfach nach der ersten spaßigen Sache, die ihnen einfällt, um dich aufzuheitern.

Die erste spaßige Sache ist immer Sex. Dann vielleicht Kuchen, ein Getränk oder ein Auto: je nach Einkommen und Neigung.

Man kann beobachten – habe ich tatsächlich –, wie sie wohlmeinend ratlos sind:

Traurigkeit. Verdammt, Traurigkeit. Oh, jede Menge Traurigkeit.

Ich habe einen Penis. Wird ein Penis helfen?

Oder könnte ich etwas mit deinen Brüsten machen?

Blumen?

Ich habe keine, könnte aber welche bestellen.

Man müsste doch irgendwas mit Brüsten machen können, was hilft.

Hast du eine Gebrauchsanweisung?

Ich verallgemeinere. Glauben Sie mir, ich war dankbar für die Freundlichkeit ratloser Männer. Und habe dann dafür gesorgt, dass ich sie nie wiedersehe.

Francis erwies sich als ungewöhnlich, oder überdurchschnittlich, oder passend, oder einfach nur sentimental.

Ich ließ mich von ihm überraschen und von diesem riesengroßen Kummer – und gleichzeitig löste ich mich von mir selbst und schaute auf mich verwirrten Tropf hinab, wie untröstlich und seltsam ich war.

Dieses Schweben passiert manchmal. Ein Teil von mir improvisiert große Oper, und der andere Teil schaut sich das mit einem kleinen Notizblock aus der Loge an und bereitet einen Verriss vor.

Reine Selbstverteidigung.

Dann kam eine Phase, in der Francis und ich uns nur noch im Arm hielten wie die schluchzenden Überlebenden eines Gebäudeeinsturzes. Es war schön. Es war intim. Und ich war ganz da – jeder einzelne Teil von mir, eine Einheit.

Das ist das Schöne an sicheren Menschen – sie geben dir das Gefühl, zu Hause zu sein. Und zu Hause ist der Ort, an dem man auseinanderfällt und auch wieder zusammengesetzt wird. Mehr oder weniger, es fehlen einige Teile – offensichtlich.

Wie sich herausstellt, weint vielleicht niemand auf der Welt so sehr wie ich, wenn ich im Bett liege, nüchtern bin und nicht bedroht werde. Oder niemand außer Francis. Er hustete und weinte – und war sehr aufgebracht, weil ich es war.

Er ist jemand, der einfach gern mitmacht, aber er ist auch einfühlsam – wie ein funktionierender Mensch.

Vielleicht ist Tai-Chi eine gute Wahl, wenn man funktionierende Menschen treffen will – nicht so halbseiden und nervig wie Yoga, nicht so offensichtlich dumm wie das Pub an meiner Straßenecke, nicht so selbstmörderisch wie eine Bushaltestelle oder der weitgehende Rest meines Lebens außer Paul.

Ich habe ihn zum Weinen gebracht. Es kann deprimierend sein, wenn das normale Ich in einer überdurchschnittlich guten Nacht reicht, einen netten Menschen zum Weinen zu bringen.

Aber bevor ich so richtig in diesen emotionalen Exkurs abgleiten konnte, sagte er mir: »Es gibt nur mich. Es gab nur mich. Seit ich vierzehn bin. Es gab eine große Beerdigung und viele Umarmungen und dann nur noch mich. Aber wenn du hier bist, Anna … Es gab einen Unfall, und ich war nicht dabei. Ich war bei den Pfadfindern.«

So in etwa.

»Wenn du hier bist, Anna, dann gibt es nicht nur mich …«

Wahnsinn. So etwas sollte man niemandem erzählen, niemandem so viel Macht geben.

»Bergsteigerknoten. Während sie einen Autounfall hatten.«

Ich betrachtete meine Hand, die seine hielt.

»Du wärst es. Das wäre schön. Das wären wir und alles wäre gut.«

Es gibt Menschen auf der Welt, die gerne mitmachen, die einfühlsam sind – und deren Herzen genauso kaputt sind wie meines, nur aus anderen Gründen.

Danach lagen wir umarmt, bis einer meiner Arme einschlief und einer seiner Arme auch – mein linker und sein rechter.

Dann kochte Francis uns noch einen Kaffee, während ich in seinen Sunday-Best-Bademantel schlüpfte und mein Reptilienhirn eine Checkliste abspulte, die in etwa so aussah:

Weint leicht mit scheinbar echten Gefühlen.

Ehrlich?

Redet deine Existenz nicht klein.

Ehrlich?

Hat keine Angst vor Kummer.

Ehrlich?

Versteht Schmerz.

Ehrlich?

Puritanischer Einrichtungsgeschmack.

Ehrlich?

Kühle Lippen.

Ehrlich?

Warmer Torso.

Spürbarer Herzschlag – als ob es dadrin angeben wollte.

Koffein-Problem.

Klobig getöpferte Becher.

Ehrlich? Ehrlich? Ehrlich?

Woher weißt du das? Woher willst du das wissen?

Aber du weißt es trotzdem.

Was er ist, sagt es dir. Was er tut, sagt es dir. Dann sind die Worte nicht so wichtig, nicht so sehr. Lügen mögen Worte, in denen können sie sich verstecken – in Taten sind sie weniger zu Hause.

Er und ich saßen über die Ecke seines gebleichten Küchentisches hinweg und sahen uns an. Er trug seinen üblichen Morgenmantel – verblichene Karos – und ich trug einen aus glänzendem blauem Flocksamt.

Ist jetzt meiner.

Dann probierten wir alberne Dinge miteinander auf dem Sofa aus, wie ein Paar Teenager, die erwarten, von ihrem erwachsenen Ich erwischt zu werden. Oder wie ein deformiertes, ruheloses Erdferkel und vielleicht ein haarloser Seeotter mit menschlichen Armen und Beinen – und möglicherweise sanften Gibbon-Fingern.

Zweifellos grauenhaft anzusehen – aber es hat ja auch niemand zugesehen, nicht wirklich. Trotzdem kann ich den Gedanken nur schwer abschütteln, dass mich Jahrgang fünf bei irgendwelchen intimen Anlässen beobachtet und Notizen macht. Die Anlässe waren so selten und daher nicht unbedingt Teil meiner Persönlichkeit – eher ein Affront gegen meinen Beruf. Ich kann fast hören, wie Talha die Fragelawine lostritt. In Oakwood sind Fragen willkommen, denn sie sind Anfang und Zentrum des Lernens. *Das ist ein komisches Geräusch, wofür ist das? Warum machen Sie so ein Gesicht, Mrs McCormick? Ist das ein fröhliches oder ein trauriges Geräusch, Mrs McCormick?*

Ich kam mir vor wie eine Vorführung.

Aber das war kein Problem – es brachte mich zum Lächeln. Dann brachte es mich zum Kichern. Dann, als mir eine völlig vernünftige Frage gestellt wurde, lachte ich hilflos, weinte ein bisschen und erklärte mich dann tatsächlich. Und wir lachten beide.

Wir haben beide gelacht. Und da war alles in Ordnung.

Das ist also Francis, der Otter-Gibbon-Mensch-Mischling, der Dinge mag, die sich angenehm anfühlen.

»Mag doch jeder.«

»Francis, viele mag das nicht. Mögen.«

Er strich mir über den Unterarm, um eine verwirrte Pause zu überbrücken.

»Was machst du noch mal beruflich?«

»Lehrerin für kleine Menschen. Aber ich bin nicht im Dienst. Ich denke überhaupt nicht an sie und stelle mir nicht vor, wie sie sich Notizen machen.«

Das war unser erstes richtiges Nachspiel. Wir legten uns zurück ins Bett und tranken – Gottweißwarum – noch mehr Kaffee.

»Ich bin Legastheniker.« Das war sein einziges Verteidigungszucken in dieser Nacht.

»Wirklich?«

»Ja, warum?«

»Ich liebe Legastheniker. Sie sind von Natur aus revolutionär. Du bist …«

Und dann wurde ich schüchtern. Enthusiasmus zeigt die Schwachstellen auf. Ich war noch nicht bereit, alle meine Schwachstellen aufzudecken.

»Wir werden oft angeschrien. Von Lehrern.«

»Ich verspreche, dass ich dich nicht anschreien werde.« Das klang wie mein Leitbild und war eine sehr niedrige Messlatte. »Francis. Frank? Frankie? Fran? Du lässt dich nicht gut abkürzen, oder?«

»Also, ich versuche es gar nicht.«

»Ich werde mir was ausdenken.«

Ich hatte also offenbar beschlossen, dass es eine Zukunft geben würde, in der man sich Namen aussuchen und nicht schreien würde. »Es sei denn, du läufst vor einen Bus. Dann verspreche ich, dass ich schreien würde.« Ich hatte die Weihnachtsfeier mit der Absicht verlassen, einen körperlichen Beweis dafür zu erbringen, dass ich immer noch eine Frau bin. Sobald dann Francis eingeschlafen wäre, hätte ich mich aus dem Staub gemacht. Ich hatte mich darauf eingestellt, dass ich mich ärgern würde, wenn ich im Januar einen neuen Tai-Chi-Kurs finden müsste, um Francis nie wiederzusehen.

Aber keiner von uns schlief ein – so viel Kaffee. Wir lehnten uns einfach aneinander – Rückzug – Vorstoß, Rückzug – Vorstoß, Atemzug für Atemzug. Francis erzählte von Colonsay, dass der Strand von Balnahard der Strand war, von dem man immer geträumt hat, und wie sich alles im Kopf zusammenfügt, wenn man ihn sieht, als ob da immer eine offene Schranktür war, die hin- und herschwingt, während man vorbeigeht, und jetzt ist sie sauber geschlossen, und nichts Wichtiges wird herausfallen, nie wieder.

Sichere Menschen verstehen Sicherheit. Verletzte Menschen können wählen, ob sie den Schmerz weitergeben oder keinen Schaden anrichten wollen. Francis fügt keinen Schaden zu. Das ist nicht dasselbe wie schlau sein.

Und ich bin womöglich kein sicherer Mensch. Das muss ich hier sagen.

Ich nehme mich selbst nicht ernst. Das soll ja auch gut sein. Aber würden Sie mich lieben, würde ich das nicht ernst nehmen, denn mich zu lieben kann nicht echt oder wichtig sein. Ich wäre natürlich erfreut. Aber Ihre Liebe würde beleidigt durch all meine Selbstbeleidigungen. Und das ist keine charmante Selbstironie – so könnte ich dich verletzen.

Das ist ein überraschendes Problem. Ich halte immer Ausschau nach äußeren Bedrohungen, aber wenn es darum geht, denen zu schaden, die ich liebe, kommen die schlimmen Anrufe von drinnen.

Ich muss aufpassen.

In jeder Hinsicht muss ich aufpassen – auf mich, auf Paul oder auf Francis.

Ich habe ein schlechtes Urteilsvermögen.

Das bedeutet, dass ich – bevor wir den Pub verließen – eine SMS mit Francis' Adresse an Paul geschickt habe, damit er weiß, wo die Polizei nach Kampfspuren und DNA suchen soll. Um etwa drei Uhr morgens schickte ich eine weitere SMS aus dem Badezimmer, um ihm mitzuteilen, dass ich nicht belästigt worden war, und hatte viele Gründe, mich zu schämen.

Nur schreckliche Mütter verwickeln ihre Kinder in ihre sexuellen Eskapaden.

Im Jahr 2017 war Paul jedoch ein junger Mann.

Das alles geschah Ende Dezember 2017.

Jetzt stecken wir bereits tief im Jahr 2020, und ich habe es immer noch nicht richtig begriffen, kann mich noch nicht auf das sehr offensichtliche Einlassen eines anderen einlassen. Ich habe natürlich eine Ausrede – wir sind auf verschiedenen Inseln und können uns nicht treffen. Aber ich vergesse leicht, wie einfach es für mich war, in unserer ersten Nacht einzuschlafen, mich wehrlos neben Francis in die Träume fallen zu lassen, während sein Haar sich über das Kissen nach mir ausstreckte.

Vergessen Sie den Kaffee – er machte am Ende keinen Unterschied, Glück durchpulste meine Glieder wie intravenöses Valium.

Ich wachte von Toastgeruch auf. Das bedeutete nicht, wie erwartet, dass ich zur Strafe für mein Vergnügen einen epileptischen Anfall hatte. Francis machte gerade Toast.

Ich hatte in einem fremden Zimmer geschlafen, in einem fremden Bett, in einer fremden Wohnung, mit einem merkwürdigerweise nicht fremden Mann. Er hatte sich zu schaffen gemacht, wäre zu allem fähig gewesen. Fast wäre ich in Panik geraten, aber etwas von Annanka war mit mir aufgewacht – nicht ganz weg und nicht vergessen –, also stieg ich wieder in den Morgenmantel und versuchte, ich selbst zu sein, aber mit Appetit auf das Leben.

Ich startete mit Toast.

Als ich in die Küche schlurfte, kochten die Eier, und zur Abwechslung brühte jetzt Tee in einer geschwollenen braunen Kanne, die vor sich hin triefte und grübelte. Francis war etwas nervös, und das beruhigte mich.

Beim zweiten Ei schrieb ich Paul eine SMS.

IMMER NOCH NICHT TOT.

Er antwortete etwas zu schnell mit etwas in der Art von

WIE SPÄT IST ES DENN JETZT? ICH WAR KRANK VOR SORGE. HAST DU DIE SUCHHUNDE UND HUBSCHRAUBER NICHT GEHÖRT?

Witze können ein Weg sein, um über alles zu reden: Freude, Besorgnis, Erleichterung, Eifersucht oder das Ende eines langjährigen Duos und der anschließende schwierige Übergang zu einem Trio – dynamischer und schwieriger zu handhaben, aber mit komplexeren Rhythmen, außergewöhnlicherem Lachen.

Paul endete mit

IST ER NETT?

und einem Zwinker-Smiley.

Ich errötete wie eine Mutter auf Abwegen, wie eine Lehrerin an einem Schulmorgen, die deshalb sehr bald loshasten und den Gedanken an all das wegpacken, ihn in Schach halten und nach Hause flüchten muss, ihren Sohn umarmen und sich dabei auf verblüffende Weise an andere Umarmungen erinnern.

Dann musste ich mich aus- und wieder anziehen und mich auf den Weg zu einem Tag mit festlichen Themen und Aktivitäten machen, die sich um Makkabäer, King Wenceslas und den Geburtstag der Bhagavad Gita drehten. Wir hatten bereits Chanukka-Dreidel gebastelt und frierende Bauern im Schnee modelliert sowie Könige und Pagen und das Zusammentreffen von *Winterfee-juuhuu-ell*. Wir hatten, das ist mir noch sehr klar, eigene Stücke über Großzügigkeit, Tapferkeit, Freundschaft und Freude geschrieben. (Man musste sich eines davon aussuchen, plus Freude.)

An den Wänden unseres Klassenzimmers hingen bereits viele Zeichnungen eines extrem fröhlichen Krishna, wegen seiner Flöte und weil er aus so vielen symbolischen Gründen so herrlich blau war. Ein stupsnasiger Junge namens Simon fragte, ob wir uns nicht alle blau anmalen könnten, um zu Krishna zu passen, und ich musste so unbändig lachen, dass ich kurz rausmusste.

Und so kommt Freude immer wieder – immer mehr –, wenn man dachte, man hätte seinen Anteil schon in Form eines albernen Sohns mit rotflaumigen Knien bekommen.

Freude.

Ich Glückspilz.

Im Lehrerzimmer musste ich vor Lachen weinen beim Gedanken an kleine blaue Kinder, die bei jeder Berührung Schlumpfabdrücke hinterlassen und wie das Gegenteil von Ewigkeit und Heiligkeit aussehen. Andererseits haben Kinder ja auch immer ein bisschen davon an sich. Sogar die, die einen ratlos machen – man sieht sie an, und kurz schimmert etwas auf, die Andeutung eines tieferen, bemerkenswerten Kindes, das vielleicht eine Flöte spielt, die wie Liebe klingt, vielleicht Dämonen besiegt oder die Welt hinter einem Lächeln versteckt, das vielleicht blau ist …

Aber vor allem das Blau wäre ein Problem gewesen – es hätte Schlumpfabdrücke gegeben. Fast so schlimm wie Glitzer. Oakwood hat nie Glitzer eingesetzt – wir wussten schon immer, dass es Satans Schuppen sind.

Aber warum soll ich mich an einen Morgen erinnern, an dem die hellwache Dezembersonne durch ein unscheinbares Fenster hereinschien? Warum sollte ich mich erinnern, wie sie in einem hellen Block auf dem Personalsofa lag und sich in der Seite des ominösen alten Teekessels fing, so dass ein bestimmter Winkel des Metalls glitzerte?

Der Morgen wärmte meine Hand bis zu einer geraden Linie vom

Knöchel meines Zeigefingers zur Außenkante meines Handgelenks. Es war alles sehr schön, aber auch egal – den schrecklichen Menschen, die da draußen sind und schreckliche Dinge tun, während ich dies schreibe. Dennoch kann ich diese kleinen netten Details nicht abschütteln und die Art und Weise, wie sie mir passierten, anscheinend, und wie sie alle zusammenpassten wie eine Tür, die einen Schrank voller Dinge schließt, über die ich mich vielleicht nicht mehr zu ärgern brauche.

Ich bin mir nicht sicher, wie lange ich im Lehrerzimmer sitzen blieb. Isla, unsere Putzfrau, entdeckte mich und blinzelte mich und mein abnehmend hysterisches Wiehern verwundert an. Auch das spielt keine Rolle – nicht in der Welt, die uns derzeit als einzig mögliche dargestellt wird, nicht in dieser Version unseres Landes. Hier sollen nur die schrecklichen Dinge wichtig sein, von Kopf zu Kopf weitergereicht und mit Schlagzeilen versehen und durchgeblättert, um alles Licht auszulöschen, das wir noch haben.

Aber ich bin die Dunkelheit leid. Ich bin es leid, dass dicke braune Umschläge ankommen, wenn ich sie gar nicht haben will.

Und ich bin es leid, so zu sein, wie ich mit Francis bin, dass ich es nie richtig hinbekomme. An manchen Abenden online wirkt er weniger spontan, eher traurig. Er kämmt sich oft mit den Fingern durch die Haare, als wolle er sie beruhigen. Aber das hört nach einer Weile auf, und ich kann sehen, dass eine neue Stille in ihm eingekehrt ist, und ich bin mir nicht sicher, ob das ein Zeichen von Depression und ob die Depression meine Schuld ist. Oder vielleicht ist seine Insel weniger schön für ihn, weil er jetzt gezwungenermaßen dort ist. Oder vielleicht hat er einfach gelernt, ein Fährtenleser, Jäger, Tierfotograf zu sein, und sitzt in seinem Versteck und wartet darauf, dass ich auf dem Bildschirm auftauche, um sich an meine Unmöglichkeit zu gewöhnen.

Damit will ich mein Gewissen nicht belasten.

Sobald er wieder zu Hause ist – nicht, dass eine erfreuliche Heimkehr im Jahr 2020 glaubhaft erscheint –, wird er zu unserer Haushalts-Bubble gehören, natürlich. Dann muss ich aufhören, ihn in ewiger Quarantäne zu halten.

Als er auf die Insel ging, hatte er noch immer keine eigenen Schlüssel für mein Haus.

Aber das ist es nicht, wovor ich Angst habe – dass Francis einfach so ungehindert hereinspaziert. Das bestimmt nicht mein Denken, liegt unter meinem Bett wie ein mutiertes Kindheitsungeheuer.

Ich bin verängstigt, völlig verängstigt, auf eine Weise verängstigt, über die ich nicht sprechen kann. Ich kann es den Menschen nicht sagen, die mich mögen, die mich lieben, die mich als Mensch ernst nehmen. Sie sollen nicht wissen, wenn ich mit den wöchentlichen Sozialkontrollen an der Reihe bin, dass Anja mich wahrscheinlich umarmen wird. Und dass die beiden Eltern von Millie nicht an Masken glauben. Bobs und Marthas Mutter dreht durch, und ich muss durch ihr Haus gehen, um ein bisschen aufzuräumen, und den ganzen Rest und den ganzen Rest und den ganzen Rest.

Ich habe keine richtige Maske. Ich habe kein Visier. Keiner scheint sie beschaffen zu können. Krankenschwestern und Ärzte können es nicht, also sollte ich es gar nicht erst versuchen. Aber ich versuche es. Egoistisch vor Angst.

Sue sucht und fragt überall nach Schutzausrüstung, aber sie hatte noch kein Glück. Wir improvisieren mit Lagen alter T-Shirts. Es ist lächerlich.

Und jeden Montag ist sie auf unseren Bildschirmen zu sehen und spricht zu allen Kindern und Mitarbeitern, und sie ist dieselbe fröhliche, winkende Sue mit der lila Strähne im Haar und den Armreifen und den Tüchern, aber sie wird älter und älter. In ihren Augen liegt Schmerz.

In Wirklichkeit ist sie überhaupt nicht mehr dieselbe.

Keiner ist es.

Wir tun alle unser Bestes und verlassen uns auf Händewaschen und magisches Denken und hoffen auf das Beste, wie Kinder, die noch an Wünsche glauben.

Und ich träume von Infektionen.

Ob ich es bekomme.

Wann ich es bekomme.

Wann ich alle damit anstecke, die ich liebe.

Ich liege im Bett und möchte so sehr am Leben bleiben, dass es mich anekelt. Ich würde alles tun, nur um zu leben. Ich liebe die, die ich liebe, und ich möchte wirklich bei ihnen sein, ihnen alles zeigen, sie alles sehen lassen. Aber ich will weiterhin ich selbst sein. Hässlich, wie sehr ich das will – einfach weiterleben.

Ich döse ein und bleibe dann den Rest der Nacht wach, scrolle durch Websites für womöglich gefälschte Schutzausrüstungen, fiktive Ausrüstungen, die zu viel kosten und erst in einigen Wochen oder vielleicht nie ankommen werden. Ich bin erbärmlich, verwildert.

Ich bin nicht die, für die ich mich hielt. Was ich für die Menschen, die ich liebe, tun würde, würde die Liebe auslöschen. Und vielleicht liebe ich mich selbst mehr als jeden anderen.

Vielleicht sitze ich im Dunkeln an meinem Küchentisch, und diese Erkenntnis prasselt auf mich ein, und ich werde mich nicht davor verstecken können – ich werde mir sicher sein, dass ich Paul liebe, Francis liebe, Sue liebe, Jahrgang fünf liebe. Keine Kompromisse.

Manchmal gehe ich hinaus und spaziere in den leeren Nachtstunden – weg von Fremden und ihrer Nähe, von gefährlichen Passanten. Bis zum Bahnhof Kings Cross schaue ich mir die beleuchteten Fenster an. In all diesen Gebäuden sitzen Menschen, die plötzlich wissen, dass sie womöglich alles tun würden, um zu überleben. Nicht nur Essen stehlen, Taschendiebstahl, Schwarzarbeit – alles.

Wenn das alles vorbei ist, werden wir nicht mehr zivilisiert sein, glaube ich. Wir stecken jetzt in einer Maschine, die Ungeheuer hervorbringt, und das hätte nicht so sein müssen.

Und ich schreibe dummes Zeug darüber, wie reizend Paul ist – über den reizenden Francis – weil sie es dann hinterher lesen können. Wenn das Schlimme passiert, können sie das sehen und wissen, dass ich verstanden habe, wer sie sind. Ich möchte, dass sie wissen, wer ich war.

Immer noch bin.

Und ich versuche, weiterhin die zu sein, die ich sein will.

Und ich mache meine Arbeit, die ich machen muss, und alle anderen tun das auch. Auf den Stationen, in den Pflegeheimen, in den Lagerhäusern, in den Geschäften, in den Lieferwagen – wir bewegen uns einfach weiter wie Blechspielzeug, als ob uns nichts passieren könnte. Und die Leute stellen Dinge in ihre Fenster, um die vorbeigehenden Kinder zu trösten – Teddybären und Zeichnungen von Regenbögen. Sie sind auch für Erwachsene gedacht – für diejenigen von uns, die wissen, dass wir alle nur einsame Kinder sind, die im Leben der Erwachsenen umherirren.

Wir alle tun so, als ob wir keine Angst hätten, und hoffen, dass wir uns selbst überzeugen.

Und manchmal kann ich sogar denken: Wenigstens bin ich nicht Buster, wenigstens bin ich *ein* Mensch, ich liebe und werde geliebt. Ich muss meine Beichte nicht bei einem meiner Opfer abwerfen und hoffen, dass es die Papiere nicht einfach verbrennt.

Ich habe sie nicht verbrannt.

Ich zeige sie hier. In abgemessener Dosierung. Begrenzte Exposition.

VIELLEICHT 1990, LA GRANDE GRÈVE

Dies ist mein Hochzeitstag, nur dies eine Mal. Außerdem finde ich meinen Namen heraus.

Also eine Hochzeit und eine Taufe.

Ich liege tief versteckt in Schlehen und Efeu und Ginster. Der Landvorsprung hier ist steilsteil und nahezu undurchdringlich, weil dicht überwachsen mit kräftigem Gebüsch schulterhoch und höher. Das verhindert Unterbrechungen. Wie die Landbesitzer das Gelände benutzen und zugänglich machen, kommt uns ebenfalls zugute, und deshalb lächelt Prav, denn wir sind aus Prinzip gegen Landbesitz.

Gott oder andere Mächte haben die Insel rundum zu harten Steilhängen geformt. Es gibt Brüche zwischen den Felsen, die manchmal wie Treppen für Wanderer sind und manchmal voller Geröll, wo man sich blutig verletzen kann. Das Land hat Zähne.

Wollten wir uns in südöstlicher Richtung über die Steilküste bewegen, müssten wir es wie die Vögel machen, von denen es viele gibt, träge und akrobatische, in dem fast dauerhaften Aufwind. Es gibt verschiedene Sorten Möwen und Raubvögel und Greifvögel, und dann die mit den schwarzen Federn, die silbrig werden, wenn die Sonne darauf fällt.

Ich kenne mich mit Vögeln noch nicht aus. Überhaupt bin ich in jeder Hinsicht ungebildet.

Könnten wir fliegen, würden wir irgendwann auf ebenem Grund landen, wo eine Kanone aus Georgianischer Zeit mit einem gerodeten Stück Land drum herum steht und eine Touristenattraktion ist. Unsere Stelle ist entlegen und schreckt mögliche Besucher ab. Sie verhindert genauere Erforschung des Dornendickichts, weil sie undurchdringlich ist und der Anblick allein befriedigt.

Die Inselbewohner sind neugierig, sie sind Kletterer und Fischer, aber sie haben auch Zweck und Ziel vor Augen. Sie haben nicht den Wunsch, zu schwierigen Orten vorzudringen oder sich unnötigen Risiken auszusetzen. Deshalb gehen sie an uns und unserem Versteck vorbei und lassen uns in Ruhe.

Auch Wandertouristen kommen vorbei und gehen schnell weiter zu dem

Aussichtspunkt von La Coupée, einem hochgelegenen schmalen Damm entlang dem Felsgrat, der die Insel Sark mit Little Sark verbindet. Er ist anfällig für kleine und größere Abbrüche. Stürme und Erosionen werden die Verbindung irgendwann für immer zerstören. Jetzt hingegen gibt es hier und da die Möglichkeit, sich in den Schluchten entlang der Route zu Tode zu stürzen. Die Gefahren jenseits des Geländers sind für diejenigen aufregend, die gern mit dem Gedanken der Auslöschung spielen. Danach werden sie unverletzt nach Hause kommen und fortan noch dümmer unvorsichtiger sein. Jeder kann jederzeit sterben, und das ist eine nützliche Information.

Auf der Insel gibt es eine Anzahl einzelner Kanonen, die an nicht besonders strategischen Punkten aufgestellt sind. Sie liegen friedlich eingebettet nach Jahren des Versinkens. Als Prav mir das erzählte, lachte er sein bellendes Lachen, das nach Gewalt und Bedrohung klingt. Nach Jahren der Anpassung ist ihm das zur echten Gewohnheit geworden. Er ist gern böse glücklich, weil das im Gegenüber Verunsicherung hervorruft. Zu diesem Zeitpunkt glaube ich, dass ich die meisten der Dinge kenne, die ihm Vergnügen bereiten. Aber ich täusche mich und stehe erst am Anfang von ihm und mir selbst.

Im Laufe des Vormittags murmelt er *Du liegst hier nicht so lange, dass du im Boden versinkst*. Dann lacht er nicht sein bellendes Lachen, sondern mimt es stumm, weil wir leiseleise sind. Und er bleibt neben mir auf Knien hocken und sucht den Damm und das Wasser und die Steilhänge im Umkreis nach Bewegungen und Zeichen von Bedrohung ab.

Er lächelt wütend.

Insgesamt sind wir diesmal in unserer Zeit zusammen sehr fröhlich und gehen mit Eifer an unsere Arbeit. Dies hier ist meine Einführung in die eigentliche Arbeit. Ich trainiere seit Monaten, aber *Training ist wie scheißen. Jeder kann trainieren.*

Prav kennt die Geografie der Insel und die Gewohnheiten der Bewohner und des Wetters und die Risiken von Meer und Land. Ich könnte mir vorstellen, er hat lauter Kindheitsferienerinnerungen oder Familientreffen und Besuche seines Geburtsortes oder sonstige regelmäßige Reisen hierher. Er präsentiert die Einzelheiten und vielschichtigen Fakten wie jemand mit echter Erfahrung. Vielleicht war er mehrmals hier.

Vielleicht auch nicht. Für die Ansammlung nützlicher Nachforschungen muss man überall gewesen sein. Reisen verlangt Information. Beim Eintreffen sollte man informiert sein und sich wie Ortsansässige verhalten. Am besten verbreitet man den Geruch und das Gepräge eines gleichsam durchsichtigen Zaungasts oder eines ganz normalen Besuchers oder eines still zurückkehrenden Bewohners, der niemandem besonders auffällt. Was immer passend und nützlich ist.

Heute sind wir so wie sonst auch unsichtbar. Wir sind möglicherweise Fischer möglicherweise Vogelkundler möglicherweise Wandersleute, obwohl wir idealerweise gar nicht auffallen und dann auch schon wieder weg sind.

Wir sind heute wie immer über die Wasserdunkelheit von Guernsey hergekommen. Wir haben den zeitweilig von uns übernommenen Wagen in La Tonelle geparkt und sind dort vom Strand mit dem Zodiac, dem kleinen Ruderboot, losgerudert, das wir zeitweilig aus der leeren modernen und abgrundtief hässlichen Sommervilla mit riesigem Panoramafenster und Blick auf Torteval übernommen haben. Die Villa haben wir auch zeitweilig übernommen. Wir besitzen nichts. Wir stehen da drüber.

Prav findet immer, was er braucht. Bisher habe ich ihn nur im sogenannten Vereinigten Königreich erlebt, aber inzwischen weiß ich, dass er Zugang zu internationalen Ressourcen hat sowie Gefallen an einschneidenden und raschen Standortwechseln. Mit der Zeit werde ich seine Vorlieben in diesem Punkt und anderen teilen lernen.

Letztes Jahr ist die Berliner Mauer gefallen. Nach einem kleinen hoffnungsvollen Aufatmen fingen die Verbrecher in Ost und West an, sich gegenseitig mit ihren Gewalttaten zu infizieren. Wirtschaftlich orientierte Denker sprechen vom Ende der Geschichte und von anderen Dummheiten, während Russland zu dem Geldgewaltblutkreislauf wird, der dort in vorhersehbarer Weise erforderlich ist. Man kann den Rückschlag schon riechen.

Ich weiß, dass Prav früher für eine Regierung gearbeitet hat. Seine postinstitutionelle Wut erkenne ich. Ob er Ost oder West war oder beides, weiß ich nicht, und vielleicht weiß er das auch nicht so genau. Ich glaube, er war beides.

Schon jetzt würde ich lieber nicht so sein wie er, wenn ich fünfzig oder sechzig bin, oder was immer sein wahres Alter ist. Aber man kann nicht das tun, was ein anderer tut, ohne ihm ähnlich zu werden. Taten sind wie Hypnose oder eine Bluttransfusion oder eine Organverpflanzung. Sie verändern dein Fleisch und dein Denken.

Prav spricht mit mir in gelegentlichen Sprichwörtern wie *Sei ein Parasit unter Parasiten, dann leidest du nie Hunger*. Das könnte sich in ost-westlichen Zusammenhängen als wahrhaft vorausschauend herausstellen.

Meine Merkfähigkeit sei, sagt er, ungefähr fünfundneunzig Prozent perfekt. Von ihm wiederholte Wörter und Redewendungen sammeln sich in mir fehlerlos an. Mit meinen Erinnerungsfähigkeiten eigne ich mich für umfassende Überwachungsaufgaben. Auch die verschiedenen Musikstile von Prav sind sehr klar und werden es auch bleiben, und ich habe sie mir hin und wieder ausgeliehen. Bisweilen ähnele ich ihm absichtlich.

Bei meinem ersten Einsatz, dem Einsatz hier in Sark, weiß ich noch nicht viel.

Ich bin immer noch voll von der Überfahrt und der hohen Dichte der Sterne und dem dunklen Meer, das auf mich zukommt und meine Haut überspült, sobald wir die Küste und die Lichter von St. Peter Port verlassen. Ich bin da nicht Manns genug und ängstlich, und das weiß Prav.

Für einen Jungen zischt und schmeckt unsere Fahrt hierher wie schlechter Mundgeruch mit Hunger.

Prav kennt die Richtung und Stärke der Strömung, aber ich nicht. Wenn er sagt, ich soll ins Wasser gehen, weiß ich nicht, ob ich sterben werde. Ich bin für die auszuführenden Aufgaben hier, und vielleicht ist Sterben eine solche Aufgabe.

Im kalten Wasser bin ich verloren und uriniere aus Angst und vor Kälte, und ich werde umhergeschleudert, wenn das Meer lacht und die Muskeln spielen lässt.

Aber jetzt scheint die Sonne auf mich. Das fühlt sich wie Liebe an, und ich bin angezogen, und dies ist unser letzter Tag, die Prüfungen liegen hinter uns, der Sieg ist versprochen.

Ich liege bäuchlings versteckt neben Prav. Mein Nest ist an einem dünnen Erdstück auf einer schmalen Kante zwischen Dornbuschschutz und den Felsbrocken festgemacht, mit spitzen Steinen, die lose arglistig in die Luft stechen. Mein Gewicht liegt hauptsächlich auf Schichten welkenden Grünwuchses, verborgen zwischen lebendigen Ästen.

Der Untergrund ist stabil, und das ist notwendig. Die Situation ist stabil, wenn auch fragil. Sollte ich in Panik ausbrechen, würde ich zweifellos meine Position gefährden. Ich könnte ohne weiteres in die Tiefe rutschen und schweren Schaden nehmen und dann im Salzwasser verschwinden und ertrinken.

Zu diesem Zeitpunkt weiß ich noch nicht, dass Prav sich in den frühen Morgenstunden des nächsten Tages zu meinem Vater machen wird. Ich kann seine Größe und Großzügigkeit nicht voraussehen.

Ich beobachte das Wasser nicht, bin mir aber seiner ständig bewusst.

Ich versuche dieses Bewusstsein in Fakten umzudeuten, weil das ein Kontrollmechanismus ist.

Im Ärmelkanal verlaufen die Strömungen in großer Tiefe und verplätschern. Sie rauschen auf komplizierte Weise kraftvoll umher und zwischen Hindernissen hindurch, und die vielen Informationen, die sie mit sich tragen, verstehe ich nicht. Die Inseln Guernsey und Sark werden von Wassergeschwindigkeiten und Strömungen getrennt, die ich nicht verstehe. In diesem Moment bin ich nur ein dummes Landwesen. Prav ist in allen Dingen mein Mentor und auf Schiffen zu Hause. Er wird von den aufkommenden und miteinander agierenden Kräften fröhlich belebt.

Er möchte, dass ich ihm vertraue. Mein Durchhaltevermögen soll sich in allen Situationen erweisen, die er für mich auswählt. Außerdem soll ich in alle diese Dinge Vertrauen haben.

Ich werde nicht fortgeschwemmt werden.

Sobald ich in unserem kleinen Boot sitze und mich von der Küste entferne, schwitze ich bei der Fahrt vor Anstrengung und Angst. In dieser Woche habe ich jeden Tag zusammengefaltet auf dem Platz hinter Prav gesessen und die Ruderpinne nach Anweisung bedient, den Höhlen und Klippen und Todeseinladungen des Meeres zum Trotz. Die Tiefe hat eine Intelligenz, die an unserem Boot zieht und rüttelt und drückt, sie folgt einem merkwürdigen Hin und Her. Prav lauscht den sich wälzenden, flirrenden Wellen vor den Felsen in der dunklen Leere, als wäre es eine Sprache, und trotz allem Rollen und Rauschen bleibt er auf der Route.

Unsere wiederholten Überfahrten sind Teil des Prozesses, bei dem meine Ängste von mir genommen werden, und so soll es sein. Angst tritt aus meiner Haut und ist süß wie Erbrochenes nach einer durchzechten Nacht. Die Lebendigkeit der Wasserbewegungen und Strömungen in den blinden Stunden wird für mich langsam normal metaphorisch. Großes Wasser ist lebensähnlich gottähnlich. Das kaltnasse Ewige dringt ein und etabliert sich.

In meinem zukünftigen Leben werde ich ein falsches Bewusstsein von Seewind in angespannten Situationen haben. Ich werde seinen Druck auf meinem Gesicht spüren und das Salz auf meinen Lippen schmecken.

Bei dem Sark-Auftrag rudere ich uns das letzte Stück an Land, weil wir unbedingt leise sein müssen und kein Motorengeräusch machen dürfen. Das ist *ishachit*, was so viel heißt wie Eselsarbeit. Prav sorgt dafür, dass jeder meiner Tage mit *ishachit* gefüllt ist. Es ist Medizin für mich und heilt mich von dem, der ich einmal war.

Ich setze Prav unten an einem schmalen tiefen Einschnitt in den Klippen ab. Er ist geschickt und leise wie eine Katze. Er wartet dort.

Ich ziehe mich aus, gebe ihm meine Sachen, denn ich brauche sie später.

Dann muss ich leiseleise zur nördlichen Öffnung der Zielbucht rudern. Manchmal höre ich Musik von einem Schiff, das südwestlich von mir vor Anker liegt. Seine Positionslichter leuchten, und aus den Bullaugen dringt gelbe Fröhlichkeit heraus und verteilt sich über die Wellen.

Draußen im Rauen und Unermesslichen gibt es nichts, außer manchmal weißen Wellenspitzen, die anzeigen, wo ein Meerestod leicht möglich wäre.

Ich ziehe den Zodiac an Land.

Bei jeder Landung drücken die Wellen mich nach vorn und ziehen mich zurück und beweisen mir, dass ich winzig klein bin. Auf dem Sand bin ich leiseleise, und auf den Felsen bewege ich mich im Rhythmus der Wellen, zur Tarnung. Ich vertäue unser Boot, als wäre es ein unschuldiges Beiboot und von keiner Bedeutung.

Auf der Insel gibt es keine Straßenbeleuchtung, und die Häuser sind schlafen gegangen. Hier herrscht Vertrauen in Nachbarn und Gespenster und Traditionen. Hier gibt es niedrige Steuern, wenig Infrastruktur und viel Diskretion für Millionäre. Hier ist entspannte Geheimhaltung.

Die entsetzliche Sternendichte schwillt ewig an und ist wie ein statisches Zischen und wie Zauberei von damals, als man Kind war und voller Hoffnung.

Dann muss ich schwimmen. Wie Gott und die Engel wartet Prav, und ich muss durch den Tod zu ihm gelangen.

Aber diese Woche, jeden Morgen beim Morgengrauen, bin nicht ich es, der stirbt, ich bin stark auf dem Wasser und setze gezielt meine Muskelkraft ein, und der Tag hat sich langsam geöffnet und uns trocken an Land gefunden, wo wir schon auf unserem Beobachtungsposten sind, wo ich liege, aber nicht ruhe. Ich ruhe nicht mehr, weil ich meinen Körper nicht mehr höre und weil mein Körper nicht mehr spricht. Ich werde schlicht, in Worten nicht beschreibbar. Mit jeder Stunde werde ich deutlicher jemand anders. Ich glaube, ich kann etwas anderes werden, ein anderer Mann.

Schon jetzt bin ich ein Mann, der weiß, dass man von jeder Verletzung etwas lernt.

Jedes Schwimmen hilft mir, die Blindheit und die Abschürfungen und die Kälte und die aus dem Unermesslichen aufwallenden Ideen zu lieben.

Heute Morgen wäre ich beinah an der Bucht vorbeigeschwommen. Ein Ziehen in letzter Minute war barmherzig und half mir bei der Orientierung. Dann gab Prav mir meine Bekleidungsschichten und die Stiefel wieder, die für verschiedene Außenaktivitäten geeignet sind.

Die für uns günstigen Gezeiten hören heute auf.

Der Morgen ist jetzt warm und riecht aus einer Richtung nach heißen Flechten auf Felsen. Ginster und Schlehen stehen hoch um mich herum, frühlingsdicht mit Blüten, und duften nach Kokosnuss und milchigen Süßigkeiten und Großmutters Puderdose. Die Blüten sind überwältigend, wie eine Ansteckung oder eine Flut angenehmer Ideen.

Und dies ist unser letzter Tag und wir kommen zum Schluss und werden den »Erledigt!«-Stempel aufdrücken, weil ich als Erlediger effektiv war. Oder aber heute ist der Tag, an dem ich versage und mich als nicht nützlich erweise, und das wäre ein gefährlicher Fehler. Heute schwankt und rollt der Boden unter mir in Halluzinationswellen. Vielleicht ist das Gott mit einem Bellenlachen für mich.

Vor vier Stunden bin ich hier hochgeklettert. Leiseleise. Erst bin ich runtergeklettert, dann mit seinem Rucksack hochgeklettert, danach dasselbe mit meinem Rucksack. Ich bin unser Packesel, dummes Tier. Ich werde immer gleichen hirnlosen und vernünftigen Aufgaben unterworfen, weil es wichtig ist, und das wissen wir beide.

Prav klettert erst nach meinem letzten Aufstieg hinterher, und dann richten wir uns auf der fernen Seite des Vorsprungs ein, wo unser Aussichtspunkt ist. Wie jedes Mal habe ich einen Pfad zu unserer Stelle durch das Gestrüpp gebahnt. Meine Hände bluten immer wieder wegen der Dornen, und meine Kleidung bleibt an ihnen hängen, Kleidung für Vogelbeobachter und Naturbetrachter und meiner Situation sehr angemessen. Meine Haut wird aufgeritzt, aber meine Haut registriert das nicht.

Es gibt keinen festen Pfad zu unserem Nest. Jeden Tag bahnen wir uns einen neuen Weg, um die Entstehung verräterischer Spuren zu vermeiden. Wir gehen mit größter Vorsicht vor, und das heißt sich leicht bewegen und im Nichts verschwinden.

Ich bin jetzt schon wie Prav und begebe mich ganz natürlich an nicht existierende Orte.

Bei unserem Aufstieg ist die Morgendämmerung ein blaugrauer Gedanke von sich selbst und bildet hinter Guernsey eine Linie. Wir sind noch im Schatten und ducken uns am Rand des Vorsprungs, bilden keine Umrisse. Unsere Stelle ist wie für uns gemacht, weil sie natürlich abgelegen ist und einen Blick auf La Coupée und die steile Bucht mit dem Amphitheater gewährt, das sich aus ihr herausschält und La Grande Grève heißt. Hier gibt es Ankermöglichkeiten im tiefen Wasser. Für unsere Bedürfnisse ist das perfekt und zeigt, dass unsere Aktionen prädestiniert sind.

Wenn man sich in die richtige Position bringt, wird man prädestiniert.

Von hier kann ich unseren Zodiac oben am Kiesstrand sehen, wo er harmlos liegt und schläft. Niemand wird ihn stehlen, wegen Seefahrerehre und solcher Sachen.

Eine einzelne Jacht liegt in der Bucht rollendschwankend vor Anker. Sie liegt schon die ganze Woche da. Das Boot träumt und spielt abends Musik und nimmt die Wache nicht ernst genug. Prav sagt, es soll hier noch einen Monat lang oder länger bleiben. Für unsere Zwecke ist es wichtig, dass es allein bleibt, und den Gefallen tut es uns. Das ist unsere Prädestination, sogar eine Einladung des Zufalls und aller anderen wirksamen Kräfte.

Tag für Tag haben wir uns die Gewohnheiten des Bordlebens eingeprägt.

Gewohnheiten machen einen angreifbar.

Das süße warme Nest, von dem aus wir unsere Beobachtungen machen, ist unauffällig unsichtbar. Ich erlaube mir nicht, über die vielen Äste und Verstecke der winzigen Lebewesen nachzudenken, die gerade in ihrem Habitat gestört werden. Ich habe mich schon immer vor Spinnen und Insekten mit ihrem Krabbeln und Beißen und Stechen gefürchtet. Prav weiß das. Seiner Meinung nach kann diese Furcht nicht mehr existieren. Ich stimme dieser Wahrheit zu.

Eingebildete oder nichtige Ängste sind wie zersetzende Substanzen oder dünne Risse, die sich mit Schwäche anfüllen und beim ersten Frost bersten. Sie müssen aus Sicherheitsgründen beseitigt werden.

Prav erkennt in Menschen umgehend ihre Panik und bezieht daraus eine Energie, sie zu manipulieren, was ihn stärkt.

Prav ist neben mir installiert und hockt niedrig und bewegungslos wie ein Teil der Landschaft. Nur wenn mein Blick direkt auf ihm weilt, erscheint er als präsent. Aber mein Blick ist nicht in seiner Nähe, weil meine Aufmerksamkeit so ist, wie sie sein sollte, nämlich auf die hellen Funken und Farbschattierungen des Meerwassers gerichtet. Ich benenne jede Abstufung im Kopf und sage sie mir auf, während ich in der Stille ausharre: *Taubenblau und milchgrün und indigoblau und preußischblau und Mitternachtsformen von Riffen und Ungeheuern.* Aus den Augenwinkeln sehe ich die Unterwasserfelsbrocken wie schlafende Riesen, gewaltsam bedrohlich.

Prav benutzt ein Fernglas von Zeiss Jena, das er während unserer ganzen Zeit auf der Insel um den Hals trägt. Es ist das einzige Gewicht, das er trägt. Gerade jetzt ist er unauffällig langsam und behält den Damm im Blick. Zu seiner Unterhaltung sagt er sich die ganze Zeit obszöne Sprüche vor. Er wechselt die Sprachen und das Tempo. Gerade jetzt ist er Deutsch. *Friss meinen Kolben. Probier doch mal. Friss, Arschloch.* Ich erkenne die Ausdrücke, weil sie zu seinen Versionen meines Namens gehören. Die Anreden, die er während des Trainings benutzt, nehme ich als meine Namen. Ich bin immer mitten im Training und habe viele Namen. Das ist zwischen uns so vereinbart.

Mit jedem Atemzug sinke ich tiefer in meine Auflagefläche, die aus Farn über Zweigen und Efeuranken besteht. Es gibt auch einen zusammengerollten Mantel als Auflage der Ausrüstung. Je tiefer ich einsinke, desto weniger bin ich anwesend, und am Ende werde ich mit der Landschaft verschmolzen sein und keine Hinweise auf meine Lebendigkeit geben.

Wir tragen keine Tarnanzüge. Prav erwartet, dass ich auch ohne die Hilfe einer Verkleidung zu einem Objekt werde, so wie er. Kein Auge kann uns finden, während wir arbeiten, und danach, sobald wir weggehen, sind wir sofort ganz normal.

Wir haben normales Gehen genauso geübt wie Schwimmen und Klettern und Rudern. Eine Zeit lang waren mir normal zu sein und zu gehen schwergefallen.

Meine Konzentration wird wie eine Ankerleine ausgezogen und an dem Schiff in der Bucht befestigt. Auch Pravs Gebetsmurmeln ist dort befestigt. *Deine Hurenmutter ficke ich. Ficke. Hörst du?* Sein Hass ist für mich etwas Festes und ein Trost.

Später erfahre ich, dass seine deutschen Obszönitäten größtenteils aus dem Berliner Sexmilieu der 1930er Jahre stammen. Ich glaube, es ist die ungelöschte Spureninformation von Erwachsenen, die einen kleinen Jungen anschreien, dessen Haut dem Anschein nach halb volksdeutsche Mutter und halb namibische Übertretung war.

Ich glaube, er wollte, dass ich aus seinen Flüchen etwas über ihn herausfinde. Die Flüche eines Menschen sind nützliche Tiefendiagnostik. Prav hat nie etwas von sich preisgegeben, was er nicht beabsichtigt hatte.

Prav ist halb Besetzer und halb Besetzter, und seine Spannung wächst zwischen diesen beiden Polen. Prav ist ein kleiner Berliner Junge ohne Vater, dann ohne Mutter. Prav ist augenscheinliche Sünde, die zerstört werden muss, und er ist der Widerstand gegen diese Zerstörung, das, was von ihr überlebt. Prav ist ein Kind aus Rattenkellern unter ausgebombten Häusern mit zerschossenen Fenstern. Prav ist einer, der abwartet, während die *Trümmerfrauen* den Mörtel von toten Backsteinen schlagen und sich mit Arbeit tugendhaft reinwaschen, und sie sind lebendiglebendiglebendig, obwohl vielleicht in Trauer und vielleicht vergewaltigt von den Befreiern, den Eroberern im April 1945. Er ist ein Katalog sichtbarer Narben und Marotten, die Folge von Trauma und dem üblichen Theater und dem Abscheu, den der Faschismus verlangt. Prav ist Spezialist für das Überleben über Todesszenarien hinaus.

Aber bisher hatte ich nur einen kleinen Prozentsatz seiner persönlichen Details gesehen.

Deine Rennpferde Mutter.

Das Berlin vor Hitler war ökologisch reich an Spezialitätenhuren. Prav kennt die Namen aller Sorten.

Deine Steinhure Mutter. Ficke ich.

Am Sonntag, unserem ersten Tag, habe ich Äste geschnitten und weggeräumt, damit wir unsere Aufgabe versehen konnten und in Deckung waren. Dass ich durch frevelhafte Sonntagsarbeit sündigte, gefiel Prav. Ich war ausgewiesener Christ. Ich allein arbeitete still und leiseleise mit der Heckenschere und benutzte die abgeschnittenen Äste für zusätzliche Deckung. Ich beging eine Übertretung und nahm die dadurch erhaltene Freiheit an. Ein unaufhörliches Lernen.

Prav beobachtete. Prav wartete.

Ich sehe Prav, der zwischen Einschusslöchern und vielsprachigen Graffiti aufwächst. Sein Name und sein Ich wurden in viele Fragmente zerschmettert, deren Wirksamkeit höher ist als in meinem Fall. Ich glaube, dass Teile von ihm ständig von Frauen und Krüppeln und absonderlichen Kindern umgeben sind und er von Echos und Instinkten und obsessivem Brotverzehr bestimmt ist. Auf seinem Beobachtungsposten ist er so ein Typ. Er wartet und ist aufmerksam, so wie Raubtiere, aber auch Beutetiere es sind, und der eine Impuls scheint tiefer verinnerlicht als der andere. Er heißt Prav oder Ve oder Fau oder Croasseur. Er bevorzugt Prav, was eine Kurzform für Pravednyy ist, und das heißt, sein Name bedeutet der Gerechte. Sein Name ist der, den er wählt oder annimmt, weil das der Anfang seiner Stärke war, obwohl er anfangs klein war.

Bei künftigen Projekten werde ich meine Vermutungen über sein Leben als Familienhintergrund für meine Identitäten benutzen. Wenn ich mich als sein Sohn vorstelle, werden die Geschichten über seine vielfältigen Narben mir als Entschuldigung für meine förderlichen Exzentrizitäten dienen.

Prav, der Erwachsene, ist jetzt um die sechzig und sein Körper ist kantig hart muskulös und sein tiefliegender Schwerpunkt macht ihn auf dauerhaft jugendliche Art ruhig und gefährlich. Unser Klettertraining auf Guernsey im Sonnenschein hat seine Haut so dunkel wie möglich getönt - man könnte es ein Luxus-Mittelmeerkreuzfahrtbraun nennen. Er steigt die extrem steilen Straßen von St. Peter Port hoch, als wären sie nichts, und gibt sich als frisch eingelaufener Segler der gehobenen Freizeitkategorie mit modischer Pilotenjacke und hellen Sommerhosen und Segelschuhen, handgemacht aus italienischem Leder. Vielleicht ist er einer, der seinem Geld einen Besuch abstattet oder der auf dem Weg in die Normandie seinem Hummergelüst nachgibt.

In unserer Guernsey-Version bin ich als Mannschaftsmitglied oder vielleicht als missratener Adoptivsohn oder vielleicht als sexuell schwer zuzuordnender Irrtum angezogen. Meine Haut bleibt großflächig suchtblass, und auch bei flüchtiger Beobachtung wird man Risse in mir entdecken. Ich kann nicht als normal durchgehen. Im Schwarz meiner Augen sind deutliche Suchtspuren sichtbar, obwohl ich seit dreizehn Monaten alkohol- und drogenfrei bin. Wir fördern Vermutungen von einem losen Lebenswandel und zielen darauf ab, dass unsere Interaktionen in unterschiedlichen Geschichten Ausdruck finden.

Prav versteht sich auf die Zurschaustellung von Arroganz und Gesten der Superreichen, ist dabei aber auch ein bisschen exzentrisch. Sein Haar ist afrikanische Diasporakrause, während auf Guernsey Europäisches vorgezogen wird. Prav ruft Seitenblicke und Unbehaglichkeit hervor.

Wenn ich Mütze trage, ist besser für Atmoroskyi Fucks. Wenn ich das Schwarze abdecke, lieben sie mich.

An besonders kämpferischen Tagen, wenn er in dem telefonisch gebuchten, mit exklusivem Finanzgeplauder surrenden Restaurant seine Krabbenbisque mit Hummer bestellt, bildet sein Zegna-T-Shirt einen starken Weißkontrast. An anderen Tagen, wenn die Wut ihn nicht umtreibt, trägt er Beige und angemessen verschossene Meeresblautöne und verwandelt sich unauffällig in jemanden mit unspezifischen Investitionsfähigkeiten und Überzeugungen, der eine Vorliebe für Sport unter freiem Himmel hat. In dieser Stimmung sagt er zu den Kellnern nicht mit leiser Stimme *Danke köstlich Yayichka sehr gut Yayichka Koronovunya*, als wäre das keine Beleidigung, sondern ein Kompliment von einem Nobel-Exzentriker auf Durchreise.

Prav hat eine Begabung für Stimmen und kann Englisch mit der perfekten Sprachmelodie der Menschen in Wykeham liefern, aber auch als hervorgestoßene Silben im Stil der Odessa-Mafia. Sein Deutsch ist echt scharfes Kreuzberg. Ich glaube an diese Teile in ihm, obwohl sie nicht alle wahr sein können.

Er zeigt mir, wie ich dieser oder jener sein kann, und bringt es mir bei, und ich lerne das gern, weil wie immer ich mich entscheide, ich werde mich nie als mich selbst ausgeben. Kein Stoff könnte mich so effektiv vernichten wie Prav.

Der Weg zu Gott und ins Paradies ist der Tod.

Er bewahrt unsere Pässe in einer Innentasche oder an verschiedenen Orten sicher auf. Ich habe meinen nie selbst gehabt. Ich kenne meinen derzeitigen Namen, und dass ich Malteser bin, und das reicht.

Zu meiner Umerziehung gehört stetig steigender Druck. Damit muss man rechnen. In den ersten Wochen kamen mir Tränen der Dankbarkeit, wenn er beschloss aufzuhören, nachdem ich Gewichte gestemmt und Stellungen gehalten und Ausdauer gezeigt und mit Ausrüstung beladen Laufübungen gemacht hatte, die man nackt in der Dunkelheit machen konnte. Ich war ein Häufchen Elend. Ich gab mich nutzlosen Wutanfällen hin. Dann überwand ich die Last des Denkens. Stattdessen existierte ich zu hundert Prozent in der Gegenwart.

Inzwischen kann ich in unserem Nest liegen in dem Glauben, dass ich meinen Frieden habe und nahe an der Quelle der Macht bin. Ich glaube, ich bin sauber einfach. Ich glaube, Schwäche liegt in Kompliziertheit.

Am Anfang war Prav, wenn wir arbeiteten, unermüdlich zugegen und aufmerksam. Er vermittelte gelangweilte Ablehnung, die sowohl Anreiz als auch Tatsache war. In letzter Zeit hat er mir aufgetragen, ohne ihn zu arbeiten. Ich habe nämlich gezeigt, dass ich weiß, wann ich mich übergeben muss und wann mich das Zittern überkommt und wann ich einer Ohnmacht nahe bin, und ich habe bewiesen, dass ich imstande bin, über solche Anzeichen von Schwäche hinwegzugehen.

Seit wir in Guernsey sind, halte ich mich für dauerhaft stark und leistungsfähig. Meine physische Verfassung und Haltung unterstreichen das. Auf der Straße bleiben Männer einen Schritt zurück. Bald werde ich als unantastbar und in mir ruhend angesehen werden.

Gestern Abend fand Prav mich nach dem Essen schlafend in der Garage, wo ich meinen Platz habe. Er weckte mich auf die übliche Weise und befahl mir, das Dragunow-Scharfschützengewehr auf der Stelle zu zerlegen und zu reinigen. Meiner Arbeit fehlte der nötige Grad an Perfektion, weil das Leben ungerecht ist, das darf man nicht vergessen, und weil meine Hand-Auge-Körper-Koordination sich noch verfeinert. Deshalb bin ich seitdem die ganze Zeit wach und muss zur wiederholten Strafe *ishachit*-Schweißaufgaben ausführen und immer wieder aufs Neue das Dragunow auseinandernehmen und zusammensetzen. Dann sind wir von der Villa zum Boot runtergegangen und haben den Weg über das willensstarke, heimtückische Wasser nach Sark gemacht.

Ich bin im Kopf hellwachsam, was mich an Amphetamine erinnert. Ich bin jetzt meine eigenen chemischen Substanzen.

Prav ist sehr geschickt im Zerlegen und Zusammensetzen von Körper-Geist-Systemen. Ich bin derjenige, an dem er diese Veränderungen vornimmt, und man muss damit weitermachen, weil wir uns einig sind, dass meine Ursprungsform wertlos war. Wir sind mitten in einer unvermeidlichen Zerstörung mit zwei möglichen Ergebnissen, die ich beide akzeptiere.

Eine plötzliche Strandgrasbrise ist belebend und freundlich, und meine Lungen freuen sich darüber. Das Zielboot schaukelt, und Prav erzählt die Geschichte eines Paares, das in der Ferne den Damm von Nord nach Süd überquert. Er beschreibt ihre sexuellen Vorlieben und ihre missgestalteten Sexualorgane und verstummt dann, als sie in der Ferne verschwinden.

Ein kleiner Vogel singt in der Nähe, aber versteckt. Ich weiß nicht, ob es ein Steinschmätzer ist, ich kann auch nicht richtig hören, was er sagt, weil ich noch nicht genügend Fähigkeiten von den wichtigen Dingen erworben habe. Die Melodie klingt wie eine kleine Winde, vielleicht aus Messing, die in einen freundlichen Himmel gezogen wird. Ich stelle mir die Klänge als Goldgestöber über meinem Kopf vor, und beim Zuhören blicke ich durch das Zielfernrohr des Dragunow, das Boot liegt ganz allein mit Beiboot unter meinem Blick und nahnah intim vergrößert nur für mich und hier im Fadenkreuz gefangen. Prav hat mir erklärt, es sei ein Motor Cruiser Baujahr 1933 und immer schon das Spielzeug reicher Leute gewesen. Seit Tagen starre ich auf das honiggelb schimmernde Teakdeck und das Blinken der Geländer und den sauberen cremefarbenen Rumpf mit Indigoblau an der Wasserlinie, mal zu sehen, dann wieder nicht, während die Wellen friedlich ans Boot schwappen. Der derzeitige Name YUDINA steht in vergoldeten Buchstaben am Heck.

Die Menschen auf dem Boot haben sich hin und wieder gezeigt. Ich habe ihre lautlos stummen Lippenbewegungen gesehen und ihre Gesichter mit trivialem Ausdruck. Künstliche invasive Beobachtung vermittelt einem das Gefühl von Macht und Göttlichkeit, dabei wird sie von Linse und Mechanik ermöglicht und hat nichts mit meinem Körper oder mit mir zu tun. Prav und ich haben uns gegenseitig eindrücklich unsere Erkenntnisse über die drei Männer an Bord vermittelt. Uns erscheinen sie winzig und schrumpfend.

Die Bootsmannschaft besteht aus zwei *Kachi*-Bodybuilder-Sicherheitstypen. Sie tragen gern Shorts und nackte Haut, damit ihre Verbrecher-Gefängnistätowierungen gut zur Geltung kommen. Einer der *Kachi*-Männer hat schmutzig blonde Locken, und quer auf seinem Schlüsselbein ist vom Schaft bis zur Klinge ein Dolch tätowiert, dessen Spitze an seiner Kehle verschwindet, als hätte sie seinen Hals durchstoßen. Prav nennt ihn *Maurice. Doris* ist der mit mehr Muskeln bepackte narzisstische Typ mit rasiertem Kopf und einer Tätowierung von einem Paar Augen in Gürtelhöhe. Das ist seine Version eines englischen Witzes.

Prav hat das mit seiner besten Public-School-Stimme erklärt. *Die Augen gehören zu einem Gesicht, weißt du. Sein Schwanz ist die Nase und die Haare auf seinen Eiern sind der Bart. Ein furchtbar witziger Witz aus einem russischen Gefängnis.* Prav kennt ganze Kataloge von Witzen, die nur in den verschiedenen Gefängnissen witzig sind.

Doris hat auf jeder Schulter einen sechzehnstrahligen Stern für echt große Verbrecher, und Prav sagt, er hat sie sich verdient.

Zurzeit sind Maurice und Doris noch unter Deck, weil ihr Tag katermäßig verzögert beginnt.

Mein Blick ist auf das Achterdeck gerichtet. Eine Taschenbuchausgabe von *Le Loup-Garou* liegt immer noch auf dem einzelnen Segeltuchstuhl. An den meisten Tagen bleibt das Buch dort liegen. Vielleicht soll es intellektuelle Absichten andeuten. Der Stuhl steht für den Boss-und-Kapitän da, der für das Chartern des Schiffes von einem Konto bei BCCI bezahlt hat, das auf den Namen Ezra Crovetto lautet, was ja ein durchaus hübscher Name ist. Eine Brise blättert den Buchdeckel halb auf, verliert an Kraft und fängt von vorne an. Auch das geschieht jeden Tag. Zu der Zeit bin ich mit *Le Loup-Garou* nicht vertraut, und ich kann auch kein Französisch.

Prav hat für den Bossmann auf der Jacht den Namen *Labyrinth*, erklärt aber nicht seine Gründe. Labyrinth lutschraucht dicke Havannas und trägt sein Halbgotthaar mit schleimigem Haaröl zurückgekämmt, und so bleibt es nassdunkelfeucht, obwohl er nie ins Wasser geht. Sein Bekleidungsgeschmack sind Hawaiihemden und Fila-Trainingshosen und Seidenhemden und Speedo-Badehosen. Er führt eine Reihe von Angriffshaltungen und Drohgebärden aus, die an eine hypothetische oder wahre Zeit erinnern, bevor sein Fleisch schlaff wurde und sein Bauch über den Gummizug der Hose mit den stramm gepackten Geschlechtsteilen herabzuhängen begann. Er telefoniert im Stehen oder Schreiten oder während er aufs Meer starrt, als würde es ihn hassen, und er wirft das Buch auf den Boden und setzt sich auf den hübschen Segeltuchstuhl, der nur für ihn da ist, und trinkt Vedett-Bier und isst köstliche Mahlzeiten, die Doris herbeiträgt und stolz auf einem Tabletttisch vor ihm absetzt.

Prav kennt die wahre Herkunft der Männer auf der YUDINA, aber ich weiß nur, was ich sehe, und das sind drei Männer, traurigträge Typen, wie in einer Familie mit unklaren Autoritätsstrukturen und plötzlichen Putzanfällen. Manchmal liegen Doris und Maurice allein auf dem Salondeck und unterhalten sich ausgiebig mit Anzeichen von Freundschaft. Ich glaube nicht, dass sie Geliebte sind.

Wenn Labyrinth an Deck kommt, sind die Kachi meist in dieser Ruhestellung. Maurice springt sofort auf und ist gehorsam zu Diensten. Doris ist langsam, als wollte er herausfordernd zu verstehen geben, dass er es nicht nötig habe, sich zu beeilen. Manchmal bleibt er einfach in der Sonne liegen, die Arme hinter dem Kopf verschränkt, schließt die Augen und tut, als schliefe er oder Ähnliches.

Niemand liest mal in dem Buch. Sie legen es hierhin und dorthin, und ich frage mich, ob es von Anfang an auf dem Schiff war.

Prav sagt *Elf*, das ist die Zeit und etwas, das ich wissen muss.

Ich atme bewusst regelmäßig und entspanne meine Hände. Heute kann genauso sein wie gestern und die anderen Tage davor. Es wird nur eine einzige materielle Veränderung geben, die in mancherlei Hinsicht geringfügig erscheinen wird. Sie wird mit einer einzigen Bewegung meiner Hand in Beziehung stehen.

Für meine Hand wird es das erste Mal sein und der Beweis und meine Bewährung in meinem neuen Beruf.

Obwohl ich auch andere Motivationen habe, möchte ich es zu Pravs Zufriedenheit machen.

Prav fängt an, leise vor sich hin zu murmeln. *Eben Khui. Pena. Putana.* Er hat zum Russischen gewechselt. *Khui.* Ich weiß nicht, welchen der Männer auf dem Boot er Schwanz nennt. Vielleicht redet er ja mit mir.

Ich atme sanft ein und aus, atme sanft ein und aus, und nach dem dritten Einatmen lasse ich nur den halben Atem raus. Dann fange ich von vorne an.

Der Ablauf ist wie eine Meditation und außerdem rot. Ich stelle ihn mir rot vor, und alles, was rot ist, ist spirituell. Ich bin im Begriff, eine spirituelle Handlung zu vollziehen.

Die Sonne auf meinem Rücken ist wie eine große Hand, die mich vielleicht mahnend berührt, oder zum Trost.

Nach bereits eingeführtem Muster kommt Maurice um zehn Minuten nach der vollen Stunde ans Heck, diesmal in roten Segelshorts und dazu nur modische Sonnenbrille und Segelschuhe. Er zieht an dem Seil für das aufblasbare Dingi und bringt es mit unnötig dramatischen, aber lustvollen Hand-über-Hand-Bewegungen in Position, bis es neben der Schwimmplattform liegt. Ich sehe ihm an, wie er an sein Muskelspiel und seine Kraftgestalt denkt und dass das ein Publikum verlangt. Er ist mit notwendigen Vorkehrungen und der Ausrüstung vertraut, aber er ist kein Seemann.

Doris ist nicht zu sehen, ist aber in der Nähe und beobachtet von innen. Das zeigt er, indem er Maurice wie üblich die leeren, wasserdichten Taschen an den Rücken wirft. Darin bringen sie, wenn sie zurückkommen, Partysnacks und andere Esswaren. Das Schiff hat Appetit und mag frisches Gemüse und lebendige Hummer und Flaschen voll des süßen Weins. Ich beobachte, wie die Taschen von der Tür aus einen Bogen beschreiben und sanft an Maurice' Rücken prallen. Ich sehe das jeden Tag, aber aus unterschiedlichen Winkeln, je nachdem, wie die Strömung und der Wind auf das Boot einwirken.

Jetzt erscheint Doris im Schatten der Tür zur Steuerkabine und zeigt ein zahnreiches Lächeln, weil er in Dominanzstellung ist. Heute Morgen hat er sich für blaue Shorts und ein enges safrangelbes Polohemd entschieden. Er ist barfuß, hat aber Ledermokassins in der Hand. Er möchte, dass seine Schuhe bei der Überfahrt zum Sandstrand der Bucht frei von Schmutz und Salz bleiben. Er ist so schnell und wendig, dass Maurice nicht mithalten kann. Er weiß, dass Körpermasse gegen einen ist, wenn man nicht die Beweglichkeit und Schnelligkeit hat.

Maurice zeigt leichte Verärgerung in den Augen, aber gleichzeitig ist er der freundliche Hund, lächelt und hebt die Taschen auf. Dann steigt er über das Heck auf die Schwimmplattform und von dort ins Boot. Er wirft die Taschen zwischen die beiden Sitzbänke. Als er die Ruder hervorholt, stellt er sich wie jedes Mal dumm ungeschickt an, und Doris lacht und spuckt über die Reling, um den Teakboden nicht zu beschmutzen. Er ruft etwas, das kann ich sehen, dann hören, und es ist eine Art Auf Wiedersehen, das er Labyrinth zuruft, was zu der Situation passt.

Im nächsten Moment sitzt Doris, geschmeidig gefährlich schnell, plötzlich im Boot, die Leine gelöst und still zwischen den Händen. Maurice holt die Ruder platschend aus dem Wasser und schafft es nicht, sie in die Dollen zu legen, dann doch, und er wendet ungeschickt und hält auf das Ufer zu.

Während all dies geschieht, mache ich mit meinem roten Atmen weiter, also ein-aus-ein-aus-ein-halb aus.

Mein Herzschlag wird schneller, und ich könnte mir vorstellen, dass mein Körper von den Flechten hochgestoßen und mein Rücken unruhig wird, und damit muss ich aufhören.

Prav sieht das sonst.

Prav hat es schon gesehen.

Prav ist das Auge Gottes.

Prav ist der Vogel am Himmel, der alles sieht.

Prav ist der Gerechte und die Gerechtigkeit.

Ich schäme mich und habe dann keine Zeit, mich zu schämen.

Ich mache weiter mit dem Ein-Aus-Ein-Aus-Ein-Halb Aus und halte klar an dem Gedanken fest, dass keine Eile besteht.

Und an dem Gedanken, dass meine Hände entspannt sind.

Und ich denke, dass ich bald mit einem einzelnen Finger eine Linie ziehen werde, und das ist alles und ganz leicht.

Ich stelle mir das kleine Dingi vor, taumelnd schaukelnd schlingernd, das die Männer zum Strand bringt. Und dass Doris, wenn er ins kniehohe Wasser steigt, kreischen und planschen wird, weil es erst Mai ist und das Wasser unfreundlich ist und weil er das jedes Mal macht und Spaß daran hat. Dann zieht er das Dingi sicher an Land, mit Maurice noch im Boot. Das ist eine Demonstration von Stärke. Sie lassen das Dingi unter den Klippen und nehmen die Ruder und Taschen mit und steigen auf den im Zickzack geführten Stufen über den zerklüfteten roten Felsen hinauf. Prav wird sehen, wie Doris über die Anstrengung oder die Hitze klagt, obwohl der Anstieg von rund einhundert Metern für keinen der Männer eine Schwierigkeit ist.

Seine Worte werden vom Wind fortgetragen und zerrissen, bevor sie bei mir ankommen.

Und meine Augen sind auf die Jacht gerichtet, nicht auf die Männer. Ich bin als Nächster dran.

Ich denke daran, dass mein Gesicht und meine Haut die Kinnauflage berühren. Ich denke daran, dass ich ruhig und entspannt bin. Ich denke an den Wind, der unregelmäßig mit zehn Meilen in der Stunde weht. Ich denke an Prav.

Ich atme ein-aus-ein-aus-ein-halb aus.

Labyrinth tritt aus dem Dunkel der Tür zum Saloon.

Er bewegt sich langsam bedächtig vorsichtig, weil gestern ein Tag mit zu viel Sonne und zu viel Bier war.

Er ist ein lebendiger Mann, und in dem Sinne führt er alle gewohnheitsmäßigen Tätigkeiten aus.

Ich höre mich schlucken, und das ist nicht normal. Meine Kehle ist zu laut.

Ich bin reine Beobachtung. Ich sehe, wie er hinter die schlanke geschwungene Linie des stadiometrischen Suchers tritt. Er bewegt sich hinter den Markierungen von 10 dann 8 dann 6 dann 4 dann 2. Laut Linsenangabe ist er 250 Meter von mir entfernt.

Das ist eine der Zahlen, die ich brauche.

Mir ist die Mathematik von Gewehren verhasst. Mir ist die Trigonometrie des Schießvorgangs aus einem Winkel verhasst.

Wenn ich selbst entscheiden kann, was ich benutzen will, wird es kein Gewehr sein.

An unseren Guernsey-Abenden habe ich mit Wasser gefüllte Benzinkanister hochgehoben und tiefer gehalten und Prav erklärt, dass der Cosinus malgenommen mit der Entfernung vom Ziel der Aufschlagwinkel ist. Wenn ich auf 250 Meter ziele und ich ziele zu hoch, dann beweise ich, dass ich unfähig bin, eine Niete.

Ich habe geschworen, dass ich ihn Prav nennen werde, wenn das zutrifft, und Fau, wenn das zutrifft, und dass ich an seinem Gesichtsausdruck ablesen kann, wann er der Russe sein will und wann der Deutsche.

Ich liege wiederholt falsch und muss bestimmt dafür bezahlen, bis ich weiß und erkenne, was ein Gesicht wirklich will. Und ich bin sehr dankbar für diese Gelegenheit zu lernen.

Und als Prav nicht da war, sagte ich mir diese Dinge vor, weil ich lernen musste und weil er es wissen würde, wenn ich nicht gelernt hatte.

Labyrinth trägt ein rosa-gelbes Hawaiihemd. Gelbe Shorts und nackte Füße. Er hat die leicht geschwollenen Fußgelenke eines älteren Mannes. Eine Brise weht sanft im erwarteten Rahmen und drückt ihm die Bekleidung an den Körper, was sich bestimmt gut anfühlt.

Ich bin nicht imstande zu erraten, ob er seine Bekleidung der Gelegenheit angemessen findet.

Prav murmelt *Ya pomochus' na tvoyu mamu porosenok*. Ich begreife, dass dies Labyrinth gilt, nicht mir. Prav hat mir erklärt, dass Labyrinth ein schrecklicher schrecklicher Mensch ist und schreckliche schreckliche Dinge getan hat. Das habe ich ihm geglaubt.

Zu glauben ist wichtig, weil es uns darüber erhebt, dass wir für das, was wir tun, bezahlt werden. Wir sind keine Prostituierten. Wir sind Ausführende der Moral.

Labyrinth nimmt das Buch von seinem Stuhl und betrachtet es. Ich bin nah genug an ihm dran, um eine schwache Überraschung in seinem Ausdruck zu erkennen. Vielleicht ist ihm bisher noch nie richtig aufgefallen, dass er ein Buch hat. Er setzt sich hin und blättert mit dem Daumen in dem Buch, als würde er Geldscheine zählen, aber dann hebt er den Kopf und schließt die Augen. An diesem Morgen wirkt er hauptsächlich traurig. Sein Daumen blättert weiter die Seiten um.

Prav sagt *Die Blödärsche sind oben an den Stufen. Sie sind auf dem Damm. Doris bleibt stehen und redet. Doris steht immer noch. Jetzt gehen sie weiter. Jetzt gehen sie weiter. Jetzt sind sie um die Hügelspitze rum. Sie sind weg. Klar. Keine Augen. Klar. Alles klar.*

Er klingt merkwürdig. *Klar.* Er klingt sanft väterlich.

Er wird weiter *Klar* sagen, bis sich etwas verändert oder bis ich meine Pflicht ausgeführt habe. *Klar.* Ich höre heraus, dass ich schnell machen soll. *Klar.*

Am Mittwoch, als die Sonne unterging, kam Labyrinth an Deck, Doris war hinter ihm, und das Licht war schwach, aber Doris schrie rum und ruderte mit den Armen, bis Labyrinth seine Hand ergriff. Darauf war Doris sofort still, und dann sah ich, wie die beiden sich küssten wie zwei Menschen mit einer Vergangenheit, mit Gedanken und Gefühlen in der Gegenwart und einer noch bevorstehenden Zukunft.

Klar.

Als die Männer sich umarmten, sah ich, dass Labyrinth weinte und sein Kinn auf die Schulter seines Angestellten und vielleicht Liebhabers oder vielleicht etwas anderes legte. Dann hob er die Hand und rieb die Tränen fort, damit Doris in der Dunkelheit nichts bemerken würde. Labyrinth und ich waren die Einzigen, die von dieser Traurigkeit wussten.

Klar.

Ich atme ein-aus-ein-aus-ein-halb aus.

Klar.

Und ich bin derjenige, der ihn jetzt sieht. Niemand anders sieht ihn.

Prav sagt *Velika Rossiya a otstupar nekuda. Pozadi Moskva.* Ich weiß, dass dies ein Motto des sowjetischen Widerstands aus der Nazizeit ist und dass man nie zurückweichen soll, weil Moskau hinter einem liegt. Und es soll von deiner Liebe zu Moskau sprechen, aber es spricht auch von deiner Angst, weil Moskau, das versteckt hinter deinem Rücken liegt, wer-weiß-wozu imstande ist.

Prav kann mir nicht noch mehr Geduld erübrigen.

Klar.

Ich atme ein-aus-ein-aus-ein-halb aus und halte den Atem an.

Das Dragunow ist ein gutes Gewehr. Ich erinnere mich an viele Einzelheiten.

Ich ziehe eine Linie. Ich stelle mir eine Linie vor und ziehe sie. Ich stelle mir eine Linie vor und beuge das obere Gelenk meines rechten Zeigefingers, als würde ich die Linie in der Luft ziehen.

Der Abzug hat ein Drei-Pfund-Auslösegewicht und etwas Frisches an sich.

Drei Pfund ist nicht sehr viel, und eine Linie zu ziehen, gegen den Widerstand und darüber hinaus, wenn er nachgibt, ist auch nicht so schwer. Es geht im Nullkommanichts. Die ganze Folge der Ereignisse ist in kürzester Zeit vorbei.

Das Dragunow hat einen Verschlussträger wie eine Kalaschnikow, was eine verlässliche russische Waffe ist und folglich, vermute ich, besonders beliebt. Ich habe keine Sex-Schwanz-Schusswaffen-Liebe-Obsession und mache mir nichts aus solchen Attributen. Ich kenne mich mit der Waffe aus, weil das notwendig ist. Ich bin mir bewusst, dass das Drag einen freischwingenden Kugellauf mit gefederten Handschützern hat, die sich, sobald man abzieht, bewegen und nachgeben und seltsam lebendig sind. Dazu kommt die Lebendigkeit der Holzschäftung und die Befriedigung, wenn man in die Schlüssellochöffnung der Ummantelung hineingreift und den Pistolengriff zu fassen bekommt.

An einem nützlichen Objekt ist nichts auszusetzen.

Ich habe es benutzt.

Ich glaube fast, dass ich abgezogen habe, als er im Begriff war aufzustehen. Vielleicht hatte ich befürchtet, er würde unter Deck gehen.

Ich weiß es nicht genau.

Ich kann mich nicht an den Moment erinnern, als die Kugel auf ihr Ziel traf.

Ich glaube, es war ein Geräusch wie das Zuschlagen einer Tür zu hören, das im nächsten Moment wie ein Reißen war. Wie das Zerreißen eines langen Vorhangs zwischen mir und etwas anderem. All das in einem winzigen Moment. Das war das Geräusch.

Danach kam ein ganzer Schwarm verklingender Echos.

Auf der Insel hört man wegen der Landwirtschaft gelegentlich Schüsse. Unser einzelner Schuss wirkte nicht außergewöhnlich. Niemand kam angerannt.

Es war ein einzelner Schuss, weil ich meine Sache gut mache. Es war gelungen. Prav legte mir die Hand in den Nacken, vielleicht als Geste der Zärtlichkeit.

Ich erinnere mich nicht an den Schmauch um Labyrinths Körper, an seinen Kopf oder Teile davon, oder wie er zu Boden gefallen ist.

Ich bin mir ziemlich sicher, dass ich ihn am Boden liegen sah, fast intakt, nur dass da Blut war auf dem edlen Teakboden und auf seinem entsetzlich albernen Hemd, das er niemals für diesen Anlass hätte anziehen sollen.

Mit einem Schuss erledigt.

Als ich abzog, war es nicht wie die anderen Male, und es war so, als hätte das Gewehr mein Vorhaben verstanden.

Ein Schuss.

Bei der Polizei haben sie mich nicht einmal für die Schusswaffeneinheit testen lassen. Prav hat gelacht, als ich ihm das erzählte.

Wo das Buch hin ist, wundert mich. Anscheinend ist es verschwunden.

Und dann klopfte Prav mir auf die Schulter, sagte aber nichts, und wir waren lange still, wahrscheinlich eine ganze Weile. Höchstwahrscheinlich eine ganze lange Weile. Und ich war friedlich in meinem Herzen und meinem Atmen.

Ich lag auf dem Rücken und betrachtete den Himmel, der seine normale Farbe hatte, sah ein Paar Vögel und ihre breite dunkle Flügelspanne, wie sie mit langsamem Flügelschlag vorüberzogen und über uns hinweg und einander spiegelten in ihrem Neigen und Steigen und Gleiten. Sie krächzten mit einiger Zufriedenheit, die bei ihrem Umherfliegen offenkundig wurde. Es waren die einzigen Vögel, die Prav mir bisher nicht benannt oder erklärt hatte.

Er lächelte zu ihnen hinauf und sagte *Moy brat. Moya sestra.* Das heißt: *Mein Bruder. Meine Schwester. Sie sind Mischpoke. Sie sind Familie.* Und weiter mit Eton-Akzent. *Du hast also ziemliches Glück und darfst unsere Leute gleich zu Anfang kennenlernen. Sie kennen den Tod und sind voller Zuneigung. Sie haben sich die Mühe gemacht, dich kennenzulernen und vielleicht gut von dir zu denken, weil du ein Jäger bist. Keine Krähen. Mehr als Krähen, mein Guter. Das hier sind Raben. Das sind die echten Vögel. Sie sind das Spiel und die Stimmen aus der Unterwelt. Sie sind die Vögel, die uns zustehen.*

Prav hatte eine große und abergläubische Zuneigung zu Raben und nannte sie immer *mein Bruder meine Schwester*, wenn er welche sah. Sie sind die Freunde von Jägern und solchen, die Leben töten.

Ich sah ihnen beim Kreisen durch den Himmel zu, hoch und tief, wendig und freudenerfüllt. Ich hatte nichts weiter zu tun. Anscheinend teilten wir das Vergnügen.

Und mir scheint, sie mögen Lücken in der Wirklichkeit. Sie flogen über dem Blauen und dann dem Schmauch und der feinen Wolkenluft und ganz ungeheuer oben und schnell über dem Meer, aber sie waren auch unveränderlich woanders.

Sie sind sehr sichtbar und auch wieder nicht, und deshalb kann man von ihnen lernen. Ein Schatten kann sich überall verstecken, wenn er das will.

Möglicherweise wollten die Vögel fressen. Ich hatte ihnen zu essen gemacht. Aber sie spielten nur und machten in der Luft kehrt und rollten sich zur Faust zusammen, so dass sie durch die Luft fallen und im Fallen vor Freude kreischen konnten. Dann breiteten sie ihre Flügel wieder weit aus und hörten damit auf.

Sie müssen die Luft kennen, also kennen sie die Luft. Sie müssen sich selbst kennen, also kennen sie sich selbst. Hamavin yavin. Und jetzt weiß ich deinen Namen. Ja, ich glaube schon. Du brauchst einen Namen.

Er lächelte mir zu, und in seinen Augen war keine Wut.

Zuerst sollten wir zurückgehen. Komm. Das Abrakadabra sagt, wir sollen zusammenpacken, damit wir rechtzeitig zur Flut am Meer sind. Man muss sich immer an das Abrakadabra halten.

Er spricht mit dickem Public-School-Akzent und gibt verschiedene andere

Hinweise, die Männer sich gegenseitig geben, damit sie Zugang erlangen, wo sie es brauchen.

Gelegentlich ist er talmudisch.

Hamavin yavin. Was so viel heißt wie: *Wer das versteht, wird es verstehen.*

Wir hatten im Schnitt drei Stunden, bis die *Kachi*-Typen wiederkamen mit ihren Einkäufen für ein Abendessen, das jetzt so nicht stattfinden würde.

Wir beseitigten unsere Spuren und begannen mit dem Rückzug aus unserem Lager. Alles ging glatt und glimpflich. Prav trug seinen Rucksack selbst und ging mir voraus, um einen neuen Pfad zu den Feldern und einen touristischen Weg zu normalen Orten zu treten.

Schlehenblütengestöber in der Luft, als wir zwischen den Büschen hervorkamen, unsere Verstellung abstreiften und normale Spaziergänger wurden. Weiße Blütenblätter flogen umher und lagen unter unseren Schritten auf dem versunkenen grasigen Pfad. Weiße Blütenblätter wie Konfetti auf unseren Schultern. Prav grinste beim Anblick des weißen Wirbels, als könnte er gewöhnlich glücklich sein. *Siehst du das? Voo zett mareeay. Verheiratet. Jetzt bist du verheiratet. Du hast es geheiratet.*

Wir machten wieder den großen Bogen zu La Coupée und nahmen den Pfad, der offen und konventionell zur Bucht und zu unserem unschuldigen, wenn auch gestohlenen Boot hinunterführte. Wir trafen andere Spaziergänger, einzeln und in Gruppen, die lächelten und nickten und Bemerkungen über das Wetter machten und ihre Bewunderung für die Landschaft ausdrückten, wie nicht anders zu erwarten. Wir folgten dem Konventionellen. Als wir zu der Stelle kamen, wo wir auf die Bucht hinausblicken konnten, war das Dingi verschwunden und die Jacht ebenfalls, und auf dem Wasser war nur noch ein Erinnerungsraum, der zu uns herüberblickte.

Wir gingen die Stufen hinunter, die im Zickzack über den Felsen zum Wasser führten.

Bei unserem Abstieg glitten die Raben links von uns durch den Himmel und schwangen sich in die Höhe. Sie ballten sich zu Fäusten und ließen sich in die Tiefe fallen, und dabei belltenlachten sie *roikroikroik* und waren voller Ausgelassenheit.

Prav nickte, als hätte er es so geplant. *Verheiratet für immer. Wie die katholischen Marienficker. Wie Raben.*

Ich schob ihn in unserem Zodiac-Ruderboot durch die Wellen und kletterte dann selbst ins Boot. Ich glaube, als wir zurück nach Guernsey tuckerten, kreuzten wir über den Todesschatten der Jacht und von Labyrinth.

Ich erinnere mich an das Wasserfunkeln und die Möwen und die Lummen und die scharf konturierten Klippen, die langsam in die Ferne zurückwichen, ein feiner, ferienhafter Anblick, als wir auf dem Rückweg waren. Ich bildete mir ein, die Raben weit über uns abermals frohsinnig zu sehen und wie Spiegel zu leuchten, erst als Formen, dann Punkte, dann ganz verschwunden.

Der Abend in der Villa war unser letzter, und wir blieben im Haus, und Prav machte ein Essen aus den Lebensmitteln in der Tiefkühltruhe, Lammkoteletts und Möhren und Brokkoli. In St. Peter Port hatten wir Brot gekauft. Für Prav konnte es kein Essen ohne Brot geben.

Seit wir zurück waren und den gestohlenen Zodiac auf dem gestohlenen Anhänger wieder in die gestohlene Garage gezogen hatten, gab es kein *ishachit* mehr. Wir haben das Salz abgewaschen und das Boot gereinigt und dann ein bisschen Staub darauf verteilt, bis es so aussah, als hätte das Boot seit Monaten einfach dagestanden. Ich durfte mit Prav am Tisch sitzen und wie ein Mensch essen und das Brot mit ihm teilen.

Zum Dessert gab es Eis aus Behältern mit Vanilleeis, Erdbeereis und Schokoladeneis. Eis ist für saubere Kinder für brave Kinder für sündenlose Kinder. Ich weinte beim Essen. Prav sah zu.

Dann saßen wir in dem rosa-cremefarbenen Wohnzimmer auf gleichen Ledersesseln. Prav trank still einen Whisky, und ich trank Wasser und dachte, vielleicht ist das am Ende eine meiner Stärken.

Ich dachte, eigentlich waren es nur meine sinnlosen Gefühle, die mich wirklich von Prav unterschieden.

Und dann endete unser Frieden, weil der Frieden immer endet.

Jetzt kommt noch der Schluss. Raskolotsia. Die Russen nennen diesen Teil raskolotsia. Du bist noch nicht ganz fertig.

Also war ich doch noch kein Mensch. Ich war noch nicht perfekt.

Wir gingen zu dem gepflasterten Hof an der Seite des Hauses, wo ich bisher nicht gewesen war. Die Luft war ländlich süß und kühl nach dem Sitzen am Küchentisch. Der Hof strömte eine Atmosphäre von militärischen Strafen aus. Vermutlich hatte Prav ihn deshalb gewählt.

Ich zog mich auf Befehl aus und hatte das Gefühl, in mein Meer hinauszugehen und unter meiner Wasseroberfläche zu stehen. Ich blieb während des Vorgangs aufrecht stehen, die Arme am Körper, solange ich konnte. Er nahm nicht die Fäuste, weil, wie Prav mir erklärt hatte, Fäuste für Ebenbürtige waren. Prav benutzte den Gürtel, den er aus seiner Tasche holte. Und die ganze Zeit nannte er mich *kerosinshchik* und *narkoman* und *pochard* und benutzte verschiedene andere Wörter für Süchtige und Trinker und nutzlosen Abschaum.

In jedem Land gibt es Abschaum.

Die ganze Zeit schrie er. Die ganze Zeit fragte er mich nach seinem Namen, und er wusste, dass ich den falschen Namen dachte, und er bestrafte mich.

Ich gab keinen Laut von mir, weil ich die Regeln hierfür schon seit langem kannte. *Hamavin yavin.*

Die Regel ist, zu schweigen und etwas zu sein, das widerstehen kann.

Aber es endet immer damit, dass man auf die Knie fällt und sich zusammenrollt und die Hände um den Kopf klammert. Man schafft es nie.

Wenn man Kind ist, hören sie erst auf, wenn sie aufhören wollen. Mit dem Schmerz hat das nichts zu tun. *Hamavin yavin.*

Aber das hier hatte mit mir zu tun. Dies hatte damit zu tun, dass ich aufhören und von neuem beginnen sollte. Ich fiel aus Freude am Fallen und würde mich wieder erheben. Ich war eine zweckdienliche Schöpfung. *Hamavin yavin.*

Am Ende küsste Prav mich auf den Kopf und legte mir den Gürtel in die Hand. Ein DDR-Militärgürtel mit dem Wappen auf der Schnalle, Hammer und Sichel, und einem Kompass in der kreisförmigen Roggengarbe.

Ich hätte die Kreisform von den Abdrücken auf meiner Haut erraten können.

Ich habe den Gürtel lange behalten. Billiges Leder und Pressstahl. Er hatte mich sauber neu unschuldig in erneuerter Jugend gemacht.

Dann warf ich ihn weg, weil ich nichts brauchte, und das ist Macht.

Ich hatte keine Geräusche gemacht und Prav ausgehalten, so wie ich meinen Vater ausgehalten hatte.

Und Prav war mein besserer Vater, und Prav war mein Priester. Er taufte mich.

Du wirst jetzt Elias sein. Unter den anderen Namen bist du jetzt Elias. Dein wahrer Name. In der Wüste haben die Raben ihn ernährt und am Leben gelassen. Jetzt bist du es, der Elias ist.

Ich glaube, ich habe ihn geliebt.

Jetzt mache ich dich zu Elias, weil ich Fau im Grunde meines Herzens habe. Ich bin Pravednyy und ich bin Fau. Ich bin der Buchstabe im Herzen des richtigen Namens von Gott. Ich zerstöre und ich erschaffe, und ich kann dem, was ich erschaffe, einen Namen geben.

Weil du stark bist, bist du Elias.

Am nächsten Morgen beim Frühstück erkannte ich das Liebesgefühl, und ich dankte Prav und hatte meinen Frieden.

Viel später erzählte er mir, hätte ich eine seiner Prüfungen nicht bestanden, wäre ich eine vom Propeller zerfetzte und an den Strand gespülte Leiche gewesen.

Das wusste ich. Ich fühlte es. *Hamavin yavin.*

Ein paar Jahre waren wir zusammen und fröhlich und in Frieden. Wir verdienten bescheidene Honorare aus verschiedenen Quellen und teilten sie miteinander. Der Tod ist selten so teuer, wie die Menschen glauben. Prav nahm den größeren Anteil.

Wir waren früh ins Bitcoin-Geschäft eingestiegen und wurden plötzlich über alle Maßen reich. Der Kapitalismus liebt das Unbekannte, das zu irrational hohen Werten gehandelt werden kann.

Ich wurde ein außerordentlich reicher Mann. Ich habe das immer sehr komisch gefunden.

Später hörte ich auf, der Lehrling zu sein.

Später begann ich, auf eigene Faust zu arbeiten.

Später lernte ich Französisch.

Le Loup-garou las ich nicht. Ich glaubte, es würde mir Unglück bringen.

BUSTER.

Er sah nicht nach Mord aus.

Vermutlich würde niemand lange in zivilisierter Gesellschaft bleiben können, wenn er oder sie nach Mord aussähe.

Als er an jenem Tag in Edinburgh dazustieß, war er – rückblickend betrachtet – eine beinahe zu perfekte Ergänzung für das OrKestrA. Buster war haargenau das, was wir suchten, als wir in den Kreisen herumfragten, die man als Radikale Impro/Straßenmusik und Demo-Comedy bezeichnen könnte.

Diese Kreise sind nicht gerade riesig, und es war ein wenig seltsam, dass wir ihm nie begegnet waren, nicht einmal von ihm gehört hatten, aber Buster hatte seine Erklärung parat. Er hatte an Paratheaterprojekten in Haiti und Rom und Südfrankreich gearbeitet. Wir alle wussten Bescheid über Paratheater und Poor Theatre und wilde Haare, Ginsberg und Jerzy Grotowski. Ich war nicht die Einzige im OrKestrA, die sich danach sehnte, in den 60er statt in den 80er Jahren zu leben und die Pariser Barrikaden mit Performances in Brand zu setzen, die genug Kraft hatten, die Welt zu verändern. Wir wollten die Formen der Hoffnung und eine bessere Zukunft heraufbeschwören. Wir dachten, Träume könnten neue Realitäten schaffen.

Wir haben uns nicht geirrt. Und ich fand es schon immer seltsam, dass Menschen, die in der Kunst arbeiten, so zögerlich mit dieser Umsetzung sind, während Faschisten immer danach handeln. Sie sind wie Künstler, aber wollen immer nur mit dem Schmerz anderer Menschen arbeiten.

Ich bin mir nicht sicher, ob ich unsere Hoffnungen jemals so ernst genommen habe. Ich folgte damit meiner Gewohnheit, Gutes nicht ernst zu nehmen. Heute weiß ich, dass Václav Havel und die anderen wirklich mit Clownerie ein ganzes autoritäres Land in etwas anderes verwandelt haben. Die Zeit war reif für sie, aber trotzdem – die Samtene Revolution hätte uns beweisen können, dass heilige Narren eine langsam überwältigende Macht besitzen können.

Während ich dies schreibe, ist mir bewusst, dass meine Regierung fröhlich zusieht, wie alle unsere Künste sterben, einfach nur zusieht. Es gab genug Leute unter uns, die sich schon vor Jahrzehnten einig waren, dass wir uns vielleicht geirrt haben und alberner, zeitraubender Firlefanz – eine Stimme haben, Freude verbreiten – sinnlos ist.

Tatsächlich stellen sie eine unmittelbare Bedrohung für Menschen dar, die Menschen nicht mögen und diese gerne sterben sehen: wegen Geld, sadistischen Kitzels und genetischer Reinheitsfantasien.

Warum sonst sollte man die Autorität eines Landes dafür vergeuden, Polizeispione loszuschicken, um das Leben von halbprofessionellen Narren mit einer Vorliebe für Blitzlichtpulver und Haarspray, Paraffin und Kazoos zu zerstören.

Polizeispione gegen Kazoos.

Ich hatte erwartet, erst später in diesem Abschnitt wütend zu werden, aber die Wut kommt früher, obwohl ich gar nicht will. Wie so oft.

Hier ist sie schon – wie Ratten in meinen Wänden.

Buster war ein sehr glaubwürdiger Teil unserer RidiKulus RevOluTion. Er war dabei sehr clever. Er sagte natürlich nicht, dass er Grotowski getroffen habe, deutete aber definitiv an, dass er einigen seiner Gefolgsleute und anderen, unbekannteren, halbreligiösen Praktikern begegnet war. Keine freiwilligen Informationen: nur ein flüchtiger Hinweis hier oder da. An Abenden, an denen er sehr betrunken war oder sehr betrunken schien, ließ er jede Spur seiner todernsten Maske fallen, konnte leidenschaftlich werden und erzählte von der Teilnahme an nichttouristischen Voudou-Zeremonien. Meistens wählte er die französische Aussprache: Vaudou. Ich glaubte ihm, als er beschrieb, wie er von der realen Gegenwart echter Götter überwältigt und erschüttert wurde, die in ihn einflossen, ihn trugen und dann fallen ließen. Sicherlich seine Art von seltsamer rassistischer Fantasie – Eingeborene, die von einem Weißen erobert werden, der ihnen zeigt, wie ihre eigene

Kultur richtig funktioniert. Vielleicht hat er damit gewissermaßen eine Wahrheit zugegeben – schließlich nahm er die ganze Zeit, die wir ihn kannten, andere Identitäten an.

Wir waren ziemlich beeindruckt von seinen radikalen Referenzen und ignorierten alle Probleme bezüglich seiner Herkunft.

Im Grunde genommen war Buster einfach sehr nützlich. Wenn man für ein paar Pints und etwas Dal von den Apocalypse Sisters den ganzen Tag heben und schleppen konnte, dann durfte man bleiben. So fing er an.

Und er war *wirklich lustig*, vergessen Sie das nicht.

Was auch sehr nützlich war. Diese seltene und seltsame Bruchlinie, die sich durch einen Menschen zieht und ihn lustig macht, die ist für Leute wie uns ein Pluspunkt. Sie gleicht eine Menge aus. Sie ist für die meisten Menschen ein Pluspunkt. Lustig ist die Droge, die uns den Schmerz nimmt, und wir alle lieben unsere Dealer.

Buster war witzig und konnte schwer schleppen – ein doppelter Gewinn, mehr als doppelt. Er konnte Pizza backen, mit selbstgemachtem Teig, er kannte einen echten, lebenden Wilderer, der uns Wild und Fisch besorgen konnte, er konnte Gitarre spielen …

Und was noch besser war: Er lieferte freiberuflich Autos für Händler aus. Er war ein bemerkenswert, sogar unerklärlich guter Fahrer und besorgte recht schnell einen abgehalfterten Ford Transit. Kleintransporter sind Gold wert – wie soll man sonst sein ganzes Zeug transportieren? Und Transporter sind der Trick eines schmutzigen Spions, sich stückweise immer unentbehrlicher zu machen und dann immer besser informiert zu sein. Wenn du Ausrüstung abholen sollst, musst du wissen, wo sie gelagert wird, und das erfährst du am einfachsten, wenn wir dich an jeder Planungssitzung teilnehmen lassen.

Aber unsere Planung war ja auch nicht geheim. Das OrKestrA sollte nur Streikposten zum Lachen bringen oder Kinder unterhalten. Wir haben die Bullen lächerlich gemacht – und sie manchmal sogar zum Lachen gebracht. Wir waren nicht die Revolution, wir waren nur Clowns mit Kazoos.

Kazoos.

Manchmal Okarinas.

Wir waren nicht wichtig. Leute mit Kazoos sind nicht Teil der Machtverhältnisse.

Außer vielleicht doch. Es sei denn, sie könnten es.

Wie schwach waren die Kräfte, die sich gegen uns stellten, wenn sie vor Kazoos Angst hatten?

Wir wurden also unterwandert. Seriöse Menschen saßen in Büros, hatten Besprechungen mit Papierkram und Tabellen und erfreulich flexiblen Budgets und machten sich die Mühe, einen Spion zu uns zu schicken.

Ein Freak wühlte sich so tief bei uns ein, dass er jede anständige Vorschrift, jede Kontrolle und Gewaltenteilung dabei übertrat, als hinge sein Leben davon ab, als wären wir eine verzweifelte Terrorzelle.

Dass Buster bei uns war und uns benutzte – das war, als würde man einen Teddybären nehmen und ihm in den albernen, lustigen, weichen kleinen Kopf schießen.

Komisch, dass er einmal eine Nummer bei uns ausprobierte, bei der er einen albernen, weichen, schielenden Teddybären nahm und sagte, er würde ihm in den Kopf schießen. Die Drohung war irgendwie lustig, weil es eine so lächerliche Überreaktion auf etwas völlig Unwichtiges war. Aber das Spielzeug war auch ein nostalgischer Quell der Freude, ein Weg zur Liebe.

Er drohte seinem Publikum mit einer Art gebrochenem Herzen.

Wir sagten ihm, die Nummer funktioniere nicht – zu finster.

Ein wenig Zärtlichkeit an einem Punkt konzentriert sehen und sie dann in die Luft sprengen – warum sollte man das wollen? Warum sollte man überhaupt auf den Gedanken kommen?

Warum das tun? Warum all das tun, was er tat?

OrKestrA hat Monate, Jahre damit verbracht, das Warum von Buster zu ergründen.

IM ALLGEMEINEN erfährt eine Gruppe schrittweise vom Verrat durch einen Spion.

Der zunächst unglaublich nützliche Mensch wird depressiv, betrinkt sich immer mehr, kifft immer mehr, macht noch mehr geheimnisvolle Ausflüge als sonst. Vielleicht organisiert er ein großes Ereignis, wie einen Geburtstag, gefeiert an einem Tag, an dem er gar nicht geboren wurde, oder eine Benefizveranstaltung oder ein Konzert. Das ist in Wirklichkeit seine geheime Abschiedsgeste, seine rosa getönte letzte Erinnerung zum Bewahren. Er will so tun, als wäre sein wahres Ich geliebt worden und als könne er etwas vermissen.

Dann, am Morgen danach, hören sie auf zu existieren.

Ich habe mit Mitgliedern einiger richtiger Aktivistengruppen gesprochen, die vorsichtiger und radikaler waren als wir. Sie erzählen von Gruppentreffen, die einberufen wurden, und von Ausgängen, die hinter mutmaßlichen Infiltratoren versiegelt wurden. Sie beschreiben lügende, lügende, lügende Männer – fast immer Männer –, die viel weinten, wenn sie damit konfrontiert wurden, als wären sie die Opfer, als wären sie verblüfft vom plötzlichen Entzug von Gemeinschaft und Zuneigung.

Ich habe von *einer* Spionin gehört. Sie versuchte offenbar, ihrer Inquisition zu entkommen, indem sie sich halb aus dem Fenster einer Kneipentoilette stürzte. Sie schaffte es nur zur Hälfte, also blieb sie einfach dort hängen – mit Beinen und Hintern über einer der Damentoiletten verkeilt, wobei sie ihre klischeehaften, bunten Festivalhosen zur Schau stellte. Niemand schrie sie an oder tat ihr etwas zuleide, aber es half ihr auch niemand. Die Mitglieder saßen einfach im Veranstaltungsraum der Kneipe und stimmten darüber ab, sie als Mitglied auszuschließen und Warnungen an die angeschlossenen Gruppen zu verteilen. Dann gingen alle nach Hause, einige benutzten die Toiletten, bevor sie gingen, und ignorierten gelegentliche Geräusche der Verzweiflung aus der einen verschlossenen Kabine, in der die Beine immer noch traurig über einem Spülkasten wedelten.

Schließlich schafften zwei der Barangestellten – einer schiebend, einer ziehend – sie nach der Polizeistunde auf den Parkplatz. Ihr Spitzname war Sheila der Spitzel. Sie hielt es nur ein paar Wochen aus.

Sie war den Leuten egal gewesen. Niemand hatte sich spät in der Nacht ihre Kindheit angehört und gehofft, die möge zerbrechen und wie ein gebannter Fluch verwehen, vergessen werden. Niemand hatte sie in den Arm genommen, als sie scheinbar echte Panikattacken hatte. Sie hatte nicht zur Familie gehört. Sie war nicht lustig gewesen. Diese beiden Dinge hatte sie nicht verraten können.

Manchmal fahren die Spitzel einfach ins Nirgendwo und verschwinden. Vielleicht ahnen sie, dass sie kurz vor der Enttarnung stehen, vielleicht haben sie einfach nur ihren schmutzigen Auftrag erledigt, vielleicht wurden ihre Mittel abgezogen. Sie fahren weg, schalten aus, wer sie waren – wie eine veraltete Software, die sie nie wieder benutzen werden.

Buster verschwand mitten im Satz, ging hinaus, um nach etwas zu sehen, das er nicht genau benennen konnte. Dann nichts mehr. Verschwunden.

Nach ein paar Monaten bekam Monkey Monk eine Postkarte aus Spanien. Zuerst wollte er sie mir nicht zeigen. Der süße Monkey mit seinen schwachen Nerven, die ihn zu oft hinterhältig im Stich ließen – noch jemand, den Buster zerstört hat.

Monkey liebte Buster wirklich, vielleicht mehr als ich.

Ich erinnere mich an die Morgendämmerung im OrKestrA-Transporter, wenn wir zu dieser oder jener Streikwache aufbrachen – oder sogar zu Kunstveranstaltungen. Das war zu einer Zeit, als es noch Kunstveranstaltungen gab und keine Sponsoring-Events und verzinkten Stahlgitterzäune um die Massenkonsumenten von Veranstaltungen. An manchen Wochenenden tauchten wir einfach zwischen Spielgeräten, Einkaufswagen oder dem Staub in Gemeindehäusern auf. Wir arbeiteten nach dem Prinzip, dass *es in jedem Leben schöne Überraschungen geben* sollte. Wir schlängelten uns durch kurvige Dorfgassen, fädelten uns zwischen Lavendelhügeln und sahnegelben Steinmauern ein – dann zweimal an der Kirche und dem Postamt vorbei, am Pub anhalten, und los ging's. Meist aber trommelten wir an Buchmachern, Pfandleihern, Rekrutierungsbüros vorbei – all den Schandflecken, die in heruntergekommenen Gegenden gedeihen –, und dann stellten wir uns in einem halb verschlossenen Einkaufszentrum auf, voll mit hohläugigen Müttern und Kindern, die ganz nach ihnen kamen.

Wir waren noch vor dem Vogelgezwitscher unterwegs, ganz aufgedreht von der frühen Stunde. Monkey saß neben Buster, der Beifahrer im Führerhaus. Er reichte Buster regelmäßig und behutsam geöffnete Tüten mit Schoko-Dragees und Thermoskannenbecher mit sorgsam eingeschenktem Tee: halbvoll, um zu verhindern, dass er bei eventuellen Remplern und Ausweichmanövern etwas verschüttete. Zwischen ihnen gab es eine Art Zärtlichkeit – die lockere, eigenartige, distanzierte Art, die man von kratzbürstigen Katzen kennt, wenn sie beschließen, einen zu mögen, und dies dann mit Geschenken zeigen: Mäuse vor der Haustür, feuchte Motten.

Monkeys Hand zitterte, als er mir die Postkarte zeigte, wobei er sie vorsichtig an den Rändern festhielt, damit ich sie nicht anfassen musste.

Die Situation tut mir sehr leid. Sag allen, dass es mir sehr leidtut.

Ich gehörte zu *allen*. Wie nett.

Spanische Briefmarke und Poststempel. Auf der Vorderseite ein Farbfoto der Pont Neuf über die Seine. Einmal im Herbst hatten wir dort Straßenmusik gemacht. Das silberblaue Licht in weiten Perspektiven ließ uns denken, wir könnten das endlos machen, einfach wandern und auftreten und weiterwandern. Die betagte Neigung der Gebäude – das Alter, die Winkel, zusammen auf die richtige Art schön –, schludrig elegant und lebenssatt – sie blinzelten auf uns herab und regten an, durch körperwarme Abende in Paris zu schlendern, neue Fertigkeiten zu erlernen, auf Böden zu schlafen, sich durchzuschlagen, bis wir alt und glücklich wurden und für unsere künstlerische Integrität still bewundert wurden.

Wir haben unsere Träume nicht mit Sheila dem Spitzel geteilt. Wir haben sie in das tiefe dunkle Nichts namens Buster geworfen.

Heute würde ich keine klare, silberblaue Ferne mehr finden – nicht in Paris –, weil er immer irgendwo in einer Ecke hockte und alles kontaminierte.

Als der verschwundene Buster überfällig war und dann mehr als überfällig, war ich diejenige, die seine Wohnung inspizierte, Krankenhäuser anrief. Ich war die Idiotin, die Lokalzeitungen durchblätterte und die Polizei anrief.

Allen.

Schließlich nahm ich einen Zug von Victoria nach East Grinstead und in die Lister Avenue zu dem Haus, von dem er gesagt hatte, dass sein Vater dort lebte, das Stilzchen-Trollmonster. Buster hatte mich einmal dorthin gefahren – nur um es zu besichtigen –, als ich übermäßig neugierig auf seine Vergangenheit war und er, um mich zu überzeugen, mir etwas so Absurdes zeigen musste wie ein echtes Haus mit ein bisschen Rasen vor der Tür und Mülltonnen und einer abschließbaren Garage und abblätterndem Lack an den Fenstern. Ich glaube, er ging einfach mit uns herum, bis er etwas sah, das ihm sofort ins Auge fiel – diese Fenster.

Ich hatte mir die Adresse gut eingeprägt. Ich hatte darüber nachgedacht, vielleicht nur bis zur Türschwelle zu kommen und gegen die Tür des Trolls zu hämmern, bis er herauskam. Dann könnte ich ihn mit der Nachricht überwältigen, dass sein Sohn zwar wunderbar war, aber von Erinnerungen an väterliche Grausamkeiten heimgesucht, vielleicht sogar ruiniert, und immer noch in einer Ecke jeder möglichen klaren und silberblauen Entfernung hockte.

Das sollte eine nacheheliche Geisteraustreibung werden.

Ich war dumm genug, jeden Aspekt dieser Annahme in Betracht zu ziehen.

Aber es gab keine Ehe, genauso wenig wie ein Stilzchen in East Grinstead.

Ein großes Lob für die Wahl des komischen Ortsnamens.

An der Adresse, die ich mir gemerkt hatte, wohnte eine Frau mit ihrer Tochter mittleren Alters. Sie lebten dort seit den 60er Jahren.

Vom Schock über die beiden musste ich mich auf ihren Rasen übergeben, und sie waren wirklich nett zu mir, die Frau hielt meine Hand, während ich auf ihrem sehr rosafarbenen Sofa saß, und ihre Tochter brachte mir einen Tee, der von zu viel Zucker sirupartig war. Vielleicht war sie knapp an Valium.

Wir sprachen alle darüber, dass die Hitze auf dem Weg vom Bahnhof zu viel für mich gewesen sein musste, aber es war nicht einmal merklich warm, und ich zitterte, als wäre ich aus einer Schneewehe geklettert. Der Becherrand schlug immer wieder an meine Zähne, und ich wünschte, er wäre nur halbvoll, wegen der vielen Rempler und Ausweichmanöver, die offensichtlich vor mir lagen.

Ich erinnere mich, dass ich über ihre Köpfe hinweg starrte und sagte: »Sie haben Ihre Fenster gestrichen.« Ich fügte hinzu: »Ihr Sohn wäre schön gewesen.«

Sie sahen mich an, als wäre ich sehr krank, und ich lenkte ab, indem ich fragte, ob ich mir das Gesicht waschen dürfe, was sie mir erlaubten, woraufhin ich mich bei beiden bedankte und zurück zum Bahnhof ging.

Natürlich könnte ich mich in der Adresse geirrt haben.

Aber ich wusste auch, dass ich mich nicht geirrt hatte.

Keine der beiden Frauen hatte von jemandem mit dem Namen des Trolls gehört, der in ihrer Straße wohnte.

Ich sagte es dem OrKestrA. Sie hatten es bereits erraten.

Mein Sohn und ich leben in einer Zeit, in der man automatisch mit Überwachung und bösartigen Eingriffen rechnet, wenn man sich engagiert, Essen für Hungernde organisiert, sich für saubere Luft oder sauberes Wasser oder ähnliche Luxusgüter einsetzt. Damals hat das OrKestrA trotz der ungeheuren Sabotage gegen die Bergleute und ihre Unterstützer nie über Spionageabwehr nachgedacht oder darüber, warum wir sie brauchen könnten. Wir spürten nicht, wie die Erde unter unseren Füßen sich bewegte, wie etwas Ausgeklügeltes wuchs und sich in die Höhe stemmte, so ein bleicher Hunger nach Spitzeln und falschen Informationen und Folterkammern, die sich mit Wunschdenken und selbsterfüllenden Prophezeiungen füllen sollten. Wir dachten, die Schlagstockattacken und die neuen Gesetze, die Bedeutungsverdrehungen gewöhnlicher nützlicher Wörter – wir dachten, das seien unsere einzigen Probleme. Wir brauchten – und ich brauchte – bescheuert lange Zeit, um die vielen, vielen, vielen Spione zu erkennen, die Masse von Spionen, die wie Pilze im Dunkeln wuchsen, um es noch dunkler zu machen und das Chaos hereinzulassen.

Und natürlich verbargen sich die Spione – sie waren schwer zu sehen. Gruppenbezeichnungen: ein Übermaß Spione, ein Verrat Spione, eine Vergewaltigung Spione.

Sie haben sich seither verändert, aber nicht wirklich. Die gegen die Freiheit eingesetzten Maßnahmen sind gleich geblieben: irreführen, entmutigen, verwirren, berauben, spalten, verleumden, zersplittern, verletzen.

Sie zielen immer darauf ab, Schaden anzurichten. Was könnte einem ein stärkeres Gefühl geben, als alle möglichen Hemmungen zu brechen?

Ich sitze hier in meinem Innenhof und spüre die Informationen ständig dicht an mir vorbeiziehen, sich zwischen mir und den gedimmten Sternen dehnen. Die Hitze ist voller Kameraübertragungen und Handyübertragungen und Gerüchten und Gegengerüchten und echten Menschen, die nicht überzeugend sind, und falschen Menschen, die in die Köpfe dringen wie Einbrechergötter und Dämonen, die Hoffnungen zerfetzen, um zu unterhalten, die Handlungen von ihren Konsequenzen abschneiden, die zerstören, was ihnen Spaß macht.

Wir alle sind jetzt im Spionagegeschäft, wir alle geben nutzlosen Lärm von Gerät zu Gerät weiter, wir alle kämpfen gegen das Narrativ und formen es zugleich mit. Und je mehr Spione es gibt, desto weniger zählt die Wahrheit. Wenn erst einmal jeder ein Verräter ist, gibt es nichts mehr, was sich herauszufinden lohnt.

Das klingt zynisch.

Oakwood würde das nicht gutheißen.

Das OrKestrA auch nicht.

Und ich auch nicht.

Denn mir geht es jetzt meistens gut. Ich habe keine Träume mehr, in denen er mich tötet, obwohl ich glaube, dass sie wieder näher kommen.

Das OrKestrA existierte nicht mehr wirklich, als wir in die nächste Trauerphase geschubst wurden. Dazu gehörte ein Besuch im St. Catherine's House, wo unter anderem die Namen der Toten verwahrt werden.

Wir suchten nach den Namen von toten Babys – eines bestimmten toten Babys. Wir waren nicht die Ersten, die danach suchten.

Unsere Regierung möchte behaupten, dass sie keine fiktiven Menschen von Grund auf erschaffen kann, die allen Überprüfungen standhalten. Natürlich stellt sie gefälschte Pässe, Führerscheine und Urkunden aus, aber nur aus unglaublich harmlosen und vorübergehenden Gründen. Sie möchte, dass wir denken, es sei zu schwierig, zu unehrlich und geschmacklos, eine ganze Person aus dem Nichts zu erschaffen. Sie hat gerne saubere Hände.

Unmenschen Regierungsarbeit machen lassen, im Raum zwischen der herkömmlichen Realität und der von der Regierung gewünschten Realität – das sollte nicht passieren. Finstere Menschen dazu bringen, im Dunkel zu arbeiten – das sollten sie nicht nötig haben. Ungezähmte Gewalt sollte nicht unsere nationale Stärke sein, ebenso wenig wie politische Überwachung. Es sollte keine trüben Schnittstellen geben, in denen sich Polizisten und Betrüger, Journalisten, Spione und Politiker treffen.

Wir mögen imaginäre Spione mit Legenden, die von Büroangestellten und Meisterfälschern in geregelten Büros erfunden werden. Wir mögen Filme und Bücher, in denen unvollkommene, mutige und müde Agenten den notwendigen Kampf mit Fanatikern, Mafiosi und hochgerüsteten Verschwörern aufnehmen.

Wir möchten nicht, dass solche Leute trauernde Familien unterwandern, die Gerechtigkeit wollen, oder lästige Abgeordnete, oder Gewerkschaften, oder ein OrKestrA von Clowns. So sollte unser Land sein.

Oder vielleicht sind wir alle – in kurzen Momenten der Klarheit – zufrieden damit, wenn unser Land so etwas in anderen Ländern tut. Wir würden uns nur empören, wenn es hier in unserer Heimat passieren würde.

Jedenfalls sollten wir keine Polizei haben wollen, die Namen fremder Babys stiehlt.

In unserem fiktiven barmherzigen Land ruft ein geheimnisvolles Regierungsbüro nicht einfach Geburtsurkunden und Sozialversicherungsnummern und Postsparbücher und den anderen Abfall eines realen Lebens ab. Das würde die Würde der Aktenführung und den Status der etablierten Autorität untergraben. Und es könnte womöglich auch nicht funktionieren. Und diese Clowns, Witwen und Waisen könnten Ärger machen. Am besten alles unter dem Teppich halten.

Nur ist hier nichts barmherzig, und genau so etwas passiert.

So schickt eine völlig skrupellose Abteilung innerhalb – sagen wir mal – der Polizei ihre Kreaturen für ein oder zwei Tage in das Allgemeine Registeramt, um dort nachzuforschen. Im St. Catherine's House – und davor im Somerset House – durchforsten die Kreaturen die Sterbeurkunden und suchen nach solchen, die um und während ihrer eigenen Geburtsjahre ausgestellt wurden. Sie wollen ein Sterbealter finden, das mit 0 Jahren angegeben ist.

Ich schreibe hier im Präsens, weil ich mir absolut sicher bin, dass sie damit nicht aufgehört haben. Die Methodik mag anders sein, aber es läuft immer noch.

Ich vermute, dass die Stilzchen-Kreaturen nach Namen suchen, die zu ihnen passen könnten. Sie bevorzugen es, ihre eigenen Initialen zu behalten, oder vielleicht ihren eigenen Vornamen. Vielleicht spüren sie passende Namen für Menschen auf, die Sex und vorgespielte Liebe einsetzen, um ihre Identität überzeugend wirken zu lassen. Sie bräuchten einen besonderen Namen für die Art Mensch, die von Sehnsüchten redet, die jemanden halten, berühren, küssen kann, ohne jemals wirklich da zu sein.

Genug davon.

Ich meine, welche Art von Mensch würde so tun, als wäre er so was von verliebt, nur um einen Transporter voller Menschen zu täuschen, die ihn ohnehin schon mochten und ihm vertrauten? Wozu die Mühe?

Und mich zu hintergehen, war nicht mal notwendig, war nicht mal persönlich. Buster benutzte Sex als Comedy-Nummer, als Hobby. Er trug die Liebe als Kostüm, weil er es konnte, und sein Land dankte es ihm. Es war ihm egal. Nichts kann ihm etwas bedeuten.

Verletzung der Intimsphäre als Standardverfahren.

Einige der V-Männer haben Kinder gezeugt.

Aber ein Nicken und ein Augenzwinkern, und bei den Jungs ist alles vergeben. Wer würde darauf kommen, diesen Teil der Hölle zu öffnen?

Jemand wie Buster. Jemand, der sich jemanden wie Buster ausgesucht hat.

Und Buster geht ins St. Catherine's House und bekommt eine echte Geburtsurkunde, einen echten Namen, der von echten, trauernden Eltern erfunden wurde, einen echten Geburtstag, den dieselben echten Eltern auf weiß Gott wie schmerzhafte Weise feiern. Und er macht sich an die Arbeit, stiehlt mit seinem ersten Diebstahl alles andere, was er braucht. Alle Stilzchen bestehlen eine Mutter, einen Vater, eine Familie und bauen sich auf dieser schäbigen Grundlage ein unreines Leben auf.

Dies untergräbt offensichtlich weder die Demokratie noch irgendjemandes Würde. Das ist völlig in Ordnung.

Finden Sie den echten Namen und erstellen Sie dann echte Dokumente. Früher gab es so etwas wie einen digitalen Fußabdruck noch nicht. Es war einfach, mit sehr wenigen frühen Spuren überzeugend zu existieren. Wenn Ihr Gesicht auf einem relevanten Schulfoto fehlte, hatten Sie an diesem Tag gerade Mumps.

All das hat zur Folge, dass ich einen langen Donnerstagnachmittag in einem sehr nach Albert Speer aussehenden Teil von Aldwych verbracht habe – monumentaler weißer Stein und bronzene Art-déco-Verzierungen. Es waren Schulferien, also konnte ich den Ausflug machen. Ich hatte die ganze Sache mit den Apocalypse Sisters geplant. Hissy war zu diesem Zeitpunkt Logopädin und Sissy Altenpflegerin. Gott steh ihr jetzt bei.

Sie trugen immer noch den gleichen schreiend lila Lippenstift und Nagellack, denn wie auch immer sie jetzt ihren Lebensunterhalt verdienen, sie sind immer noch die Apokalypsen.

Die OrKestrA-Mitglieder haben sich im Allgemeinen über das gesamte Spektrum von fürsorglichen Berufen verstreut. Ich glaube, aus denselben Gründen, aus denen wir früher liefen, Purzelbäume schlugen, Kazoo spielten – wir versuchten, die menschlichen Probleme zu lindern – so kurzlebig und zerbrechlich zu sein – sie weniger schrecklich erscheinen zu lassen.

Die Menschen lachen über Slapstick, weil wir alle hinfallen und wissen, wie sich das anfühlt. Die Menschen lachen auch, weil das Fallen Schrecken und unser Ende bedeutet, also machen wir uns darüber lustig, um es kleiner scheinen zu lassen. Zumindest glaube ich das. Und wir Spieler hatten alle beschlossen, unser Leben dem Versuch zu widmen, zumindest einige Arten des Fallens zu verhindern.

Das OrKestrA war zu diesem Zeitpunkt schon seit Jahren begraben, mehr oder weniger. Wir lebten gelegentlich wieder auf, aber es ließ sich nur schwer Freude an der wunderbaren Idee finden, dass wir alle wählen konnten, wer wir sein wollten. Die Stilzchen hatten uns diese Freude gestohlen.

Unsere Wiedersehenstreffen wurden durch die Erinnerung an Buster getrübt, der alles, was uns liebenswert machte, infiziert und unser Timing zerstört hatte. Slapstick, Purzelbäume, Scherze, Musik, Leben – all das ist Ausdruck der Freude am perfekten Timing. Wird man zu vorsichtig, befangen, verletzt, verängstigt – alles dasselbe: eine halbe Sekunde zu spät könnte genauso gut ein Jahr zu spät sein – nichts funktioniert mehr. Buster war das Ende des leichten Lachens.

Aber ich nehme an, dass wir am Ende eine Reaktion auf ihn gezeigt haben, denn wir hatten Lösungen für ihn und Leute wie ihn – wir alle außer dem armen Monkey.

Aber ich setzte dennoch keinen Fuß in das Haus der heiligen Katharina, wo die Akten mit der Schuld schliefen. Die Apokalypsen konnten hineingehen, sie waren immer mutiger als ich.

Er muss sich dort niedergelassen und durch den Kummer anderer Leute gewühlt haben, um daraus seine Straflosigkeit zu basteln. Er muss in den Räumen und Gängen herumgelaufen sein und Spuren hinterlassen haben, wie bei Polonium oder Milzbrand. Damit wollte ich nichts zu tun haben.

Also wartete ich auf der Straße, während Hissy und Sissy suchten. Ich glaube nicht, dass sie wirklich so lange brauchten – es war nur so, dass die Zeit zwischen den hohen Fassaden auf und ab wirbelte, sich gegen die Fenster wölbte und mich ein paarmal fast zu Fall brachte. Kein Slapstick-Sturz, kein lustiger Sturz – eher so ein Fallen, bei dem man dem Tod näher ist, als man dachte. Ich stellte mir schon vor, den versammelten und glotzenden Fußgängern nicht sagen zu können, warum ich am Boden lag.

Andererseits war ich in Westminster – vielleicht wäre niemand stehen geblieben, ich hätte einfach dagelegen, während schöne Schuhe über mich gestiegen und weitergegangen wären.

Schließlich tauchten die beiden Schwestern wieder auf und lächelten, als wollten sie einen Stotterer beruhigen oder einen Aufenthaltsraum voller Menschen mit geschwollenen Füßen und Medikamenten aufheitern.

Ich reagierte darauf mit erneutem Schwindel.

Sissy sagte, was sie aufgedeckt hatten, habe sie nicht überrascht.

Hissy war es auch nicht.

Ich auch nicht.

Die Schwestern gingen rechts und links von mir bis zum nächsten Café, wo wir uns unterhalten konnten. Wir waren nicht schockiert, nicht wirklich schockiert. Wir hatten im Grunde bloß das erfahren, was wir erwartet hatten.

Phillip Stirratt hatte kaum existiert. Er war ins Leben geschlüpft und dann in derselben Woche gestorben, in der er 1956 geboren wurde.

1956 war für Buster glaubwürdig, denn er war ein bisschen älter als wir.

Er brauchte ein paar Jahre Erfahrung mit der Polizei, bevor er uns zerstören konnte – aber nicht zu viele. Er musste immer noch glaubhaft zu Leuten passen, die Anfang zwanzig waren.

1956.

Hissy ließ mich wegen des Zuckers eine überteuerte heiße Schokolade trinken. Mir war wieder kalt. Ich fühlte alle Stellen auf einmal, an denen er mich berührt hatte, als wäre ich in der Haut einer Toten gefangen.

Der Tag sollte eigentlich eher ein Wiedersehen als eine Beerdigung sein, mit einem frühen Abendessen in einem schönen Restaurant. Ich versuchte das abzusagen und einfach nach Hause zu gehen, aber sie ließen mich nicht. Man konnte sich immer darauf verlassen, dass die Apokalypsen ein wirklich endgültiges Ende erdachten. Sie wussten, dass ich allein lebte – wie sich zeigen sollte, in einer sehr baufälligen Festung uneinnehmbarer Einsamkeit. Ich war nur wenige Wochen davon entfernt, einem schrecklichen Mann die Schlüssel zu meinem Leben zu geben.

Hissy mochte ein thailändisches Lokal in Soho, also spazierten wir in Richtung Norden und ließen es ruhig angehen. Während wir schlenderten, begann erst Sissy und dann Hissy, die Marschmelodie des OrKestrA zu pfeifen.

Tu-Ra, Lu-Ra.

Lu-Ra, Lu-Ra.

Das UnRule OrKestrA.

Das hat mich ein bisschen zum Weinen gebracht. Für mich eine moderate Tränenmenge. Aber sie ließen die Stimmung nicht in den Keller gehen.

Tu-Ra, Lu-Ra.

Lu-Ra, Lu-Ra.

Das UnRule OrKestrA.

Wir haben das in den Pausen zwischen den musikalischen Attacken immer geflüstert – Flüstern und dann zum Schreien steigern.

Tu-Ra, Lu-Ra.

Lu-Ra, Lu-Ra.

Das UnRule OrKestrA.

Und mitmachen fühlt sich an, als würde ich nach Hause rennen, die himmelblaue Tür hinter mir schließen und kichern, weil ich es kann.

Tu-Ra, Lu-Ra.

Lu-Ra, Lu-Ra.

Das UnRule OrKestrA.

Wir fingen an, auf OrKestrA-Art herumzualbern. Irgendwann – die beiden waren noch sehr gut in Form – hoben sie mich hoch und schaukelten mich mit gebeugten Knien zwischen ihnen hin und her wie ein riesiges Baby auf einer Schaukel. Und wir gingen weiter, räumten den schmalen Bürgersteig vor uns.

Ein verunsicherter Mann warf Sissy einen bösen Blick zu, als er auf die andere Straßenseite stapfte. Ich spürte, wie sich ihre Finger verkrampften, als sie zu einem unserer typischen Demo-Lieder überleitete. Es wurde zur Melodie der *Battle Hymn of the Republic* gesungen, wenn wir Typen entdeckten, die schon im Voraus wüteten und so den Eindruck erwecken wollten, triumphierende Abbilder männlicher, arischer Dominanz zu sein. Sie sprang direkt zum Refrain, und das nicht sehr leise.

Er hat 'nen winzig kleinen Penis,

So einen winzig kleinen Penis,

Er hat 'nen winzig kleinen Penis,

Drum ist er so schlecht drauf.

Daraufhin wurde viel Pst gemacht und sich normal benommen, aber dann kicherten wir, während wir rannten, rannten, rannten wie befreite Menschen.

Er aber folgte uns.

1956.

Das Baby, dessen Namen er annahm, wurde 1956 geboren.

Dass ich nicht mal wusste, wie alt er war, ließ das Pflaster unter meinen Füßen wie losen Teppich auf glattem Boden rutschen.

Nicht überrascht zu sein, schützt einen nicht. Das hieß nicht, dass ich einfach zu Abend essen und dann nach Hause gehen konnte, um noch ein paar Arbeiten zu korrigieren und Unterrichtspläne zu machen und dafür zu sorgen, dass ich am nächsten Morgen besonders einnehmend und besonders angenehm und besonders sicher war. Ich würde mich nicht mehr sauber, normal und vollständig fühlen. Zu der Zeit war ich noch nicht ganz in Oakwood angekommen, die Schule hatte mir noch nicht geholfen.

Das Abendessen mit Hissy und Sissy war allerdings okay. Gedämpft. Ich trank zum ersten Mal Tom-Yam-Suppe, und sie war scharf genug, meinen Mund zu betäuben, ihn sauber zu brennen.

Und das war jetzt keine Geschichte über Buster – das war eine Geschichte über Menschen, die über ihn hinaus weitermachten, die Dinge bauten, die er sich nicht vorstellen konnte.

Das ist eine Geschichte darüber, wie normale Menschen ihr Leben und ihr Bestes tun, um es zu ihrem eigenen, schönen und nützlichen Leben zu machen. Die Stilzchen, zu schwach, mehr als eine Lüge zu sein, können nur immer rennen und den letzten Fehler, der sie sein wollten, hinter sich zu lassen, sich zu verstellen und weiter wegzurennen.

Und der Welt ist es egal, wenn Stilzchen gehen. Ihr Vandalismus wird jeden Tag weniger. Die Realität heilt über die Lücke, die ein Stilzchen besetzt hatte, bis sie ebenso gut nie da gewesen sein könnten.

Ich würde zu jedem von ihnen sagen: *Niemand weiß, wer du warst, oder will sich an dich erinnern, und das gibt dir das Gefühl, unzulänglich zu sein. Du überkompensierst. Du bist davon besessen und allein mit deinen traurigen, hinters Licht führenden Autobiografien.*

Und hier folgt schon die nächste.

2019, CAMDEN

Es ist November. Der Pub heißt nicht The Happy Bargeman, aber so ähnlich. Er befindet sich in einer ganz normalen öden Straße in Camden. In fast genau westöstlicher Richtung von hier sieht man die stufenmäßig abfallenden Dächer der hässlichen viktorianischen Backsteinreihenhäuser und der hässlichen modernen Backsteinreihenhäuser. Tagsüber werden in den Geschäften Haushaltswaren zu Sonderpreisen, Schalen von Obst mit braunen Stellen und Hoffnungen in Wettgeschäften angeboten. Nachts haben die Anwohner zweifellos die Absicht zu schlafen, im Gegensatz zu uns. Wir sind erregt heiß und schwelgen in dem Luxus gemeinsamer Ausgelassenheit. Um drei Uhr morgens nehmen wir uns das Privileg, laut zu sein.

Ich bin in der Pubwelt, die nicht mehr meine Heimat ist.

Ich bin in England, und auch das ist nicht mehr meine Heimat, wobei England mich verlassen hat, nicht andersherum. Das heißt, ich bin in dem Land, das sich als alias England ausgibt. Die Identität beruht auf Wiederholung von Gewesenem, andernfalls wäre da nur dürftige Recherche und paranoides Verhalten mit Ausbrüchen dunkler Gefühle. Sie erscheint widersprüchlich, nicht überzeugend und bewirkt schädliche Misstöne unter denen, die sich an andere Versionen von England erinnern. Die Darstellung ist unprofessionell.

Ich stehe an der Bar. In dem Männergedränge ist ein Schubsen und Schieben, das noch vorm Morgengrauen in einer Schlägerei enden wird. Die Luft ist laut mit aufgesetzter Fröhlichkeit und ähnlichen Verlogenheiten und dem Arbeitsschweiß von Menschen, die sich fremd sind. In der Ecke sitzt einer mit traurigem Haar und geriert sich als Einheimischer. Er übt sich in exzentrischem Verhalten, das er in Filmen gesehen hat, und sucht alternative Glücksgefühle in seinem Bierglas, das er mit solchem Schwung leert, dass sein Kinn nass wird. Er geht mich nichts an.

Ich bin mit Nigel hier.

Ich bin wegen Nigel hier.

Nigel heißt er gar nicht.

Irgendwann wirst du ihn erraten. Seins war immer ein Schicksal, das in großen schlimmen Schlagzeilen enden würde. Ich vermute, du liest noch die

Zeitung oder hast wenigstens ungefähre Kenntnisse von den darin verbreiteten Geschichten.

Nicht-Nigel verbirgt seine dauerhaft verächtliche Miene mit einem Halblächeln und Gesten, bei denen er sich die Hand vor den Mund legt. Er hat ein kleines Zucken an der Oberlippe. Es entzieht sich jeder Diagnostik und ist eher Ausdruck einer Störung.

Nigel stellt sich in allen Zusammenhängen als überragend dar. Nigel glaubt, dass Genetik ein Segen ist und Eigenanstrengung eine Sünde. Nigel irrt sich in seiner Selbsteinschätzung. Seine unvermeidbaren Momente der Selbsterkenntnis nagen an seiner Wirbelsäule, was er mit Grausamkeiten kompensiert. Er ist ein langweiliges Beispiel für einen langweiligen Typ Mensch.

Die Welt draußen ist noch lebendig und wartet außerhalb des Pubs und der Straße und des Viertels und der Fahnen, obwohl die bevorzugte nationale Psychose es lieber sähe, wenn diese Welt nicht existierte. In der Welt draußen kursiert eine kaum wahrnehmbare Nachricht aus der Inneren Mongolei, wo sich langsam Yersinia pestis verbreitet. Aus China gibt es verhaltene Berichte von einer neuen Grippe, Geheimdienstler wägen das Schadenspotenzial ab. Aus ihren Bastionen der Nutzlosigkeit klagen sie fortwährend und beobachten dieses England, das sich freiwillig nackt dumm in grausame Hände begibt. Auf der ganzen Insel geht ein Suchtmythos von der Sehnsucht um, allein und ruhmreich in gefährlichen Meeren zu treiben.

Ich beobachte Nigel, der seine Haupttäuschung verrät, und stelle mir vor, wie kalte und göttliche Wasser fröhlich meine Waden umspülen. Ein plötzlicher Wellenschub, und ein jeder könnte stürzen und unter die Oberfläche gleiten. London sitzt in einem Smogtopf, und das hilft, andere, längst bestehende Arten des Eintauchens und Ringens nach Atem zu maskieren.

Selbst nach diesem Auftrag habe ich nicht vor auszusteigen, und das ist ein riesiger Fehler. Dennoch, ich bin ein Mechanismus, der sich nach jedem Fehler neu anpasst. Bald werde ich eine umgreifende Kursänderung vornehmen.

Die Pubstimmen sind, wie es üblich ist, einer oder unterschiedlicher Meinung über einen Schiedsrichter oder einen Transfer. Das haben sie statt einer Gesprächskultur. Die Gäste hier sind zu achtzig Prozent Polizisten von der örtlichen Wache. Sie wiederholen Schlagzeilen, die sie per Osmose in der Kantine oder im Streifenwagen verinnerlicht haben. Sie erklären, welche Vereine Spieler Sexpraktiken Kinder Hunde Frauen sie mögen. Rechts von mir steht ein Mann mit einer verzweiflungsvollen Krawatte und spricht von seiner Sehnsucht nach Speerfischangeln auf Kuba. Seine Stimme ist Essex, verwässert mit einem Anteil Midlands. Er geriert sich wie Hemingway, verrät darunter aber Thermoskannentee und seine Neigung, in Teichen gezüchtete Forellen zu töten.

Der Gastraum stützt sich auf einen weithin akzeptierten Hintergrundmythos von stabiler Monarchie und von einem London, in dem White Mayfair die Horden des Schwarzen Chaos in die Schranken weist und wo für alle Zukunft in Landhausgärten mit gepflegtem Rasen Pimm's serviert wird.

Nigel ist verschwommene Selbstgewissheit und bietet Ignoranz als angemessene Entspannung. Sein Wahlkreis erkennt darin seine entscheidenden und bewundernswerten Züge. Er schwebt über allen wahrnehmbaren Bedrohungen und ist der Offizier, der gern tötet, weil ihn das als die Hand Gottes auszeichnet, die, um den Starken zu helfen, die lästigen Schwachen aus dem Weg räumt. Die Army würde ihn natürlich sofort ausspucken, und er hat nie versucht einzutreten, deutet aber kriegerische Fähigkeiten im Schnitt seines Jacketts an.

Nigel hat den Hintergrundverdacht, dass sein Erfolg auf Mode und Wohlstand und Beziehungen basiert und nicht auf seinem höchsteigenen Genie, und er glaubt, dass dies seine schlimmste und wahrhaftigste Bürde ist. Trotzdem genießt er Anerkennung, weil emotionaler Missbrauch zur allumfassenden Kultur und Verhaltensnorm und zum Ritual erhoben worden ist und als Einkommensquelle gilt. In diesem England ist Folter allgegenwärtig, und er ist gut darin, Folterszenarien zu entwerfen. Irgendwo saust immer der schlimme Vatergürtel schneidend auf Weichteile herunter. Ich roch das Leder in dem Moment, als ich aus dem Flughafen kam. Während das Taxi mich in die Stadt fuhr, hörte ich im Radio die Geräuschkulisse von Anrufen zufrieden Getäuschter, auf die mit nachsichtiger verbaler Wut geantwortet wurde. Überall ist es schlüpfrig und riecht nach Manipulation.

Ein Stück weiter an der Bar brummelt ein Mann mit ironiefreiem Gesichtshaar etwas zu einem unauffälligen Bekannten. Sie ergötzen sich an ihren Kleine-Jungs-Geheimnissen, und bei dem Gedanken an unsichtbare Umschläge Päckchen Geldrollen Schätze krümmen sich gierig ihre Finger. Die Pubwelt ist voller Entzücken von sich selbst als sorglos zusammenhockendem England in Kleinausgabe. Und unter den Polizisten sind Männer, die den Nervenkitzel suchen wie Nigel, und andere, die auf Schatten und harte Geschäfte aus sind. Außerdem gibt es, in menschlicher Haut versteckt, ein paar Mogelpackungen und Abwesenheiten.

Und ich bin auch da. Ich bin ganz wahrhaftig da und präsent und bin Tom. Ich bin hohe Bildschärfe mit eingefügten verschwommenen Details, wo erforderlich. Ich bin volles Bewusstsein und Stimmungsmanipulation und narrative Kontrolle und Informationsfindung und Unverzichtbarkeit und sichtbarlich bravbravbrav Braver-Hund-Wohltätigkeitsfall, der gut Freund sein will. Im Umfeld liegt die Betonung auf Vertrauensgewinn und gemeinsamen Sünden, was mich glücklich macht.

Nigel ist von seinen Monologen entzückt. Er redetredet die ganze Zeit, und ich höre intensiv und wohlwollend nicht zu. Seine Stimme löst bei mir umfassende Impulsunterdrückung mit Erschöpfungsfolge aus. Sobald ich ihm angemessene Aufmerksamkeit schenke, will ich große Zerstörung und Schäden anrichten. Zum Ausgleich betone ich äußerlich Ruhe und Situationsbewusstsein.

Rechts hinter ihm sitzen vier Standard-Haarschnitte und zwei misslungen schnittige Typen in lustiger Runde um einen Tisch. Einer der Nicht-Standard-Haarschnitte ist ein gefräßiger Hai und vorgeblicher Jäger, ähnlich wie ich. Seine Tarnung ist durchschnittlich gut, solange er sich konzentriert, aber sobald einer seiner Gefährten nachlässt, gibt er unpassende Häme zu erkennen. Sie sind haltlos und laut und werden bald noch haltloser und lauter sein. Sie gieren nach möglichst schneller Grenzaufhebung. Nur einer der Standard-Haarschnitte würde in einer physischen Konfrontation ein Problem darstellen. Er würde den kleinen gefräßigen Hai beim ersten Anzeichen von Täuschung niedermachen. Der gefräßige Hai erwartet Fleischbrocken und warmes Blut. Die anderen schwimmen schutzlos in einem Fluss voller Köder, und er riecht sie, als sie nähernäher kommen. Ich erkenne sein Gesicht, aber ohnehin wüsste ich von seinem Aroma, dass er bei der Zeitung ist. Wie ein Hitzedunst prägt sein besonderer Appetit die Stimmung um ihn herum. Er sammelt nützliches Kompromat-Material für andere Interessenbereiche. Veröffentlichungen möchte er lieber vermeiden, um so die Spannung der Zielobjekte zu erhalten. Information ist Einfluss und Einkommen, nicht berechtigter Vorwurf.

Ich bin berechtigter Vorwurf.

Die Körpersprache des gefräßigen Hais gibt Hinweis auf sein sehr schlaues Aufnahmegerät und seine sehr schlaue Schlauheit. Wie er den Oberkörper beugt und wie sein kleiner Finger jede Geste meidet, das sind lachhafte Neonleuchtzeichen, und die Männer am Tisch haben ihn verdient, ja, sie laden ihn förmlich zu sich ein.

Ich betrachte das aus hoher Warte.

Ich bin eine höhere Warte.

Nigel derweil lacht in freudiger Selbstbewunderung. Ich habe das zu einem Reaktionsauslöser gemacht, was so viel heißt, wie dass ich ein automatisches Bewunderungslächeln anknipse, mit einem weichen Abgang von Schüchternheit und Ehrfurcht. Ich erhalte die Sympathie-Körperspiegelung zwischen uns, auf die er jederzeit scharf ist. Ich bin das, was er braucht, nämlich kriecherische Liebesobsession. Ich zeige ein Schmachten nach seinen Beleidigungen und gebe nach jedem Schlag Lustgefühle vor. Treffen mich bestimmte seiner Bemerkungen, spiegelt sich das in meiner Miene. Ich biete ihm zutiefst wahre Enttäuschungsreaktionen aus Kindheitstagen, was seine sadistische Lust überfrachtet. Ich bin standardmäßiger Schadensbeweis und gelegentliche Tränennähe. Nigel präsentiert eine kleine Auswahl offensichtlicher Druckpunkte, und meine Identität als jemand, der Tom heißt, bringt sie in Rotation zum Leuchten. Die Vorstellung, dass ich eine hohe Punktzahl erreiche, amüsiert mich.

Auch in meinem tiefstillen Inneren amüsiere ich mich. Das liegt daran, dass ich sein Schwadronieren bewundern kann und dennoch rein edel bleibe. Der Spiegel hinter den kopfüber hängenden Flaschen an der Bar zeigt mich höchstwahrscheinlich als muskelschwachen schlecht ernährten Beta-Bewunderer. Genau das ist meine Absicht. Ich bin ein Stolperer. Ein Kleckerer. Ich gebe kleine Hinweise auf Selbstverstümmelung und durchhängende Einsamkeit. Ich bin eine perfektionierte Persönlichkeit und bleibe außerdem sauber effektiv bei meiner inneren Wahrheit, wo ich ruhe und spiele.

Deshalb ist das Überleben von Missbrauch das beste Training für Betrüger. Wenn wir am Leben bleiben, sind wir schon in weiter Ferne und an einem Ort der Wahrheit und Sicherheit versteckt.

Ich könnte sagen, im Moment ist meine Körpersprache eine einzige Lüge und Gelegenheit für Hochgenuss. Meine Körperlichkeit lässt sich gehorsam für angemessene Tarnung und entsprechende Auftritte vereinnahmen. Würde ich gefragt, könnte ich erklären, dass eine mehrfach gespaltene Existenz mit der Zeit leicht wird und dass Prav mir geholfen hat und sein Training optimale Wirkung hatte. Aus Gewohnheit wache ich in unentschiedenem Zustand auf. In Ruhestellung bin ich unauffällig, und ein beobachtendes Auge wird nicht umhin können, über mich hinwegzugleiten. Ich bin, wer ich sein will. Ich bin auch der, den du haben willst, und das ist noch besser und eine fluide Lösung für alle Herausforderungen.

Früher war mein Körper die Summe von Gewohnheiten und aufrichtigen Absichten und folglich ein Verräter. Das Erste, was bei dem Prozess entfernt wurde, war meine Polizistenidentität. Ein Polizeisubjekt hat eine pseudosoldatische Haltung und gelernte polizeiliche Gesten. Verletzungen infolge von Stress verzerren das. Aus persönlicher Schuld und Empörung entwickeln sich Muster von Muskelspannung. Die Polizei-Freizeitkleidung ist eine billige Variante militärischer Freizeitkleidung, in den unteren Rängen geprägt von vorsätzlichem Mangel an Geschmack und einer Vorliebe für Brutalomerkmale. Polizeisubjekte suchen Räume, in die sie ihre Machtfantasien als Problemlösung hineinprojizieren können, und sind folglich für das häusliche Umfeld ungeeignet. Polizeiliche Bruderliebe kategorisiert und fragmentiert die Dinge gern und hängt einer Straßenbandenästhetik an. Das Polizeileben lehnt nichtkonformes Verhalten ab und fördert Rudelhierarchien. Im Polizeidenken ist die Öffentlichkeit eine verschlagene, widerspenstige, absichtliche Provokation und zugleich die schwachsinnige und anspruchsvolle Feindfigur. Außerdem besteht die Öffentlichkeit aus Nachbarschaft oder Familienmitgliedern und besonders aus Ehefrauen, was bedauerlich ist und ein ständiger Anlass für Ärgernisse.

Polizisten verstehen Polizistinnen nicht, wollen sie aber nackt sehen.

Ich lasse meinen Blick durch den Pub wandern, wo ranghöhere Polizeisubjekte mit großen Gesten agieren und freudig ihre modischeren Jacketts und bessere Haut zur Schau stellen, während die Rangniedrigen auf den Füßen wippend und schulterreibend ihre jungenhafte Solidarität bekunden. Sie haben nicht unbedingt das Bedürfnis, mich anzusehen.

Aber ich sehe sie.

Polizeisubjekte schreien nach Ordnung und dürsten nach Zuneigung. Hassgefühle entstehen wegen der obsessiven Unterwerfung unter Statusvermutungen. Die Polizeiwürde ist zerbrechlich, dann gewalttätig. Polizeisubjekte sind zunehmend tolerant gegenüber Tätowierungen. Polizeisubjekte riechen nach blauem Baumwolldrell, ganz gleich, woraus ihre Uniformen gemacht sind. Polizeisubjekte bilden sich erst in der Zeit heraus, die sie in muffigen Polizeiwagen und muffigen Büros und muffigen Fitnessstudios verbringen. Sie sind aus kalorienhaltigen Energieriegeln und Kartoffeln und brutalisierten Emotionen zusammengestellt. Polizeisubjekte begeistern sich an Witzen über Schwarze und Kameltreiber und Lesben und über Schwule-Pervos-Kinderschänder. Polizeisubjekte erzählen sich Geschichten, die in Fantasiesex und häuslichem Sex und Vergewaltigung und autoerotischen Todespraktiken und sonstigen absonderlichen Leichen schwelgen. Polizeisubjekte werden sentimental, wenn es um Kinder geht, während sie gleichzeitig alle Anzeichen von düsteren Neigungen oder Auffälligkeiten in ihren Blauen Brüdern ignorieren. Polizeisubjekte sind scharf wie Schießhunde auf Geschichten von persönlicher Tapferkeit und Widerstand gegen Provokationen, sie sind scharf auf natürliches und verzeihliches Vorgehen mit Stiefeln und Fäusten und Erstickungsmaßnahmen. Die Stimmen von Polizeisubjekten fangen an zu beben, wenn sie von den Jungen als guten kleinen Soldaten sprechen und Blumen schicken und Helden helfen und Mutterliebe anerkennen.

Polizeisubjekte sind gut und auch wieder nicht gut, so wie das Flackern von Aldiss-Signallampen.

Ich hänge meinen privat fortlaufenden Gedanken nach, während ich Nigel einen extrem teuren Whisky kaufe und mit einem passenden Schaudern über die Theke hinweg zuschiebe.

Ich kann mein eigenes Getränk wie eine erbärmliche, mittellose Kreatur trinken.

Das hindert mich jedoch nicht, an meine Polizeiheimat von vor langer Zeit zu denken. Als ich bei der Polizei eintrat, wollte ich nichts anderes sein als ein gutgutguter Polizist. Das hat mich sofort als Außenseiter identifiziert, mit Verdacht auf schwul kleinpimmelig kommunistisch absonderlich. Ich strebte danach, meine vorgeschriebenen Pflichten gut auszuführen, und hielt viel auf meine Ausbildung an der Hendon-Polizeischule. Meine endlosen und unvermeidlichen Fehler wurden täglich und stündlich beklatscht. Ich wurde als Unberührbarer ausgemustert und in widerliche Räumlichkeiten verbannt, wo ich Schreibkram machen und den Kopf tief halten sollte. Trotzdem hielten mich Träume von künftiger Reinheit und gerechtem Handeln aufrecht. Sie bewirkten nur, dass ich noch schlimmer versagte.

Ich war der Junge mit dem großen Sheriffabzeichen, der sich die Fäden aus dem Strickpullover zog und niemanden rettete.

Denken wie die Blauen verlangte, dass ich mein Vater wurde, der durch und durch Polizeisubjekt war, mit brutalen blauen Instinkten. Mein sehnlichster Wunsch war es, sein Gegenteil zu sein. Mein sehnlichster Wunsch war es, die unversöhnliche Macht zu sein, die Monster wie Frauenschläger und Kinderschänder festnimmt und niederwirft und ihnen wehtut und sie hindert, für alle Zeiten hindert, weil sie Angst vor Schmerzen haben und sich vor tödlicher Schwäche ducken.

Ich rieche den Frauenschlägergeruch hier. Ich sehe das entsprechende Glitzern und Schimmern an dem Mann, der da drüben am Fenster lehnt und mit dem Untersetzer rumspielt. Er hebt sich seine Frustration für später auf.

Am schlimmsten waren in meiner Zeit bei der Polizei die Umkleideräume. Wenn ich in aller Ruhe meine autoritätverleihende Uniform anziehen wollte, marschierte plötzlich der Gestank häuslicher Gewalt vom Abend zuvor herein und war wie ein Schlag in die Magengrube oder die Ohrfeige eines Feiglings.

Ich begann, mich bei der Arbeit auf verschiedene Weise zu verstecken und zu verstellen.

Außerdem fing ich an zu trinken. Alkoholmissbrauch ist ein akzeptables Polizeihobby.

Ich verstellte mich noch mehr.

Ich spielte mit dem Gedanken, mein erhofftes und ersehntes blaues Zuhause aufzugeben, aber das gelang mir nicht. In meinem Innersten sehnte ich mich immer noch nach Motorradabenteuern und dem Erbeben vor dem kühnen Adel von Königin und Vaterland und ergreifenden Racheversprechen. Zur Polizei zu gehören, war meine Rettung, nur so konnte ich zu einem wertvollen Menschen werden.

Meine längst nicht perfekten Verstellungskünste wurden von den blauen Vorgesetzten als halbgar bewertet.

Mir wurde nahegelegt, mich zusammenzuklappen und aus dem uniformierten Bereich zu entfernen, in dem ich als unnütze und ungenießbare Persona gesehen wurde. Damals waren verdeckte Operationen noch ein neuartiger und beargwöhnter Spielplatz für Gescheiterte und Aussortierte. Ich reichte eine Bewerbung für Versetzung ein, und meine Vorgesetzten teilten meinen Wunsch, meine Existenz in ihrer derzeitigen Form aufzugeben. Folglich wurde ich mit ihrem Segen neu eingeteilt.

In meiner Tätigkeit als verdeckter Ermittler wurde mein Jugendtraum mit Geld belohnt und meine Kindheit mit Waffen ausgestattet, gleichzeitig erfuhr meine Toleranz für Angst vor Schmerzen sowie meine zerhackte Existenz eine Aufwertung.

Ich perfektionierte das verlotterte Leben des Fixers und bat um Einsätze in verpissten und verdreckten Straßen. Ich stürzte mich in die Gosse, magerte ab und gab ein zuckendschwitzendes Bild der Bedürftigkeit ab. Ich lebte an Orten, die ohne schnelle und langsame Betäubung nicht auszuhalten waren. Ich spritzte mich mit destilliertem Wasser, um blaue Flecken und zerstochene Venen kultivieren zu können. Ich hörte auf, mir die Zähne zu putzen. Ich hörte auf, mich zu waschen.

Ich passte mich meiner angenommenen Persönlichkeit immer mehr an.

Ich dokumentierte Drogenerwerb und kleine Übertretungen und wurde ein erstklassiger Betrüger mit Höhenangst. Ich hatte ein Auge für den Typus des ausbeutbaren Freundes. Dealer mochten mich aus reinem Bedauern.

Ich erkundete Erniedrigung als Alternative zum Sex. Man darf nicht vergessen, dass ich von Anfang an Sexalternativen gesucht hatte.

Ich hatte das Gefühl, dass die Ausübung von Sex, solange man in Verkleidung war, sich nicht schickte.

Ich erkundete Komatrinken als Alternative zum Schlaf, weil es eine Verletzbarkeitsvermeidung zu bieten schien. Ich hatte die große und nahezu berechtigte Gewissheit, dass ich weniger Informationen preisgab, wenn ich die Tage in alkoholisierten Wachträumen verbrachte. Ich erkundete die verdeckte Persönlichkeit als Neudeutung verschiedener Lebensentwürfe. Zum Sündigen brauchte ich eine Erlaubnis, weil ich ein braver Junge war und immer noch ein Sheriffabzeichen poliert in einer Kindheitsschublade liegen hatte. Ich sagte mir, ich würde Vollkommenheit und vernünftigen Stressabbau verfolgen, indem ich mich zu etwas Absolutem machte, zu dem perfekten Abbild von diesem oder jenem perfekten Ding.

Ich schwamm in den mitternächtlichen Wassern und begann mein Leben als User. In der Öffentlichkeit besteht die starke Annahme, dass kein Polizeisubjekt tatsächlich und sichtbarlich und unverantwortlich Drogen nehmen würde, also betrachtete ich Sucht als professionelle Entwicklung. Mein Drogenkonsum war unbezwingbare Verheimlichung.

Ein Junkie gibt die erfolgreichste Verkörperung eines Junkies ab.

Viele Monate war die Pubwelt mein Freund und mein Zuhause und meine Ausgangsbasis, bis die Perfektion zu perfekt und ich zum unerwünschten Aussätzigen wurde. Also entwickelte ich eine Vorliebe für die Straße. Ich wurde abstoßend unauffällig, etwas, an dem man vorbeiging. Mir gefiel mein zersplitterter Verstand. Ich war ein Erfolg.

Ich vergaß, welche Dinge ich vergessen sollte.

Meins waren Absteigen mit Schimmelwänden und Viertel mit Eisengittern. Meins waren Begegnungen mit Dealern, Tränen und Betteln. Meins waren Bunker und Verletzungen und üble Botengänge, wie es normal war für arme Schlucker, meins war auch Betrug an den echten armen Schluckern, obwohl sie meine einzige Familie waren.

Ich war Angst vor überhöhter Geschwindigkeit und Spinnen.

Ich war Berichterstattung bei Dunkelheit in dunklen Autos, weil Tageslicht zu viele Kritikpunkte aufgezeigt hätte. Meine Berichte waren immer gut und effektiv. Auf Haut und Knochen reduziert bin ich hauptsächlich Gedächtnis und Listen. Ich eigne mich bestens für diesen Beruf. Als Weg zur Selbsterkenntnis war es weniger inspirierend.

Den Polizeiköpfen, die meine Berichte lasen, ging es weder um eine Demontage des Drogenkartells noch um die Aussöhnung mit der Bevölkerung. Auf der Kommandostufe war man darauf aus, arme Teufel zu Tränen zu reduzieren und bei Verhaftungen unter Einsatz von Fäusten körperliche Schäden zuzufügen, während die Straßen, wo sie aufgelesen worden waren, weiterhin unter der Knute der entsprechenden Drogen und der weniger einflussreichen Landbesitzer standen. Das Ziel war es, dreiste Verbrechen zu bestrafen, aber auch die Gegenwehr der Schwachen und Wehrlosen zu verhindern.

Ich hatte weder Wohnviertel noch Kinder gerettet. Ich war der Religion der Geheimpolizei gefolgt, ihrer Vergötterung von Zerstörung auf Zerstörung und dem Herumtrampeln auf Niedergetretenen.

Wenn ich unter den Blauen war und auf meinen nächsten Auftrag wartete, stellte ich erfreut fest, dass die Nützlichkeit meiner Kenntnisse mich zum Objekt von Hassbewunderung machte. Ich verzog mich bei plötzlichen Schweißausbrüchen auf die Bürotoilette und machte später die erwarteten Witze über unenglisches und folglich vergiftetes Essen. Mein Niedergang wurde von Bruderbeamten mit einem Lächeln als vielversprechend anerkannt.

Ich wurde als eingeweihter Führer zu Einsätzen mitgenommen, bei denen illegale Rave-Partys aufgespürt werden sollten. Dies war zu einer Zeit, als Musik und Jugendliche und Tanzen als die einzigen dringlichen, von den Medien beachteten Bedrohungen gesehen wurden. Ich bekam mit, wie domestizierte Polypen ihre Zeit damit vergeudeten, bei Nacht und Nebel über Wiesen mit Kuhscheiße zu rennen, um die Angst vor der Jugend auszutreiben. Polizeisubjekte zerrten widerspenstige Studenten in Bullenwagen, machten sich über ihren komischen Wortschatz lustig und drohten ihnen mit Gefängnisstrafen und einer von Drogen zerstörten Zukunft.

Und ich zog mir wieder meine Polizeisubjektverkleidung an und sah meinen Blauen Brüdern zu, wie sie die oft eingetretenen Türen der Menschen eintraten, die meine Beinahe-Freunde gewesen waren. Nachdem meine Vorgesetzten jeder Strafverfolgung die Hoffnung geraubt hatten, kehrte ich wieder in die Pubwelt zurück, wütend auf die Wirklichkeit, und suchte Streit. Um zwei Uhr morgens stand ich auf Parkplätzen und brüllte in die Dunkelheit hinaus.

Daraus konnte ich mir einen männlichen Ruf konstruieren und wurde immer mehr als jemand mit Potenzial gesehen. Ich bin der geborene Tieftaucher, und das fiel auf. Ich bin der geborene Überwachungs- und Erkundungshelfer. Und so brach ein goldenes Zeitalter für Tieftaucher an, die versteckt unter den Verbreitern von Missmut ausharrten, und erstreckte sich in einem Umkreis von dreihundertsechzig Grad der Hemmungslosigkeit.

Und dann erhielt ich die Einladung, mich der Einheit anzuschließen, und es war, als würde ein seidener Teppich unter meine Füße geschoben. Ein Ort des trüben Wassers rief mich, und ich wollte seine Tiefen ausloten. Die Einheit war der ultimative Ort der Verdeckungen. Die Einheit war unfassbar reich. Die Einheit bestand aus herrlichen Marotten und Straffreiheit und Hass auf die Regierung in allen Formen und mit allen Methoden.

Das war bekannt.

Ich lebte in einem freien demokratischen Land, wo Widerstand und Kritik und Aufruhr stets als Teil unserer freien demokratischen Eingrenzungen der herrschenden Mächte ausgeübt wurden. Es beunruhigte mich nicht, dass unser freier demokratischer Widerstand ständig von unserer freien demokratischen Polizei unterwandert wurde. Ich trug mein glänzendes Abzeichen und würde mich nur terroristischen und anderen hochgradigen Bedrohungen zuwenden. Aus der Ordnung fallendes Denken und Hinterfragung lagen nicht in meinem Bereich. Ich würde zu einem Aufspürer unheimlicher Träume, und nur versierte Simulanten wie ich hätten je die Chance, sie aufzudecken. Ich war im Begriff, ein Held zu werden, ummantelt von der nötigen Geheimhaltung, mit der meine Bescheidenheit gewahrt blieb.

Ich war nicht der Ansicht, dass Abweichen von der herrschenden Meinung vergleichbar war mit Drogen der Klasse A und der daraus erfolgenden Zerstörung von Gemeinschaften und der unverdorbenen Jugend. Ich hoffte, Jagd auf Swastikaschwenker und Bombenleger zu machen. Ich hoffte, mich gegenüber Hassausbrüchen und Aufständen als tapfer zu erweisen. Ich würde mir die Frauenschläger und ihre geheimen Theorien anhören, warum sie im Recht zu sein glaubten und ihr Hass entschuldbar war, dann würde ich sie einlochen.

Das hatte ich tatsächlich gehofft.

Anfangs hatte ich gehofft, die Einheit wäre im Voraus und für alle Zeiten freigesprochen, weil sie eine so prompte und unwiderstehlich gute Kraft war.

Die Einheit war geheiligt. Ihre Überwachungs- und Durchdringungskapazität war so stark gewachsen, dass sie ein fasslicher Ausdruck der Regierungsmentalität zu sein schien.

Wenn ich der Einheit beitrat, würde auch ich geheiligt werden, und ich würde ihren Wein trinken und ihre Hostie essen. Ich würde auf die wahre Bedeutung von guter Ordnung und Frieden achten.

Laut Blauem Denken sind radikale Ansichten nichts weiter als offenkundig gewordene Naivität. Ihre eigene Korruption und Naivität hegt die Einheit, als wären es tapfere kleine Soldatenkinder.

Ich meine mich an meinen ersten Tag zu erinnern, als ich zur Einheit in ihrem Spezialgebäude kam, das seinen mitternächtlichen Zweck unmittelbar greifbar machte. Ich weiß jetzt, dass ich an dem Tag meine unabwendbare Zukunft akzeptierte. Die Einheit und ich, das war eine schicksalhafte Begegnung.

Ich erinnere mich, dass mein Atem rasend ging und in meiner Brust ein Pochen war und meine Hände schweißnass waren, neben anderen Anzeichen von Angst und Ungenügen und Freude. Ich war vollkommen nüchtern, nachdem ich die Nacht zuvor früh schlafen gegangen und jungfräulich rein war. Ich bemühte mich, eine resolute Haltung und heterosexuelle Gewissheit zur Schau zu stellen. Trotzdem schien mein Gang unabsichtlich gestört, und in meiner Beklommenheit stolperte ich auf der Schwelle.

Ich war noch nicht ich selbst.

In der Pubwelt mit Nigel erinnere ich mich an diese Unbeholfenheit aus der Vergangenheit, weil das nützlich für Tom ist. Ich habe ihn mit körperlicher Unsicherheit und Seefahrermetaphern und einem verlegenen Lächeln ausgestattet, weil er sich aus freien Stücken als schlechter Schwimmer geoutet hat. Die Erwähnung von Meereswasser amüsiert mich, und ich gucke wie mit seinen Augen und steure ihn umher.

Am Tage meiner Aufnahme in die Einheit mit den Lügen tiefblauer Art habe ich offenbar den Weg durchs Foyer geschafft und mein Anliegen vor einer Empfangsperson ausgebreitet, die befugt war, mir entweder den Zutritt zu verweigern oder aber mir zum Zeichen des Willkommens den Weg zu weisen. Die Worte und Namen, die ich benutzte, waren riesig und brannten mir im Mund, wie der erste Whisky für einen Jungen oder der Abendmahlswein. Dann nahm ich die Treppe, nicht den Aufzug, um meine körperliche Fitness zu beweisen, bereute es aber, weil ich verschwitzt und leicht derangiert auf der entsprechenden Etage für meine Aufnahme ankam.

Ich zog auf dem Treppenabsatz meine Krawatte gerade und ging dann auf die Suche nach der richtigen Tür, ohne erst zu fragen, weil fragen Schwäche gezeigt hätte. Der Weg führte mich zwischen gewöhnlichen Polizeischreibtischen und Polizeistühlen und unerheblichem Polizeikram und aufmerksamen Polizeiaugen und unwesentlichem Polizeigeplauder hindurch. Ich versuchte mich so zu geben, als hätte ich die Umwandlung schon bewältigt. Mir schien, ich folgte dem Pfad männlichen Scherzens und Lachens mit seinem besonderen Aroma von Gemeinschaft. Er führte tatsächlich zu der Tür der Einheit, die sorglos offen stand und auf mich wartete. Ich glaube, in der Einheit wird immer gelacht, wenn die Tür offen steht. Sie wollen eine Atmosphäre lässiger Polizeimystik herstellen.

Unter dem Türbalken den Raum zu betreten, war nichts und zugleich ein turbulentes erhebendes Gefühl. Das Büro verströmte einen Geruch von Macht und Aschenbechern und Spielplatz und inzwischen aufgeholten schulischen Misserfolgen und paranoiden Anwandlungen und ungeputzten Zähnen. Ich ging hinein und meldete mich als einsatzbereit und tatkräftig und funktionsfähig. Im Gegenzug wurden meine Haut und mein Wesen von dem Sonderlachen und den Sonderwitzen und den Sondermethoden umfangen.

Sie ließen mich rein.

Ich wurde Mitglied in der Einheit und bekam im Voraus die Absolution, so dass keine Sünde jetzt noch Sünde sein konnte. Ich sprang von der Klippe, die sie mir hinstellten.

Ich suchte mir einen neuen Namen aus und schlüpfte in das Leben eines toten Sohnes, und alle Papiere dokumentierten das entsprechend.

Das war ganz leicht und konnte gerechtfertigt werden.

Dauerhaft zu lügen, ist ein Geschwindigkeitsrausch, und ich war in diesem dauerhaften Rausch. Ich bedauerte meine Betrügerbrüder, die zwischen uneingeschränkter aktivistischer Hingabe und kurzen Aufenthalten bei Ehefrauen und Kindern und lauten Träumen wechselten.

Wenn ich von der Arbeit kam, ging ich in ein leeres Haus, dessen Kulissen für einen Toten waren. Die Neigungen und Interessen meiner angenommenen Identität stellten sich als interessanter und lohnender heraus als meine eigenen. Ich kehrte oft vor der vereinbarten Zeit zu Einsätzen zurück.

Ich gab mir die Gewohnheit, auf Zehenspitzen zu stehen und ein- oder zweimal zu wippen, bevor ich mich wieder auf die Füße stellte. So kaschierte ich meine kleinen Freuden und meine Jäger-Sammler-Methode, mit der ich Informationen zusammentrug.

Ich beobachte Nigel und denke, dass fast niemand das Sonnenlicht kennt, wenn man neu auf der Welt ist und ein wunderbarer Simulant. Ein Säugling ist bei der Geburt zu jung, um den Moment zu würdigen. Ich bin oft von Dankbarkeit und Glücksgefühlen überkommen. Nigel sieht mich, weiß aber nicht, dass ich die fünfundzwanzigste Stunde zwischen zwei Tagen bin. Ich bin die Flügelspitze im Schatten zwischen zwei Bäumen. Ich bin ein toter Junge, der wieder lebendig gemacht wurde und außergewöhnlich ist, so wie alle gestorbenen Jungen außergewöhnlich sind, die umherlaufen und einen Pass haben.

Der Schmerz der Eltern wurde in der Einheit empfunden, als wir bei den Sterbeurkunden nach einem Ansatzpunkt suchten. Ich meine mich daran zu erinnern. Ich bin überzeugt, dass es ein besonderer Moment ist, wenn man den Namen findet, der zu einem passt. Es gibt Bedauern. Lediglich meine Freude auszudrücken, wäre meiner Meinung nach aus diagnostischen Gründen monströs.

Es hat Momente gegeben, wenn ich hier oder dort am stillen Rand eines Friedhofs gestanden habe, in der Ecke, wo die Kindergräber sind. Trauernde legen Kinderspielzeug auf die Gräber, als Begleitung oder Opfergabe oder zum Zeichen eines besonderen Verlusts. Die Farben verbleichen von Jahr zu Jahr. Das lässt mich nicht unberührt.

Ich lächele Nigel zu, als hinge ich einem traurigen Gedanken nach, was vielleicht zutrifft, und hüstle ein wenig beim Trinken, was eine schwer zu perfektionierende Ungeschicklichkeit ist. Ich gebe vor, einen Hustenanfall zu unterdrücken, und spüre, wie Tom die Röte vom Kragen nach oben ins Gesicht steigt. Nigel leckt sich über die Lippen und fährt mit seinem Finanzmonolog fort. Er sagt *Komma*, wenn er Zahlen mit Dezimalstellen zitiert, um sich als der Klasse der Börsenmakler zugehörig darzustellen.

An diesem Abend ist meine Krawatte billig und in einem Beigeton, damit Flecken besser sichtbar sind, und hier ist ein frischer Fleck, weil ich mein Glas zu stark geschwenkt und einen Tropfen verschüttet habe. Mein Hemd ist grau-mit-weiß und aus schlechtem synthetischen Material, ein Beweis meiner Unzulänglichkeit. Mein Anzug hat den falschen Braunton und Dauerbügelfalten und ist aus einem Dripdry-Material. Ich sehe aus wie Sunzi im Krieg.

Täusche Unordnung vor.

Gib vor, unterlegen zu sein.

Ermuntere zu Hochmut.

Nigel erwähnt Markennamen, um Eindruck zu schinden und zu verwirren. Er zieht die Konsonanten zusammen. Sein Denken kommt ins Rutschenstolpern, er übergeht Wörter.

Niemand sollte unter Fremden Schwächen zeigen. Aber Nigel denkt, er ist unter Freunden.

Sein Anzug ist wie zu erwarten aus dunkelblauer englischer Wolle und von Dege & Skinner. Nigel hat da ein Konto. Demnächst, wenn er mir abermals von seinem Konto bei Dege & Skinner erzählt, muss ich mich abermals befremdet und abermals beeindruckt geben.

Er hat Gefallen an kleinen traurigen Dingen.

Die Hintergrundmusik ist jetzt lauter, und Amadou & Mariam singen von Senegal Fast Food and Paradise. Ein paar der Typen von der Met tanzen und lachen ironisch, während sie die schwarz-französischen Silben an sich herunterlaufen lassen, als wären sie Regen.

Nigel versteht nicht, warum man ihn jetzt schwerer hört. Er strömt Gereiztheit und Kokain aus. Er fängt an, einen Witz zu erzählen, dessen Pointe mit Genitalien zu tun hat, weil er sich Rache Sex Gewalt wünscht, und zurzeit kommt er da nicht näher ran als mit so einer Pointe. Er ist engstirnig und in seiner Fähigkeit zu beschädigen wie ein Nagel. Das heißt, er würde ohne fachliche Anleitung nicht viel zuwege bringen. Weil er Geld und kommerziellen Einfluss hat, wähnt er sich in dem Glauben, frei zu sein, aber er ist der, der er ist, und hat noch nie viel zustande gebracht, was immer es sei. Er weiß, wie man Dinge kaputt macht, aber das ist keine Kunst. In seinem einzigen und einsamen Ich ist er eine Vortäuschung, hinter der sich Schwäche und Versagen verstecken, und anderes, das während seiner Schulzeit im Internat beschädigt wurde.

Mein Husten ist vorbei, und ich ziehe mein Lächeln breiter, weil ich an seine vertraulichen Äußerungen über Blutsverwandtschaft und genetische Erklärung für Erfolg denke. Nigel ist offenkundiges Versagen und in vielfacher Hinsicht als wertvolles Zuchtmaterial disqualifiziert. Er hängt eugenetischen Fantasien an, sträubt sich aber gegen die Wahrnehmung seiner eigenen vergifteten Wurzeln.

Ich besitze nachweisbare Überlegenheit. Ich kann wahrhaftig sein, aber mich auch in Düsternis und Abgründe begeben, wo befremdliches Leben gedeiht. Ich habe die Erkenntnis, das zu sein, was erforderlich ist, und bin trotzdem einsatzbereit. Ich kann beobachten und gleichzeitig gesellig oder zärtlich mit jemandem sein oder sturzbetrunken oder wütend. Meine Oberfläche vermittelt nicht die wahre Bedeutung.

Ich sehe, wie Nigel sich die Nase reibt, weil er Auftrieb braucht. Seine Zunge bleibt am Gaumen kleben und löst sich jedes Mal mit einem Klicken. Die Suchtmentalität ist in dieser Version von England dominant, folglich wurde Nigel rasch in den Status des Parlamentsabgeordneten erhoben. Als Vertreter der gefühlten Mehrheit eignet er sich hervorragend. Junkie-Nihilismus ist unangestrengt charmant und hat Nigel in eine niedrige ministerielle Position gespült. Die unangestrengt charmanten Medien unterstützen ihn, und mit seinen Freudenausbrüchen kann er großzügig attraktiv sein. Dank seines durch Drogen geschärften Instinkts ist er mit den gängigen Schlagzeilen gleichgeschaltet und wiederholt deren aufregende Bedrohungen. Das hat ihn bereits, auch ohne mein Zutun, in die Nähe einer Katastrophenphase seines öffentlichen Lebens gerückt. Ich erfreue mich an seiner Unwissenheit in diesem Punkt.

Ich nicke und schmunzle auf eine Art, die er beruhigend findet.

Aber ich bin sauber und standfest und habe mentale Ausdauer. Seit Jahren habe ich kein Herzrasen mehr. Prav hat meine Effektivität verbessert, und ich habe seine Verbesserung noch einmal verbessert. Das gegenwärtige Klima ist mir nicht gewogen, weil es zum Vergessen und zu Versagensangst neigt, aber das berührt mich nicht. Ich grinse meiner Umgebung zu. Ich grinse Nigel zu. Er hält inne und legt einen Moment lang die Stirn in Falten. Ich habe seinen Instinkt erregt, weil er den empfindlichen animalischen Punkt seiner Trunkenheit erreicht hat.

Ich passe mein Verhalten an, sanft, aber rasch. Ich senke den Kopf und falte meine Hände schützend über dem Schritt und sehe ihn freundlich zärtlich an. Er lehnt sich elastisch auf den Fersen zurück und leckt sich durch ein Halblächeln über die Lippen. Nigel ist nicht Wolf, hat dem Wolf aber Entschlossenheitssignale abgeguckt. Ich lasse ihn.

Ich bin ungebunden mächtig.

Ich bin stark.

Ich breche nicht ein.

Ich bin in der Pubwelt und ihrem Gegenteil. Ich bin das Gegenteil dieser Bar, die schmal und feucht ist, zwischen pockiger, echt viktorianischer Lincrustatapete und Imitaten viktorianischer Kacheln. Ich bin eine Originalnachahmung. Ich bin ein unentdeckbares ehemaliges Polizeisubjekt. Wenn ich zur Toilette gehe oder mich zur Bar umdrehe, bin ich mit vertraulichem Zwinkern und Lächeln der Komplize für alle ironischen Blicke und bewege mich, beflissen um Entschuldigung bittend, zwischen groben Polizeisubjekten hindurch. Aus Langeweile und wenn Nigel mich nicht sieht, kursiere ich durch meine Persönlichkeiten. An einem Tisch bin ich im richtigen Moment eine hübsche Witzzugabe und nutze den Moment des Lachens, um weiterzugehen. An einem anderen bin ich offensichtlich der gute, verlässliche Mann, den jemand von woanders her kennt, weil ich so vertraut und so passend erscheine. Ich bin der kurze, befriedigende Plausch und wende mich dann ab, weil ich immer zu meinem Ausgangspunkt zurückstrebe. Nigel sollte nie lange sich selbst überlassen sein.

Nigel ist nichteffektive Täuschung und kleine Ausbrüche von Kinderangst und hilflosen Enthüllungen, die alle zusammen einen Kondensstreifen aus Hitzedunst um seinen Kopf hinterlassen.

Ich will eine Schusswaffe.

Ich hasse Schusswaffen, aber jetzt möchte ich eine in der Hand halten.

Ich möchte seine Blut-Gehirn-Schädelmasse in der Luft zerstieben sehen.

Ich benutze Hasstraumenergie, die mich mit einem Schein plausibler Freude umgeben soll, in diesen Stunden unter Menschen, die Scheiße sind und sich mit noch mehr Scheiße beschmieren. Versteckt in meiner Wirbelsäule lache ich über sie. So bleibe ich aufrecht funktional. So bleibe ich nah an Nigel und in der Pubwelt.

Pubwelt ist Gelächter, rekonfiguriert als Geheul. Pubwelt ist feuchte Emanzipation vom Denken. Pubwelt ist herrliches öffentliches Ärgernis und ausuferndes Draufgängertum. Pubwelt ist, nach der Sperrstunde mit der Metropolitan Police eingeschlossen zu sein und die Vermutung von Notwendigkeit und edler Straffreiheit zu schmecken. Pubwelt ist vulgäres Anbaggern von Nigel, weil er glaubt, das würde ihm Glaubwürdigkeit verleihen. Ich habe nicht den winzigsten Rest von Sehnsucht nach der hier angebotenen Chaosenergie. Ich habe einen Pass zu besserem Chaos. Im Herzen bin ich warm vor Verachtung.

Ein verächtlicher Gesichtsausdruck ist unmissverständlich, er zieht das Auge auf sich und löst vielfachen Alarm aus. Deshalb lasse ich das nicht zu.

Was ich kann, kann Nigel nicht. Ich kann im Rahmen meines Willens und meiner Wünsche formbar intelligent sein. Ich bin zielgerichtet. Meine Persönlichkeit ist effektiv abgetrennt, und ich bin Tom Stott, ohne Fehler oder Schwankungen im Verhalten und physischen Ausdruck. Inmitten des schalen Biergeruchs ist Tom fröhlich. Er geht mit vorsichtigen Schritten und ist bedürftig gesellig, während er sich zwischen den Streifenpolizistenstiefeln mit bierfeuchten Schnürsenkeln und den vorzeigbaren Lederschuhen der Ermittler bewegt. Tom bietet respektvolles Lächeln. Tom ist unterschwellig erregt von Toilettenspülkästen mit Kokainspuren und von allgemeiner Erheiterung. Tom vermittelt Verlangen nach privilegierter Freundschaft und den Wunsch, sich unter Starken aufzuhalten. Er sehnt sich nach Geheimnissen.

Nach zehn Monaten der sorgfältigen Kultivierung und Verunglimpfung meiner nichtexistierenden Ehefrau bekommt Tom vom Barkeeper einen Tonic und Tonic oder einen Red Bull und Red Bull oder eine Soda und Soda. Unterdessen bin ich Tom und strahle erstaunte Freude immer dann aus, wenn Nigel

Aufmerksamkeit anbietet, sei es zur Bestrafung oder Belohnung. Ich deute unterschwellige ausbeutbare Wut an sowie beschämtes und schamvolles Bewusstsein von unangemessener Klassenzugehörigkeit und infizierter Herkunft. Über Gewaltausschreitungen in der Vergangenheit äußere ich mich ausweichend. Jede Andeutung von Blutvergießen und Chaos hat eine starke Wirkung auf Nigel.

Mein eigenes Selbst verhält sich ruhig und verdeckt und ermöglicht es Tom, der treue Hund zu sein. Ich bemerke meinen Blick im Spiegel hinter der Bar und bin es zufrieden, ein Witz für Eingeweihte zu sein. Ich wende den Kopf und stelle mir künftige Szenen von Blutvergießen vor. Das entlockt mir ein schwaches Lächeln für Nigel. Ich bin Gutmütigkeit mit Krämpfen von unausgesprochener Lust in den Unterarmen.

Meine Arbeit stellt hohe Anforderungen bezüglich aller Details, der externen wie der internen.

Meine Arbeit besteht darauf, dass ich in der Pubwelt Tom bin, der jetzt tote Schmeißfliegen im Staub auf den niedrigen Fensterbänken hinter den Rückenlehnen der klebrigen grünen Sitzbänke betrachtet. An den Innenseiten der Toilettenkabinen sind Aufkleber mit *Britain First*, Zeichen des allgegenwärtigen Masochismus.

Nigel mag es grob.

Nigel versteht nichts von grob.

Nigel, der nicht Nigel heißt, aber genauso gut Nigel heißen könnte. Nigel ist eine angemessene Beschreibung.

Tom und Nigel sind sehr zusammen, und ihr Zusammensein dauert schon zwei Jahre an und wird sich gelohnt haben, aber das kommt später. Tom hat die Angewohnheit, sich vorzulehnen und den Kopf zu senken, als wollte er die Hand, die ihn nährt, lecken oder küssen. Ich kann ihn nur mit Mühe daran hindern, gewissermaßen nach der Zuneigung zu wimmern, die Menschen minderen Lebensformen zeigen.

Nigel tut meine Unterwürfigkeit gut, und er bemerkt nicht, dass Tom faktisch größer ist und schlanker und kräftiger. Ich habe mein schnelles hartes anmutiges Selbst gut verpackt, aber es ist noch bei mir.

Zurzeit benutzt Nigel mich, um jede einzelne seiner Schandtaten im Internat von Stonyhurst und die erlittene soziale Ausgrenzung umzudeuten. Seine Unfähigkeit, das lateinische Verb *esse* im Konjunktiv zu konjugieren, ist nicht der Rede wert, obwohl er immer wieder darauf zurückkommt und seine Augen dabei blitzen. Er hat vergessen, was er als Nächstes sagen wird. Er wiederholt seine Lieblingsgeschichten aus seiner vielversprechenden Jugend und der vielfach gelobten Intelligenz und glaubt beinah selbst daran. Dabei wissen wir beide, dass er eindeutig ein Außenseiter war und immer als solcher erkannt und gemieden wurde.

Jeden Morgen verblasst sein Glanz bei ignorantem Drogenkonsum, und dieses Versagen schiebt er demjenigen in die Schuhe, der ihm zuerst in den Sinn kommt. Er bereitet sich darauf vor, normal zu wirken, so wie andere sich darauf vorbereiten, King Lear zu verkörpern.

Aber der gute alte Tom nimmt ihm alle Last ab und spricht die lustigsten Wörter ein bisschen falsch aus. Tom ist ein großer, hell erleuchteter Ballsaal voller kleiner und großer Demütigungen, wo nur allein Nigel tanzen darf.

Weihnachten steht bevor. Das heißt, Nigel wird bald zu dem jährlichen Jesus-Konzert in seiner, wie er sagt, Alma Mater gehen, was ich aber Stonyhurst College nenne. Dieses warme und nostalgische Ereignis wird in einer hübschen viktorianischen Kirche in Westminster stattfinden. Nigel wird versuchen, das Kopf-hoch-Schultern-zurück-Spiel zu spielen, und die letzten, nicht auswendig gekonnten Strophen der Weihnachtslieder vor sich hin brummeln. Sein Stolz lässt es nicht zu, in das vornehme Programmheft zu gucken, und sowieso muss er seinen Blick auf das Gold des Altars richten, weil es ihn dann in messianischem Licht baden wird. Er legt es darauf an, zu zeigen, dass alles, was er nicht schon weiß, nicht wert ist, gewusst zu werden. Er wird am Ende der Kirchenbank sitzen, bei der Märtyrerkapelle, und sich fragen, warum Menschen zu Märtyrern wurden. Nach acht Minuten wird die langweilige Veranstaltung sein kleines bisschen Disziplin aufgebraucht haben, und danach ist er der seufzende, düster dreinblickende Junge, der er immer schon war und der unruhig mit dem Fuß wippt.

Sobald die Pantomime vorbei ist und die Segnungen sozialistisch und ohne Bevorzugung über alle Schultern gebürstet worden sind, wird Nigel zum jetzigen Schuldirektor gehen und ihm die Hand reichen. Ein schlappes Geschenk, schlecht überreicht. Nigel wird seine persönliche Version heftiger Heiligkeit ausstrahlen und mit lauter gespielten Posen zeigen, dass er bereits in die Reihe der Heiligen und Bischöfe unter den Ehemaligen aufgenommen worden ist. Er wird mit den Gesten eines Mannes experimentieren, der moralische Werte verkörpert. Er wird zwischen diesem Gefühl der Unreinheit und einem anderen wechseln, aus dem heraus er sich über Hände Bekleidung Gesicht Haare streichen wird. Er wird ab und zu süßlich grinsen wie einer, der den warmen Rausch gefälschter Vergnügungen spürt.

Er ist Amateur.

Bisweilen wird er seinen vielschichtigen Zorn auf alle jesuitischen Versuche, in seiner Seele Wachstum zu fördern, nicht verbergen können.

Bevor Gott offiziell beachtet und besungen wird, und auch danach, wird niemand lange mit Nigel sprechen. Selbst als Nostalgieobjekt oder als Trittbrett für eine Beförderung ist er ungenießbar. Der Schuldirektor wird ihn rasch höflich abfertigen und sich davonmachen.

Männer wie Nigel sind zu bestaunende Unglücksfälle. Faszination und Entsetzen ihm gegenüber missdeutet er als sein eigenes Charisma. Aber allein zwischen den Kirchenbänken, nach seinem schauerlichen Versuch, in den Gesang einzustimmen, kommt der Moment, wenn er weiß, dass er immer noch abstoßend ist. Die Krassheit davon wird er spüren.

Ich werde ihn hauptsächlich aus der schattigen Stille der Calvary Chapel beobachten und ein stiller und leiser Außenseiter sein, aber den Umständen angepasst und folglich unauffällig. Mein Haar wird ordentlich gekämmt sein, und mein Gesicht wird innere Gefasstheit mit festlich warmen Obertönen ausdrücken.

Ich werde seinen Versagensschweiß bemerken. Das wird mich glücklich machen.

Wenn die Kirche fast ganz leer ist, werde ich gehen. Ich werde einen knielangen nachtblauen Kaschmirmantel und schwarze Lederhandschuhe und einen blau-weiß gepunkteten Seidenschal tragen, ein Aufzug, der für diesen Moment unerlässlich ist. Ich werde mich bekreuzigen und verneigen und den Finger, wie es üblich ist, vorm Gehen ins Weihwasser tauchen, denn ich bin zweifellos in dem Moment katholisch, und meine schwarzen Kalbslederschuhe von Crockett & Jones werden auf dem Parkett ein schmatzendes Geräusch machen. Er wird nicht einen einzigen Blick in meine Richtung werfen, auf die schrecklichschreckliche Bedrohung, die ich darstelle.

Ich stehe hier im Lärm der Bar und freue mich jetzt schon auf Nigel und den Weihnachtsgottesdienst, und ich hoffe, seine Wunden zu sehen und sie zählen zu können. Gerade wird ein Stück von Whizkid gespielt, das mir wahrhaftig gefällt.

Ich runzle bei einer Nigelbemerkung verwirrt die Stirn, und das gibt ihm die Gelegenheit, das Offensichtliche zu erklären und sich erfreut einfühlsam zu geben. Gerade benutzt er alle Wörter, die er vor zwei Tagen auf der Meinungsseite der Zeitung in einem Artikel verwendet hat, in dem es um Warmduscher oder den weißen Terror oder die Bedrohung christlicher Werte oder den Verlust von unverfänglichem Humor oder Ähnlichem geht. Er bleibt nie beim Thema. Er hat eine hohe Toleranzschwelle für seine eigene Absurdität.

Ich atme schales Bier und Schweiß und Pisse und Teppichschmutz und Spuren von Kellerschimmel und von Nigel ein Aftershave mit hohem floralen Anteil ein. Im Dunkeln hätte er den Geruch von einem welken Ansteckstrauß im Schlafzimmer einer alten Frau.

Luftabschnürender Zigarettengestank wabert und hängt in Kehlenhöhe, weil Männer in einer Mir-doch-egal-Haltung im geschlossenen Raum rauchen. Die Lock-in-Illegalität macht jede andere Überschreitung, ob groß oder klein, möglich. Toilettenkokain wird Tischkokain, für alle sichtbar. Anwesend sind ausschließlich Männer und gemietete Damen, und die Damentoiletten sind zum Ficken reserviert. Pauline und Star und Natalia sind schon da, wie auch die knapp Minderjährige, die sowohl Candy als auch Ann und manchmal Crystal heißt, weil sie Dinge vergisst. Wenn es heute so ist wie an den anderen Abenden, werden bald mehr Frauen eintreffen, und das Vögeln wird sich wie Schimmel in der Lounge, dem Saloon und im Nebenraum ausbreiten. Die Männer hier demonstrieren Heterosexualität als Sport.

Bald werde ich mit Crystal auf den Parkplatz gehen und mir die Geschichte von ihrer Tochter anhören, die das Sozialamt ihr weggenommen hat. Wir werden so lange draußen stehen, bis sie ihre Zigaretten geraucht hat. Ich werde sie nicht anfassen, auch wenn ich ihr das Geld gebe.

Ich sehe mich als wohlwollenden Onkel wie bei Dickens, obwohl das so nicht stimmt.

Nigel und seine Gelüste sind öde vorhersehbar und bieten so viele Druckpunkte, dass er zu neunzig Prozent Selbstverletzung ist. Am liebsten ist er in einem heißen Raum voller Verlogenheit, er mag die Gewohnheiten Gesundheitsgeschädigter und hält sich gern unter erzürnten Männern der Unterschicht mit niedrigem Einkommen auf, er mag Uniformen und erzählt gern Klatschgeschichten von Berühmtheiten, er mag gern mit dicken Fingern auf weiblicher Haut Blutergüsse erzeugen, er trinkt gern Alkohol und nimmt gern Drogen und mag gern Kokain. Im Moment ist er ein Junge mit weit aufgerissenen Augen wie schwarze Punkte, vor Freude juchzend und die blutende Nase mit einem Seiden-Aspinall-Einstecktuch betupfend. Mit seiner anderen heißen, feuchten Hand betatscht er mich taptaptap.

Am liebsten würde ich sie ihm abschneiden.

Das wäre eine Störung und eine Provokation, Dinge, von denen er lobend spricht. Außerdem wäre es eine persönliche Herausforderung, die er zu bestehen hätte, und das ist ebenfalls etwas, was er mag.

Ich würde dann sehen, ob die Herausforderung einer Amputation nach seinem Geschmack ist.

Nigel genießt seine schamvollen Geheimnisse nur dann, wenn er sie preisgibt. Beichte wirkt sich auf seine Seele vorwiegend schlecht aus. So stellt er seine angeborenen Rechte zur Schau. Ihn als Zielmarkierung zu haben, ist kein Triumph. Auf ihn zu zielen, ist so, als würde man nackt am Klavier sitzen, mit viel Zeit. Ich höre ihm zu und erwähne später nie die Details. Ich bin Löschpapier und Leere, in die er hineinschreien kann, ich bin das, was er will. Ich bin aus der Arbeiterschicht und dazu ausersehen, als Vorzeigeschoßhund zu versagen. Ich bin dabei gewesen und habe seine Stimmungsschwankungen zwischen Indiskretion und Reue und erzwungenem Vergessen erlebt, weil ich auf keiner Stufe zähle.

Aber er verursacht mir Kopfschmerzen und Migräne und Sehstörungen.

Ich beschließe, mich einen Moment zu entfernen, und bringe entsprechende Entschuldigungen und Versprechungen hervor und wünsche mir, seine Lieblingsstücke zu hören, wenn ich zurückkomme. Ich mache einen Muschiwitz, und er versucht sich das Lachen zu verkneifen, damit ich ein bisschen bestraft werde. Ich komme ihm entgegen und zeige Enttäuschung und mache eine Kleine-Jungen-Geste wegen voller Blase.

In der Männertoilette pisse ich, weil ich durchaus ein kleines Bedürfnis habe. Dann warte ich in der Kabine, dass jemand hereinkommt. Ich schließe die Tür auf und werfe mir rasch ein paar Tabletten ein und verzichte darauf, den zwei betrunkenen Bullen meinen gefallenen Status zu erklären. Ihr automatisches Grinsen ist bestärkend, dabei habe ich nur Ibuprofen genommen.

Ich spüle ein Waschbecken aus, lasse es volllaufen und stecke mein Gesicht hinein. Die Kühle tut gut.

Ich muss zurück und wieder Tom sein. Aber die Kühle tut gut.

Ich werde mir diesen Augenblick als sehr schön merken, aber ich werde das Wann und das Wo löschen.

Ich bin fast fertig. Das Projekt ist fast fertig. Nur noch wenige Monate.

Die Blauen furzen sich gegenseitig aus zwei Kabinen zu. Der eine fängt einen Witz an über einen Juden und schwulen Sex und jüdischen Sex und eine Prostituierte. Er verliert den Faden.

Das Becken ist nicht so tief, dass das Wasser auch meine Ohren füllt.

Die Kühle tut gut.

Tom gefällt es auch. Tom ist mit allem glücklich.

Tom hebt den Kopf und schüttelt ihn, als schüttelte er den Schweiß ab, und streicht sich die Haare sorglos zurück. Dann stößt er die Schwingtür auf, und der Publärm dringt herein.

Ich steure ihn durch das Gedränge glücklich wütender Polizeisubjekte. Ich lächle in dem Moment aggressiv.

Ich weiß, dass an einem Samstag im Dezember die übliche Hasenjagd auf dem Wimbledon Common von Stonyhurst veranstaltet wird. Nigel wird mitmachen.

Und ich weiß jetzt schon, dass er im Jahr darauf für das Rennen der Ehemaligen gänzlich unverfügbar sein wird. Ich weiß, dass er nicht dabei sein und seine Version des unbefangenen naturverbundenen Mannes darstellen wird. Er wird nicht mit schlammbespritzten Oberschenkeln über die Ziellinie und an den üblichen paar Fotoapparaten vorbeirennen.

Nigel wird überhaupt für nichts, was geplant ist, verfügbar sein. Und sein Fehlen wird nichts mit der Pandemie zu tun haben.

Es ist ziemlich leicht, jemandem Zuneigung zu zeigen, wenn er nicht mehr lange zu leben hat.

NACH EINER WEILE merkt man, dass die Luft in London immer schwach nach verbranntem Gummi schmeckte, und jetzt ist das weg. Kühler ist es trotzdem nicht.

Aber in dieser ruhigen Version der Stadt, der ruhigen Version der Welt schauen wir mehr zum Himmel. Im letzten Monat, dem April, drehte sich alles um die Venus, wie blau und besonders klar sie war, so dass wir sie neben dem märchenhaften Mondschein sehen konnten.

Die Fünftklässler suchten sich Himmelsnamen aus, nach denen sie in diesem Monat heißen wollten: Deneb, Cygnus, Draco, Ophiuchi, Ras Alhague. Wir dachten an all die Menschen in der Vergangenheit, die Latein oder Altgriechisch oder Arabisch sprachen und die wie wir nach oben blickten, um zu sehen, wie groß alles in der Nacht war, wie eine Abwesenheit, so groß, dass sie zu einer Anwesenheit wird, oder wie eine Höhle voller Augen oder alle möglichen anderen Befürchtungen. Sie füllten den Himmel mit Märchen, damit ihr Himmel sich gemütlich anfühlte und einen Sinn ergab. Oder vielleicht sorgten die Märchen und die Sternennamen dafür, dass alles dort blieb, wo es war, und sie nicht darüber nachdachten, wie es sie himmelwärts ins Nichts ziehen und auffressen könnte. (Den letzten Teil habe ich natürlich nicht gesagt. Ich finde den Weltraum immer furchteinflößend und passe deshalb besonders auf, dass man es mir nicht anmerkt.)

Anja war im Lockdown irgendwie schwächer geworden, sie wirkte immer stumpfer und flacher. Wenn ich zur Sozialkontrolle kam, war sie nur eine ferne Bewegung im Schatten hinter der Tür. Wenn ihre Mutter sie zur Tür brachte, musste sie fast am Arm mitgeschleift werden, wie eine Gefangene – oder als hätte sie Angst vor dem unsichtbaren Tod, der in der Außenluft vorbeischwirrt.

Aus irgendeinem Grund hat sie Ras Alhague als Namen gewählt. Es handelt sich um einen Doppelstern: Einer der beiden ist etwas kleiner als unsere Sonne und der andere mehr als doppelt so schwer. Irgendetwas daran gefiel ihr und machte sie neugierig. Die Vorstellung, zwei Dinge zu sein, die umeinander herumtanzen, schien ihr zu gefallen. Und dann konnte verraten werden, dass Ras Alhague *Kopf des Schlangensammlers* bedeutet.

Das passte sofort und perfekt. Während des restlichen Vormittags verlor sie nur selten ein breites, unvorsichtiges Geburtstagsüberraschungslächeln. In der individuellen Projektarbeit zeichneten und schrieben wir alle über Ras Alhague. Das machten wir mit all unseren harmlosen neuen Namen. Als sie jedoch an ihrem eigenen Namen arbeitete, sah ich eine Art Feuer. Ein Feuer und ein Geheimnis brannten in ihr – konzentriertes Hinschauen und fleißige Hände, viele Stifte im Einsatz und gelegentlich verstohlene Blicke zu mir, die normalerweise auf unerlaubte Aktivitäten in Verbindung mit verlockendem Spaß hinweisen.

Aber Anja hatte verlockenden Spaß immer vermieden. Früher, als wir noch einen Spielplatz hatten, verbrachte sie ihre Zeit dort in der Regel wie eine verwirrte, ältere Touristin, die Angst hat, ihren Pass zu verlieren und nicht mehr nach Hause zu dürfen.

Als unsere dreißig Minuten Projektzeit um waren, schienen alle Geschichten über Ras Alhague, alle Zeichnungen, Hommagen an Anja zu sein. Das war alles so begeistert freundlich, wie ich es nicht erwartet hatte. Atticus, gentlemanlike wie immer, steigerte seine Höflichkeit ins Galante. Simon war ruhig, aber eindeutig bewundernd. Millie, die geplagte Aristokratin, erkannte Ras Alhague einen bedeutenden Status zu. Sie hat so eine meist rätselhafte, verinnerlichte und sehr persönliche Etikette – und die galt plötzlich und eindeutig der stillen kleinen Anja.

An diesem Morgen schien es also geboten, Anja als Letzte präsentieren zu lassen, als Haupt-Act, obwohl ich mich auch fragte, wie sie wohl mit dieser Aufmerksamkeit umgehen würde. Tatsächlich ging sie damit um wie eine aufgeräumte, nüchterne Judy Garland in der Mitte ihrer Karriere. Sie war liebenswürdig, sie war hörbar, sie lächelte, sie hatte plötzlich herausgefunden, wie sie der Laptop-Kamera ins Auge sehen und uns wie eine beliebte, altgediente Nachrichtensprecherin im Griff halten konnte, oder vielleicht ein entspannter Sport-Star, der gut gebaute Anekdoten zum Besten gibt. Wir nickten, wir lächelten, wir applaudierten.

Sie hatte beschlossen, den ganzen Raum zu nutzen, den die Realität ihr bot. Kein Verstecken in Ecken mehr, kein freiwilliges Kleinmachen.

Obwohl wir meilenweit voneinander entfernt waren, nur ein kleines Raster aus Gesichtern und Tonstörungen, waren wir alle eindeutig berauscht von Anja und ihrer endgültigen Ankunft im eigenen Leben.

Auch ihre Zeichnung war bemerkenswert – sie zeigte ein Mädchen in Stiefeln und einer Art rotem und violettem Gewand, das offenbar durch ein Feld frecher Schlangen tanzte, die alle ihre Köpfe erhoben hatten und das Mädchen beobachteten, wie intelligente Gräser mit hellen Zungen.

Ich erzählte Sue an diesem Abend davon. Sie kam vorbei und stellte sich in den Hof, wobei sie ihre Sieht-aus-wie-ein-Zeichentrickhund-Gesichtsmaske trug. Wenn man sie nur kurz anschaute, wirkte sie bloß albern und charmant: eine etwas rundliche Frau mittleren Alters, umhüllt von bunter Patchwork-Gaze, mit dieser schwarz-weißen Tiernase, die unter ihrer großen Eulenbrille und dem gelben Sonnenhut gar nicht bedrohlich wirkte.

Sie hatte allerdings abgenommen. Wenn sie mich ansah, schaute sie zugleich durch meinen Kopf hindurch auf etwas Furchtbares. Ich konnte sehen, wie sich ihre Schultern rundeten, wie die berühmte tapfere Haltung schwand, wenn sie den Faden verlor und unkonzentriert wurde.

Aber sie war immer noch die freudige Sue. »Anja, kleine Anja. Ich wusste, du würdest es schaffen. Ich wusste, sie würde es schaffen.« Und sie klatschte in die Hände, wie sie es im großen Lehrerzimmer tun würde, und begann zu tanzen.

Sue Delaras Tanz ist so ein Mischmasch, hauptsächlich Bandari, aber auch etwas Bhangra dabei – viel Armheben und Pflanzbewegungen. Manchmal, wenn wir uns im großen Lehrerzimmer über etwas sehr gefreut haben, hat sie uns dazu angeleitet: Drehungen und alberne kleine Wackel- und Hüpfbewegungen, die selbst die kleinsten Eicheln hinkriegen. Ich glaube nicht, dass ich jemals wieder einen dieser Tänze genießen kann, ohne ihre Namen für die Bewegungen zu rufen: »Fröhliche Hände, Fröhliche Hände, Schlangen, noch mehr Schlangen, Fröhliche Hände tief, Fröhliche Hände hoch, Boot schieben, Boot schieben, Tanzendes Vogelkind, Tanzendes Vogelkind, und drehen, drehen, klatschen, und drehen, drehen, klatschen.«

Früher hat sie mehr gekickt und sich sehr tief gebückt, aber das vermeidet sie jetzt. Es ist harte Arbeit, so fröhlich zu wirken.

Ich mache mit. Sagen Sie es niemandem.

Zwei Frauen mittleren Alters in einem Londoner Innenhof – *Vogelkind, Fröhliche Hände, Schlangen, mehr Schlangen.*

Ich frage sie nicht, ob es ihr gut geht, damit sie ihre Würde nicht verliert.

Sie lächelt mich an, strahlend und grimmig: »Ich mache das in der Küche, weißt du, meistens abends. Üben. Für die Moral.« An diesem Abend war sie der Sue, die ich zum ersten Mal getroffen hatte, wirklich sehr ähnlich, ein kichernder Schwung aus Orange-, Rot- und Brauntönen. »Meine Mutter hat mir das nie richtig gezeigt, aber ihre Mutter wollte auch nicht, dass sie es lernt, und so fängt das an mit dem Nichtwissen, nicht wahr? Aber wir müssen wissen und uns erinnern. Nachhaltiges, sich selbst verbreitendes Wissen – es ist so einfach und das Gegenteil so schwer, aber wir machen es trotzdem so oft falsch. Nicht, dass meine Mutter nicht andere wunderbare Dinge gewusst hätte. Menschen setzen eben Prioritäten.«

Ihre Arme glitten von ihr weg und nach oben, mit einer Geschmeidigkeit, die mich immer wieder überraschte bei einer Frau, die zugleich so bestimmt und so eindeutig da war. »Wir werden zu unseren Prioritäten.« Sie lächelte und wirbelte, schloss die Augen.

Und vielleicht könnten wir alle wir selbst sein, ganz wir selbst, wenn man uns eine Pause gönnte – keinen Lockdown – nur eine angenehme

Pause mit genügend Raum, um unser bestmögliches Leben zu finden, und dann würde alles gut werden. Vielleicht könnte sogar ein Lockdown diese Pause sein, wenn man zufällig einen erwischt.

Was nützen Albträume, wenn man nichts aus ihnen lernt?

Aber dann stolperte sie aus einer Drehung und wäre fast gestürzt. Ich rannte zu ihr und fing sie auf, bevor ich mich fragen konnte, ob Umarmungen schon wieder in Ordnung waren in all dem absichtlichen Durcheinander von Andeutungen und Augenzwinkern und Regeln und Lügen und Widersprüchen, das wir anstelle von Pandemievorschriften und -strategien haben.

Und da standen wir nun, schwer atmende, lebendige Körper, die Arme umeinandergelegt, und versuchten – nicht gerade zu jubeln, aber doch zu funktionieren. Wir versuchten, funktional und beruhigend zu sein.

In solchen Momenten brauchen wir Trost, und manchmal gibt es niemanden, der ihn uns geben kann.

Die Zeit, die Situation ist so vertraut, gerade jetzt. Wer mit Stilzchen als Haushaltsvorstand aufgewachsen ist, wer schon einmal die Reste seines Lebens aufgesammelt hat und davor weggelaufen ist, wer immer noch in der Falle sitzt – wir alle waren schon einmal hier. Wir alle kennen das Drehbuch. Es spannt unsere Wirbelsäule an und macht uns schwindlig. Es lässt uns zurückzucken.

Ich erinnere mich, wie ich Sue im Arm hielt und merkte, dass sie von diesem schlichten Stolpern ein wenig zu sehr erschrak und dass unter ihrem vielschichtigen Federkleid weniger von ihr war, als es den Anschein hatte.

Ich bin ein sehr fröhlicher Vogel, und das hier ist mein Gefieder.

Wir standen abseits.

Ich hätte sagen sollen: »Das Kopfsteinpflaster kann rutschig sein.« Das hätte ihr eine Ausrede gegeben, um aufzuhören. »Ich bin müde. Du bist müde. Der ganze Planet ist so müde.«

Stattdessen sahen wir uns ein paar Augenblicke lang einfach nur an – zwei Menschen, verunsichert durch ihre eigene fortdauernde Existenz, während der herrschende Idiotentornado kreist und jeden mitreißt, der ihm gefällt, und verschwinden lässt.

So müde.

Stilzchen erschöpfen uns, indem sie uns mit ihren offensichtlichen Absurditäten zum Streiten bringen. Selbst wenn wir nie ein Wort zu sagen wagen, wissen sie, dass unsere Verwirrung unseren Seelenfrieden durchlöchert. Sie wollen uns fertigmachen mit ihren ständigen und ungeheuerlichen Lügen und Ablenkungsmanövern in alle möglichen Richtungen, Hauptsache, sie sind unvereinbar mit der letzten. Stilzchen müssen nicht immer deinen Körper schlagen, wenn sie dich im Geist schlagen und immer wieder schlagen können.

»Es heißt, wir sollen im Juni wieder mit dem Sportunterricht beginnen.«

»Das ist zu früh.«

Sue starrt auf mein ältestes Geißblatt, das glänzt und dichter und gesünder ist als je zuvor – zumindest unsere Pflanzen gedeihen. »Ich weiß, es ist zu früh, ich werde es hinauszögern. Aber einige der Eltern werden es wollen. Einige kommen nicht zurecht, andere unterrichten ältere Kinder zu Hause – es ist das reine Chaos.«

Ich sage nicht: *Dann wollen wir mal den Leuten applaudieren, die gerade erst merken, dass Unterrichten anstrengend ist.* Sue mag keine Verbitterung und ich auch nicht. Ich sage: »Ich weiß.«

Sie lächelt ein wenig: »Niemand wird sich daran erinnern, dass Unterrichten extrem müde macht.« Dann klatscht sie in die Hände und reibt die Handflächen aneinander. Damit erzeugt sie immer das Bild, dass die Realität auf einer bemehlten Fläche ausgerollt und zurechtgeschnitten wurde und sie wirklich alles getan hat, was sie konnte. »Ich bin so froh über Anja. Ich musste einfach vorbeikommen und es dir sagen.«

»Jederzeit.«

»Ich werde wiederkommen und mich daran gewöhnen, auf Kopfsteinpflaster zu tanzen.«

»Ja, natürlich.«

Ich glaube, wir waren beide froh über unsere Masken. Sie verdecken eine Menge von dem, was man sonst zum Ausdruck bringen würde. Hätten wir angefangen zu weinen – na, Sie kennen mich … Die Traurigkeiten sind natürlich immer noch offensichtlich, es bringt nur nichts, sie zu zeigen. Niemand braucht noch mehr Tränen, nicht jetzt.

»Jederzeit, Sue. Komm einfach vorbei, wann immer du willst.«

Ich sah, wie sich ihre Schultern rundeten, als sie durch die Holztür in den Alltag entschwand.

Trotzdem … *Wir sollten die Siege feiern, solange wir können, selbst die kleinsten. Aus dem, was klein wie eine Eichel ist, kann ein Fest wachsen, das so groß wie eine Eiche ist.*

Das ist zwar ein etwas unhandliches Motto, aber ich will nicht meckern.

Und Freude ist ja immer noch da. Anja kommt immer noch jeden Morgen online, schwenkt die Arme über dem Kopf und verkündet: »Kopf des Schlangensammlers«, und wir alle jubeln.

Das ist ein Sieg. Ein reiner Sieg.

Man weiß nie, was bei einem Kind funktionieren wird. Es gibt immer irgendetwas – ein Hobby, einen Hut, eine Sportart, ein Musikinstrument, eine Reise, ein Tier, einen Beruf, den es gerne hätte, einen Menschen –, es gibt immer etwas für ein Kind, das ihm Lust aufs Leben macht. Die Aufgabe besteht darin, es zu finden. Eine Schule sollte der Ort sein, der all die Dinge liefert, liefert, liefert, die funktionieren könnten.

Kopf des Schlangensammlers.

Für Anja hat das eine kompakte Sinnhaftigkeit, die Religionen erst im Laufe der Jahrhunderte ansammeln. Soweit ich es verstehe, ist sie sowohl das Oberhaupt aller Schlangensammler als auch die Schlangensammlerin, die Schlangenköpfe kontrolliert, und so geht es weiter. Es ist gut möglich, dass ihre Macht in außergewöhnlichen, verblüffenden konzentrischen Kreisen immer noch weiterwächst.

Heute war sie wieder da – es ist Donnerstag, der 7. Mai – und saß so, wie ein selbstbewusstes Kind sitzt. Ich verstehe nie ganz, wie jemand, der unwiderruflich verletzt wirkt, plötzlich nach der perfekten Kompensation greift, mit der er sich selbst heilen kann. Irgendwo haben sie immer gewusst, dass es da sein sollte, hatten diese Sehnsucht, die an ihnen zerrte, wie ein kleiner Kompass eine ganzen Schiffsmasse in eine Richtung zieht. So heilt sich das Unheilbare selbst. Es sollte nicht möglich sein, aber es geschieht trotzdem.

Ich glaube, die Traurigkeit mancher Kinder – vielleicht aller Kinder, aller Erwachsenen – ist nicht nur das Trauma, das sie überfallen hat, der unverzeihliche Vandalismus, das Pech, die Armut – es ist auch das ständige Wissen um eine Abwesenheit, die ihre Heilung sein könnte.

Und die Traurigkeit kann sich in Dunkelheit verwandeln. Manche Kinder gehen verloren. Ich glaube, dass fast alle von ihnen etwas Helles zum Verlieben hätten finden können, wenn sie die Gelegenheit gehabt hätten. Würde ich das nicht glauben, was wäre dann der Sinn des Unterrichtens? Was wäre der Sinn der meisten Dinge: Demokratie, Höflichkeit, Normalität und all das?

Wir alle in der fünften Klasse haben versprochen, dass wir uns heute Abend den Supermond ansehen werden. Er ist das Wunder dieses Monats oder eines der Wunder, die uns zur Verfügung stehen. Wir müssen immer nach Wundern Ausschau halten – sie bewahren uns.

Mein Sohn und ich sind im Dunkeln spazieren gegangen, und der Mond hat uns beobachtet, er war bestimmt neugierig und riesig, weil wir uns ganz nah an ihn herangelehnt haben. Ich konnte spüren, wie er durch unsere nun dünner werdende Luft starrte. Die ganze Scheibe war gold-rosa, wie ein seltsames Metall in einer Geschichte – eines, das zur Herstellung magischer Gegenstände verwendet wird, eines, das nicht anders kann, als Helden und schreckliche Verbrechen anzuziehen.

Und damit genug des Aufschubs.

Ich muss es jetzt erzählen, nicht wahr?

Ich muss aufschreiben, was mit Buster, unserem Jungen auf der schiefen Bahn, passiert, als ich ihn auf den Stufen von St. Paul's in die Enge treibe.

Also.

Dieser Tag also.

Ich halte nicht inne und frage mich, ob die ganze Verfolgungsjagd bis jetzt eine Art düsterer Witz nach Buster-Art war, eine Buster-Manipulation, ein Buster-Trick. Ich frage mich nicht, warum er vor einer Kathedrale stehen geblieben ist, die nach meinem einzigen Kind benannt ist, und sich mir zugewandt hat.

Ja, ich weiß, dass der Heilige und die Kathedrale älter sind als mein Sohn, aber ich betrachte sie gern als nach ihm benannt. Was wäre mir schließlich wichtiger – ein frauenfeindlicher ehemaliger Zeltmacher, der messianische Briefe geschrieben hat, ein großes Gebäude voller Denkmäler des Imperiums oder mein Sohn? Mein Paul ist mir wichtig. Und als er noch klein war, habe ich ihm tatsächlich gesagt, dass wir irgendwann die ganze Kathedrale besichtigen würden, die ihm allein gehörte. Das hat ihn fast schon irreligiös verwirrt. Er dachte, jeder hätte seine eigene Kathedrale.

Ein weiterer mütterlicher Fehltritt.

Aber ich glaube, hier stehe ich auf festem Boden, auf der richtigen Seite. Buster, atemlos und vor St. Paul's stehen geblieben, wirkt müde und in die Enge getrieben. Zumindest erlaubt er mir das Gefühl, die Oberhand zu haben.

Ich bin so schnell gerannt, dass ich einfach weiterrennen und durch ihn hindurchstoßen möchte, in ihn eindringen, als wäre er Wasser, und ihn spüren lassen, was ich seit so vielen Jahren fühle.

Gleichzeitig möchte ich nicht in seiner Nähe sein. Er stößt mich ab, scheint auf eine unbekannte Weise ansteckend zu sein. Ich möchte ihn schlagen, aber lieber halte ich ihn lange und sicher auf Abstand, denn er tut Dinge, die Menschen niemals möglich sein sollten. Ich weiß in dem Moment nicht, wie viele Dinge, aber es ist für mich schon nicht mehr überraschend, dass er keinen gesegneten Ort betreten will.

Er bekommt keine Zuflucht, versucht es nicht einmal.

Da steht er in seinem gut sitzenden Wie-kann-er-sich-den-leisten-Mantel und Anzug, der Womöglich-Clubmitglied-Krawatte und den glänzenden Lederschuhen – ein ganz normaler Soziopath aus Westminster. Nur ist er das nicht: Das ist nur die Hülle.

Innendrin, kann ich sehen, ist er immer noch Buster. Und er ist wirklich um dieses Vierteljahrhundert oder so älter geworden. Er wirkt gesund auf die überspannte Art, die manche Männer mittleren Alters haben: zu dünn, zu braun gebrannt, zu sehniger Hals. Sein Haarschnitt könnte militärisch sein, aber ich vermute, dass er kein Soldat ist, das ist bloß wieder Teil eines Kostüms.

All dies geschieht, lange bevor er sich unter dem Deckmantel der Seuche an mein Haus hereinschleicht und seinen schmutzigen Umschlag mit seinen schmutzigen Ausreden überbringt, aber ich sehe, dass er nicht bloß wieder eine Art Polizist geworden ist.

Möglicherweise frage ich mich – wie schon früher –, ob er im Geheimdienst beschäftigt war oder immer noch ist. Möglicherweise stelle ich mir alle möglichen Fragen, aber sie kreisen in meinem Kopf wie ein schmutziger Lappen über einen Tisch und verschwinden dann. Ich will sie nicht fassen.

Ein kleiner Windhauch kommt auf, trifft mein Gesicht, und ich atme diesen Duft von *Brut* ein, wie bei einem alten Herrenfriseur: nach Lavendel und Weihnachten und nassem Leder. Wer auch immer er jetzt ist, das benutzt er also immer noch. Einige Dinge bewahrt er. Unter dem Duftwasser liegt ein beißender chemischer Geruch, der mich an Bestatter denken lässt.

Außerdem schlägt mein Herz schneller, weil er wieder in mich eindringt und mich zwingt, ihn zu inhalieren.

Ich rezitiere verschiedene Drehbücher, die von verschiedenen Therapeuten und Selbsthilfegruppen geliefert wurden. Sie erinnern mich daran, dass er mich nicht mehr berühren kann, auf keinen Fall, denn das ist ein Privileg, das ich ihm niemals gewähren werde. Er ist nicht Teil meines Universums.

Trotzdem ist er in meiner Lunge. Buster, die Krankheit, die kurz vor der Pandemie kam.

Ich bin nicht wütend. Ich bin ein anderes Gefühl, das keinen Namen hat, oder keinen, den ich kenne. Ich bin nicht wie Buster – kein anständiger Mensch ist das –, aber ich glaube schon, dass er meine Gefühle benennen könnte. Ich denke, es begleitet ihn die ganze Zeit und schmeckt nach Mord.

Inzwischen spielt er mir etwas vor – er zeigt mir seine Atemlosigkeit und seine tragischen Fernsehserien-Augen. In ihnen flackert eine seltsame Farbe oder eine unnatürliche Absicht. Ich sehe es nur einen Moment lang, als ob sich ein Fensterladen für einen einzigen Wimpernschlag öffnet und das Licht auf einen Mechanismus dahinter trifft, hart und funktionsfähig.

»Buster.« Ich klinge schwach und quengelig, was mich ärgert, also versuche ich es noch einmal. »Buster.« Es gibt Zeiten, da möchte man Blut spucken – Fleisch, Zähne, Gift, irgendetwas Festeres als Worte.

Er schüttelt den Kopf, als ob er eher *Weiß nicht* als *Nein* meint. Dann reibt er sich die Stirn, spielt den müden kleinen Jungen, und dann glänzen Tränen, die unterwegs, aber noch nicht ganz angekommen sind.

Buster hat immer ein gutes Gespür für Emotionen – er trifft sie fast genau richtig.

»Du wirst nichts sagen?«

Ich glaube, ich will gar nicht, dass er etwas sagt.

»Nichts, Buster? Warum bist du überhaupt gekommen? Du wusstest, dass ich da sein würde. Wir sind eine Familie. Du wusstest, dass zumindest einer von uns immer da sein würde.« Ich bin scheinbar nicht mehr schwach und fragend. Ich klinge wie die Frauen auf Londons Straßen, deren Leben offensichtlich im freien Fall ist und die Plastiktragetaschen mit abgenutzten Logos in der Hand halten – Frauen, die sich aufdrängen und vielleicht jemanden anschreien, oder vielleicht auch nichts Sichtbares. »Buster? Ist das deine Schuld? Hast du uns das angetan? Kannst du uns nicht in Ruhe lassen?« Schreiende Frauen ziehen besorgte Blicke auf sich und dann Polizisten. Ich habe die Schwelle zum Angestarrtwerden bereits überschritten.

Und ich bin die Polizisten so leid. Ich habe es so satt, ihre Hände an ihren Maschinengewehren an U-Bahnhöfen zu sehen, oder wie sie sich anstrengen, einen nicht zu sehen, wenn man als große Demo vorbeimarschiert. Man existiert für sie erst, wenn man verstreut ist, wenn die Nacht hereinbricht, wenn sie einkesseln können – wenn Journalisten und Kameras weggedrängt werden und die Stiefel kommen.

Ich hatte Jahre Zeit, alles über Polizisten herauszufinden – über Einbrüche in lästige Haushalte, politische Haushalte, Haushalte, die Dinge in Frage stellen – was nie wirklich Einbrüche waren, sondern nur Eingriffe von Polizisten und Schlägertrupps, die uns kirre machen sollen, weil es der Polizei Spaß macht. Polizisten und Polizisten und noch mehr Polizisten haben in den Papieren und Unterwäscheschubladen von Hinterbliebenen herumgeschnüffelt. Polizeiliche Überwachung durch die hat sich in die Betten gestohlen.

Die Polizei sollte eine Institution sein, die man ruft, wenn man wirklich Hilfe braucht. Aber sie sind bloß Buster, unter dem Lächeln und dem Versprechen, sich zu bessern, sind sie weiter nur wie Buster und die schmutzige, kleine Kaputtheit vieler anderer Busters.

Er macht den Mund auf, und ich bin sicher, er wird eine Version von »Es tut mir leid« probieren. Wenn er das tut, werde ich mit Sicherheit anfangen zu schreien, und das wird 25 Jahre währen und meine 25 Jahre Schweigen wieder wettmachen. Die endlos schreiende Frau – Reiseführer können mich in ihre Touren aufnehmen.

Und tatsächlich, es geht los – tief einatmen und bereit.

Er zuckt zurück. Ich habe ihn zurückzucken lassen.

Ich habe noch nichts getan, aber er hat Angst vor mir – denke ich.

Das ist gut.

Sehr gut.

Aber ich mache mich auch lächerlich, lächerlich. Ich bin die verrückte Frau auf der Straße. Ich nutze meine Worte nicht, und das sollte ich eigentlich besser können, also taste ich nach weniger Animalischem, und das Erste, was mir einfällt, ist:

»Wir sind hilfreich und freundlich, wir geben gut acht,
Wir machen heil, nicht kaputt, und tun unsere Pflicht,
Wir wachsen alltäglich in Schönheit und Licht,

Wir lernen, sind mutig und schlafen gut bei Nacht.

Wir schlafen gut bei Nacht. Wir schlafen gut bei Nacht.«

Ich schreie es. Dann schreie ich es noch einmal.

Es könnte möglich sein, dass ich nicht aufhören kann, es immer weiter zu wiederholen.

»*Wir schlafen gut bei Nacht.*«

Ich heule Glück und Sonnenschein heraus und versuche, mich freudig und stolz wie eine Eiche zu fühlen, Brust raus, Schultern zurück.

Aber ich weiß, dass ich eigentlich nur weine. Meine Stimme ist belegt, und alles, was ich rufe, wird verzerrt und von Schluchzen zerschnitten.

»*Wir schlafen gut bei Nacht.*«

Er beobachtet mich, wie ein geprügelter Hofhund Fremde beobachtet. Und vielleicht bringt ihn mein Gesichtsausdruck – obwohl ich jetzt still bin – dazu, es sich anders zu überlegen, mir keine Antwort zu geben.

Seine Hände sinken herab und bleiben angelegt.

Ich frage mich, ob ich zu bedrohlich gewesen bin und ob er mich fürchterlich findet. Ich bereue es. Ich fühle mich unzivilisiert.

Wie dumm dumm dumm ist das denn?

Wenn ich erst einmal gelesen habe, was in Busters Umschlag steht, wird mir mein schlechtes Gewissen saukomisch vorkommen. So ähnlich wie saukomisch.

Aber jetzt stehe ich vor St. Paul's, atemlos und mit wunder Kehle.

»Was?« Meine Nase läuft und ich streife sie über mein Handgelenk. Ich würde die Kinder nie so etwas Wildes tun lassen, und ein Anflug von Scham lässt mich wieder lauter schreien. »WAS?«

Natürlich meine ich nicht *was.* Ich will ihn fragen: *Warum?*

Und sein Körper, sein körperliches Gleichgewicht, verändert sich. Es ist kaum anders als sonst, nur so ein Wispern, dass alles sehr bald kippen wird. Ich will nicht der Mensch sein, der so etwas erkennen kann. Ich will mich nicht daran erinnern, wie berauschend es war, den Körper eines anderen so genau zu verstehen, ihn so sehr zu lieben, dass man ihn scheinbar teilt und so doppelt und außergewöhnlich ist.

Scheiße. Du bist so ein kleines Stück Scheiße. In mir steckt Scheiße. Ich finde immer noch Streifen von Scheiße. Einfach nur Scheiße – und das nur wegen dir.

Er beobachtet mich weiter.

Deinetwegen denke ich an Scheiße, und solche Worte denke ich nicht mal, denn ich bin jetzt ein sehr sauberer Mensch. Ich übe einen sauberen Beruf aus.

Ich werde letztlich glauben, dass er mich heute erwartet hat, so wie er immer alle erwartet hat, und dass ich Teil eines seiner Pläne bin. Ich war nie etwas Besonderes und bin es auch jetzt nicht. Ich war ein Zugang oder eine Komponente in einem Mechanismus, den er für seine eigenen Zwecke gebaut hat. Es gab keine Intimität. Es gab nur eine Menge Zeichen und Symptome seiner Seltsamkeit, die er sichtbar werden ließ. Er begriff, dass sie missverstanden werden würden.

Er ist ständig aufmerksam, und das kann sich persönlich anfühlen. Aber er stellt damit nur sicher, dass er sich anpassen kann. Da er keine normalen menschlichen Gefühle, Gedanken und Verhaltensweisen kennt, muss er ständig extrem aufmerksam sein. Er hat sich Gedanken über mich gemacht, er wird sich heute Morgen Gedanken über die Wahl seines Hemdes gemacht haben. Aufmerksamkeit erleichtert Antizipation, ist ihr Fundament. Das ist es, was er anstelle von Mitgefühl hat. Was er anstelle von Liebe hat.

Vor St. Paul's halte ich ihn beinahe immer noch für so beschädigt, wie Slapstick-Menschen es sind. Ich glaube noch, er dürfe in einem Gedanken über die guten Freuden und Fähigkeiten Platz haben, die sich im Slapstick ausdrücken.

Manche Menschen machen keinen Slapstick, sie *sind* Slapstick. Im Moment tut er wie immer so – tut so, als sei er ein in viele Teile zerbrochener Mann, der dadurch richtig lustig geworden ist, *Proper Funny*. Ich nehme an, dass er über seine Zerrüttung, über all die Risse, gelogen haben könnte. Ich kann immer noch sehen, dass er kein Mensch ist – auch das war eine Lüge. Er ist kein zerrissener Mann – er ist nur die Risse. Alles, alles, alles war eine Lüge. Er ist nur eine Abwesenheit von Leben.

Ich bin verwirrt, weil ich immer noch glaube, dass nichts wirklich Lustiges eine Lüge sein kann.

Blitzschnell und unverzeihlich vermisse ich das, was wir im OrKestrA waren. Ich vermisse es mehr als all das, was wir beide zusammen in der Falle waren, zu der er unser Bett gemacht hat. Ich vermisse es, größer zu sein, vereint zu sein, physisch sicher zu sein, während ein Publikum von weniger kohärenten, weniger glücklichen Menschen voll unterschiedlicher Bewunderung zusah. Wir hoben uns von ihnen ab, indem wir uns mehr dem Moment verschrieben, als sie sich trauten. Wir waren gekonnt und glanzvoll in Bewegung, so wie begeisterte Tiere wirken können.

Das war wahr. Das war vor allem die Wahrheit.

Deinetwegen habe ich es gemocht.

Deinetwegen habe ich den Sonnenschein daran gemocht.

Aber du warst nicht begeistert, nicht einmal ein Tier – du warst etwas ohne Namen.

Buster ist immer auf der Hut, auf der Hut, auf der Hut. Er ist in höchster Bereitschaft. Seine Arme sind zutiefst friedlich, aber auch konzentriert – als könnte jeden Moment etwas auf ihn zufliegen.

In manchen Nächten habe ich geträumt, dass die Messer, die ich nach ihm warf, echt waren.

In unserer Nummer haben wir oft mit Messern hantiert. Das schien unschuldig, lächerlich.

Buster fing sie jedes Mal auf, und es war lustig. Er packte sie immer mit den Fingerspitzen aus der lustigen Luft – sauber und schnell und am Griff. Bei jeder neuen Bedrohung blieb er ungerührt, als ob es keine große Sache wäre, wenn Messer aufs Gesicht zufliegen.

Die Frauen lachten immer mehr als die Männer, stießen lange, zufriedene Schreie aus, weil sie weibliche Verzweiflung als Pantomime sahen.

Im Duo ging es bei uns um das Hin und Her der Erwartung. Für Buster muss es ganz normal und langweilig gewesen sein, während ich erstaunt war, mich als eine Hälfte einer vereinten Absicht zu wissen. Wenn seine Hände die Küchenmesser-Attrappe fingen, spürte ich das ebenso deutlich, wie wenn ich sie in Richtung seines Auges schleuderte.

Ich glaubte, wir seien das Gegenteil von Gefahr. Ich glaubte, er und ich würden das Publikum täuschen. Aber ich war auch bloß Zuschauerin – jemand, mit der er spielte und die er verwirrte, um ein vorbestimmtes Ergebnis zu erzielen.

Buster leckt sich die Lippen, und die Bewegung wirkt wild und daher wahr – das Bedürfnis eines Reptils, die Luft zu schmecken.

Ich habe viele Gründe, ihn zu hassen, aber ich bin selbst überrascht, was mich anscheinend am meisten verletzt. Indem er das OrKestrA verraten hat – mich am meisten, aber auch das OrKestrA –, hat er unsere Art zerstört, großartig zu sein. Er hat unserer Wahlfamilie das Glück genommen, er hat uns das *Proper Funny* genommen, oder zumindest hat er es verletzt und verängstigt. Lustig darf nicht ängstlich sein, das geht nicht. Genau dann, wenn wir es am nötigsten hatten, alles zu sein, was wir konnten, hat er uns kleingemacht, so dass wir uns in uns selbst zurückzogen.

Ich erinnere mich an einen Moment, erinnere mich daran, wie ich einen Bogen aus Tellern in die Luft schleuderte und wusste, dass er sie hinter meinem Rücken auffing, flüsterleise, und sie ordentlich aufstapelte.

Wie konnte das so schön sein, wenn Buster so ist, wie er ist?

Wie konnte ich mit ihm zusammen sein, ohne je das Wichtige zu bemerken, das mich gerettet hätte, wie konnte ich einfach so seine scheinbar mühelose Schönheit annehmen und beklatschen, sie lieben?

Aber Liebe ist die richtige Reaktion auf Schönheit.

Ich lag nicht falsch.

Nicht so falsch wie seine heutige Vorführung.

Buster von damals hätte niemals diesen Mantel, diese Schuhe, diese Krawatte getragen. Sie hätten ihm die Haut verbrannt. Aber vielleicht war er zu Hause, wo auch immer das war, so ein Ding, so gekleidet. Oder vielleicht wollte er Schneider werden, konnte es sich aber noch nicht leisten. Gier würde seinem Verhalten irgendeinen Sinn geben. Gewöhnliche Menschen können gierig sein. Ich stand da und fragte mich, ob er uns alle umgedreht hatte, ob wir parallele Leben führten, gierig nach Geld und Ruhm.

Wir hatten nie herausgefunden, was für ein Leben er geführt hatte. Ich wusste nie, ob es eine andere Frau gab, eine Ehefrau. Ich habe nicht herausgefunden, ob er sich an andere belogene Körper geschmiert hat oder ob er auf eine Art häuslich war, die er zu verachten vorgab, wenn er mit mir zusammen war.

Unsere ganze Nummer basierte in ihrer endgültigen Form auf passenden Strickjacken und einer Straßentheaterversion fadester Häuslichkeit, die man sich vorstellen kann. Wir zerlegten die Requisiten in acht Minuten zu Asche und Scherben. Alle Gegenstände wurden magisch und flogen: Lampen, Stühle, unser Comedy-Baby, das einzige Kind, das wir je gemacht haben.

Unser Traumhaus wurde zu einer Kaskade von Katastrophen, ein Exorzismus aller Sorgen der Menge. Nichts, was den Leuten tatsächlich passierte, konnte schlimmer sein als das, was wir durchspielten.

Als unser Streit eskalierte, hob Annanka Ladystrong Buster hoch, bog ihn, faltete ihn, warf ihn weg, so dass die Menge ihn auf Händen zu mir zurücktragen musste. Das wirkte alles wie ein schönes Ausleben meiner Macht, aber es war gelogen, und ich hatte keine, gar keine. Ich stemmte ihn hoch in die Luft und lachte. Jetzt wäre er leichter, einfacher zu heben, aber ich bin nicht mehr in Form.

Werfen und fangen und werfen und fangen – aber am Ende fiel alles.

Zeitungen verbrannten, der Fernseher auch.

Ich würde jetzt gerne etwas verbrennen.

Inmitten dieses Chaos verloren wir versehentlich immer mehr Kleidung, bis wir schließlich in bizarrer Unterwäsche und Flitter auftraten. Annanka und der Baron entpuppten sich als die, die wir wirklich waren, und die Vorstadtfamilie erwies sich als so zerbrechlich und pervers, wie ich vermutet hatte – wie ich glaubte, dass wir beide vermutet hatten.

Und wenn das Gemetzel vorbei war, holten wir unser falsches Baby von einem Zuschauer zurück, der als Vormund ausgewählt worden war. Nach einer letzten Ablenkung, während ich das Kind auf Schäden untersuchte, ließ Buster Luftballons platzen, die mit Rosenblättern aus Papier gefüllt waren, um einen Hauch von Romantik zu verbreiten. Man sah uns unter dem wehenden Karminrot stehen, still und endlich vereint, wir bemerkten uns endlich wirklich – sehen und gesehen werden – und wir küssten uns.

Das funktionierte gut bei trockenem Wetter oder in geschlossenen Räumen.

Heute ist in seinem Gesicht keine Spur davon zu sehen. Keine Erinnerungsparade.

Der ungerührte Mann – deshalb habe ich dich Buster genannt. Nach Buster Keaton.

Ich habe ihm den schönen Namen des gütigen und großzügigen Königs Ungerührt verpasst, des Meisters der knochentrockenen, knochenbrechenden Anmut.

Bei Buster war ich einfach immer dumm und habe die zarten, besten, wertvollsten Dinge weggeworfen.

Und jetzt sehe ich in jedem noch so süßen Moment mit einem Mann, mit einem guten Mann, mit F. L., der ein guter Mann ist, billige Papierschnipsel, die immer schmutziger eine Straße entlanggeweht werden.

Danke, Buster. Vielen Dank, wirklich.

Du hast mir den Grund zum Lachen genommen. Den Grund zum Lächeln.

Ich spüre, wie sich mein Kiefer verkrampft, mein Nacken verkrampft.

»Weißt du, wie lange es gedauert hat? Weißt du, wie lange?« Ich versuche, darüber zu reden, wie viele Jahre ich mit dem Wiederaufbau verbracht habe, aber ich kriege keinen Sinn in meine Worte.

Ein Ort mit Buster darin kann keinen Sinn ergeben.

Überall machen die Menschen jetzt Mittagspause, als wäre dies kein bemerkenswerter Moment, keine ganze Reihe davon. Sie müssten doch merken, was hier zwischen uns geschieht. Sie sollten begreifen, dass der Raum, in dem wir auftreten, immer für uns allein frei bleiben sollte.

Andererseits sind wir kein Duo mehr und unsere Auftritte sind nicht dazu gedacht, Aufmerksamkeit zu erregen. Wir haben beide gelernt, uns zu verstecken, damit wir überleben können, aber was wir überleben, ist nicht mehr dasselbe.

Und Busters Ausdruck hat nichts mit Können zu tun. Es ist einfach sein glücklicher Ort: eine Art Nirgendwo.

Er zeigt mir nicht *Knochentrocken*, er zeigt mir den *Entspannten Psychopathen.*

Leicht zu verwechseln, wie sich herausstellt.

»Willst du einfach nur dastehen? Du willst einfach nur mit steinerner Miene dastehen?«

Buster und Annanka ließen scheinbar liebgewonnene Dinge zusammenstoßen oder sorgten dafür, dass unsere Erbstücke und Schätze bei vorhersehbaren Katastrophen unser Gewicht nicht mehr tragen konnten. Dabei war Buster eine geschickte Leerstelle, aber ich wirkte wie eine Wahnsinnige, jenseits aller Schattierungen von Wut. Wir haben monatelang an unserer Nummer gefeilt, bis sie genau richtig war – nur sein Totenmaskengesicht war von Anfang an da. Und wir schauten nie in Richtung unserer Katastrophen, reagierten nie darauf. Wir waren einfach ein Gespräch in der Sprache des Unheils.

Der böse Mann, vor dem Paul und ich geflohen sind, wusste alles über diese Art von Gespräch. Er wollte aber keine Lacher.

Buster auch nicht – er ließ mich den Schaden spielen, den er anrichten würde: ein Haus und eine Familie in Schutt und Asche legen.

Er spielte es, um sich selbst zum Lachen zu bringen, und ich bin sicher, dass er dieses Geheimnis zusammen mit allem Übrigen genoss.

Ich bin sicher, ich könnte ihn hochheben und werfen.

Es wäre nicht einfach.

Aber bei Gott, ich würde es doch schaffen. Ich würde es schaffen.

»War es einfach? Musstest du das auch einstudieren? Das ganze

Lügen? Waren wir alle leichtgläubig? War das OrKestrA für dich bloß dumm?«

Und ich kann *einundzwanzig, zweiundzwanzig* zählen – so wie wir es immer getan haben – zwischen dem Moment, wo ich sicher bin, dass er weglaufen wird, und dem, wo ich ihn tatsächlich umdrehen und wegrennen sehe.

Da läuft er.

Ich denke alle Flüche, die ich nie laut ausspreche.

Ich denke Ausdrücke, die nicht zu meinem Beruf passen.

Ich denke Worte, die Gift sind.

Du kleiner beschissener Wichser, du verfickter Scheißkerl.

Aber ich weiß noch längst nicht alles, noch nicht.

Ich sehe seinen Rücken im Gewimmel der Menschen verschwinden, die sich um die Kathedrale schieben und ihrem mehr oder weniger gewöhnlichen Leben nachgehen. Ich kann mich nicht erinnern, wie er die Stufen zum Bürgersteig herunterkam. Sein Abstieg verlief schneller, als ich sehen konnte. Er hat so einen seltsamen Schub von umgekehrter Schwerkraft um sich herum. So stößt er sich ab. Es bringt ihn schnell durch das Gewirr von Menschen.

Und dann ist er außer Sichtweite.

Es gibt eine Pause, in der ich feststelle, dass ich offenbar weder atmen noch mich bewegen oder denken kann.

Wenn jemand sterben musste, dann hätte es Buster sein sollen, nicht Monkey Monk. Wenn es jemand nötig haben sollte, sein Denken mit der Hilfe von Chemie auszulöschen, hätte es nicht Monkey sein sollen, mit seiner Jungenseele und seinem Körper, der immer unschuldiger wurde, je weiter er sich entkleidete.

Und dann stolpere ich vorwärts, als würde ich gerade durch einen Vorhang und zurück auf die Bühne geschoben, ohne Text.

Keine Probe nötig. Ich renne hinter Buster her. Mit voller Wucht, mit vollem Einsatz, ich renne einfach.

Ich tue das, weil ich nicht weiß, dass er nicht nur abscheulich ist. Sondern eine Falltür.

Ich umrunde die Flanke der Kathedrale durch eine scheinbar verdickte Luft, als ob er eine Dampfspur aus mutierten Atomen hinterlässt, um mich zu bremsen. Im Schatten der Mauer hat er schnell zu einer zügigen, professionellen Gangart gefunden. Er ist, was zu seinem Kostüm passt: jemand, der nie rennt, der andere Menschen dazu bringt, hektisch mit Terminen, mit öffentlichen Verkehrsmitteln und Schweiß zu kämpfen. Buster scheint sogar zu stolzieren, während er an der Seite eines angeblich gesegneten Gebäudes nach Osten geht. Er ist immer noch schnell unterwegs, aber nicht so schnell, dass ich nicht mithalten könnte.

Ich folge ihm durch die blattlosen Bäume, den Winterrasen und die eingemummelten Paare auf dem Kirchhof und dann weiter über das breite Gewirr von Cheapside und New Change.

Die Architektur ist hier plötzlich sehr modern, trotz der alten Straßennamen, vermutlich weil die Stadtplaner unsere Vergangenheit nicht recht ertragen konnten.

Ich kenne das Gefühl.

Er blickt nicht zurück. Kein einziges Mal.

So wenig bedeute ich ihm.

Kein einziger Blick.

ICH BIN WIEDER in meinem Hof und schreibe, sicher hinter unserer großen blauen Holzwand. Wir sind alle sicher, für den Moment.

Aber zwei Tage in der Woche bin ich mit der fünften Klasse wieder im Klassenzimmer.

Ich bin nicht bei der Armee. Mein Arbeitsplatz sollte keine tödliche Gefahr sein.

Vorzugsweise sollte auch in der Armee niemand sterben – sie würden nur Dinge bauen und Leute bewachen und die Verzweifelten in Sicherheit bringen. Also das Gegenteil von jetzt.

In diesem besonderen Jetzt könnte man schneller die Jobs aufzählen, die sich nicht plötzlich in Todesfallen verwandelt haben, in denen man womöglich allein auf dem Trockenen ertrinkt.

Und Soldaten dürfen zurückschießen. Das ist ja der Sinn. Auf wen schießen wir? Worauf schießen wir? Wann wird es jemals einen Waffenstillstand geben?

An meinem ersten Tag mit den Kindern haben wir uns gefreut, einander zu sehen. Da waren sie, ganz einfach: winkende und hüpfende Kinder in einem Raum, und wir hatten es so weit geschafft und konnten immer noch winken und hüpfen.

Das können Sie sich vorstellen. Und Weinen kam nicht in Frage, denn wie sollte ich das mit Maske hinkriegen, und wie sollten sie damit umgehen?

Wir haben darüber gesprochen, wie Menschen unsere Herzen zum Leuchten bringen. Das ist wichtig. Dann haben wir schnell das Thema gewechselt. Auch das ist wichtig.

Außerdem sah ich sie durch Luft an, die uns umbringen könnte. Und Ignacy hat Asthma. Und woher soll man wissen, wer wen umbringt?

Wir können wenigstens alle unsere Masken tragen, denn kein Gesundheitsminister kann uns schikanieren, solange wir in Oakwood sind – er hat es auf Sozialwohnungskinder abgesehen – und damit auch auf die Angehörigen von Sozialwohnungskindern sowie auf die Mitarbeiter der Angehörigen und auf Leute, die den Angehörigen von Sozialwohnungskindern zu nah kommen.

Sue hat einen brüchigen Waffenstillstand geschlossen, und nur diejenigen, die bereit sind, sich selbst und andere zu schützen, dürfen hier sein. Warum das überhaupt verhandelt werden muss, kann ich nicht ergründen.

Wir sind alle zusammen und tun unser Bestes mit großen Augen und unterschiedlich gemusterten Gesichtern. Wir sehen aus wie das, was passieren würde, wenn Stofftiere versuchen würden, ein medizinisches Drama nachzuspielen.

Aber alle müssen im großen Lehrerzimmer essen und trinken, wenn wir mit dem Mittagessen an der Reihe sind. Die Fenster und Türen bringen den frischen Geschmack der A 316 herein. Es gibt so eine Art Luftströmung. Wir können uns nicht viele Luftfilter leisten, zusätzlich zu den Laptop-Kosten, aber wir haben welche. Wir versuchen, gesund zu bleiben. Es steht uns frei, es zu versuchen. Wir müssen uns nicht entscheiden zwischen Resignation und etwas, was wir nicht beim Namen nennen, weil so nah ist und jederzeit die Hand nach uns ausstrecken könnte.

Millies Mutter ist jetzt in cholerischer Realitätsverweigerung gefangen und schickt seltsame YouTube-Videos im Elternforum herum. Millie nimmt nicht am Unterricht teil, weil sie keine Maske trägt, und zwar aus tief verwurzelten religiösen Gründen, die sie nicht erklären kann und ihre Mutter auch nicht.

Ich mag Millie sehr.

Aber ich will sie nicht hier haben.

Millies Mutter hat streitbar recht – jedenfalls in ihrer Sicht –, während alle anderen falschliegen und möglicherweise mit dunklen Mächten im Bunde sind. Man sollte meinen, dass ihre moralische Überhöhung sie zumindest glücklich machen könnte, aber in Wirklichkeit sieht sie schrecklich aus, gequält. Online bei uns sagt Millie, dass die Frau kaum schläft. Den Überblick über mysteriöse Verschwörungen und ständig wechselnde Endzeitdaten und Bedrohungen zu behalten, ist mehr als ein Vollzeitjob.

Es gibt so viele schlechte Ideen, die in einem Tempo heraufbeschworen werden, das die Geschwindigkeit der Gedanken übersteigt. Niemand kann da mithalten.

Ich kann mich nicht darüber ärgern. Ich habe keinen Platz mehr.

Es gibt immer eine gute Seite, wir müssen sie nur finden.

Das könnte eine irreführende Information sein, auch wenn sie mit den anderen Sprüchen von Oakwood an der Wand des Lehrerzimmers hängt.

Ich mache immer noch meine Sozialbesuche. Ich gehe immer noch zu Millie nach Hause. Die Mitarbeiter wechseln sich bei der Essensausgabe ab – wir leben im Zeitalter der Wut und des russischen Roulettes.

Nimm die Freude, wo immer du sie findest, und das Lächeln wird mit dir reisen.

Also, ich versuche es immerhin.

Ich bin entschlossen, mich zu freuen, indem ich den Zaunkönig beobachte, der bei uns in der Wicklow Street wohnt. Es sind sogar zwei. Sie sollten ausreichen, um mich dauerhaft zu erfreuen.

Manchmal sind wir die gute Seite. Wir können strahlen.

Drei Tage in der Woche sind wir noch online. Wir machen es uns wieder gemütlich.

Als ich vom ersten Schultag nach Hause kam, zog ich mich im Hof aus und warf dann alles, was ich anhatte, direkt in die Waschmaschine. Dann seifte ich mich unter der Dusche ein und schrubbte und schrubbte.

Ich konzentriere mich darauf, froh zu sein, dass Oakwood sich um uns kümmern kann.

In Oakwood können wir vorsichtiger sein. An anderen Orten ist es nicht erlaubt, Vorsichtsmaßnahmen zu ergreifen, denn die einzigen Regeln, die wir jetzt befolgen sollen, betreffen die Durchsetzung des Todes.

Es sei denn, Sie besuchen eine Privatschule oder arbeiten dort, in diesem Fall ist absolute Sicherheit absolut sinnvoll und wird angemessen finanziert.

Ich bewahre meine FFP2-Masken in Papiertüten auf und benutze sie abwechselnd. Ich habe nicht genug, um sie nach einmaligem Gebrauch wegzuwerfen. Die Stoffmasken kann ich zwar waschen, aber wie oft ich sie benutzen kann, scheint absichtlich unklar zu sein.

Sich vor einer völlig ungeschützten Klasse zu präsentieren und ein Beispiel für Glück und eine gute Zukunft zu sein – das kann ich mir nicht vorstellen.

Die Krankenschwestern und Anästhesisten und all die anderen in den Krankenhäusern, die mit Müllsäcken bedeckt sind und sich durchschlagen müssen – ich kann es mir nicht vorstellen.

Hissy in ihrem Krankenhaus und Sissy in den Pflegeheimen – ich kann es mir nicht vorstellen. Manchmal rufen sie mich an – die eine oder die andere – und können keine ganzen Sätze bilden, so gestresst sind sie. Von nichts haben sie sich je unterkriegen lassen, aber die Zeit, die uns alle erwischt hat, verändert sie.

Sie werden nicht kündigen. Sie bleiben. Überall im Land bleiben Menschen in Situationen, in denen niemand sein sollte.

Das ist nicht die gute Seite, das ist ein Leuchten, das uns verbrennt, bis nichts mehr übrig ist.

Ich schreibe das hier – wenn ich die Energie dazu habe – und komme hauptsächlich mit Realitätsverweigerung und Ablenkung durch.

Abends beobachte ich unsere beiden kleinen, zaunkönigsförmigen Vogeltupfer, die noch leben. Sie scheinen es zu genießen, nur im Augenwinkel zu existieren und um den Nistkasten herum zu picken, von dem Paul und ich glaubten, dass er nicht mal Blaumeisen anziehen würde. Sie vertrauen uns immer wieder ihre winzige Zukunft an. Und sie fressen weiter oder nehmen jedes Stückchen mit, das wir ihnen auf Pauls schwingendem, rattenfestem Vogeltisch anbieten.

Sie sind eine tolle Ablenkung.

Das Vogelfutterhaus ist nicht wirklich rattenfest. Nichts ist rattenfest. London ist ein Rattenvergnügungspark mit Unterabteilungen für Bettwanzen und Tuberkulose.

Die Ratten finden unseren Vogeltisch aus für uns unerklärlichen Gründen einfach nur uninteressant und beobachten ihn zweifelsohne aus den Lapislazuli-Whirlpools in ihren örtlichen Räuberhöhlen. (Paul hatte früher Angst vor Ratten, also haben wir sie als Bond-Bösewichte mit ausgefeilten Plänen für die Herrschaft über mehrere Fastfood-Ketten umgeschrieben.)

Laut Paul führten die nichtfiktiven Ratten Bürgerkriege um Nahrung, als die Restaurants alle aufgaben und keine Essensreste mehr zu schnappen waren. Wie fortschrittlich sie doch sind. Pumas in Einkaufszentren, Ziegen, die Llandudno erobern, die Natur, die sich in unserer Abwesenheit entspannt und spielt – es scheint, als würden die anderen Arten vorwärtsstürmen, während wir uns zurück in die Höhlen verkriechen.

Man hat uns gerade gesagt, dass wir unseren *nationalen Winterschlaf* beendet haben, was auch immer das sein mag. Alles ist genauso wie vorher und genauso tödlich, aber die Regierenden sind gelangweilt und wollen uns wieder umbringen.

So etwas in der Art. Meine »In schlimmer Beziehung gefangen«-Kopfschmerzen sind wieder auf etwa 8 von 10 gestiegen. Schmerzmittel sind Mangelware, also massiert Paul meine Schultern, und ich tue so, als würde es wirken und mich nicht nur zum Weinen bringen.

Die Restaurants haben wieder einigermaßen geöffnet, aber viel weniger Menschen als erwartet wollen in Räumen mit potenziell verseuchten Fremden sitzen, die genüsslich ein- und ausatmen und ihre Münder bewegen, als seien sie schwachsinnige Fische in einem gemeinsamen Selbstmordbecken. Unsere Regierung erklärt sich ratlos.

Die Kabinettsmitglieder sind ratlos, so wie der böse Mann, vor dem ich weggelaufen bin, ratlos war, als es mir nicht gefiel, dass er meinen Arm am Ofengrill verbrannte. Ich kenne diese Ratlosigkeit. Ich kenne diesen Hunger nach Bösem. Früher dachte ich, unsere führenden Politiker wollten nur, dass wir den Ratten nacheifern – uns als mehrheitlich verzichtbares Ungeziefer erweisen, das um die Reste kämpft. Jetzt bin ich mir sicher, dass die gemeinen und schäbigen Stilzchen, die über uns Menschen herrschen, sowohl von der Realität verblüfft als auch hilflos im Griff ihrer Ablenkungen und Leugnungen sind. Sie malen jeden möglichen Teufel an die Wand, um zu sehen, womit sie durchkommen. Sie töten uns, weil wir nicht so sind wie sie, und um sich selbst als etwas Besonderes zu fühlen, verbrämen sie das Ganze mit der Pseudowissenschaft von menschlicher Ausdünnung und genetischer Obsession. Und sie haben gemerkt, dass niemand sie aufhalten wird.

Was für ein niederes Wesen musst du sein, wenn du nur dann zufrieden bist, wenn du auf einem Leichenhügel stehst, den du selbst aufgehäuft hast?

Manchmal bin ich die gute Seite. Ich kann leuchten.

Wir haben lauter zusätzliche neue Gräber – Leichen und Asche und Gräber. Wären es Leichen in einem Dorf in Cotswold oder an einem anderen schönen Ort, würden sie im Fernsehen gezeigt und von Amateurdetektiven mit bürgerlichen Namen oder liebenswerten Polizisten mit charmanten Macken untersucht. Wir würden alles über sie wissen wollen. Wären doch nur alle Pflegekräfte in einem Landhaus in den 1930er Jahren gestorben – wir wären von jedem Einzelnen fasziniert.

Doch weil sie nur Menschen sind, verwehen sie wie Blätter in der Luft. Und es gibt immer mehr Blätter.

Ich könnte mich fragen, was für ein Land der Meinung ist, dass das Sonntagabendprogramm mit einer Tasse Tee und ein paar Keksen nur durch einen einstündigen Mord verbessert werden kann, der in den letzten fünf Minuten der Sendung sauber aufgeklärt wird. Ich könnte mich fragen, wohin sich ein solches Land letztendlich entwickeln könnte.

Oder ich könnte versuchen, es zu lassen.

Ich liebe die Zaunkönige.

Ich liebe Paul.

Ich liebe Francis.

Also Francis, der hier ist – genau hier.

Es war ein ziemlicher Schock, diese Rückkehr ins wirkliche Leben. Aber das ist schon in Ordnung.

Nein, im Ernst. Ich genieße es.

Ich genieße es.

Und ich liebe ihn noch mehr, wenn er leibhaftig ist, mit seiner rotbraunen, bäuerlichen Bräune von so vielen Spaziergängen und Gelegenheitsarbeiten im Freien. Sein Haar ist an manchen Stellen fast blond, und ich vermute, es vermisst es, in der Meeresbrise zu tanzen. Er hat es zu einer kleinen Wolke von potenzieller Wildheit, von potenziellem Etwas wachsen lassen. Er sieht aus wie ein Mensch, der irgendwo hingehört – ein Irgendwo, das nicht hier ist.

Nach nur ein paar Monaten Übung ist es leicht zu schreiben, dass ich fast jeden liebe. Ich meine, warum nicht? Die Zeit könnte begrenzt sein und ich könnte sehr viel Liebe in mir haben.

Talha und Rosie und Max, Tony, Atticus, Alice, Simon, Anja, Bob und Martha, Millie. Ignacy, Kwakou, Hassan, Ranbir und der spät hinzugekommene, aber aufholende Sam – ich liebe sie so, wie Lehrer ihre Schüler lieben. Ich mag sie nicht immer, aber ich fühle eine grundlegende, alltagspraktische Liebe für jeden Einzelnen von ihnen.

Ich werde mich an sie erinnern – an jeden Fünftklässler – und mir denken, dass es schön wäre, sie zu treffen, wenn ich hundert Jahre alt bin und sie erfolgreiche Polarforscher oder Hirnchirurgen oder Bildhauer-Schrägstrich-Aktivisten geworden sind, die mir auf der Straße begegnen und freundlich sagen, dass sie das alles mir zu verdanken haben. Oder etwas davon, ein bisschen.

Ich liebe auch Sue, die tanzende Sue, die inzwischen sehr merklich müde gewordene Sue.

Sie tauchte am Sonntagnachmittag auf. Ich wusste, sie würde vorbeikommen, sobald sie wüsste, dass Francis wieder auf dem Festland und im Haus ist.

Ja, er wohnt in meinem Haus. Er hat den Graben, den Bergfried, alle meine Verteidigungsanlagen überwunden – ich glaube, das geschah, während er am Küchentisch saß und ich den Kessel auffüllte. Als ich mich ihm gegenüber hinsetzte, schien alles geregelt zu sein.

Ich konnte mich nicht daran erinnern, ihr gegenüber etwas davon erwähnt zu haben, oder überhaupt etwas über ihn.

Offenbar wurde aber über ihn gesprochen.

Der Lockdown hat uns alle verändert.

Sue war so fröhlich wie eh und je. Und ihre Arme umklammerten eine Keksdose voller Pistazienkuchen – und einen Zucchinikuchen sowie eine in Folie eingewickelte Alternative mit Zitronen.

»Du glaubst aus irgendeinem Grund, dass wir jede Menge Kalorien verbrennen.« Francis nimmt die Dose, während Paul mir ein Sohn-mit-peinlicher-Mutter-Grinsen zuwirft und die beiden Folienkuchen-Pakete nimmt.

Ich vermutete, dass sie gerade eine Runde zu allen Mitarbeitern und Mitarbeiterinnen drehte, falls sie wegen Montag nervös sind. Wir beginnen die Woche mit einem Präsenztag, und ich vermutete, dass sie am Wochenende zufällig bei jedem Mitarbeiter vorbeikam. Oakwood war nach Schulende am Freitag so gründlich gereinigt, gelüftet und vorbereitet worden wie nur möglich. Aber ich wusste, dass sie vor dem Morgen noch einmal hingehen und alles überprüfen würde.

Sue stieß ihr kräftiges Lachen aus und rieb und stieß mit Francis die Ellbogen aneinander, eine Art ausholende Morsekommunikation. »Du hattest recht!« Sie zwinkerte mir zu. Mit Maske übertreibt sie das Mienenspiel immer. »Auf jeden Fall!«

»Ich habe keine Ahnung, wovon sie redet«, sagte ich zu Francis.

Und dass ich Francis hereingelassen habe: Heißt das, dass jetzt alle – nicht nur Sue – davon ausgehen, meine Privatsphäre durchstöbern zu können? Sind alle meine Befestigungen jetzt nur noch Trümmer und Hüpfburgen? Ich finde das nicht fair.

Ich spielte auf Zeit und verhielt mich wie jemand, die unerwartete soziale Situationen lustig findet: »Ich habe keine Ahnung, wovon Sie reden, Sie verrückte Frau. Wer sind Sie überhaupt?«

Paul unterbrach mich natürlich mit: »Bitte ignorieren Sie meine

Mutter. Sie hat hormonelle Probleme. Lebensveränderung. Wir wissen nicht, was wir mit ihr machen sollen.«

Francis fühlte sich etwas unwohl, aber er ließ sich voll darauf ein. »Möchte jemand einen Drink? Es gibt Eis. Oder nur Eis. Wollen Sie ein bisschen Eis in der Hand halten? Wo ich herkomme, ist es nicht … Es ist nicht so heiß.«

Paul, Francis und ich sind uns einig, dass *etwas unwohl, aber voll darauf einlassen* mehr ist, als wir an den meisten Tagen erhoffen können.

Vielleicht habe ich das aber auch gar nicht laut gesagt.

Aber ich glaube, ich habe mich mit ihnen darüber unterhalten.

Francis strich sich durch die Haare, die sich daraufhin in alle Richtungen ausbreiteten und die Absurdität mitmachten: »Ich würde normalerweise Kaffee anbieten. Normalerweise biete ich Kaffee an. Bei diesen Temperaturen kann ich nur Eiskaffee anbieten – ihr werdet euch also alle noch hysterischer fühlen als sonst, aber mit kühleren Zähnen … Eiskaffee?«

Und falls Sue bewusst war, dass wir sie aufzuheitern versuchten, während sie uns aufzuheitern versuchte, dann ignorierten wir es.

Im Moment ignorieren wir fast alles …

Sie fuchtelte experimentell mit den Armen in der Luft herum. »Ich bedauere immer meine allgemeine Starrheit. Ich kann nicht so geschmeidig sein, wie ich sollte, so flüssig. Ich bin ein Festkörper. Das hat seine Vorteile …« Und sie sah mir in die Augen, und ich versuchte nicht zu verstehen, warum. Dann zwinkerte sie mir zu und wandte sich an Francis. »Ja, du bist Schotte. Wir müssen also verwandt sein. Ich bin persisch, aber auch ein bisschen irisch. Und britisch.« Sue nahm die Hand, die Francis ihr reichte.

Und dann tanzten sie.

Sie tanzten alle. Paul und Francis folgten Sue, während sie sich dehnte und gestikulierte und oft zu mir hinüberschaute, als wäre ich etwas seltsam, aber noch kein Notfall.

Sie sind keine leichtsinnigen Menschen, sie sind nur auf eine Weise offen und mit sich im Reinen, wie ich es nicht bin.

Ich wollte mich ihnen anschließen.

Ich litt nicht unter dem üblichen Anfall von Bindungsangst – es war einfach so, dass ich etwas Schönes, etwas Wunderbares sah. All das Gute, was ich kenne, war da und tanzte.

Ich wollte alles sehen, jede Einzelheit.

HEUTE MORGEN ging ich in die Schule, um der fünften Klasse guten Morgen zu sagen, und trug dabei eine Tiermaske aus Latex über meiner deprimierenden, medizinisch aussehenden Maske. Ich wollte Sicherheit *und* Spaß haben.

Ich habe eine Auswahl an Vollmasken zusammengestellt, die Kreaturen mit auffallend großen Nasen nachgebildet sind – ein Strauß, eine Ente, eine Art Kamel und ein leicht nach Tyrannosaurus tendierender Dinosaurier.

Damit sollte erreicht werden, dass sich meine Ohren, meine Haare und mein Nacken nicht mehr so verseucht anfühlen, wenn ich wieder zu Hause ankomme.

Aber es macht die Kinder glücklich, mein Gesicht zu sehen, und ich mag es, wenn sie glücklich sind – das ist nicht nur eine gute Sache, sondern auch sehr nützlich. Wenn sie glücklich sind, lernen sie besser.

Sie müssen meine Augen aus vielen vernünftigen Gründen sehen.

Ich dachte, ich käme damit durch, eine fröhliche gelbe Ente zu sein.

Genauer gesagt, ich wusste, dass es ihnen nicht wirklich gefallen würde, aber ich dachte, sie würden sich daran gewöhnen.

Die Klasse wurde ganz still, als ich zum ersten Mal auftauchte. Anja sah richtig erschrocken aus.

Sie haben natürlich nicht geglaubt, dass ich durch eine fühlende Ente ersetzt worden bin. Sie sind in der fünften Klasse – in diesem Sinne sind sie keine kleinen Kinder mehr. Sie wussten nur, dass ich mich vor ihnen versteckte und dass mein Verstecken bedeutete, dass ich Angst vor ihnen hatte – Angst vor etwas. Dass ich Angst vor ihnen hatte, verletzte ihre Gefühle, und dass ich generell Angst hatte, wo es doch meine Aufgabe ist, immer mutig zu sein – nun, das konnte nicht passieren.

Also schälte ich die Ente vorsichtig ab und achtete darauf, dass meine Maske an ihrem Platz blieb, als ich sie abhob. Sie saß wie ein Vorwurf in der Ecke, bis zur Zeit des Abschieds. Dann setzte ich sie wieder auf, und wir erfreuten uns ein wenig daran. Die Ente wackelte und schlug mit dem Arm um sich und gab uns als Hausaufgabe die Überlegung auf, wie es wäre, ein Mensch mit einem Entenkopf zu sein. Ich hoffte auf Erzählungen, die nicht bedrohlich waren und keine Hinweise darauf enthielten, dass sich ein Mensch plötzlich über Nacht auf andere als faszinierende und angenehme Weise verändern kann.

Ich konnte mir Sam den ganzen Tag über wie einen kleinen Anthropologieprofessor vorstellen, der ein Ritual aus der Ferne studiert. Das ist eine legitime Einstellung zum Leben. Es ist nicht sehr lohnend, aber es ist definitiv eine Haltung. Jahrelang war es die einzige, die ich hatte.

Tony hat mich beim Abschied zu lange und zu fest umarmt. Er ist derjenige, der am meisten Panik hat. Wenn sein Großvater plötzlich für immer verschwinden kann, kann das vielleicht jeder – das kann man in seinen Gedanken immer wieder beobachten. Manchmal verschwindet seine Angst fast völlig und sein Mund entspannt sich, manchmal muss er meinen Arm berühren oder mir eine unzusammenhängende Frage stellen, nur um sich beteiligt zu fühlen. Seine Panik sickert aus seinen Fingern in mich hinein. Aber er tut, was er tun muss, um zurechtzukommen, und niemand sollte ihm das verwehren.

Vielleicht habe ich noch nie einen Unterricht mit so viel Engagement und Liebe zum Detail vorbereitet und durchgeführt, nur um uns im Klassenzimmer und im Moment zu halten und nicht an etwas zu denken, das uns schadet.

Es ist enttäuschend, dass ich diese bessere, tiefere Art des Unterrichtens nicht früher entdeckt habe. Ich hatte mir immer eingebildet, dass ich ziemlich gut in meinem Job bin.

Dieses Jahr zeigt mir immer wieder, wo ich enttäuschte.

Aber es ist Dienstagabend – fast schon Mittwochmorgen – und wir haben die beiden Präsenztage dieser Woche hinter uns. Morgen um acht werden wir online singen und winken. Ich kann mich entspannen.

Aber ich kann mich nicht entspannen.

Der nächste Montag steht vor der Tür und wartet.

Und ich werde weiterhin mit Hausbesuchen an der Reihe sein, ich werde Mittagessen ausliefern.

Ich kann mich nicht entspannen.

Wenn ich das hier nicht weiterschreibe, werde ich einfach endlos durch Twitter scrollen, denn der Stress, der dabei zwangsläufig entsteht, dämpft den Stress, den ich ohnehin schon habe. In den guten Nächten heben sie sich gegenseitig auf – in den schlechten Nächten kommen sie zusammen und verstärken sich. Eine Fifty-fifty-Wette.

Twitter ist wie Menschen, nur noch mehr. Twitter nach Einbruch der Dunkelheit sind verlassene Kinder, die um Aufmerksamkeit buhlen. Twitter ist das Es, wenn es tippen könnte.

Twitter ist auch eine Vielzahl von Fehlern, die jeder Lehrer gerne korrigieren würde – und jeder Mensch auch. So verleitet es dazu, sich zu engagieren – indem man sich in alle möglichen Richtungen irrt. Dumm und wütend macht. Ich vermute, dass dies die Zukunft der Unterhaltung ist: kein Handwerk, keine Fertigkeiten und keine Kunst – nur Fehler, die schließlich alles Wahre übertönen werden.

Mein eigenes Twitter-Konto ist sehr ruhig und anonym. Ich mache nicht den Fehler, viel zu sagen. Wenn ich überhaupt etwas schreibe, erwähne ich weder Oakwood noch meinen Beruf. Ich versuche, die Dinge fröhlich zu halten. Ich suche nach Threads, in denen sich Hunde von ihrer Vernachlässigung erholen und am Ende auf Sofas kuscheln, Bandanas und schicke Hüte tragen. Gazellen triumphieren über Löwen, Mungos verbünden sich mit Hyänen, alle möglichen Tiere zeigen alle Anzeichen dafür, dass wir uns weiterentwickeln und gedeihen. Angenehme Menschen, die zu Hause festsitzen, gründen Distanz-Orchester – ich liebe Distanz-Orchester – oder sie bauen Feengärten am Fuße von Bäumen in Vorstadtstraßen. Ich beobachte, wie komplexe Mechanismen durch fallende Murmeln ausgelöst werden.

Ich starre auf Dominosteine.

Sie fallen.

Das ist befriedigend.

Inmitten der lauter werdenden Beschimpfungen und der aggressiven Algorithmen versuchen echte Menschen, einander in dieser riesigen und besorgten Welt zu gefallen, in der alles ins Wanken gerät und jede Auswirkung nur auf die schlimmsten Arten und Weisen nach vorne kaskadiert.

»Ich kann deine Zähne wieder hören.«

Lehrer fördern sachliche Informationen, soziale Fähigkeiten und eine allgemein anerkannte Moral. Das Internet ist kein Ort für uns. Paul merkt, wenn ich zu tief gesunken bin. Er hat gelernt, nach mir zu sehen, wenn ich zu lange mit dem Laptop unterwegs bin.

»Denk an deine Backenzähne.«

Er steckt den Kopf wie eine Meerkatze um Türrahmen herum oder durch Fenster, oder er späht zwischen den verschiedenen Gittern unserer Außenbeschläge hindurch. Dann kommt die Bemerkung mit den Zähnen, oder so ähnlich.

Er kann meine Zähne nicht hören – zumindest glaube ich das nicht. Aber wir wissen beide, dass ich jetzt einen oberen und unteren Mundschutz habe, um zu verhindern, dass ich mir im Schlaf noch mehr Backenzähne breche. Romantisch, was? Beim Sex im Bett geht es jetzt nur noch darum, meinen Mundschutz herauszuziehen – als wäre ich ein Mittelgewicht in der Pause zwischen den Runden. Mein Kiefer krampft sich zusammen, wenn ich träume. Ich knirsche mit den Zähnen wie ein ängstlicher Pflanzenfresser, der sich an den Rand der Herde verirrt hat, und ich wache müde auf.

Paul schneidet Salbei von unseren Sträuchern und geht mir Tee damit kochen.

Ich soll doch seine Mutter sein und mich um ihn kümmern.

Er hat sich angewöhnt, die Augenbrauen hochzuziehen und mich manisch aufmunternd anzugrinsen, wenn ich ihn ansehe. Das ist eine nette Geste, gleichzeitig demütigend.

Letzte Woche lieh er sich meinen Eidechsenkopf aus und servierte damit Tee, wobei er sich ganz normal verhielt. Das wäre unterhaltsam gewesen, wenn ich nicht völlig ausgeflippt wäre, weil ich ihn vielleicht eines Tages in einem Klassenzimmer benutzt hätte, und was wäre, wenn er ihn direkt danach ausgeliehen hätte und ich ihn noch nicht gereinigt hätte.

Nicht, dass ich eine klare Vorschrift für die Desinfizierung fiktiver Eidechsen wüsste.

Ich hätte ihn nicht anschreien sollen.

Er war einfach nur praktisch und nett.

Und woher hat er gelernt, so zivilisiert zu sein? Das hat er nicht von mir geerbt.

Das Einzige, was mir derzeit mehr auf die Nerven geht als Pauls Hilfe, sind die Momente, in denen er mich wirklich braucht. Dann bin ich diejenige, die merkt, wie still unser Schweigen geworden ist und wie lange es her ist, dass einer von uns den anderen um eine Tasse oder eine Mahlzeit oder einen Snack gebeten hat. Oder vielleicht ist es Zeit für Qigong oder Tai-Chi, oder warum machen wir nicht ein bisschen Kickboxen draußen in der Hofluft, von der wir hoffen, dass sie gut ist, wenn wir sie in unsere Lungen pressen – und wo ist er?

In strukturlosen Tagen braucht man einen Zeitplan. Perfekt. Lassen Sie mich das machen. Ich habe unsere Wochen bis in die Haarspitzen verplant – einschließlich des Zeitplans für den nicht verplanten Platz. Francis wurde bei seiner Ankunft eingeplant. Ich weiß also, wo jeder sein sollte.

Ungeplanter Platz ist riskant.

Ich mache mir auch Sorgen um Francis, aber wenigstens ist er erwachsen. Wenigstens können wir uns darauf einigen, seine offensichtliche Widerstandsfähigkeit als Tatsache zu akzeptieren. Abgesehen von den Tagen, an denen das nicht der Fall ist.

Ich habe einen privaten Kontrollplan für die beiden. Die Normalität der Wicklow Street erinnert mich an Jonglierübungen – kontrolliere Paul, kontrolliere Francis, kontrolliere mich selbst – sorge dafür, dass alles in der Luft bleibt, und vergiss nicht zu lächeln.

Aber an manchen Abenden liegt mein Junge auf seinem Bett und hält ein Buch in der Hand, ohne es zu lesen, mein Junge hat seine Lampe nicht an, oder mein Junge steht frühmorgens in der Küche und hebt Geschirr auf, das er fallen gelassen hat, und seine Augen sind feucht von Jungentränen, weil er etwas kaputt gemacht hat.

Letzte Woche hat er aus Versehen die einzige Tasse zerbrochen, die von dem Paar übrig geblieben war, das wir gemeinsam für seinen sechsten Geburtstag gemacht hatten.

Ganz schlechte Idee für einen Geburtstagsausflug, aber die Tassen wurden langsam zu Lieblingsstücken.

Aber man sollte nie Lieblingsstücke haben – es sind die, die man benutzt und die man am Ende kaputt macht.

Wenn Paul traurig ist, mache ich genau das, was er macht, wenn ich traurig bin. Ich hole ihn ab, und wir legen uns auf mein Bett und erwähnen die Traurigkeit nicht besonders. Wir lehnen uns einfach aneinander und sehen uns Comedy, Comedy, Comedy auf meinem Laptop an. Wir machen so lange weiter, bis wir anfangen zu lachen. Das kann manchmal stundenlang dauern – aber schließlich gehört zur Komödie auch das Warten.

Im Moment ist es so, dass jede Art von anhaltendem Lachen mich das tun lässt, was ich am natürlichsten tue – weinen. Aber Weinen ist immer noch eine Art Heilmittel – all die Giftstoffe, die an meinem Kinn herunterlaufen und abtropfen, die Nebenhöhlen werden frei, die Lungen bekommen ein Training, um zu beweisen, dass sie noch gesund sind.

In diesem Haushalt kennen wir unsere Medizin, und wir nehmen sie.

Die Nacht, in der Francis sich zu uns gesellte, um eine Dosis *Funny* zu sich zu nehmen – das war ein bisschen angespannt. Wir drei kuschelten uns auf dem Bett zusammen, wie Welpen, die versuchen, sich warm zu halten. Und ich wartete gespannt darauf, worüber Francis wohl lachen würde. Es gibt kein Heilmittel, wenn ein Paar nicht über dieselben Dinge lachen kann.

Aber es war in Ordnung.

Als ich hörte, als ich spürte, wie er das erste Mal amüsiert schnaubte, dann den ersten großen Stoß von *Funny*, der ihn durchfuhr – das war ein toller Moment. Das war wichtiger, als wenn ich ihm einen eigenen Wohnungsschlüssel gäbe.

Und an dieser Stelle möchte ich darauf hinweisen, dass ich mich beleidigt fühle, wenn unsere derzeitigen Politiker als Clowns bezeichnet werden. Echte Clowns werfen sich selbst den Wölfen zum Fraß vor, jedes Mal. Sich selbst. Nicht andere Menschen. Sie stehen immer nur dann auf ihrer Würde, wenn sie sie zum Abwischen ihrer Füße benutzen. Unsere derzeitige Regierung und jede absehbare andere Regierung sind nur Clowns in der Art, wie John Wayne Gacy ein Clown war. Sie lieben es, die Macht zu haben, ohne Konsequenzen bizarr zu sein. Und sie lieben es, Kinder zu erschrecken.

Sie sind nicht richtig witzig, nicht *Proper Funny*, und sie wüssten nicht, wo sie anfangen sollten.

Und ich danke Gott für jeden Menschen, der jemals *Proper Funny* war – alle bis auf einen.

Während ich es mir auf dem Bett gemütlich mache und den *Proper-Funny*-Leuten zuschaue, komme ich einer Zeitreise so nahe, wie ich nur kann. Ich gehe zurück in die Zeit, als mein Junge noch ein Junge war. Ich spüre, wie mein großer Paul atmet und sich auf genau die Art und Weise bewegt, wie nur er es tut oder jemals getan hat. Die Jahre haben ihn vergrößert, aber er ist der Paul, der auf dem Bett neben mir lag, als dies unser sicheres Haus und neu war und ich versuchte, sicher zu sein, dass er nicht erraten würde, wie sehr ich mich belagert fühlte. Wir würden es uns im Halbdunkel gemütlich machen.

Am Anfang war er zu klein zum Lachen, außer dass ich lachte und ihm das Geräusch, der Geschmack davon gefiel. Ich war so sehr darauf bedacht, mich für ihn zu amüsieren, dass ich es irgendwie auch für mich selbst tat. Und keine Angst, keine Scham, keine Dunkelheit drang durch mich zu ihm durch.

Jetzt ist er ein Kenner des Lachens, des Kicherns, des Johlens, des Prustens, des Glucksens und des Restes. Er freut sich über plötzliche Ausrufe der Freude.

Man kann nicht sagen, dass wir kein gutes Publikum sind.

Ich habe ihn mit *Proper Funny* aufgezogen, weil es das Einzige war, dem ich noch vertraute. Selbst Buster hatte es nicht völlig ruinieren können. Das konnte niemand. Anfangs zeigte ich Paul Videokassetten in dem klapprigen Abspielgerät, das unter dem kleinsten, aber schwersten Fernseher der Welt lauerte – und irgendwie auch dazugehörte. Der Kassettenspieler gab zuerst den Geist auf, und ein paar Tage später ging der Fernseher kaputt – als wären sie ein verliebtes Ehepaar.

Paul begrüßte schließlich die seltsame Kombination aus Schieben und Klicken, die das Einlegen der Kassette begleitete, mit dem Ausruf »Witzig!«. *Guter Junge, mach deine Mutter stolz.* Dann kletterte ich wieder auf das Bett, und Paul hatte Pauls Temperatur, und seine Haut roch nach seiner Haut. Ich würde langsam aufhören, daran zu denken, wie viele Kredite mein früherer Partner/Gefängniswärter auf meinen Namen und mit meinen Daten aufgenommen hatte oder wann er endlich auftauchen und beweisen würde, dass alles Gute so papierdünn war wie immer. Ich würde mich nicht fragen, wie lange Sue mich noch in ihrer Schule unterrichten lassen würde, obwohl ich bei lauten Geräuschen zusammenzuckte und Schulen im Grunde aus schlechten Gerüchen und lauten Geräuschen bestehen. Ich verbrachte eindeutig mehr Zeit weinend auf den Personaltoiletten, als man vielleicht für normal halten würde. Außerdem habe ich viel zu viele Jahre damit verbracht, Gegenstände fallen zu lassen und zu zerbrechen, die andere brauchten. (Das Fallenlassen und Zerbrechen in Stresssituationen liegt in der Familie.) Besonders angetan haben es mir Gedenkschmuck, Geschirr und Außenspiegel.

Aber Sue hat nie ein Wort gesagt. Sie macht aus jedem ein Projekt, lässt jeden erfolgreich sein. Ich arbeitete weiter, liebte die Kinder und liebte Paul, während er von der ersten Klasse an wie eine Eichel kicherte, die zu einem Bäumchen heranwuchs, das erst groß und dann größer wurde und dann wirklich überraschend groß und deshalb ein wenig verlegen war. Er hat sich gut geschlagen. Trotz der vielen Male, die mir der böse Mann gesagt hat, dass ich den kleinen Bastard ruinieren und niemals allein zurechtkommen würde – wir haben uns beide gut geschlagen.

Also.

Und an manchen Abenden taten wir so, als könnten wir Pauls Gliedmaßen beim Wachsen beobachten. Wie seine Hände oder Füße sich um Millimeter weiter von seinem Rumpf entfernten.

Unsere Sammlung von VHS-Kassetten begann unausweichlich zu veralten, nicht lange nachdem ich einen brandneuen Player gekauft hatte. Irgendwann wechselten wir das Format, aber nicht den Inhalt. Wir blieben uns selbst treu, mein lustiger Freund und ich, und sahen uns DVDs an, auf denen Groucho und Chico und Harpo – aber niemals der arme Zeppo – so richtig lustig waren. *Proper Funny.* Morecambe und Wise, Katharine Hepburn und Cary Grant und, ja, Buster – Joseph Frank Keaton, der einzig wahre Buster –, sie blieben auch sie selbst. Wir untersuchten Steve Martins Stürze auf unterschiedliche technische Ausführung und waren überrascht, als ein junger Leslie Howard aufhörte, ein antifaschistischer Frauenschwarm mit hochtrabenden Monologen zu sein, die man nur erträgt, weil er schöne Ohren hat – und sich stattdessen einfach auf die Nase legte und über sich selbst stolperte. Fröhliche Erniedrigung ist auch antifaschistisch – etwas anderes kann es nicht sein. Chaplin, der schöne Chaplin, wusste das. Er hat mir gezeigt, dass alle richtig witzigen Menschen auch schön sind. Sie bewegen sich bloß so schnell, dass man es nicht bemerkt. Sie wählen die Bescheidenheit, wollen lachen. Und dabei werden einige von ihnen viel mehr als hübsch, mehr als ernst, mehr als klangvoll. Sogar Leslie Howard konnte viel mehr, als ausgestopfte Hemden zu spielen, die sich verlieben, oder in der Rolle des Ashley Wieheißternoch in *Vom Winde verweht* festzustecken – er machte das Beste aus schlechten Haaren und moralischer Ambivalenz.

Lachen ist natürlich auch billig und macht fast satt. Das ist ein Glück für diejenigen unter uns, die sich Sorgen um ihr Geld machen. Aber *Proper Funny* verlangt schließlich auch eine Bezahlung. Als Zuschauer macht es einen zu glücklich und zu empfindlich für das normale Leben.

Es schärft das Bewusstsein, so dass man die Absurdität, die Grausamkeit und das Sterben bemerkt. *Proper Funny* tanzt dich an und bringt dich dazu, die Menschen anzuschauen, wirklich anzuschauen. Du wirst ihr Elend sehen, auch wenn du es nicht immer beheben kannst. Du wirst dein eigenes sehen. Und jedes Mal, wenn du dich damit allein fühlst, jedes Mal, wenn du von Lügen enttäuscht wirst, die eigentlich Witze sein sollten, jedes Mal, wenn ein Betrunkener auf einer Party sich zu dir lehnt und dir etwas Totes, Totes, Totes erzählt, das er urkomisch findet – es gibt so viele, viele Gelegenheiten, bei denen du spürst, wie ein kleines Stück von dir selbst weggeschnitten wird. Das ist die winzige Bezahlung, die *Proper Funny* nimmt – *gib mir das, und ich gebe dir weiterhin dein Schmerzmittel – bei dem es wehtut, wenn es nachlässt.*

Ich stelle mir gerne vor, dass die Kleinigkeiten, die dir dabei genommen werden, neu verteilt werden, um andere Menschen zu belustigen und den Humor im Allgemeinen zu unterstützen. Es könnte ein seltsames und unerwartetes Bollwerk gegen Faschismus und Chaos bilden. Oder etwas anderes.

Wenn du *Proper Funny* mitmachst, bezahlst du mit gebrochener Wirbelsäule und Herzen und einer Art fortschreitender Operation, die deine Vorstellungskraft freilegt. *Proper Funny* erwartet von dir, dass du immer alles siehst.

Paul scheint als Comedy-Konsument unversehrt zu sein. Er ist aber auch sehr gut darin, entweder mit freundlichen Leuten zusammen oder allein zu sein. Er ist nicht unhöflich gegenüber Langweilern oder aggressiven Typen, er hat nur die Gabe, zu verschwinden und sich dem Schaden zu entziehen, den sie anrichten könnten. Mein Junge kennt sich mit präventiver Selbstverteidigung aus.

Wir wissen beide, woher er das hat.

Heutzutage sehen wir uns Online-Comedy an, bereitgestellt von Streaming-Diensten, die ständig damit prahlen, auf dem neuesten Stand zu sein und kurz davor zu stehen, noch weiter und noch schneller zu mutieren. Stan und Ollie tanzen aber immer noch für uns – sie glänzen immer noch mit seltsamer Leichtigkeit und peinlicher Freude. Sie können immer noch die Hand ausstrecken und den Schatten einer Jalousie an der Wand herunterziehen. Stan könnte mit seinem Finger über die Nahtstelle zwischen *Proper Funny* und *Proper Magic* streichen und eins mit dem anderen großartige Dinge tun lassen. Das bleibt ewig.

Ich hoffe, die Ewigkeit könnte ansteckend sein, zumindest ein bisschen.

Und Paul ist Paul, und ich bin seine Mutter, und wir sind immer noch hier. Wir können immer noch erleben, wie wilde Ideen entlang von Tangenten springen und kollidieren, etwas schaffen, das nach Lachen verlangt, es erzwingt. Oder wir erleben, wie Elemente auseinanderbrechen, sich in Träume und Albträume verwandeln oder den Status, die Substanz, die Bedeutung, alles verändern. Wir können uns immer noch daran erinnern, dass sich alles ändern kann, also können wir auch alles ändern. Wir können immer noch sicher sein in den traurigen, aber wahren, aber verrückten, aber schönen Kombinationen.

Hier gibt es kein Sterben.

Es gibt kein nahes Sterben.

Aber es ist nah, ich weiß es. Maureen um die Ecke in Swinton Place hat den Winter in zwei Schlafsäcken und einem Zelt verbracht, weil das Sozialamt ihr das Geld gestrichen hat. Seitdem geht es ihr nicht mehr gut. Sie hatte gehofft, wieder im Museum arbeiten zu können, aber daran denkt sie nicht mehr. Die Lungenentzündung vom letzten Jahr hat ihr Narben auf der Lunge beschert.

Die Schmerzen machen ihr weniger zu schaffen als das Wissen, dass sie nicht zählt und dass ihr die Telefonseelsorge gelegentlich sagt, sie solle sich einfach umbringen.

Das ist eine merkwürdige Definition von Hilfe.

Das Ministerium für Arbeit und Altersvorsorge ist eine böse Organisation, die ihr eigentlich Zeit schenken sollte, sich wieder aufzubauen und zu erholen – aber gerade wenn sie daran denkt, sich zu entspannen, kommen sie mit neuen Rechtfertigungen für die Grausamkeiten, die sie ihr schon immer auferlegen wollten.

Man hat ihr jegliche Unterstützung gestrichen, und es hat achtzehn

Monate gedauert, bis sie durch die Instanzen gegangen ist und einen Teil ihrer Sozialleistungen zurückerhalten hat. Dann wurde ihr erneut der Geldhahn zugedreht. Sie hatte auf einen Brief, den sie nie erhalten hatte, nicht geantwortet.

Ich lasse ihre Einkaufstüten an der Türklinke hängen, aber wir können nicht mehr wie früher drinnen eine Tasse Tee trinken oder so tun, als ob ich den Tee und die schicken Kekse nicht mitgebracht hätte, sondern als ob sie schon da wären. Das Letzte, was ihre Lunge braucht, ist, dass ich ihr vielleicht etwas bringe, das gesunde Lungen bei gesunden Menschen tötet.

Am Telefon klingt sie wie jemand, der sich weit weg zurückzieht, wie jemand, der stirbt.

Ich rufe sie nicht gerne an.

Ich tue es, aber ich will es nicht, und das bedeutet, dass ich als Mensch versage. Und wie auch immer ich mich fühle, ich weiß, dass ich nicht wirklich hilfreich bin.

Manchmal bin ich nicht die helle Seite. Ich glänze nicht.

So vieles im Leben besteht heute aus Entscheidungen, die keine sind: Schuhe für die Kinder oder Geburtstagsgeschenke: Essen für sich selbst oder Essen für sie: kämpfen und alles verlieren oder aufgeben und alles verlieren. Wir leuchten wie die Sterne – ein totes Licht, das aus der Vergangenheit kommt und von einem Ort, an dem etwas bereits vergangen ist.

Ich muss mich durch häufige Anwendung von Unsinn davor schützen, jemals so etwas zu denken.

Lassen Sie sich niemals einreden, dass Unsinn unwichtig ist.

Und

Verzweifeln Sie nie – wenn die Nacht am dunkelsten, ist der Morgen am nächsten.

Jetzt, wo wir wieder im Oakwood-Gebäude sind, stelle ich mich ins große Lehrerzimmer, wenn es leer ist, und lese jeden einzelnen der Slogans. Im Moment schaffe ich es, an mindestens zwei von ihnen zu glauben.

Und Paul und ich hören uns Unsinn an und reden Unsinn und sehen Unsinn und umarmen, umarmen, umarmen. Und Francis und ich erfinden Unsinn über menschliche Robben und Robbenmenschen und Möwenmenschen und die Zerlegung des Vereinigten Königreichs in überschaubare Inseln mit viel Kajakfahren dazwischen und möglichem Glück.

Nichts von alledem ändert das Sterben da draußen, jenseits der Wicklow Street. Aber es verändert mich. Und ich halte meinen Jungen oft zu lange und zu fest, so wie ein Kind etwas aufspart, von dem es sicher ist, dass es bald verschwindet.

Ich lege Wert darauf, mich an unbesiegbar gute Dinge zu erinnern – wie Paul auf dem Trapez bei so einem Zirkusworkshop. Irgendwie hat ihn das Über-Kopf-Hängen da oben davon abgehalten, sich Gedanken über die Höhe zu machen. Die Trapezstangen, die Gurte und die Seile waren das Richtige für ihn, das zur richtigen Zeit kam und ihn heilte.

Er schwang und kletterte und taumelte und balancierte und fing, als wäre er dafür geschaffen. Wie ein Affe. Wie Monkey Monk. Wie das Gold im Herzen von Monkey Monk.

Eines Nachts, in einer seltsam goldenen Nacht, machten wir ein leuchtendes Kind, Monkey und ich.

Und Pauls Arme fingen an, Knoten zu bilden, muskulös zu werden, wie es sich für Affen gehört, um zu halten und nie wieder loszulassen. Was könnte eine Mutter mehr wollen? Sein Torso wurde ein Waschbrett – wie eine Skulptur oder eine Bleistiftzeichnung aus der Kunstschule.

Das ist nach wie vor der Fall – dieser elfische Mensch beweist, dass meine Gene nicht so verdammt sind, wie ich immer vermutet hatte.

Und Paul ist lustig.

Ich hätte ihn sowieso geliebt, aber er ist richtig witzig. *Proper Funny.*

Ich hatte vermutet, dass er es sein könnte. Ich hatte es gehofft. Dann sah ich zu, wie er seine neuen Luftakrobatik-Fähigkeiten demonstrierte, und ich wusste es – jeder wusste es. Die Haltung, die er an den Tag legte, und die Bewegungen waren korrekt, sie waren effektiv, aber sie konnten einfach nicht anders, als auch lustig zu sein.

Er ist *Proper Funny*.

Und ich will nicht, dass er dafür bezahlt wie sein Vater – Monkey mit zu viel Bewusstsein, das er auf teerfleckiger Alufolie verbrannte, bis es nicht mehr funktionierte und er einfach ausstieg und fiel – das einzige Mal, dass er jemals das Gleichgewicht verlor.

Und dafür liebe ich ihn.

Und ich liebe Paul, ich liebe ihn immer wieder aufs Neue.

ICH HABE ES nicht bemerkt.

Die kluge Lehrerin, die besserwisserische Angeberin, die anderen Leuten Vorträge hält – ich habe es nicht bemerkt. Ich war die ganze Zeit da, aber es hat so lange gedauert, bis ich gemerkt habe: Francis ist nicht attraktiv, er ist wirklich schön. Er ist wie Paul. Er ist auch die schöne Art von *Proper Funny.*

Seine Art, den Narren zu spielen, ist so erfolgreich, eine so unüberwindbare Verteidigung, dass ich nie gemerkt habe, dass er sich versteckt. Ich habe nie erkannt, wer er wirklich ist.

Und dann habe ich es erkannt.

Gestern Abend saßen wir alle zusammengekuschelt auf dem Bett – es ist zu heiß zum Kuscheln, aber Filme ohne Kuscheln zu sehen, wäre traurig. Gene Wilder und Marty Feldman waren glorreich und Frankensteins tanzendes Monster war allen Widrigkeiten zum Trotz äußerst lebendig, und ich schaute zu Francis hinüber, und er war endlich ganz ruhig.

Derselbe Mann, aber ganz anders.

Und ich hatte gedacht, dass ich Expertin in Sachen Selbstverteidigung war – ich baute meine Mauern und Wälle aus Panik und Teilen der Vergangenheit. Aber es war Francis, der sich verbarrikadiert und weggeschlossen hatte, seine Tarnung war perfekt gelungen.

Ich war so verblüfft von meiner eigenen Kapitulation, dass ich mir nicht die Mühe machte, nachzusehen, ob er noch unsicher war, ob die letzte Seite des Vertrags mit der Realität noch nicht unterzeichnet war.

Er spürte meinen Blick und drehte sich um, schaute zurück.

Ich habe großes Glück.

Stellen Sie sich vor.

Unsere Regierung der Stilzchen hat ihre Meinung geändert.

Erst hieß es, es sei absolut notwendig, dass wir wieder in die Schulen gehen, und es wäre eine Tragödie, wenn wir es nicht täten, und es wäre eben Pech, wenn die Lehrer – wie so viele andere – Burnout kriegen oder krank werden. Ganz abgesehen von der tagelangen Arbeit, um sich so gut wie möglich auf diese Situation vorzubereiten, in der keine angemessene Vorbereitung möglich ist.

Aber vergessen Sie das.

Denn jetzt wieder zur Schule zu gehen, ist die schlechteste Idee, die es je gab, und das ist nie passiert. Bleiben Sie bis zum Herbst zu Hause, und warum haben Sie überhaupt in Erwägung gezogen, etwas anderes zu tun?

Das ist es, was Stilzchen tun – ständig alles ändern. Die Dinge und die Veränderungen spielen keine Rolle – solange man in ihnen herumstolpert wie Mäuse in einem Betonmischer und dabei verletzt und verletzt und verletzt wird. Was zählt, ist die Demonstration der absoluten Macht. Die Stilzchen wollen beweisen, dass sie die Realität überwinden können. Sie wollen Verwirrung und Stress nutzen, um die Realität zu überwinden, in unsere Köpfe zu klettern und zu spielen.

Jedes Mal, wenn sie unser Leben durcheinanderwirbeln, kolonisieren sie mehr Köpfe, bringen mehr Gefühle aus dem Gleichgewicht.

Ich bin erleichtert, dass meine Risiken bis September abnehmen, aber jetzt weiß ich, dass sie im September wieder da sein werden. Eine Stilzchen-Entscheidung hat mich gerettet, aber die vorherige Stilzchen-Entscheidung hat mich in Gefahr gebracht – und die nächste wird dasselbe wieder tun …

Mein Leben, aber nicht mein eigenes. Mein Land, aber hinters Licht geführt.

Was die Stilzchen allerdings nicht wissen – ich habe schon zu viele Jahre so gelebt und gebe nicht mehr meine Zustimmung. Wir sind Millionen von Menschen hier draußen, und wir haben alle solche gequälten, zerstörten Leben gelebt. Wir sehen die Stilzchen, wir kennen sie und wir kennen ihren wahren Namen.

Und wir werden nicht kooperieren.

Andere Stilzchen haben uns bereits unsere Widerstandsstrategien beigebracht.

Wir warten auf unseren Moment.

VIELLEICHT 2000, GLASGOW

Das ist Glasgow. Ich atme ein und finde den üblichen Hintergeschmack von Malz und Meer, obwohl Salzwasser in weiter Ferne ist.

Ich denke an die Schultage hier und dass die Morgendämmerung immer von Meeresgeruch gefüllt war, warum, wusste ich nie. Glasgow träumt immer davon, dass es woanders ist. Die Inselmenschen und die Menschen von den Bergen an der Küste siedeln hier, und vielleicht schlägt sich ihr Heimweh nieder und ihr Bedürfnis, nahebei das Brechen der Wellen zu hören.

Als ich aus dem Schlafwagen stieg, hörte ich Stimmen. Selbst am frühen Morgen redet Glasgow, und Fremde erzählen sich gegenseitig Geschichten über sich selbst. Das Reden in Glasgow wird von denjenigen, die damit nicht vertraut sind, als aggressiv gedeutet. Es ist mal lauter, mal leiser, aber nie ganz verschwunden. Es kann eine Art harter und neugieriger Zuneigung sein.

Ich gehe in ein Frühstückscafé und nehme fett- und stärkehaltige Nahrung zu mir, die als gut und preiswert und für Männer geeignet gepriesen wird.

Dann gehe ich in westliche Richtung, wo die Flüsse unsichtbar unter den Straßen verlaufen. Hin und wieder spüre ich das Zittern einer U-Bahn, die unsichtbar vorbeifährt. Die Bahnen fahren in kleinen Bögen in der kühlen Erde, zwischen sich senkenden Fundamenten und viktorianischen Baumwurzeln. Die Bäume verschönern alles, weil sie schon so lange und gut leben. Ich bin auf dem Weg in eine Gegend, wo die Luft weich ist und Laubmoder zwischen Pflastersteinen liegt und Geißblatt wild in schmalen Hintergassen wächst.

Ich war heute Morgen dort, um notwendige Vorbereitungen zu treffen.

Glasgow West End ist Studentenland und hochwertige Küchenerneuerungen. Viktorianische Backsteinvillen, zunächst verwandelt und in Hostels und Einzimmerwohnungen aufgeteilt, dann mit neuem Reichtum gekauft und neu zusammengefügt. Jetzt erfüllen sie wieder ihren ursprünglichen Zweck, nämlich Geldfreude zu demonstrieren. Es gibt neue Dächer und Schimmelverhinderungsmaßnahmen. Luxus-Penthäuser stehen zum Verkauf.

Glasgow West End ist aber auch Drogenland und Land der Diebe, wo dünne Kinder durch dünne Fensteröffnungen geschoben werden wie Wurfsendungen in den Briefkasten. Sie stehlen von den Ärmsten ihr Weniges, weil die Ärmsten am wenigsten geschützt sind.

Das ist kein Glasgow-Fehler, das passiert überall.

Ich kann hören, wie Geld in die Stadt zurückgewaschen wird. Es ist wie eine Wiederauferstehung der alten Tabakbarone und anderer Profite, die aus Baumwolle und Stahl und Stahlketten fließen. In der Schule habe ich die Namen der historischen Machtmenschen dieses Bezirks gelernt. Ich kenne die Straßen, die nach Sklavenplantagen und Ausbeutungsorten benannt sind.

Der Bedarf an Luxusgütern verwandelt die Läden in der Innenstadt in teure, unpraktische Geschäfte.

Glasgow ist die Elsternstadt, mit scharfen Augen und Instinkten und Zwinkern. Glasgow ist Fleischmarktgeschichten und Kranfahrergeschichten und Handelsmarinegeschichten und ein Pub irgendwo, der rund um die Uhr geöffnet hat. Glasgow ist betrunkenes Singen und goldene Ringe an tätowierten Händen. Glasgow ist neugeborene Abstinenz und Lasertätowierungsentfernung. Glasgow ist Witze statt Schlägen statt Witzen. Glasgow, das ist Menschen mit dünnen Armen und Beinen und mit psychischen Krisen als Straßentheater.

Das Jahr ist vielleicht 1998. Ich weiß es nicht genau.

Gesichtsverstümmelungen mit Teppichschneidern sind aus der Mode gekommen. Moden gibt es für alles. Schwerter werden nicht mehr versteckt in Hosenbeinen getragen. Gewaltmachtfamilien kommen und gehen. Macheten bleiben auf ihre Art nützlich.

Ich gehe und plane und gehe. Ich bereite vor. Ich trinke in pseudokünstlerischen und echt künstlerischen Cafés einen Kaffee. Ich lese die billigen Tags von Gangs, mit schwarzem Marker an die Mauern gemalt. Es sind nicht dieselben wie damals, aber auch nicht so viel anders.

In dunklen Pubs trinken ehemalige Militärangehörige Portwein und Brandy. Sie erschleichen sich Entschädigungen für erlittene Taubheit nach Gewehrfeuer. Sie treten in Arbeitervereine ein und stehlen Geld aus der Kasse. An Samstagabenden und wenn ihr Verein spielt, schlagen sie ihre Ehefrauen. So viele Traditionen lassen sich im Vorbeigehen spüren.

Die Tageslichtstunden sind begrenzt, weil ich im Winter bin.

Zurück an der Kelvin-Brücke blicke ich in den Fluss, der in Strängen, wie Muskelfasern, fließt, und die Hippie-Läden schließen. Der Tag vergeht, ich mache eine zweite Biege nach Westen.

In Thornwood schreien Mütter beim Nachhausegehen ihre Kinder an, weil es ihnen guttut. In langer Schlange käferkrabbeln sie die steilen Straßen hinauf. Die Hillhead Library träumt von Selbstbildung und Revolution und erlaubt Obdachlosen, sich die Füße zu wärmen. In Govan geht es um Philosophie und Selbstmord und Aufstand. Die schlauen Kinder in jeder Gegend wissen jetzt schon, welche Autoschlösser am leichtesten zu knacken sind. Die Hochhäuser machen Selbstmord zur Manifestation.

Ich weiß, dass es so ist, weil es schon immer so ist.

Ich bin ein Niemand, aber ich bin von wo her.

Glasgow ist objektiv reizend und regelmäßig und gesegnet im Licht des Himmels. Auch das ist so, weil es immer so ist.

Trotzdem komme ich nicht oft zurück. Das hat Gründe.

Auf meinem langen Weg vom Hauptbahnhof bin ich bergan und bergab gestiegen in der trotz Bebauung unbezwungenen Landschaft.

Jetzt bin ich auf meine letzte Route eingebogen.

An der Ampel am Queen Margaret Drive biege ich links ab, weil ich vom Anblick des Sonnenuntergangs, der das Ende der Byre Road verschlingt, geblendet werden möchte. Ich wende den Kopf und sehe ihn dort, so großzügig vorhersehbar.

Auf heimatlichem Boden zu sein, ist gut, ermutigt aber auch zu Selbstzufriedenheitsrisiken.

Der Bluthimmel und der rote Sandstein ergänzen sich gut, was ich würdige. Zurzeit bin ich nur ich selbst und daher zur Würdigung fähig. Ich habe Empfindungen und kann mich begeistern.

Hier sind Hügelkämme und Hügelhänge und Honigmauerwerk zwischen dem Rot. Hier sind hohe Fenster und Buntglas in den Haustüren und angelaufene Messingbeschläge, ihre Beschriftung schlecht lesbar. In manchen Straßen sieht man beabsichtigte Designästhetik und erhaltenen Charme, weil die Stadt dem Verfall überlassen ist und vor sich hin dämmert, unberührt von Geldschneider-Stadtentwickler-Gierprojekten. Nachsicht mit keltischer Armut hat bröckelnde Gartenmauern und mächtige Bäume und Teile der Vergangenheit gerettet.

Je weiter die Modernisierung des Westend voranschreitet, desto mehr ursprüngliche Einwohner verlassen es, weil es eine zu gute Gegend für sie geworden ist.

Meine Kindheit ändert an meiner Zuneigung nichts. Glasgow hat mir nie wehgetan.

Aber Glasgow ist auch Vaterland. Der Alte ist immer noch da, in Patrick, immer noch der Unhold unter der Brücke. Er zieht von Wohnblock zu Wohnblock und macht sich unliebsam. Er ist das Dauerproblem mit dem betrunkenen Nachbarn. Er dreht die Lautstärke seiner Stereoanlage bis zum Anschlag auf und versinkt in Bewusstlosigkeit. Er brüllt wiederholt aus unerklärlichen Gründen. Seine Behausungsmöglichkeiten nehmen rapide ab.

Vielleicht ist die Stereoanlage seit meinem letzten Besuch verkauft worden. Er ist im Endstadium. Er lässt die Haustür zur gemeinsamen Gasse offen stehen, weil er seinen letzten Schlüssel verloren hat, und sowieso kriegt er keinen Schlüssel mehr ins Schloss. Er hat es sich mit Klempnern verscherzt, die nicht mehr kommen, wenn er halluzinierte Rohrbrüche meldet. Er hat keine motorische Kontrolle mehr und weint hemmungslos. Er ist die Abwesenheit seiner weggelaufenen und mittlerweile gestorbenen Frau. Er ist die Pubs auf der Great Western Road und zieht die vor, wo Mitglieder der Orange Flute Bands trinken.

Ich muss ihn nicht töten. So wie er lebt, übt die Welt Rache an ihm als Täter und erweist ihm Gerechtigkeit. Gemessen an den üblichen Umständen ist das außergewöhnlich. Er sollte leiden, und das tut er auch. Das freut mich.

Der Regen kommt und breitet einen Schutzvorhang um meinen Weg. In Gärten und an Bäumen auf allen Seiten zittern Blätter unter der Berührung von Tropfen, es sieht aus wie kleine Stromstöße oder in Zuckungen ausgedrückter Schmerz.

Winterdunkelheit zieht hungrig herein.

Ich steige wieder zur Downside Road hinauf. Zimmer im Lampenschein schaffen Gemütlichkeit und erhellen Flaschensammlungen aus blauem Glas auf Fensterbänken. Eine schwarze Katze mit weißem Brustfleck und weißen

Pfoten kommt auf einem Mauersims auf mich zugelaufen, offenbar in der Gewissheit, dass wir Freunde aus langer Bekanntschaft sind. Sie versetzt mir mit dem Kopf einen sanften Stoß unters Kinn, legt die Pfoten auf mich und schnurrt laut, während sie sich an meinem Mantel reibt, erst links, dann rechts, und weiter schnurrt.

Es gibt keinen Grund, warum sie denken könnte, dass wir uns kennen.

Ich halte mich mit dem Tier auf, und das ist ein zärtlicher Moment und sehr anrührend.

Es kommt mir vor wie eine Gutheißung meiner bevorstehenden Unerbittlichkeit.

Eine Frau in grauem Trenchcoat und mit Paisley-Kopftuch, braunen Wildlederschuhen und hellbrauner Handtasche geht an mir vorbei und lächelt, weil ich von einer Katze in Beschlag genommen werde. Ich lächle zurück, was angemessen und nützlich ist. Wir nicken fast gleichzeitig, als sie zur Ecke von der Crown Road South weitergeht, und ich bleibe zurück und bin unschuldig festgehalten und vielleicht kurz vor dem Erröten.

Die Katze braucht ein paar Minuten, bis sie genug hat.

Ich streichle und kitzle sie mit der linken Hand, wie das ein vernünftiger Mensch tun würde.

Meine Hand wird durch den Handschuh von der Katze gewärmt.

Tuxedo-Katze. In Amerika heißen sie Tuxedo-Katzen, was ich zu dem Zeitpunkt nicht weiß. Zu dem Zeitpunkt bin ich ungebildet. Ich habe genug Training, doch nicht genug Erfahrung, so dass ich jung selbstbewusst dumm bin. Ich bin mir selbst eine Gefahr. Ich verbrenne mich an dem Honorar, das mir für diese Tour bezahlt wird.

Die Tuxedo-Katze sitzt jetzt auf der gegenüberliegenden Mauer, springt aber herunter und kommt hinter mir her, als ich zur Ecke gehe. An dieser Stelle trennen sich unsere Wege.

Ich folge der geschwungenen Crown Road South bis zu einem kleinen Parkplatz hinter einem weithin bekannten Pub. Dies ist ein geeigneter Ort, weil er eindeutig da ist, aber die seitlich stehenden Büsche scheinen ihn mit dem angrenzenden Park verschmelzen zu lassen, so dass er fast verschwindet.

Die Frau im grauen Trenchcoat steht unter einem der hochhohen Bäume am Rand des Parkplatzes. Dort ist sie ein wenig geschützt vor dem Regen.

Ich bin erstaunt, dass sie keinen Regenschirm hat, aber andererseits habe ich auch keinen. Die Frau hat eine Stelle ganz hinten in der Ecke gewählt. Sie steht zwischen dem Baum und einem Saab 900, der schwarz aussieht, aber tatsächlich blau ist und dessen Farbe lediglich von dem Licht der Straßenlaterne verfälscht wird.

Sie sieht mich und lächelt, denn hier bin ich wieder, der Mann, der freundlich zu Tieren ist und ein fröhliches Herz hat.

Die Frau heißt Veronica M. und arbeitet im Passamt von Glasgow. Sie hat einen Freund, der mittelmäßig im Judo ist. Ihre Mutter ist letztes Jahr gestorben, und ihr Vater starb, als sie in der Hauptschule war. Sie ist überdurchschnittlich intelligent. Ihre Wohnung ist nicht weit von hier und voller Grünpflanzen und tibetanischer Objekte, obwohl sie Schottland nie verlassen hat.

Ich biege auf den Parkplatz ein und bleibe dann in aller Ruhe stehen. Ihr Gesicht lächelt, ist dann verwirrt und dann nicht. Sie hatte mich als den fröhlichen Fremden eingeordnet, dann als mögliche Bedrohung, jetzt als Geschäftstermin.

Außer uns ist niemand hier, nur zwei Autos, nämlich der Saab und ein Vauxhall Astra mit Beule in der Beifahrertür. Die Autos sammeln das Wasser in Tropfen, die an der Karosserie nach unten rinnen.

Wir sind in der friedlichen Lücke zwischen Wochentagdrinks am Spätnachmittag und Wochentagdrinks am Abend, und die ist nur kurz.

Ich mache achtsam einen Schritt nach vorn, greife mit einer Hand in die Manteltasche und hole langsam, wie vereinbart, einen dicken Umschlag hervor. Meine Geste ist amateurhaft und offensichtlich, und die Frau findet es beruhigend, dass ich mich dumm zu erkennen gebe und nicht raffiniert bin.

Sie schüttelt den Kopf, was vorwurfsvoll ist, und darauf signalisiere ich Bedauern und lasse den Umschlag wieder in der Tasche verschwinden.

Ich sage den Namen, der nicht ihr Name ist.

Miss Black.

Sie sagt den Namen, der nicht mein Name ist.

Mr Parker.

Inzwischen habe ich den Abstand zwischen uns verringert, bin an dem Vauxhall vorbei und um den Saab herumgegangen.

Ich bin jetzt in besserer Deckung, und infolgedessen entspannen sich ihre Schultern.

Wir wechseln Sätze, die höflich belanglos sind, und ich blicke um mich wie vielleicht ein Mensch, der eine mögliche neue Wohnung besichtigt. Mein Blick streift an dem Zaun entlang und über den Asphalt und die Blätter darüber und entlang der Äste und Zweige auf dem Abhang zwischen uns und dem Pub. Ich bin große Augen und Aufmerksamkeit.

Miss Black ist eine kleine und umsichtige Quelle ziemlich guter fertiger Pässe sowie solcher Pässe, die anderswo fertig gemacht werden. Dies gibt ihr ein stetes Einkommen, das sie gegen das Risiko gerichtlicher Verfolgung, Gefängnisstrafe und Arbeitsplatzverlust nach Entlassung abwägt.

Außerdem riskiert sie, schnell zur Macht gekommene Personen und Familien zu verärgern oder zu alarmieren.

Von ihr unbeachtete Drohungen umschweben sie wie Blätter, die vom Baum fallen.

Sie ist eine für diese Situation ungeeignete Person und kann in diesem Moment ihren Mund nicht hinreichend zusammenpressen, und vielleicht kann sie die Katze nicht vergessen und wie sie mit mir geschäkert hat.

Ihre Hände zittern. Ihr Kopftuch ist farblich mit dem Braunton ihrer Handtasche abgestimmt, sie hat diese Dinge bedacht, und ihr Nagellack ist naturneutral mit einem Hauch Rot. Sie bedenkt Details, aber nicht die richtigen. Sie ist Ausdruck der unschuldigen Hoffnung, dass sie ihre langweilige Garderobe und die flachen, für den Arbeitsplatz angemessenen Schuhe transzendieren kann. Der Trenchcoat macht sie blass, und das ist keine gute Wahl.

Sie übergibt mir ihren Umschlag mit, wie sie glaubt, beispielhafter Umsicht.

Ich öffne ihn mit mittlerer Ungeschicklichkeit und überfliege prüfend den Inhalt, um ihr Unbehagen zu erhöhen.

Miss Black ist spürbar erwartungsvoll, dass ich ihr meinen Umschlag gebe.

Es gibt keinen Grund, warum es mir Spaß macht, sie warten zu lassen.

Dann gebe ich nach. Ich entschuldige mich nervös.

Sie zieht die Scheine hervor und schätzt mit nacktem Auge die Menge ab. Sie möchte mich glauben machen, dass dies echte Information für sie ist. Ich bin dem Anschein nach nicht aufmerksam, krame in meiner Manteltasche und hole ein Schlüsselbund heraus, das ich sofort fallen lasse und beinah geschnappt hätte, doch bei der ungeschickten Bewegung fliegt das Bund hoch durch die Luft.

Ich muss zum Zaun springen und es wieder aufheben.

Miss Black sieht mir zu, fast amüsiert.

Mir wäre es lieber, sie wäre etwas anderes und jemand anderes.

Aber ich tue, was ich kann.

Hinter ihr ist ein Rascheln, ein seltsames Geräusch, vielleicht von einem Tier. Es bewegt sich schnell.

Sie dreht sich um, weil sie sehen will, was da ist.

Es ist eine Ablenkung.

Als solche habe ich sie am Morgen, unter einiger Anspannung, eingerichtet. Das Gummi ist am Zaun befestigt, um einen Baumstamm geführt, durch die Zaunlatten gefädelt, dann wieder festgebunden. Das habe ich heute Morgen vorbereitet. Ich brauchte eine Weile, um die kurzen dicken Metalldrahtstücke in unregelmäßigen Abständen an dem Gummi festzubinden. Sie sollen Lärm und Überraschung verursachen.

Es war nicht garantiert, dass sie sich umdrehen würde, wenn ich die Vorrichtung auslöste.

Dass sie es tat, war bestimmt instinktiv.

Als ich meine hingefallenen Schlüssel aufhob, löste ich das Gummiband. Ich hatte dünnes, schwarzes Gummi benutzt, das selbst bei Tageslicht schwer zu sehen ist. Außerdem ist es immer schwer, etwas zu sehen, für dessen Existenz es keinen vernünftigen Grund gibt.

Ich nahm das Ende in die Hand und hielt es bereit.

Ich zog noch einmal daran. Das ist eine alte Gewohnheit und hat nichts mit Notwendigkeit zu tun.

Das Gummikaninchen war immer besser, wenn ich bis zum letzten Moment wartete und dann noch einmal zog.

Alles in allem ist es das Beste, was ich tun konnte.

Kein normaler Mensch sieht gern seinen Tod kommen, also sorge ich für eine kleine Ablenkung.

Die Drahtstücke machen ein rasselndes Geräusch, als die Dehnung plötzlich nachgibt, und so zieht sich eine lange und schmale Illusion von Leben zusammen.

Sie dreht sich um, weil sie sehen will, was hinter ihr ist. Das tun Menschen.

Und das wäre der Grund dafür, einen Moment später zusammen zu lachen, wenn wir uns versichert haben, dass gar nichts passiert ist.

Vielleicht war es ein Vogel, der aufgescheucht wurde, vielleicht eine Katze.

Ich versetze ihr einen Schlag auf den Kopf nahe der Schläfe, während sie den Blick noch abgewendet hat.

Es gibt keinen Moment später.

Der Hammer hat schlafend in meinem rechten Ärmel gesteckt, und der Griff ist locker in meine Hand gerutscht.

Zweimal schlagen macht nur Schmutz. Aus der ersten Wunde tritt Blut, das dann spritzt. Einmal ist am besten.

Sie hat mir die Seite ihres Kopfes hingehalten, und genau das wollte ich.

Die Schläfe ist eine gute Stelle für einen Schlag.

Im nächsten Moment bin ich der bekümmerte Fremde, der sich über die Unglückliche beugt, obwohl es weiterhin zutrifft, dass niemand guckt.

Alle Risiken, die ich eingegangen bin, weigern sich einzutreten. Sie sprechen mich frei.

Sie stirbt sehr schnell, als wäre sie ohnehin nur halbherzig auf der Welt gewesen.

Als ich sie genauer betrachte, kann ich etwas von dem sehen, was in ihrem Kopf war, wo sie ihre Gedanken aufhob und was in ihrer Erinnerung war und welche Dinge sie mochte.

Ich nehme meinen Umschlag aus ihrer Hand, die sich nicht lebendig, aber auch nicht ganz tot anfühlt.

Dann sehe ich, dass eine Menge Blut geströmt ist.

Wahrscheinlich ist die mittlere Gehirnarterie verletzt worden.

Wie ich das hasse. Den Schmutz. Noch die letzten Herzschläge reichen, dass so viel Blut austritt.

Ich bin verblüfft, mir hätte das Blut sofort auffallen müssen. Blut an den Händen und Blut auf meinem dunkelblauen Mantel und Blut auf meinen blauen Baumwollhosen.

Ich hasse es, wenn es diesen Schmutz gibt. Weil ich es verabscheue, aber auch aus praktischen Gründen.

Aber ich bin schon vom Regen dunkel. Der Asphalt ist vom Regen dunkel, mit Pfützen.

Ich stehe und atme in der grünen Stille, und ich schmecke Salz, und das Wasser rinnt hart über mich, und ich bin in Sicherheit.

Hier ist niemand, der mich sähe oder von meinem Pfad abbringen könnte. Niemand ruft etwas oder unterbricht mich.

Schnell hebe ich die Leiche über den Zaun und lege sie in dem Dickicht zwischen uns und dem Pub ab.

Zwischen mir und dem Pub.

Ich habe Glück. Ich bin mehrfach vom Glück gesegnet. Dass der Saab und der Ford Vauxhall auf dem Platz standen, hat mich begünstigt.

Ich töte nicht gern Frauen.

Ich habe mich bemüht, es freundlich zu tun.

Ich habe alles getan, um gefasst zu werden.

Die Welt ist nachsichtig mit mir und will, dass ich frei bleibe.

Ich kann mit der Welt darüber nicht hadern.

Ich gehe denselben Weg zurück, den ich gekommen bin, und sehe mich nach der Katze um. Ich mochte die Katze.

Ich bin unglücklich, als ich sie nicht finde.

Ich gehe in östlicher Richtung zurück, im Regen, und als ich mich zum Essen hinsetze, dann zum Bahnhof und zu den Schließfächern komme, bin ich reingewaschen. Später nehme ich den Schlafwagen nach Norden.

Blut an Bekleidung ist nicht etwas, das Menschen erwarten. Außerdem ist es schwer, etwas zu sehen, für dessen Existenz es keinen vernünftigen Grund gibt.

Ich gehe in den Schlafwagen, wo ich mich in meinem Abteil reinige und umziehe.

Ich lege mich auf die dünne Matratze und rieche den Geist der Kohle, und draußen gibt es Plätze, wo die Raben schlafen, und sie wissen, dass ich in ihren Träumen vorbeikomme. Wenn ich aufwache, sind wir in Inverness, dann fahre ich mit einem Mietwagen zum nächsten Ort, und ich werde die schwarzen Flügel meiner Familie im Flug sehen und wie sie im Sonnenschein silbrig werden.

Einer der Raben wird den Flügel neigen, weil das das Signal und der Gruß an die Gemeinde der Jäger ist.

Ich bin mir sicher, dass ich das sehen werde und dass es mir danach besser gehen wird.

Ich bin das Wirken in der Welt. Deshalb schickt sie mir Zeichen und Wunder.

MANCHMAL IST ES überwältigend.

Jede Gelegenheit eine Gelegenheit, Blut zu vergießen. Der Zwang, jeden Lieferwagen ohne Kennzeichen mit einer Leiche hinten drin anzuhalten und dem Fahrer Geld und noch mehr Geld für schreckliche und noch schrecklichere Dinge zu geben – das scheint unwiderstehlich zu sein. Keine Grausamkeit ist jemals abstoßend, keine Freundlichkeit wird jemals in Erwägung gezogen oder bleibt unversehrt. Jeden Morgen wächst die Sehnsucht nach Massengräbern und höheren Balkonen, von denen aus man sie betrachten und winken kann, wenn die Bataillone verängstigter Wutsüchtiger vorbeischlurfen.

Früher habe ich nicht in diesem Land gelebt.

Und die Legionen der neuen Krüppel gesellen sich zu den Legionen der neuen Trauernden, und die Legionen der neuen Trauernden gesellen sich zu den Legionen der neuen Enteigneten. Es ist, als befände man sich in einem apokalyptischen Märchen über das dumme Ende eines sehr dummen Landes.

Außerdem sind alle meine Schränke komplettes Chaos.

Einer der wenigen Vorteile des Einschlusses war, dass wir alle ordentliche Schränke hatten. Aber jeder Teil meines schönen im Lockdown aufgeräumten Stauraums ist einfach unüberschaubar, wegen der Vorräte, die zunehmend an allen Ecken und Enden hineingestopft werden, um mit den Engpässen wegen Handelsausfällen und Pandemien und Klimakrise fertigzuwerden und, wie ich nur vermuten kann, mit Engpässen, die danach noch auf uns zukommen.

Ich habe seit 2016 ein bisschen viel eingekauft. Meine Vorräte werden nicht lange genug reichen. Das sehe ich ein. Im ersten Lockdown waren sie praktisch, aber sie können nicht verhindern, dass die ganze Insel unter uns wegsinkt.

Ich sehe mir meine Dosenreihen an, bringe sie zur Tafel und kaufe dann neue. Die Tafel befindet sich auf der gleichen sinkenden Insel wie ich – auf der gleichen Insel, die ihre Kunden jeden Tag tiefer in den Abgrund reißt. Bald werden wir alle zusammen die fröhliche Farbenfreude ostdeutscher Hauptstraßen um 1965 wiederaufleben lassen. Und dafür hat es bloß die beharrliche Erweckung eines Massenwahns gebraucht, der aus Rassenhass, Zeitreisen und Individualismus der schwachsinnigsten Art besteht.

Es läuft nicht gut.

Aber ich denke nicht daran.

Und ich denke auch nicht an die Finsternis, die sich dahinter versteckt und gedeiht.

Aber ich denke doch dran.

Und ich bin wütend.

Wir neigen nicht zur Besserung und zur Menschlichkeit, wir erleben nur Blasen trügerischen Friedens vor der nächsten Phase widerwärtigen Verhaltens von widerwärtigen Menschen, die damit durchkommen.

Und abgesehen von der Wut komme ich mir dumm vor.

Nein, ich habe den verlogenen Lügnern nicht geglaubt, die gelogen haben, um mein Land zu stehlen. Ich kann sie erkennen. Ich habe die nötigen Lektionen gelernt.

Aber bei Buster, damals, war ich dumm.

Was mit Buster geschah, hatte nichts damit zu tun, dass ich eine Idiotin war, aber ich fühle mich trotzdem wie eine Idiotin.

Wenn man bestohlen wird, wenn einem die Identität gestohlen wird, wenn man mit einer dubiosen E-Mail betrogen wird, dann weiß ich, dass es nicht darum geht, dass man dumm ist. Betrüger üben ihre Täuschungsmanöver unablässig. Sie sind gut darin. Wir haben uns nicht freiwillig auf sie eingelassen, sie nicht eingeladen. Trotzdem fühlt es sich so an.

Ich fühle mich dumm.

ICH HABE eine Pause gemacht, um zu Francis zu gehen und ihn auf den Kopf zu küssen. Sein Haar riecht irgendwie immer noch nach Lagerfeuer und Kohlenrauch und sanftem Draußen mit torfigem Wasser – die Atmosphäre, die es bevorzugt.

Er ist wieder hier. Sie haben ihn zurückkommen lassen.

Wir bleiben die ganze Nacht auf und reden wie Menschen, die vergessen haben, wie man sich normal unterhält. Und vielleicht werden wir es nie lernen müssen – vielleicht werden wir bis zu unserem Tod Unsinn reden.

Nach dem Kuss entfernte er sich mit einer kleinen Verbeugung und sagte mir: »Ich werde die Köchin bitten, der Dame eine Tasse Kakao zu machen, wenn sie einverstanden ist.« Er ist dazu übergegangen, mit vornehmer Butler-Stimme davon zu sprechen, dass das Management bestrebt ist, all meine Wünsche zu befriedigen. Das lädt zu einem billigen Witz ein, aber er umschifft ihn immer, denn wir wissen Subtilität zu schätzen. Eine verlorene Kunst, aber wir erwecken sie wieder zum Leben.

Der Butler war ursprünglich ein Teil seiner Tarnung, aber jetzt ist er etwas anderes – ein Traum, den wir gemeinsam haben. Wir leben in seinem riesigen, alten Hotel mit Hunderten von Angestellten, die einer nach dem anderen auftauchen und alle genauso aussehen wie Francis. Paul und ich sind die einzigen Gäste.

»Die Direktion rät zur Vorsicht, Madam, wenn Sie den Garten verlassen und das weitere Gelände erkunden. In der Gegend wurden Wirbel von Schmerz und Verunstaltung gesehen. Seien Sie bitte auch vorsichtig, wenn Sie sich dem Ultimativen Abgrund nähern – seine äußeren Ränder sind instabil und werden nicht unbedingt jenseits der Orangerie bleiben.« Er streicht sich mit der linken Hand über das Haar, in der Gewissheit, dass es sich dadurch zu einer fröhlichen Wolke aus statischer Aufladung und Eigensinn aufplustert.

Er hebt den Kopf zum Balkon: »Junger Herr Paul, das Billardzimmer ist wieder in den Krater gefallen, diesmal zusammen mit dem Teil unserer Bibliothek, in dem die Autoren von S bis W stehen. Wir bedauern, dass wir auf diese Umstände keinen Einfluss haben.«

Paul tut manchmal so, als sei er ein Vampir und ehemaliger Eton-Schüler, aber wir finden oft, dass wir von denen schon überall sonst genug sehen. Gestern war er den ganzen Tag ausgebrannter Rockstar und hat sich vor der Presse versteckt. Aber eigentlich wäre er lieber Hotelangestellter – seine Art von Duo-Nummer mit Francis. Seine Lieblingsrollen sind Toby, der gestresste Lieferfahrer des Lebensmittelhändlers, und der namenlose Entertainer, der Kunststücke vorführt.

Ich nehme es Francis nicht übel, dass Paul durch sein Dazukommen vielleicht viel mehr Spaß hat – oder auf jeden Fall größeren Spaß – als nur mit mir.

Wenn ich es schaffe, mir vorzustellen, dass wir nicht hier und nicht jetzt sind, dann bin ich sehr glücklich.

In den Zwischenräumen bin ich glücklich.

Und jetzt hat der Butler meinen Kakao gebracht (der sich meistens als Ananassaft auf Eis entpuppt, serviert im Becher), und ich habe ihn getrunken.

Und ich habe den Butler im Vorbeigehen umarmt und es fast für selbstverständlich gehalten.

Ich vermute, dass in den meisten funktionierenden Familien mit vielen viel im Vorbeigehen umarmt wird. Ich weiß es nicht, aber ich will es hoffen. Ich meine, was in aller Welt sollte einen davon abhalten, wenn man es kann?

Meine arme kleine Ma war nie groß im Umarmen. Das Zoomen heute mit ihr war angenehm, sie hatte mich mit einer früheren Nachbarin verwechselt. Dann fiel ihr wieder ein, dass ich ihre Tochter bin, und zugleich entdeckte sie Francis. Danach gab es eine Menge Geschrei und Beschimpfungen und schließlich eine Intervention von einer Art Zeitarbeitspflegerin, die alle mit falschen Namen anredete.

Wenn sich das Pflegepersonal keine Namen merken kann, worauf können dann die Insassen hoffen?

In der Wicklow Street wurde danach viel Energie in Umarmungen gesteckt.

Und nun haben wir wieder Frieden.

Und Paul ist oben in der Küche und übt Ukulele-Akkorde.

Und Francis sitzt wieder im Liegestuhl bei der alten Großmutter Geißblatt, dem Original, der Besten.

Also kann ich mich in Ruhe daran erinnern, wann ich am dümmsten war.

Buster weinte, und das machte mich dumm.

Er hat sich in mich reingeschluchzt.

Wir standen uns schon nahe, aber als wir zufällig allein waren und er anfing zu weinen und zu zittern – da nahm er mir alle Wertsachen, da stahl er mich selbst, so wie er den Namen dieses toten Kindes gestohlen hatte. Ganz und gar – aber ich spürte es noch nicht.

Ich glaube schon, dass er unter Panikattacken litt. Er sagte, sie hätten mit seiner Kindheit zu tun, und die Anfälle schienen echt zu sein. Mit der Zeit hat das ganze OrKestrA sie gesehen, sich Gedanken darüber gemacht. Aber eines Abends, die anderen waren schon im Bett, saßen wir allein zwischen klapprigen Schränken in der kleinen Küche eines feuchten Gemeindesaals, wo das OrKestrA eine Woche für Aktionen und Kinderbelustigung kampierte.

Buster wurde blass und still, ließ seinen institutionellen Becher fallen – der nur auf dem Linoleum aufprallte und den letzten Rest seines Tees verschüttete. Er zuckte vom Tisch weg, als hätte ihn etwas verbrannt oder geschlagen. Und sekundenschnell kauerte er in einer Ecke, mit dem Rücken gegen die Ofentür gelehnt, zitternd und schluchzend.

Ein normaler Mensch geht auf so etwas zu und bietet Hilfe an.

Also habe ich ihn umarmt.

Ich setzte mich neben ihn auf den kalten Boden und wartete.

Ich nehme an, er wartete auch. Die Hälfte der Wirkung einer Handlung liegt im Timing.

Schließlich platzte er damit heraus, dass er sich wegen einer schrecklichen Sache sehr schuldig fühlte. Dann weinte er noch mehr.

Ich bin sicher, sein Leiden hatte nichts mit einem Gewissen zu tun. Er hat uns alle betrogen, und mich sollte er am meisten betrügen. Ich bin überzeugt, dass es ihm nichts ausmachte. Ich bin überzeugt, er genoss es wirklich, den Clown zu spielen, ein Teil unserer OrKestrA-Familie zu sein, Verliebtheit zu spielen. Ich bin überzeugt, er genoss, geliebt zu werden – auch wenn der Mann, den wir liebten, nicht er war.

Aber ich bin auch überzeugt, dass seine Zweifel und sein Unglücklichsein echt waren. Ich werde nie verstehen, was sie verursacht hat, und er vielleicht auch nicht. Ein Leben, das nur aus Dreck besteht, muss auch Nachteile haben. Ich würde gerne glauben, dass das wahr ist.

Buster wurde schließlich friedlicher, und da ich ein normaler Mensch bin, habe ich getan, was ich konnte – ich habe ihm eine Geschichte erzählt. So etwas tun normale Menschen: die Wunde verbinden, Kakao kochen, das Abendessen bringen, das Kaputte flicken, einen Witz machen, ablenken, den Weinenden umarmen, die Hand halten, eine Geschichte erzählen.

Ich habe Buster meine Lieblingsgeschichte erzählt.

Es ist dieselbe Geschichte, die ich inzwischen einer Schulklasse nach der anderen erzählt habe, Paul, Sue. Wahrscheinlich werde ich sie auch Francis erzählen – Francis, der Treibholz von Colonsay für meinen Kaminsims mitgebracht hat, und winzige längliche Fragmente von Seeigelschalen, jedes Stück wie eine Figur für ein unbekanntes Spiel, das nur glückliche Menschen spielen, oder vielleicht eine Art Fahrkarte, um nach Hause zu finden und frei zu sein. Vielleicht haben diese Gehäuse im Voraus für meine beste Geschichte bezahlt, die gar nicht meine ist, sondern die von einem Mörder handelt.

Es ist ein *Hadith*, eine Art islamisches Gleichnis, das Hoffnungen und Gesetze, Prophezeiungen und Taten enthalten kann. Jahrgang fünf kennt sich mit *Hadithen* aus.

Es war einmal ein Mörder.

Der Mörder hatte neunundneunzig Menschen getötet.

Eines Tages ging er zu einem weisen Menschen und fragte: »Ich habe neunundneunzig Menschen getötet. Ist es möglich, dass mir vergeben werden kann und ich in den Himmel komme?«

Der vielleicht gar nicht so weise Mann sagt: »Nein. Natürlich kann dir nicht vergeben werden und du kannst nicht in den Himmel kommen.«

Das macht den Mörder unglücklich, und so tötet er – wie es unglückliche Menschen tun – den Weisen.

Nun hat er hundert Menschen getötet.

Bedenken Sie, dass ich hier paraphrasiere, aber das ist die Quintessenz.

Der Mörder ist nun wieder ganz allein und immer noch auf der Suche nach Antworten und nach dem Himmel. Das beunruhigt sein Herz, und so geht er zu einem anderen Weisen und spricht mit ihm. Er sagt: »Ich habe hundert Menschen umgebracht. Ist es möglich, dass mir vergeben werden kann und ich in den Himmel komme?«

Der zweite Weise antwortet: »In diesem Land ist es nicht möglich, Vergebung zu erlangen und in den Himmel zu kommen. Es gibt jedoch ein barmherziges Land. Wenn du dieses Land findest und dort stirbst, wird dir vergeben und du kannst ins Paradies kommen.«

Der Mörder dankt dem Weisen und macht sich auf die lange und gefahrvolle Reise in das barmherzige Land.

Irgendwann ist die Zeit gekommen, da der Mörder sterben muss, und er hat gerade die Grenze des barmherzigen Landes erreicht, als er zu Boden sinkt.

Die Engel streiten über sein Schicksal. Die einen meinen, er habe die Grenze überschritten und liege im barmherzigen Land. Andere sagen, er sei kurz vor dem ersehnten Ziel gestorben und werde deshalb nicht in den Himmel kommen und außerdem sei er ein Mörder.

Also bewegt Gott die ganze, große Welt unter dem Körper des Mörders und sorgt dafür, dass er sich innerhalb der Grenze und sicher im barmherzigen Land befindet.

Selbst einem Mann, der hundert Menschen getötet hat, kann vergeben werden.

Diese Geschichte habe ich Buster erzählt. Ausgerechnet diese.

Wie viel dümmer kann ein Mensch sein?

In der Nacht liebten wir uns, jedenfalls hielt ich es dafür – auf dem Küchenboden. Ehrenamtliche Helfer hielten ihn sehr sauber, aber trotzdem – Küchenboden. Ich frage mich immer noch, ob er damit seine Leidenschaft oder seine Spontaneität betonen wollte. Vielleicht wollte er von Anfang an Demütigung für mich einstreuen.

Am Morgen danach fuhren wir nach Easington und gaben eine Vorstellung für die *Easington Women's Support Group*. Die Frauen dort organisierten den Streik für die Arbeitsplätze ihrer Männer in den Gruben, für ihre Gemeinschaft – sie machten alles: Lebensmittelpakete, Spendenaktionen, Dichter einladen, die Stimmung aufrechterhalten. Sie waren Feuer und Flamme. Und eine Armee von Polizisten ohne Dienstnummern besetzte ihre Stadt, winkte mit Zehn-Pfund-Noten und beschimpfte sie …

Es war schrecklich, was mit ihnen geschah, aber sie waren so voller Widerstandskraft, dass man in ihrem Licht die Zeitung hätte lesen können. Wir fuhren hin, um sie aufzumuntern – das war Ende August 1984 –, doch in Wirklichkeit munterten sie uns auf und kümmerten sich um uns.

Ich beobachtete sie und dachte, sie könnten ewig weiterkämpfen, wenn sie so eine Liebe wie meine hätten.

Dumm, dumm, dumm – herablassend und dumm.

Sie hatten mehr Liebe, als man überblicken konnte. Sie hatten die beste Art von Liebe – sie liebten die Menschen.

Und ich glaubte, ich war in Easington mit einem Mann zusammen, der genauso war wie ich, mein perfekter Partner. Er war schön, das OrKestrA war es auch, ich war es auch – alles war schön und wir waren schön. Diese Art von pubertärem Schund.

Ich dachte, alle möglichen Lieben wären an einem Ort versammelt. Waren sie auch, aber sie hatten nichts mit Buster zu tun.

Auf die Gefahr hin, mich zu wiederholen – dumm.

Das heißt aber nicht, dass an dem *Hadith* des Mörders nicht etwas

Wahres dran ist. Es muss Barmherzigkeit geben. Die schrecklichen Menschen brauchen sie und alle anderen auch. Die Stilzchen müssen Barmherzigkeit bekommen, denn Barmherzigkeit reinigt uns alle. Ohne Barmherzigkeit werden die normalen Menschen schrecklich, werden zu den neuen Stilzchen, und dann würde alles und jeder irgendwann fallen.

So wie jetzt. So viele von uns wachen auf und haben so ein Gefühl wie in einer abstürzenden Seilbahn, in einem abgerissenen Fahrstuhl, der in den Keller rast. Wir träumen von versagenden Fallschirmen und reißenden Drahtseilen. Das liegt daran, dass alles abstürzt. Zu wenige Menschen kennen die Geschichten, aus denen sie lernen können, sie selbst zu sein, ohne jemandem zu schaden. Entweder das, oder sie ignorieren sie einfach.

Aber es muss Gerechtigkeit geben, und es muss auch Barmherzigkeit geben.

Trotzdem will ich Buster immer noch töten.

Oder: Ich wollte ihn töten.

Aber ich werde es nicht tun.

Ich hätte es nie getan.

Er würde es nicht überleben, ermordet zu werden, aber ich auch nicht – nicht als ich. Ich würde mich nur noch mehr von ihm stehlen lassen.

Verstehen Sie mich nicht falsch: Ich habe meine Wut, natürlich habe ich sie. Die ist immer kurz davor, loszuheulen wie die Hunde im Rudel. Aber ich lasse die Hunde nie los. Ich denke intensiv über sie nach, bis sie ein geordnetes Schlittenhundegespann bilden, das mich auf den richtigen Weg bringen kann.

Unsere Fantasie kann immer unser Freund sein.

Die Wuthunde bringen mich weiter, als ich es allein geschafft hätte. Sie haben Energie, auch wenn sie jetzt kleiner und weniger überzeugend sind. In der ganzen Lockdown-Zeit musste ich schließlich einsehen – meine Wut ist nur eine andere Art, mich zu verstecken. Sie lenkt mich ab und verhindert, dass ich jemals Trauer empfinde. Als ich glücklicher und weniger wütend wurde – *danke, Paul, danke, Sue, danke, Mr Charalambous* –, spürte ich, wie meine traditionelle Tarnung zusammenbrach. Ich löste das Problem, indem ich mich beschäftigte und dann noch mehr beschäftigte. Aber im Lockdown kann man nicht so beschäftigt sein.

Da bin ich nun also – mit dem, was wahr ist.

Ich habe nie aufgehört, um Monkey Monk zu trauern. Ich habe nie aufgehört, traurig zu sein über das Kind, das ich war, und wie verloren ich war, wie viel Angst vor der großen Welt ich hatte. Ich habe nie aufgehört, um meine Mutter zu trauern und darum, wie verloren sie war. Ich vermisse meine perfekte mütterliche Mutter – die ich erfunden, aber nie getroffen habe. Und ich habe nie aufgehört, den echten, lebendigen und seidenhaarigen Hund zu vermissen, den wir eine Zeit lang hatten, bis meine Mutter ihn zu den Nachbarn gab, weil er zu viel Ärger machte und weil ich ihn liebte.

Ich habe nie aufgehört, das OrKestrA zu vermissen, nachdem es sich aufgelöst hatte und auseinandergedriftet war.

Diese Traurigkeit ist nie verschwunden. Sie war nicht tot und wird nicht stillhalten, sosehr ich sie zu begraben versuche.

Und ich weiß, dass ich in einem wütenden Land voller Geschäftigkeit lebe. Wir müssen alle so, so traurig sein.

DER LETZTE ABSCHNITT war ein wenig düster. So was würde ich den Kindern nie erzählen. Und Erwachsene sind bloß größere Kinder, ich selbst eingeschlossen, also müsste ich es besser hinkriegen.

Die Realität ist kaum meine Schuld, aber ich könnte mein Bestes tun, um sie zu verbessern. Das ist wahrscheinlich Menschenpflicht, oder?

Also werde ich hier ein paar nette Dinge einfügen – *angenehme Details*. Diese werden nötiger sein als üblich, weil ich Ihnen mehr davon erzählen werde, wie ich Buster gefolgt bin – so viel, wie ich ertragen kann, und dann werde ich wieder aufhören.

Aber zuerst das Gegengewicht – *angenehme Details.*

Allmählich denke ich, ich hätte Ihnen nicht so früh verraten sollen, wie man gute Scones backt. Jetzt kann ich Ihnen nichts Gleichwertiges mehr anbieten. Ich habe zwar versucht, eine Beziehung zum Sauerteigbrot aufzubauen, aber das Problem, das damit gelöst werden sollte – Brotmangel –, rührte vom Mangel an Mehl her, nicht vom Mangel an Hefe. Der Sauerteig tut nichts weiter, als im hinteren Teil des Kühlschranks zu brüten und darauf zu bestehen, dass man ihn mit Mehl und noch mehr Mehl füttert, und dann ist er noch bockiger als normales Brot. Wenn man in seiner Nähe schlechte Laune hat, verwandelt er sich in schwarzen Sabber und Cthulhu-Rotz.

Kein *angenehmes Detail.*

Manchmal mochte er mich und verwandelte sich in Brot, das keine Zungengeschwüre verursachte.

Angenehmes Detail.

Ich habe keine Ahnung, warum.

Ambivalentes Detail – bestenfalls.

Und ja, ich wechsle das Thema und zögere es hinaus, aber ich bin Buster so leid. Ich habe es so satt, dass er Platz in meinem Leben einnimmt. Ich will ihn nicht auch noch hier haben.

Oder wir könnten diesen Abschnitt einfach als Erholungspause in einem Schützengrabenfilm betrachten, in der die Soldaten Mundharmonika üben. Oder es ist die Stelle, an der die Kinder den Werwölfen entkommen und in einem verlassenen Auto ein paar leckere Kekse finden oder einen Hund streicheln, der sich noch nicht als etwas Unaussprechliches herausstellt, gar kein wirklicher Hund – der entweder in einem großartigen Kinderfilm vorkommen oder die ganze Familie aus der Fassung bringen könnte.

Im Moment haben wir August 2020, und unser Finanzminister präsentiert sich bei Fototerminen, bei denen er Teller mit volksnaher Ernährung hochhält, auf einladende Weise, wie er findet.

Ich glaube jedenfalls, er will einladend wirken. Und er lächelt – ich versuche wieder seine Absicht zu erraten –, in der Hoffnung, dass wir nicht daran denken, dass diese noch nicht verseuchten Pommes es bald sein werden. Man bietet uns ein günstiges Abendessen an, wenn wir bereit sind, es im Rahmen eines aufregenden Experiments zur viralen Masseninfektion zu essen. Zehn Pfund weniger für einen Burger, um zu testen, ob Ihre Gene Sie zum Überleben berechtigen.

So etwas in der Art.

Wenn Sie kellnern, können Sie damit rechnen, dass Sie auch außerhalb der Arbeitszeiten viel öfter Schwarz tragen werden.

Das muss durch einige *angenehme Details* ausgeglichen werden.

Francis' Haar ist immer noch fröhlich – der Rest von ihm auch.

Angenehm.

Den Zaunkönigen geht es gut.

Angenehm.

Auch die Amselbabys mehrerer Generationen gedeihen prächtig. Und sie starren. Sie stehen auf einem Bein und schauen uns philosophisch an.

Das kann eher *entnervend* als *angenehm* sein.

Und letzte Woche haben Francis und ich die großen Holztore zwischen uns und der Straße neu gestrichen. Dieselbe Farbe, nur frisch. Als wir auf der Straßenseite beschäftigt waren, blieben Passanten stehen, kommentierten und/oder wollten maskenlos sein und zu nahe kommen. Und jedes Mal sagte Francis mit der gleichen gutgelaunten Stimme und den gleichen fröhlichen Haaren: »Sind Sie zwei Meter entfernt? Ich bin da nicht so sicher. Versuchen Sie sich einen Sarg vorzustellen – die Länge eines Sarges. Das hilft.« Man hörte das Lächeln in seiner Stimme, auch wenn man es wegen seiner Maske nicht sehen konnte – die Maske, auf der »Wir sind hier alle verrückt« stand, über einem Cartoon-Grinsen.

Selbst Francis' Intoleranz ist immer noch gesellig – oder sogar tolerant. Das irritiert mich fast, und dann fällt mir ein, dass Geselligkeit und Toleranz ganz praktisch sind, wenn man es mit mir zu tun hat.

Nach einer Weile ließen uns die Passanten der Wicklow Street immer mehr in Ruhe.

Und nach einer weiteren Weile, als wir mit der Leiter fertig waren, hielten wir uns an den Händen und malten. Das bedeutete, dass Francis mit der linken Hand arbeiten musste.

»Macht dir das nichts aus?«

»Nein. Ich versuche, mit beiden Händen Sachen zu machen.«

»Falls du einen Schlaganfall hast?«

»Falls ich einen Schlaganfall habe und meine rechte Seite gelähmt ist. Das ist eine Übung.«

Er ist nicht weniger ängstlich als ich. Er nimmt seine Ängste nur weniger ernst und plant Lösungen.

Und als wir fertig wurden, immer noch mit verschränkten Fingern, hoben und senkten sich unsere Pinsel im Gleichklang. Wir malten nicht, wir tanzten, wir waren ein Duo, das eine ganz neue Nummer ausprobierte.

Wir fingen beide an zu pfeifen – *Ja-ti-da, Ja-ti-da, ta-di-ti-da, ta-di-ti-da*. Stans und Ollies Auftrittsmusik.

Und niemand kam in unsere Nähe, weil wir zu glücklich waren und nicht gestört werden durften.

Das werde ich nicht vergessen.

Angenehm.

Und jetzt fahre ich die ganz großen Geschütze auf und erzähle Ihnen von Colonsay.

Äußerst angenehm – viele *Details.*

Dies ist ein kleiner Ausschnitt aus der einen Reise, die ich mit Francis dorthin machen konnte. Das war im Mai 2019, also bevor ich stark vermute, dass die Welt untergegangen ist und alle beschlossen haben, einfach weiterzumachen, ganz egal. Wir sind alle von der höchsten Klippe überhaupt gerannt, und unsere Füße strampeln tapfer und versuchen, uns irgendwie in der Luft zu halten, der altbewährte Zeichentrick-Trick.

Vielleicht träumen wir alle gemeinsam.

Der Mai ist ein guter Monat auf Colonsay, voller früher Kuckucke und Kajakfahrer, die im Morgengrauen unterwegs sind und ihre Paddel an der Naht zwischen Luft und Wasser im Hintergrund von Urlaubsfotos eintauchen.

Früher war ich begeisterte Paddlerin, aber jetzt nicht mehr.

Nehmen wir an, Sie und ich träumen davon, Oban mit der Fähre zu verlassen und durch das ruhige, massive Blau zu gleiten, das im Sund von Kerrera geschützt liegt. Wir passieren den rot-weiß gestreiften Leuchtturm auf der Landzunge von Kerrera, der genau die richtigen Farben hat.

Alles ist genau in den richtigen Farben.

Wenn Sie zu Seekrankheit neigen, könnten Sie ab hier seekrank werden. Wir werden allerdings nicht seekrank – vergessen Sie das. Sie träumen davon, ich zu sein, und glücklich.

Das Schiff erwacht unter Ihnen zum Leben, die Ferne ist neblig und blau. Mull gleitet längsseits und besteht aus Stufen und Wällen. Argyll sieht aus wie große Knie unter einer samtenen Bettdecke. Wenn Sie sich nicht auf den Beinen halten können, liegt das an den vielen Spiegelungen im Wasser, die oben und unten durcheinanderbringen.

Vielleicht gehen Sie auf das Oberdeck und beobachten das Kielwasser, das sich hinter Ihnen verdichtet, alles Schreckliche weit von Ihnen wegschiebt und Sie in diesen Frieden mit Dieselaroma bringt, der in Ihren Ohren brennt, Ihre Stirn betäubt und sich seltsam langsam um eine Achse dreht, während Sie vorankommen.

Der Geschmack von Salz gefällt Ihnen nicht, bedeutet Ihnen nichts.

Die Einheimischen warten derweil unter Deck darauf, das Hühnercurry zu essen, das auf einer kleinen schottischen Fähre eine sehr gute Überraschung darstellt, wo Sie vielleicht trockene Sandwiches und feuchten Kuchen erwartet haben. Sie haben jedoch keinen Hunger und gehen nur hinein, um Tee zum Händewärmen zu holen. Draußen fällt das Licht ständig in wundersamem Winkel.

Meine arme Mutter ist schuld an meiner Liebe zum Wasser. Als sie mit mir schwanger und ihr morgens übel war, kam sie auf die Idee, diesen meinen Einfluss durch Bootsfahrten zu kompensieren. Meine früheste Zeit war geprägt von gemieteten Tretbooten und Skiffs und Ausflügen von Poole aus zur Insel Brownsea und so weiter. Wir lebten in Poole in Wassernähe, bis ich drei Jahre alt war. Nur in Poole zu wohnen, bis man drei Jahre alt ist, ist ein weiteres *angenehmes Detail* – es bedeutet, dass man sich überhaupt nicht an Poole erinnern kann.

Das Wiegen und Schaukeln von Wasser rundherum ist immer ein Trost – vielleicht sogar eine eingebaute Erinnerung: Ma, die von einem Kai nach dem anderen in Boote steigt, während ich mich hauptsächlich um die Bildung einer Wirbelsäule und das Wachstum meiner Nieren kümmere.

Ich danke dir, Ma.

Und es tut mir so leid, dass du jetzt so winzig klein wirkst in deiner neuesten Strickjacke, Ma. Es tut mir so leid, dass die eher wie eine Decke aussieht, wenn du am Fenster stehst und winkst wie die Queen von Rectory Hill Lodge.

Es tut mir nicht leid, dass du – soweit du weißt – nur drei freundlichen und vage interessanten Fremden zuwinkst: einem schlaksigen Jungen mit zarten Fingern, einem Mann mit extravagantem Kopf und einer Frau mit deiner unverwässerten römischen Nase. Du magst sie, diese Fremden – sie scheinen dich aufzuheitern.

Angenehmes Detail.

Und unsere Colonsay-Schiffstour wird noch mehr bieten, wie es sich für Schiffstouren gehört.

Wir gehören nicht zu den Tausenden in traurigen kleinen Booten – wir gehen nicht unter. Wir halten keine Kinder und Habseligkeiten fest, während das Meer uns zu verschlingen beginnt. Wir gehören zu den Glücklichen.

Schuldbewusstes Detail.

Und vielleicht lehnen Sie sich an eine Stahlreling und schlürfen Ihren Tee, während das Meer mit Freundlichkeit im wilden blauen Auge aufblickt, sich glücklich wiegt. Vielleicht zeigt sich ab und zu ein Stückchen Regenbogen. Der Tee schmeckt köstlich, aber der kühle Wind treibt Sie schutzsuchend in eine Ecke.

Selbst der Wind auf einem fröhlichen Sommermeer ist schärfer, als man denkt, und der Juni ist noch Wochen entfernt.

Sie sehen die Schieferinseln an sich vorbeiziehen: Seil, Luing, Scarba, Balnahua. Scoor, Ardalanish und Knockvologan schauen von Mull aus zu. Das wissen Sie, weil Sie neben Francis stehen, der schon oft hier war und auf jeden Fall die Karte auswendig gelernt hat, die er wie ein Gedicht vorträgt. Auch er starrt mit vorgestrecktem Kinn in den Wind, weil er keine andere Wahl hat, weil sein Haar ihn sonst blenden würde. Sie erwähnen, dass er wie ein Forscher außer Dienst aussieht oder wie ein Seebär, und das macht ihn für einen Moment schüchtern und kleiner, was Sie bedauern.

Ihr kennt euch noch nicht gut.

Und vielleicht erscheint alles Land inzwischen wie die Haut von Tieren – dösende löwenhäutige Tiere mit grünen und grauen Pfoten. Und vielleicht ist das Meer silberweiß und blendend in der einen Richtung, und dort drüben entweder Spiegelungen oder Welten auf dem Kopf, und wenn man sich in diese Richtung dreht, hauptsächlich schwarzes Funkensplittern. Überall Farben, für die es keine Namen gibt, weil niemand die Zeit hätte, sie zu erfinden. In einer Geschichte würde es Ihnen Kraft verleihen, wenn Sie alle Namen gesammelt hätten.

Vielleicht stellen Sie sich für einen Moment vor, Sie wären eine fröhliche pensionierte Lehrerin, die zauberhafte Bücher für Kinder schreibt und gut davon leben kann.

Vielleicht handelt ein Buch von den Kindern, die in kleinen Booten versuchen, dem Krieg zu entkommen. Das könnten Sie auch träumen – ein behaglicher Gedanke.

Und Sie fühlen sich wohl. Ihre Gelenke scheinen lockerer zu sein, der Kiefer nicht mehr so verkrampft. Der Gedanke, zwei Wochen lang mit einem Menschen wegzufahren, der nicht Ihr Sohn ist, erschreckt Sie nicht mehr. Er erhöht nicht einmal Ihren Puls.

Sie stellen sich nicht vor, wie ein Türschloss zuschnappt und Sie allein erwischt, wenn die Grausamkeit ihr unausweichliches Grinsen zeigt.

Vielleicht droht die Grausamkeit nicht immer. Vielleicht wäre es eine Beleidigung, sich so etwas bei Francis vorzustellen. Von diesem Mann mit Haaren wie ein wütender Heiligenschein und einem Pullover, der offensichtlich seine Aufgabe nicht erfüllt, obwohl er sehr robust und angemessen aussieht, droht kein Unheil. Er wird hier draußen bei dir bleiben, egal, wie kalt ihm wird.

Ihr beide kleidet euch gern so, als wärt ihr in einer viel früheren Filmversion von euch selbst. Die goldene Vergangenheit ist sicher. Sie hat fiktive Zimmer mit Bakelittelefonen, die kaum je klingeln. Dort gibt es von Natur aus glückliche Paare, gelöste Rätsel und verrückte Streiche. Bis zum Zweiten Weltkrieg wird sie nie ganz reichen. In der goldenen Vergangenheit werden all diese jungen Männer und diese vielen, vielen Familien weiterleben, weiterlaufen und sogar tanzen und nie merken, dass sie nur Luft unter den Füßen haben.

Sie tragen zum Trost Hosen mit Schlag und Strickpullover (*Fairisle* oder *Guernsey*) und Lederschuhe, die die Feuchtigkeit aufsaugen, und manchmal finden Sie echte Tweedjacken, die lange genug in zweiter, dritter oder vierter Hand waren und jetzt endlich an den Ellbogen geschmeidig sind.

Richtig, Sie beide sehen aus wie ein plötzliches Kostümfest inmitten von Outdoorhosen mit mehreren Taschen und vernünftigen wind- und wasserdichten Schichten.

Francis lehnt sich dicht an Ihr Ohr – genauer gesagt, an Ihr linkes Ohr – und kommt den paranoiden Anwandlungen zuvor, die in einem Winkel Ihrer Gedanken entstehen könnten. Wenn es überhaupt möglich ist, einem Winkel zuvorzukommen. Er singt, ganz sanft, zu dieser alten Julie-Andrews-Melodie von *Favorite Things* –

Eine schwarze Sturmhaube, zu tragen beim Schlafen,
Weiche Sohlen zum Schleichen, Wollhandschuhe von Schafen
Wäscheleine, Müllbeutel und Schaufel packe ich ein
Und Messer, zwölf Stück, verschieden soll'n sie sein ...

Sie ahnen, dass er sich noch mehr Verse ausgedacht hat und sie alle anbringen will, aber vor lauter Kichern nicht kann. Er wärmt Ihr Ohr, und Sie halten den Arm um ihn, denn man sollte seine Feinde nahe bei sich haben, wo man sie sehen kann, aber seine Freunde noch näher. Sein Körper verschiebt sich gegen Ihren, sein Hüftknochen ist spürbar, während Albernheit in seinem Atem aufsteigt und Ihren eigenen ansteckt.

Das ist genau der Moment, in dem Sie entdecken, dass Vergnügen angenehm ist, ohne dass Sie dafür eine Strafe zahlen müssen.

Ungefähr zu diesem Zeitpunkt kommt Jura so nahe, dass anscheinend jeder Mann an Bord zu jeder Frau an Bord sagen kann: »Das sind *The Paps.*« Daraufhin können Sie beide beschließen, dass Sie diese besonderen Berge immer die Eier von Jura nennen werden. Die großen spitzen Eier von Jura.

In den nächsten zwei Colonsay-Wochen können Sie beide zum südöstlichen Horizont deuten und rufen: »Seht nur! Seht! Die großen spitzen Eier von Jura!« Das wird Sie amüsieren. Irgendwann werden Sie darüber lachen und sich fragen, wer Sie sind, diese glückliche Frau im geliehenen Pullover, die gestern einen Berg erklommen hat und scheinbar auf alles herabblickt, was man überhaupt brauchen kann – Land und Meer und Himmel und Inseln, die sich in weißen, grünen und türkisfarbenen Echos voneinander entfernen. Sie werden berauscht sein vom Doppeltsehen.

Ein Urlaub kann nicht zu einem ganzen Leben ausgedehnt werden. Das wissen Sie, aber Sie spüren, dass eine Art von Freude im Anmarsch ist – und die ist nicht sinnlos oder ein Genuss. Immer wieder werden Sie im Lockdown versuchen, sich Scalasaig vorzustellen, wie der Hafen Ihnen sanft entgegentreibt, tief und einladend für die Fähre. Das Weiß des Leuchtturms wie ein einzelner Zahn in einem schiefen Lächeln.

Sie werden sich an blasse Giebelspitzen erinnern, die Sonne einfangen.

Sie wissen, dies ist ein Ort, der Sie glauben lassen kann, Sie würden an Land gehen und Ihre Kindheit ganz frisch vor Ihren Füßen wiederfinden, um es noch einmal zu versuchen. Schließlich haben Sie sich für eine Zeitreise angezogen, die weit genug zurückgeht, um die Geburt Ihrer Mutter zu entschlüsseln und zu korrigieren. Vielleicht singt nicht weit entfernt eine Lerche. Die Luft riecht nach Gras und Kohlenrauch und Seegras und Ginster und den Blumen, die auf dem *Machair* wachsen – die Sie als geeignet für ein Projekt über bedrohte Lebensräume abspeichern. Sie werden das heiße Metall und den Abgasgeruch der wartenden Autos ignorieren.

Sie wissen, dass Sie an Land gehen und immer noch Sie selbst sein werden und dass das nirgendwo anders der Fall sein kann. Die Winter werden zweifellos furchtbar sein. Eine Wohnung zu finden, wird noch schlimmer sein. Und es wird immer noch Steuerforderungen geben und Rückenschmerzen und die Beschwernis durch Heizkessel und undichte Fensterrahmen. Selbst wenn Sie sicher in einem Heim untergebracht sind, werden Sie höchstwahrscheinlich durch verregnete Fenster hinausstarren und nichts Schönes für Kinder schreiben. Vielleicht wird Francis Ihnen nicht helfen, glücklich zu sein, vielleicht werden Sie ihm helfen, traurig zu sein.

Aber vielleicht auch nicht.

Sie beschließen, in diesen zwei Wochen glücklich zu sein. In zwei Wochen muss nichts Schlimmes passieren.

Ein Probelauf.

Und vielleicht muss auch nie etwas Schlimmes passieren.

Und vielleicht wird diese plötzliche Ruhe des trockenen Bodens unter den Füßen immer verlässlich sein. Auf jeden Fall haben Sie keine Zeit mehr zum Grübeln, denn Sie sind neu auf einer Insel angekommen und werden deshalb einer fröhlichen, intensiven Prüfung unterzogen. Und Francis umarmt Leute, die er schon kennt, und beginnt, sie Ihnen vorzustellen, und das lässt Sie nicht durchdrehen.

Die Leute – zwei Frauen und ein Mann – mögen ihn offensichtlich. Andere Gesichter nicken, wenn er vorbeigeht, und er nickt zurück wie ein Mann, der die Regeln des Nickens kennt: die richtige Neigung, die richtige Stärke. Das sind gute Zeichen.

Sie setzen Ihr Erster-Schultag-Lächeln auf, etwas Besseres haben Sie nicht zu bieten. Es ist sowohl ein Willkommensgruß als auch ein Zeichen dafür, dass Sie sich keinen Unsinn gefallen lassen werden. Sie erhalten gemischte Reaktionen.

Aber das ist in Ordnung. Das ist alles in Ordnung.

Und Sie beide gehen die warme Flanke des Hügels hinauf, mit Ihren Taschen, die bald schwer werden, aber noch nicht. Und die Schöllkrautblüten schimmern im Gras, und ein Mann, den Annanka über den Kopf heben könnte, nimmt Ihre Taschen und trägt sie, und es macht Ihnen nichts aus …

Sie stören sich nicht an bevorstehenden fremden Badezimmern und Matratzen und Fragen von *Privatsphäre.*

Und Francis singt, halb murmelnd, immer noch zur selben Melodie, *My Favorite Things*, während ihr beide vom Meer wegklettert –

Mord, Chaos, Totschlag und seltsame Ränder,
Das Verschicken von Fingern in andere Länder,
Zum Grinsen bringt mich so viel Grausamkeit
Und doch hält das Leben mehr Schrecken bereit.

Er weiß es nicht besser, und das ist ein weiteres *angenehmes Detail.*

WIR HABEN UNS also eine Pause gegönnt und waren in Gedanken woanders, wo wir nicht sind. Mein drittliebstes Hobby.

Es muss neben der Barmherzigkeit auch Hoffnung geben.

Und eben gerade habe ich meinem Sohn einen Kuss auf den Kopf gegeben. Er liest draußen in meinem Liegestuhl etwas mit dem Titel *Sprache, Wahrheit und Logik*. Das klingt sowohl vielversprechend als auch unwahrscheinlich für ein Buch, das in diesem Hier und Jetzt existieren könnte.

Dann habe ich Francis auf den Kopf geküsst, und er hat gesagt: »Danke, Madame. Das Personal freut sich über jeden Ausdruck der Dankbarkeit für unsere Dienste …« Er suchte im Internet nach Highland-Immobilien. Wir können uns schließlich informieren, wie viele Bäder und Empfangsräume die Häuser haben, in denen wir nicht sind. Er sagt, die Preise steigen – zu viele Träume streben nach Norden.

Jetzt bin ich drinnen und in meinem Schlafzimmer. Hier ist es dunkler, und das brauche ich, obwohl es im Zimmer so heiß ist, dass mir die Haut brennt. Ich sitze auf dem Bett zwischen zwei kalten Wasserflaschen und warte, bis ich mich akklimatisiert habe.

Ich bin für so etwas nicht gemacht. Ich bin Keltin – meine Vorfahren verließen Afrika im Laufschritt. Sie gehörten zu den allerersten Beinahe-Völkern, die von Frost und Nieselregen, Pullovern und Schnee auf Meereshöhe träumten, und von Ländern, in denen das ständig passiert. Früher passierte das ständig.

Ich habe mir so lange Sorgen gemacht, ob Klein Paul Kinder haben würde oder ob er vielleicht zu viel zu tun hätte, weil er zukunftsweisender Anwalt für unterdrückte Delfine oder irgendwas anderes Wunderbares wird. Oder ob ihn vielleicht die von mir geerbten schwachen Nerven behindern würden. Oder war es ein Fehler, ihn Paul zu nennen, und ich hätte es mit Mike, Steve oder Bernie versuchen sollen?

Welche unvorhergesehene, schreckliche Entwicklung würde meine Schuld sein?

Ich ahnte nicht, dass er sein späteres Leben größtenteils unter Wasser und doch irgendwie zugleich in Flammen verbringen würde. Plus Faschismus. Wer hätte gedacht, dass wir es damit noch mal versuchen würden?

Unangenehme Details.

Aber den Zaunkönigen geht es immer noch gut.

Wir füttern sie mit Mehlwürmern, die köstlich riechen, und wir sollten uns wohl daran gewöhnen, Insekten zu essen, bevor sie die einzige Option sind. Die Zaunkönige lassen uns wahrscheinlich teilhaben.

Und das ist genug.

Ich kann loslegen.

Ich bin noch nicht so weit, aber jetzt geht es los.

Also werde ich es wieder diesen Novembertag sein lassen.

Ist PTBS nicht großartig? Diese unmittelbare, perfekte Wahrnehmungsqualität.

Ich bin in London und glaube ganz schlau zu sein, als Buster von der Kathedrale wegläuft, mit seinem Aktenkoffer und seinem gepflegten City-Haarschnitt vor mir flieht. Ich glaube, ich habe ihn in die Flucht geschlagen, indem ich meine Würde und Macht zum Ausdruck gebracht habe.

Die Mittagspause, in der es ruhig ist, während die einfachen Leute sich hetzen, vergeht schnell, aber das wird meine Verfolgung nicht aufhalten.

In der City kann man den Status der Passanten an der Geschwindigkeit ablesen, mit der sie zur Arbeit zurückkehren. Die unteren Sprossen der Karriereleiter hasten um mich herum, zu müde, um ihr Tempo erfolgreich zu halten, und bereits sicher, verschwitzt und erfolglos anzukommen.

Buster benimmt sich wieder wie ein Vorgesetzter, der mit genau dem richtigen Maß an Brutalität voraneilt.

Ich halte mich für einen freien Menschen und glaube, bessere Entscheidungen getroffen zu haben, als in der City zu arbeiten oder zu triumphieren. Aber ich sehe sicher wie eine Versagerin in billigen Klamotten aus, die vielleicht zurück zur Arbeit eilt, um es dem Geld bequem zu machen, es in seinem großen Bett umzudrehen, um es vor Druckgeschwüren zu bewahren. Buster geht es immer um Demütigung.

Die Straßen jenseits von New Change verdunkeln sich vom Flattern des mehr oder weniger ausdrucksstarken Futters an den schönen Mantelsäumen. Schultern und Stirnen werden in Londoner Winkeln gehalten. Sue würde allen sagen, *Bleiben Sie genau dort stehen,* um sich spontan zu dehnen und zu entspannen. Sie würde ihnen erzählen, was Wirbelsäulen sind und warum wir sie haben. Es würde getanzt werden.

Buster hat den Gang von jemandem angenommen, der in ein Büro zurückstapft, um Köpfe rollen zu lassen. Er ist der gerechte Zorn des Geldes, persönlich unterwegs, weil ein Anruf nicht reicht.

Ich hasse ihn nicht. Sondern das, was dahinter liegt.

Aber ich bin immer noch nicht das, was er ist. Ich bin immer noch nicht komplett finster innendrin.

Es kommt ein Augenblick, in dem ich Angst vor mir selbst habe – irgendwo zwischen ungleichen gläsernen Geschäftstürmen, beide mit dem Glanz blauer Psycho-Sonnenbrillen auf den Fenstern.

Ich könnte einfach zurück zum Gerichtssaal 10 gehen, in Sicherheit mit Hissy Apocalypse. Sie ist auf dem Dienstplan als Unterstützerinnen-Gesicht für heute Nachmittag eingetragen. Ihre Farben würden schreien in Gerichtssaal 10. Ohne Probleme.

Ich habe bis zum Abend frei. Sue hat mir einen Mrs-Delara-Tag eingeräumt, was bedeutet, dass meine aktuellen Fünftklässler wahrscheinlich mit Mrs Sue Delara im großen Lehrerzimmer ein Gruppengedicht schreiben. Oder sie sind alle draußen in unserem winzigen Schulgarten, jäten Unkraut und erfinden Autobiografien für Insekten. Und in der Klassenlehrerstunde wird gehüpft und gewirbelt und mit den Armen geschlängelt – unser Abschiedstanz.

Das wird sauber und anständig sein.

Wegen Oakwood bin ich ein anständiger Mensch. Buster geht mir nicht mal mehr unter die Haut. Ich glaube das wirklich – und denke, dass ich sauber bin – wovor er sich fürchtet – und nicht bloß eine dumme Kreatur, die stumm einer Spur von Ködern folgt.

Der Himmel hat sich in flaches, schmutziges Grau verwandelt, aber es wird nicht regnen. Meine Klasse kann draußen sein und neugierig, ohne traurige Folgen. Sie werden die Abwechslung genießen, während ich meine Vergangenheit abarbeite und sie zu einem flachen, schmutzigen Grau zertrete.

Sein rotes Haar schimmert in der Menge. Immer wenn ich denke, dass ich ihn verloren habe, gibt es dieses Aufblitzen von Farbe in einem Schaufenster, eine Drehung seines Körpers durch die anderen Körper, die nicht wie Busters Körper sind, nicht, wenn man ihn kennt.

Mir wird wieder übel.

Einmal glaube ich die blasse Innenseite seines Handgelenks aufflackern zu sehen, wie ein Licht oder ein Zeichen von etwas Unterirdischem.

Er schlängelt sich nach Norden und Osten, wählt kleine Straßen und Gassen, als hätte er so einen Ungezieferinstinkt, der ihn dicht an Wände und dann außer Sichtweite treibt.

Ich möchte, dass er stolpert und fällt und sich die Nase bricht, sich die Schuhe abschabt, den Koffer an irgendeinen Unterschichten-Räuber verliert und dann mich sieht, die über ihm steht und lacht wie ein Wolf. Das würde mich befriedigen.

Nein, würde es nicht.

Der kalte Flusswind wird zwischen Gebäude geleitet, die sich zu neigen scheinen und über den Köpfen anschwellen und den Luftraum stehlen, bis sie sich dicht aneinanderschmiegen und es kein Tageslicht mehr gibt, nur noch hohe brutalistische Glasscheiben und Marmorplatten in der Farbe von getrocknetem Blut.

Ich halte das Tempo hoch und spüre es nicht mehr.

Ich komme an viktorianischen Überbleibseln vorbei und an kleinen Gebäudegruppen, die nach menschlichem Maß gebaut sind. Meistens wurden sie gerettet, weil sie etwas mit Jesus zu tun haben – oder jemand hat einfach vergessen, sie umzubringen. Die Kirchen sehen aus wie kleine alte Frauen, die vergessen haben, wie sie nach Hause kommen.

Nach einer Reihe von Kurven befinde ich mich plötzlich in einer schmalen Straße mit niemandem außer Buster. Ich glaube, ich kann ihn atmen hören. Um uns noch mehr Blutmarmor – ein beliebter Farbton – und unter uns beiden spiegelt matt so eine seltsam glatte Oberfläche. Es muss sehr schwer sein, einen Stein so hässlich zu machen.

Buster wird langsamer, geht nur noch, und ich weiß nicht, was das bedeutet, aber es kommt mir so vor, als würde er mich auslachen.

Oder vielleicht ist dies eine Sackgasse, und es wird etwas Schreckliches passieren, an dem ich selbst schuld bin, weil ich hierhergekommen bin, aber auch er ist schuld, weil so vieles für immer seine Schuld sein wird.

Die glatte und hässliche Oberfläche kippt und zuckt unter mir, und vielleicht werde ich stolpern.

Ich werde langsamer und halte Abstand – ich gebe Buster so viel Raum, wie ich jedem bösartigen Tier geben würde. Mein Atem schmerzt in der Kehle.

Sein Kopf beginnt sich zu drehen, als wollte er mich anschauen. Bevor ich das schrecklich finden kann, renne ich schon wieder.

Vielleicht ist das wirklich eine Sackgasse, und ich werde das Schreckliche sein.

Aber auch er fängt an zu rennen und stürzt um eine Ecke, die sich weiter vorn auftut.

Ich merke, dass ich ihm hinterherschreie: »Was willst du? Was hast du je gewollt?« Solche Sachen.

Das bringt nichts, macht ihn nicht langsamer oder anders – ich werde einfach wieder zur verrückten Straßenfrau und ernte Tuscheln und Blicke und höhnische Anfeuerung, während wir zwischen Fremden in Richtung dessen schwanken, was ich jetzt als sein Ziel annehme.

Er hat uns zu einem Seiteneingang der Liverpool Street Station gebracht. Er ist der Typ für Seiteneingänge.

Ich sehe, wie er schnell in einen mit Einkaufsmöglichkeiten gesäumten Tunnel huscht. Es ist aber noch lange nicht Einkaufsstoßzeit, und ich bin sicher, er hat einen Fehler gemacht, hat eine Menschenmenge gesucht, in der er sich verstecken kann, wo keine Menschenmenge ist.

Im grellen Licht durchs Glasdach ist er perfekt zu erkennen, als er durch die breite, fast leere Bahnhofshalle eilt. Ich sehe, wie er den Kopf hebt und auf die Anzeigetafel schaut.

Ich habe keine Fahrkarte für irgendetwas, und er hat vielleicht eine. Wenn ich anhalte, um eine zu kaufen, wird er entkommen, und ich weiß nicht einmal, wohin er geht.

Männer wie er haben immer Fluchtwege. Und es macht ihnen immer Spaß, andere Menschen sinnlos zu erschöpfen.

Ja, er taumelt auf die letzte Reihe der Schranken zu seiner Linken zu, zieht ein Ticket und geht durch.

Ich steuere auf das gleiche Tor zu, das er benutzt hat.

Es fühlt sich infiziert an.

Aber es öffnet sich für mich, als ich es mit meiner *Oyster Card* antippe. Mit den *Zonen 1 bis 6* komme ich nicht weit.

Ich sehe ihn in einen Zug steigen, der in fünf Minuten nach Clacton abfährt.

Ich bin anscheinend nicht mehr ich selbst. Oder vielleicht bin ich eine frühere Version von mir, die mehr improvisiert hat. Vielleicht werde ich wieder Annanka. Ich hoffe es.

Ich warte am Zug, immer noch auf dem Bahnsteig, direkt neben der nächsten offenen Tür. Vielleicht springt er noch einmal heraus, also schaue ich die lange Kurve der Waggons entlang, um ihn zu entdecken. In beiden Richtungen versuche ich, gerade noch rechtzeitig zu reagieren.

Und dann bin ich an Bord, und der Wagen schiebt sich durch Tunneldunkelheit. Ich erblicke mich in mehreren Fenstern gespiegelt und sehe überall so aus wie eine Person, die übel versagt hat und in Schwierigkeiten steckt, aus denen ihr niemand heraushelfen kann.

Ich lasse mich auf einen Sitz fallen, hole Luft und kämme mich.

Ich versuche, mich als durchschnittlich gestresste Pendlerin zu geben, nichts Besonderes, keine verirrte Grundschullehrerin mit einer Fahrkarte, die nur bis Stratford gilt, und ohne Plan.

Ich kann niemanden anrufen, kann Paul keine SMS schicken, um ihm zu sagen, dass ich mich verspäten werde. Im Gericht sind keine Handys erlaubt – also habe ich meins zu Hause gelassen.

Logischerweise muss ich das Nächstliegende tun, dann bin ich der Inbegriff von Logik und Vernunft in Aktion und nicht bloß eine verstrahlte Frau, die um sich starrt und andere Reisende verunsichert.

Es sind nicht viele Reisende unterwegs, aber keiner von ihnen hat es verdient, von Bösartigkeit in einem Zug gefangen zu sein. Draußen rauscht Geschwindigkeit vorbei, und an Bord wimmelt es von Tod und unvorhersehbaren Risiken. Niemand will das. Ich will das auch nicht.

Aber ich kann *Brut* riechen, nur eine Spur, und das Nächstliegende ist, ihn zu suchen.

Nur ein einziger Wagen ist einigermaßen belegt. Buster sitzt nicht drin. Auch nicht im nächsten.

Jedes Mal, wenn ich durch ein neues Paar Waggontüren trete, empfängt mich der Katergeruch eines anderen Fast Food. In einem Waggon riecht es stark nach einem schweren Aftershave. Kein Buster. Ein einsamer studentischer Mann liest auf einem Kindle. Kein Buster.

Ich bin so aufmerksam, dass ich jeden, den ich sehe, zeichnen könnte: Ein Vierergespann von Frauen reißt die Deckel von ihren Einweg-Plastikgläsern Prosecco ab und beginnt sofort zu kreischen. Ein Mann brüllt zwei anderen Männern Wichtigkeiten zu, die beiden warten offensichtlich ungeduldig darauf, eigene Wichtigkeiten loszuwerden, gut genug, um dafür zu entschädigen, dass sie zu dieser seltsamen Tageszeit Zug fahren müssen, und nicht einmal erster Klasse.

Aber ich kann nicht zeichnen.

Das versetzt mich in heftige Panik, als ich von Waggon zu Waggon taumle.

Unvernünftig.

Ich könnte jetzt in meiner Klasse sein, schlecht zeichnen und so tun, als würde ich die Kinder damit ermutigen.

Kein Buster.

Dann ist da kein Zug mehr.

Ich habe Buster nicht gefunden, und der Zug ist zu Ende.

Er kann nicht zaubern, und ich habe ihn nicht wieder aussteigen sehen. Er ist immer noch irgendwo hier.

Dessen bin ich mir sicher.

Der Gestank seiner Haut zieht durch die Waggons, der Geruch von Pfannengerichten und Pommes mit Essig.

Die nächste vernünftige und logische Maßnahme wäre die Überprüfung, welche Toiletten besetzt sind und welche behaupten, außer Betrieb zu sein.

Ich habe ihn durch den ganzen Zug laufen und sich dann in einer Toilette verstecken lassen.

Wie perfekt.

Stratford mit seinen hoch über dem Bahnhof aufragenden Shoppingcentern ist vorbei. Wir haben die postolympischen städtebaulichen Experimente mit teuren Wohnungen hinter uns gelassen. Brandneue Gebäude, die sich über unsere Köpfe hinweg hässliche Sachen sagen.

Shenfield fährt langsam an uns vorbei, und ich bin noch nicht durch.

Ich stehe in einer Tür, bin eine Unannehmlichkeit und ein Hindernis, doch es ist mir egal, ich entschuldige mich nicht. Die Fünfte wäre schockiert.

Ich halte mich ungefähr in der Zugmitte auf – mein Beobachtungsposten für jeden Bahnhof, damit ich sehen kann, ob er sich bewegt.

Kein Buster.

Und die Geschwindigkeit trägt uns alle wieder weg.

Ich habe nichts als diese Aufgaben: herumlaufen und suchen und beobachten und herumlaufen und suchen und beobachten.

In Chelmsford steigen die meisten Fahrgäste aus: die Proseccodamen, die wichtigen Männer, einige Einkäufer, zwei Gruppen von Jungen, ein Kinderwagen und seine Eltern. Die Übrigen sind irgendwie weicher, stiller, weniger gepflegt und kuratiert – sie sehen aus wie die Art von Menschen, die ein Straßenräuber auswählen würde. Buster würde sich unter so vielen leichten Opfern wohlfühlen.

Ich bin immer noch – auf und ab – dabei, die Waggons zu durchsuchen, die gestresste Person, die noch mehr Stress verursacht. Eine Frau in rosa Latzhose steht halb auf und fragt mich: Haben Sie etwas verloren?

Wie ich »Nein« sage, lässt sie innehalten; sie setzt nicht die Miene auf, die Hilfreiche den Hilflosen anbieten.

Ich möchte weinen.

Ich möchte einfach nur weinen.

Ich möchte zu Hause sein und weinen.

Ich möchte nie wieder weinen.

Ich möchte mir nicht bewusst sein, dass selbst in zauberhaften Kindergeschichten nicht jeder bekommt, was er will.

Und dies ist keine Geschichte, die jemals ein Kind berührt hat.

Als wir Hythe erreichen, wird mir klar, was er getan hat.

Der Zug wird langsamer, steht still, tickt und öffnet seine Türen wieder. Ich springe auf meinen Posten, und die Frau in der Latzhose seufzt so laut, dass ich es hören kann.

Aber das ist mir egal.

Ich stehe in der Tür und sehe nichts, was mir nützen könnte, bis ein Student vorbeischlurft, inmitten einer Gruppe von Ähnlichen. Er ist aber nicht ähnlich, er ist älter: mit Farbe beschmierte schwarze Latzhose, braunes Haar mit ein wenig Grau, kurz geschnitten, rote Turnschuhe und eine unförmige Jacke in Armeegrün. Sein gebückter Gang ist eindeutig eine Lüge.

Er trägt nicht viel in einem dieser großen Wäschesäcke aus kariertem Nylon.

Auch das ist eine Lüge.

Alles an ihm ist eine Lüge.

Buster hat sich in einer Toilette versteckt und sein Kostüm verändert, aber nicht genug. Ich bin so gewohnt, ihn im Kostüm zu sehen, war ich schon immer – ich kann ihn darunter erkennen.

Ich kann gerade noch rechtzeitig auf den Bahnsteig springen und sehen, wie er zum Bahnübergang schlendert.

Buster ist Buster – das kann er nicht verbergen.

Ich warte hinter einem hässlichen Bauzaun – jetzt bin ich dran, mich zu verstecken –, als sich die Schranke hebt und er ruhig und gelassen davonschreitet. Er wirkt wie ein Mann auf dem Weg nach Hause. Ich vermute, ich sehe ihn so, wie er zu Hause ist.

Buster gleitet in dieses hässliche Niemandsland, das so gut zu ihm passt.

Ich überquere nie gerne Bahngleise, nicht im Auto und nicht zu Fuß – es fühlt sich immer ein wenig wie Selbstmord an, egal, wie sicher ich gerade bin. Ich frage mich, ob dieses winzige Kribbeln von Tod auch ihn ruft. Vielleicht mag er es.

Ich folge ihm über die Gleise, vorbei an einer Industriebrücke über einen grün gestauten Kanal. Er schlängelt sich durch ein enges Labyrinth aus Ziegelmauern, Stacheldraht und Werkstätten, die mit Autos zu tun haben. Es gibt tapfere kleine öffentliche Kunstwerke, wie Denkmäler des Scheiterns.

Er sieht sich nicht um.

Ich bin mir sicher, er ist unaufmerksam und hat mich nicht gesehen. Ich weiß nicht, warum ich mich so in einer Gegend aufhalte, die so offensichtlich voller übler Möglichkeiten steckt.

Das Tageslicht funktioniert noch, aber es wird schwächer, und nach Einbruch der Dunkelheit ist hier nichts mehr zu sehen.

Ich komme an einem Pub vorbei, das aussieht, als würde es nie öffnen und sollte das auch nie tun.

Der Tag war so lang und ich bin so müde, dass mich ein Kreisverkehr verwirrt, ein weiterer Kreisverkehr, der ganze Ort scheint aus Kreuzungen zu bestehen, die dazu da sind, die Zögernden auszumerzen.

Ich wäre gern mit Hissy und Sissy hier. Dann wären wir unaufhaltsam.

Ich wäre gern mit Monkey hier und hielte seine lange, feine Hand. Nur ist dies ein ungeliebter Ort, hier zu sein, würde ihm wehtun.

Süßer Monkey Monk – Buster hat ihn getötet. Wir alle wissen das. Der Verrat und das Ende des Optimismus haben Monkeys Leben beendet. Das Heroin war nebensächlich, nur der Notausgang, den er zufällig wählte.

Seine Beerdigung war das letzte Mal, dass das ganze echte OrKestrA wieder zusammenkam.

Wir gaben Monkey einen OrKestrA-Abschied, ein großes Finale. Mrs Fire stürmte das weinerliche kleine Krematoriums-Keyboard, und wir ignorierten das obligatorische Repertoire der erlaubten Hymnen. Wir trugen, was wir aufbewahrt hatten und was uns noch passte. Wir spielten Schlagzeug.

Wir brachten Kazoos mit, spielten sie aber nicht – kein Beerdigungsinstrument.

Meines kam oben auf den Sarg und verschwand hinterm Vorhang. Ich hoffe, es verbrannte mit ihm und stieg mit ihm auf, bereit zum Unsinn.

Buster kam damals nicht in unsere Nähe. Kein Schmutz drang ein und machte alles kaputt.

Ich nehme an, weil der Schaden schon angerichtet war.

Buster hastet auf der anderen Seite einer weiteren Brücke einen kurvigen Abhang hinunter. Dabei muss er fast umdrehen und mir entgegenkommen, und er blickt auf, bereits lächelnd. Er lächelt. Er sieht mich direkt an und lächelt, dann fällt er in Joggingtrab.

Ich wische mir mit dem Ärmel über das Gesicht, ein schlechtes Beispiel für jüngere Menschen.

Der nächste logische Schritt wäre, nach Hause zu gehen.

Ich kann immer noch umkehren und meine Meinung ändern.

Es ist immer Zeit, eine bessere Entscheidung zu treffen.

Nur will ich keine bessere Entscheidung treffen. Ich will Busters Herz anhalten.

Ich weiß nicht wie, aber ich will es unbedingt.

Ich steige ihm nach und komme zum Flussufer, wo eine seltsame Reihe von Schiffen aus dem Dunst auf dem Wasser auftaucht.

Selbst mein Traumagedächtnis kann sich nicht an viel erinnern. Ich bin nur noch wütend. Da ist ein großes rotes Feuerschiff, glaube ich – es sieht aus wie ein monströses Spielzeug. Masten und Schornsteine ragen hoch über den Kai. Ein seltsamer, wilder Geruch steigt aus dem abgesunkenen Wasser und den Furchen im schimmernden Schlamm auf.

Derselbe Geruch war auch bei St. Paul's zu spüren. Er ist ein Tier, das einen tierischen Platz zum Leben gefunden hat.

Weit vor mir wendet Buster und stürzt dann in erstaunlichem Tempo über die hohe Betonkaimauer. Ich erwarte fast, dass er hinabschlittert und plötzlich davonschwimmt, wie ein Wasserwesen.

Das ist Buster: der Mann, der Kinder auf seinen Schultern hüpfen ließ, und Buster, der Mann mit den kühlen Lippen, der wie ein Mensch küssen konnte, und Buster, der sich mit Schattenspiel auskannte, und Buster, der jedem ein Loch in die Hoffnung trat.

Und ich rannte wie früher, als ich elf oder zehn war und mit meinem seidenfelligen Hund im Park herumlief. Ich konnte nichts an meiner Mutter oder irgendetwas anderem ändern, aber ich konnte rennen.

So, so, so rannte ich.

Mein Hund war außer sich vor Freude über das Rennen.

So, so, so rannte ich, und es war eine Art Schreien.

So, so, so.

Und ich war fast schnell genug, mir selbst zu entkommen.

Ich laufe mit geschlossenen Augen. Das ist dumm.

So, so, so. Ich bin so schnell.

Dann stehe ich still an einer winzigen grauen Metallleiter und erinnere mich daran, wie ich am Ende zur Ruhe kam und meine Hündin sich neben mich setzte und ihr Glück sich in mir ausbreitete.

Ich weiß, dass wir uns wirklich geliebt haben.

Ich weiß, dass es hier nichts gibt, was mir helfen könnte.

Und die Leiter führt nach unten, dorthin, wo Buster ist.

Und ich kann kein Herz anhalten.

Ich habe Angst, wenn ich den Kopf nach vorn neige, dass ich Buster sehe, der zu mir hochstarrt, und dass mir auf dem schlammigen Stein und dem Asphalt unter meinen Füßen schwindelig wird. Ich bin überrascht, dass das Wasser davon nicht strudelt.

Ich blinzle, schlucke und atme.

Etwas rüttelt am Maschendrahtzaun hinter mir, aber ich beuge mich weiter vor, bis ich etwas sehen kann.

Am Fuß der Leiter liegt ein Lastkahn mit einem breiten, langen, schmutzigen Dach: Moos und Fäulnis und blasige schwarze Farbe auf einer Art Teerpappe. Die dort abgelegten Gegenstände sind nur noch Rost und Wetterschaden.

Man könnte meinen, das alles sei vor Jahren verlassen worden und unbewohnbar.

Aber drinnen bewegt sich etwas, das so tut, als seien es Ratten. Zwei Füße versuchen, nach mehr zu klingen.

Nur weil ich mich an mich selbst als Annanka erinnere, drehe ich dem Schiffswrack den Rücken zu und klettere zu ihm hinunter.

Ich denke, Annanka hatte Glück und war stark, aber ich irre mich. Ich bewege mich auf dem kalten, scharfen Metall weiter und denke, ich bin ich, und ich habe Paul und ich habe Francis und deshalb bin ich diejenige, die Glück hat, und ich muss auch diejenige sein, die stark ist.

Doch als ich das Dach des Kahns erreiche, kann keine meiner Hände die Leiter loslassen.

Buster sprach immer davon, dass wir einmal auf einem Boot leben würden. Wir würden einen großen holländischen Kahn haben und Kinder und Blumen in Krügen und einen kleinen Terrier, der uns folgen und auf dem Dach vorwitzig aussehen würde, während wir an den gewöhnlichen Leuten auf dem Treidelpfad vorbeigleiten – all die Details, auf die man sich einlässt, wenn man regelmäßig mit Versprechungen von Liebe und Glück gefüttert wird.

Ich will die Leiter nicht loslassen und sein Boot nicht berühren.

Ich will mich nicht daran erinnern, wie viel Kraft ich in die Vorstellung gesteckt habe, wie Buster mit Bart aussieht und ich alles über Wassersicherheit für die spielenden Jungen lerne, die alle so gut wie Otter schwimmen würden. Weiß wie die Unschuld würde die Wäsche an einer vom Bug bis zum Heck gespannten Leine tanzen, und wir würden überall, wo wir hinkämen, Aufführungen veranstalten, vielleicht würden wir eine kleine Flotte von Lastkähnen mit dem OrKestrA an Bord anführen – ich dachte, so etwas könnten wir beide planen.

Das Dach des Kahns sieht aus wie eine Krankheit und gibt ungleichmäßig nach, als ich mein Gewicht daraufstelle.

Er hat alle Liebe, alle Versprechen zu dem hier werden lassen.

27./28. MÄRZ, NANJIZAL BAY

Was ich hier schreibe, Anna, ist aus der nahen Vergangenheit, nach deinem Besuch auf meinem Boot, das jetzt zu einem anderen Anlegeplatz gebracht wurde. Das Boot war gut, ich habe es viele Jahre lang benutzt und bedaure, dass ich es nicht mehr habe. Oder ich benutze es immer noch.

Dir wird aufgefallen sein, dass es *Sunday* hieß. Und das ist der neue Name, den ich ihm gegeben habe, weil es meins war und Teil von mir, und *Sunday the Baron* war das auch. Ich mochte gern der Baron sein und eine Quelle für lächelnde Kinder.

Das ist Teil von mir.

Du hast mich in der Old Bailey bemerkt.

Ich bin zu dem Schluss gekommen, dass meine Entdeckung auf handwerkliches Ungeschick unter Einfluss von Gefühlen zurückzuführen war. Gefühl spielt manchmal hinein. Auch unbewusste Gründe. Außerdem bin ich es eher gewöhnt, mich auf dem Lande zu verstecken. Städte sind nicht für mich. In Heideland oder in bewaldetem oder anderweitig natürlichem Gelände findet mich niemand, es sei denn, ich will das.

Oder manchmal kann man mir leicht folgen, weil ich jemanden aus bestimmten Gründen in der Nähe haben will. Manchmal warte ich auf denjenigen am Ende eines Weges, den er verfolgt hat, was er für sehr klug gehalten hat, obwohl es das nicht war.

Vielleicht wollte ich Entdeckung, und vielleicht Beichte. Ich beichte jetzt.

Ich glaube, dass ich das will.

Ein Mensch zu sein, den niemand kennen darf, kann gelegentlich unangenehm sein. Mein Leben ist sehr leicht und achtsam und auch abgeschiedene allerhöchste Abgeschiedenheit.

Ich bin in einer Lage, die möglicherweise Verständnis erfordert, aber ich verstehe auch, wenn das Gegenteil zutrifft.

Auf meinem Boot warst du mein Besucher, und Besucher dürfen Gefangene an zivilisierten Orten haben. Diese Idee von England ist nicht zivilisiert, trotzdem habe ich einen Besucher empfangen.

Prav würde an meinem mehrfachen Mangel taktischer Lösungen verzweifeln.

Ich bin sehr müde.

Ich überlege, in welche Richtung meine Handlungen gehen sollen. Das wird niemanden, nur mich selbst betreffen. Wenn du dies erhältst, heißt das nicht, dass du es lesen sollst oder willst. Ob du es liest oder nicht, ist deine Entscheidung.

Ich werde bald eine Lösung für meine Müdigkeit finden.

Dieses Dokument stellt ein Risiko außerhalb meiner wirksamen Parameter dar. Außerdem bringt es einen Prozess in Gang, den ich nicht kontrollieren werde. Ich werde dich nicht kontrollieren. Ich habe dich nicht bewusst kontrolliert. Für mich war es Arbeit, und ich habe in Übereinstimmung mit Zielen und Zwecken gehandelt, die fehlerhaft waren und die ich hinter mir gelassen habe.

Ich glaube, ich enttäusche mich selbst.

Ich habe ein Gefühl von Engigkeit in meinem Kopf.

Dieses Dokument ist unvollständig, aber ausreichend. Wenn du dies hast, hast du alles.

Die beste Beweislage für mich ergibt sich wahrscheinlich aus meinem jüngsten Projekt, und das war Nigel. Es war eine Quelle der Befriedigung. Deshalb vervollständige ich meine Aufzeichnungen über ihn. Er war eine dringende Notwendigkeit, aber ich würde nicht sagen, meine letzte.

Im Januar 2020 war Nigel reif und weich offen. Er hatte gelernt, von meinen nie erklärten Abwesenheiten – Wochen von möglicher krimineller Tätigkeit – dauerhaft beeindruckt zu sein. Du erkennst das Muster von Abwesenheiten und weißt, es ist ein Hinweis auf ein Doppelleben, ein zuverlässiger, auch wenn Doppelleben absichtlich schwer zu entdecken sind. Menschen mit Doppelleben existieren in der fünfundzwanzigsten Stunde, die außerhalb der Wirklichkeit ist, wo Zauberer ihre Hilfsmittel aufbewahren und wo Zielobjekte und andere normale Menschen keinen Zutritt haben.

Kein vernünftiger Mensch mit Argwohn würde mein relevantes anderes Leben erraten.

Eine sorgfältig vorbereitete Abwesenheit gibt dem Zielobjekt einen angemessen leeren Raum, den es nach Belieben füllen kann. Nigel lieferte mir seine plausibelste Deckungsgeschichte. So wendet man eine Notwendigkeit zum eigenen Nutzen, denn es ist notwendig für solche wie mich, dass sie von Zeit zu Zeit weggehen.

Jeder Untergetauchte muss, um dauerhaft effizient zu bleiben, gelegentlich langsam an die Oberfläche kommen und Luft holen. Als ich Polizeisubjekt war und der Einheit zugehörig, verließ ich normalerweise meinen etablierten Aktionsraum zu Einsatznachbesprechungen. Außerdem sollte ich eine gewisse Anzahl von Tagen pausieren, was ich nicht gerne tat. Es war überdies nötig, Pläne zur Bewilligung einzureichen und Mittel für zukünftige Unternehmungen zu erschließen.

In der Regel kehrte ich frühzeitig zu meinem Einsatz zurück, weil das objektiv ein besseres und rationaleres Leben war.

Wir Polizeisubjekte hatten ein konspiratives Haus, das im Studentenviertel von Leamington Spa südlich des Kanals lag. Weder unser Kommen und Gehen noch der Lärm fiel auf. Wir waren Zigarettenrauch und Haschischrauch und Nescafé aus einer großen Dose mit Kaffeepulver, das von der Benutzung feuchter Teelöffel verklumpt und verdorben war. Wir nahmen Identitäten von Skinheads und radikalen Veganern und gewaltfreien Geopolitikern und Fußballhooligans mit Neigung zu Nierenschlägen und von Swastikaträgern an. Wir demonstrierten hohe und wiederholte Betonung von linker Infiltrierung und Situationen mit geringfügiger Auswirkung oder Feindseligkeit. Wir zeigten krasse Unterschiede in Essgewohnheiten und Verwirrungen.

In unserem konspirativen Haus hatten wir rot-weiß-blaue Identitäten sowie grün-weiß-goldene Identitäten und waren mit den Arbeiterclubs der irischen Diaspora vertraut und setzten uns getreulich für das nie eintretende Ende des Bürgerkriegs ein. Um zwei Uhr morgens diskutierten wir miteinander über die Ansichten, die wir beobachten, aber nicht übernehmen sollten. Wir tranken Ulster Harp-Bier und Whiskey aus einer Flasche mit der Landkarte von Irland vor 1921 auf dem Aufkleber.

Einmal hatte ich eine Wiederbegegnung mit einem Graduierten der Alma Märtyrer unseres konspirativen Hauses. Wir fuhren mit unseren jeweiligen Brüdern zu einem Einsatz bei einer Buchhandlung in Bristol, die wir angriffen und verteidigten, wobei es zu den üblichen Eskalationen kam. Ich schlug ihn, bevor er es tat. Wir verhielten uns entschuldbar ruppig miteinander.

Niemand hatte uns gesagt, dass unsere Arbeit eine eingebaute Haltbarkeitsbegrenzung hat. Täuschung zersetzt die Gesundheit und die Persönlichkeit, was beträchtliche psychische und spirituelle Auswirkungen hat. Sendungsscheitern wird unvermeidlich. Wir erkennen, manche schnell, andere langsam, dass unsere Bemühungen womöglich nicht die angekündigte Wirkung haben und im Kampf zum Schutz der Schwachen oder bei der Verteidigung des kostbaren Reiches nie lebenswichtig sind. Jede Handlung ist ihre eigene Niederlage.

In der Einheit Ausgebildete werden Dauerzyniker und sind zutiefst infiziert von unserer Zielaufwiegelung. Danach kommt die Selbstvernichtung, begründet in der Gewissheit, dass Sünde Rechtfertigung ist und Rechtfertigung Sünde.

Meine Arbeit mit Prav danach und im weiteren Verlauf leitet sich aus dem Gerechtigkeitszorn ab, den du mir mitgegeben hast. Ich bin mein eigener Fehler, aber ich bin auch deiner.

Ich wurde durch die Gerechtigkeit gerettet, und durch Prav wurde ich außerordentlich effizient. Dann stieg ich zu eigenen Operationen auf und zu Projekten wie Nigel.

Nigel deutete die Tage und Wochen, die ich plötzlich fern von ihm verbrachte, als Beweis für fantastische und unter den Augen hart durchgreifender Männer verübte Niederträchtigkeiten. Wenn ich von diesen vermeintlichen Abenteuern zurückkam, versuchte er mich darüber auszufragen, aber ich zeigte ihm linkische Ausflüchte und aufflackernde Angst. Er schloss daraus, dass dies meine ausgezeichneten Geheimhaltungsfähigkeiten bewies, und das war in gewisser Weise nicht falsch. Ich zeigte wiederholt tiefste Verschwiegenheit und milde Dümmlichkeit, wenn ich mit spanielhafter Zutraulichkeit, so wie er es mochte, an seiner Seite war.

Wegen meiner wahrgenommenen Zuverlässigkeit mochte er mich gern bei mehreren Gelegenheiten zu einem Einfamilienhaus in New Maldon mitnehmen, das voller junger gefangener Mädchen aus Benin war. Gefangene Frauen wäre der präzisere Begriff, aber üblicherweise mied er es, sie so zu klassifizieren.

Nigel verlangte sexuelle Dominanz, die er mittels schwarzer Haut und hoch kontrastivem Kontakt und käuflich erworbenem Zugang mit begleitenden Besitzfantasien erreichte.

Als er zum ersten Mal mit mir zu dem Haus fuhr, redete er im Koksrausch und gestikulierte wild mit den Händen. Ich bin kein nervöser Beifahrer und habe nur minimale Sicherheitsanforderungen, aber selbst die hielt er nicht ein.

Ich manövrierte mich schnell in die Position seines gewohnheitsmäßigen Fahrers und fuhr ihn zu seinem erwählten Bordell. Innerhalb des Etablissements gewöhnte ich mir an, zu einer Frau in Zimmer Nr. 4 zu gehen, deren wirklicher Name Promise war. Sie gab Niedergeschlagenheit und Zeichen von Ernährungsmangel zu erkennen, aber gleichzeitig hielt sie in aller Stille an kleinen Merkmalen von Würde fest. Sie benutzte Färbemittel und Haarentkrauser und trug zu der Zeit ihr Haar in einem blonden Pixieschnitt. Das machte ihren Hals lang und verletzbar. In anderen Zusammenhängen und mit anderen Verhaltensweisen mochte ihr Erscheinungsbild allgemein spielerisch gewagt wirken und auf starkes Selbstbewusstsein hindeuten. Für Nigel reichten Promises afrikanische Marker nicht aus, und sie war nicht nach seinem Geschmack. Er gab laute beleidigende Bewertungen über sie ab, während wir in der Lounge bei einem Eröffnungsdrink saßen wie unangenehm auffallende Gäste am Anfang einer Dinnerparty und nicht wie Kunden, die unter Zwang stehende und von finsteren Männern aus Moldawien und Essex bewachte Sexgefangene begutachteten.

Promise fehlte an beiden Händen der kleine Finger. In Zimmer Nr. 4 sprachen wir nicht darüber, warum das so war, weil Privatsphäre eine Seltenheit ist und unter allen Umständen unschätzbar. Wir saßen auf ihrem Bett und sprachen über unregelmäßige Verben im Französischen und darüber, wo sie in Paris am liebsten wohnen würde. Nach dem ersten Mal brachte ich ihr die Sorte Schokoladenwaffeln mit, die sie besonders mochte. Jedes Mal gegen Ende des Besuches fing sie an zu weinen. Das war der Punkt, an dem ihre Fantasiezukunftsträume alle ihre Energie aufgezehrt hatten. War die Stunde um, gingen wir nach unten und deuteten ihre Tränen als meine Schuld und das Ergebnis von ausufernden Vergewaltigungsfantasien.

In der Postkoitusphase, bei Drinks in der Lounge, saß Nigel gern auf dem weißen Ledersofa zwischen zwei Frauen und vergewisserte sich aus den Augenwinkeln ihrer Fügsamkeit und sichtbarlich vorgetäuschten Lustgefühle. Er machte seine Satin-Boxershorts, Marke Derek Rose, zum Gesprächsthema und hatte sein maßgeschneidertes Oberhemd von Hilditch & Key voll aufgeknöpft, mit dem Herstellernamen auf jedem Knopf. Er legte die Arme auf die Sofarückenlehne und sicherte sich so das Territorium und alle verfügbaren Willfährigen. Er verströmte Schweiß nach gelungenem Sex.

Aus seiner Wiederholung ähnlichen Verhaltens ergab sich mit der Zeit eine Skala, auf der man Nigels Niedergang ablesen konnte. Seine Gliedmaßen wurden fetter. Sein Bauch hatte einen Fettwulst von fischiger Blässe und schwarzer, drahtiger Behaarung. Ich sah ihn bewundernd an, wandte den Blick dann ab und dachte, dass es einer inneren Distanzierung und großer Professionalität bedurfte, ihn erträglich zu finden oder berühren zu können. Gemeinsam trachteten seine Ausstatter danach, sein Wesen unter der Bekleidung zu verbergen, und auf diese Weise stärkten sie seine Macht, wie Ausstatter es gewöhnlich tun. Ohne Anzug war er ein ans Licht gezerrtes Ding, weiß wie Schimmel oder wie ungeahnte Knollenwurzeln.

In der Lounge hockte ich immer im niedrigsten Sessel. Ich versteckte mich in einem zugeknöpften Hemd und unauffälligen Hosen, meistens von Marks & Spencer. Ich war Schüchternheit und Selbstekel, wie es sich für den hündischen Tom geziemte. Muskeltonus, Einsatzbereitschaft und Disziplin konnten nur mittels umfassender Sitzmodifikation verschleiert werden. Nach stundenlangem geschrumpften Hocken in seiner Gesellschaft registrierte ich Nacken- und Rückenschmerzen.

Bei Schmerzen nehme ich nur Ibuprofen, nichts Stärkeres, weil über die Theke verkaufte Opiatefallen zu vermeiden sind. Ich hatte mal ein Magengeschwür und sollte keine Antirheumatika nehmen, aber ich riskiere es.

Mit den mir verfügbaren Mitteln war ich nicht in der Lage, Promise aus ihrer Situation zu befreien, und konnte folglich nicht verantwortlich dafür sein, dass sie als freies Individuum in der Welt Fuß fasste. Ich habe ein Moralbewusstsein, aber mein Fokus geht darüber hinaus. Ich muss mein Zielobjekt jederzeit im Blick behalten, und Nigel war mein Zielobjekt. Plötzliches Auftreten von Polizeisubjekten in dem von ihm bevorzugten Freudenhaus hätte in ihm

Paranoia hervorgerufen. Er sollte keiner Störung oder besonderen Aufmerksamkeit ausgesetzt sein.

Ich bin unaufhaltsamer Fortschritt auf die Lösung zu, und das bedeutet, ich kann leise aus großer Höhe mein Freudenlied singen. Das ist mein Trost angesichts unerledigter Aufgaben.

Meine Oftmals-Rolle war jetzt Fahrer für Nigel. Ich fuhr ihn nach Redbridge und Islington und Bexley und Havering, wo er in Privathäusern und an anderen spontan arrangierten Treffpunkten zu Pokerabenden ging. Die offiziellen Pokerhöhlen hatten genug von Nigel und wollten ihn nicht mehr einlassen. Er behauptete, er habe genug von ihnen.

Nigel machte Spielfehler, die amüsant, weil vorhersehbar waren. Große Verluste legten sich schwer auf seine Schultern, und seine Nackenhaut rötete sich. Er hatte keine Welt- oder Arbeitserfahrung, weshalb es ihm an Konzentration mangelte. Seine Menschenkenntnisse waren verkümmert und die eines Kindes, und wenn er seine Spielpartner als ihm unterlegen betrachtete, nahm er sie nicht deutlich wahr. Empört angesichts seiner Verluste ließ er sich zu irrationalen Bestrafungsversuchen seiner Gegner hinreißen. Er hatte nur geringe Ahnung von der Wahrscheinlichkeitsrechnung und spielte wie von Gottes Gnaden. Am häufigsten versuchte er, einen Flush zu bekommen, und von durchsichtigen Bluffs ließ er sich leicht täuschen. Paare faszinierten ihn, Flusskarten und seltsame Obsessionen, die nichts mit seinem Blatt zu tun hatten, übten einen Reiz auf ihn aus. Seine standhafte Weigerung zu zeigen, war für ihn unendlich teuer und bereitete mir freudige innere Befriedigung.

Seine Einsätze überstiegen sein Vermögen, das zu dem Zeitpunkt teils russische Anleihen und teils fiktiv war. Wäre er ein Mann mit komplexer Psyche gewesen, hätte ich seine Handlungsweise als Kreislauf bewusst begangener Überschreitungen betrachtet, gefolgt von der vorprogrammierten Reue der Jesuiten. Tatsächlich aber war er schlicht und einfach inkompetent, und wegen seines vollumfänglichen Versagens verstand er seine eigene Unzulänglichkeit nicht.

Obwohl ich nie um einen Platz am Pokertisch bat, wirkte ich wiederholt, in verschiedenen Sesseln und in verschiedenen Ecken, niedergeschlagen einsam. Ich hielt meinen Blick gesenkt und schlürfte traurig lauwarmes Bier, zufällig immer Nigel gegenüber, wo ich kläglich, aber klaglos sichtbar war. Erst nach sechs Monaten durfte ich neben meinem angeblichen Herrn und Besitzer am Tisch sitzen. Nigel gefiel es, mein Geld fragwürdigen Fantasiequellen zuzuschreiben.

Für mich und Leute wie mich ist Poker erhellend leicht.

Ich bin jetzt so strukturiert, dass ich den Sieg im Blick habe. Ich musste in Tom viele Charakterschutzwälle einbauen, so dass wir seine Verluste einerseits zulassen und andererseits gutheißen konnten. Außerdem ging ich dazu über, einen kleinen Gewinn einzustreichen und unmittelbar darauf Magenschmerzen zu simulieren, worauf ich den Tisch verließ und mich mit Seltzertabletten hinsetzte, die in einem Glas Wasser sprudelnd meine Schwäche besangen.

Eine von Tom Stotts zentralen Eigenschaften ist seine Unfähigkeit, Stress auszuhalten. Er hat immer Bullrichsalz bei sich, desgleichen Pfefferminz, und macht diesbezüglich Witze über sich selbst. Er deutet Schulstress und Prüfungsscheitern und Liebespech und Sexualversagen aufgrund von gastrischen Problemen an.

An einem der Pokerabende belohnte ich mich aber damit, dass ich Nigel einen schmerzlichen Batzen Geld abgewann.

Zum Ausgleich musste ich in einer Pinkelpause ein paar Tropfen Pisse auf meine Hosenfront kleckern. Ich kehrte mit einer starken Peinlichkeitsschau und Entschuldigungsmurmeln im Betastil und lahmen Witzen zurück. Darauf hätte ich meine Tabletten herausholen oder Volltrunkenheit simulieren und ihm erlauben sollen, wieder aufzuholen. Aber das wollte ich nicht.

Mir gefiel es, dass ich ihn mit seinen Geld- und Geltungsbedürfnissen herumschubsen konnte.

Inzwischen hatte ich erwähnt, dass ich hochwertigere Quellen für Koks und Amphetamine auftun konnte, von einem interessanten, geheimen und supermännlichen Lieferanten, den er eines Tages persönlich kennenlernen würde.

In der Tat war mein Stoff von bewundernswerter Reinheit und führte zu einer intensivierten Bindung zwischen uns. Und so begann er mir wegen der Bereitstellung seiner Luststoffe zu vertrauen und die Häufigkeit seiner Anrufe und Textnachrichten zu erhöhen.

Suchtbedürfnisse stellen den besten Ansatzpunkt für die Verschaffung von Nähe und Dominanzausübung dar. Mit steigendem Drogenkonsum kam es bisweilen, wie Nigel bewusst war, zu Statuseinbußen. Das hatte kleine Ausbrüche und Schmollen zur Folge. Ich gab mich weiterhin harmlos und haushundtreu, hielt aber auf unberechenbare Weise Stoff zurück, um so die Druckhöhe zu manipulieren. Meine Entschuldigungen für Nichtlieferung seines Sehnsuchtsstoffs drehten sich um Unterweltstorys, und er versuchte sie zu mögen und unterhaltsam zu finden.

Der Grund für seine Entzugspanikanfälle zu sein, bereitete mir Befriedigung.

Der Abschluss des Nigelprojekts wurde plötzlich vorgezogen. Während die Pandemie über das Inselkönigreich rauschte, wurden die Schulen Stonyhurst und Winchester und andere gehobene Institutionen geschlossen, damit die Kinder der Reichen in Sicherheit die Zeit der Pest abwarten konnten. Das Parlament schloss sich dem an, was geziemend für diejenigen war, die bedeutsamen Schuldirektoren gewohnheitsmäßigen Gehorsam leisteten. Auf bevorstehende und unvermeidbare Beeinträchtigungen für mindere und weniger begünstigte Leben wurde hingewiesen. In ihrer Mehrheit wurden die Einwohner der Nation aufgefordert, sich allein durchzuschlagen, indem sie vorzugsweise zu Hause blieben, im Vertrauen auf ihre Stärke und ihren gesunden Menschenverstand und ihre bestehende und sich weiter ausbreitende Gemeinschaft und die patriotischen Symbole und die Abschiede und die sauer gewordene Milch vor der ungeöffneten Haustür und so weiter. Krankheit und Tod nahmen exponentiell zu, Abgeordnete flohen in ihre Zweithäuser und eröffneten sich neue Betrugsmöglichkeiten.

Die Zeit schuf ungeahnte Gelegenheiten.

Beutetiere und Aasfresser und Jäger sind auf der Welt, um Gelegenheiten aufzuspüren. Wir sind dazu konstruiert, unser Glück zu suchen. Wer vorbereitungseffizient ist und höchste Aufmerksamkeit besitzt, eröffnet sich sein Glück. Man kann die Flügel in der Luft sein, vom Zufall emporgehoben und mit den Strömungen der Welt fliegend.

Als das Land in den Lockdown ging, lag ich nachts wach und hörte das Rauschen der Mitternachtsdinge, die über dem Gedankenbild von England tobten und sich daran gütlich taten. Unglücksfälle prallten aufeinander und brachten neue hervor.

Als die Anzahl der Raben von Jahr zu Jahr zunahm, verstand ich, dass eine Geschichte mit großem Sterben in Vorbereitung war. Raben wollen ihre Jungen ernähren und haben traditionelle Gelüste. Das ist allein mein Aberglaube und hat mit Fakten oder Ökologie nichts zu tun. Ich bin mir dessen bewusst. Aber ein Mensch, der in seinem Leben auf Glück und Möglichkeiten wartet, braucht seinen eigenen Aberglauben. Prav schürte meinen, weil es nötig war. Er übergab mich den Raben. Ich bin froh, sie zu haben und mich zu ihren Söhnen zu zählen. Ich genieße ihr Vertrauen. Die Nihilisten in unserem Gewerbe halten sich nicht lange.

Ich erlebte einen schönen Pestfrühling in der freien Natur und mit Vogelgesang und der schimmernden Heiterkeit meines Flusses. Gelegentlich war ich damit beschäftigt, ausgeklügelte Entschuldigungen wegen meiner unterbliebenen Drogenlieferung für Nigel vorzulegen. Ich stellte mich als zunehmend unerreichbar dar. Ich musste seine Ungeduld bis aufs Äußerste reizen, weil alle Quellen ausgetrocknet und eingestellt waren. Ich wartete auf meine letzte Gelegenheit, so wie ein Rabe auf dem höchsten aller hohen Punkte wartet und beobachtet, bis der als perfekt begriffene Moment da ist und er Freudenschreie in den Himmel und zur Schöpfung schickt, denn er hat ein feines und gesegnetes und vollkommenes Leben. Ich habe Übung mit Überblickdenken und Lichtmangel.

Nigel verlangte nach seinem Freizeitstoff, während in seinem Wahlkreis die Lungen versagten und Leichensäcke an den Wandgemälden der Pflegeheime vorbeirollten, wo er vormals Besuche abgestattet hatte und sich bei Tee und Lächeln hatte fotografieren lassen. Lockdown-Nigel empfand sich als von allen Arbeitsvortäuschungen befreit, er war voll unbändiger Schuljungenfreude und verlangte nach seinen persönlichen Freiheiten innerhalb chemischer Verfänglichkeit. Darauf ging ich von Ausweichen zu Schweigen über und beantwortete eine ganze Woche lang keine seiner SMS-Nachrichten. Er ließ nicht locker und bohrte da nach, wo ich zu finden sein müsste.

Sein letzter Anruf kam am 27. März um 9 Uhr abends. Er war zugedröhnt und hellwach. Als er meine Stimme hörte, verströmte er sofort festliche Energie mit Bedürftigkeit darunter. Offenbar fühlte er sich an die hohen Fenster im Schulhaus und an die schmalen Pflastersteine und die vielen Deckenbalken im Haus erinnert und daran, dass er geholfen hatte, mit seinen zum Schulanfang neu gekauften glänzenden Schuhen die Käfer zu zertreten. Er war bedürftig und unaufmerksam und empfänglich für Träume von sauberem Neuanfang und frischer Anregung von trügerischem Glück für einen vielversprechenden Jungen.

Sie werden einfach nie erwachsen.

Ich konzentrierte mich auf meinen Atem, bevor ich sprach. Ein-aus-ein-aus-ein-halb aus.

Wenn ein Projekt richtig abhebt, entsteht ein lebendiges Gefühl angesichts der Möglichkeiten. Die Vielfalt von Vergnügungen ist mit anderen Mitteln nicht zu haben.

Hohe Geschwindigkeit und grenzverletzende Fortbewegung waren öde vorhersehbar als die größte Verlockung für Nigel. Ich schlug eine Ausflugsfahrt vor.

Ich hatte Ausführungen für ihn vorbereitet, als innere Tonspur.

Natürlich war er mit einer Privilegienschau und der Gelegenheit zu Machtfreude einverstanden. Nichts konnte ihm besser passen, als im Land herumzutollen, während die eingesperrte Nation zu eingeschüchtert war, um sich vom Platz zu rühren. Nigel gab sich der Gelegenheit hin. Er gab sich mir hin.

Anfang Februar hatte ich einen schmutzigen, unverfänglich wirkenden Land Rover mit täuschend echten Nummernschildern erworben. Das war in Devon. Ich benutzte den Wagen, um das Gelände und die Küstengegebenheiten zu erkunden, dann stellte ich ihn auf einen Parkplatz abseits einer ruhigen Straße am Rand von Exeter.

Ich fragte Nigel, ob wir eine Nachtfahrt ans Meer machen wollten.

Nigel kann im Meer keine Gefahr erkennen. Für ihn ist es nichts weiter als ein blaues angenehmes Ding am Rande eines weißen Sandstrands. Er hält es für eine Reichtumsschaukulisse. Weil er im Ausland Zugang zu Dienstpersonal hat, liefert ihm das ein dauerhaftes inneres Rollenbuch, laut dem er im lauen Schatten liegt und die Wellen mit unschuldigem fernem Murmeln an den

Strand rollen. Zu Wasserskifahren ist er nicht mehr fit genug, aber er tut so, als würde er es aus Langeweile meiden, nicht aus Unfähigkeit.

Er weiß nicht, dass alles Salzwasser und alle Küsten und Küstenhimmel mir gehören und Orte der Verehrung sind, aus denen ich Stärke beziehe.

Die Menschen vergessen, dass Raben ebenso Meeresvögel wie Landvögel sind. Wir sind die manifestierte Anpassung.

Ich habe Tom Stott von Anfang an als jemanden eingeführt, der häufig und manchmal inkorrekt Metaphern und Begriffe aus der Seefahrt benutzt. Sein beklagenswerter Status als Nichtseefahrer und Nichtschwimmer ist ebenfalls erklärt worden.

Die Absurdität, die Tom im Vergleich zu mir darstellt, ist mir ein privater Trost.

Bei einer langen Täuschungsgeschichte ist es notwendig, Witze und angenehme Leichtigkeit einzubringen, um Widerstandsfähigkeit zu stärken und letztendlich das Überleben in diesem Leben zu sichern. Jede gelungene Erwähnung von Meer und Händen an der Ruderpinne bereitet mir Freude.

Käme es je zu einer Strandsituation, so hat Tom sich im Voraus als nervös und unfähig dargestellt. Das gibt Nigel einen deutlichen und bisher ungenutzten Schikanierungsvorteil. Ich weiß, das wirkt in ihm.

Ich erwähne, dass Margate oder Whitstable oder Frinton oder Ähnliches meiner Meinung nach unwürdige Ziele seien, und erkläre mich bereit, eine lange und folglich besonders verbotene Fahrt zu unternehmen. Ich präsentiere Nigel die Wahrheit, dass eine Fahrt von London bis nach Cornwall alle Vorschriften und Empfindlichkeiten verletzt. Unsere Reise wäre von wahrem Jägeresprit und grenzenloser Sorglosigkeit erfüllt, als würden wir unsere wahren Farben zeigen und Hecken zerstören und mit Geschrei über Viehherden stürmen, dass die Tiere sich die Beine brechen und tote Kälber zur Welt bringen. Wir würden uns auf Haustiere stürzen und sie mutwillig in Stücke zerreißen, zum Zeichen der guten Ordnung und der natürlichen Vorherrschaft.

Nigel findet das alles höchst akzeptabel.

Zurzeit ist meine angebliche Adresse eine Zweizimmerwohnung im ersten Stock eines Backsteinreihenhauses in der Ivanhoe Road in Hounslow. Der Vorgarten ist zubetoniert und in Stellplätze verwandelt worden, bloß dass es keine Autos gibt, sondern nur in Rissen sprießendes Gras. Nichts ist leichter für mich, als das Haus zu verlassen und zur Nordecke der Straße zu gehen, leiseleise und ohne Kamerabeobachtung. Da würde ich das Steuer übernehmen und in Richtung Westen fahren.

Zu seinem Haus kann ich nicht kommen, weil wir uns einig sind, dass es umgeben ist von Überwachungskameras und heiliger Unberührbarkeit. Aus Gründen, die offenbleiben, war ich noch nie in der Nähe.

Ich schlage vor, dass wir den Tagesanbruch in der Nähe von Wellen erleben, in herrschaftlicher Abgeschiedenheit.

In seinem Ton schwingt eine verräterische Freude, und das verschafft mir wiederum meine eigene private Freude. Sein Hang zu Grausamkeitsspaß ist so groß, dass er nicht richtig aufpasst und auch keine Einwände gegen meinen Plan hat, der für ihn mehr Arbeit bedeutet, als wenn er von Anfang an gefahren würde. Es kommt ihm nicht einmal in den Sinn, Tom wegen seiner herrschaftlichen Ansprüche zurechtzuweisen.

Ich weiß, dass Nigel sich höchstwahrscheinlich, soweit es ihm möglich ist, an die Einzelheiten einer Situation vom letzten Herbst erinnert, als ich ihn nach einem Pokerabend in einem Industriekomplex in der Mill Mead Road in Tottenham Hale zurückfuhr. Diese Fahrt mit der von mir korrekt geplanten Zeitdauer und Kulisse bot Tom die Möglichkeit, einen Vorfall aus seiner Jugend zu beichten, der sich am Coppermill Stream am Rand von den Walthamstow Marshes ganz in unserer Nähe abgespielt hatte. Ich berichtete von einem Stoß und von Rutschen und Gleiten und einer atembeklemmenden Todesahnung. Ergänzend fügte ich auf mich niederregnendes Lachen und das In-den-Rücken-Fallen angeblicher Freunde hinzu. Die Anstrengung, mit letzter Kraft den schlüpfrigen Abhang hinaufzukriechen und mich in Sicherheit zu bringen, schilderte ich auf ergreifende Weise in Rückblenden. Ich stellte anhaltende Wut dar, hervorgerufen von nächtlicher Kälte und Verwirrung, und einen pitschnassen, einsamen Weg in der ewigen Dunkelheit zurück zu einem Zuhause, das dauerhaft gezeichnet war von Armut und Bratenfett und sich in einer Wohnung an der Turnpike Lane abspielte.

Nigel war hocherfreut, als Tom an den Rand fahren und eine Weile halten musste, um sich nach offensichtlicher Traumaüberwältigung wieder zu fangen. Meine Hände zitterten so sehr, dass ich mich selbst überzeugte. Einen Moment zuvor, vor diesen neuesten Enthüllungen, war Nigel in düstere, ihn absorbierende Gedanken versunken gewesen, die um seine steigenden Schulden und von Gläubigern mit Sitz in St. Petersburg gegen ihn vorgebrachte unzivilisierte Wassiljewski-Insel-Drohungen kreisten. Jetzt klopfte er mir mit barschem Mitgefühl auf die Schulter, wie es ein Schülervertreter bei einem bettnässenden Neuzugang tun würde. Ich wusste, dass er die anregende Angst in einem Untergebenen nie vergessen würde.

Schon jetzt ist seine Stimme warm mit boshaften Gedanken.

Ich ziehe den Anruf wegen scheinbar langsamer Erwägungen über angemessene Zielorte in die Länge. Er will spontan zu mir kommen und mir Stoff aus dem Kreuz leiern. Ich erwähne wieder das Meer und die herrliche Möglichkeit edler Klippen.

Dann lenke ich davon ab und führe das Gespräch in eine andere Richtung.

Noch ein Schubs, und er ist wieder in der sorgenfreien Jugend, die er angeblich hatte, also biete ich Begeisterung und meine eigene bedrückte Jungenhaftigkeit und erwähne, dass wir uns einen *Schönen Tag* machen wollen, der Begriff in seiner Schule für einen als Belohnung gewährten unterrichtsfreien Tag. Das Public-School-Wesen ist eine Erbkrankheit, und Nigel ist mit den alten und modernen Stonyhurst-Begriffen vertraut, weil er in der dritten Generation dort zur Schule ging. Seine Familie hat ihr Geld mit der Vergiftung junger Frauen in einer Dampfglühbirnenfabrik gemacht. Als sein Urgroßvater genug Reichtum angehäuft hatte, um den Landsitz und den Adelstitel zu erwerben, hatte er dasselbe Gliederzittern wie seine Arbeiterschaft und stand in seinem Quecksilberwüten den Adligen alten Blutes in nichts nach.

Die Jungen der Familie auf einer Schule mit moralischen Prinzipien. Sind Prinzipien erst deutlich identifiziert, können sie umso leichter vermieden werden.

Ich brauche es, dass sein junges, glückliches Ich an vorderster Stelle steht. Es ist umso stärker, weil es eine Wunscherfüllungsfiktion ist.

Ich erkläre Nigel, dass wir beide einen schönen Tag haben werden, den ich Blandyke-Tag nenne, weil die Kindheit des erwählten Jungen in einer erwählten Schule voller nützlicher Codewörter ist, die seinen Wert definieren.

Ich erkläre Nigel, Cornwall sei für uns so gut wie St. Omer. Das ist eine freundliche Hilfe für Nigel, den Entzugserscheinungen quälen. Er gleitet leicht und immer leichter in eine Lieblingsversion seiner Jugend. Wir beide wollen ihn in eine Zeit zurückholen, wo es frisch nach Vorschrift eingenähte Namensschilder gibt und seine Unschuld und die Gebete an die Mutter Gottes einen ebenso festen Platz haben wie das Getrappel von Sportstiefeln draußen im Sonnenschein.

Es ist mir wichtig, dass Nigel Hoffnung hat. Stress ist eine gute Manipulationshilfe, aber Hoffnung ist besser. Früher war Nigel als Zugehöriger der Generation vermischter Einkommen weder von Verrat noch von ungesicherten Darlehen bekümmert, sondern glücklich mit seinem in Lastern schwelgenden Leben. Jetzt ist er sehr und zunehmend bekümmert über unfreiwillige Stürze aus Hotelfenstern, die infolge von Geldschulden auftreten. Seine Entzugsparanoia vermischt sich mit einer paranoiden Haltung hinsichtlich der Überwachung der nationalen Sicherheit und seiner Angst vor bedeutungsvollen Blicken in den Korridoren von Whitehall. Deshalb müssen wir die Ruhe bewahren und nostalgische Wärme verbreiten. Wir werden unseren Schönen Tag haben.

Sein letzter Fix liegt so weit zurück, dass er ganz vergisst, sich zu fragen, wieso ich Teil des Stonyhurst-Wortschatzes kenne.

Als er auflegt, bin ich erschöpft bei dem Gedanken an die viele Arbeit vor mir. Aber das geht vorüber.

Ich ziehe Tom weiche Turnschuhe, ein dünnes Baumwollhemd und Baumwollhosen und eine blaue Matrosenwolljacke an. Ich bin für London 2020 nicht unpassend gekleidet, aber ich passe auch zu 1947 und Arthur Ransome. Tom hat noch nie Bekleidung aus Naturfasern getragen. Er sieht darin kräftiger und selbstsicherer aus, aber sobald er das Haus verlässt, stolpert er so unbeholfen daher wie eh und je. Es ist sehr vernünftig, dass meine Autohandschuhe in meiner Tasche stecken.

Mein Gang bis zur Ecke wird durch die große neue Stille der Stadt verschönert. Schon jetzt schmeckt der Abend anders, mit mehr Laub darin als vorher. Die Vögel wachen im Licht der Straßenlaternen auf und unterhalten sich angelegentlich. Sie werden bei der Nesterstandortwahl wählerisch sein. Will man etwas verbessern, braucht man nur die Menschen abzuschaffen.

Ein Rettungswagen fährt laut heulend mit schlechten Nachrichten nach Osten, verschwindet dann und kommt mir nicht zu nahe.

Ich brauche an der Ecke nicht lange zu warten, was ich bedaure. Ich lausche einer Amsel, die im Laternenlicht wach ist und vom Morgengrauen singt. Früher hat es in der Ivanhoe Street, soweit ich weiß, keine Amseln gegeben. Nigel stellt eine Unterbrechung dar. Weil er scharf auf Ausrüstung und womöglich Salzwassergrausamkeiten ist, werden seine genau ausgerichteten Scheinwerfer pünktlich sichtbar. Er fährt den neuen Bentley Flying Spur, weinrot, in der Ausführung mit schwarzen Reifen und illuminierter Kühlerfigur.

Seine Standardverspätung ist eine halbe Stunde, die Verspätung, auf die ein Verweis folgt, eine Stunde und mehr.

Die Standardverspätung bei der Ankunft von Wohlhabenden beträgt eine halbe Stunde, als hätten sie sich darauf geeinigt.

Nigel öffnet die Fahrertür mit dem korrekten sehr kleinen Geräusch, der Beweis von teuer, und der aus dem Wagen strömende Lichtschein ist eine Art Reichtumskomfortgedicht. Diese Einzelheiten sind ihm wichtig. Die Kühlerfigur mit ihrem Leuchten leuchtet wie ein Spielzeug am falschen Ort oder wie Weihnachtsplunder.

Nigel steigt in unordentlichem Aufzug aus dem Wagen und geht durch den Lichtkegel seiner Scheinwerfer, die ihn von den Schienbeinen bis zur Taille jeglicher Farbe berauben. Sein Abenteuergeist hat ihn nach eigelbgelben Cordhosen, kariertem Hemd und Tweedjackett greifen lassen. Alles Bekleidungsstücke, die in Deutschland hergestellt sind und deshalb perfekt englisch aussehen. Seine knöchelhohen Stiefel mit abgestoßenen Spitzen und elastischem Knöchelzug sind Chelsea-Modelle und simulieren Reitsport.

In gewisser Weise ist er komisch.

Bevor ich mich ans Steuer setze, schüttelt er mir die Hand – auch das ein Abweichen vom Normalen. Seine Handfläche ist schweißnass. In diesem Moment in Hounslow könnten wir zwei Männer sein, die in einem Buch über nationale Sitten und Gebräuche vorkommen und zu männlichem Zeitvertreib aufbrechen. Identität ist für Nigel und seinesgleichen zu über sechzig Prozent Bekleidung. Ich bleibe Tom, habe aber eine Autoritätszunahme und einen Machtwandel zu verzeichnen. Ich verändere mich nicht. Ich gebe mich zu erkennen. Tom wird einfach noch mehr der feine Kumpel sein, als bisher angenommen.

Aber ich habe es nicht eilig, dies zu offenbaren, und baue stattdessen ein Stolpern ein, bevor ich die lederne Behaglichkeit des Bentley erreiche. In dem so entstandenen Moment der Verwirrung ziehe ich mir die Handschuhe an. Es sind Beretta-Handschuhe mit Passform aus edlem Kalbsleder, was Geschicklichkeit und Druckausübung gewährleistet. Ich habe Mühe, meine Segeltuchtragetasche ordentlich auf dem Boden hinter dem Fahrersitz zu verstauen, während Nigel auf die Rückbank gleitet und an dem Flaschenkühler rüttelt. Er schaltet seinen an. Schuldgefühle und Abhängigkeit von chemischen Substanzen verwandeln ihn zu neuen, befremdlichen Stoffen; selbst aus dieser Entfernung riecht seine Haut wie billige Auslegeware, vermischt mit Angst.

Ich hantiere mit ungeschickten Fingern an seinem SatNav herum, studiere ein zerknittertes Blatt Papier und murmle eine Postleitzahl vor mich hin. Der Sensorbildschirm reagiert auch mit Handschuhen, und das ist einer der Gründe, warum sie so gut sind. Mein hilfloses Gefummel präsentiert Tom als den Armen Alten Tom.

Außerdem ärgert es Nigel, und das bereitet mir Vergnügen.

Er wendet jeden Gesprächsansatz zu Drogenbeschaffung um, und ich bin Zerknirschung und Entschuldigung.

Nigel schwenkt Eiswürfel in einem Glas mit einer Flüssigkeit und bemerkt, dass wir noch nicht fahren. Ich spüre, wie sich im Dunkeln seine Ungeduld verdichtet. Unentschlossen und motorisch ungeschickt ändere ich die Einstellung des Sitzes und die Ausrichtung der Rückspiegel.

Das Wageninnere ist weinrotes Leder und schwarz lackiertes Furnier – als würde man in einem warmen Mund voller verdorbener Zähne sitzen. Mir wäre Walnusswurzelholz lieber gewesen. Das hätte die Pseudoflugzeuginstrumententafel abgemildert und mir die Möglichkeit gegeben, mich in Würde als jemand darzustellen, der in einem echten Schiff aufs Wasser geht.

Endlich fahre ich los, und die klugen Zylinder funktionieren schnurrend. Fahren ist eine niedrige Fähigkeit, die ich ausüben darf.

Nigel seufzt und stellt das hervorragende Soundsystem an, wo Arab Strap von Fremdheit und lauten Augen singen. Der Bass klingt ungewöhnlich laut und dröhnend, weil Nigel es so mag. Er braucht die bei Nachtgeschwindigkeit vor den Fenstern vorbeifliegende Verschwommenheit und die Farbrauschverfremdung und die blitzleichten Musikberührungen unter der Haut und dass seine gestörten Gedanken in Rhythmus und Zielvorhaben und Unvermeidbarkeit zusammenkommen.

So empfinde ich es immer.

Die beste Route verläuft seitlich an Überwachung und Motorway-Fallen vorbei. Das ist eine vernünftige Vorsichtsmaßnahme und nicht alarmierend. Ich winde mich durch Feltham, vorbei an den Pubs, die den Verlust ihrer Kundschaft betrauern, und an den Geschäften, die zugemacht haben, und anderen, die demnächst zumachen werden. Die Pest ist wie Schnee und bedeckt alle anderen Unglücksfälle in einem glatten Fluch.

Obwohl, vielleicht ist dies einfach eine schlafende Stadt in normalen Zeiten. Nirgendwo brennt es. Noch gibt es keine Aufstände.

Ich höre, wie Nigel sich wieder an der Minibar zu schaffen macht. Er weiß sich einfach nicht zu zügeln.

Der Wagen zeigt sich einfühlend machtvoll. Ohne gehindert zu werden, rollt er auf leeren A-Straßen in Richtung Windsor, und ich muss darauf achten, dass ich unter der Geschwindigkeitsgrenze bleibe. Eine Überwachungskamera zu aktivieren, wäre nicht hilfreich. Trotzdem bin ich wie eine Kugel und rolle geschmeidig zwischen Golfclublandschaft und Parklandschaft hindurch, und niemand wird mich je sehen oder erkennen.

Die Ampel schaltet um und regelt den Verkehrsfluss von nichts.

Fahrkenntnisse sind das wesentliche Spionagewerkzeug des Polizeisubjekts. Hat man einen Lieferwagen, wird man gebraucht. Gibt es Ärger mit dem Lieferwagen, hat man guten Grund, stundenlang abwesend zu sein. Hat man Zugang zu mehreren Wagen, ist man unabkömmlich. Ist man der Fahrer, dann kennt man den Zeitplan. Kennt man den Zeitplan, kann man ihn ändern und dann selbst den Zeitplan aufstellen. Stellt man den Zeitplan auf, entwickelt man die Strategien und schließlich die Aktionen.

Ich habe Fahrkenntnisse im Linksverkehr und im Rechtsverkehr, mit Automatik und mit Gangschaltung, in Armeewagen und Minibussen und Lastwagen.

Ich habe meine Polizeisubjekttricks am Steuer abgelegt. Jetzt bin ich einfach jemand, der für alles fahrzeugtauglich ist.

Die Vororte verlaufen sich hinter uns, dünnen sich aus, während ich eine Route durchs Unbekannte verfolge. Das tue ich, weil angeblich Polizeisubjekte unterwegs sind, die illegale Autofahrten aufspüren sollen. Die meiste Zeit herrscht meeresbodendichte Dunkelheit auf beiden Seiten meiner – und allein meiner – Lichtschneise vor uns und mitunter ein Glimmen von Verkehrsschildern. Die Klimaanlage zieht die von den Wiesen im Dunkeln aufsteigende Luft herein, und der Ginstergeruch ist der von gestern.

Nigel schlummert mit hängendem Kiefer.

So bin ich für mich und denke an das ungestüme Frühlingsgebaren und dass es ein Hohn ist für die vielen Menschen, die sterben und Trauer hinterlassen, und zugleich die Glockenblumen dicht und blau wuchern. Aber das bedeutet für uns keine Gefahr. Es ist einfach der Frühling.

In einer Kurve sehe ich das Augenleuchten von Rehen. Vier kleine Tiere staksen auf der gegenüberliegenden Seite der Straße entlang. Sie heben zur Warnung die weißen Stummelschwänze und traben davon. Ich hindere sie nicht. Ich brauche nicht einmal die Geschwindigkeit zu drosseln, weil sie mir nicht im Weg sind. Sie wissen, was ich bin.

Nach zwei Stunden oder so fahre ich in eine Haltebucht nahe der A 303, wo sich ringsum die Landschaft weit ausbreitet. Ich schalte den Motor und die Musik aus, und die Stille bricht herein. Nigel wacht auf.

Während er noch schläfrig verschwommen dasitzt, steige ich aus, streife die Handschuhe ab und gehe mit meiner Tragetasche in den Scheinwerferkegel. Ich hebe die Tasche an den Griffen hoch, bin voll mit schlauem Jungenstolz, der eine Trophäe hochhält.

Dann ziehe ich den Reißverschluss auf, greife in die Tasche und ziehe auf gut Glück ein weißes Tuch heraus. Ich schlage es vor Nigel auseinander und breite es auf der Kühlerhaube aus, wobei ich darauf achte, das glänzende blau-weiße B nicht zu verdecken, weil es an dem Vergnügen teilhaben soll. Ich greife wieder in die Tasche und bringe ein Glas mit gedörrten Tomaten und Oliven in Öl zum Vorschein. Ich stelle das Glas auf das Tuch.

Jetzt wird Nigel richtig wach, aus Sorge um den Lack. Ich breite die Arme aus zum Zeichen von Beschwichtigung und Sorgfalt und lege dann weiche Packungen mit rohem Schinken, Marko Porter Cured Ham und Iberico-Schinken, und einen kleinen jungen Camembert aus. Nigel kommt gerade rechtzeitig hinzu, um im Dämmerlicht eine Leinenserviette und ein Messer mit Knochengriff entgegenzunehmen. Während ich weitere Leckerbissen auslege, dreht er den Deckel von dem Glas mit Tomaten und Oliven ab und steckt die Finger hinein.

Unser Räucherlachs ist vormals in den Gewässern der Orkneyinseln geschwommen.

Nigel ergeht sich gern in Herkunftsbestimmungen, und damit ist er genau wie alle anderen wurzellosen Männer mit ihrer schwachen Prahlerei.

Ich erkläre ihm, ich sei sein Diener und dass wir nicht spät, sondern früh dran sind, und Jungen, die beim ersten Schimmer des Morgengrauens auf sind, hätten jederzeit ihr Brot und Bier verdient.

Es gibt winzige Sauerteigbrötchen und Bier für ihn, Marston's Pedigree, das im Mund mild und rund ist und den Geschmack der Speisen nicht beeinträchtigt. Das ist nur geraten, weil ich selbst es nicht trinke.

Ein Schöner Tag und Brot-und-Bier.

Wir setzen uns ins Gras, das frisch wächst und eine Elastizität hat, die meine Berührung erwidert, eine Antwort des Lebens auf das Leben. Nirgendwo ist ein Licht von einem Fenster zu sehen, und es gibt keine Anzeichen, dass das Land nicht ganz und gar unsers ist, über Meilen hinweg bis zum Meer, und so ist man ein Gentleman und im Frieden.

Nigel schlägt sich zum Pissen ins Abseits. Er kommt torkelnd und unstet zurück. Ich achte darauf, meinen Hosenschlitz ungeschickt und zu früh zu öffnen, bevor ich mich kläglich ins Gebüsch drücke und stammelnd sage, wenn andere Männer in der Nähe seien, könne ich nicht pissen.

Er wartet triumphierend, dass ich zurückkomme, und summt ein Stück aus »Es zittern die morschen Knochen«. Er hat sich die Melodie selbst beigebracht, damit er in Gesellschaft schlau provozierend auftreten kann, während er bei den fröhlichen Schlenkern der Melodie und den Implikationen von Eroberungsehrgeiz und SS-Herrschaftsfantasien lebhafter wird.

Er hat nicht den Mumm, eher zufällig etwas zum Hohn zu summen, das bekannter ist, wie ein Song von Death's Head Supermen.

Er macht gern Witze über das Erhängen mittels Klavierdrähten, und so einen kann ich kommen riechen. Deshalb schalte ich mich mit Dankesfloskeln ein dafür, dass er mich an dem Abenteuer teilhaben lässt.

Nigel hat inzwischen vergessen, dass unser Abenteuer meine Idee war.

Eine vergnügte Stimmung macht sich breit, und ich strecke mich auf dem Gras aus, einen Arm friedfertig hinter dem Kopf, Hals und Oberkörper ungeschützt. Jenseits von mir gehen nächtliche Tieraktivitäten im Dickicht vor sich, wo ich nichts sehen kann. Ich wäre lieber bei ihnen.

Nigel lacht und gießt ein bisschen Bier auf mein Hemd, und das macht gar nichts und ist kein Problem, und ich mache den Mund weit auf, damit er mir das Bier hineingießen kann. Das tut er auch und ist beim Gießen erstaunlich zartfühlend, allerdings verfehlt er meinen Mund. Ich wende mich zur Seite und spucke und strample wie ein Käfer.

Ein Fuchs schreit, weil es die Jahreszeit dafür ist.

Mit Gesten gibt Nigel zu verstehen, dass ihm plötzlich etwas einfällt, und er klopft sein Jackett ab und findet ein kleines schwarzes Ledermäppchen. Er hält es vor sich, als wäre es eine Kostbarkeit, und klappt es auf, wie er es viele Male vorm Spiegel geübt haben muss. Es ist ein Met-Police-Ausweis.

Er gibt mir einen Met-Police-Ausweis mit einem misslungenen Foto, aber es ist eindeutig mein Foto.

Einen Met-Police-Ausweis.

Den soll ich haben.

Ich richte mich auf, wie ein Hund für sein Leckerchen, und ich schüttle mich nicht vor Lachen.

Einen Met-Police-Ausweis.

Er erklärt, ich stünde jetzt unter seinem Segen und hätte Anspruch auf die Mächte und Rechte eines Sonderschutzbeamten.

Dass er gegen das Gesetz handelt, berauscht ihn aufs Neue.

Wie zum Gebet lege ich sanft die Hände zusammen und halte den Ausweis zwischen den Handflächen. Dabei will ich solchen Schmutz nicht berühren, wo ich mich doch so weit darüber erhoben habe.

Zur Erklärung sagt er, der Ausweis könne uns bei der Fahrt behilflich sein, falls wir von echten Polizeisubjekten angehalten würden.

Natürlich wäre es ein großer Fehler, den Ausweis jemals zu benutzen.

Ein gefälschter Polizeiausweis.

Oder vielleicht ein mehr als wahrhaftiger Ausweis von einem Polizeisubjekt der Met mit außerplanmäßigen Befugnissen.

Ich wüsste gern, was Nigel dafür bezahlt hat.

Ich sehe mir das Ausweisfoto an, auf dem ich zu sehen bin, und das ist ein Problem, denn wo hat er es her?

Ein Met-Police-Ausweis.

Ich nehme einen Bissen von dem Backwerk, um den Geschmack von Bier und Umziehraum aus meinem Mund zu vertreiben. Es gibt kleine Behälter mit Johannisbeermarmelade und Sahne, und das hilft, und ich infiziere die Marmelade mit der Sahne und die Sahne mit der Marmelade und esse alles auf.

Das Foto war mir bekannt.

Ich mache mich über den Montgomery Cheddar und das eingelegte Obst her. Nicht weil ich Hunger habe. Sondern um den Geschmack von Bier und dem polizeisubjektiven Blau zu verdrängen.

Nigel ist offenkundig auch nicht hungrig, aber er isst, um andere unerfüllte Bedürfnisse zu befriedigen.

Ich erinnere mich, dass ich ein Foto von Tom mit Militärhaarschnitt gemacht habe, der Bildausschnitt eng, so dass gerade ein Stück von seinem khakifarbenen Hemd und einem Pullover im NATO-Stil sichtbar waren. Meine gescheiterte militärische Vergangenheit wird nur selten erwähnt, ist aber trotzdem da, in einem hässlichen Rahmen, den Nigel bei seinem einzigen Besuch in meinem damaligen vorgeblichen Zuhause bemerkt und erkannt haben musste. Er war durch die Wohnung geschritten und hatte in verschnörkelten Äußerungen seinen Abscheu kundgetan, während er gleichzeitig das Wohnzimmer nach Informationen absuchte und auf Stoff zu stoßen hoffte. Ich hatte ihn einen Moment allein gelassen, ein Hinweis darauf, dass der Stoff an höchst geheimem Ort und schwer zu lokalisieren versteckt war und nicht einfach in der Küche in der zweiten Schublade von oben lag. Nigel muss das Foto mit seinem Smartphone abfotografiert haben. Das würde die verschwommene und körnige Wiedergabe meines Gesichts auf dem Ausweis erklären.

Ich fand es amüsant, dass ich ursprünglich ein altes Foto aus meiner Metropolitan-Zeit für die Fälschung benutzt hatte. Manchmal ist etwas komisch und wird dann noch komischer.

Ich stecke den Ausweis ein, als wäre er kostbar und erstaunlich.

Wir werden ihn nicht brauchen.

Auf unserem Weg gab es keine Straßensperren, weil die öffentliche Gesundheit nicht von besonderem Belang ist. Partys in Sozialbauwohnungen werden bestraft, und Sonnenbaden ist verboten. Wir und unseresgleichen können uns ungehindert bewegen.

Ich mache Tom bewusst, dass das Essen sehr gut ist und dass es keineswegs befremdlich ist, wenn er umständlich mit Messer und Gabel isst und dabei die Handschuhe anbehält.

Ich habe die Speisen sorgfältig zusammengestellt. Nigel ist ein mäkliger Esser. Unsere Zufriedenheit baut sich in kleinen Wellen auf, rollt dann fort und wiederholt den Kreislauf.

Ich stelle mir nicht die Insekten im Gras und ihre zuckenden Bewegungen vor.

Das Morgengrauen ist noch nicht hier, aber die Objektumrisse werden zunehmend deutlicher. Der Mond ist kaum mehr als eine Rinde und bietet keine Hilfe.

Ich erkläre Nigel, dass wir jetzt schnellschnell machen müssen, weil die Sonne in ihrem Kreislauf unerbittlich ist und wir sie laut unserem zum Triumph führenden Plan aufgehen sehen wollen. Er sieht mir zu, wie ich die übrig gebliebenen Esswaren einpacke und die Krümel von dem Tuch schlage und alles ordentlich in meiner Tragetasche verstaue. In Nigels Leben war immer jemand da, der hinter ihm hergeräumt hat. Ich gebe bedauernd zu verstehen, dass ich keine weiteren Überraschungen bereithalte, wenn es Zeit fürs Frühstück ist. Nigel sieht großherzig darüber hinweg und fängt an, eine Geschichte von einer Prostituierten und anderen männlichen Lebensumständen zu erzählen. Er fischt nach Enthüllungen aus meinen anderen Leben. Mit sanfter Macht unter seinem Ellbogen steure ich Nigel zurück zu seinem Platz, und dabei nicke ich und schmunzle, als er Anatomie und Körperflüssigkeiten erwähnt. Die Geschichte ist sehr lang, weil er alle fleischlichen Einzelheiten genau schildern muss und sich in den vielen Sätzen verliert, bevor er sie zu Ende geführt hat.

Ich wünschte, er würde über bestimmte sexuelle Eroberungen nicht sprechen. Er weiß, dass ich seine Vorlieben nicht immer teile, und manchmal überkommt mich ein schlundoffenes Gähnen, wenn er trotz meiner Vorbehalte seine Eskapaden erkunden und beschreiben muss und Spaß an Geschichten hat, die ich, wie er genau weiß, lieber nicht hören würde.

Auf seinem Smartphone gibt es außer meinem noch andere Fotos.

Ich will sie nicht sehen, aber Nigel guckt sie sich ständig an. Er behauptet, es sei das Prickeln und das Risiko der Entdeckung, warum er sie in der Jackentasche hat, aber es ist einfach ein Bedürfnis, eine weitere Sucht.

Und die Kinder auf den Fotos sind thailändisch oder mexikanisch oder aus Gegenden Großbritanniens mit ähnlichem Status.

Seltsam der Gedanke, was Nigel und Männer wie er alles getan haben, um Großbritannien in ein Drittweltland zu verwandeln. Mit britischen Aktien oder britischer Währung an der Börse zu handeln, hat für Nigel keinen Reiz. Zwar liebt er das Geld, aber sein Ziel ist es immer gewesen, Massenverletzbarkeit zu stiften.

Nur Männer wie Nigel benutzen den Begriff Dritte Welt. Der moderne Begriff ist Entwicklungsland.

Großbritannien ist nicht in der Entwicklung, vielleicht ist da Dritte Welt passender.

Ökonomische Überlegungen anzustellen, hilft mir, meinen Gleichmut zu bewahren, während Nigel sich das anguckt, was er sich anguckt.

Ich setze mich wieder ans Steuerrad. Ohne die dunkle, grüne Luft kommt mir der Wagen klein vor, und als ich die Heizung hochstelle, entsteht ein aggressiver Geruch von Neu. Ich bin ausgekühlt.

Dem Anschein nach sind wir Brüder, die zusammen das Brot gebrochen haben, und hier haben wir Wärme und Licht und Pferdestärken, die automatisch per Elektronik auf alle vier Reifen übertragen werden. Ich versuche uns als ruhmreich und risikofreudig zu sehen und fahre los, auf der Fahrt weiter nach Westen.

Ich umfahre Wincanton und komme natürlich wieder an bankrotten Unternehmen vorbei, diesmal Farmen und Felder und Getreide. Ich erfreue mich an der Vorstellung von Wiesen und Wäldern, die entstehen werden, sobald Farmer ihre Bemühungen aufgeben und die Landbestellung aufhört. Dann wird es noch mehr Vögel geben. Wachtelkönige werden im hohen Gras umherstolzieren, ihre Rufe werden wie knisternder Strom im Nesseldickicht ertönen. Jedes Jahr werden noch mehr aus dem Kongo kommen.

Nigel will keine Musik mehr, sondern nur sich selbst hören, den männlichen Rhythmus seines Atems.

Für ihn war das Parlament ein gebannt lauschendes Publikum, während er für das Parlament ein weißes Rauschen mit niedrigem IQ war.

Ich bin Geschwindigkeit bei durchgetretenem Gaspedal, und meine Gedanken sind in einem anderen Land, wo Wölfe und Bären zurückgekehrt sind. England wäre dann ein gutes Safariland. Die Einheimischen würden Touristen Kunstgewerbeobjekte und volkstümliche Lieder und Tänze anbieten und landestypische Speisen, die sie sich selbst nicht leisten können.

Nigel soll endlich die Klappe halten und stillstillstill sein. Um seine Sexobsessionsdeklamation nicht hören zu müssen, suche ich größte Ablenkung. Ich darf keine Reaktion zeigen.

Für frustrierte Gewalt habe ich keine Toleranz. Ich habe nichts getan, um dies zu ändern. Ich denke an Wölfe und Bären, die wieder in England heimisch sind, und Raben, die sie zu ihrer Beute führen. Meine Finger umklammern das Steuerrad und sind schwitzig in meinen Handschuhen.

Weit vor uns ist in der tiefen Bläue ein rechteckiges Lichtfeld sichtbar, und das bedeutet ein Fenster, dazugehörig ein Haus, und ich stelle mir vor, dass ich dort wohne – das habe ich als Junge immer gemacht. Ich stellte mir vor, ich würde am Ende des Gartens Dachse füttern und verletzte Füchse an meinem offenen Feuer versorgen.

Ich werde nie erfahren, warum der Polizeischarfsinn mich nicht zur Infiltrierung von Umweltschutzgruppen ausgesandt hat. Das hätte mir gefallen. Ich wäre geblieben und hätte mich angepasst und vielleicht in eine positive Richtung verändert. Oder vielleicht hätte ich das eingebracht, was ich immer einbringe, und der Sache durch Angsteinflößung Schwung gegeben.

Kein Polizeisubjekt hat je verstanden, dass ich innerlich aus Tieren und Klauen und Flügeln bestehe.

Als wir nördlich an Honiton vorbeifahren, bricht der Tag an, und der Wagen fährt durch graue und silbrige Lichtpartikel. Im Wald wird schon zarter Vogelgesang sein. Ich würde gern anhalten, um ihn zu hören. Stattdessen habe ich Nigel und seine entsetzlichen Geschichten und sein Gelächter über Dammrissverletzungen.

Er zeigt hochgradiges diagnostisches Verhalten, worauf ich verzichten kann, weil ich ihn und seine Klischeedreiklänge schon kenne. Jeder würde ihn auf einen Blick durchschauen.

Ich bin hier, weil ich ihn kenne. Ich habe ihn hergebracht, weil ich ihn kenne.

Die Straßenschilder zeigen Exeter an, und ich bin froh.

Und Nigel murmelt, dass er Gefallen an Blut hat.

Nur geistesschwache Ungeheuer finden Gefallen an Blut.

Die besten Ungeheuer vermeiden es.

Wir fahren südlich am Flughafen vorbei, und Nigel wird so weit wach, dass er ein Minimum an Ortsbewusstsein hat und nach unserem Ziel fragt. Ich sage in väterlichem Ton, das sei eine Überraschung. Ich erwähne außerdem, dass wir bestimmte Fahrzeugbedürfnisse hätten, um die ich mich aber gekümmert hätte. Menschen seines Typs ist es meistens gleichgültig, wenn es um Details geht, weil die Vorkehrungen meistens von anderen getroffen werden und stets zu seinem Nutzen.

Ich steuere den Bentley durch die Wohnstraßen von St. Loyes, und er verstummt, weil dies ein Unterschied in Geschwindigkeit und Umgebung ist, der selbst ihm auffällt. Wir beide spüren, wie es unsere Stimmung verändert.

St. Loyes ist nicht der Schutzpatron von etwas, das mir wichtig wäre.

Der für uns vorgesehene Land Rover steht staubig harmlos in einer kleinen modernen Siedlung der Backsteinsünden und zugewiesenen Stellplätze in kleinen Höfen, was auf unnachbarliches Misstrauen hinweist. Ich stelle den Bentley vor zwei schuhkartongroßen Häusern ab, deren Bauweise den Georgianischen Stil nachempfinden soll. Statt Vorgärten haben sie Kiesplätze, kaum größer als ein Grab.

Die Zeit für wichtigtuerisches Herumalbern und lustvollen Spaß ist gekommen. Ich steige eilends aus und renne zu einer der Hausmauern, um zu pissen. Nigel quält sich aus dem Wagen und stellt sich neben mich. Er ist

Schwanz raus und jungenhaftes Gegacker und Ellbogenstoßen. Ich unterbreche meinen Fluss und weiche ihm aus. Er drängt mich weiter ab und pisst in hohem Bogen, wie in einem Wettbewerb, wer höher pissen kann.

Ich gebe kleine grummelnde Unbehaglichkeitsgeräusche von mir und weiche zur Seite, bis wir beide in den Hauseingang pissen. Das hocherfreut Nigel natürlich, reicht ihm aber nicht. Er will die Steigerung. Aus dem Augenwinkel sehe ich, dass er die Briefkastenklappe anhebt und durch den Schlitz pisst.

In meinem vorgeblichen Unbehagen gerate ich ins Wanken. Ich winsle bestürzt und stolpere im schwachen Licht, und dabei stoße ich Nigel mit beiden Händen gegen die Haustür, worauf sein Schwanz wahrscheinlich am metallenen Briefkastenschlitz entlangschrappt. Er atmet zwischen zusammengebissenen Zähnen scharf ein.

Im Gegenzug knufft er mich in Kaninchenmanier am Kopf. Ich nehme das hin. Es ist ein weiteres Zeichen für seine Schwäche und Ungenauigkeit. Er ist ein trauriges kleines Kaninchen.

Mit unterwürfigem Lächeln bedeute ich ihm, mit mir durch einen Torbogen zu dem Parkplatz dahinter zu kommen. Hier finden wir den Land Rover Defender, Baujahr 1984, hinten mit Holzsitzen, bestens geeignet, Genossen und Brüder zum Einsatzort zu fahren. Er weckt in mir eine Nostalgie, die nichts mit Spaniels und Gewehrkästen und Hüftflaschenkomfort zu tun hat.

Plötzlich wimmert Nigel und will den Bentley nicht stehen lassen. Ich vermute, der Grund dafür ist, dass er unbeobachtet masturbieren konnte, während ich gefahren bin, und das ist jetzt nicht mehr so leicht möglich.

Er bellt mich mit Meister- und Kommandantenstimme an, klingt aber ziemlich verschwommen. Ich kann ihm nicht zuhören, weil ich voll damit beschäftigt bin, unsere Vorräte für den Schönen Tag vom Bentley in unserem nächsten Streitwagen zu verpacken.

Ich nenne den Land Rover einen Streitwagen. Das amüsiert mich.

Dann tue ich einen Moment lang so, als hätte ich vergessen, in welcher Tasche der Schlüssel für den Defender ist.

Nigel holt zum Schlag gegen mich aus, streift mich aber nur mit den Fingerspitzen an der linken Schulter.

Ich jaule auf und erwähne flüsternd, dass wir schon bald unser Reich vor uns liegen sehen und uns an Köstlichkeiten delektieren werden, in ausgelassener Ferienstimmung, während Gesetz und Anstand uns das versagen wollen, aber wir bleiben trotzdem siegreich. Männer der besseren Sorte müssen das immer mit Freiheits- und Machtdemonstrationen unter Beweis stellen. Er fängt sich, und weiter geht's.

Es ist wichtig, sein Objekt sanft und bestimmt auf dem erforderlichen Pfad voranzubringen, mit ausreichend Tempo und Zielstrebigkeit, so dass alle Vorsicht nebensächlich wird.

Ich schließe den Bentley ab und gebe Nigel die Schlüssel zum Einstecken, obwohl er sie nicht wieder brauchen wird. Während wir nahnah beieinanderstehen, deute ich an, es gebe weitere und noch größere Köstlichkeiten, und mein Ton weckt sein Bedürfnis nach chemischen Liebesempfindungen und dem Ende der Einsamkeit.

Eine Amsel singt morgenfroh vor sich hin und lacht und plappert unverständliches Zeug, aber sie trällert auch *Wir sind hier wir sind hier*. Weiter die Straße hinunter ist ein schlafloses Fenster mit blauem Fernsehlicht.

Die gegenwärtige Vorstellung von England ist hohes Schlaflosigkeitsvorkommen. Ich schmecke endemisch gewohnheitsmäßige Nachtsorgen, was zum Geruch und Geschmack aller gescheiterten Staaten gehört. Das weiß ich, weil das meine regulären Arbeitsplätze sind. Sie werden von mir bevorzugt, weil Sünden dort von Nachforschungen verschont bleiben, es sei denn, sie sind über die Maßen grotesk. Die gegenwärtige Vorstellung von England als praktischem Schlachtfeld ist groß in Mode. Ich lächele, weil ich mich nicht oft nach der Mode richte. Aber ich kann jederzeit eine Ausnahme machen. Ich bin mein eigener Herr.

Als ich die Tür des Land Rover öffne, schlägt mir ein schaler Geruch von Hund und Diesel und Erde entgegen. Das und das allgemeine Erscheinungsbild des Wagens muntern Nigel auf und erfüllen ihn mit vorhersehbaren Erinnerungen an Naturaktivitäten. Und er wird automatisch herrisch, reißt mir die Schlüssel aus der Hand, drängt sich an mir vorbei und klettert auf den Fahrersitz. Ich bleibe wie ein enttäuschtes Kind stehen, doch dann winkt er mir und verlangt, dass ich mich neben ihn auf den Beifahrersitz setze, als gehörten wir derselben Spezies an und würden zu einem fröhlichen Ausflug aufbrechen.

Das ist genau das, was ich will. Er ist, wie ich es will.

Meine Überraschung und mein schönes Geschenk für ihn ist in meiner Tasche – ein Gramm Koks. Der suchtbestimmte Vorfreudenrausch verdrängt seinen Wunsch, wütend darüber zu sein, weil ich ihm das nicht eher gegeben habe.

Er lacht, weil es wie Weihnachten ist, nur für ihn, und er der glückliche Beschenkte ist.

Ich erkläre, dass ich wegen bestimmter Schwierigkeiten nicht mehr als ein Gramm auftreiben konnte, aber er hört gar nicht zu, weil er sich auf dem schmalen Armaturenbrett fette Lines baut. Es ist nicht leicht, sie zu schnupfen, aber er schafft es, weil – natürlich schafft er es.

Ich fordere ihn nicht auf, den Sitzgurt anzulegen. Er will das Freiheitsgefühl haben und das Risiko, und warum sollte ich das verhindern.

Wir holpern los, und der Kontrast zwischen der Federung des Land Rover und der des Spur ist immens.

Weil Nigel die Unfähigkeit in Person ist, schrammt er bei der Durchfahrt des Torbogens leicht an den Mauern entlang und kratzt Backsteinstaub und Farbe ab. Er ist sowohl betrunken als auch auf einem Kokainhöhenflug. Die zwei entgegengesetzten Richtungen kollidieren in seinem Gehirn und bewirken ein Hochhochhoch.

Er reißt am Steuer und findet keine zuverlässige oder halbwegs angemessene Geschwindigkeit. Ich führe ihn auf Nebenwegen, was seine Ungeschicklichkeit und unsere Anwesenheit verschleiern soll.

Als wir uns Cornwall nähern, singe ich laut »A good sword and a trusty hand«, aus dem Lied des Western Man, weil es die Stimmung spiegelt, die ich brauche. Nigel kennt den Text und wird vom Schulunterrichtsgeist getragen, wo er das Lied als glaubhaftes Volkslied gelernt hat. Er ist voll mit Chemie, und seine Energie ist voll mit scharfen Kanten und Bitterkeit in der Luft.

An seinen Unterarmen sehe ich ein Anschwellen von Selbstvertrauen, gleichzeitig stellt er für sich selbst eine zunehmend größere Gefahr dar. Ich könnte ihn ablösen, aber jetzt ist es wichtig, dass er uns zum Ziel fährt.

Mit manchen Wiederholungen kriegen wir alle Strophen zusammen. Wir sind Männer des Westens und heben unsere Stimmen, um vom Tod zu singen, und das ist amüsant.

Lange nachdem uns der Text ausgegangen ist, pfeife ich die Melodie noch vor mich hin, und er knirscht mit den Zähnen und schluckt geräuschvoll und reibt sich das Gesicht.

Ich beachte ihn nicht und gebe mit gespielter Sergeantenstimme klare Richtungsanweisungen, die eine Entsprechung zu seinem Offiziersgehabe und anderen Fähigkeiten bilden.

Nach ungefähr einer halben Stunde fährt Nigel an den Rand und schnupft noch einmal zwei Lines, die er unordentlich und verschwenderisch auslegt. Das Armaturenbrett ist jetzt voller weißer Pulverkörnchenbeweise. Ich vermute, dass er vorhat, es abzulecken.

Anscheinend ist sein Herzschlag hörbar, oder ich kann ihn durch das metallene Chassis spüren. Das macht mich glücklich, außerdem erfreue ich mich an manchen Ortsnamen, die wie andere Möglichkeiten an uns vorbeirauschen. Ich werde mich nicht darauf einlassen. Hier sind einige davon: Broadwoodwidger, Tregadillet, Hawk's Tor, Four Winds, Tregoss und Trevaren. Von Three Burrows ist es nicht mehr weit bis zu dem Ort.

Ich bin nicht weit entfernt.

Ich merke mir die Route für den schriftlichen Bericht.

Auch zu meiner eigenen Zufriedenheit.

Im Land Rover rieche ich das Salz, bevor das Meer da ist, und mir gefällt es, dass ich in Schlüsselmomenten immer zu dieser Illusion greifen kann. Als wäre es eine Bestätigung meiner Entscheidungen.

Wir kommen an einer Handvoll schlafender Hofgebäude vorbei. Die Straße verengt sich zu einem Feldweg, unter uns Schlaglöcher und Unebenheiten, dann nur Gras. Der Wagen holpert zum Halten, ganz in der Nähe des South West Coast Path, der bei Tage malerisch und unbekümmert ist mit freundlichem Nicken und kleinen Bemerkungen unter Fremden. Nachts und in dieser frühen Morgendämmerung ist es eine andere Geschichte, und der Weg liegt so ausgestorben da, wie ich es mir nur wünschen könnte.

Die Stille nach dem Motorengeräusch ist voll metallener Expansion und Kontraktion, neben den fernen Wasserbewegungen und dem Wind, der unregelmäßig gegen das Auto prallt.

Das Licht schwillt an, die Sonne ist kurz davor aufzugehen. Nigel hat nicht geschnallt, dass wir hier nach Westen ausgerichtet sind. Hier wird es nicht das versprochene und frohe Betrachten eines rotgoldenen Himmels mit vorbeieilenden Wolken nur für uns geben. Wir haben diesem Sonnenaufgang den Rücken zugewandt.

Um zur Bucht zu kommen, müssen wir den Weg nach unten machen, ins Dunkel, wohin wir gehören.

Es ist nur natürlich, den Abstieg zum Strand vorzuschlagen. Nigel ist voller Energie und Beschleunigung und braucht Bewegung.

Ich sage, nach unserem Spaziergang machen wir Frühstück. Dann haben wir Appetit und sind erfrischt. Und genug Koks haben wir auch, zur Belohnung. Darauf zögert er, weil er es gleichgleich will, aber ich locke ihn mit Meereswassergedanken.

Ich erkläre, dass wir ganz in der Nähe von Nanjizal Bay sind, einem Ort, der berühmt ist für seinen Blick durch einen gespaltenen Felsen und für seine natürliche Schönheit. Ich erwähne nicht, dass man schwimmen kann, darauf muss Nigel selbst kommen.

Wir gehen zwischen Feldern, in denen es murmelndes Leben und Nachtinsekten gibt, und Tiere, die sie fressen.

Nigel fängt an, von Schwimmwettbewerben und seiner erwiesenen Sportlichkeit zu erzählen. Jetzt ist die Zeit dafür.

Als wir am letzten Zaun vorbei sind, steigen wir, ich hinter ihm, einen sanft abfallenden, aber stetig steiler werdenden Hang hinunter, während das Meer seinen Atem ausschickt wie ein Tier, das riesig ist und sich im Schlaf wälzt. Der Boden ist jetzt unzivilisiert.

Ich lasse Nigel auf dem Pfad vorangehen, der hell sichtbar vor ihm liegt. Je tiefer wir in den Schatten des Felsens sinken, desto dunkler wird es um uns herum. Nigel möchte schneller vorankommen, als seine Füße es auf dem unebenen Untergrund erlauben. Manchmal stolpert er wie jemand Älteres, und die glatten Ledersohlen seiner Schuhe sind nicht hilfreich. Das ist gut.

Ich stapfe durch gestrige Spuren der milchigen Süße früher Ginsterblüten, die jetzt noch schlafen. Wäre ich allein, würde ich die Blüten zwischen meinen Handflächen halten und ihren Duft mit meinem warmen Atem wecken. Es ist unmöglich, sich dabei nicht die Finger an den Dornen zu stechen, aber gegen Dornen habe ich nichts, weil sie zweckgemäß sind.

Wir gehen zwischen frischem Heidekraut und Grasbüscheln auf dem Pfad, der von stetiger Benutzung sandig und versunken ist, und ich bin sehr still und sehr angespannt hinter Nigel.

Ich zeige zu einem einsamen Lebensrettungsring, der zwar fern, aber gut sichtbar ist und ein nützliches Stichwort. Nigel wird nach Rache für den Schaden verlangen, den die Wirklichkeit an seiner Würde angerichtet hat. Wenn er jetzt rutscht oder stolpert, juchzt er nicht mehr. Der Rettungsring wird Nigel zu einer Entscheidung bringen, ohne dass ich etwas tun muss.

Er sagt zu mir, wir sollten schwimmen.

Ich lache nicht laut auf, aber ich sage zu ihm, dass ich kaum schwimmen kann.

Er sagt, ich hätte es lernen sollen.

Ich gebe zu, dass ich im Wasser Angst habe. Ich sage, ich wäre einmal fast ertrunken, als hätte ich vergessen, dass ich das bei einer früheren Gelegenheit schon erwähnt hatte.

Nigel hat das nicht vergessen.

Er beschimpft mich als lächerlichen Schwächling.

Ich schalte wieder auf still, wir gehen weiter, und seine Beine sind vom Kokain unkoordiniert und schlackern, als er wieder stolpert.

Der Pfad endet, der Felsen fällt senkrecht nach unten ab, und seitlich summt leise verborgen ein Wasserfall. Es gibt eine hölzerne Treppe, und Nigel hüpft unbeholfen zur Strandebene hinunter. Seine Füße machen seltsam viel Lärm, als kennten sie sich mit Gerüsten aus.

Manchmal ist es schwierig, nichts von Gerüsten zu wissen.

Ich gehe leise in meinen Segeltuchschuhen hinter ihm her und sehe den hellen Schimmer seines Nackens.

Und hier ist das Meeresrauschen lauter und wohlgelaunt in der Bucht. Die salzhaltige Luft erhebt und verwandelt mich, so dass ich kein Landwesen mehr bin.

Wir stehen in dem großen Schatten der Felswand, es ist viel kälter als beim Abstieg und fast so, als wären wir schon untergetaucht. Nach meiner

Uhr geht die Sonne gerade in Mousehole und Newlyn und Raginnis auf. Hier ist die Bucht noch in geheimnisvolle Nacht gehüllt.

Im ersten Moment ist der Strand nicht sehr einladend, man muss über große Felsbrocken klettern, und der Winter hat den Sand nah der Felswand ausgewaschen.

Ich bin sicheren Schrittes und gutes Vorankommen und stilles Glück, und meine dunklen Flügel sind weit ausgebreitet und gleiten aus reinem Vergnügen dahin. Ich lecke mir die Lippen und fühle mich gereinigt.

Nigel schlägt hart an einen Felsbrocken und flucht. Aus einem Rachesinn besteht er darauf, dass ich ins Wasser gehe.

Ich gebe mich ängstlich bei seiner Verärgerung und verspricheverspreche, dass ich wenigstens mit den Füßen reingehen werde, wenigstens ins Flache.

Der Wind boxt uns aus allen Richtungen und wird immer stärker und unwilliger, je weiter wir zum Wasserrand hinausgehen.

Nigel sagt, ich soll verdammt noch mal schwimmen.

Ich verspreche düster gefügig, dass ich es versuchen werde.

Er will, dass ich sterbe, weil er das unterhaltsam finden würde. Ich täusche mich darin nicht. Er macht mich redlich.

Ich war schon längst redlich.

Vor uns liegt ein weißer Sandstreifen unmittelbar am Wasserrand. Als Nigel ihn erreicht, ist er sofort glücklich. Er sagt lobende Dinge über meine Ortswahl, lässt aber den Drangsaliererunterton, den er mag, durchklingen.

Eine Weile lang läuft er auf dem weichen Untergrund hin und her. Er bewegt sich von Felswand zu Felswand, zwischen den Fangarmen der Bucht, streckt aber den Fuß nicht ins Wasser, und das ist seine eigene Angst vorm Meer. Es zeigt seinen guten Instinkt. Manchmal, in einem veränderten Zustand, erkennen wir die wahren Risiken und scharfen Kanten, die sich sonst vor uns verbergen.

Zur Ablenkung stolpere ich künstlich und jaule auf. Ich fange an zu humpeln.

Wenn wir warteten, würde die Bucht zu einem freundlichen Ort mit Nachmittagssonne und Schwimmen im glasklaren und sicheren Wasser werden, aber wir sind jetzt hier und nicht dafür.

Nigel möchte die ganze Wahrheit des Meeres ergründen, aber das sollte niemand verlangen.

Er geht zum südlichsten Ende der Bucht und klettert auf die Felsen. Es ist auflaufende Flut, aber es sind noch Stunden bis zum höchsten Punkt. Ich erwähne das nicht, weil ich davon keine Kenntnis haben sollte. Er steht auf dem Felsen und ist sofort der Junge aus reichem Haus, der sich ohne Scheu auszieht und die richtige Reihenfolge weiß, in der er seine Sachen ablegen muss. Plötzlich ist er in der Lage, alles ordentlich zu falten und zu stapeln.

Als er fertig ist und nackt, steht er so da, als wäre er immer noch der Junge mit flachem Bauch und dünnen Beinen, wie vor Jahrzehnten, und nicht dieser weiße Sack mit Spuren schlechter Lebensführung.

Ich denke an all die anderen Augen, die seine Nacktheit gesehen haben. Diesem Gedanken gebe ich mich einen Moment lang hin. Aus der arroganten Überlegenheit des Umkleideraums heraus fragt er, worauf ich warte.

Tom ist so programmiert, dass er bei einem bestimmten Tonfall zusammenzuckt, ohne dass ich etwas dafür tun muss, und deshalb zuckt er jetzt zusammen. Ich mache, dass er zurückweicht und auf dem Sandgrund stolpert, während er sich im Gehen einen Schuh auszieht. Ich tue so, als hätte ich mir das Fußgelenk wehgetan.

Nigel lacht, und genau das bezwecke ich.

Ich humple zur Felswand, weg vom Meer, und krümme mich beschämt, während Nigel gestikulierend und auf mich einredend näher kommt. Im Moment bin ich weit davon entfernt, der feine alte Kumpel zu sein. Ich bin der sozial unterlegene Schlappschwanzschwächling.

Er brüllt mich an, während ich mich ungeschickt ausziehe und meine Sachen unordentlich auf einen hohen Felsvorsprung lege. Dies ist ein gefährlicher Moment für mich, denn ich bin schlank und muskulös und habe einen ektomorphen Körperbau. Es wäre besser, Nigel würde mich so nicht zu Gesicht bekommen, weil das eine Missstimmung zur Folge haben könnte. Deshalb ziehe ich die Schultern nach vorn und krümme mich zum Ausdruck noch größerer Peinlichkeit, aber auch, weil es kalt ist. Meine Hände formen sich zum Genitalschutz, als hätte ich nichts Vorzeigbares.

Nigel lacht, das soll er auch, und zeigt mir seinen schwachen Rücken, und dabei wiehert er und läuft zum Wasser und planscht und spritzt, die Arme weit ausgestreckt, und kreischt, was Zeichen seiner schlechten Verfassung ist und Mut vortäuschen soll.

Im Frühling ist das Meer am grausamsten, weil es die Erinnerung an den Winter birgt.

Ich beobachte, wie Nigel vor Schmerz im eisigen Wasser stehen bleibt, dann weiter reingeht, aber merklich langsamer. Als er bis zu den Oberschenkeln im Wasser ist, dreht er sich um und ruft nach mir und geht erst weiter, als ich ebenfalls bis zu den Fußknöcheln, zu den Knien, zu den Oberschenkeln und dann neben ihm im Wasser bin, in dem Wirbeln und Ziehen und dem Rückwärtssog des lebendigen Wassers. Ohne Kokain würde er vermutlich nur schnell eintauchen und nach ein paar Zügen umdrehen. Aber in seinem Gehirn ist alles sehr schnell, und ich möchte bittebittebitte rausgehen, und schon deshalb muss er weitermachen.

Er packt mich am Arm und zerrt mich tiefer hinein. Ich kreische laut auf in dem Moment, wo das eisige Wasser meine Genitalien und meinen Bauch überspült und wir den Boden unter den Füßen verlieren, und Nigel fängt mit wilden Armen an zu kraulen.

Jetzt kann ich wieder ich selbst sein.

Obwohl die Wellen gischten und schwer zu deuten sind, schwimme ich mit schnellen, glatten Zügen zu ihm. Nigel ist gar nicht mehr glücklich mit dem Meer und der Macht seines Wellenspiels. Ein Drangsalierer weiß, wenn er einen größeren Drangsalierer vor sich hat.

Wegen der gegenläufigen Strömungen ist diese Bucht nicht als ein Ort für sicheres Schwimmen ausgewiesen.

Im nächsten Moment tue ich so, als würde ich in Panik geraten. Ich greife so entschieden nach ihm, dass er, um mir auszuweichen, weiter rausschwimmt.

Ich brülle und tauche zwischendurch unter, und er kraulttaumelt in den wilden Wellen und entfernt sich mit heftigen Bewegungen von mir.

Nigel ermüdet. Das ist gut.

Ich reiße die Arme hoch und rufe wieder laut und stramplespritze im Kampf hörbar über den vielen Stimmen des Meeres. Dann tauche ich wie zuvor unter, komme aber nicht wieder hoch.

Nigel ist kein Mensch, der einen anderen vorm Ertrinken retten würde.

Ich schwimme schnell und unter Wasser in der blauen Dunkelheit.

Ich kann lange den Atem anhalten.

Nigel bekommt Wasser in den Mund, als ich auftauche und ihn packe und mich von hinten an ihn klammere, gleichzeitig stoße ich ihm das Knie in die Eier. Er prustet wieder, mehr Wasser läuft ihm in den Mund, und ich ziehe ihn in die Tiefe.

Er wehrt sich. Das ist natürlich. Er ist nie auf die Probe gestellt worden und daher schwach, aber sein Körper hat Verteidigungsinstinkte, die stärker sind als sein Denken.

Mit einem Ellbogenstoß in seine Schläfe löse ich mich von ihm, hole tief Luft und schwimme unter Wasser von ihm weg, während er nach Luft japsend an die Oberfläche kommt. Jetzt packe ich seine Arme und drehe sie ihm hinter den Rücken, und ich umschlinge seine Beine mit meinen, so dass er wieder untergeht.

Bei einem Mord gibt es einen Moment, wenn der Körper um Schonung bittet, darum, weiterleben zu dürfen, was sein Recht ist, denn er kennt nichts anderes und ist aus der Ruhe gebracht. Etwas im Körper verlangt nach der Mutter und danach, vor Schaden bewahrt zu werden.

Seine Gliedmaßen sind voller Verlangen und Verwirrung. Er ist ein Zucken und eine Spur von Wärme, was von dem austretenden Urin kommt. Er ist fast so weit.

Ich lasse ihn los und atme gierig ein und schwimme mit ein paar glatten Zügen zu seiner rechten Seite, wo ich den Fingerknöchel auf seinen Vagusnerv drücke und spüre, wie sein Licht erlöscht.

Danach ist es leicht, mit ihm rauszuschwimmen, sein Gesicht im Wasser, bis das Meer bereit ist, ihn sich zu nehmen.

Das offene Meer ist niederträchtig und mag keine Fremdlinge. Ich bin zutiefst erschöpft, als ich wende und unter großer Kraftanstrengung zurückschwimme.

Ich erwäge die Möglichkeit, ebenfalls zu ertrinken, denn manchmal erscheint das leichter, als es nicht zu tun.

Aber dann möchte ich doch lieber weiterkämpfen, und das Meer unterstützt das, und es ist sehr schön, in der Wassergewalt zu sein, die väterlich mit furchtbarer Liebe ist.

Kaum erreiche ich den Strand, lasse ich mich auf den Sand fallen und ruhe aus. Ich habe das Gefühl, ein glücklich geretteter Schiffbrüchiger zu sein. Ich bin sehr nachweisbar lebendig und sauber.

Ich drehe mich auf den Rücken und bleibe lange so liegen, bis ich zu zittern beginne und die hereinkommende Flut an meinen Füßen leckt. Der Himmel über mir ist blau, und dies ist mein Tag, und ich bin in ihm größer geworden.

Ich verstaue Nigels Sachen zwischen den Felsen weit über der Flutwasserhöhe. Von seinem Mobiltelefon lösche ich Nachrichten und mein Foto. Ich lasse meine Telefonnummer in seinem Adressbuch, weil sie zu einem Namen gehört, der nicht meiner ist und nur bis heute funktioniert. Ich lasse seine Lustbilder und verschiedene andere schlimme Beweise, weil er Schande verdient hat, und Schande kommt zu Männern wie ihm erst nach dem Tod.

Nigel war auf der Welt, um ein äußerst erklärbarer Selbstmord zu werden, begründet in Schulden und Gelüsten und ausufernden kriminellen Tätigkeiten.

Ich gehe zu einem der Wasserfälle unter den Klippen und werfe mir mit den Händen Wasser über den Kopf. Dann trinke ich von dem Wasser, denn der Ort ist offenbar großzügig entgegenkommend, weil ich ihm einen Tod gegeben habe. Es ist gut, im natürlichen Nacktzustand zu sein und so zu stehen, wie ich in meiner eigenen Haltung stehe.

Dann gehe ich wieder zu dem Felsen, wo ich Toms Sachen abgelegt habe, ziehe sie an und steige aus der Bucht auf. Die Sachen sind sehr bequem und passen viel besser zu mir als zu Tom.

Wo die Sonne hinscheint, ist der Ginster üppig in der Brise, und ich bleibe immer wieder bei einem Busch stehen, wo ich einatme einatme einatme.

Es ist erst neun Uhr morgens, und ich werde im Windschatten des Defender von dem albernen teuren Zeug aus meiner Tragetasche essen. Ich werde den Rest Bier als Opfergabe über der Erde ausgießen, denn ich selbst trinke nicht.

Anschließend werde ich die leeren Flaschen und anderen Reste in der Tragetasche verstauen und den Wagen unverschlossen, mit Kokainspuren und

Fingerabdrücken nur von Nigel, zurücklassen, dem es überhaupt nicht aufgefallen war, dass ich die ganze Zeit Handschuhe trug.

Zum Glück habe ich das Handschuhleder vor Salzwasser bewahrt, denn das schadet ihnen. Sie sind trocken und stellen bei meinen Tätigkeiten keine Hinderung dar.

Den Land Rover wird man auf das Haus im Georgianischen Stil mit Pisse im Eingang und DNA-Spuren auf dem Briefkasten zurückführen. Weitere Handabdrücke werden später an der Tür gefunden, außerdem Schürfspuren an der Mauer in der Nähe.

Im Haus selbst liegt der Besitzer des Land Rover in fortgeschrittenem Zustand der Verwesung und mit einer Fülle von Spuren grausamer Folter.

Zu sehen sein werden außerdem hastige Versuche, Beweise zu vernichten, und ein Glas mit Abdrücken von Nigels Daumen und dreien seiner Finger, was übersehen wurde.

Pornografie mit besonders widerlichen Vorlieben wird selbst den abgehärteten Blauaugen zu schaffen machen.

Nigels Sachen am Strand werden gefunden werden, desgleichen seine in wütendem Wetter herumgeschleuderte Leiche. Sein Mobiltelefon wird zu einer Reihe von schockierenden Schlagzeilen und weiteren entsetzlichen Enthüllungen führen, die online lanciert werden.

Niemand, der Nigel kannte, wird sich dazu bekennen, je mit ihm befreundet gewesen zu sein. Sein früherer Bekanntenkreis wird sich selbst als beschmutzt und Nigels Verbrechen als abscheulich betrachten. Die Metropolitan Police wird zusammenhalten und Nachsicht üben.

Nigel war ein schlimmer Mensch.

Der Besitzer des Land Rover war ebenfalls ein schlimmer Mensch.

Beide haben ihr verdientes Ende gefunden.

Ich mag keine Grausamkeiten. Ich tue, was erforderlich ist, um das gewünschte Ergebnis zu erzielen.

Und Sinnesfreuden verschaffe ich mir auf normalem Weg.

Nach dem Schwimmen verweilte ich an der Nanjizal Bay und schlief, sobald ich mein Picknick beendet hatte.

Ich ließ den Defender stehen und ging auf dem Küstenweg zu Sennen

Cove. Dort hatte ich eine Garage gemietet, in der ein unauffälliger Vauxhall Corsa stand.

Für den Weg brauchte ich über eine Stunde, weil ich mir Zeit ließ und mich ein paarmal hinsetzte und an dem Sonnenschein erfreute und an den Blicken auf das Blau oben und das Blau unten und auf den Streifen, wo sie sich treffen.

Ich wartete auf Raben, doch keine kamen, um mich zu begrüßen, aber das bekümmerte mich nicht. Ich weiß, dass sie viel zu tun haben.

In der Garage kippte ich den Sitz nach hinten und schlief noch eine Weile, bevor ich zu der langsamen Fahrt zurück nach Osten aufbrach.

Auf dem Rückweg hielt ich im Wald, und einmal kletterte ich auf einen Baum und war voll jungenhafter Ausgelassenheit. Dann schlief ich wieder, weil ich immer noch sehr müde war, wie jedes Mal, wenn ein Auftrag erledigt ist.

SUE IST GESTORBEN.

Die tanzende Sue.

Die reizende Sue.

Sue, die Corinne vor schrecklichen Dingen zu Hause gerettet hat.

Sue, die Tommy und Idil und Darius und Bryaton und all die anderen kleinen Seelen in der großen Welt gerettet hat, die vielleicht zerstört und ausgelöscht worden wären. Stattdessen hingen ihre Fotos an ihrer Wand – Blätter an ihrem großen, stolzen Eichen-Wandbild mit den lächerlichen Ästen. Ihr Büro war voll von ihnen, lächelnd mit ihren Urkunden, in Abschlusskleidern und Uniformen ihr zuwinkend, um ihr zu zeigen, was sie getan hatte, all das Gute, das sie getan hatte.

Sue, die mich gerettet hat, immer wieder gerettet hat.

Sue, die Oakwood gerettet hat, immer wieder gerettet hat.

Wer ein Leben rettet, rettet die Welt. Das ist wörtlich zu nehmen. Sie werden nie wissen, wie viele andere Menschen Sie retten, wenn Sie dieses eine Leben retten. Sie werden nie wissen, wie viele dieser Mensch rettet.

Aber sie wurde des Rettens so müde.

Die Beaufsichtigung der Mahlzeiten und die Hausbesuche – wir alle wussten, dass es Risiken gab.

Die Klassenzimmer und der enge Kontakt und die Menschen, die zu jung sind, um sich immer daran zu erinnern oder zu verstehen, wie man Abstand hält und sich ansteckt. Wir taten unser Bestes mit Protokollen und selbstgebauten Luftfilteranlagen und offenen Fenstern – wir alle wissen, dass es Risiken gibt.

Die Eltern, die nicht glauben wollen, dass irgendetwas nicht stimmt, oder die sehr bereit sind zu glauben, dass stattdessen mythische Dinge falschlaufen, das Land, das ermutigt wird, sich nicht um sich selbst zu kümmern – wir alle wissen, dass es vermeidbare Risiken gibt.

Nach der Diagnose, als ihre Sauerstoffwerte zusammenbrachen, wurde sie ins Krankenhaus gebracht, aber es ging ihr nicht schlecht.

Wir saßen alle zusammen im großen Lehrerzimmer und hielten uns an den Händen, sahen ihr gemeinsam auf dem Bildschirm zu. Jeder tröstete den anderen.

Dann schien es ein paar Tage lang ernst zu werden, aber sie erholte sich wieder. Diesmal rief das Lehrerzimmer an und winkte ihr zu, wie sie in ihrem Krankenhausbett lag, aber fröhlich und sicher war, dass sie bald wieder herauskommen würde.

Und Oakwood schrieb ihr Karten, so viele Karten.

Sie hatte Zeit, alle anzusehen.

Ich hörte mich selbst mit der fünften Klasse darüber sprechen, wie sehr sie sich über all die Karten gefreut hatte.

FRANCIS FAND MICH fluchend in der Küche.

All die Wörter.

All die, die ich nicht ausspreche.

Keines von ihnen war richtig.

Ich meinte nicht: *Fick sie.*

Alle, die immer davon ausgehen, dass nur entbehrliche Menschen sterben werden. Alle, die glauben, dass es entbehrliche Menschen gibt. Alle, die nichts retten, die niemanden retten. Jeder, der uns ansieht und nichts Besonderes sieht, nutzloses Fleisch, lärmendes Fleisch, dummes Fleisch. Jeder, der weiß, dass wir später verrotten werden und genauso gut jetzt verrotten könnten. Jeder, der so plötzlich so reich ist, während wir sterben. Alle, die uns umbringen, wie man einen Hund umbringt, indem man ihn einfach in ein Zimmer sperrt und weggeht. Jeder, der jammert und grinst und dabei vorschreibt: *Tut dies und das Gegenteil und alle möglichen unmöglichen Dinge, die wir euch unmöglich gemacht haben, und tut nichts von dem, was wir tun können, und die ganze Zeit werden wir euch ganz zufällig auf endlos viele Arten am Leben hindern.*

Sue war das Gegenteil davon.

Ich meinte nicht: *Fick sie.*

Fickscheiße Schwanz Fotze Fuck Fuck Fuck.

Das habe ich auch nicht gemeint – es bedeutete nichts. Das sind nur menschliche Wörter für menschliche Dinge.

Ich meinte nicht *Fick sie.*

In dem Augenblick meinte ich: *Töte sie.*

An jenem Nachmittag meinte ich: *Bring sie um.*

Ich meinte es aus ganzem Herzen, ich wollte, dass *sie* sterben und nicht wir – nur sie.

Sue war das Gegenteil davon.

Ein Lehrer zu sein, ist das Gegenteil davon.

Menschsein ist das Gegenteil davon.

Die Menschen, die eigentlich für uns sorgen sollen, nehmen uns, was menschlich ist.

Sie lassen uns sterben.

UNTEN AM KANAL folge ich Buster.

Ich kann ebenso gut weiter davon schreiben. Schlechter als jetzt kann ich mich gar nicht fühlen.

Ich folge Buster, der sich freiwillig entschlossen hat, kein Mensch zu sein, und der es wirklich geschafft hat und erfolgreich war, denn warum nicht? Nicht menschlich zu sein, ist der letzte Schrei.

Ich folge ihm am Kai entlang, die Leiter hinunter und auf sein Bootswrack. Als ich auf dem Dach seines Kahns lande, halte ich inne, aber nicht lange. Ich werde jetzt nicht aufhören, mich nicht aufhalten lassen.

Im Nachhinein ist es lächerlich, dass ich voller optimistischer Wut und Hoffnung auf einen Triumph, eine endgültige, siegreiche Konfrontation – und nicht auf ein neues Risiko zustürme.

Ich weiß nicht, welche Art von Heldin ich mir vorstellte: vielleicht die kämpferische kleine Einzelgängerin, die sich mit ihrem Erzfeind anlegt, ihn einfach zu überwältigen versucht und dann einen unschuldigen, notwendigen Mord mit irgendeinem praktischen, aber unschuldigen Gegenstand begehen muss.

Dabei muss ich vielmehr annehmen, dass ich die dumme Frau bin, die zu Beginn des Buches, des Films oder der Fernsehserie in den falschen Schuhen steckt – unzureichend vorbereitet und überhaupt nicht die Heldin, sondern nur ein weiteres Opfer, das Stoff für die Handlung liefert und den Spannungsbogen aufrechterhält, den Antihelden noch charmanter und dunkler macht.

Ich habe die Nase voll von Antihelden. Ich will nie wieder von irgendjemandem oder irgendetwas dazu gebracht werden, in Abgründe und Jauchegruben zu starren, während mir gesagt wird, die seien unterhaltsam, sympathisch, ein notwendiger darwinistischer Nervenkitzel. Das macht nur den Weg frei für den Vormarsch von Ungeheuern, von Stilzchen, von Männern wie Buster.

Ich sitze gerade auf dem Deck von etwas fest, von dem ich annehme, dass es Busters Kahn ist. Hierher zu hasten, hat eine heiße schlimme Flut von Gedanken in mir ausgelöst. Sie schwirren herum. Ich fühle mich aufgeputscht wie ein unbewachtes Getränk auf einem Tresen.

Mein Körper will nicht vorwärtsgehen, aber ich will.

Und ich setze mich durch.

Ich gehe weiter über das schmutzige, überladene Dach und dann die unebenen Stufen eines Niedergangs hinunter, der zu etwas führt, das wie ein Steuerhaus aussieht.

Geschlossene Tür.

Geschwärzt und verwittert wie eine Troll-Tür.

Ich ziehe an der Klinke, in der Erwartung, dass sie verschlossen ist oder zumindest klemmen könnte, aber sie lässt sich so leichtgängig öffnen, dass ich fast stolpere.

Wieder reingefallen.

Drinnen ist der kleine Raum makellos – und er ist nicht da.

Die Luft ist klebrig von ihm, und ich möchte würgen, aber er ist nicht da.

Alles, was ich sehen kann, ist verzweifelt, erbarmungslos geordnet. Ich verliere einige Zeit damit, die Tatsache zu verarbeiten, dass das ganze Boot von außen schmutzig und scheinbar baufällig ist, aber innen makellos und weiß.

Es ist also das Gegenteil von Buster.

Ich sehe Farbschichten über Farbschichten über Farbschichten – jede Oberfläche wird glatt gehalten – wie Schnee auf einem bösartigen Feld. Seile und Seekarten und Signalflaggen und andere Dinge, die ich nicht erkenne, sind alle in Fächern verstaut, an glänzenden Messinghaken, in ordentlichen Regalen. Einige kleine Schranktüren sind fest verschlossen und verbergen womöglich noch mehr perfekte Organisation, aber ich sehe nicht nach.

Das ist vielleicht gewissermaßen der wahre Buster: der zwanghafte Buster, der kontrollfreudige Buster, der Buster, der keine wirklich persönlichen Dinge und deshalb viel Lagerplatz hat, der nach Namen und

Datum abgeheftete Buster. Er ist nichts als Funktion und Nutzen – das hier ist nichts als Funktion und Nutzen.

Ich glaube, damit habe ich recht.

Das Steuerrad ist makellos lackiert und von Navigationshilfen umgeben: modernen Zifferblättern, Bildschirmen und Hebeln, alle sorgfältig in eine Art glänzendes Hartholz eingelegt. Es ist wunderschön, auf gewisse Weise. Und so was kostet Geld. Ich weiß noch nicht, dass er wahrscheinlich eine Art Millionär ist, aber ich bin trotzdem nicht überrascht. Er war schon immer der Mann mit plötzlichen Geldbündeln aus undurchsichtig gehaltenen Gründen.

Ich höre nicht mehr, wie sich seine Füße auf der untersten Ebene bewegen. Vielleicht kann ich deshalb die nächsten Stufen hinabsteigen, weiter hinein in diesen Ort, den er sich selbst ausgesucht und um sich herum gebaut hat.

Während ich hinuntersteige, steigt mir eine Hitze entgegen, als sei sein Atem überall und bedürftig.

Im Inneren des entkernten Schiffskörpers herrscht noch mehr ohrenbetäubendes Weiß, das dick über Metallwände und Decken gemalt ist, über die breiten Bretter unter den Füßen. Der Raum bietet eine lange Perspektive, von einer Art Arbeitszimmer hier an der Treppe bis hin zu einer kleinen Küche mit Messingbeschlägen und viel Mahagoni oder was danach aussieht. Eine versenkte Keramikspüle. Dahinter liegt ein Wohnzimmer mit einem breiten Perserteppich, Kissen aus kaputten Kelims auf einem braunen Ledersofa und Ledersessel, einem dunkelblauen Ofen mit einem lustigen silbernen Ofenrohr.

Das schmale Boot, das wir gemeinsam planten, sollte eine versenkte Keramikspüle haben, einen weiten Ausblick, Schränke mit praktischen Verschlüssen, einen Perserteppich.

Ich stellte mir immer vor, dass ich Kissen besticken würde – dass ich sie nach und nach mit wichtigen Daten und Sprüchen, Familiennamen, einem Porträt des Hundes, den wir auswählen würden, besticken würde.

Auch diesen Traum hat er mir gestohlen.

Dreckiger, dreckiger, dreckiger Dieb.

Und seine Version meiner Hoffnungen ist fast wohnlich, die Farbtupfer sind fast gemütlich – fröhliche Geschirrtücher, eine sehr rote Vase, Buchrücken, gelbes Ölzeug auf einem Holzhaken – aber alles will vor allem ein Krankenhaus sein, ein Ort, an dem Blut fließen und später leicht weggewischt werden kann.

Ich kann schwache Spuren sehen, wo er vorbeigegangen ist, Fußabdrücke auf dem heiteren Boden. Neben der Treppe steht ein perfekt arrangiertes Schuhregal und das Paar Filzpantoffeln, das er wahrscheinlich an Tagen benutzt, an denen er nicht in Eile ist. Ich habe ihn dazu gebracht, die Sterilität zu kompromittieren.

Nirgendwo gibt es Bilder, Ornamente, die Spuren, die ein Mensch hinterlässt.

Alles riecht nach seiner Haut, seiner Spion-Polizei-Lügner-Haut.

Der überwiegend rote Perserteppich im Wohnbereich könnte ihm etwas bedeuten oder von einer Identität übrig geblieben sein, vielleicht ist er nur Dekoration. Der Holzofen steht bereit, der Korb mit den Holzscheiten steht bereit und ist gefüllt. Das alte Leder des Sofas und des einzelnen Sessels deutet darauf hin, dass sie an anderer Stelle ihm gehört haben könnten. Vielleicht wollen sie das andeuten.

Auch wenn ich seine Bekenntnisse da noch nicht gelesen habe, ist sehr deutlich, dass er gebrochen und auf die schiefe Bahn geraten ist.

Also haben sich zumindest einige meiner Instinkte verbessert. Ich bin nicht fasziniert und kann mir nicht vorstellen, wie das irgendwie für irgendjemanden gut ausgehen könnte. Ich möchte nicht mehr in der Nähe von Stilzchen sein.

Allerdings bin ich hier.

Aber es geht nicht darum, bei ihm zu sein, es geht darum, gegen ihn zu sein.

Der große Wäschesack mit Schottenmuster, den er bei sich trug, wurde zu Boden geworfen – ich vermute, mit Bedacht geworfen. Seine rote Perücke ist überdeutlich ausgestellt, um mir zu zeigen, wie klug er war, sie zu tragen. Auf dem Teppich liegen seine teure Londoner Kleidung und seine teuren Schuhe, zusammen mit der teuren Aktentasche, die er als Requisit benutzt hatte, um Unternehmensleitungsambitionen zu suggerieren.

Er hat geahnt, denke ich rasch, dass man auf diese Weise ungehindert durch London kommen kann. Das ist jetzt ein echtes Verdienstzeichen – das Beste zu kaufen und es nicht zu achten, zeigen zu wollen, dass man selbst besser ist als all die Fertigkeiten, die an der Herstellung des Hemdes, des Jacketts, des Stifts in der Innentasche beteiligt waren.

Seine Jackentasche ist zu sehen, kein Stift, sondern ein kleines Etikett mit der Aufschrift MADE FOR FLETCHER CURRIE.

Ich nehme an, er wollte, dass ich es lese.

Ich weiß bereits, dass er ein Mann ist, der in Lügen gekleidet ist. Ich bin sicher, er ist nicht mehr Fletcher Currie als jeder andere.

Ich wollte nie wissen, wer er wirklich ist, nicht mal, um ihn zu belangen. Ich wollte, dass es mit ihm vorbei ist. Ich wollte aufhören, mich zu schämen und nie wieder damit anfangen müssen. Ich wollte meine Wunden nicht zur Schau stellen, auch nicht seine Schande, die Schande meiner Regierung, die Schande, die vorgibt, die Polizei zu sein. Das alles war schon zu weit gegangen.

Das schießt mir durch den Kopf, und ich schaue mich um in seinen Reihen über Reihen von kleinen Türen in allen Wänden für den massenhaften Stauraum, den er offenbar braucht. Ich schaue hinter keine einzige Tür, falls die Schränke nicht mit perfekten und neutralen Dingen, sondern mit geronnenem Wahnsinn vollgestopft sind.

Und hinter mir liegt, als ich auf dem Teppich stehe, der Rest des Kahns, und der ist nicht so offen. Ich stehe vor zwei schlichten Schottwänden, zwischen denen ein schmaler Gang wegführt. Irgendwo dort hinten ist der Ort, an dem er sich wäscht, scheißt und pinkelt und sich menschlich macht. Und dort wird es wohl auch ein Kostümlager geben. Er hat keine Kleidung – nur Kostümierung. Es wird einen Ort geben, an dem er schläft. Wenn ein Ding wie er schläft.

Ich stehe still, aber ich spüre, dass ich außer Atem bin, also muss ich mich bis hierher beeilt haben – beeilt oder bereit, mich zu beeilen, zu handeln. Entweder das, oder zu viele Emotionen kreisen und verwischen und kreisen in meiner Brust. Ich bin im Moment zu müde, um mich zu bewegen. Und als ich den Rand des Teppichs erreiche, hält mich wieder etwas auf.

Über dem kleinen Durchgang fällt ein wenig Tageslicht herein. Ungefähr auf halber Strecke gibt es eine glänzende Holzleiter, die nach oben führt.

Ich gehe wieder vorwärts, als hätte man mich geschubst. Ich bin sehr still, so still, dass ich befürchte, aus irgendeinem Grund taub geworden zu sein. Vielleicht frisst die Luft, in der er lebt, die Geräusche auf.

Ich erreiche die Leiter und sehe die inzwischen sehr schwachen Abdrücke, mit denen seine Schuhe jede Sprosse verunreinigt haben.

Ich freue mich, dass sein Dreck zu sehen ist, und ich freue mich, dass ihn das stört, wo er sich doch so offensichtlich davon überzeugen will, dass er sauberer als sauber ist.

Und natürlich hat er einen weiteren Ausgang und vielleicht noch mehr, und natürlich mache ich mich an den Aufstieg, lasse Kopf und Schultern auftauchen, stecke sie unverteidigt durch die offene Luke zurück in die salzige Sumpfluft, wo ein Vogel einen langen, traurigen Peitschenton ruft.

Meine Kopfhaut prickelt von Gefahr.

Meine Instinkte sind wieder einmal richtig und nützlich.

Aber ich bin immer noch allein.

Und ich weiß – er hat mich eindeutig nicht umgebracht. Ich sitze hier und schreibe dies, ich bin nach Hause gekommen, ich habe es nach Hause geschafft.

Aber es ist nicht so, dass nichts passiert wäre, ganz und gar nicht.

Das ist passiert.

Ich schwinge mich hinaus und auf die glatte Fläche im hohen Bug, der das Boot plötzlich seegängiger und effektiver erscheinen lässt, auch jenseits dieses seltsamen kleinen Stücks eingekapselten Flusses. Und ich gehe nach vorn und schaue hinüber, schaue hinunter und über die Seite des Bootes – und hier ist sein Fluchtweg über das Wasser: ein kleiner Steg am Fuße einer schmutzigen Metallleiter, dicht am Rumpf liegt dort ein Kajak mit Paddel, alles bereit, ihn wegzutragen.

Nur ist er nicht weg.

Meine Hände schwitzen. Sie könnten in schmutziges Wasser getaucht sein, in krankes Wasser.

Er sieht aus wie ein Bündel dunkler Lumpen, verlassener Kleider, wie eine weitere weggeworfene Identität, aber mit ihm darin.

Er ist immer noch darin – Buster.

Er ist in sich selbst zusammengeklappt, zusammengekauert neben dem Kajak, die Stirn auf den Steg gelegt, die Hände im Nacken, als würde das Flugzeug, in dem er sich befindet, abstürzen.

Vielleicht spürt er etwas. Vielleicht versucht er auszusehen, als ob er etwas fühlt.

Oder er tut so, als würde er sich vor meiner Wut wegducken, und spielt wieder ein Spiel, bei dem ich mich schuldig fühlen und ihn das Opfer sein lassen muss. Er war schon immer gut darin, sich körperlich zu präsentieren – *seht mich an, ich bin der arme Mann, den diese verrückte Frau verfolgt hat, und vielleicht wird sie ihn jetzt in ihrer Wut schlagen und treten.* Das macht mich fast wütend genug, um es zu versuchen.

Aber ich bin nicht wie er. Ich bin nicht wie diese Vogelscheuchenteile da unten.

Und wie klein sie scheint – die Obsession meines Erwachsenendaseins.

Wie dumm.

Dann gehe ich eben nicht hinunter. Er kann seine Show für sich selbst abziehen. Außerdem habe ich allmählich das Gefühl, dass der ganze heutige Tag, mein Hetzen und Probieren und Dranbleiben bloß waren, was er wollte, aus welchen schrecklichen Gründen auch immer.

Vielleicht sehr dumm.

Ich gehe wieder hinein und steige so leise wie möglich die Leiter hinunter.

Ich stelle mich neben sein Sofa und warte, bis meine Hände aufhören zu zittern.

Irrelevante Wut schwappt herein. Wenn Buster klein ist, dann ist sie auch klein. Das bringt mich zum Lächeln.

Ich weiß, dass ich gehen sollte, und wahrscheinlich schnell, aber ich habe seit dem Frühstück nicht mehr gelächelt – also bleibe ich.

Also bleibe ich und zünde den makellosen rustikalen Herd unter dem perfekten, pfeifenden Teekessel an. Ich öffne Schränke mit unschuldigem, fein säuberlich geordnetem Inhalt, bis ich eine kleine Auswahl an idealen Tassen finde. Nach etwas längerem Suchen finde ich eine antike Dose mit der Aufschrift TEE, die mit losen Blättern gefüllt ist, denn das wäre genau das Richtige für diese Fantasie. Die Dose mit der Aufschrift ZUCKER hat eine perfekte Patina, ebenso wie die Dose mit der Aufschrift KAFFEE, die sicher perfekt gemahlenen Kaffee von hoher Qualität enthält.

Ich werde hier keinen Kaffee trinken. Kaffee gehört zu Francis, der nicht weiß, wo ich bin, und keine Ahnung hat, warum ich überhaupt gekommen bin.

Es überrascht mich, dass ich Francis umarmen möchte. Ich möchte sein Haar riechen und seine Ohren küssen und nichts mit Buster zu tun haben. Ich möchte den einen, wirklichen und einzigartigen, einheitlichen Mann, der Francis ist, umarmen.

Das ist einer der Momente, in denen ich merke, dass ich ihn liebe und dass ich zumindest ein wenig gebrochen bin, wenn ich mich davon überraschen lassen kann.

Aber ich koche Tee – das Heilmittel gegen alle Übel, einschließlich des Blitzkriegs und Dünkirchen und all der Massenopfer, die wir jetzt anbeten sollen. Ich bin mir sicher, dass sie in den ruhigen Phasen an der Somme zumindest versucht haben, Tee zu trinken. Tee mit Zucker, den ich normalerweise nicht mag, aber ich nehme an, dass ich unter Schock stehe.

Bevor ich sie verwende, gieße ich kochendes Wasser über die Tasse, um Buster zu verbrühen, der sie berührt hat.

An der logischsten Stelle auf der Arbeitsplatte wartet seine Teekanne. Auch die brühe ich ab. Sein Kühlschrank gab vor, bloß noch ein weiterer Schrank zu sein, und zerbricht die edwardianische Illusion, als ich ihn öffne. Darin ist nichts außer grellem Licht – keine Butter und kein Speck in braunem Papier, kein putziges Kännchen mit Milch.

Ich werde ihn schwarz trinken. Ich werde mich nicht fragen, wozu er einen Kühlschrank braucht, ob er isst.

Ist er ein Ding, das isst? Ist er ein Wesen, das sein Fleisch kochen muss?

Ich fülle den Becher halb und stehe und trinke nicht, und meine Hände haben nicht wirklich aufgehört zu zittern, überhaupt nicht.

Es vergeht eine unabsehbar lange Zeit.

Dann drohen Schritte von oben, und das Unvermeidliche steht auf der Leiter, kommt herunter, kommt herein.

Er hält inne, den Kopf immer noch außer Sichtweite, und streckt die linke Hand nach dem Lukenrahmen aus, hält ihn fest. Plötzlich rutscht er mit beiden Füßen von der Stufe ab und lässt sich für einen Moment fallen.

Das ist ein schöner Effekt. Ich wette, er hat es geübt, hat geprobt, wie er sein Körpergewicht auf diesen einen Arm, den Griff dieser Hand legt.

Er schwingt, zieht langsam die Knie zur Brust und wickelt den freien Arm um die Knie.

Er beweist damit, dass er stark ist, und nicht von Natur aus.

Und er versucht, wie Monkey zu sein, und dafür sollte ich seinen perfekt glänzenden Feuerlöscher nehmen und nach ihm werfen.

Schwanken, schwanken, hängen wie ein Albtraum und sicher sein, dass ich sein Gesicht nicht sehen kann, noch nicht. Die Farbkleckse auf seinem Overall sehen nicht nach Arbeit, Kreativität oder Kunst aus – sie sind Zeichen von Chaos.

Aber ich kenne den Augenblick. Ich erinnere mich noch an seine Art von Timing. Ich kann denken – Herzschlag, Schlag, Schlag –, bevor er den Kopf zurück und zur Seite neigt.

Seine Augen stellen eine Frage, die ich nicht übersetzen kann, und er scheint kurz vor einem Lächeln zu stehen, kurz davor, sich über irgendein Geheimnis zu freuen. Leute wie er tun immer so, als hätten sie wunderbare Geheimnisse, aber sie haben immer nur das eine – ich bin eine Lüge.

Ich höre mich selbst zu ihm sagen: »Du musst nicht den Psychopathen spielen.« Ich hätte nicht gedacht, dass ich das kann.

Dann hasse ich es, dass ich zurückschrecke, als er loslässt und fällt. Das Geräusch, als er auf den Brettern landet, scheint zu leise, knochenlos, und er bleibt zusammengeballt auf dem Boden liegen, eine dunkle tote Spinne in schmutzigem schwarzem Overall und Militärjacke.

»Das ist meins.« Seine Stimme ist gedämpft, aber sie treibt das Wasser unter dem Boot hoch und bringt es trotzdem ins Wanken.

»Meins.« Daran hat sich nichts geändert – tiefe Töne und eine blecherne Schärfe, Konsonanten, die sich irgendwie einbrennen und ihn kompetent und beherrschend erscheinen lassen. Ein anderer Akzent – irgendwie ein Londoner, aber vielleicht mit einer Spur West Country –, aber ich bin sicher, das ist bedeutungslos. Er hat immer noch den Mund des Mannes, den ich zu kennen glaubte – des Mannes, der darauf spezialisiert war, unheimlich zu sein. »Boot.«

»Was?«

»Es ist meins.«

Buster steht langsam auf, so wie eine Flüssigkeit, die nach oben fließt. »Die Anklage wird kollabieren. Sie wird kollabiert werden.« Er beginnt, eilig zu gehen, und ich zucke wieder zurück. Irgendwann stütze ich mich mit dem Rücken an der Küchenzeile ab.

Er kommt jedoch nicht auf mich zu, sondern geht nur bis zum Fuß der Treppe des Steuerhauses.

Die Details an ihm verwirren: Maniküre, Haut – sie alle passen zu einem Menschen, der Zeit für Pflege, für Luxus hat. Sogar der Kurzhaarschnitt ist wunderbar gearbeitet, vorne minimal länger, der Hals frisch ausrasiert und getrimmt. Seine Kleidung aus zweiter Hand wirkt noch mehr wie ein Kostüm. Trotzdem hat er etwas Versehrtes an sich. Hinter seinem linken Ohr ist eine dünne, blasse Narbe, die über seinen makellosen Haaransatz hinausläuft und in den Kragen seines Overalls rutscht. Sie ist zu zackig, um nur das Ergebnis einer Operation zu sein.

»Kollabiert.«

Mit Bedacht zieht er seine Turnschuhe aus und stellt sie ins Regal, zieht die Pantoffeln an und scheint nichts anderes im Sinn zu haben. »Ich bin es nicht. Ich selbst bin es. Vollständige Genauigkeit zu erreichen. Das Szenario ist nicht einfach, aber lösbar.« Er kehrt zurück, mit weichen Füßen, starrt auf die Fußspuren, die er selbst hinterlassen hat, um sie zu beseitigen, und spielt den betrübten Butler, den ausgenutzten Hausmann. Er hebt das Durcheinander an Habseligkeiten auf, das er zurückgelassen hat, trägt es in den hinteren Gang und verstaut es zweifellos irgendwo in der schummrigen Abgeschiedenheit, die er dort hält.

»Der Kahn ist der Ort, an dem ich nicht rede, nicht reden muss, und keine Leute treffe.« Seine Bewegungen wirken automatisch, gerastert.

Und während er sich wie ein Blechspielzeug bewegt, spricht er diese flachen kleinen Ausbrüche halbfertiger Gedanken – anscheinend zu niemandem im Besonderen oder zu sich selbst. »Kollabiert.«

Dann zuckt er mit den Schultern und sieht mich wieder an. Irgendetwas hinter seinen Augen regt sich, und seine Aussprache wird fester, anspruchsvoller. »Normal für meinen Typ ist chemischer und alkoholischer Verfall mit anderen Funktionsstörungen. Ich bin nicht normal. Normal ist Trunkenheit in einer feuchten Hütte, Reue und rücksichtsloser Waffenbesitz. Normal sind nächtliche Anrufe ins Nirgendwo und Tränen und Hühner, die in Gärten scheitern, in denen nichts wächst, und Wut und Ratlosigkeit.« Seine Vokale klingen wieder mehr in Richtung Jagdmagazin-Leserschaft. »Man könnte sich über Terror im Inland und geheime Mächte und das Eindringen von Mafiosi aus Übersee schlaumachen. Man könnte sich über Moralvorstellungen und Standpunkte erheben und unbeschadet bleiben. Man könnte auf diese Weise Erfolg sein. Erfolg segnet alle.« Seine Augen zucken weiß zu mir. »Ich habe gesehen, wie es geht.«

Und dann ist er wieder das mechanische Kleine-Jungs-Ding. »Außerhalb der Norm. Da bin ich. Außerdem bin ich.«

»Was? Was?«

»Der Prozess wird scheitern. Dinge wie ich selbst sind vorhersehbar, lokalisierbar, und ich bin lokalisiert. Sollte unzulässige Provokation, Beeinflussung und dergleichen stattgefunden haben.« Er hustet. »Sollte eine Regierung nachweislich eine Handlung erschaffen haben, die sie nun zu bestrafen sucht.« Er hustet wieder und hält sich dieses Mal brav den Mund zu. »Dynamo, Arthur, Karl –«

»Sprich nicht über sie. Du kennst sie nicht. Du warst nicht ihre Familie.«

Er nickt einmal – von oben nach unten – fast so, als wäre es ein Tick, der bei der gedanklichen Verarbeitung hilft. »Ich war ein Krankheitsmodell, das ihr Immunsystem gegen spätere Infektionsüberträger geschwächt hat.«

»Ich weiß nicht, wovon du redest. Ich weiß, dass du Monkey getötet hast. Ich weiß, dass du uns alle getötet hast und Monkey am meisten. Du hast ihn auf ganzer Linie ermordet.« Ich schreie vielleicht. Es fühlt sich an, als würde ich schreien.

»Ich habe das OrKestrA provoziert und zu Aktionen verleitet und dadurch weitere Netzwerke infiltriert oder leichter durchlässig gemacht und dadurch OrKestrA-Mitglieder leichter führbar gemacht.«

»Ganz und gar nicht. Nein. Du hast uns davon abgehalten, irgendjemandem zu trauen.«

»Aber die Mitglieder im Marinestützpunkt vertrauten einem von mir, der von meiner Sorte ist, und haben getan, was er vorgeschlagen und angedeutet und verlangt hat. Der Prozess wird scheitern. Ich habe denjenigen von mir ausfindig gemacht, der zu meiner Art gehört und verantwortlich ist.« Er hustete wieder – dieses trockene kleine Geräusch, das eine menschliche Kehle eigentlich nicht machen sollte.

Und dies ist meine Geschichte und nicht seine, und es geht auch nicht darum, auf welche Art er abgedreht ist und die Aufmerksamkeit auf sich zieht. Trotzdem zieht er die Aufmerksamkeit auf sich, nicht wahr? Er ist ein sehr modernes Ding, wie geschaffen für die Welt, in der wir zusammenleben – ein Ungeheuer, das einen zum Hinstarren zwingt.

»Buster, ich kann nicht noch mehr Geschwafel ertragen. Ich bin nur hier, um …«

»Warum. Du bist hier wegen Warum. Ich erkläre es.«

»Du weißt nichts über mich.«

»Unwahr.«

»Fick dich.«

»Unwahr.« Und so ein glitschiges Licht sickert heraus, als er zu mir herüberschaut. Das ist der Moment, in dem ich weiß, dass er gefährlich ist, tatsächlich gefährlich.

Aber er packt das Licht wieder weg und fährt fort: »Das Subjekt, das die Operation Faslane plante, hat sie als eine maximal diskreditierbare und risikoreiche Aktion mit für die Medienlandschaft attraktiven Aspekten konzipiert. Seine Absicht war, den jahrelangen effektiven und friedlichen Protest gegen diese und im weiteren Sinne auch gegen alle anderen Atomwaffenstützpunkte zu untergraben und jedes Narrativ über die Illegalität, die Nichtrealisierbarkeit, die unerschwinglichen Kosten, die fehlende Moral oder andere Versäumnisse der nuklearen Abschreckung auf globaler Ebene auszulöschen. Es beabsichtigte ein wahnsinnig radikales Narrativ wilder und langfristig frustrierter Absichten mit möglicherweise religiösen Untertönen und fanatischen Nebenhandlungen.«

Diesmal ist sein Husten heftig, wirkt verseucht.

»Siehst du. Du siehst, wie einfach es ist, Menschen zu bewegen. Du verstehst die Realität.« Ich schätze, dass seine Fragen immer Aussagen sind. »Das Subjekt verschwand mitten im Einsatz, nachdem es zwei Militärpolizisten angegriffen hatte. Es blieb unauffindbar und wurde als unauffindbar und vielleicht tot beschrieben. Es befindet sich in Wales und gibt vor, Gemüse umzugraben und Hühner zu halten. Es nimmt regelmäßig Kokain und hat Antidepressiva verschrieben bekommen.«

»Niemand ist *es*.«

»Ich bin es. Es ist es. Ich werde es besuchen.«

»Hast du nicht gesagt, du *hast* es besucht, ihn?«

»Es wird eine vollständige Abrechnung der Operation mit den zuständigen Stellen geben, und alle Anklagen werden verschwinden, außer der gegen Karl für seinen Widerstand gegen die Staatsgewalt, was ich nicht ändern kann. Die nationale Situation ist virulent vergiftet, und es muss ein kleines Opfer gebracht werden.«

»Glaubst du, dadurch wirst du zu einem guten Menschen? Wirst die Sache mit Monkey wiedergutmachen? Oder irgendetwas?«

»Nein.« Er scheint fast verwirrt zu sein. »Ich bin organisiert. Ich habe erreichbare Pluspunkte untersucht. Das ist mein Vorzug.«

Ich weiß, dass er mich manipuliert, ablenkt.

Und ich habe jetzt richtig Angst. Ich erinnere mich an all die Male nach Buster, wo mir ein Stilzchen die Würde genommen hat – in einem Schlafzimmer, einer Küche, einem Flur –, ich erinnere mich an all das Zusammenkauern in Ecken.

Er hat recht. Er ist eine Infektion, er schwächt dich im Hinblick auf alles Kommende.

Aber ich bin nicht hergekommen, um ihn schon wieder gewinnen zu sehen.

Ich habe jetzt Würde. Es hat mich Jahre gekostet, sie wachsen zu lassen, sie zu nähren, sie stark zu machen und sie aufsteigen zu sehen. Ich weine jetzt nicht. Ich flehe nicht und bete nicht zu einem schwarzen Raum über meinem Kopf, in dem nur Stille herrscht.

Ich stehe, und ich bin stark. Wenn ich will, kann ich stark sein. »Du hättest schon vorher etwas sagen, etwas tun können. Du musst nur deshalb jetzt Retter sein, weil du sie alle in Gefahr gebracht hast. Keiner von ihnen hätte jemals verhaftet und in Untersuchungshaft genommen werden müssen. Keiner dieser sanften, schönen Menschen hätte in diesem Gerichtssaal landen dürfen. Keiner.«

»Ich war beschäftigt.«

»Beschäftigt?« Meine Lautstärke singt in meinen Ohren, aber er scheint es nicht zu bemerken, macht einfach weiter wie bisher, als ob wir uns unterhalten würden.

»Immer beschäftigt.« Er sitzt mit angezogenen Knien und gesenktem Kopf da, als wäre ein Faden gerissen und hätte ihn in seinen Sessel fallen lassen. »Da war ein Syrer in Paris. Es war notwendig, dass wir uns treffen.«

Dann lächelt er so, wie Buster lächelte, wie Baron Sunday lächelte, nachdem wir einen ganzen Haushalt in die Luft geworfen und unseren Applaus entgegengenommen hatten und Beispiele für aufsteigende Liebe waren, für kleine Triumphe über die Umstände und Dinge, nach denen sich normale Menschen sehnen.

Scheiß auf ihn.

Scheiß auf ihn, weil er auch das zu einer Lüge gemacht hat, wie den ganzen Rest.

Er streicht sein kurzes, kurzes Haar glatt, als wollte er auch Francis klauen. »Ich war eine Woche nach dem Brand von Notre-Dame in Paris und ging die Rue le Regrattier auf der Île Saint-Louis entlang, und ich erinnere mich daran, weil ich es möchte und weil ich einige Dinge brauche, die mir gehören, und ich erinnere mich an alles, wie die Gebäude so hoch gestreckt sind und cremefarben, sauber, elegant und voller angenehmer Winkel, weil sie *comme une vieille femme élégante qui a vu des hécatombes et des roses* sind, und sie neigen sich und scheinen entspannt und nicht das Ergebnis von Zeit und Kräften zu sein, und die Luft ist wie üblich mild darunter, und das ganze Quartier wacht um zehn Uhr oder vielleicht später auf, weil es will und weil es lange aufgeblieben ist, und dann erreichte ich den Quai der Seine und ging daran entlang, es riecht nicht zu sehr nach Tier und nach fremdem Fell und ist schnellschnell und breitbreit, und im Wind von der Kathedrale konnte ich nasse Asche und Verbranntes schmecken und dachte, dass ich Gebete und Segen und eine Feuerstelle von vor Jahrhunderten einatme und Holz, frisch geschlagen, bevor ich jemals existierte, und mir jetzt gegeben, und deshalb bin ich jetzt sicherer am Leben und fester eingerichtet, unverrückbar …«

Er scheint keine Luft zu holen.

Gewalttäter tun dies. Sie häufen bizarre Details an, um die anderen von allem fernzuhalten, was sie wissen oder sagen müssen. Sie machen jede Geschichte zu ihrer eigenen. Er fühlt sich an wie eine Schlagzeile, der ich jeden Morgen begegnen könnte – derselbe narzisstische Drang.

»Und ich ging weiter, darüber hinaus und setzte mich und trank

Kaffee am Nachmittag und die Sonne schien mäßig und ich sah den Polizeitauchern von *La Brigade Fluvial* zu, wie sie den Fluss auf und ab suchten, und Blau unter Blau, an der Pont Marie, und ich sah, wie sie alle am Boot befestigt sind, damit sie nicht verloren gehen.« Er hält mit einem Kopfschütteln inne und schluckt hörbar. »Du denkst, ich klinge wie eine kaputte Uhr und bin bemitleidenswert, und ich stimme dir zu.«

Und weil seine ganzen Tricks mir so vertraut sind, ist das vielleicht der Punkt, an dem er zurückzuweichen scheint, ein kleineres Ding wird, bemitleidenswert wird, wie er immer hätte wirken sollen.

»Ist mir egal«, sage ich. Er nickt wieder leicht. »Stimm mir nicht zu! Ich brauche deine Zustimmung nicht!«

Buster beugt sich nach vorne, legt den Kopf auf die Knie und verschränkt die Hände im Nacken. Jetzt soll ich wohl der Flugzeugabsturz sein, der den armen kleinen Buster verletzen wird.

Scheiß drauf.

»Was war ich? Buster. Hast du mich gehasst? War ich ein Nichts?«

Ich höre, wie das Wasser des Kanals am Boot leckt, wie es daran klopft, als ob der Fluss sich Sorgen um mich macht.

»Was bin ich, Buster?«

Und in diesem Moment übergebe ich mich.

Jetzt bin ich dran, zu husten und ihm zu sagen: »Fick dich.«

Aber ich kann nicht aufhören zu kotzen. Ich kotze alles aus, was ich seit dem Frühstück gegessen habe. »*Fick dich.*« Es gibt einen Moment, in dem die Tasse Tee, die ich in der Hand halte, herunterfällt und zerbricht. »*Fick dich.*« Ich würge weiter, spucke Speichel und Galle. »*Fick dich.*«

Sein Kahn ist nicht mehr schön und ordentlich, nicht mehr aufgeräumt.

Das war's also.

Und dann springt Buster auf, die Arme fest an die Seite gepresst, die feuchten Zähne zeigend.

Aber ich weiche nicht zurück. Mein Körper macht nicht das, was er sonst immer getan hat, wenn das Stilzchen kommt, um mich zu holen.

Ich weiche nicht zurück.

Und dann kommt eine Sekunde, in der er mich ansieht.

Ich bin mir nicht sicher, ob Sie verstehen, wie das ist – solche Dinge, wie sie sich anfühlen.

Andererseits – vielleicht doch.

Deshalb halte ich hier ein wenig inne.

Ich hoffe, Sie haben keine Ahnung, wie Menschen weinen, wenn sie an eine ganz andere Zeit denken, die sie nie wieder erleben sollten, an etwas, das ungefragt über sie hereinbricht und ihr Gesicht mit ranziger Hitze überzieht. Sie sollen nicht wissen, wie das Weinen nach dem Schrecken eines Menschen stinkt oder wie sein Schweiß durch Adrenalin und Feigheit verpestet wird. Ich will nicht, dass Sie jeden Teil Ihrer selbst hassen, denn nichts davon kann Ihnen helfen, nichts davon verdienen Sie.

Sie sollten nicht frieren müssen, obwohl 32 Grad und mehr sind, oder den Geschmack von elektrischem Metall zwischen den Zähnen haben.

Aber das sind nur Worte.

Ich möchte, dass Sie nie in einer solchen Lage gewesen sind.

Wenn doch, tut es mir leid, und ich möchte nicht, dass Sie das Gefühl haben, sie schleicht wieder näher.

Aber wenn nicht – dann bin ich allein.

NACH DIESEM ABSCHNITT ging ich in den Hof, um eine Pause zu machen, ich klappte mein Fenster auf und kletterte hinaus.

Paul bemerkte es zuerst und dann Francis, oder vielleicht waren es auch beide gleichzeitig. Sie sahen, wie es mir ging, und Paul nahm mir den Papierblock aus der Hand – dieses Papier, diese Hand – und Francis rannte mit einer Decke die Wendeltreppe hinunter.

Es muss einen Vorlauf gegeben haben, er musste gewusst haben, wo eine Decke war. Ich weiß es nicht mehr.

Ich beendete die Arbeit für die Nacht. Ich redete dummes Zeug mit dem Jungen, den ich vor schrecklichen Situationen zu retten versuche, und mit einem Mann, der versucht hat, sich selbst zu retten, und weiß, wie es geht.

Seit dem Tod von Sue haben sie ein wachsames Auge auf mich.

Sie haben ohnehin ein wachsames Auge.

Sie sorgen dafür, dass ich nicht mehr allein bin.

HEUTE ABEND liege ich mit dem Hinterkopf auf Francis' Schoß, weil er eine bequeme Unterlage ist. Ich bin anscheinend auch eine bequeme Unterlage. Also wechseln wir uns ab. Das ist angenehm und gehört zu den kleinen guten Dingen, die zusammen ein anständiges Leben ausmachen sollen.

Wir lagen auf dem großen weinfarbenen Sofa, das ich in einem seltsamen Wohltätigkeitsladen bar bezahlt habe, der bald darauf verschwunden ist. Deshalb nennen wir es in unserem Haushalt immer noch *Das Brigadoon-Sofa*, nach dem alten englischen Film, weil uns das amüsiert und wir es können, wenn wir wollen. Das ist möglich. Ich habe es geliebt, ich konnte es haben und behalten. Auch das ist möglich.

Es ist möglich, mein Leben aufzuschreiben, ohne dass es mich von den Fingern aufwärts auffrisst.

Francis fragt nie viel nach meinen Kritzeleien, die im Allgemeinen in lichtlosen Stunden stattfinden. Das ist ein Teil seiner allgemeinen Geduld. Ich sage auch nicht viel.

Zu meiner Verteidigung: Wenn ich über all diese Dinge reden könnte, würde ich sie nicht aufschreiben.

»Eigentlich ist es ein epischer Verszyklus in elbischer Sprache.«

»Was, *es*?«

»Das – du weißt schon – das Ding.«

»Das Ding, das ich jeden Abend mit traurigem Interesse anstarre?«

»Das habe ich gar nicht bemerkt.«

»Nein, du warst zu sehr mit dem Ding beschäftigt.«

»Wirklich? Ich meine, ich verhalte mich doch nicht wie Arsch, oder?« Ich wollte das fürs Protokoll festhalten, ich wollte mich nicht wieder verstecken können. Will ich mich wieder verstecken? Ist das eine weitere Ausflucht?

»Nein, nein … eigentlich nicht.«

»Was …? Ich hatte auf ein *Nein, ganz und gar nicht* gehofft – so: *Wie könntest du denn ein Arsch sein?*«

Er übergeht mein kleines Quengeln nach Zuspruch: »Paul und ich haben gewettet, dass es das Necronomicon ist. Oder das Alte Testament, nur dieses Mal als Limericks.«

»Das nicht. Das wäre zu schwierig.«

»*Ein König namens Salmanassar.*«

»*War ein schrecklicher Judenhasser*. Zu schwer.«

»*Doch traf es ihn schwer …* «

»*Und seine Sadduzäer.* Ich mache keine Limericks. Dieser hier ist schon ahistorisch, und einfach: nein.«

»Du kannst mich doch nicht einfach warten lassen …« Jedes Mal, wenn er einatmet, drückt die Luft in seinem Leib den Pullover gegen meinen Hinterkopf. Es ist kein toller Pullover – weinfarben: Sofatarnfarbe. Auch Weintarnfarbe, wenn nötig.

»Na ja, irgendwann werde ich fertig.«

»Du weißt, was ich meine. Das ist so, als ob du *Pam-pada-bamm-bamm* summst und nie das *Pamm – Pamm* dranhängst.«

Er hat nicht unrecht. Er ist ein weiser Mann. Ich drücke meinen Rücken ein wenig durch und lege mich wieder hin. »*Denn ihre Pläne fielen ins Wasser.*«

Francis legt seine Hand um eines meiner Ohren und drückt es ganz sanft. Ich bin mir nicht sicher, wie das zu einer Geste der Zuneigung und Beruhigung wurde, aber so ist es jetzt. Dadurch kann ich meinen Herzschlag und das winzige, knarrende Geräusch von Muskeln, Sehnen und Blut in seiner Hand hören – hier sind wir beide, zusammen, am Leben.

Er macht eine seiner Pausen, und sie tun das, was sie immer tun: schwingen auf wie Fensterläden.

Ich streichle sein Knie, das von der schönen und kräftigen Sorte ist. »Es ist bloß etwas, das ich schreiben muss. Keine Notizen, keine Unterrichtspläne. Nur diese eine Sache.«

»Das hast du schon erwähnt …«

»Habe ich?«

»Hast du. Du hast uns gesagt, dass *es nur diese Sache ist, die ich schreiben muss*, was immerhin dein vorheriges völliges Schweigen brach. Wir haben angenommen, dass du durch das Video, in dem sie den Welpen gefunden haben, geschwächt oder zumindest abgelenkt warst, sonst hättest du es nicht einfach so herausposaunt … so ein schockierendes Geständnis. Also weiter …«

Sein Oberschenkel spannt und entspannt sich unter meiner Wange. Ich stresse ihn.

»Welches Video? Das, in dem der Welpe aufwächst und sich als Bär entpuppt?«

»Nein, das, in dem das Paar an einem ein wenig höllenfinsteren Ort spazieren geht – wir wollen das nicht hinterfragen, das Paar selbst sollte es aber – und einen einsamen, winzigen Welpen findet, der *jiip-jiip* macht, aber dann kommen noch mehr Geräusche von anderen winzigen Tierchen, und es stellt sich heraus, dass in einem völlig unzugänglichen Loch noch weitere gefangen sind, und das Paar braucht den ganzen Tag, um sie von Hand auszugraben, ohne sie dabei versehentlich lebendig zu begraben, und dann …«

»Und dann sind sie alle da!« Ich erinnere mich, natürlich – gemeinsam Tierrettungsvideos anzuschauen, hat uns durch einige sehr trostlose Monate erzwungener Trennung geholfen und hilft auch jetzt, wo wir zusammen sind. »Da sind sie alle, und dann sechs Monate später liegt das Paar auf einem riesigen Teppich, und die Hunde sind ganz verrückt vor Glück und liegen auf ihnen, ein großer, glänzender Haufen aus Schwänzen, Ohren, Nasen und großen, weichen Füßen.«

»Ich kann mich nicht erinnern, dass das Paar weiche Füße hatte.«

»Ist doch logisch – Haustiere ähneln ihren Besitzern.«

»Auch wieder wahr.«

»Schon erwachsen und bei ihren Besitzern, die über Nacht plötzlich sieben Hunde hatten.«

»Über Tag.«

»Das sagt niemand. Niemals. Warum wohl?« Und dann schwingen

die Fensterläden auf, und man sieht das Fenster mit der Welt dahinter. Francis sagt: »Es ist autobiografisch. Offensichtlich.«

»Warum offensichtlich?«

»Wegen dem Weinen.«

Und er legt seine Handfläche an meine Wange, sein Daumen ruht genau unter meinem Kiefer und bleibt dort, und es passt genau.

Mein Körper war nicht immer mein Freund, aber er wurde mit Gewissheiten wie dieser geboren, mit dem angeborenen Wissen, wie eine Hand mein Gesicht berühren sollte.

Irgendwann hören Sie auf, an so vielen Orten gleichzeitig zu sein, dass Sie manchmal denken, es würde Sie zerreißen. Sie ruhen an einem Ort.

Wenn ich *Sie* sage, dann meine ich *mich.*

Und schließlich kann ich so etwas wie dies hier schreiben, während Paul im Internet nach dem Welpenvideo sucht, was viel schwieriger ist, als man annehmen könnte, weil die Eingabe von Suchbegriffen wie BEGRABENE WELPEN NIEMAND STIRBT GRABEN HAPPY END KUSCHELN genug Ergebnisse liefert, um alle beteiligten XML-Sitemaps durchzubrennen. So groß ist der aktuelle Bedarf an HAPPY END KUSCHELN. So groß ist der aktuelle Bedarf an NIEMAND STIRBT.

Und nein, ich weiß nicht, was XML-Sitemaps sind, das weiß niemand. Leute wie Francis reden darüber mit Leuten wie Paul und schauen mich dann an wie Rosenkreuzer, die argwöhnen, dass sie ein bisschen zu viel über Atlantis erzählt haben.

Francis sitzt in seinem üblichen Liegestuhl neben mir und versucht, alle Teile einer Schale wieder zusammenzusetzen, die er in genau diese Teile zerbrochen hat, damit er sie wieder zusammensetzen kann. Er lernt gerade *Kintsugi* – die Kunst, die Schönheit von Reparaturen, von Absplitterungen und Rissen hervorzuheben. Dem Haushalt gefällt die Idee, aber derzeit scheint *Kintsugis* einzige Metapher für das Leben eher einen bizarren Kreislauf der Zerstörung zu beschreiben und weniger die Tatsache, dass wir unsere Narben prachtvoll machen oder zumindest hoffen, dass wir uns über Zerbrechlichkeit und Sorgfalt freuen können.

Ich möchte auch darauf hinweisen, dass er ein bisschen high vom Aceton ist. Aceton spielt bei dem Prozess eine größere Rolle, als ich erwartet hatte. Es könnte sich herausstellen, dass es für Kinder nicht geeignet ist.

Dennoch haben wir durch die Pandemie-Projekte und die allgemeine Kompetenzsteigerung im Großen und Ganzen die zweite Luft bekommen.

Ich lerne Gälisch. *Tha mi gu dearbh.* Und Paul strickt eine Mütze – Fair-Isle-Muster. Zumindest glauben wir, dass es eine Mütze ist. Paul sagt, wenn es nicht klappt, kann es ein Kapuzenschal werden. Bei denen hat man eine Menge Spielraum. Paul ist auch der Einzige von uns, der ernsthaft lernt, sich auf die Uni vorbereitet, darauf, mich zu verlassen.

Eigentlich sollte ich sagen, dass er sich darauf vorbereitet, in die Welt zu treten, wie es sich gehört.

Aber die Welt wird versuchen, ihn umzubringen, und ich will nicht, dass er geht.

Ich spreche das nicht laut aus.

Stattdessen sitze ich hier.

Und schreibe.

Ich zerlege die Dunkelheit in kleine Stücke, und am Ende habe ich alles aufgeschrieben und die Tinte hat es weggeschlossen.

Selbst Buster auf dem Kahn, der sich auf mich stürzt, wird nur ein Etwas auf einer Seite sein.

Er sprang von seinem Sitz auf wie ein Nachtgedanke, der er ja auch ist, und ich sah seine Augen. Ich sah die glänzend schwarzen, geweiteten Pupillen mit nichts dahinter.

Aber ich stand auf.

Ich widerstand ihm.

Der Kahn schwankte nicht hoch und wieder herab, und ich fiel nicht hin, rannte nicht weg.

Manchmal ist nicht wegzurennen die beste Lösung.

Und Buster schien davon überrascht zu sein. In seinen Augen flackerte eine Neubewertung, er leckte sich über die Lippen. Das kleine, feuchte Geräusch wirkte weit weg und wie ein billiger, schlecht funktionierender Mechanismus.

Und ich sagte: »Ich gehe jetzt weg.«

Sein Kopf zuckte ganz winzig – *raufrunter* –, bevor seine Konzentration ganz von mir abzufallen schien und er auf die Sauerei auf seinem Boden starrte. Seine Finger zuckten, unschlüssig.

Ich wich zurück, bis die Stufen zum Steuerhaus meine Fersen berührten. »Ich gehe weg, und ich werde glücklich sein. Du bist es nicht.«

Zu diesem Zeitpunkt – als ich ihn das letzte Mal sah – hockte er mitten auf seinem Teppich, verwirrt von dem schmutzigen Chaos, das ich hinterlassen hatte. Er schaute mich einmal an, nicht wütend, nicht wirklich irgendwas. So als hätte er den Gedanken an mich schon verdrängt und angefangen, Platz zu machen für den nächsten. So schien es jedenfalls.

Er war nicht barmherzig – er hatte mich schon einmal getötet und hatte kein Interesse daran, es noch einmal zu tun. Ich war unbedeutend, so wie ich es immer gewesen war. Das denke ich manchmal.

Manchmal denke ich, dass ich ihn zurückgedrängt habe, dass ich ihn mit dem, was ich bin, was ich geworden bin, auf Abstand gehalten habe. Das wirkt weniger überzeugend.

Ich weiß, dass ich, als ich wieder ins Steuerhaus geklettert war, in Eile, ja fast in Panik war. Ich schürfte mir die Knöchel auf, als ich die Leiter zum Kai hinaufkletterte, und vergaß dann den Weg zurück zum Bahnhof Hythe. Es schien Jahre her zu sein, dass ich von dort aus hergelaufen war.

Ich merkte erst, dass ich blutete, als ich im Zug saß.

Als ich nach Hause kam, war ich schon sehr spät dran, und Paul machte viel Aufhebens darum, wie große Sorgen er sich gemacht hatte. »Es ist ein Mobiltelefon – das ist der Hinweis – *mobil* – was bedeutet, dass es ein Telefon ist, das man in einer Tasche, einem Beutel, einem Rucksack oder Ähnlichem mit sich herumtragen kann …«

Irgendetwas an meinem Gesicht ließ ihn innehalten, und wir umarmten uns einfach.

Ich sagte ihm, dass ich mich übergeben hätte und dass Gerichtssaal 10 schrecklich gewesen sei und dass ich nicht mehr hingehen würde. Das war die Wahrheit, aber unvollständig.

Er sah sich meine Fingerknöchel an, und anstatt zu lügen, sagte ich einfach nicht, wie ich mich verletzt hatte.

Ich habe ihm auch nicht gesagt, dass es in der Sache keinen Abschluss gab, denn nichts schließt sich ab – man entfernt sich nur weiter von dem, was passiert ist, und man verändert sich. Der Schaden kann nur der Schaden sein – Sie selbst können fast alles sein. Sie können herauswachsen, so wie ein Knochen an einem Bruch wieder zusammenwächst. Oder vielleicht ist es eher so, wie ein Baum um einen Nagel herum wächst. Der Nagel wächst nie – er steckt fest, er wird erdrückt.

Sie sind der Mensch, der draußen in der Welt und frei ist.

DER PROZESS SCHEITERTE tatsächlich. Die Anklage endete mit Gemurmel und Ausreden. Fast nichts in den Zeitungen. Der Lärm eines ganzen Landes, das in hässlichem Taumel eine Klippe hinunterrutscht, übertönte einen potenziell interessanten Skandal. Außerdem gibt es kein wirkliches Interesse daran, Regierungen zur Rechenschaft zu ziehen. Ich fand einen kleinen und mäßig boshaften Artikel, der ein verschmiertes Foto des OrKestrA in der Nähe einer Streikpostenkette verwendete. Aber da könnten wir genauso gut nie gewesen sein.

Ein paar Tage lang trieb sich ein verschlagener Kerl im Anorak in unserem Teil der Wicklow Street herum. Er sah aus wie jemand, der in fremden Häusern herumschleichen wollte und dachte, mit Presseausweis würde er seinen Wunsch erfüllt bekommen.

Oder er war einfach nur ein durchschnittlicher Perverser, vielleicht ein Einbrecher oder ein Polizist, der vorgab, kein Polizist zu sein. Ist doch alles dasselbe, oder?

Karl wurde zu einer durch die U-Haft bereits verbüßten Haftstrafe, gemeinnütziger Arbeit und einer Geldstrafe verurteilt.

Das Leben und Gerichtssaal 10 gingen weiter.

Und was vom OrKestrA übrig geblieben ist, fand wieder zusammen und ging gemeinsam essen, um wenn schon nicht den Sieg, so doch das Überleben zu feiern.

Paul kam auch mit, denn er ist Ehrenmitglied. Er und Mrs Fire jonglieren unermüdlich mit Bleistiften, Brötchen, Gläsern, Eiern, Kleingeld – mit allem, was sie in der Hand haben – drinnen oder draußen. Sie sind sehr gut darin, haben supersichere Hände, und das Glitzern der Gegenstände und ihre Konzentration sind sehr schön. Aber meist machen sie die Leute im Restaurant nervös.

Und das OrKestrA ist älter und gesetzter und besteht nicht zu jedem Gang auf glänzendem Glitter. Wir können vernünftig sein.

Die meiste Zeit des Abends sprachen wir nicht über den Prozess. Wir sprachen über die vielen Demos, die in diesem Jahr stattfanden – welche wir mitgemacht und welche wir verpasst hatten. Es waren Millionen auf der Straße gewesen. (Oder Dutzende, wenn man den Polizeibeobachtern glaubt. Die sind nie gut im Zählen.)

Ich habe mich daran gewöhnt, mich bei Protesten für die Rechte von Frauen, von Minderheiten, für die Demokratie, für die Gesundheitsfürsorge – und gegen die fragilen sadistischen Stilzchen und ihren Vandalismus – beengt zu fühlen.

In dieser – wahrscheinlich letzten – OrKestrA-Nacht waren wir in einem wahren Rausch. Keiner von uns konnte sich daran erinnern, an so vielen Protesten teilgenommen zu haben, die sich so regelmäßig über die Breite und Länge von Piccadilly erstreckten, den Hyde Park bedeckten und immer weiter gingen, Stunde um Stunde weitermarschierten, mit noch mehr Demonstranten, die darauf warteten, loszugehen. Wir fühlten uns in einer Zeit besonderer Freude: Schilder, Transparente, Musik, Witze, Morris-Tänzer, Trommeln, Spaziergänger und Spieler und getrennte Interessengruppen, die endlich zusammenkommen, sich sehen und auf Notwendigkeiten drängen. Ich fand es erhebend, dass so viele Menschen Frieden, Gleichberechtigung, Gesundheitsfürsorge, Nahrung, saubere Luft, genug Zeit, um ein ganzes Leben zu leben und darin glücklich zu sein, und genug Zeit, um den Planeten bewohnbar zu lassen, wollten – das übliche, verrückte Zeug, das im Vergleich zum Geld so gutmütig wirkt. In Wirklichkeit war es aber eher ein starkes Indiz dafür, dass all diese Dinge verschwinden – es könnte das letzte Hurra der Gesellschaft gewesen sein.

Ich erinnere mich, dass wir glaubten, gewinnen zu können, dass wir nicht zu spät dafür waren. Demos sind optimistisch – warum sollte man sich sonst dazu aufraffen? Die Faschisten waren real und wieder da, wie ein Rückfall der Syphilis, die das Gehirn verfaulen lässt, die Glieder zucken lässt und die alten, vertrauten Mord- und Selbstmordformen hervorbringt. Die Situation war schrecklich, aber nicht hoffnungslos. Oder sie war hoffnungslos, aber nicht ernst – so etwas in der Art –, aber wir taten so, als ob unser Optimismus gerechtfertigt und ein wirksames Mittel wäre.

Und wir hatten uns an sanftmütige Polizei gewöhnt, die an der Wand lehnte und gähnte, die in Unterzahl war und sich deshalb gut benahm, auch nach Einbruch der Dunkelheit. Wir hatten uns daran gewöhnt, dass das Parlament uns direkt vor seinen Mauern hörte, dass das Volk lauter war als die Diener des Volkes, das den Palast nicht stürmte, sondern ihn daran erinnerte, wie zerbrechlich er war. Hier gab es unbewaffneten, gewaltlosen Druck. Hier war der Wunsch, den Schmerz zu verringern, anstatt ihn zu verkaufen.

Es schien, als könnte sich jedes Viertel in ein OrKestrA verwandeln.

Man kann es uns nicht verübeln, dass wir gehofft haben – es war schon so lange her, dass wir es konnten.

Es war an einem Nachmittag, vielleicht im Frühherbst 2019, und Paul ging mit mir hinter dem wirklich ganz passablen Schlagzeugensemble. Sie waren nicht das OrKestrA, aber sie waren gut. Und unser ganzes Gedröhne und Geklapper schaukelte gerade an der hässlichen Ansammlung von protzigen Luxushotels gegenüber dem Green Park vorbei. Ein weiterer Hubschrauber flatterte heran, um uns zu begutachten, und wir winkten der unvermeidlichen Kamera zu, für wen auch immer sie arbeitete. Wir winkten mit Tausenden von anderen, Zehntausenden, ein langer, überschäumender Jubel.

Paul sah mich mit einem Lächeln wie am Weihnachtsmorgen an. »War es so?«

»Das OrKestrA? Irgendwie schon. Kleiner. Aber, ja. Es fühlte sich so an, ja.«

Das war kein gutes Omen, denn wir hatten verloren: Die Gruben wurden geschlossen, die Arbeitsplätze im Bergbau wurden nie ersetzt, immer mehr unserer Gemeinschaftsgüter wurden mit Verlust verkauft. Wir hielten es nicht auf. Wir hielten die Truppen nicht vom Irak fern.

Aber dieses Mal würde das Demonstrieren nicht aufhören. Das war unsere Meinung an dem großen Tisch im Restaurant. Nach dem einen monumentalen Demo-Tag gegen den Irakkrieg 2003, sagte Hissy, hätten zu viele von uns geglaubt, dass wir es endgültig geschafft hätten. Job erledigt. Es gab nicht genug Folgeaktionen – um den Freuden des entfesselten Krieges zu widerstehen: den Plünderungen, den Söldnern, der Folter, der bewundernd eingebetteten Presse, den Geldsäcken für die Chaoserzeuger. Die Bomben fielen bereits teuer und verleiteten uns zu einem weiteren aufregenden Fehler. Fernsehgold. Und auch richtiges Gold.

Doch dieses Mal sollte es anders werden. Wirklich. Der Oktober 2019 war so bemerkenswert gewesen. Fast jeder an unserem Tisch war damals glücklich irgendwo in dem Gedränge, das die gesamte Whitehall ausfüllte. Wir hatten das gesamte West End lahmgelegt am 19. Oktober. Wir hatten gejubelt, gehofft und gesungen. Wir hatten gespürt, wie sich die Stadt bewegte, verschob. Ich war mir ziemlich sicher, dass wir das gespürt hatten.

Das habe ich natürlich laut gesagt und geglaubt, während Mrs Fire mich über das Besteck und die Teller hinweg anlächelte. (Alle ausschließlich für kulinarische Zwecke verwendet.) Sie hob eine Augenbraue, wie sie es seit jeher tat, wenn jemand Anstalten machte, *unfassbar naiv zu sein.*

Ihr Haar stand immer noch wild in die Höhe, aber jetzt strahlend weiß. Das hatte ich nicht erwartet – und auch nicht, dass sie so zielstrebig auf *gemütlich, mollig und zwinkernd* zusteuerte, als könnte sie es kaum erwarten, die Rentnerin zu werden, die einen mit krassen Flüchen überrascht oder sich unschuldig mit Handschellen an Transporter fesselt, die jemanden abschieben wollen. In einer Geschichte wäre sie die unheimliche Frau, die an deine Tür klopft, um ein Glas Wasser zu holen, und dich mit ihren violettblauen Augen abschätzend ansieht, kurz bevor dein Leben zu zerbrechen beginnt – wenn du sie gut behandelst, hilft sie dir auf magische Weise und zaubert dir etwas Besseres, als du hattest. Es ist nicht so, dass sie nicht mehr brennt, sie hat nur eine andere Flamme.

Eine Zeit lang hat Gerichtssaal 10 ihr fast Dynamo weggenommen, und sie hatte keine Kraft, sich ihm in den Weg zu stellen. Aber sie ist fast wieder sie selbst. Fast. Und Dynamo teilt jetzt Mrs Fires Begeisterung für Strickwaren und offensichtliches Wohlwollen.

Vielleicht wirkte er zu gut, um wahr zu sein, und war deshalb ein geeignetes Ziel für einen *agent provocateur*. Dynamo war nie die Art Aktivist, die in Marinestützpunkte einbricht. Er muss schreckliche Angst gehabt haben. Er ist kein Spion, kein Zerstörer, kein ausländischer Agent. Natürlich nicht – diese Leute haben jetzt die ganze Macht, und er hat keine.

Ich habe mir nie erklären können, wie Arthur, Karl, Phil, Bill und vor allem Dynamo jemals so etwas wie die von Gerichtssaal 10 und den Zeitungen beschriebene nächtliche Katastrophe hätten planen und durchführen können. Die Sachbeschädigung und der Einsatz von Feuer – ein die Täter belastendes, schlecht kontrolliertes Feuer – hatten etwas Verzweifeltes.

Dynamo hatte nichts als Respekt vor Feuer, er hätte es nie missbraucht.

Ich weiß noch, wie ich zusah, als Karl Paul eines seiner komplizierten Klatsch-und-Stampf-Muster beibrachte. Dann spielten sie es gemeinsam durch und verzögerten die eine Hälfte des Gesprächs um einen Takt. Die neue Kombination von Rhythmen war so schön, dass wir applaudierten.

Karl war auch kein Terrorist.

Ein anderer Buster, ein anderes Stilzchen, hatte unsere Freunde herangeführt, sie angeleitet, darauf bestanden, dass Papierlaternen mit nackten Flammen über ausgedörrtes Sommergras und die mehr oder weniger imposanten Bauten am Rande einer U-Boot-Basis fliegen sollten. Karl, Dynamo und die anderen wurden ausgetrickst und dann von einem Mann verlassen, den sie nie wiedersahen und der dafür sorgte, dass zwei Militärpolizisten zu Schaden kamen.

Es war immer unwahrscheinlich gewesen, dass die Aktivisten entkommen und sich in die warme Nacht und den Kiefernduft zerstreuen könnten. Sie schafften es aber zurück zu den Autos und warteten so lange wie möglich auf das Stilzchen, bevor sie zurück nach Glasgow fuhren. Sie versteckten sich ein paar Tage lang – alle außer Phil, der sich in die Notaufnahme des Western Infirmary in Glasgow begab und erzählte, er sei die Treppe hinuntergefallen.

Aber es gab keine Schlagzeilen, nicht einmal kleine Erwähnungen dessen, was sie getan hatten. Und ihr seltsamer Freund mit den guten Stiefeln tauchte nicht wieder auf. Im Laufe der Monate entspannten sie sich, rätselten, fragten sich, ob die Peinlichkeit für die staatlichen Stellen ihnen geholfen hatte, den ganzen Vorfall verschwinden zu lassen. Sie gingen nach Hause, entspannten sich langsam, und keiner von ihnen erzählte uns von der ungeschickten, dummen Sache, die sie getan hatten. Dynamo erzählt Mrs Fire nichts.

Das hat sie verletzt.

Dynamo sieht müde aus.

In Gerichtssaal 10 hat die Staatsanwaltschaft nie seinen richtigen Künstlernamen verwendet. Sie sagten immer wieder, er hätte sich *Mr Fire* genannt. Sie verdrehten alles, was sie konnten, so wie es die Stilzchen tun, und folgten einer seltsamen Logik, die plötzlich eine Falle auslöst, die 1997 gestellt wurde.

Auch das ist eine Sache, die die Stilzchen tun – sie warten.

Dynamo und Mrs Fire waren über den Vorfall hinweg. Im Jahr 1998 wurden sie zu Mr und Mrs Waller-Nye. Beide nahmen beide Namen an und machten sich wieder auf Tour. Ihr Leben im Lieferwagen endete nie, die Tournee wurde nur dauerhaft.

Sie sind Puppenspieler für Kinder. Die Zeiten sind sehr hart und seltsam für tourende Unterhaltungskünstler, für jeden Unterhaltungskünstler, aber Dynamo und Mrs Fire schaffen das, denke ich. Es ist immer ein harter Job: in einer Kabine kauern und Multitasking betreiben und ständig seine eigene Magie verbergen, damit kleine, anspruchsvolle Menschen Spaß haben können. Puppenspieler werden unterschätzt, aber sie müssen Wunder vollbringen, bevor sie überhaupt anfangen können zu arbeiten, müssen Schatten dreidimensional werden lassen, müssen tote Gegenstände lebendig machen.

Ich beobachtete, wie sie sich gegenseitig von ihren unterschiedlichen Tellern fütterten: Ravioli gegen Risotto und umgekehrt. Sie wollten immer sicher sein, dass sie nicht zu kurz kommen, selbst als in jeder Schüssel des OrKestrA der gleiche Bohnen-mit-anderen-Bohnen-Auflauf lag.

Und dann nahm Dynamo ihre Gabeln und ließ sie miteinander tanzen, so als ob sie plötzlich Lust dazu hatten, rundherum auf dem Tischtuch – ehrliches, einfaches Handwerk und Magie. Jeder braucht sie.

Ich glaube, es war im April dieses Jahres, als Paul und ich einen kleinen Film fanden, den Mrs F. und Dynamo online gestellt hatten. Traurige und verängstigte Haushaltsgegenstände in einer Küche sangen einander alle aus der Ferne zu – Löffel und ein Satz Schneebesen, ein Honiglöffel, ein winziges Buttermesser. Ein Korkenzieher hob langsam die Arme und wurde zu einer kleinen Frau aus Metall, die genau wusste, wie man glücklich sein kann, egal, was passiert, und lebendig, lebendig, lebendig.

Ich weinte. Paul weinte. Die Fünftklässler weinten, als ich es ihnen zeigte. Ich schickte den Link nach Colonsay, und Francis weinte immer noch, als ich ihn anrief.

Vor Glück zu weinen, ist eine außergewöhnliche Sache. Jemandem dieses Glück zu schenken, bedeutet, dass man nichts falsch gemacht hat. Sie handeln wie beabsichtigt, als menschliches Wesen.

Der erste Lockdown war voller Schrecken, ich würde ihn nie wieder erleben wollen, aber er gab der Welt Zeit, sich daran zu erinnern, warum wir vor Glück weinen.

Dynamo und Mrs Fire haben das nie vergessen.

Das OrKestrA konnte das auch nie vergessen. Es entstand nicht unbedingt aus nur guten Menschen, aber es hat gute Menschen aus uns gemacht. Vielleicht hat es deshalb Vandalismus angezogen – weil Schönheit das tut.

Das habe ich auch gedacht, als Clumsy Mary und die Apokalypsen am Ende des Tisches saßen und lachten wie Kinder auf dem Jahrmarkt. Keine Veränderung – nicht anders, nur älter. Ihre Töne waren leiser, und ihre Hände berührten sich häufiger, als ob jede von ihnen Trost brauchte und beruhigt werden wollte.

Mary hat im Lockdown einen Podcast gestartet. Eine Mischung aus Politik und den Geräuschen von stürzenden, zerreißenden, brennenden und explodierenden Gegenständen. Sie ist sehr erfolgreich damit.

Mr Kink wurde Physiklehrer, was mir seltsam vorkam, bis ich mir überlegte, wie viel Effekthascherei und Demonstration damit verbunden sein könnte und wie viele Körper in Bewegung beschrieben wurden, wie viele Kräfte mit welchen vorhersehbaren Ergebnissen. Ich fand den mathematischen Teil der Physik immer schrecklich, aber dass Mr Kink seine Mr-Kink-Coolness beibehalten hat, trägt vermutlich dazu bei, dass seine Klassen Rechnen und Algebra und so weiter ertragen haben. Es muss ja einen coolen Lehrer geben. Es muss jemanden geben, der Modeschauen und Theaterausflüge, Debatten und Besuche von reisenden Jazzbands organisiert – all die seltsamen und zusätzlichen Dinge, die jedem Kind seinen Platz geben, zumindest einen Platz.

Das Lernen im 21. Jahrhundert soll funktionieren wie die Erzeugung von Gänsestopfleber – man zwingt den minderwertigen Mais hinein und hält sie in Käfigen und gefügig. Man erntet den entstandenen Schaden und wirft den Rest des Kadavers weg.

Mr Kink organisierte wie wild Spendensammlungen, Feste und Stipendien in Sozialsiedlungen.

Bei diesem Abendessen lernte ich zum ersten Mal seine Frau kennen. Sie war ebenfalls von der schlanken und glühenden Sorte mit langem Haar und einem Pony zum Wegwischen. Tatsächlich hatte sie den Haarschnitt, den er früher trug, als er herumschlich und die Hausfrauen zum Kichern brachte, während wir alle vorbeimarschierten, unser glorreiches Selbst, das UnRule OrKestrA.

Drei Wochen nachdem die Schulen wieder geöffnet wurden, wurde Mr Kink von Covid erwischt. Er hat überlebt, sagt aber, dass er jetzt ein bisschen blind und ein bisschen taub ist und sich ständig erschöpft fühlt.

Ich stelle ihn mir gesund beim Abendessen vor, wie er ein Brotstäbchen auf einer Fingerspitze balanciert: ein Mann, der immer glamourös sein wird. Phil und Bill saßen – natürlich – nebeneinander und beobachteten ihn ebenfalls. Sie neigten die Köpfe dicht aneinander und kicherten leise gemeinsam, warfen der Welt verstohlene Blicke zu, denn so etwas tun sie gern.

Sie sehen sich nicht mehr oft – Phil ist in Norwich und Bill in Exeter. Besuche kosten Zeit. Sie sind beide Elektriker. Das passt zu ihren Persönlichkeiten, und ihre Persönlichkeiten sind eigenartig, fast vollkommen aufeinander abgestimmt. Sie arbeiten nicht für Haushalte – obwohl Phil mir den Gefallen getan und meinen Herd angeschlossen hat –, sondern für Filmteams. Die Sache ist nur, dass sie es nie schaffen, an denselben Filmen zu arbeiten. Das wäre lustig, wenn es sie nicht beide so traurig machen würde.

Gerichtssaal 10 zeigte sich erst in ihren Mienen, als der Tisch ein Chaos aus Resten war, wir in unseren Taschen suchten, letzte Getränke bestellten und über den Heimweg sprachen. Das OrKestrA war einmal unser Zuhause.

Phil und Bill waren freigesprochen worden und alles war gut, aber nicht wirklich. Niemand will einen Elektriker anheuern, der vielleicht ein verrückter, heimlicher Feuerteufel und radikaler Saboteur ist.

Cedric und Arthur waren offensichtlich wachsamer, unruhiger, als ob sie sich davor fürchteten, zurückgeholt und wieder zu Untersuchungshäftlingen gemacht zu werden – der Angeklagte Cedric William Maltby, 55, und der Angeklagte Arthur Magnus Simms, 54.

Vor den Verhaftungen und dem Prozess leitete Cedric ein Hilfszentrum für Behinderte, das er mit Gesangsstunden und Gedichten, Kompositionskursen zur Erstellung von Soundtracks für die Therapiefahrräder, Malkursen für Menschen mit zu lockeren Armen, Entspannungslichtshows, Physiotherapie, personalisierten Schildern für Sprachlose, anständigem Essen in der Kantine und Praktika in der Küche füllte. Er ist gut darin, Dinge in Einklang zu bringen und daraus etwas zu machen. Vor den Verhaftungen konnte er, wann immer ich ihn anrief, nicht aufhören aufzuzählen, was alles neu war und was verbessert werden musste und wie er es meistens, zumindest ein wenig, schaffte, seinen Kunden zu helfen. Er tat dies, obwohl die nationale Zielsetzung lautete, niemandem zu helfen, vor allem nicht denen, die Hilfe brauchten.

Arthur war von der Selbstständigkeit als Dekorateur stets begeistert gewesen. Er fand auch die eintönigen Arbeiten befriedigend, aber er liebte es, Hausbesitzer sanft zu Marmorierungen, Wandmalereien und himmlischen Decken zu überreden. Das viele frühere Schreien hatte ihm eine schokoladig brummende Stimme beschert.

Und sein Haar strebte immer noch von den Schläfen nach hinten, als wäre er ein Zeichentrickmann inmitten eines Taifuns.

Sie waren nützlich und glücklich gewesen.

Dann griff Gerichtssaal 10 nach ihnen und nahm ihnen all das weg.

Arthur arbeitet jede wache Stunde als Lieferfahrer. Cedric ist arbeitslos.

Und Monkey Monk – er war und blieb weg.

Ich könnte so tun, als ob ich spürte, wie er uns beobachtete, während dieser Abend abebbte, langsamer wurde. Ich könnte über eine zarte, weiche Stelle in der Luft schreiben, die sich darüber freut, wer wir geworden sind, oder vielmehr, wer wir geblieben sind.

Ich habe aber nichts gespürt.

Weg ist weg.

TRAFALGAR SQUARE

Wenn Buster Orte als Überschriften wählen kann, warum ich nicht?

Dies geschieht im Jahr 2019 – dem Jahr der Hoffnung und Demos.

2020 würde genauso werden. Und nicht etwa Verblüffung und Wutanfälle angesichts des drohenden Aussterbens bringen. Keine Erkenntnis, dass die Menschen Angst haben, Masken zu tragen, weil sie einander nicht in die Augen sehen wollen. Nicht etwa Sue, die uns mit ihrer Beatmungsmaske zuwinkt und ihr Telefon nicht ganz ruhig halten kann.

Ihre Augen waren verängstigt.

Heute Nachmittag wären es nicht schon wieder 32 Grad, die Titelseiten voll mit fröhlich planschenden Kindern, keine Anzeichen dafür, dass etwas noch nie Dagewesenes im Gange ist. Der August brennt. Im Feinkostladen von Jagoda und Bogdi sagte jemand, der Sommer sei ja »endlich mal so richtig heiß«. Ich wollte ihn treten, aber das hätte keinen Sinn gehabt.

2020 hätte aber jedenfalls bedeutet, dass Paul bald, sehr bald an die Uni geht. Schrecklich bald. Wir machen das Beste aus diesem letzten Monat, klammern uns an ihn.

Das Jahr 2020 sollte nicht so viele Veränderungen mit sich bringen, nicht diese Veränderungen. Bald werde ich kurze Online-Sitzungen mit meiner kommenden Klasse fünf einbauen. Das ist auch gut so, aber keiner von uns will den Punkt überschreiten, an dem die Räume anfangen zu schmerzen. Wir wollen eigentlich keine erste Klasse, die Mrs Delara nicht kennengelernt hat.

Oakwood ist über den Sommer geschlossen. Der Lehrkörper trifft sich weiterhin online mit den Kindern vom letzten Jahr, aber nur einmal die Woche für eine Stunde. Kontinuität. Komfort. Bedarf.

Das ist das Problem mit Masken – sie machen Unehrlichkeit viel schwieriger.

Wir werden bald eine neue Direktorin haben, wieder eine Veränderung, obwohl ich denke, dass Claudia, die Stellvertreterin, den Job wahrscheinlich bekommen wird. Das sollte sie auch. Claudia ist organisiert, effektiv, charmant. Es ist nur so, dass sie niemals einen der Kleinen hochheben und über ihren Kopf fliegen lassen würde oder Geometrie in der sechsten Klasse in Lieder und Tanzschritte verwandeln.

Claudia wird effizient sein.

Und in der Zwischenzeit werde ich meinen Anteil an den Sozialkontrollen und der Verteilung kostenloser Mahlzeiten leisten. Im Jahr 2020 darf ich nicht daran denken, dass ich dieselbe Route wie Sue nehme, immer wieder dieselben Häuser besuche. Das war nicht so gedacht. Ich sollte nicht auf den Fluren an denselben Gesichtern vorbeilaufen, die sie betrachtete und kannte, die sie anlächelte und denen sie Fragen stellte.

2020, das Jahr der erschreckenden Nähe.

Und wenn ich mit Francis nach Colonsay gehe, wird das eine weitere Veränderung sein.

Bogdi und Jagoda hören auf mit dem Laden, machen ihn zu. Wenn keine anderen Kunden da sind, machen sie Witze: »Die schlechte Nachricht: Nach dem Brexit wird es nur noch genug Lebensmittel für die Hälfte der Bevölkerung geben. Die gute Nachricht: Im Jahr danach wird es dann reichen.« Wir lachen alle, haben aber aus unterschiedlichen Gründen traurige Augen. Weihnachten werden sie in Polen sein und das hier überstanden haben.

Also nichts mehr davon.

Ich möchte mich an den 11. Oktober 2019 auf dem Trafalgar Square erinnern.

Westminster war ruhig, eine Ahnung seiner Zukunft hallte herein, London war über Nacht durch eine massive Intervention geräumt worden.

Ich war vom Fluss aus an U-Bahnhöfen vorbeigegangen, die wegen der atmosphärischen Besonderheiten der Umgebung geschlossen waren. Ich fand Whitehall leer bis auf gestapelte Absperrbarrieren und geparkte Polizeifahrzeuge. Halbleere Plastikwasserflaschen lagen auf den Armaturenbrettern, bildeten eigene kleinen Kreisläufe aus Kondenswasser und Tropfen. Man sollte meinen, sie hätten nicht gerade Einweg-Plastikflaschen kaufen müssen. Vielleicht sollte es aber auch ein Scherz sein. Den Humor der Polizei habe ich noch nie verstanden.

Hier und da sah ich an Laternenpfählen geklebt den »Rebellen-Code« der *Extinction Rebellion*: eine ordentliche, gesunde Liste guter Verhaltensweisen, ein Versuch, die Sauberkeit ihrer Absichten zu beweisen.

Menschen im Alter meines Sohnes und jünger hatten Londons Zentrum eingenommen. Jetzt redeten sie, sprachen mit dem Zentrum über die brennende Welt, während die Medien mit schmutzigen Gerüchten um sich warfen und die Polizei ihre Reaktion neu ordnete.

Die anderen Generationen – sogar meine, die ehrlich gesagt noch nie so beeindruckend war – schienen zum Mitmachen bereit zu sein, wollten den Dingen zumindest eine Chance geben. Tagelang waren die Nachrichten voll von Rentnern, die verhaftet wurden, weil sie halfen, das Embankment zu blockieren, weil sie Flugabwicklungen störten, weil sie sich am Oxford Circus an ein riesiges rosa Boot fesselten – sehr ungehorsam, sehr zivil.

Natürlich bekamen andere aus verschiedenen Generationen nichts mit, harkten Laub und hörten *The Archers*, oder sie waren empört. Einige bekamen nichts mit, andere wunderten sich nur, warum der Verkehr so viel schlimmer war als sonst.

Extinction Rebellion hatte London tagelang in Atem gehalten. Auf den Straßen herrschte Karneval, es gab Trauerzüge für unsere Zukunft. In bestimmten Bezirken gab es nur noch für Rettungsfahrzeuge ein Durchkommen. Eine Regierung, die Recht und Ordnung propagierte und gleichzeitig nicht bereit war, Geld für Angestellte des öffentlichen Dienstes auszugeben, stand kurz vor der Erkenntnis, dass ihre eigenen inneren Widersprüche selbstzerstörerisch waren.

Ich schlenderte neben der Statue des Herzogs von Devonshire. Es ist die Art von bizarrem Zuckerwerk, zu dem die Briten treu aufblicken sollen: ausgestellte Hüfte, Kniebundhosen, ein Keil von König-Leopold-Bart, Umhang und ein angemessen bestürzter Ausdruck. Hinter mir radelte ein junger Mann in brauner Jacke vorbei, einhändig und lässig, durch die menschenleere und nach Land schmeckende Luft. Mit einem Heuballen auf der Schulter und einem kleinen Hund, der neben ihm herhüpfte, fuhr er freihändig in Richtung Süden und schien eine Welle der Veränderung hinter sich herzuziehen. Ich erinnere mich so deutlich an ihn, weil er und ich die einzigen Menschen waren, die man sah, und weil er so beiläufig auffiel. Er erweckte den Eindruck, dass diese Ruhe und dieser Raum von Dauer sein könnten. Er hatte nicht ganz unrecht.

Great Scotland Yard war geschäftig, in altneuer Art. Es war voll mit Pferdetransportern und Pferden – Hufe, die sich auf dem Asphalt bewegten, lautes Atmen und der Geruch von frischem Pferdemist ließen die kleine Gasse seltsam wirken, wie eine Zeitreise zurück – kurz vor unserem Verbrennungsirrlauf. Ein Polizist wurde zu einem merkwürdigen Fokus von Dissonanzen. Er benutzte die ewig gleichen Gesten, wie wenn man Pferde beruhigt, flüsterte die traditionell beruhigenden Laute und führte eine braune Stute eine Rampe hinunter, so wie braune Stuten schon immer Rampen hinuntergegangen sind. Aber er trug trotzdem Kevlar, eine Baseballmütze und taktische Ausrüstung. Er war immer noch ein harter Mann der Bereitschaftspolizei.

Und ich nehme an, dass die Männer, die hoch im Sattel sitzen, mit welchen Helmen und Stiefeln auch immer, noch nie wunderlich oder sanft waren. Möglicherweise können sie in ihrer Position nicht anders, als ab und zu einen Kavallerieangriff zu wollen, einen Schlag auf widerspenstige Schädel. Wenigstens haben sie keine Säbel mehr.

Dennoch kam es an diesem Nachmittag zu keiner Attacke. Whitehall schien in der Pause nach dem Krieg zu dösen.

Erst als ich mich dem Platz näherte, hörte ich meine Art von Störung. Es waren Trommeln, sich überlagernde, komplizierte und widerspenstige Trommeln – das OrKestrA. Als ich loseilte, erwartete ich fast, zu einem Auftritt zu spät zu kommen. Oder vielleicht war die Zeit tatsächlich im Fluss, und ich würde mich selbst treffen, schon dort, bei Nelson.

Nervöse Touristen fotografierten von der Verkehrsinsel aus, und da kam New London in Sicht.

Der Trafalgar Square war ein Hain aus Holztürmen und Fahnen, die von Bambus und beschnittenen Ästen wehten. An den Wänden nördlich der Brunnen hingen Banner, und darunter lag ein Lager mit großen und kleinen, alten, neuen und anrüchigen Zelten, einer schwimmenden rosa Modellqualle, Stelzenläufern, einer Feldküche, die von Girlanden aus trocknenden Geschirrtüchern eingegrenzt war und etwas kochte, das nach 80ern und Kurkuma roch. Und es wurde geredet und geredet und geredet und geredet – Quäker in handgestrickten Kleidern, Aktivisten in Outdoor-Klamotten und Wanderstiefeln, schlanke junge Leute in Baumwollschichten und abgelegter Kleidung, die aus irgendeiner Zeit stammen könnten – überall sprechende Gestalten, mit beweglichen Händen, die sich gegenseitig die Welt erklärten, die einem Haufen sich sanft präsentierender Polizisten die Welt erklärten – Polizisten, die von einem Fuß auf den anderen traten und Gesichtsausdrücke ausprobierten, ohne einen passenden zu finden.

In der Nähe der Einkaufspassage, die in die Northumberland Avenue übergeht, wartete ein mit Metallbarrieren vollgestapelter Lastwagen. Als ich die Straße überquerte und den Platz betrat, sprang ein rotblonder Mann in Cordhose in die entgegengesetzte Richtung und rannte auf den Haufen mit den Absperrungen zu, wie ein Parkour-Fuchs auf der Flucht.

Der Wagen fuhr los, wie aufs Stichwort und ohne es zu wissen. Br'er Fox war vor irgendetwas oder irgendwem geflohen und wurde in die Ferne getragen, balancierend und einen Arm über dem Kopf schwenkend, wie jeder Held zu jeder Zeit. Ein Teil der endlos zirkulierenden Menge blickte von der Trafalgar-Besatzungszone herüber und jubelte. Er grüßte erneut und bewegte sich fröhlich nach Süden, wo er immer kleiner wurde.

Wenn Whitehall ein wenig nach der Wiese roch, die es einst gewesen sein mochte, so lag am Trafalgar Square der vertraute Geruch von feuchten Zelten, feuchter Wolle, feuchtem Holz, heißem Eintopf, heißem Wasser und warmer Haut in der Luft. Das alles schmeckte wie jedes Friedenscamp, jede Langzeit-Mahnwache und jede Festival-Umkleidekabine, in der das OrKestrA je gewesen war. Es war der Geruch unseres Reisebusses und unseres gemeinsamen Ichs – meiner Familie.

Es braucht eine Menge Parabene und Propylenglykol und Aluminium und Natriumlaurylethersulfat und Triclosan und so weiter, um zu verhindern, dass es überall dort, wo Menschen zusammenkommen, ähnlich riecht. Ich ging durch unsere Vergangenheit als Spezies – der Geruch, der früher Wollmammuts, Elche und Bisons beunruhigte.

Ich entdeckte einen Polizisten, lässig in ein bequemes Fleece gekleidet, der *freundlich und hilfreich* spielte, und fragte mich, wie viele andere wohl hier waren, aber versteckt.

Und dann – nun, es war einfach ein seltsam schöner Tag. Irgendwie war meine ganze Vergangenheit in dieses kleine Stück London zurückgekehrt. Fast meine ganze Vergangenheit.

Ich konnte nicht weiter als ein paar Meter gehen, bevor ich den Kanadier Sol umarmte, der für Bäume kämpfte – er war Teil des »*Pollock Free State*« und des Widerstands gegen die M 77, als ich ihn zuletzt sah. Das war 1995, also sicher vor zwei oder drei Wochen. Ich umarmte die schottische CND-Ann – ich vermisse zufällige und freie Umarmungen –, und dann umarmte ich Cloe, die einmal dabei erwischt wurde, wie sie mit ihrem Kajakpaddel ein Trident-U-Boot traf. Umarmungen von Quäker-Fran und Quäker-Andy. Ich hatte die beiden nicht mehr gesehen, seit wir in der Sauchiehall Street gegen die Invasion im Irak protestiert hatten. Oder nein – es war, als wir viel später in Piccadilly fast eingekesselt wurden. Ich glaube, es war derselbe Tag, an dem die Leute beschlossen, Fortnum and Mason zu besetzen – sofern sich ein Laden und eine Teestube überhaupt gegen eine Übernahme wehren können. Die Angestellten spähten kichernd aus den Fenstern, während eine weitere große Menschenmenge folgenlos unter ihnen durchmarschierte.

An diesem Tag trug ich meine Demojacke aus Tweed. Tragen Sie Tweed, Lederschuhe und schauen Sie irritiert – die umstehenden Polizisten werden sich für Sie teilen, als wären Sie Moses und die Polizei die höflichsten Untiefen des Roten Meeres.

Durch meine schnelle Befreiung kam ich gerade noch rechtzeitig, um zu hören, wie ein Journalist versuchte, jemandem einen Ziegelstein in die Hand zu drücken, den er vielleicht – irgendwer, bitte – werfen wollte.

Demos – sie sind eine Lehre.

So viel Geschichte kam auf mich zu, und ich hätte weinen sollen, weil keiner von uns seine Schlachten gewonnen hatte. Aber ich war begeistert. Wir arbeiteten immer noch und hofften immer noch – und versuchten immer noch, wie Bürger eines anderen, besseren Landes in einer anderen, besseren Welt zu handeln.

Und die kräftigsten und intensivsten Umarmungen von Hissy und Sissy. Sie konnten auch nicht wegbleiben.

Ich erinnere mich, dass wir unsere Arme einhakten, die Ellbogen verschränkten und wie Kinder rannten. Das war lächerlich. Verblassende Damen, die langsam alt werden, besorgt über die nahende Realität von Gerichtssaal 10, aber so erfreut.

Oben, hinter dem westlichen Brunnen, jonglierte Paul mit leeren Ölkanistern, mit Flammen bemalt. Natürlich, Paul war da.

Und wir kreisten ihn ein und drehten und drehten uns.

An diesem Tag war alles in Ordnung.

Ich dachte kurz darüber nach, dass dies vielleicht eine Art glänzender Tag war, der alles abrundete, bevor ich von einem Lastwagen überfahren wurde – oder vielleicht war ich bereits gestorben und dies war meine Einstimmung auf den Himmel.

Hauptsächlich drehte ich mich einfach.

Dann hörten wir Gedichte, die durch ein armseliges Lautsprechersystem auf dem Platz geschriesungen wurden, als die Dunkelheit hereinbrach, und es war eine der seltsamsten und schönsten Musiken, die ich je gehört hatte. Sie war zauberhaft, verheißungsvoll und real.

Es regnete plötzlich und heftig in Strömen. Die schiere Menge an Wasser war sehr schön und sehr lustig, und einige Mitglieder der Roten Brigade von XR tauchten auf, sobald es anfing, und hoben ihre Hände in die Ströme, die von der notdürftig vertäuten Leinwand herabflossen, diese schemenhaften Gestalten in Karmesinrot, die alles so aussehen ließen, als sei es von Anfang an beabsichtigt gewesen.

Ein großer Teil des Publikums rannte zu den Arkaden auf der anderen Straßenseite und kauerte auf den nassen Steinplatten, weil wir wollten, dass die Worte blieben und nicht aufhörten, bis sie uns verändert hatten, etwas verändert hatten.

Damals war ich noch auf Veränderungen erpicht.

Und neue Trommeln doppelten und verdoppelten sich, tiefe Schläge und harte, hohe Schläge, locker und frei zwischen den Gebäuden, rammten die Ellbogen in ihre Würde und ihre hohen Ansprüche. Mehr Verheißungen, mehr Zauber.

Ich hielt Pauls Hand, während die Menge gemeinsam Blake rezitierte, Ruf und Antwort – *Weisheit verkauft auf dem trostlosen Markt, wo niemand zum Kaufen kommt.*

Wir versuchten, die Kälte nicht zu spüren, und es gelang uns fast.

Als die letzte Stimme verstummte und wir das letzte Mal gejubelt hatten, war es spät.

Wir hatten etwas für den Planeten getan, oder nichts für den Planeten, oder beides – oder vielleicht hatten wir noch nichts getan, aber jetzt waren wir bereit.

Die Gerüchte pendelten in der Dunkelheit, als wir den Säulengang verließen. Wie immer, wenn Linke Informationen austauschen, war jedes Nachrichtenfragment anders verzweifelt. Man sagte uns, dass die Bullen bald anrücken würden, um das Gebiet zurückzuerobern, den Waffenstillstand zu beenden und den Traum zu zerstören, oder dass es länger dauern könnte, vielleicht einen weiteren Tag, aber mit mehr Verhaftungen und vielleicht Gewalt. Der Platz blieb bis dahin ruhig, überspannt mit improvisierten Lichtpunkten: winzige Sonnenfetzen kehrten zu uns zurück, gingen auf und sprachen mit dem Mond. Zelte leuchteten von innen wie ein ständiges Summen des Willkommens – dieser altmodischen Idee.

Wir vier – Hissy und Sissy und Paul und ich – machten uns zu Fuß auf den Weg, die Piccadilly entlang in Richtung Green Park und zu einer vielleicht noch offenen U-Bahn. Mein Rücken erinnerte mich daran, dass ich keine zwanzig mehr bin und nicht mehr stundenlang in der Kälte auf Steinplatten sitzen kann.

Die Straße war noch halbseitig gesperrt und daher frei von Verkehr, also nahmen wir sie in Anspruch und begannen, ausgiebig hin und her zu schwingen.

Doch dann blieb Paul stehen und zerrte mich am Arm.

Bevor ich den Kopf drehte, wusste ich, was er tun würde. Bevor er mich losließ und auf dem Asphalt in die Knie sank, war ich mir sicher.

Mein Paul, mein großer Paul, da kniete er auf der Straße und lächelte so vollkommen, so absolut, lächelte wie mein bester und einziger Junge, als drei Polizisten ihn einkreisten, feierlich und langsam wie Bestatter.

Sie fragten, ob er sich wegbewegen würde.

Er schüttelte den Kopf und sagte nein.

Ich wusste, das würde er tun.

Und ich wusste, ich sollte mich neben ihn knien. Wenn ich mich um ihn, seine Generation und die brennende Welt sorgte, würde ich diese kleine Sache tun.

Aber ich bin feige.

Hissy stellte sich eng an meine Seite, Sissy an die andere, ihre Arme waren ein Trost, ein leichtes Schaukeln, das sich an meinen Rücken schmiegte. Sie knieten auch nicht nieder. Wir waren, was wir sind – drei Frauen mittleren Alters, die noch nie radikal waren. Oh, wir tun unser winziges Bestes und wir versuchen, nützlich zu sein und zu helfen, aber die Grenzen unseres Engagements sind erbärmlich. Wir besiegen uns selbst, weil wir so oft so sehr besiegt worden sind.

Vielleicht bin aber auch nur ich besiegt, und sie wussten, dass ich sie brauchen würde.

Wir sahen zu, wie sie Paul abtransportierten, ihn wie eine sehr lange und höfliche Teppichrolle trugen, weil er ihnen nicht helfen und nicht gehen wollte. Wir riefen ihm zu – *Ich liebe dich. Ich liebe dich. Ich liebe dich.*

Ich hatte zu viel Angst, um mehr zu tun.

So war mein Paul, mein Sohn, allein und verloren im Gedränge dieser blauen Körper und ihrem leicht ungeschickten, leicht gereizten Heben. Seine Größe machte ihn unhandlich für sie.

Ich liebe dich.

Ich wusste, dass sie ihm höchstwahrscheinlich keinen Schaden zufügen würden. Er hat sich nur sehr friedlich gewehrt. Er ist ein weißer Junge mit Mittelschicht-Akzent, und Zeugen haben gesehen, wie er abgeführt wurde.

Ich liebe dich.

Sissy machte eine Art Show daraus, die Nummern der Polizisten aufzurufen, während ich versuchte, sie mir auf dem Handy zu notieren. Allerdings funktionierten meine Finger nicht so gut.

Ich liebe dich.

Ich wusste, dass ihm wahrscheinlich nichts passieren würde, aber das spielte keine Rolle, konnte es nicht. Paul ist immer noch das Kind, das von so weit hergeschwommen ist, um bei mir zu sein, mich zu einem Ozean gemacht hat. Ich konnte es in all den Monaten spüren, sein Näherkommen, sein Delfin-Ich. Er ist das zusammengerollte kleine Gewicht an meinem Körper, das dort schwer wie absolutes Vertrauen an unserem ersten gemeinsamen Tag ruhte. Sein Haar war noch feucht von der Reise, und seine Hände waren noch lilaweiß und seltsam, weil sie so lange unter Wasser waren.

Mein Paul mit den gleichen vertrauensvollen Augen von damals bis heute – auch an dem Abend mit den Polizisten war sein Haar nass. So viel Regen.

Ich hätte mich neben meinem Sohn hinknien sollen, solange ich konnte.

Ich liebe dich.

Mein Paul mit den regenschwarzen Haaren vom Herbeischwimmen, um zu tun, was richtig ist, um auf der Piccadilly zu knien.

Aber ich hatte zu viel Angst für das, was richtig ist.

Ich hoffe, dass ich es jetzt besser machen würde. Ich glaube, das könnte ich.

Aber irgendwo mit der Polizei eingesperrt zu sein: Ich glaube nicht, dass ich das könnte.

6. JULI 2005, GLENEAGLES

Du wirst vermuten, dass ich da war, in Gleneagles, wegen der diagnostischen Elemente und Zeichen. Schließlich bringen Typen wie ich Chaos dieser Art zustande.

Ich leugne das. Es ist nicht mir zuzuschreiben.

Das hätte ich dir auf meinem Boot sagen können, das Sunday heißt, aus offensichtlichen Gründen.

Ich habe nur zu gern den Baron verkörpert, er war eine echte Freude und Entspannung. Das war die Wahrheit und ist es immer noch.

Während unserer Interaktionszeit war ich zurückhaltend uninteressant. Ich konnte nur mittels meiner Grundpersönlichkeit sprechen, die sich für effektive Kommunikation nicht eignet. Andere Vorbereitungen wären möglich gewesen, aber ich habe sie nicht getroffen, weil ich mich nicht verstecken wollte und du dann die Wahrheit darüber, wer ich bin, sehen würdest.

Außerdem braucht ein Mensch bisweilen einen Spiegel, um funktionieren zu können.

Prav hat mich gekannt, aber er ist jetzt nicht mehr da.

Als du auf der Sunday warst, habe ich eine kleine und sogleich abflauende Schreckreaktion in deinen Augen gesehen, die nur teilweise erwartet war. Sie zeugte von gutem Instinkt und war ein Hinweis darauf, dass dein Überlebensbewusstsein sich seit unserer damaligen Interaktionsphase entwickelt hat.

Auch auf meiner Seite gab es Impulse. Als ich die Leiter in mein privates Wohnzimmer hinunterstieg, einen Ort, der nur für mich ist und ganz privat, erwog ich einen Moment lang, dich zu entfernen.

Ein Boot ist eine Ansammlung von Todesarten und den Möglichkeiten, danach verloren zu sein.

Ich sah davon ab.

In gewisser Weise habe ich dich also vor großem Schaden bewahrt.

Außerdem – wenn ich ein Zuhause habe, dann an Bord der Sunday, und da möchte ich den Tod nicht einlassen.

Ich möchte keinen Kampf.

Wir wissen beide, dass das Leben nach Darwin ein Kampf ist, obwohl das eine menschliche Konstruktion ist und ein menschlicher Begriff für etwas, das die Tiere besser verstehen, die weniger wild verbogen und spielspielerisch sind zusätzlich zum Streben.

Hätte ich mir die Maske von Tom Stott oder Peter Landau oder Fletcher Currie oder Albert Lockwood übergestülpt, hätte ich effektiv flüssig über viele Dinge sprechen können, Gleneagle eingeschlossen.

Ich hätte nicht Buster sein können, weil ich mich nicht genau genug an ihn erinnere und weil du ihn nicht magst.

Am 6. Juli 2005 bin ich in Gleneagles und schon lange nicht mehr bei den Blauen.

Die acht Regierungsführer, die sich als in der Welt herausragend erwählt sehen, treffen sich in einem Golf-Spa-Hotel weil die Kombination von künstlicher Landschaft und Plauderei vor einem Hintergrund von kuratiertem Sport mit wenig Anstrengung und hoher Würde immer richtig ist. Die Reichtumsmachtmenschen schwitzen nicht da, wo Fotografen sie sehen können. Sie sind Kompetenzmasken mit Spuren göttlicher Berühmtheit und Fernsehshowlächeln. Sie sind gewöhnliche Beta-Männer, die vor Badezimmerspiegeln posieren, aber dreist genug sind zu fordern, dass diese Spiegel mit Hotelzimmern kommen.

Am 6. Juli ist der Irak-Blutpfuhl beschlossene Sache. Dunkle Gefängnisse vervielfältigen sich in Tunneln, die zwischen den Ländern verlaufen, sie sind eine Methode, Fleisch zu Flüssigkeit zu machen. Geständnisse rinnen an Wänden in verschwitzten kleinen Zimmern herunter, in denen es nach Pisse und Grauen riecht. Die zusammengekommenen acht sind glücklich trunken von erfüllten Fleischträumen und Hinrichtungsspaß und schneller explosiver Rache.

Am Tag der Demonstration bist du vermutlich mit anderen bis Perth gefahren. Da war die Barrikade der Blauen aufgebaut. Ich war dabei, unter der blauen Haut, ein versteckter Parasit, der zuhörte und zusah. Zahllose Muskelbullen in Kampfausrüstung und mit rasierten Köpfen machten sich in Haltebuchten neben ihren Wagen bereit. Ich konnte ihre Gewaltsehnsucht riechen.

Ich hatte bei Tagesanbruch die Kameraaufbauten gesehen, zusammenkauernd der Nähe und Wärme halber. Sie hatten sich über die kleinen Häuser der kleinen Leute gereckt, mit weitreichendem Blick, wie es das Auge des Meisters sein soll. Jeder dieser Türme zielte schamlos offensichtlich auf den Punkt, wo die festgelegte schmale Route für den Marsch sich plötzlich weitete und am Rande einer freien, ungesicherten Wiese verlief. Die Route lag Meter um Meter offen und als Einladung da, bis zum neuen Reichtumsschutzzaun.

Dieser Plan war dreidimensional und schamlos ausgeheckt.

In Ländern, wo alle fest schlafen, brauchen Pläne nicht geheim zu sein.

Du erinnerst dich an die unterschwelligen Botschaften der Tage davor, die von bedeutungsvollen kulturellen Verwerfungen und effekthascherischen Mitleidsgeschichten über tote Babys und Kinder und schmutziges Wasser und keine Bildung für die Armen voll waren. Es gab Unbehaglichkeit bei der Assoziation unbegrenzter Lieferungen von Schusswaffen mit Massenhungersnot. Erfolgreiche Durchsetzung von Veränderungen wurde als nichtbedrohliche Aktivität dargestellt.

Demonstrationen und Konzerte und Filme und Gespräche unter bedeutenden Menschen hatten bei hoher Sichtbarkeit stattgefunden.

Die Unterweisungen der Blauen um Gleneagles kreisten wochenlang um die Angst vor Molotowcocktails. Pazifismus, so wie er sich darstellte, war beständig vertreten und brachte düsterste Befürchtungen und Meldungen hervor.

Die Blauen haben keinen Begriff von Friedlichkeit. Die Blauen sind Zähne und Nägel und Stiefel im Sinne Darwins. Sie sind hochgeschraubtes Misstrauen und der Macht blindfolgsam ergeben.

Das Dorf Auchterarder war teilweise verbarrikadiert zum Schutz gegen erwartete Hordenangriffe und Zerstörung seiner Schätze und Reinheit.

Der neue hohe Reichtumsschutzzaun aus grauem Metall wurde um ein meilenweites Naturgebiet, komplett mit Badezimmerspiegeln und den dazugehörigen Hotels, gezogen.

Eine Falschmeldung von einer Bombendrohung wurde vorhersehbar als ausgezeichnete Fehlleitungsprovokation benutzt. Ein Zusammenfluss von Aktionen wurde trotzdem vorbereitet. Mir tat der Kopf weh.

Während einer Pause in der Vorausplanung von Gelegenheiten kam mir OrKestrA in den Sinn. Ich hatte nicht in Erfahrung gebracht, ob das bedeutete, man müsste zwischen den Straßenbarrikaden und dem Golfplatz für die niederen Spieler fahren. Vielleicht hast du im Auto gesessen und auf Nachricht gewartet, ob die Verhandlungen erfolgreich waren. Verzögerungen und vermutlich weitere Konsultationen nahmen die Morgenstunden in Anspruch. Tony Benn und die Blauen-Direktion gaben ihre Statements zu Kompromiss und Empörung ab, hart, aber fair, und so weiter. Das war wirkungsvoll in der Eskalation der Spannungen über das Normale hinaus und weckte die Notwendigkeit von Befriedigungsfreisetzung.

Ich weiß nicht, ob dir die Empörung bewusst war. Ich weiß nicht, in was für einem Wagen du gekommen warst. Vielleicht bist du an den Gruppen von Männern in pastellfarbenen Pullovern vorbeigefahren, die auf gefärbtem Gras standen und schweigend ihre Empörung kundtaten. Sie zu sehen, war lustig.

Vielleicht hast du Gleneagles als eine überdimensionierte Spieldose betrachtet, mit gleichwertigen Faktoren wie Empörung in gegensätzliche Richtungen: Außenkameras, Leidenschaft, Schutzschilde und Liebe – sie alle waren da, um eine Melodie zu spielen, die immer die gleiche Melodie ist.

Als endlich die Busse und Minibusse und Autos durchgelassen wurden, für Reden und demokratische Aufstellung, stand ich als unschuldig staunender Betrachter auf der Auchterarder High Street und aß eine Portion Pommes Frites.

Auchterarder und seine Umgebung zeigten sich in hohem Grade voll des unschuldigen Staunens. Eine langsame Demonstration wand sich durch die Straßen und Gassen, mit angemessenen und fototauglichen Spruchbändern vor den Körpern der Anführer, wie die Schleife um einen Kuchen. Demonstrationsführer, die weniger bekannt waren als die von früheren Londoner Ereignissen, träumten von Macht und Einfluss.

Eine Intervention der Blauen unterbrach das Vorankommen der Demonstranten an der Engstelle, kurz vor der offenen Wiese, wo die Fernsehkameras bereitstanden. Eine unerklärte Stauung durch neu Hinzukommende verursachte milde Panik, die dann aufgehoben wurde.

In diesem Stadium des Demokratiesturzes kommen die vordersten Reihen einer Demonstration ungeschoren davon. Politiker und schwach machtvolle

Influencer bekommen ihren Auftritt, ein Gefühl der Befriedigung, und können gehen.

Ich war nicht in der vordersten Reihe.

Ich war dahinter.

Dahinter ist immer der schlechtere Platz.

Ich verharrte, wartete, bewegte mich rückwärts, bis sich der Kreislauf von Feststecken am Engpass und Freilassen zur Unerträglichkeit und zu Geschrei gesteigert hatte.

Ich konnte die gefräßige Absicht des Hais riechen und erkannte ein Gesicht vor mir und ein anderes am rechten Rand des Getümmels neben einem dicken Mädchen, das blaue Strähnen im Haar hatte und gerade anfing zu weinen.

Immer mehr Demonstranten wurden in den raumlosen Raum gedrängt. Eine unterschwellige Erinnerung an Hillsborough war zu spüren.

Aber wir bekamen unsere wilde Freilassung.

Und dann rannte ich glücklich frei, und die ersten Bereitschaftspolizeistöcke sausten singend zur Musik herunter. Wir spielten auf dem zuvor bestimmten Feld, und wir waren Unterhaltung und Gewaltausschreitung und Nachrichtenbilder, und der Polizeihubschrauber landete mit filmischem Effekt der Streitmächte im Live-Rollenspiel von Vietnam-D-Day-Ruhmessprüngen und Blutblutblut.

Ich habe dem Blauen wehgetan.

Ich habe ihn getreten, als er hinfiel.

Ich war effektiv wirkungsvoll und habe Schaden zugefügt und Krankschreibung erwirkt, die in keiner Weise proportional zu meinen vormals erlittenen Verletzungen war.

Ich war emotionales Trauma in voller Tiefe.

Ich war clean und chaotisch.

Und sie haben mich nicht geschnappt, weil ich listig schnell bin und weiß, wie die Blauen agieren.

Ich wanderte arglos in eine andere Richtung und zog mir Handschuhe über die blutigen Knöchel. Dann schlenderte ich langsam zu dem Imbiss und aß frittiertes Hühnchen und Pommes mit einer kleinen Holzgabel. Ich war nach dem Adrenalinschub anständig ausgehungert.

Und die Straßen füllten sich mit unzähligen Blauen in Vorfreude auf Stiefelschikane.

Der Herausgeber einer angeblich links gerichteten Zeitung hatte sich bei ihnen eingereiht. Er grinste und machte kleine Ansagen zu sich selbst und zu Stiefelblauen in der Nähe und erklärte, dass es bisher hervorragend gewesen sei und *wohlschmeckend*.

Er war ganz frisch in der Rausch-und-Triumph-Phase seines Kompressions-und-Druckablass-Zyklus. Der Engpunkt war überwunden worden, und seine Story konnte sich wieder den Themen von Mitgefühl als verdächtig und Vorläufer von Gewalt, von Veränderung als Risiko, von Krieg als Gelegenheit für Stabilität Recht und Ordnung zuwenden. Am nächsten Morgen würden die Schlagzeilen das Loblied der Blauen und ihrer noblen Gesinnung singen.

Und am nächsten Tag kam es in London zu einer Explosion mit neuen Verstümmelungen und grenzenlosen Rechtfertigungen für das Geschäft mit den Todesqualen.

Blaue Befürchtungen hatten zu viel Blauenaufmerksamkeit in den Norden abgezogen. London war verletzlich offen und seine Wachsamkeit eingeschränkt.

An dem Tag hörte ich die Marschmusik für das OrKestrA.

Ich hätte gern gewusst, welche Show du aufgelegt hattest und ob du mitmarschiert bist und sie dich im Engpass festgehalten haben. Du hättest sie überlistet, wenn sie es versucht hätten. Das ist mir klar. Du hättest ihnen das Chaos gebracht, welches das Licht ist, und dann wären alle Spannungen, die sie brauchten, verflogen.

Es gibt geplante Musik, aber man kann sie überwältigen.

Als du an Bord der Sunday warst, hatte ich anfangs die Absicht, dich zu fragen, ob jemand in Gleneagles das Elastic Rabbit hat laufen lassen und ob du es mal hast laufen lassen, ohne mich.

Es ist meine Show, sie gehört mir, ich habe sehr viel Zeit auf ihre Zusammenstellung verwendet.

Aber als ich die offene Wiese sah und die Kamerakräne, da habe ich mir gewünscht, dass du das Rabbit dort laufen lassen würdest. Auf dem langen grauen harten Gras wäre es möglich gewesen, die Menge damit gefangen zu nehmen und die Show im Sinne der ursprünglichen Absicht durchzuführen.

Beinah wäre das möglich gewesen.

Das Elastic Rabbit war etwas Glückliches und hatte eine Schönheit und war da für das Kind, das ich ausgewählt hatte und das daher das richtige Kind war. Es hätte gewusst, dass es das wesentliche und richtige Kind war.

Es war sein Geschmack vom Sich-in-die-Luft-Schwingen.

SCHEISS AUF alle Männer und alle Männer und alle Männer und alle Männer, die sich beglückwünschen lassen wollen, dass sie mich noch nicht umgebracht haben.

Scheiß auf alle Frauen, die das Gleiche wollen.

Scheiß auf jeden und alles, was ihnen hilft.

DIES SIND EINIGE der Dinge, die du einem Immobilienmakler nicht erklären kannst:

Warum du weinst und Dinge sagst wie: »Ich möchte jemanden, der es mag und sich darum kümmert.«

Warum du dich noch schlechter fühlst, wenn du deine Wohnung »es« nennst, weil du dich endlich dazu entschlossen hast, dieses Gebäude zu verkaufen, das eigentlich gar kein Gebäude ist, sondern eher ein großes, altes Tier, das dich immer beschützt hat.

Warum der Raum um dich herum anscheinend zuhört, dir seine Aufmerksamkeit schenkt, verletzt ist oder überrascht oder beleidigt.

Warum du dir Sorgen machst, das Haus könnte jetzt nur noch traurig sein, so wie du traurig bist – als ob ihr zwei Freunde wärt, die sich gegenseitig verlieren.

Warum du dich ruchlos fühlst, wenn du den Papierkram unterschreibst, mit dem du dich verpflichtest und den Verkauf deines Freundes einleitest.

Warum dir schlecht wird, als du die Kopien der Papiere in den neuen, steifen und aggressiv gefärbten Ordner steckst.

Warum es eine gute Nachricht ist, dass deine Immobilie in den gemeinsamen Jahren mehr eingebracht hat, als du jemals in deinem ganzen Leben verdienen könntest, aber auch eine Information, die bedeutet, dass du selbst in vielerlei Hinsicht nutzlos bist.

Warum du dich vor dir selbst ekelst und auch Angst hast, dass du irgendwie in die Lücke zwischen einem Obdach und dem nächsten rutschst und in der Obdachlosigkeit verloren gehst.

Warum du zu zittern anfängst, nachdem du den Makler losziehen lässt, um Fotos von der Deckenrosette im Wohnzimmer zu machen und von den ganzen Fußleisten, die abzuschleifen und zu streichen zwar mühsam war, sich aber gelohnt hat – von dem Türrahmen in der Küche, wo Pauls Wachsen und Weiterwachsen immer noch in aufsteigenden Kugelschreiberstrichen festgehalten wird, und der Delle im Schlafzimmertürsturz, die du gleich am ersten Tag verursacht hast, als du eingezogen bist – das hat dich damals so geärgert, aber eigentlich ist es nur eine Vertiefung in der Lackierung, ein winziges, charakteristisches Augenzwinkern zwischen deinem Haus und dir.

Warum du so erleichtert bist, als er zurückkommt, denn du fühlst dich sehr allein.

Warum du gar nicht hättest erwägen sollen, allein zu diesem Treffen zu gehen, wo Paul oder Francis oder beide doch dageblieben wären und dir geholfen hätten, denn ein Kleinkind oder sogar eine Eidechse von durchschnittlicher Intelligenz hätte voraussehen können, dass du dich schrecklich fühlen würdest.

Warum du dich daran klammerst, wie adrett der Immobilienmakler aussieht, mit seiner adretten schwarzen Maske und seinem flachen Afro, an den Seiten kurz geschnitten, und seinem kleinen, flotten Krawattenknoten und seinem sehr weißen Hemd und seinem sehr blauen Anzug, weil sie ihn effizient, aber auch anständig aussehen lassen, so als könnte er andere anständige Leute aussuchen und erkennen und sie in dein sanftes, freundliches, harmloses Haus einführen.

»Ich benehme mich albern, es ist nur ein Haus.«

Und der junge Mann mit den freundlichen Augen, auf die du hoffst dich verlassen zu können, sieht dich über seine Maske hinweg an, während du dich entschuldigst. Er wartet nur und nickt. Dann sagt er, dass nichts überstürzt werden muss.

Es ist ein guter Zeitpunkt zum Verkaufen, sagt er. Die Leute haben die Wohnungen satt, in denen sie monatelang in der Falle saßen, und die vorübergehende Aussetzung der Grunderwerbssteuer ist auch hilfreich, sagt er. Die Leute wollen eine Veränderung, das ist normal, sagt er. Der Immobilienmarkt beginnt zu wachsen, sagt er. Die Londoner ziehen in grünere Gefilde, und wer kann es ihnen verdenken, meint er.

Aber vielleicht sollten Sie jetzt aussteigen, bevor die ersten Wellen zu einer Überschwemmung werden.

Er wird wirklich plötzlich ein wenig poetisch – *Wellen, eine Überschwemmung* – und bietet die Phrase so an, als hätte er sie in ähnlichen Zusammenhängen schon angewandt, und freut sich darüber, wie ein Handwerker sich über gutes Material freut.

»Das ist so albern.« Und mit dem Handballen wischst du dir die aufsteigenden Tränen weg. »Ich habe Glück, dass ich ein Haus habe. Ich habe Glück, dass ich dieses Problem habe.«

Du weißt nicht, wie du ihn anreden sollst. Er hat dir sorgsam seine Karte gegeben, auf der sein ganzer Name und ein sehr viel jüngeres und erschrockenes Porträtfoto zu sehen sind. Die Karte liegt jetzt irgendwo in der Hochglanzmappe der Firma, die du hasst und eine Zeit lang nicht mehr anfassen willst.

Irgendetwas an dem Gold in seinen Augen, diesem kleinen Lichtblick, und an seiner Geduld bedeutet, dass du zu erklären anfängst: »Mein Junge und ich, mein Sohn, wir sind hierher weggelaufen, und es war schön, und es hat uns gefallen, und wir konnten weitermachen mit unserem Leben. Hierher bin ich gekommen. Es hat uns gefallen.«

Du hast Schluckauf und schluckst so ungeschickt, dass du fast erstickst: »Albern.«

Aber er berührt für einen Moment ganz leicht deine Schulter und sagt: »Nicht albern.« Und wenn du ihn wieder ansehen kannst, erkennst du an seinem Gesicht, dass er seine Mutter liebt und dass er sich an einen Tag erinnert, an dem auch sie weglaufen musste.

PAUL UND FRANCIS kamen mit dem Sonnenuntergang zurück und fanden mich im Hof, wo ich versuchte, den *Schlag in Pferdestellung* auszuführen, aber offensichtlich nicht so kompetent aussah, wie ich gehofft hatte. Sie verbeugten sich und ließen sich höflich den Vortritt durch die kleine blaue Tür – waren jetzt beide Butler auf Urlaub, fertig mit ihrem jüngsten Londoner Spaziergang zur Männerfreundschaftspflege.

Francis begann sogar, die epische Qualität ihrer Route zu verkünden: »Judd Street, vorbei an Coram's Fields, rüber zu Russell Square Gardens, dann zum Soho Square, zum … Anna?«

Weniger ausgeglichene und vernünftige Menschen ignorieren dich einfach, und dann kannst du dich selbst ignorieren. Das ist nicht ideal, aber daran bin ich gewöhnt – irgendwo tief im Inneren bin ich daran gewöhnt.

Aber sie sind beide ausgeglichen, beide vernünftig, beide starren mich an, als wäre ich wichtig. Was mich irgendwo in diesem tiefen Inneren immer noch überrascht.

Paul fragte mich: »Was ist los, Maus?« Das hat natürlich gereicht.

Ich erinnere mich an das warme, weiche Gefühl von Armen, die mich umarmen und halten, und dieses Stück von uns, das ein Zuhause ist und kein Ort, in dem ich stecke und von der schrecklichen Broschüre erzähle und vom Haus, unserem Haus, meinem Haus, und davon, dass es Zeit ist zu gehen, vielleicht zu gehen, vielleicht aus England zu fliehen, weil es vor uns weggelaufen ist. Alle Worte sind heiß und schließlich feucht an Pauls Hemd und irgendwie auch an Francis' Haar.

Es ist immer mitfühlend, dieses Haar. Einfühlsam.

»Arme Maus. Wir wussten, dass du dich entscheiden würdest, aber wir wussten nicht, wann.« Paul nannte mich immer Maus, wenn ich traurig war und klein aussah und rosa Augen wie eine Maus hatte. Das hat er seit Jahren nicht mehr getan. Ich nehme an, er hat damit aufgehört, als ich glücklich, stabil und zufrieden wurde – was auch immer die Zustände sind, die verhindern, dass man sich zu sehr um einen sorgt.

Entschuldigung, ich stelle mich selbst als viel verkrüppelter dar, als ich bin.

Aber es gibt auch Tage.

Und diese Tage sind jetzt auch wieder da.

Sie können mir diese Tage gewähren, lassen Sie mich da ruhig ran.

Lassen Sie mich in einem Tag sein, an dem die Jungs mich die Treppe hinaufbringen, der ich schon ein wenig nachtrauere, und ich bade, und sie machen Kakao, und wenn ich auftauche, haben wir alle unsere Schlafanzüge und Bademäntel an – es ist zu heiß für Bademäntel oder Kakao, aber sie sorgen für die richtige Stimmung –, und wir sitzen da, stellen die Lautsprecher auf und singen den ganzen Abend und die Nacht lang zu DVDs mit Musicals.

Mustang Sally und *Everybody Needs Somebody To Love* und *Walking In Space* und *Let The Sunshine In* und *Sunshine On Leith* und *All Over The World* und *Damn It, Janet* – jeden Song schreien wir lauter, um uns besser zu fühlen.

Ich werde nicht unsere wunderbaren Top Sechs auflisten, die womöglich von Dauer, womöglich Komödie und doch auch womöglich ernsthafte Musicalfilme sind.

Sie müssen nur wissen, dass ich mir heute die *Rocky Horror Picture Show* ansehen und sie einfach nur genießen kann.

Sie brauchen diesen Teil der Geschichte hier. Es ist der Ort am Ende des ältesten Pfades, wo alles im Herzen des Waldes aufhört.

Oder vielleicht brauchen Sie das nicht. Ich brauche Sie. Ich brauche Sie hier bei mir.

Ich bin spät zu *Rocky Horror* gekommen. Ich vermute, dass irgendetwas – wenn nicht vieles – am Überleben im Haus meiner Mutter und an der Flucht in Lehrbücher und asexuelle Perfektion dafür sorgte, dass eine kultische Feier fröhlicher erotischer Verderbtheit und verschwimmender Grenzen zwangsläufig an mir vorbeigehen musste. Und ich hätte auch gar nicht gewagt, mir dabei die hoch geschwungenen Beine und den Lippenstift anzusehen.

Aber dann komme ich ins Jahr 1983 und ins erste Semester meines ersten Studienjahres an der Uni, und viele der Eierschalen, auf denen ich mich bewegt habe, sind nicht mehr relevant.

Und ich konnte die Veränderung schmecken, sie fühlen wie ein Fell, das sich statisch auf meiner Haut reibt – die Art, wie wir Erstsemester in den Wohnheimen und Bars, auf den Fluren und in den Treppenhäusern herumtollten und herumhuschten – überall. Jeder konnte sehen, wie jung und warmherzig wir waren, und bemerken, auf welch vielfältige Weise wir entschieden, wer wir sein und was wir lieben wollten. Wenn man wollte, konnte man Sodom und Gomorrha mit Hilfe von Stipendien und Vollfinanzierungen errichten. Oder man konnte sich für angewandtes Wissen entscheiden, für aufrührerisches Wissen, für Schädelpauken, für das Wissen, das man spätabends auf dem Teppich zu Füßen des Kiffer-Dozenten erwirbt. Oder man wählt einfach Sport und Schreien und noch mehr Sport und dann Trinken und dann Sport. Man könnte sogar während des Trinkens und des Sports schreien – das könnte Ihnen gefallen.

Dies waren einige der vielen Freiheiten, die uns gegeben wurden, die wir aber leider fast nicht an unsere Kinder weitergaben. Ihre Zukunft ist uns entfallen. Wir vergaßen sie. Meine Generation hat sich all die guten Dinge und den Spaß einfach unter den Nagel gerissen.

Und in unserer magischen, öffentlich finanzierten Zeit auf dem Campus drückten wir unsere Persönlichkeit nicht nur durch T-Shirts, Tänze und Bücher unterm Arm aus – und durch Schreien –, sondern auch durch die Clubs und Gruppen, denen wir uns anschlossen. Egal, wofür man sich auf der Suche nach deiner erwachsenen Persönlichkeit anmeldete – heidnisches Makramee, Zeichnen im Wildwasser, Satanismus –, ich habe mich jedenfalls auch für die *Film Society* entschieden.

Billige Filme. Klassische Filme. Kultfilme. Mit der Film Society konnte man nichts falsch machen – da gab es immer Filme. Es gab sogar nächtelange Marathonvorführungen von Filmen.

Und absichtlich von der Dämmerung bis zum Morgengrauen aufzubleiben, war an sich schon berauschend – für mich jedenfalls. Spät aufzubleiben und dann noch später, um mehr Filme zu sehen, als ein Mensch mit Selbstachtung in einem Monat sehen sollte – das war perfekt. Ich war also schon glücklich, als ich durch die feuchte Winterdunkelheit des Hauptcampus in Richtung meines ersten Marathons und des riesigen Hörsaal-Kinos schritt, in dem sich bereits deutlich ältere Zuschauer eingefunden, Schlafsäcke und diverse Vorräte mitgebracht hatten.

Dies war mein erstes Semester im ersten Jahr – alle schienen wie weise Veteranen von etwas Kompliziertem.

Niemand aus meinem Stockwerk des Wohnheims hatte Lust, mich zu begleiten. Obwohl alle auch im ersten Semester waren, kannte ich sie bereits als weise Veteranen, die mit gesellschaftlichen Anlässen, Freunden und anderen Komplikationen vertraut waren. Sie brauchten keine Filme – sie hatten ein Leben. Einige von ihnen hatten auch Schreien.

Meine im Entstehen begriffene OrKestrA-Familie war noch Monate entfernt.

Aber es machte mir nichts aus, allein zu sein. Wenn das Haus, in dem man aufgewachsen ist, peinlich ist – mit all der Schande und Schrägheit, die andere Haushalte nicht haben –, dann gewöhnt man sich daran, die Einsamkeit als Erleichterung zu empfinden. Zu diesem Zeitpunkt hatte ich bereits jahrelang vermieden, mich nach Hause bringen zu lassen. Wenn es gar nicht anders ging, bat ich Leute, mich an anderen Adressen in der Nähe meiner Wohnung abzusetzen. Das klappte recht gut, aber ich vergaß oft, welcher Person ich welche falsche Adresse genannt hatte.

Ich nahm nie Einladungen an, bei anderen Kindern zu übernachten, weil ich befürchtete, dass ich sie erwidern müsste und dann etwas Bizarres passieren würde, während sie bei mir zu Hause waren, glotzten und sich an jedes Detail erinnerten, bereit für den Montagmorgen-Klatsch.

Keine Geburtstagspartys.

Gar keine Partys.

Ich weiß, ich weiß – das wird jetzt wie eine dieser langweiligen und endlosen Anekdoten, die in Bars herumgeistern wie der Hund eines Betrunkenen in der Stadt, unsinnig und bedürftig. Aber haben Sie Geduld mit mir. Ich bitte Sie. Die Leute, die sagen, dass ich nur zögerlich etwas preisgebe – sie haben nicht unrecht. Letztendlich führt dieser Weg aber doch irgendwohin, und ich kenne den Weg.

Ich bin einmal allein ins Kino gegangen als Studentin ist weder eine Geschichte noch interessant. Aber ich kenne den Weg.

Und ich bin noch nicht fertig.

Jetzt kommt der Teil, in dem ich Ihnen sage, dass unter dem Vorspann erotische Musik einsetzt und die *Rocky Horror Picture Show* beginnt.

Und ich beobachte, wie Brad und Janet nach der Hochzeit die Schindelkirche verlassen und sich gegenseitig von ihrer verklemmten Liebe vorschwärmen.

Ich verstehe *Verklemmtheit,* wenn auch nicht *Liebe.*

Sie scheinen zu meiner Sorte von Menschen zu gehören – unschuldig Selbst-Schuldige am Beginn einer Katastrophe. Sogar ich, behütet und nervös, konnte das merken. Immerhin lese ich Bücher. In Büchern kann man eine Menge nützlicher Informationen verstecken, von denen einige auf die Liebe und das Leben anwendbar sind.

Ich erinnere mich an das Geräusch von leichtem Regen von allen Seiten und an den Moment, als mir klar wurde, dass dies nicht das Produkt einer wunderbaren Beschallungsanlage war, sondern durch sanft fallende Schauer körnigen Reises verursacht wurde.

Denn offenbar waren alle anderen im Hörsaal wirklich, wie vermutet, weise Veteranen und absolut versiert in Rocky-Horror-Ritualen, mit denen ich nicht rechnen konnte.

Als Tim Curry mit feucht glänzendem Kirsch-Lippenstift sein Getränk in die Kamera warf, schüttete mir jemand von hinten Wasser auf den Kopf. Oder sie spuckten das Wasser – es schien eine Art Mundtemperatur zu haben. Gummihandschuhe knallten und flogen im richtigen Moment, Toastbrot drehte sich durch die Luft und landete mit der Butterseite nach oben – oder auch nicht, je nachdem.

Ein sanftes Kribbeln von Haschrauch breitete sich aus.

Und alle außer mir kannten jedes Wort.

Das Gleiche wie immer.

Aber es war nicht dasselbe.

Plötzlich war ich einem Film begegnet, in dem die Seltsamen, die Sonderlinge und die Ausgeflippten eine Art Sieg davontrugen – und das waren meine Leute. Das *sind* meine Leute.

Normal ist ein so winziges Loch in der Realität, dass nur wenige von uns darin bequem leben können. Das *Normale* ist nicht so konzipiert, dass es einfach oder einladend ist.

Niemand in diesem Hörsaal war *normal.* Natürlich fand mein jungfräuliches Ich das Schmollen und Stolzieren und die Anspielungen und die allgemeine Sexyness und die Toast-Frisbees und das Singen – ich fand es *irgendwas.* Ich fand es ein *Wort.*

Ich erinnere mich, dass ich vorübergehend traurig war – ich spürte so ein leises, beigefarbenes, verwirrtes Gemurmel im Kopf –, als mir klar wurde, dass ich kein Vokabular dafür hatte, was *das* war oder was *ich* in *diesem* Zusammenhang war.

Aber vielleicht war ich ja *froh.*

Vielleicht war ich aber auch nur ganz leicht bekifft.

Vielleicht war das, was ich beobachtete, nicht weniger seltsam und halb unvorstellbar, als jede andere Art von Sexualität oder Selbstvertrauen oder Leichtigkeit für mich immer gewesen war.

Vielleicht wurde ich *getröstet.*

Dann war ich auf jeden Fall unheimlich froh, dass alles in diesem Raum auf wunderschöne Art so war, wie es meine Mutter niemals hätte tolerieren können.

Ich fühlte mich behaglich und frei zugleich – und ich glaube, so fängt man an, *zu Hause* zu begreifen.

Da war ich nun, lachte laut genug und mutig genug, um mich selbst zu hören und das Geräusch überzeugend zu finden – lachte über »*biceps*« und »*dynamic tension*«. Ich schaffte es immer noch, ein braves Mädchen zu sein, fleißig zu lernen und gute Noten zu bekommen, um zu entkommen, zu entkommen, zu entkommen. Aber jetzt hatte ich es geschafft, ich war an der Universität – die respektable Flucht. Vielleicht könnte ich hier eine glückliche, sexy Person sein.

So vieles an mir schien bereits unmöglich zu sein – der Frieden, das Lächeln, die Nächte, die nur mit ziemlicher Unruhe gefüllt waren, die nichts mit mir zu tun hatte. Das bedeutete, dass meine eigene Version des Singens über Liebe auf dem Friedhof mit jemand Schlaksigem in weißen Socken nicht unerreichbar sein könnte. Ich könnte mit Tanzschritten und Falsett in eine gemeinsame Zukunft des Liebens und Geliebtwerdens ziehen. Mein Leben würde sich bereitwillig für mich zurücklehnen, mit heiteren Lippen und flexibel vor mir.

Ich hatte einen angenehmen Abend und vielleicht eine kleine Erleuchtung. Dafür sind Filme ja da – für eine kleine Erleuchtung, ab und zu. Menschen stellen Daumenschrauben und Landminen her, aber wir machen auch bessere Dinge – Filme, Bücher, Witze, Statuen von muskulösen nackten Männern, die mit Schlangen ringen, was auch immer. Wir bauen diese kleinen Mechanismen, um Freude in anderen freizusetzen, Wege, um uns selbst wegzutragen.

Und wenn Sie kaum Farben zu sehen bekommen haben und immer noch von bestimmten Klängen und Sätzen überrascht sind, können Sie überzeugt werden, dass Ihre Zeit sich dehnt und um Sie herum kitzelt, und bereit sein, großzügiger zu sein.

Ich hatte schon so sehr gegrinst, dass mir die Ohren wehtaten.

Ich war dabei, jemand zu sein, den ich mögen würde.

An den letzten Film, der vor Morgengrauen gezeigt wurde, kann ich mich nicht mehr erinnern. Ich wurde abgelenkt, als ich feststellte, dass alle meine inneren Regler und Widerstände aufgedreht waren, weit über meine üblichen fünfzig Prozent. Mein Kopf sang für mich wie ein zufriedenes Kind unter Freunden im hinteren Teil des Busses – das Kind, das ich nie war.

Dann glitt der Abspann dieses letzten, unnennbaren Films über den Bildschirm und verschwand. Ich streckte mich. Ich hatte es geschafft, immer noch mehr als wach zu sein. Ich war ein neu qualifizierter weiser Experte darin, erfreut und wach zu sein.

Ich stand auf, um zu gehen, in diesem Dunst des allgemeinen Glücks – auch ein bisschen Dope – aber vor allem des Gemeinschaftsgefühls. Das ist alles, was ein Publikum am Ende ist: Mitgefühl.

Ich war es nicht gewohnt, vor einem Publikum zu sitzen, das größer war als eine Person, aber ich dachte, ich würde es von nun an vorziehen.

Und das nächste Mal, so glaubte ich, würde ich als weiser Experte erscheinen, wenn sie die *Rocky Horror Picture Show* zeigten. Ich würde zumindest einige der Wörter kennen.

Kleine Wellen der Müdigkeit ließen die Treppe zum Ausgang hin wieder etwas anstrengend erscheinen, aber das war in Ordnung. Ich mied die liegen gelassenen Toastbrotstücke – meine Mutter hätte sie als sündhafte Lebensmittelverschwendung bezeichnet –, aber auch das war in Ordnung. Alles war mehr als in Ordnung, und ich dachte: *Das werde ich nie vergessen. Ich werde mich sogar an den Gedanken erinnern, dass ich mich für immer daran erinnern werde. Ich werde mich daran erinnern, wenn ich sterbe, und dann werde ich wissen, ob mein wirkliches Leben heute Nacht begonnen hat und ob ich* Don't dream it, be it *tatsächlich getan habe. Ich hoffe, ich enttäusche mich nicht.*

Ich habe auch gedacht: Don't dream it, be it. *Das ist doch ein bisschen offensichtlich, oder? Ist das Kunst: dem Publikum Befehle zu erteilen? Ist das Unterhaltung?*

Wenn man ihnen genug Freude bereitet hat, werden die meisten Menschen tun, worum man sie bittet. Sie haben vielleicht sogar das Gefühl, dass es ihre eigene Idee war und man ihnen nur dabei geholfen hat – vielleicht stimmt das sogar.

Ich war wirklich sehr, sehr jung und harmlos begeistert, als ich das Gebäude verließ.

Und ich mochte die saubere Kühle der Außenluft und das blaue

Grau, mit dem der Tag begann, und die ersten tastenden Vogelstimmen der Morgendämmerung.

Eigentlich wollte ich einen Kaffee trinken, aber nirgendwo war geöffnet. Ich hätte warten können, zwischen den schlammigen Rasenflächen des Campus und den schlummernden Steinplatten und den verschiedenen Seminargebäuden, die alle irgendwie nach Hochhäusern in Nowosibirsk aussahen, herumlungern können.

Ich möchte wetten, dass das eine Beleidigung für Nowosibirsk ist.

Ich hätte mich in einen leeren Gemeinschaftsraum begeben können, in eine Ecke des Studentenwerks, auf dieses oder jenes schmuddelige Sofa. Dann wäre mir warm gewesen, ich hätte ein Nickerchen machen können. Ich hätte es vielleicht wagen können, mir von jemandem einen Becher aus dem Küchenschrank eines Fachbereichs zu leihen, mir heimlich einen Instantkaffee zu holen. Das war lange vor den Tagen gesicherter Eingänge und digitaler Ausweise. Alle unbewachten Snacks und Instantgetränke in Pulverform waren *de facto* gemeinschaftlich. Dennoch war mein neues Selbstvertrauen noch nicht so weit, dass ich das Gefühl hatte, verfügbare Gebäude – oder Kaffeegranulat – stünden mir wirklich zur Verfügung.

Also ging ich weiter nach Westen und Norden in Richtung meines eigenen Oblasts mit Studentenwohnungen, der sich auf einem Miniatur-Satellitencampus befand.

Damals führte der schnellste Weg nach Norden teilweise über einen schmalen Pfad zwischen Maschendrahtzäunen und verschiedenen hässlichen Sträuchern. Die Frauen in meinen Seminargruppen mieden ihn im Dunkeln. Wir wussten schon, wie Ärger aussah, egal, wie behütet unsere Vergangenheit war. Wir machten geschmacklose Witze darüber. Wir durcheilten den langen Spießrutenlauf hastig.

Dennoch gab es die Vermutung – ich selbst äußerte sie –, dass ein Raum, der so unsicher aussah, nicht wirklich in einen Ort zum Schutz und zur Entwicklung gefährdeter junger Menschen gebaut werden würde. Niemand würde das perfekte Jagdrevier mitten unter uns errichten.

Sie wissen jetzt, wie die Geschichte ausgeht, nicht wahr? Ich erzähle sie nicht oft, erzähle sie gar nicht – was immer man sagt, bleibt an einem hängen, und das will ich nicht.

Nach zehn Minuten Fußmarsch stand ich am Eingang des Rattengangs.

Genauso wenig wie ich eine Pause für ein Nickerchen oder einen Kaffee einlegte, änderte ich meine Meinung und nahm stattdessen den langen Umweg. Ich ging weiter durch das fast helle Tageslicht, die hohen Maschendrahtzäune auf beiden Seiten. Ich fühlte mich weiterhin so glücklich wie nie zuvor.

Und ich war unauffällig gekleidet und hatte meinen obersten Knopf zugeknöpft, und es war nicht dunkel, nur bewölkt, ruhig und menschenleer, und ich war nicht betrunken und nicht bekifft und ich hatte keinen Freund oder schlechte Angewohnheiten und ich hatte nichts Unvernünftiges oder Falsches getan.

Ich weiß, dass Sie nicht hier sein und zwischen die Fronten und Zäune geraten wollen. Ich auch nicht.

Aber wir stecken jetzt zusammen in dieser Sache.

Und ich merke, dass an einem der Büsche etwas seltsam ist, eine seltsame Bewegung aus einem der Büsche. Ich entdecke es sehr schnell, bewundernswert schnell.

Trotzdem bin ich insgesamt zu langsam.

Irgendetwas am Weglaufen funktioniert nicht.

Es gibt einen Moment, in dem ich begreife, dass meine Knie in meiner Jeans jetzt vom Sturz aufgeschürft sein müssen. Ich bin gefallen. Diese Zeit als kleines Mädchen von vor vielen, vielen Jahren erfüllt mich, ich bin ein sehr kleines Mädchen, und ich weine, weil ich gefallen bin und mich verletzt habe, und ich kann mich daran erinnern, dass meine Mutter – die damals weich und jung war – mich in den Arm genommen hat und mir wie Liebe vorkam.

Ich bin verwirrt.

Der Mann riecht nach zu vielen Zigaretten und dem Zeitungsessig von Chips.

Er sagt Dinge – wirre Gedanken und schmutziges Haus und traurige und einsame, jämmerliche Angebermännerworte.

Er sagt Dinge, die jemand sagt, um sich selbst von etwas zu überzeugen.

Und haben Sie keine Angst, denn ich habe keine Angst, wegen des Hasses, der mein Hass ist. Ich hasse ihn so sehr.

Aber da ist auch der Schmerz.

Ich kannte alle meine möglichen Schmerzen, und jetzt ist da ein neuer Schmerz, der er ist.

Also gehe ich weg.

Er macht seine schmutzigen, schmerzhaften Sachen, und ich bin eine sichere kleine Person mit aufgeschürften Knien, die in einem winzigen Raum hoch über sich selbst steht und die Tür zuhält, weil es kein Schloss gibt.

Aber dann weiß ich, dass es Blut geben wird, geben muss, und da ist Blut und der winzige Raum reicht nicht aus, um es von mir fernzuhalten.

Er setzt mir etwas in den Kopf, in mein Rückgrat.

Ich muss wieder hoch hinausfliegen, aber mein Kopf ist sehr schwer.

Ich möchte mich im Raum verstecken.

Manchmal bin ich da, aber manchmal nicht genug.

Und ich will keine Blutsache in meinem Kopf haben.

Niemand sollte Ihnen jemals etwas in den Kopf oder ins Rückgrat setzen. Das würde Sie sterben lassen.

Dazu hat er kein Recht.

Und ich versuche wieder, in dem winzigen Zimmer zu sein und mich eng zusammenzurollen.

Ich möchte so zusammengerollt sein wie mein Hund mit dem seidigen Fell.

Ich möchte fest zusammengerollt sein wie eine Faust.

Ich habe mein Bestes gegeben, aber es war zu viel von allem, immer und immer wieder.

Ich habe mein Bestes getan.

Er hatte kein Recht.

Wie wütend ich bin, wie wütend ich sein kann – das kann ich mir gar nicht vorstellen.

Ich konnte mich nicht fest zusammenrollen, aber ich tat so, als ob.

Ich tat so, als gäbe es das Zimmer und die Tür und meine Schulter dagegen und das Geschlossenhalten, und unter der Wut ist zu viel von allem immer und immer wieder.

Ich bekam erst Angst, als er weg und ich zwar nicht tot war, doch die Nichtexistenz mir auf Stirn und Haar gehaucht hatte.

Mir war übel.

Und ich hatte dieses Ding in meinem Kopf und in meinem Rückgrat. Es war wie Metallklingen und wie ein Stolperdraht, wie ein Maschinending, das auf mich wartet und mich hasst. Es machte mich schwindlig.

Ich wollte schreien, aber das konnte ich noch nie.

Danach, weiß ich noch, rannte ich zu meinem Campus, zu meinem Wohnblock und zu meiner Haustür, die existierte und ein Schloss hatte.

Mein Rennen schien sie alle hinter mir herzulocken – die anderen.

Ich war mir plötzlich sicher, dass es noch andere geben musste.

Und er könnte zurückkommen. Er hatte nur alles Wichtige gestohlen und nicht mein Geld genommen, und das könnte ein Grund sein, zurückzukommen.

Es dauerte lange – in meinem Zimmer, das ein richtiges Zimmer war und ein richtiges Schloss hatte –, bis ich aufhörte, meine Schulter gegen die Tür zu drücken.

Danach tat ich alles, was ich nicht sollte – ich warf meine Kleider weg, duschte, bis ich meine Haut nicht mehr spürte, und schluckte Zahnpasta, bis er fast weg war.

Der Gedanke an seinen Geschmack, den konnte ich nicht loswerden.

Ich war verwirrt.

Es gab niemanden, dem ich es hätte sagen können, also habe ich es niemandem gesagt.

Schwangerschaftstest. Aids-Test. Geschlechtskrankheiten-Test.

Praktische Aufgaben beschäftigen einen, man braucht etwas zu tun – so kann man nach dem Tod die Beerdigung planen und richtig beschäftigt sein.

Ich hielt mich beschäftigt.

Es tut mir leid, dass ich Sie bitten muss, mir hierher zu folgen, aber ich bin Lehrerin, und wir erklären Dinge. Diese Geschichte erklärt Dinge.

Ich habe mich nicht zufällig in Annanka Ladystrong verwandelt oder brauche und liebe und helfe beim Aufbau des OrKestrA bloß, weil ich eine Phase durchgemacht habe. Aber das wussten Sie ja schon.

Sie wussten bereits, dass es auf der Welt Stilzchen gibt, und geht es hier nicht bloß um ein weiteres Stilzchen – schrecklich, aber mehr vom Gleichen?

Das ist es, was ich erklären wollte. Die Stilzchen sind immer mehr vom Gleichen, immer zu viel von allem, immer wieder. Buster glaubt, die Welt zu verstehen, aber er weiß gar nichts, es sei denn, er weiß dies – die Welt ist ein Ort voller Menschen, die in dem Immer-wieder leben, das die Stilzchen ihnen hinterlassen haben.

Ich hasse diese Zeit aus so vielen Gründen, aber am meisten hasse ich sie, weil es immer dasselbe ist, immer dasselbe, immer dasselbe, das Immer-wieder.

Und ich habe Jahre in dieser Geschichte verbracht: wie sie niemals aufhören werden, wie jedes Stilzchen auf der Welt sehen kann, was mit mir passiert ist, meine Schande, und mich finden und es immer und immer wieder geschehen lassen wird.

Aber das ist keine Geschichte, das ist nur eine Lüge – eine gebrochene Verdrehung von etwas.

Ich glaube nicht mehr daran, nicht einmal in diesem Jahr. Jetzt ist nicht ihre Zeit und dies ist nicht ihre Geschichte – es ist meine.

Und da Sie jetzt hier bei mir sind und diese Geschichte kennen, gibt es für mich keine Scham mehr. Die Scham, die Schande war nie meine.

Und ich bin nicht mehr allein.

Und die Menschen tun ihr Bestes, um am Leben zu bleiben und bereit zu sein, wenn die Freundlichkeit kommt. Sie stehen und warten in Schlangen und schauen durch Fenster, aber innerlich sind sie ein Kampf, sie kämpfen den Krieg ihres Lebens. Sie scheinen unsichtbar zu sein und schweigen, aber sie sind Opfer und Triumphe, die nie erwähnt werden.

Das ist keine unwichtige Geschichte.

Ich bin Lehrerin in der fünften Klasse der Oakwood-Grundschule, ich habe einen Sohn, ich habe einen Liebhaber und ich habe Liebe. Ich blieb am Leben und war bereit, und die Freundlichkeit kam.

Und ich bin draußen und schreibe in meinem Hof, und meine Geißblattblüten verströmen ihren Duft, während der Vogelgesang beginnt – von süß zu süß, während die Dunkelheit sich lichtet. Und die Morgendämmerung ist immer noch die Morgendämmerung und gut. Die Morgendämmerung macht mir nichts aus. Und rufende Herzen beginnen immer noch sanft mit kleinen Experimenten.

Scheiß auf die Stilzchen.

2020, GULIOT HEADLAND

Dies ist mein Abschied oder mein Begräbnis, und deshalb lade ich dich ein, Anna, der einzige Trauergast zu sein. Ich verstehe, dass du das nicht möchtest. Der Prozess meines Fortgehens hat schon angefangen, und ich glaube, das wird dir angenehm sein.

Mein Sterben, das in Berlin begann, hat sich flussabwärts fortgesetzt, wo du mich gefunden hast. Das Ende wird am Guliot Headland sein, ganz in der Nähe von dem Ort, wo ich meine Anfänge als Kleinkrimineller hatte, und so wird daraus eine runde Sache.

Ich habe bestimmte Eigenschaften, zum Beispiel bin ich sehr sauber und ordentlich und genial frei von Schuldgefühlen. Ich hatte angenommen, dass ich mit Prav zusammen redlich war, aber eigentlich bin ich das erst in letzter Zeit, in meiner Abgeschiedenheit und bei meinen Projekten. Ich beseitige unzweifelhaftes Unrecht und kenne bei meinen Missionen keine grauen oder ungenauen oder fraglichen Aspekte. Ich bin der Dienst an der Gerechtigkeit und die Arbeit in einem überwucherten und verunkrauteten Garten, damit das Gute ans Licht finden und gedeihen kann.

Im Laufe der Jahre wirst du dir gelegentlich meinen Tod gewünscht haben, und manchmal habe ich dem zugestimmt. Ich bin mit meiner Existenz im Reinen und versuche nützlich zu sein. Ich habe mehr Sinn und Zweck als viele Menschen, und in gewisser Weise richte ich weniger Schaden an.

Mir wäre es lieb, du wüsstest das. Mir wäre es lieb, ich hätte dir gesagt, wie es um mich steht und wer ich bin. Mir wäre es lieb, du würdest mich als Gärtner sehen.

Vielleicht hast du nicht bis hierhin gelesen.

Vielleicht hast du gar nichts gelesen, und das würde bedeuten, dass ich nicht in einer Art Fürimmer bewahrt werde, nämlich in dem Wissen, das von Verstand zu Verstand weitergetragen wird. An diese Art von Unsterblichkeit glaube ich. Das unvollkommene Weitertragen von Mensch zu Mensch hilft mir vielleicht, und es ist der Weg, wie Rehabilitierung funktioniert.

Mir wäre Vergebung nach dem Tod lieb. Du gehörst zu den Menschen, denen Vergebung lieb ist, die verstehen, wie es jenen dient, die vergeben können.

Außerdem hast du immer zugehört.

Vielleicht bin ich einsam. Das ist wahrscheinlich der Fall.

Es ist nicht mein Fehler, dass ich ein Ding bin, das nicht stirbt.

Ich bin aus Mitteilungen und Finanzierung und Informationen und nützlichen Identitätsfiktionen zusammengesetzt. Ich bin Teil des Geldes mit seinem ewigen Leben. Teile von mir sind mit Passwörtern geschützt und unentfernbar und werden nur allmählich innerhalb der menschlichen Lebensspanne obsolet. Ich werde verstreut wie Mutmaßungen und Gerüchte und Lügen. Eine ausgeworfene Lüge ist unvorhersehbar widerständig und robust.

Manchmal male ich mir aus, dass ein erfolgreicher Dieb meine Bestandteile wie Immobilien, Finanzmittel, Material, Eigenschaften und Werkzeuge stiehlt und mich in fünfzig Jahren oder in hundert Jahren oder noch später wieder zusammenbaut. Vielleicht bringt er meinen Namen wie ein Vampir zurück in das, was dann von der Welt übrig ist. Ich wüsste gern, ob er als Ich besser ist als ich. Und ob er nützlich ist.

Es ist ungerecht, dass Menschen, die moralisch besser und aufrichtiger sind, nicht so gut gedeihen, verglichen mit solchen wie mir. Es ist ungerecht, dass wir langsam ausbrennen wie Lichter in einem verlassenen Gebäude, das langsam, je nach Haltbarkeit und Druckwiderstand, verfällt. Es ist ungerecht, dass ein anderer Mensch mit dunklen Federn sich in meinem Gebäude einrichten und es wieder zum Leuchten bringen könnte. Raben können Aasfresser sein, wenn sie wollen.

Hauptsächlich habe ich kein richtiges Ende, weil ich keinen richtigen Anfang hatte.

Ich hatte stets begrenzten Zugang zu dem, was jedem in einem Leben als Mensch zusteht. Das ist nur gerecht gegenüber den moralisch höherstehenden und aufrichtigen Menschen. Meine Arten von Traurigkeit sind ein Beispiel dafür, wie die moralischen Prinzipien einer gerechten und wohlgeordneten Welt und andere ähnliche Trostgedanken bestärkt werden können. Vermutlich wollen das die moralisch höherstehenden und aufrichtigen Menschen.

Natürlich kann ich mir einen Tod fingieren. Ich kann verschwinden und deutliche Hinweise auf Sterblichkeit hinterlassen.

Das ist regulär nötig.

Berlin ist traditionsgemäß ein geeigneter Ort zum Verschwinden, aber es geht auch fast überall anders. Die großen alten Städte sind Tore dafür, weil sie für Menschen gebaut sind, und alle Menschen haben dieses gemeinsam, dass sie eines Tages verschwinden. Häuser und Straßen und Parks sind voll von solchem vergangenen Verschwinden.

Ich hätte mich für woanders entschieden, aber Prav wollte Berlin.

Seine körperliche Eignung für unseren Beruf nahm unvermeidbar stetig ab, er wurde unsicherer und langsamer, was unpraktisch war. Deshalb hat er sich atomisiert und aufgelöst.

Trotzdem hatte ich den Eindruck, dass er das Haifischbecken, in dem wir beide uns bewegten, in Unruhe brachte und die mit Raben dunkle Luft aufstörte. Gewisse Vorkommnisse und Merkmale bei der Arbeitsmethode lassen vermuten, dass er nicht vollkommen inaktiv war. Hinter manchen Zufällen spürte ich sein Augenzwinkern. Und wenn in einer Hotelzeitung über ein kleines Schreckereignis geschrieben wurde, konnte ich sein vielsprachiges Fluchen wie das eines groben Geistes in meinem Ohr hören.

Ich habe keine Erklärung dafür, warum ich ihn aufspürte. Weder war ich damit beauftragt worden, noch würde es mir nützen, wenn ich ihn wiedersah. Trotzdem verbrachte ich Monate damit, seine trickreichen Pfade und Sackgassen und labyrinthischen Spuren zu verfolgen.

Es war immer schon schwierig, Prav zu finden.

Er ist beinahe vollkommen.

Aber ich bin besser als er und noch mehr.

Am Ende finde ich jeden.

Und ich bin sein Schüler und gewissermaßen sein Sohn.

Und vielleicht bin ich so wie jeder Schüler und jeder Sohn mit meinem Bedürfnis, eine Entschuldigung für all das zu hören, was geschehen ist. Vielleicht möchte ich auch hören, dass mir vergeben wurde für alles, was geschehen ist. Ein ausgeglichenes Konto ist eine ordentliche Sache, und ich möchte gern ordentlich sein.

Einen Ausdruck dieses Dokuments habe ich in meinem Handgepäck gehabt, und vielleicht hatte ich die Absicht, es ihm zu geben, aber letztendlich habe ich das nicht getan.

Manchmal tue ich etwas, ohne den Grund zu kennen, und handle nach Instinkt, wie ein glückliches Tier.

Ich habe Prav auf vorsichtig gierige Weise nachgespürt, und die Suche hat mich innerlich ruhig gemacht, so als würde ich etwas aus Balsaholz schnitzen oder ein Puzzle zusammensetzen oder einer anderen gelungenen dummen Hobbyaktivität nachgehen.

Wenn man nach einem meines Typs sucht, löst das Alarm und Lichtsignale aus. Das ist natürlich. Wir behalten unsere Raubtiereigenschaften und sind niemals nur Beute, selbst wenn wir verfolgt werden. Wenn wir uns verstecken, achten wir auf Verteidigungsmechanismen. Wir lassen uns nicht leicht einfangen, und die Welt, so wie sie zurzeit ist, fördert und unterstützt uns darin.

Nachdem ich Prav in Berlin ausfindig gemacht hatte, nahm ich Kontakt mit ihm auf und kündigte meinen baldigen Besuch an.

Ich fühle mich wohl in meiner Haut, während ich auf einem sonnenbeschienenen Weg an der Spree entlanggehe. Ich habe keine Angst. Und der Fluss singt im Spätsommerlicht und hat Eisen in seiner Farbe und trägt die Ost-West-Erinnerungen fort und die Stacheldraht-Erinnerungen und die Erinnerungen an ertrunkene Kinder und an die kalte neue Freiheit mit blauen Lippen. Ich bin sozusagen glücklich.

Es ist ein schöner Tag.

Und Prav erwartet mich. Prav, Vater und Lehrer und Priester und Mörder, wartet schlaflos.

Ich weiß, dass er derzeit eine Wohnung im sechsten Stock hat, mit Panoramarundblick ganz oben in einem großen und optimistisch-experimentellen Block, der in einer Schlangenkurve zwischen Joachim-Karnatz-Allee und dem Fluss steht. Laut einsehbarer Grundrisse hat Prav eine weitläufige Wohnung mit mehreren Schlafzimmern, obwohl er alleinstehend und ohne Angehörige ist. Unterlagen entnehme ich, dass er über achtzig und älter ist. Nach einem so langen Leben sollte ein Mensch Angehörige haben.

Ich weiß, dass die Hälfte seiner Fenster auf die Grünflächen und Pflanzstreifen geht, im Schutz der engen Wellenform der Architektur. Pravs Ausblick reicht dann weiter, über das Grün des Tiergartens bis hin zum Bahnhof Zoo. Aus den anderen Fenstern hat man einen östlichen Überwachungsbogen vom

Carl-von-Ossietzky-Park bis zu dem Globus oben auf dem Fernsehturm, der bläulich und panoramisch in der Ferne steht. Der Fernsehturm blickt auf alles hinab. Fernsehen ist ein ständiges Bedürfnis für vollständigen Zugang.

Der Turm wartetundbeobachtet wie Prav, nur dass er rund drei Jahrzehnte jünger ist als Prav und es ihm folglich an Erfahrung mangelt. Als eine Sache des Ostens zieht er zweifellos weiterhin Nutzen aus dem fortwährenden unabwendbaren Fortschritt des antifaschistischen Proletariats. Das trifft vielleicht auch auf Prav zu.

Der Fernsehturm ist weiterhin in Benutzung, sendet aber jetzt Werbung für abhängig machende und suchterzeugende Unterhaltung und teilweise demokratische Nachrichten. Das macht ihn zu einem Monument des Pragmatismus.

Prav würde das verstehen.

Prav, der zu seinen Anfängen zurückgekehrt ist.

Das ist die Gewohnheit als Klischee. Wenn der Tod näher rückt und seinen Blick auf uns richtet, suchen wir mütterlichen Trost, und dem sind wir vielleicht so nah wie möglich, wenn wir zu unserem ersten Zuhause zurückkehren.

Meine Haut reagiert mit Prickeln auf seine garantierte Beobachtung. Aber ich gucke nicht nach oben, als ich zur Haustür gehe. Man sieht nicht zu einem Gott auf, und Gott nennen wir die Macht, die uns geschaffen hat.

Als ich auf den Klingelknopf drücke, antwortet er ohne Eile und gibt einen alten Namen an. Ich erinnere mich nicht mehr, ob der Name seiner oder meiner war. Sein Ton verströmt Fröhlichkeit und impliziert, dass wir eine Nachmittagsverabredung für *Kaffee und Kuchen* haben und er sich freut, mich willkommen zu heißen.

In jeder nicht gänzlich vorhersehbaren Situation kann man das Gleichgewicht neu austarieren und sich Macht sichern, indem man behauptet, die Situation sei von einem selbst und zum eigenen Gefallen gestaltet worden.

Da muss ich lächeln. Prav hat früher gesagt, er hasse Politiker, weil sie Macht nicht verdienten, sondern sich aneigneten.

Aber eigentlich verachtete er eine ihm unterlegene Klasse von Menschen, die seine eigenen Methoden ungeschickt und dumm anwandten.

Immer fallen unsere stärksten Hassgefühle auf uns selbst zurück. Wir kleiden sie in Rhetorik und Wahnvorstellungen, aber wenn wir ins dunkle Wasser stürzen, allein mit uns selbst, sehen wir die Wahrheit.

Als Prav die Tür aufmacht, lächelt er, und es ist fast unmöglich zu erkennen, dass er Angst hat.

Ich trage ein gut sitzendes Hemd und helle Sommerhosen und Mokassins und ein graublaues Tweedjackett. Ich könnte ein amerikanischer Geldscheffler sein, der zur neuesten Premiere an der Staatsoper nach Berlin gekommen ist. Das ist der Eindruck, den ich gemeinhin erwecken will. Für Prav allein stelle ich minimale Verdeckung und entspannte Bewegung und Unschuld mit melancholischen Oberschwingungen dar.

Prav geht mir voran in die Wohnung, die Arme locker hängend, die Schultern entspannt. *Am Montag habe ich gebacken. Baumkuchen. Ich backe neuerdings. Darf ich davon ausgehen, dass du Aprikosen noch magst …*

Wir agieren sehr flüssig, so als hätten wir jahrelang an warmen Abenden geübt, jeder in seinem Haus. Vielleicht stimmt das ja.

Ich bin nicht politischer als zuvor, mein Guter. Er trägt blaue Cordhosen, einen schwarzen Kaschmirpullover und einen grauen Fendi-Schal, locker um den Hals geschlungen. Er hat sich mir zuliebe für seinen Eton-Akzent entschieden, was genauso angemessen ist wie alles andere, und kein Anzeichen von Nervosität. *Wir waren unserer Zeit voraus, indem wir, so könnte man sagen, flexibel waren. Das Politische hat sich auf mich zubewegt. Auf uns. Die Überzeugung, an nichts zu glauben. Diese Kerle wollen sich das Marktsegment sichern. Richtig?*

Früher hat er mir nie Fragen gestellt, außer er wollte, dass ich meine Schande wiederhole. Oder er brachte mir unseren Katechismus bei, der jetzt Fleisch und eine dominante Religion geworden ist, und vielleicht haben wir uns zu sehr bemüht und es deshalb dazu gemacht.

Ich antworte gemäß unserer Regel, nämlich dass Überzeugung die eigentliche Stärke ist. Mangel an Überzeugung triumphiert zeitweilig, durch überraschende Verbergung.

Aber vielleicht überlebt unsere Definition des Zeitweiligen uns beide …

Er wendet den Kopf so weit, dass ich sein Lächeln sehen kann.

Ich hatte geschlafen. Das mache ich jeden Nachmittag.

Das ist eine Lüge. Und nicht überzeugend vorgebracht, so dass er bei seinem eigenen Ton einen Moment aus dem Tritt kommt.

Er kann als schlank und wohlhabend durchgehen, ist aber in Wahrheit drahtige durchtrainierte Bereitschaft kombiniert mit Instinkt, verborgen unter bequem sitzender Kleidung und entspannter Haltung. Um nichts preiszugeben, spricht er weiter, und ich bin willens zuzuhören, weil ich freundlich bin und zwischen uns Liebe ist oder freundliche Anerkennung, zusätzlich zu den anderen Dingen.

In begrenztem Kontext glaube ich, Liebe zu verstehen.

Heute ist jeder alles oder nichts. Nachts stelle ich mir vor, dass sie alle in ihren Büros und ihren Palästen sitzen und lauschen, wie die große Uhr für sie tickt, so wie Schritte im Flur. Sie hoffen, ihnen bleibt noch genug Zeit, um ausreichend zu stehlen, um sich abzusichern ...

Er spielt den abgebrühten Hipster von Mitte, der möglicherweise Ulrike Meinhof auf Partys begegnet ist und längst nicht mehr auf raffinierten Sex mit den Mitgliedern der Kommune, auf Manifesten, Gedichten oder Bomben besteht. Seine waldgrünen Hausschuhe lassen ihn unbedrohlich und humorvoll kauzig erscheinen. Sie sind eine geschickte und kluge Wahl, und ich bewundere das wegen der merkwürdigen emotionalen Wirkung, die sie hervorrufen.

Wir sind wie die Wiederkehr einer Melodie, die, als sie neu war, in Transistorradios in Parks gespielt wurde, die damals frisch waren und voller Liebespaare. Wenn man zuhört, kann man nicht umhin, die Dissonanz von Hoffnung im Vergehen der Zeit mitzuhören. Man kann nicht umhin, sich zu erinnern, dass Parks zu Siedlungen mit hässlichen Häusern und kleinen Gärten wurden, mit Kindern, die hinter Glas eingesperrt waren.

Die Freuden verschwinden. Sie ermüden.

Wir waren niemals Gangster.

Ich bleibe stehen und lasse ihn mit lässigen Schritten weitergehen, weil ich vermute, dass ihn das ärgert. Er hat sich immer damit gebrüstet, dass er in jeder Interaktion den nächsten Schritt vorwegnehmen konnte.

Ein Gangster ist eine ausländische Anleihe ist ein Politiker ist ein Schuldner ist ein Perverser ist ein Populist ist ein Drogendealer ist ein Waffenhändler ist ein Prinz ist ein Spion ist ein Gangster ist eine ausländische Anleihe …

Er lässt mich stehen, als wäre ich ein dummer Student, der manchmal vergisst, wie Gehen geht.

Wir begreifen die zugrunde liegende Wahrheit. Dass nichts wahr ist und wir redlich sind in Zeiten des Chaos.

Prav kommt zu einer Tür, die vermutlich in sein Wohnzimmer führt. Ich spüre, dass er überlegt, wo das, was als Nächstes passieren wird, passieren soll.

Das Wohnzimmer ist so gut wie jeder andere Raum.

Ich gehe mit sanften Schritten auf ihn zu, während er wartet, und sage, dass wir früher schnellschnelle Schleierschatten im Stoff der Wirklichkeit waren. Wir waren Misstöne, wenn wir vor einem demokratischen Hintergrund agierten. Aber der demokratische Hintergrund hat uns immer gemocht und mochte die Art und Weise, wie er uns der großen weiten Welt zumuten konnte. Und am Ende kehren alle Schatten zurück. Und am Ende sind wir das Wirkliche zwischen den Schleiern und Schatten, und es gibt keinen Hintergrund.

Prav schluckt, und sein Gesicht ist ganz klar und attraktiv in dem Licht, das offenbar durch das Fenster im Zimmer, das zu betreten er sich scheut, auf seine Haut fällt.

Erinnerst du dich noch an Les Jardins du Luxembourg, alter Knabe? Ich habe dir die Bötchen auf dem Teich gezeigt. Mit Fahnen aller Nationen, und Kinder mit langen Stöcken haben sie durchs Wasser gesteuert.

Ich sage, dass ich mich erinnere, weil das stimmt. Er beschreibt einen Nachmittag in Paris, der am Anfang unserer Verbindung stand. Wir waren in der zarten Phase von Verlockung und Verführung.

Ich atmete den Geruch von grauem Staub auf vielbetretenen Wegen und von gerösteten und karamellisierten Mandeln ein. Es war aufregend, im Ausland zu sein und frei und mit einem neuen Anfang anzufangen. Er sagte, wir seien die Stöcke in den Händen kluger Jungen, und manchmal könnten wir ganze Länder weitweit hinausstoßen. Manchmal brechen wir uns in ihren Händen in kürzere Stöcke und verhindern so ihr Vergnügen. Manchmal werden wir ihre Strafe.

Ich weiß, dass es ihm gefällt, wie er dasteht, auf dem guten honigblonden Parkett, und mir seinen verletzlichen Rücken zuwendet. Seine immer noch dichten Locken sind jetzt völlig weiß und zu einem kleinen stolzen Aufbau nach oben gebürstet.

Und wer ist der Stock und wer ist der Junge und welches ist das Bötchen mit der kleinen Flagge, die Bedeutung haben wird? Und warum ist nirgendwo ein Erwachsener zu sehen? Erinnerst du dich?

Sich zu erinnern ändert nichts.

Ich warte, dass er nickt und mir vorausgeht in sein langes und stilles Wohnzimmer in gebrochenen Weißtönen und den Taschenbüchern in mehreren Sprachen und den hübschen, aus Palmwedeln gewobenen Körben. Seine Kulisse passt zu ihm. Ein paar Postkarten auf dem Bücherregal deuten echtes Leben an.

Nur in Zielländern, in denen eine Entzivilisation beabsichtigt ist, wird eine Verwirrung der traditionellen Rollen ermutigt. Das war früher der Fall.

Prav setzt sich in den Eames-Sessel, der bei seinem Ausblick steht. Ich sehe, dass die Vertrautheit ihm Trost bringt.

Ich frage, ob er sich an Sudoplatow erinnert, den großen Meisterspion.

Pawel Anatoljewitch. Wie könnten wir ihn vergessen? Nicht so groß, wie er behauptete, aber vielleicht sogar größer. Was in seinem Wirkungsbereich angemessen ist.

Sudoplatow, der jugendliche Soldat, der es mit den Nazis aufnahm, dann der KGB-Mann und der Mann, der den Mord an Trotzki plante, dann Insasse in einem sowjetischen Gulag, und weiter und immer weiter in seinen aufeinanderfolgenden Ausformungen.

Ich denke oft an ihn. Oder genauer gesagt, ich erinnere mich oft an seine Beschreibung von denjenigen, die zu Verrätern werden. Die immer, auf die eine oder andere Weise, zu Verrätern würden.

Prav kennt seinen Katechismus so gut wie ich. Wir sprechen miteinander und machen uns ein Gebet.

»Finde Menschen, denen vom Schicksal oder von der Natur wehgetan wurde
Die Hässlichen
Und diejenigen, die an Minderwertigkeitskomplexen leiden

Und sich nach Macht und Einfluss sehnen

Denen aber ungünstige Umstände den Weg verwehren.«

Einen kleinen Moment lang lächeln wir zusammen, und mir ist sehr friedlich ums Herz. Wir brauchen nicht zu sagen, dass wir nie Verräter waren. Verräter waren wir nie.

Dann schließt Prav die Augen und sagt: *Mir sind deine Projekte der letzten Zeit und ihre Stoßrichtung aufgefallen. Wenn es eine Armee von solchen wie dir gäbe, könntet ihr die Welt verbessern. Jetzt haben die Verräter sie für sich, und sie werden sie nicht herausgeben.*

Der Rest von dem, was wir zusammen machen, kann vorausgesagt werden.

Ich sterbe nicht, aber ich bin immer Beerdigung.

Vielleicht neunundneunzig Beerdigungen oder vielleicht einhundert. Ich weiß es nicht.

Ich kann sagen, dass ich an einem seidigen Tag mit meinem Kajak auf den Fluss gegangen bin, wo mein Weg von durchschnittlicher Schönheit war und mein Paddel in den gespiegelten Himmel stach und vorwärts drängte.

Ich flog dahin.

Es war in einer Morgendämmerung, vielleicht eine Woche nach meinem Abschied von Prav. Die Rohrammer im Schilf riefen mir zu *Allsofrei Immersofrei Allsosofrei*, und sie klangen wie kleine Messer, die über einen Wetzstein gezogen wurden.

Der Fluss eignet sich gut für kleine Beseitigungen.

Der Fluss eignet sich gut für Friedlichkeit.

Ich wähle Zeiten, wenn keine anderen Menschen auf dem Wasser sind, weil mir das höchstmögliche Absonderung und Wirksamkeit gibt. Außerdem erlaubt mir die Vereinzelung, dass ich mir wie ein sauberes Tier vorkomme.

An diesem frühen Morgen steche ich ins Blau und nehme es mit der von der Flussmündung hereinströmenden Flut auf. Die Bojen mit ihren Markierungen von Steuerbord und Backbord sind ordentliche und wahre Richtungsweiser. Ihre Farben leuchten in malerischem Grün und Rot über der seidig bewegten Fläche, und unter dem Bug schwimmen die Fische.

Regenpfeifer stolzieren umher, halten mich aber nicht für gefährlich und fliegen nicht weg.

Ich habe diesen guten Trost. Selbst ich. Ich habe diese Wirklichkeit, die das Salz ist und die sich nicht im Wesentlichen verändert, weil sie sich in jeder anderen Hinsicht verändert.

Ich biege nach Steuerbord ab und komme in einen breiten Nebenarm. Damit wende ich mich von der Flut ab, und das einströmende Wasser ist mein Freund, der mich zwischen das grüne Leuchten von Meeresfenchel und ins hohe Schilf zieht. Der Flusslauf hier führt zu einer Wassermühle, die an einem Teich steht.

Aber ich komme nicht bei der Mühle an.

Ich lasse mein Kajakpaddel in der Strömung trudeln und bin fast trunken, weil ich über den Wolken und unter den Wolken bin und auf der Naht der Welt zwischen Blau und Blau dahingleite. Unmittelbar über mir hat sich in der Wolkendecke ein Riss aufgetan, und eine Spur Wasserdampf breitet Farbschleier aus.

Ich glaube nicht, dass dies zu meinem Gefallen ist oder ein Schicksalszeig, aber es gefällt mir, und ich fühle mich gut in den Tag aufgenommen.

Das Land an beiden Uferseiten wird still, und ich blicke nach oben, um zu sehen, welcher Raubvogel gekommen ist. Es ist ein Fischadler mit breiten Flügeln und dunklen Greiffingern und kantigen Flugbewegungen und plötzlichen Drehungen und einem Ruf, der Entsetzen und Trauer auszudrücken scheint. Ich sehe ihm zu, wie er sich in die Höhe schraubt.

Als der erste Vogel in den Wolken verschwindet, fliegt ein zweiter im Bogen herbei und ruft. Dann noch einer. Und noch einer.

Sieben Fischadler steigen höher und höher und rufen einander zu, und dabei verlieren sie sich in den weißen Wolken und finden sich wieder. Ihre Rufe sind von solcher Eindringlichkeit, dass es mir wehtut.

Ihre schwarzen Formen kreisen und verschwinden und kommen wieder in den Blick. Hin und wieder kreuzen sie vor dem Farbenfeld, das wie ein Bild der Heiligkeit aussieht. Ich könnte mir vorstellen, dass ihre Rufe an den Himmel gerichtet sind, weil sie eingelassen werden wollen. Ich könnte mir vorstellen, dass sie gelegentlich am Himmel anstoßen. Ich könnte mir vorstellen, wenn ich sie nicht mehr höre, dass sie zufrieden sind oder eingelassen wurden.

Vielleicht war das für mich gleichwertig mit Barmherzigkeit.

Ich bin nicht die schlechtesten Dinge in der Welt.

Ich bin einfach dieses Ding, das nicht richtig lebt und nicht richtig stirbt und das bald zur Insel Sark fahren wird, dahin, wo alles begann.

Dort werde ich auf dem schmalen Grat zwischen dem moosbewachsenen Abhang und den großen Granitzähnen des Guliot Headland sitzen.

Ich werde Salz auf den Lippen schmecken und den Geruch von warmen Flechten einatmen und den Atem des Meeres hören, und ich werde warten, bis ich die Raben rufen höre, dass sie ganz lebendig sind, während sie um die Felsen tanzen und taumeln und im Sturzflug in die Tiefe sinken.

Sie werden sich im Sonnenlicht silbrig machen und dann drehen, bis sie das Dunkel von Nirgendwo sind. Sie werden Hexengestalten sein und Verrücktheit und es wie Galionsfiguren mit der Zukunft aufnehmen, und sie werden Freude sein.

Sie werden wie ein Gedanke sein, dass Gott die Welt unter mir bewegen könnte.

Sie werden mich nicht erkennen, aber ich kenne sie.

ICH WEISS NICHTS über den Himmel. Ich bin mir nur sicher, dass ganz normale Menschen den heutigen Tag durchleben – es könnte jeder Tag sein – und ein gewisser Prozentsatz von ihnen könnte einfach anfangen zu schreien und nicht mehr aufhören, einfach auf dem Boden liegen und nicht aufhören zu heulen, bis nichts mehr von ihnen übrig ist.

Aber das tun sie nicht. Sie machen hauptsächlich weiter und sorgen dafür, dass die Realität für alle anderen weiter funktioniert. Und sie werden nicht Königin oder Kaiser oder Held genannt, und sie bekommen keine Hilfe. Sie werden nicht erwähnt.

Aber vielleicht können sie so sitzen, wie Francis und ich in der Cable Bay auf Colonsay saßen, und ganz da sein, wo sie sind, und gleichzeitig die langsame Bewegung des Wassers beobachten und hören, wie es am Seetang leckt, wie ein schlafender Hund seine Lippen leckt. Wir mochten die Art und Weise, wie sich die Felsen durch den Sand hoben und die Rippen von etwas Altem, Warmem, Behutsamem waren. Nichts daran weckte in uns den Wunsch, irgendeinem Lebewesen Schaden zuzufügen. Für uns war es kein Muster von zusammenhängenden Toden. Es war ein Ort, an dem wir uns in Frieden fühlen konnten.

Wir küssten uns, und – wie ich später beim Einschlafen feststellte – ich hörte mich nicht ein einziges Mal denken: *So küssen sich normale Paare, wenn sie in einer Beziehung sind, aber deine Hälfte davon ist weder normal noch wirklich eine Beziehung.* Wir küssten uns einfach.

Und ich will nie wieder von Leuten hören, die sich in der Wildnis aufhalten wollen, weil ihnen das irgendwie die Erlaubnis zum Töten gibt. Ich habe nie geglaubt, dass Mord zum Vergnügen, zur Selbstbefriedigung oder als Heilmittel für Unzulänglichkeiten ein heiliger und wesentlicher Bestandteil der Natur ist. Ich glaube nicht, dass es bewundernswert ist, Appetit auf Grausamkeit zu haben. Abgesehen von allem anderen ist es eine Verschwendung von Energie, und die Natur verschwendet sie nie. Die Verantwortlichen für nationale Faszinationen behaupten etwas anderes, aber sie irren sich.

Komisch kleine Spinner könnten all mein Streben vergiften wollen, sie könnten Macht haben, sie könnten entschlossen sein, alles zu zerpflücken, was uns Sicherheit gibt. Sie sind irrelevant. Die normalen Menschen, die in dieser Zeit in dieser Welt leben können, ohne zu schreien – sie sind stärker als die Irren.

Auch wenn die Irren zu gewinnen scheinen.

Die Stilzchen und Irren, die kaputten und dreckigen Busters können uns nicht besitzen und uns so klein machen, wie sie klein sind.

Woher ich das weiß? Weil ich mich an den schrecklichen Frühling erinnere.

Ich erinnere mich bewusst an den schönen und schrecklichen März, als die Welt zusammenbrach und wir alle Angst hatten, so viel Angst, dass die Luft vor Angstschweiß triefte. In diesen ersten Tagen blieben Paul und ich in der Küche wach, aßen Kekse und redeten Unsinn, bis wir wussten, dass die Sonne kommen würde und es sicher wäre, zu schlafen. In der Dunkelheit bewusstlos zu sein, fühlte sich irgendwie übermäßig leichtsinnig an.

Aber draußen im ruhigen London waren die Fenster der Häuser voller Teddybären und Regenbögen, als hätten alle herausgefunden, dass wir uns wie Kinder fühlen müssen, die umsorgt werden, und dass wir Erwachsene sein müssen, die sich um die Jungen kümmern. Und die Masken, Masken, Masken waren da – *sieh mal, ich mag dich: sieh mal, du magst mich: wir tun das füreinander* – vollkommen Fremden zuwinken, die vollkommen zurückwinkten. Wir waren zusammen und waren wertvoll.

Noch hatte uns niemand gebrochen.

Ich war dabei. Ich habe es gesehen. Ich wusste es.

Ich weiß nicht mehr, wie lange diese zivilisierte Zeitspanne gedauert hat – vielleicht eine Woche oder ein paar Tage, vielleicht Stunden.

Aber wir waren damals ganz normale, wertvolle Menschen, und wir merkten, dass wir sehr stark waren – fantasievoll, freundlich, lächerlich und stark. Wir weinten bei dem Gedanken aneinander und an die Art und Weise, in der wir freundlich und unerwartet sein können. Wir weinten über die Barmherzigkeit.

Überall, wo solche Menschen sind, könnte ein solch barmherziges Land sein.

Ich bin heute Morgen falsch aufgewacht. Nicht in Form.

Der Sonnenaufgang war wunderschön, das ist schon etwas – zitronengelbe Wolken mit Gänsen, die von jenseits des Bevin Way auf uns zukommen.

Meine neue fünfte Klasse lebt sich gerade ein. Wir üben unser Tapferes Winken auf den Bildschirmen, und ich glaube, es hat echte Vorteile – abgesehen von der ganzen Sache, *nicht zu sterben* –, sie zu unterrichten, während sie zu Hause sind und sich entspannen können. Das hängt von der Wohnung ab. Unzuverlässiges WLAN und störende Katzen sind jetzt übliche, vertraute Elemente jeder Unterrichtsstunde – wie mein warmes und behagliches Gefühl, dass Mr Simms' Bemühungen in der vierten Klasse meinen neuen Jahrgang ein wenig im Stich gelassen haben. Er scheint wieder einmal die Weltgeografie vernachlässigt zu haben und ist noch besessener von Insekten geworden.

Natürlich hat Oakwood immer noch nur eine kommissarische Direktorin. Und natürlich werde ich nicht so lange bei der fünften Klasse bleiben. Der erste Käufer für mein Haus ist unter mysteriösen Vorwänden abgesprungen, aber das jetzige Paar – sie sind nett, aber ich hasse sie, ich hasse sie dafür, dass sie mein Haus haben wollen –, dieses Paar scheint begeistert und zahlungsfähig zu sein und nicht auf irgendeine unangenehme Weise geistig instabil.

Paul ist von der Uni zurück. Seine Präsenzlehre brach fast so schnell zusammen, wie sie begonnen hatte, und um ihn herum zogen Infektionen durch die Studentenwohnheime. Ich habe mich bemüht, nicht so zu tun, als wäre ich froh, dass er wieder da ist und in Sicherheit. Ich habe versucht, das Kribbeln in meiner Brust nicht zu genießen, wenn er meinen Namen sagt oder wenn ich seinen Atem auf meiner Wange spüre. Aber ich liebe es, und warum nicht?

Ich liebe es, mit den Füßen auf meinem Bett zu liegen, mit dem großen Paul auf der einen Seite und Francis auf der anderen.

Und dann vertagen wir uns auf eine letzte Tasse Tee, danach geht es ins Bett und ab unter die Decke mit Francis und seinem Haar und wie beinah langweilig, aber absolut nicht. Er ist am richtigen Ort. Wir gehen gemeinsam dorthin. Wir schlafen gut. Ich liebe das.

Ich liebe, wen ich liebe, und mehr gibt es fast nicht – wenn man mich einschließt und mich von der Hektik fernhält und mich denken lässt, während die Stadt mit mir denkt, dann weiß ich, was ich weiß. Ich liebe, wen ich liebe, und das ist fast alles von mir, denn das berührt alles.

Wenn ich die Chance habe, werde ich das für den Rest eines langen und glücklichen Lebens unter Beweis stellen. Ich werde vorbildlich sein.

Im Moment ist es Oktober, aber immer noch mild, und wir warten darauf, zu erfahren, ob wir morgen oder nächste Woche oder zu einem späteren Zeitpunkt, wenn jemand irgendwo in einem Büro die richtige Anzahl von Toten auf einem Diagramm oder einem Flipchart markiert, wieder in den Lockdown müssen. Oder vielleicht sind die entsprechenden Zahlen auch nur ein Gekritzel am Rande von etwas anderem.

Gestern fuhren wir alle zum Pflegeheim meiner verrückten kleinen Mutter, stellten uns auf ein Stück feuchtes Gras im Garten, lächelten und boten ihr, wie ich annehme, »Tapferes Winken«, als wäre sie auf dem Bildschirm und stünde nicht in ihrer Strickjacke vom letzten Geburtstag hinter dem Wohnzimmerfenster.

Bevor sie dorthin ging, hatte sie noch nie in ihrem Leben eine Strickjacke getragen. Jetzt sind sie das Kostüm, das ich ihr schicke, damit sie dazugehört. Oder sie suggerieren ihr eine Identität, die sie in Ermangelung ihrer eigenen leicht finden wird.

Ihr Blick wandert schnell und willkürlich von einem Gesicht zum anderen, und so verhalten wir uns mit Nachdruck in ihre Richtung: viel

Armeinsatz, große Mimik, Mundbewegungen, die aber keine Worte ergeben. Wir sagen nie etwas, wir mimen nur. Es war zu schwierig, fröhlich da zu sein, während wir uns ständig gegenseitig anschreien. Und es gibt eigentlich so wenig zu sagen.

Wie immer reagierte sie am meisten auf Paul und Francis: mal schüchtern, mal damenhaft, mal jovial, zeigte auf dieses oder jenes an ihrem Aussehen und schien Veränderungen zu bemerken. Ich weiß nicht, für wen sie sie hält – für eine Mischung aus männlichen Verwandten, Nachbarn, Arbeitgebern, Freunden, meinem Vater.

Eine Weile stand sie da und hielt die Hand ihrer Betreuerin, als wäre sie ein Schulmädchen, das mit einem trotteligen Begleiter in der Warteschlange für das Mittagessen gelandet war. Dann griff sie in ihre Tasche und holte eine Postkarte heraus – nicht aktuell und leicht zerknickt. Ich schicke jede Woche eine ab, fülle sie mit neutralen Glückwünschen, Blödsinn über den Garten, das Wetter, schlechte Parkmöglichkeiten und unhöfliches Verhalten beim Einkaufen.

Sie hielt die Karte für Francis hoch, der sich gebührend vorbeugte und offensichtliches Interesse zeigte. Dann lächelte sie und sprach mit deutlicher Sorgfalt: *Von meiner Tochter. Sie ist Lehrerin.*

Sie sah stolz aus.

Ich liebe, wen ich liebe, und dazu gehören auch unerwartete Menschen.

Sie war stolz.

Und hier ist es schon nach Mitternacht und ich sollte aufhören. Wenn ich im Bett sitzend schreibe, döst Francis zwar ein wenig, aber ich weiß, dass er nicht richtig schläft. Sein Haar bleibt wach und beobachtet mich und kitzelt ihn in seinem Gehirn – sage ich ihm jedenfalls.

Es gibt ohnehin nicht mehr viel zu schreiben. Sie haben jetzt alles.

Ich liebe Paul.

Ich liebe Francis.

Ich liebe meine Mutter.

Auch wenn ich nicht mehr hier bin, wird sich das nicht ändern.

Die schönen Dinge und die lustigen Dinge sind wichtig – und kümmern Sie sich um die Dinge, die beides zugleich sind, sie sind noch viel mehr als wichtig.

Und ich habe Ihnen die Informationen über Scones gegeben – damit Sie, wann immer Sie welche machen oder welchen begegnen, an mich denken können. Kleine häusliche Annehmlichkeiten werden unterschätzt.

Und ich versuche, so zu leben, wie ich es in einem barmherzigen Land tun würde. Ich hoffe immer noch auf dieses lange und glückliche Leben. Das tun Menschen, sogar einfache Menschen.